中国古代文体学史

吴承学 主编

第一卷

吴承学 李冠兰 著

先秦两汉文体学史

北京大学出版社
PEKING UNIVERSITY PRESS

图书在版编目(CIP)数据

中国古代文体学史. 第一卷，先秦两汉文体学史 / 吴承学，李冠兰著. —— 北京： 北京大学出版社，2024. 10. —— ISBN 978–7–301–35474–2

Ⅰ. I209.2

中国国家版本馆 CIP 数据核字第 2024UH3505 号

书　　名	中国古代文体学史：第一卷·先秦两汉文体学史 ZHONGGUO GUDAI WENTIXUESHI：DI-YI JUAN · XIANQIN LIANGHAN WENTIXUESHI
著作责任者	吴承学　李冠兰　著
责任编辑	徐　迈
标准书号	ISBN 978–7–301–35474–2
出版发行	北京大学出版社
地　　址	北京市海淀区成府路 205 号　100871
网　　址	http://www.pup.cn　新浪微博：@ 北京大学出版社
电子邮箱	编辑部 wsz@ pup.cn　总编室 zpup@ pup.cn
电　　话	邮购部 010–62752015　发行部 010–62750672 编辑部 010–62752022
印　刷　者	大厂回族自治县彩虹印刷有限公司
经　销　者	新华书店
	650 毫米×980 毫米　16 开本　31.25 印张　487 千字 2024 年 10 月第 1 版　2024 年 10 月第 1 次印刷
定　　价	158.00 元

未经许可，不得以任何方式复制或抄袭本书之部分或全部内容。
版权所有，侵权必究
举报电话：010–62752024　电子邮箱：fd@ pup.cn
图书如有印装质量问题，请与出版部联系，电话：010–62756370

《中国古代文体学史》总序

中国古代文体学植根于传统中国的礼乐制度、政治结构和社会网络,立基于汉文字、汉语言的音形义特性,是一门颇具民族特色的学问,在我国古代学术版图中占据着重要位置。

清光绪二十九年冬(公历1904年1月),张之洞实际主持拟定的"癸卯学制"正式实施,其中《奏定大学堂章程》对"中国文学门科目"多有规划,在"中国文学研究法"下说明"研究文学之要义"共计41项。不久,执教京师大学堂的林传甲遵此"要义",撰成了国人第一部《中国文学史》。该书十六篇,计有十篇是论文体问题;在未讲授的二十五篇中,仍有七篇是文体分析,两者合计十七篇。这也就意味着,在张之洞、林传甲们的观念里,"研究文学之要义"最重要者乃在文体。这一认识在一定程度上体现了当时的主流思想,带有某种官方色彩。同时颁布的《奏定学务纲要》对中国各体文更有特别强调:"中国各体文辞,各有所用。古文所以阐理纪事,述德达情,最为可贵。骈文则遇国家典礼制诰,需用之处甚多,亦不可废。古今体诗辞赋,所以涵养性情,发抒怀抱。……中国各种文体,历代相承,实为五大洲文化之精华。"由此可见,在传统学术视野下,文体是中国文学的机枢。毫不夸张地说,我国古代文体种类之繁多,辨体理论之成熟,作家对各类文体特征把握之深入,在世界文学史中是罕见的。由焦循发端而为王国维光大的"一代有一代之胜"说,讲的就是文体问题。中国文学史上的每次文学新变与繁荣,都与某种新文体的出现或旧文体的重大革新息息相关。

颇堪玩味的是,与林作几乎同时撰成的东吴大学黄人《中国文学史》却略无保留地倾心于西方传入的"文学""文学史"新观念,广引外人言论,提炼出六条"文学之特质"(如娱人为目的、摹写感情、不朽之美等),与当时吸收西学、求新求变的学术思潮此呼彼应。该书沿承西方"上世""中世""近世"之法,每世又参酌中国王朝体系依次叙列,其所论作家作品之文类,大致包括诗歌、小说、戏曲、散文四种,特别是对小说、戏曲的重视,被认为是文学史现代书写的标志。黄氏在第三编"文学之种类"给文体留下了位置,但与林传甲大篇幅讨论文章文体乃至以文体贯穿文学史写作的做派大显异趣。这两部国人自撰的最早《中国文学史》所呈现的取舍不同,恰好指向了文体学在二十世纪初"数千年未有之大变局"下的特殊遭遇。

如今来看,林、黄两书各有所长,难分轩轾。林书重传统,黄书开风气,在文学史学史上均堪表彰。黄人所秉持的文学史标准,基于以审美为核心,重形象、重抒情的西方"纯文学"观念,也成为后来文学史衡量中国古代作品的主要标尺,而强调实用性的文体则被逐渐忽视。本来,我国古代文体论的特点就是在实际应用的要求下对各种文体提出艺术性、文学性的要求。刘勰《文心雕龙》讨论了30多种文体(不包括小类),无一例外地都有文学因素的体制规定,在一定程度上已把它作为审美对象来看待,这对以后的文章理论和写作实践具有深远的影响。但在西方"纯文学"观念的强势影响下,不完全符合重形象、重抒情的传统文体学就被边缘化了。

二十世纪八十年代以来,"重写文学史"思潮涌动,口号响亮。我认为,如果要真正重写中国古代文学史,恐怕首先就要重新认识中国古代文体学和文章学。没有对古代文体学和文章学的返本归源,就无法真正把握中国文学的特点,"重写文学史"就很难找到突破口。"中国文学"中的"文学"不应该与英国文学、法国文学的"文学"完全等同,我们应在现代文学理论的观照下,对其重新分析和评价,尤其是揭示其中本就包蕴着的文体学与文章学意涵。

那么,怎么才能揭示"中国文学"所包蕴的文体学与文章学意涵呢?这就仍要从原始文献出发,由基本观念和重大问题入手,借助学界同仁的集体智慧,探索一条立足本土、镜鉴西学的中国古代文学研究的新路径。近些年,我组织团队编纂《历代文话新编》,正是希望从文献角度为学界提供更全面的传统文章学资源库。而更令人欣喜的是,中山大学吴承学教授及其团队长期耕耘文体学,关注古代文体的基本观念和重大问题,陆续推出了具有原创性的系列研究成果,与私意时常不谋而合,每每让我发出"吾道不孤"的感慨。正因如此,当承学将《中国古代文体学史》书稿发来问序时,我是非常高兴并乐意为之的。只是人至九旬,年老体衰,眼力、体力都已大不如前,此书五卷皇皇二百万字,已不能仔细通读。粗陈几点翻阅后的感想,聊向承学与各位读者请教。

首先是立足文献,因时而异。文体学的发展与文体发展密切相关,但又并不完全同步。理论上,文体的发展应早于文体学的发展,而实际上,文体学尤其是文体观念有时又能超前于文体,引导、解释文体创作现象。此书根据各个不同时期文体与文体学文献的不同,很好地处理了文体与文体学之间的关系,对每个时代的文体学特性把握都很到位。先秦时期,文体尚未定型,直接表达文体观点的文献不多,文体学更多地表现为潜在的文体意识与文体观念。故而,作者便从早期文字的构形与规范、早期文献的命篇与命体、文辞称引等角度切入,综合运用传世文献与出土文献,揭示早期的文体观念如何涵育并开启了后世文体学的发展。魏晋为众体大备之时,文体学文献丰富,学界讨论较多,作者则对人物批评、总集编纂、文笔之辨与文体学的关系作了系统分析,并就玄学、小说、佛道等对文体的发展影响以及与文体论的互动展开了讨论,此卷又特别拈出"文体谱系"一目,尤为魏晋文体学的关键,独具只眼。唐宋而下,至于明清,文体学文献可谓汗牛充栋,辨体意识前所未有地增强,这两卷提出的许多命题如文体类聚格局、四六及时文文体、史传说部入集现象、别集凡例批评等,都很有时代特点。至于晚清民国,不仅是文体学的总结期,更是转型期,于是作者便在传统论题之外又关注西学输入、白话文兴起、报刊大盛所带来的新的文体学问题。凡此种种，无不是遵从文体学发展的时代面目而设置论题，文体学之历史长河与文体文献之河床，相应变化，渐次展开，正有东坡所谓"与山石曲折，随物赋形"之妙。这虽是"文体学史"题中应有之义，却也是很难达到的理想境界。

其次是史论结合，论从史出。"文体学史"的根本是"史"，其最重要的目的当然是勾画出文体学的演变轨迹，但是倘若仅仅停留在描述对象的表面变化过程，而不能就文体学递嬗的外部因素、内部机制加以逻辑分析和合理阐释，也就谈不上是真正的"史"。此书则能坚持以探求文体学的发生动因、社会根基、文化内涵、形态特征为基础，从具体的问题切入，如职官制度、图书编纂、学术风气、著述体例、谱系构建、流派纷争等，来揭示文体学发展的脉络和规律。这就避免了一般的线性描述，从而加深了史与论的互动。比如第一卷讨论"九能"，这本是先秦时期对士大夫文辞、礼仪、言语等各方面能力的要求，但经后世的阐释，便逐渐演化为文章学命题。该概念的接受内涵，是和后世文体学思想发展密切相关的。作者借助各类文献，既留心于原始语境的讨论，又揭示出发展流变的轨迹，史与论相得益彰。又比如第四卷"明清别集的冠首文体及文体学意义"一章，原是一个文集编纂的问题，其中以何文体冠于书首，所反映的却是文体价值谱系。自《昭明文选》而下，文集编纂本有相对稳定的文体编次传统，然而这种体例在后世又随着文学思想的变化而发生了更革。作者分体梳理了明清别集冠首文体的复杂性，彰显出明清文体理论与实践的自觉性，阐明了其中的文体学意蕴，寓史于论，颇见匠心。诸如此类有意义的新问题，在此书许多章节中都有表现。这些新问题都是从原始材料出发，以史的眼光梳理文献，才能够提出来的。

最后是通变互摄，以变观通。"文体学史"重点在描述对象的动态过程，"动态"无疑是必须坚守的考察立场。具体到文体学来说，它的动态性是承与变相辅相成的。刘勰《文心雕龙·序志》"原始以表末,释名以章义,选文以定篇,敷理以举统"就是经典的文体学研究模式,他已经特别留意了文体论的通变关系。而承学在其所著《中国古代文体学研究》序言中又提出"鉴之以西学,助之以科技,考之以制度,证之以实物"的方法论,以期能建设有时代特点和学术高度的中国古代文体学,这是在研究理念上的重要突破,也是新时代以通变论文体学的内在要求。承学的这一治学理念,在《中国古代文体学史》中多有贯彻。纵观全套书,一些文体学上的核心问题都作了通与变的处理。譬如同是图书编纂,汉代刘向父子的文献整理活动昭示着文体溯源观念走向明晰化,六朝《昭明文选》与《文心雕龙》的文体论则意味着文体学的自觉,到宋代真德秀《文章正宗》乃是理学对文体学渗透的产物,而元代《文筌》又蕴含了科举背景下的文体谱系重建,至于《文章辨体》《文体明辨》,其名就已显现出明代辨体理论的繁荣。这些都是通过梳理历史传承脉络来揭示其新变的。又如新兴文体带来相应的新型文体观念,词体在宋代的成熟,八股在明代的崛起,戏曲在明清的繁盛,骈文在清代的复兴,无一不因之而产生新的文体学讨论,它们与制度之变化、风俗之转移、礼仪之兴替存在着千丝万缕的联系,也都在书中有很好的论列阐述。

此外,全书在点、线、面的统筹安排上,也能有所兼顾,每卷前对此一时段的文体学著述、特点、脉络都有概括,各章逻辑体系亦能自洽。对于这样一部积十数年之功、合众学人之力的大书来说,自是需要花不少心力协调的,其中艰辛可想而知。

此书是吴承学主持的国家社科基金重大项目成果,如果没有记错,这个课题也属于古代文学研究领域第一批国家重大项目。在此之前,承学已对中国古代文体形态作了较为深入的讨论,后又专注中国古代文体发展,再提升为中国古代文体学研究,至此而成《中国古代文体学史》。由文体而文体学,由研究而史论,再从现象升华到理论,他的治学理路赫然可见。我与承学认识很早,他在复旦随王运熙先生读博时，就来听过我的课。虽然我们治学领域并不重合，但对他的学术成果我是特别关注的，感觉他既善于提出新问题，又能广搜文献，并细致而周密地解决之，是他们这代学人中的佼佼者。后来，我措意古代文章学稍多，读他的论著也多了些，加之复旦主办的古代文章学研讨会，承学每届都来参加，我们的交流也更频繁了，因而对他开拓求真的治学精神有了更深刻的印象。此书的出版再次印证了这一印象。

《中国古代文体学史》算得上是文体学研究领域的标志性成果，有了如此好的基础，相信在吴承学教授的带领下，学术团队定能进一步拓展、深化此课题的研究，开出更绚丽的花，结出更丰硕的果。这是我所期盼的。是为序。

王水照
二〇二四年仲春

前　言

2010年,国家在人文社会科学领域第一次设立哲学社会科学基金重大项目。课题指南上有一个"中国古代文体学史"课题,与中山大学中国文体学研究中心多年以来所做的工作相当契合,于是我们就组织申报并顺利获得了立项。然而,成功申报的喜悦只是暂时的,此后课题组历经艰难,从项目申报到这套书出版,整整用了十四年。回顾这一历程,怅触良多。

中国古代文体学史是一个崭新的学术领域,本质上与文学史、文学批评史、文学思想史都有不同。文体学史研究一定要突出学科自身的独特性,立足于中国古代的文化语境与文章语境,在尽可能全面搜集文体学史料的基础上,梳理和总结中国古代文体观念和文体理论,展示古代文体学原生态的复杂性、丰富性;并且,注重考察社会转型、语言变迁、文化思潮、时代风尚等外在因素对文体学的影响,描绘中国古代文体学发生、发展、变化的整体历程,描述不同于西方"文学"概念框架下的文体学史,呈现出中国本土独特的知识、观念与思想体系。

这是一个高远而艰难的目标。在《中国古代文体学史》的撰写过程中,我们不断地讨论、思考中国文体学史研究比较重要和独特的问题,力图在继承中国历史学传统的同时,吸收现代学术精神,在可靠的文献史料基础上,追寻文体学史研究中的"史意""史识""史法",希望写出一部自成一家、富有别识心裁的中国文体学史。

章学诚《文史通义》以"史意"为史学的宗旨和灵魂,我们借用"史意"一词来指文体学史研究中的历史意识,包括古典学术传统、现代学术高度和现实人文关怀。当代的中国文体学研究,是为了赓续和阐释近代以来受政治文化变迁与外来学术影响而被遮蔽的学术传统,努力回到中国本土理论与文体语境来"发现"中国文学自身的历史,重现中国本土文学与理论的特殊光辉。当代中国文体学研究的目的不是复古,不是抵抗外来文化,而是为了更真实、完整地理解中国文学文体话语的特点与价值,继承本土的学术传统,参与现代中国的学术建设。中国文体学的现代意义并不是强加上去的,其精神仍潜藏在我们的日常生活中。表面看来,大部分的古代文体今天已被弃置。然而,从本质上看,古代文体及文体学是社会文教、文化系统的一部分,其具体内容和形式可能发生变化,但社会文教、文化系统是古今普遍存在的,它的原则在古代、现代都有相通之处。如"得体""辨体"等古代文体学的主要精神,仍具有现代意义。文体学是传统文化的精髓,已渗透到中国的文化基因中。"得体"的文体学思想超越了文章学而具有泛性,超越了古代而具有现代性。历史并未远去,古代文体学在当代中国仍具有强大的生命力。

"史识"就是历史研究中的悟性与洞见。文体学史研究以史识为主,要有独到的学术眼光与强烈的问题意识。历史研究基于史料,但不止于史料;既需要"考索之功",也需要"独断之学"。文体学研究的史识表现在"小结裹"基础上有"大判断",能够在更大的历史视野中勾勒文体学历史背景与发展线索。我们要超越传统文体学,就不能只停留在对文体史料的缀合,对古人的文字作疏解,对已有的研究作总结,更需要以新的学术眼光进行理论创新。研究者要有史识,才能够在文献综合的基础上,提出新问题,追寻真问题。学者的眼光要有穿透力,要"好学深思,心知其意",在系统的理论形态之外,探求非理论形态的文字背后的观念。中国早期并没有关于文体学理论的论述,但我们可以从文字形构、文体分工、文体运用、制度设置、礼制约束等途径,考察早期文体观念的发生。比如,从早期文字的构形与渊源流变,可以考察文体的原始状态、形象与意义,考察古人对文体最为原始的感知与观念,也可以看出古代文体形成、命名、分类乃至文体观念演变的一些规律。中国古代的文体史料,可分为典型和非典型两种形态。《文心雕龙》就是古代典型文体学经典,但古代大量的文体学史料蕴含在非文体学著作形态的材料中,大量的经学著作、史著、总集、别集、目录学、类书等非典型文体学文献,需要细读、演绎、阐释与抽象,才能从中钩沉出文体学的观念,发现文体理论的意义。比如我们可以从《汉书·艺文志》《说文解字》《独断》《释名》中考察汉人的文体观念,从《初学记》《酉阳杂俎》《东京梦华录》《困学纪闻》中考察唐宋人的文体观念,从《古今图书集成》《四库全书总目》考察清人的文体观念,从明清文集的"凡例"考察明清独特的批评文体与观念。历史研究很难做到既要全面,又要深入。我们倾向于选取最有特点、最有理论涵摄力的问题来研究,而非面面俱到。以明确的、有新意的问题为导向,围绕问题展开深入讨论,这是这套书的追求之一。

文体学史研究要讲"史法"。所谓"史法"是指历史研究中所遵守的一定原则与方法。中国文体学史研究的基本法则是回归到中国文化与文学的原始语境与内在脉络中,去触摸、感受古代文体学的脉搏、肌理和内在生命力。从文体内部研究其结构、审美特点,研究不同文体之间的渗透交融、演变规律,从文体外部考察其生成语境,从而使文体学研究具有哲学、美学、政治学、语言学、文化学等深广的内涵和广阔的文化背景。文体学并不是一个偏僻狭小的领域,其研究具有跨学科的普泛意义,在具体研究方法上,将古代文体学与文学史、语言学乃至文化学与历史学等学科结合起来,在继承刘勰所提出的"原始以表末,释名以章义,选文以定篇,敷理以举统"这种古典文体学研究范式的基础上,再"鉴之以西学,助之以科技,考之以制度,证之以实物"。古典范式与现代方法相结合,正是中国文体学史研究的向上之路。

以上所论的"史意""史识""史法"体现了我们撰写中国古代文体学史所心摹手追的目标和旨趣,"非曰能之,愿学焉"。具体到内容架构上,《中国古代文体学史》则根据文体学发展的历史脉络,分先秦两汉、魏晋南北朝、唐宋元、明清、晚清民国五卷。

先秦两汉是中国文体学发展的滥觞期,孕育着中国文体学的基因,对后世文体理论、文体批评的发展有着深远影响。该卷通过梳理先秦两汉文体学发生、发展的内部动因、形态特征及演变规律,并深入发掘这些因素与相关的外部背景的互动关系,如礼乐文化、政治制度、经史目录之学等,勾勒了先秦两汉文体学的发展线索。该卷在继承古典文体学研究范式基础上,"考之以制度,证之以实物",对早期文体观念的研究不局限于传世文献,还十分重视收集与运用出土文献,考证文体的实物形态,并与传世文献进行充分对比、互相释证,以期以实证的方法充分地还原在层累的思想观念体系中隐藏的文体观念;此外,引入哲学、社会学、文化学、文献学、语言学、文字学等研究方法,以期较为准确、客观、全面地把握早期文体学的独有特点。

魏晋南北朝文体学滋生于以集部为中心的文体语境,建构了系统的文体谱系,形成了"原始以表末,释名以章义,选文以定篇,敷理以举统"的文体学研究的经典方法论,《文心雕龙》标志着中国文体学与文章学的正式形成。该卷主要论述魏晋南北朝时风与文体学的关系,从以下几个方面展开研究:作家批评与文体学,作家写作与文体学,总集编纂与文体分类,文章"原出五经"说与文体比较,文体谱系的建立,刘勰《文心雕龙》如何成为文体学的集大成者,玄学、小说、翻译、佛经、道教文体论,文体学上的文笔之辨,文风与"文无常体",风格论与文体论的互动。其中又以文体谱系的建立为研究重点,涵盖任昉《文章缘起》与簿录式文体谱系、《文心雕龙》的文章谱系、江淹《杂体诗》与诗歌风格谱系、钟嵘《诗品》与诗歌源流谱系、文体谱系与文章谱系、风格谱系与源流谱系等。

唐宋元时期文体学的发展背景,最重要的是文体格局演进和科举考试演变两方面。唐宋元文体学文献庞杂,多数未经系统整理,也较少受关注。该卷对唐宋元时期重要文体学论著进行阐述,对这一时期的文体学发展全貌进行了较为系统的梳理和全面的观照,理清其发展线索和阶段性特点。在此基础上,还对唐宋元文体学的总体定位进行阐释,指出在古代文体学发展的历史长河中,唐宋元时期处于承前启后的特殊地位。其主要贡献表现为,在科举文体崛起、骈散交融、雅俗并兴的背景下,实现了古代文体学由以骈文为中心向以古文为中心的创新转型,并为全面繁荣和集大成的明、清及近代文体学的发展开辟了道路。

明清文学,既是传统文学的结穴,又开启了向近代化变革的帷幕。一方面,文体形式包罗万象而兼有此前各时代的特点,一切传统论题都从理论上得到总结、反思与整合,使明清文体学在文体形态、文体分类、文体史和辨体批评等方面,表现出海涵地负的集大成气象。另一方面,随着传统诗文式微、新文体滋生和文学接受对象的下层化、市民化,明清论家或提出文体学新论题,或对传统问题提出新阐释,使明清文体学体现出前所未有的开拓和创新性,为传统文体学的近代化作了有力铺垫。该卷集中探讨了明代辨体批评的特色和成就、明清总集编纂与文体学发展、明清文体批评体式的创新、明清文体学重大论争、明清文体学史料发掘及研究等重要问题。

晚清民国是文学思潮、文体形态、文体观念发生巨变的时期。该卷通过对晚清民国文体学史上的重要论著、选本、文话、诗话、词话、讲义等的个案研究,贯联起这一时期文体学发展的主要节点和脉络;通观这一时期不同学术谱系、学术流派、学人圈之间文学观念的碰撞、交锋、纷争和融通,以文献的实证研究为基础,将个案、专题分析与晚清民国社会思潮、文化制度、教育制度、媒体形式、语言形式等相结合,不仅呈现西学大潮冲击下,传统文体学在阐释方式、载体形态等方面所发生的变化,也关注新旧的传承、递嬗和现代转型。

该卷所呈现的晚清民国文体学发展的复杂样态,一定程度上展现了西学东渐背景下,中国本土学术体系的强大适应能力与调整能力。这既有助于我们比较中西文学及文学观念的异同,进而了解本土传统文学的独特性与价值所在,也有助于了解在现代文学学科建立初始,学科界限、观念、范畴的形成和确立过程。

《中国古代文体学史》即将付梓,我通读全书,既兴奋又忐忑。"方其搦翰,气倍辞前,暨乎篇成,半折心始",是古往今来著述者普遍遇到的窘况。作为年近古稀的学者,我的感受也许更为真切而强烈。好在"前修未密,后出转精"是学术研究史上的通例。我真诚地期待同行与读者对这套书提出批评指正,共同推进中国文体学的发展。

吴承学

二〇二四年七月

目 录

绪 论 ………………………………………………………… 1
 第一节 先秦两汉文体学文献概述 ……………………… 1
 第二节 早期文体与文体学语境 ………………………… 22

第一章 中国早期文字与文体观念 …………………… 36
 第一节 文字形态与文体内涵 …………………………… 36
 第二节 文字载体与文体命名 …………………………… 40
 第三节 文字形（意）符与文体类别 …………………… 47
 第四节 文字声符与文体特征 …………………………… 51
 第五节 文字规范与文体认同 …………………………… 55

第二章 文体运用、文辞称引中的文体观念 ………… 61
 第一节 先秦文体运用中的文体观念 ………………… 61
 第二节 早期称引提示词与文体意识的萌芽 ………… 69
 第三节 兼类称引提示词与文体认知的发展 ………… 76
 第四节 单一性称引提示词与文体观念的独立 ……… 85

第三章 早期文体命名、分类与文体观念 …………… 91
 第一节 文体命名的原则及其表现形式 ……………… 91
 第二节 命篇、命体与文体观念 ………………………… 94
 第三节 同体异名、异体同名现象与文体观念 …… 124
 第四节 文体并称与文体观念 ………………………… 148

第四章　从六经之学到文体之学 …… 175
第一节　六经之教得失论 …… 177
第二节　六经体制不同论 …… 181
第三节　六经与文体分类 …… 188
第四节　六经与文体归类 …… 194

第五章　礼乐文化及制度与文体学 …… 201
第一节　制度设置与文体谱系的发生 …… 201
第二节　礼制与文体观念的发生 …… 211
第三节　礼学与文体批评 …… 216
第四节　礼意与文体风格 …… 243
第五节　礼文化背景下的文体尊卑 …… 253

第六章　早期文体范式的形成与文体学 …… 264
第一节　西周册命文体的文本生成 …… 264
第二节　礼类文献的撰写与礼仪文体的规范化 …… 282
第三节　日书类文献与祝祷文体的范本化 …… 292

第七章　早期风格学的发生 …… 301
第一节　"风格"观念的旁通与延伸 …… 301
第二节　情感类型风格论 …… 305
第三节　"德"与"言" …… 308
第四节　时代风气与风格批评 …… 309
第五节　"土地各以其类生" …… 312
第六节　文体风格观念的起源 …… 316
第七节　早期风格批评的方式 …… 318

第八章 "九能":从君子才德到文章文体 ………… 321
- 第一节 释"建邦能命龟" ………………………… 323
- 第二节 释"田能施命" …………………………… 326
- 第三节 释"作器能铭" …………………………… 329
- 第四节 释"使能造命" …………………………… 332
- 第五节 释"升高能赋" …………………………… 334
- 第六节 释"师旅能誓" …………………………… 337
- 第七节 释"山川能说" …………………………… 339
- 第八节 释"丧纪能诔" …………………………… 344
- 第九节 释"祭祀能语" …………………………… 347
- 第十节 "九能"说的接受和发展 ………………… 350

第九章 秦汉的职官制度与文体学 ………………… 354
- 第一节 制度安排的文体指向性 ………………… 355
- 第二节 职官与文体分类 ………………………… 361
- 第三节 职官精神与文体风格 …………………… 366
- 第四节 职官与文体的复杂性 …………………… 371
- 第五节 秦汉公牍文体体系及影响 ……………… 376

第十章 汉代经学与文体学 ………………………… 381
- 第一节 二郑的礼学对文体的阐释 ……………… 381
- 第二节 《诗经》学中的文体学研究 ……………… 384
- 第三节 小学与文体语义学、语源学 …………… 389

第十一章 汉代图书整理活动的文体学意义 …… 403
- 第一节 《七略》宗经体系的建构与"文原于经"观念的先导 ……………………………………… 405
- 第二节 《别录》《七略》的辨体论 ……………… 415

第三节　《七略》《汉志》图书编次、归类所见文体观念 ……… 422

第十二章　汉代的创作与文体观念 …………………………… 431
第一节　四言雅颂体正体地位的确立及其在诸种文体中的渗透 ……………………………………………… 431
第二节　辞赋创作的"丽"与"讽谏" ……………………… 436
第三节　文章写作与体类辨析 ……………………………… 440
第四节　模拟文风与文体意识 ……………………………… 444
第五节　文书写作及文体论 ………………………………… 448

第十三章　秦汉文书程式范本的文体学意义 …………………… 455
第一节　文书制度与文书程式范本的产生 ………………… 456
第二节　秦汉文书程式范本的形态 ………………………… 458
第三节　从礼到法：秦汉文书程式范本的文体学意义 …… 464
第四节　文体程式范本的类型与价值 ……………………… 470

结　语 ……………………………………………………………… 476

绪 论

第一节 先秦两汉文体学文献概述

先秦两汉是中国文体学的发轫期,在这个时期,直接而明确的文体学论述并不多见,"文体学"更多地表现为潜在的文体意识与文体观念。在先秦时期,已经出现了对某些文体的具体运用,而有意识地运用文体本身就是文体观念的体现。各类文体史料所见的对文体的命名、称引和分类,以及各类文体文本的流变、撰作、改编等,亦可以体现出隐在的文体观念。到了汉代,则开始出现较为明确的文体论述。因此,本节所述"文体学文献",既包括明确的文体学论述,也涵盖具有文体学意义的文体运用、文体称引等间接材料。①

李零先生把文字材料分为文书和古书两类,前者是作为档案或文件的书,其中又有官文书与私文书之别;后者则是所谓"古书",有部分早期古书直接脱胎于文书档案,又是对文书的超越,它更接近"典籍"或"著述"的概念。②"即使早期古书是直接脱胎于文书档案,它也不是文书档案中必然包含的种类。它之成为后世意义上的'书',恐怕是后人删选、改编的结果。"③文书是在实际的行政、军事及各类仪式等社会实践中使用的书面形式,具有实用性;而古书则

---

① 此节参考吴承学《中国古代文体学研究》(增订本)第二章"古代文体学要籍叙录",中华书局,2022年。
② 李零《简帛古书与学术源流》(修订本),生活·读书·新知三联书店,2008年,第50—55页。
③ 同上书,第54页。

是承载知识、思想的文字载体。对于文体学研究而言,这两类材料都有重要的研究价值。出土文献中的文书类材料,真实地展现了文体在某个具体的时代存在和使用的原始形态;而古书类材料,部分是从文书脱胎而来并经过改写、整编的结果,因此它是某个时代的观念的反映,或历代观念层累的结果,其中蕴含的丰富的文本流变信息,为观察文体观念的变迁提供了重要窗口。以下分别从古书、文书两个方面,举要概述先秦两汉传世与出土文献中的文体学史料,以及其中值得注意的问题和研究价值。

一 古书类

(一) 经部文献

1.《书》类文献

《尚书》在先秦时期以单篇形态流传,根据文献记载,先秦时已经出现单篇篇题①,篇题有训、诰、誓、命、刑等文体命名,体现了早期文体分类的意识。② 秦汉《尚书》学对各篇的文体辨别更趋明晰,并出现概括性的论述。如《尚书大传》一般认为于秦汉时成书,其中有云:"六誓可以观义,五诰可以观仁,《甫刑》可以观诚,《洪范》可以观度,《禹贡》可以观事,《皋陶谟》可以观治,《尧典》可以观美。"③

出土文献方面,郭店楚简、上博简零星出现《书》类文献的相关内容。郭店楚简于 1993 年出土于湖北省荆门市郭店一号楚墓,该墓的墓主为东周时期楚国贵族,发掘者推断该墓年代为战国中期偏晚,因此郭店楚简的年代下限应略早于墓葬年代。④ 上海博物馆藏

---

① 关于先秦文献所引《尚书》篇题,参见陈梦家《尚书通论》,中华书局,2005 年;刘起釪《尚书学史》,中华书局,1989 年;程元敏《尚书学史》,华东师范大学出版社,2013 年;许锬辉《先秦典籍引〈尚书〉考》,台北,花木兰文化出版社,2009 年。
② 参见本书第三章第二节"命篇、命体与文体观念"。
③ 《尚书大传》传为秦汉时伏生所传,汉代时由其弟子整理其学说而成。《尚书大传》在宋代便有残缺,并亡于元明之际,清人有辑佚本。此段文字见引于《太平御览》《困学纪闻》等书,可据。见皮锡瑞《尚书大传疏证》,中华书局,2022 年,第 342 页。
④ 荆门市博物馆编《郭店楚墓竹简》前言,文物出版社,1998 年,第 1 页。

战国竹简于1994年由上海博物馆从香港古玩市场购入,经测年,竹简年代定为战国晚期,整理者推断其为楚国迁郢以前贵族墓中的随葬物。①

郭店楚简《缁衣》《成之闻之》、上博简(一)《缁衣》都有称引《书》的内容,其中郭店楚简《缁衣》见有《尹诰》《吕刑》《康诰》《君陈》《君雅》《君奭》《兑命》《大甲》等《尚书》篇题,《成之闻之》见有《君奭》《康诰》的篇题,上博简(一)《缁衣》可与郭店简《缁衣》对读,见有《尹诰》《君陈》《君牙》《康诰》《祭公之顾命》《吕刑》《君奭》等《尚书》篇题,为《尚书》篇题出现以及相关文体观念形成的年代提供了有力证据。

2008年,清华大学入藏一批战国简,经鉴定,其年代为战国中晚期。② 清华简中的《书》类文献尤为丰富,其中有可与传世《尚书》《逸周书》对读的篇什,如《尹至》《尹诰》《程寤》《金縢》《皇门》《祭公之顾命》《命训》以及《说命》三篇,也有传世文献未见的逸篇,如《保训》《赤鹄之集汤之屋》③《厚父》《封许之命》《摄命》《𨟭命》以及《四告》等。随着清华简的陆续发布,《书》类文献成为早期文史研究的热点。出土材料中的《书》类文献的出现也为先秦文体学研究拓宽了研究进路。比如,《封许之命》《摄命》诸篇可与两周铜器铭文及传世《尚书》对读,由于出土材料可大致确定其文本形成的时间下限以及抄写的时代,通过对不同时代文本的比较,可以发掘其中蕴含的复杂的文本流变信息。文本流变或文体形态改变的出现背后原因颇为复杂,其中一个重要原因就是文体观念的变迁,这就

---

① 马承源主编《上海博物馆藏战国楚竹书(一)》"前言:战国楚竹书的发现保护和整理",上海古籍出版社,2001年,第2页。
② 清华大学出土文献研究与保护中心编,李学勤主编《清华大学藏战国竹简(壹)》前言,中西书局,2010年,第3页。
③ 该篇的文体性质一般被认定为小说,刘光胜提出不同意见,认为应属《书》类文献,见刘光胜《同源异途:清华简〈书〉类文献与儒家〈尚书〉系统的学术分野》,《中国高校社会科学》2017年第2期。

为命体、诰体、铭体以及相关的文体观念在两周的形成与演变提供了可信的研究样本。①

2.《诗》类文献

汉人传授《诗经》,有今文学派(齐、鲁、韩三家),有古文学派(毛氏)。《汉书·艺文志·六艺略》载《毛诗故训传》三十卷,为汉儒毛亨所作,其中"传"即对《诗》之大义的阐发。《毛传》对某些诗句的解释体现出特定的文体观念,如《诗·魏风·园有桃》:"心之忧矣,我歌且谣。"《毛传》:"曲合乐曰歌,徒歌曰谣。"②即为对歌、谣的文体辨析。更值得注意的是,《鄘风·定之方中》之《传》有"九能"说。在早期语境中,"九能"原指士大夫在各种场合所能掌握的,包括对文体与语词运用的不同能力。汉代以后,"九能"说逐渐从大夫才德命题发展成文学命题,并被赋予文体学的内涵与意义,这一转变既有其内部原因,还涉及汉代的文章学背景以及后人对"九能"说的选择性接受与阐释。探究"九能"说的演变及其动因,具有文体学研究的价值。③

毛氏所传授之《诗》即《毛诗》。今本《毛诗》每一篇之首都有序,称为《毛诗序》。而《周南·关雎》的序,其中有大段文字是对诗的功能、艺术特征、分类的概括,有"纲领"性质,故后人将这段文字称为《诗大序》。《诗大序》"六义"说已成为中国古代诗体分类的重要原则,"变风""变雅"则可谓探讨文体正、变沿革的最早文献。④

郑玄《诗谱》,原书已佚,原有文字与年表两部分。其书在唐代尚存,其中文字部分载于《毛诗正义》,宋以后有多种辑本。《诗谱序》在《诗大序》"变风""变雅"概念的基础上,结合《诗》篇的历史

---

① 参见李冠兰《清华简〈封许之命〉年代再议——兼及〈书〉类文献在两周的整编与流传》,《学术研究》2020年第7期。
② 郑玄笺,孔颖达疏《毛诗注疏》卷五,阮元校刻《十三经注疏》,中华书局,1980年,第357页。本书引《十三经注疏》均据此本,后不再标注。
③ 参见本书第八章"'九能':从君子才德到文章文体"。
④ 参见本书第十章第二节"《诗经》学中的文体学研究"。

发展梳理出正变体系，并提出"诗之正经"，对后世文体正变论有深远影响。①

出土文献方面，近几十年来出现了大量的《诗》类文献，略述如下：

上博简（四）《逸诗》收有《交交鸣乌》《多薪》两首逸诗。有学者指出，《交交鸣乌》《多薪》以及清华简《耆夜》所载的三首逸诗（如《乐乐旨酒》）等是楚人拟《诗》体的作品。② 拟作的出现，是文体观念成熟的重要标志，这些作品或是当时楚人对《诗》的接受及诗体观念的成熟在创作上的体现。

另外上博简（四）《采风曲目》记载五声中宫、商、徵、羽各声名所属歌曲的篇目，整理者认为可能是"经过楚国乐官整理的采风歌曲目录的残本"③。其中包括《硕人》，与《诗·卫风·硕人》篇名相同，显示与《诗》的密切关系，反映了战国楚乐官对各种诗歌的乐调分类，由此也可以看出楚地对《诗》的音乐运用。

上博零简《卉茅之外》由曹锦炎于2019年披露④，一般被认为是逸《诗》，然而其文体性质与一般的《诗》类文献似有不同，有待进一步研究。

清华简（一）《耆夜》载有周公所作《蟋蟀》，与今本《唐风·蟋蟀》有联系，又有区别，有证据显示清华简《蟋蟀》具有战国时的用韵特点，证明其形成时间较晚，或经过战国人编辑。⑤ 清华简（三）《周公之琴舞》则有与今本《周颂·敬之》有关的内容。对传世文献与出土文献的异文的对比研究，可以探究《诗》文本在上古文献以及礼乐

---

① 参见本书第十章第二节"《诗经》学中的文体学研究"。
② 参见曹建国《楚简与先秦〈诗〉学研究》第五章，武汉大学出版社，2010年；刘成群《清华简〈耆夜〉与尊隆文、武、周公》，《东岳论丛》2010年第6期；常佩雨《上博简逸诗〈交交鸣鷖〉新论》，《河南社会科学》2012年第6期等。
③ 马承源主编《上海博物馆藏战国楚竹书（四）》，上海古籍出版社，2004年，第161页。
④ 曹锦炎《上博竹书〈卉茅之外〉注释》，《简帛》第18辑，上海古籍出版社，2019年。
⑤ 陈致《清华简所见古饮至礼及〈耆夜〉中古佚诗试解》，清华大学出土文献研究与保护中心编《出土文献》第1辑，中西书局，2010年，第30页。

仪式中是如何流变,又是如何被运用的。文本的流变及其被运用,是文体观念的表现。出土文献中《诗》类文献的异文,为研究文体观念的发展提供了独特的材料。另外,《周公之琴舞》中的"启""乱"等术语,显示其乐歌特征,可以看出对乐歌结构加以区分的明确意识,且有助于理解《楚辞》以及部分汉乐府文本中"乱"这一文体构成的来源。《芮良夫毖》有"吾用作毖再终"①的语句,显示其时已有比较明确的关于"毖"的文体观念,这是一种以往先秦文献中未明确出现的文体。

安徽大学藏战国竹简《国风》,年代为战国早中期,是"目前发现的时代最早、存诗数量最多的抄本","证明战国早中期《诗经》确有定本,且已广泛传播"②。其抄写形态为:简本各篇不书篇名(但有证据表明各篇篇名应已确定),同一国各篇连抄,以墨块作为分篇标记,各篇内部不标记分章。安大简《诗经》与《毛诗》的对比研究,可探讨战国时的诗乐观念,如马银琴指出"安大简《诗经》的编排或为魏国改制《诗》乐以强化其文化影响力的反映"③。

湖北荆州王家嘴 M798 出土战国楚简《诗经》。该墓的时代被定为战国晚期前段。④ 每篇诗有明确分章标注,且篇末记有篇名并总结该篇的章数及每章的句数。⑤ 这一篇章形态不同于时代更早的安大简《国风》,体现出战国时期《诗》的文本形态及传授形式的变化,为认识战国时期的诗学观念提供了新的证据。

阜阳汉简中存有《诗经》残简。该批竹简为西汉第二代汝阴侯

---

① 清华大学出土文献研究与保护中心编,李学勤主编《清华大学藏战国竹简(叁)》,中西书局,2012年,第146页。
② 安徽大学汉字发展与应用研究中心编,黄德宽、徐在国主编《安徽大学藏战国竹简(一)》前言,中西书局,2019年,第5页。
③ 马银琴《安大简〈诗经〉文本性质蠡测》,《中国文化研究》2020年秋之卷。
④ 荆州博物馆《湖北荆州王家嘴798号楚墓发掘简报》,《江汉考古》2023年第2期,第13页。
⑤ 蒋鲁敬、肖玉军《湖北荆州王家嘴M798出土战国楚简〈诗经〉概述》,《江汉考古》2023年第2期。

夏侯竈随葬的遗物。有学者根据避讳、用字习惯等推断其为汉人依据楚国流传下来的本子的抄本,其依据的本子抄写于公元前540年至前529年间,属楚灵王时期。① 竹简出土时破损严重,现存残片经整理,见有《国风》《小雅》,每篇诗后有一支单独的竹简标明此右某篇若干字,根据其书写特点,可能不是一人一时写成。② 该批竹简的整理者胡平生先生指出,按照今本《毛诗》体例,十五《国风》下皆记有诗歌篇数、章数和句数(笔者按:海昏侯墓《诗经》亦如此),根据阜阳汉简《诗经》S144,则《阜诗》与《毛诗》的体例小有不同。《阜诗》不计章数、句数,却记下《毛诗》所没有的总字数。③ 在抄写格式方面,胡平生构拟了《阜诗》的复原图,推测每章三句至十一句者,大抵一简写一章。字数少者,字大而疏;字数多者,字小而密。写不满一简的留有空白。每章十二句者,则用两支简写一章。④《阜诗》附录二收录三篇残简,言"后妃",言"讽",应该是《诗》序的残文⑤,虽然只有寥寥数语,可结合上博简《孔子诗论》和《毛诗序》作对比研究,这为我们认识《诗》在战国至汉初的传授情况以及《诗》序的形成提供了证据,更立体地展示了先秦两汉的诗学批评观念。

西汉海昏侯刘贺墓出土竹简《诗》。该批竹简中,有置于竹书前端的总目录,其格式分《风》《雅》《颂》三大部分排列,在每部分的目录中,在首简注明该部分的篇数、章数及句数,对于每篇诗都分章注明其章题及章句数,可见其有非常清晰而整齐的篇目结构,与《毛诗》同异互见。由此可以见出,在汉初《诗》的传授已经形成非常严谨的结构和范式。该批《诗》简的正文部分还夹有对诗中词语与文

---

① 孙斌来《阜阳汉简〈诗经〉的传本及抄写年代》,《古籍整理研究学刊》1985年第4期。
② 胡平生、韩自强《阜阳汉简诗经研究》,上海古籍出版社,1988年,第1页。
③ 同上书,第18—19页。
④ 胡平生《阜阳汉简〈诗经〉简册形制及书写格式之蠡测》,同上书,第95页。
⑤ 文物局古文献研究室、安徽阜阳地区博物馆阜阳汉简整理组《阜阳汉简〈诗经〉》,《文物》1984年第8期;胡平生、韩自强《阜阳汉简〈诗经〉简论》,《文物》1984年第8期。

句的注解,在篇末也有极简要的语句概括该诗的主旨。① 因为传统观点认为东汉才开始出现经传合编现象,而海昏侯墓出土《诗经》则为早期解经模式提供了新证据。②

从上博简、清华简所载的《诗》类文献,到安大简《国风》、王家嘴楚简《诗经》、阜阳汉简及西汉海昏侯墓《诗》,可以见出《诗》的传写形态的变迁,即从较为原始的文本到经典化的流变过程,在战国时期有单篇逸诗与定本并存的流传状态,在西汉中后期则有"经传合编"的形态。③ 战国时期,《诗》已经有较为系统的传授定本,为研究先秦《诗》的流播提供了可贵的证据,这个过程也是文体观念递变的过程。比较各批材料的物质性特点,也有利于了解先秦两汉《诗经》的抄写、阅读方式。从安大简《国风》到阜阳汉简《诗经》,再到海昏侯墓《诗经》的篇章抄写情况和篇末的篇章字数统计的文字来看,"章"的观念的形成和固定经历了一定的过程。许志刚指出,根据春秋时期的文献,当时人在称引《诗》的时候已经有明确的"章"的意识④,而出土材料则显示这种意识在传本中被固定下来有一个渐进的过程。

另外,上博简《孔子诗论》是战国时儒家论《诗》的言论汇编,关涉诸多重要问题,如先秦《诗》学的产生与发展、与《毛诗序》的关系、先秦《诗经》的编次及文本形态、"诗言志"说这一重要的文论命题的起源及其在文学批评史上的意义,以及对《诗》文本的重新阐释,等等。《孔子诗论》在发表之初便备受瞩目,引发学界热议,目前对之已有极为丰硕的研究成果。其中《诗论》"诗亡隐志,乐亡隐情,文亡隐言"一说,为理解先秦"诗言志"说提供了新材料,陈斯鹏指出是"诗缘情"说的思想渊源。⑤ 徐正英亦以此说作为切入点探究

---

① 朱凤瀚《西汉海昏侯刘贺墓出土竹简〈诗〉初探》,《文物》2020年第6期。
② 曹景年《海昏侯墓新出文献与汉代"经传合编"问题》,《管子学刊》2021年第1期。
③ 参见上文。
④ 许志刚《汉简与〈诗经〉传本》,《文献》2000年第1期。
⑤ 陈斯鹏《简帛文献与文学考论》第六章"竹简《诗论》在中国文学批评史上的地位与意义",中山大学出版社,2007年,第58页。

《孔子诗论》的文体学意义。①

3.《礼》类文献

传世文献方面,"三《礼》"是重要的文体学史料。

《周礼》,原名《周官》,王莽时改称《周礼》。其成书年代尚有争议,大致有春秋、战国、汉初等观点,其中以战国说较为合理。②《周礼》所载制度在某种程度上反映了西周的实际③,同时也有撰者理想化构建的成分,所以其材料性质比较复杂,需要加以仔细甄别。该书记载了大量与文体相关的材料,据之可以大概构拟出一个以制度为纲的中国早期文体谱系④,这一方面反映了撰者的文体观念,经过考证也可以推知西周的文体实际运用情况。再者,郑众、郑玄等汉儒在注释《周礼》时涉及了不少早期文体,而他们对经文的理解一方面来自古书,一方面也带入了汉人的文体观念,若采用相关的出土文献加以对照,能为认识文体观念从先秦到汉代的流变提供可信依据,也有助于进一步发现文体观念在历代的层累性。

《仪礼》,在先秦单称《礼》,汉时称《礼》《士礼》《礼经》等。关于其成书年代,沈文倬认为是自周元王、定王之际到周烈王、显王之际(即公元前五世纪中期到公元前四世纪中期),"由孔子的弟子、后学陆续撰作的"⑤,在

---

① 徐正英《上博简〈孔子诗论〉"文亡隐意"说的文体学意义》,《文艺研究》2014年第6期。
② 参见钱穆《周官著作时代考》,《燕京学报》1932年第11期;杨向奎《周礼内容的分析及其制作时代》,《山东大学学报》1954年第4期;钱玄《三礼通论》,南京师范大学出版社,1996年,第25—33页;等等。
③ 张亚初、刘雨对西周金文所载官制与《周礼》作了对比研究,指出《周礼》保存了许多西周职官制度的史料(《西周金文官制研究》,中华书局,1986年,第112页);沈文倬结合传世与出土文献考证《周礼》所载的某些职官制度符合西周实际(《略论宗周王官之学》,收入《菿闇文存——宗周礼乐文明与中国文化考论》,商务印书馆,2006年);李晶认为《周礼》的职官系统与春秋官制接近(《春秋官制与〈周礼〉职官系统比较研究——以〈周礼〉成书年代的考察为目的》,河北师范大学硕士学位论文,2004年);等等。
④ 参见本书第五章第一节"制度设置与文体谱系的发生"。
⑤ 沈文倬《略论礼典的实行和〈仪礼〉书本的撰作》,《文史》第15、16辑,中华书局,1982年;现据《菿闇文存——宗周礼乐文明与中国文化考论》,商务印书馆,2006年,第58页。

"三《礼》"中成书最早,是可以信据的先秦礼学材料。《仪礼》主要记述冠、婚、丧、祭、射、乡饮酒、相见、燕、聘、觐等各类礼仪的程式,有助于了解上古文体运用的仪式背景。书中记载各类仪节时还收入一些礼辞的套语,如卜筮命辞、祝辞、嘏辞、加冠祝辞等。礼辞的程式化、套语化,正是相关文体观念成熟的体现。可与传世本对照的是甘肃武威汉墓出土《仪礼》,根据整理者考证,其中木简甲、乙本抄写于成帝前后,其所依据的原本在昭、宣之世。丙本竹简则早于木简本。①

大小戴《礼记》,其中大部分为战国文献,如《礼记·乐记》《坊记》《表记》《缁衣》《中庸》《曾子问》《檀弓》《祭统》《祭义》《杂记》《曲礼》《礼器》等,以及《大戴礼记·武王践阼》《劝学》等;另外,还有西周文本,如《大戴礼记·夏小正》中所载《夏小正》经文;也有秦汉时所作,如《礼记·月令》《王制》,《大戴礼记·盛德》《明堂》《保傅》《礼察》等,《大戴礼记·公冠》"孝昭冠辞"为汉时羼入。②《记》原为对《礼》经义的阐发,而大小戴《礼记》辑录了范围颇为广泛的先秦至秦汉与礼相关的古书,以便讲授、理解经义。上古文体的产生、发展在很大程度上植根于礼制背景,故大小戴《礼记》载录了不少颇有价值的文体学材料。如《礼记·祭统》有一段关于铭体命名、功能、文本的论述,是先秦时期鲜见的比较完整的文体论。又如《大戴礼记·武王践阼》载武王"为戒书"并在器物上所刻的几则铭文。上博简(七)《武王践阼》可与传世本《大戴礼记·武王践阼》对读。传世本与简本的铭体文本互有出入,并多出数则。而在中山王𰻝鼎铭、睡虎地秦简《为吏之道》等材料中又能见到同源文本,显示这类所谓"铭体"文本,虽托为武王所作,实则是由各种材料抄撰拼合而成,与铸刻在两周青铜彝器上的铭文有明显区别,因此具有构拟性

---

① 中国科学院考古研究所、甘肃省博物馆编《武威汉简》,文物出版社,1964年,第52页。

② 参见钱玄《三礼通论》,南京师范大学出版社,1996年,第44—48页。

质。这为我们观察战国时期铭体观念的形成和变迁提供了切入点。此外,西汉海昏侯墓出土简牍有《礼记》类文献竹简300多枚,与《小戴礼记·曲礼上》《曲礼下》《祭义》《丧服四制》《中庸》《大戴礼记·曾子疾病》《曾子事父母》《保傅》《曾子大孝》等篇相合,可对读,也有不见于今本大小戴《礼记》者。①

在先秦时期,并无独立的文体理论,很多关于文体的论述是在礼学的框架下展开的。这些论述大多是片段式的,散见于礼学文献及其他各类古书,其中以《礼记》最多。早期的文体写作是基于礼仪的需要的,因此礼制的规约也就成为文体写作的重要出发点,直接促成了相关文体观念的发生。再者,对礼的辨别、分类、溯源,以及对某些行为(包括言语行为)是否"合礼"的批评,都是潜在的文体批评。礼学与文体批评的独特结合、其形态及批评模式对后世文体批评范式的形成有着重要的影响,值得深入研究。②

此外,出土文献方面,《礼》类文献相关的材料,还有郭店楚简《缁衣》《性自命出》,上博楚简《缁衣》《性情论》《民之父母》《内礼》《天子建州》等。这些文献与文体学直接关联的材料不多,但也有一些值得注意的文体学史料。

其中,郭店楚简《性自命出》与上博楚简《性情论》的内容大致相同。《性自命出》云:"《诗》《书》《礼》《乐》,其始出皆生于人。《诗》,有为为之也。《书》,有为言之也。《礼》《乐》,有为举之也。圣人比其类而论会之,观其先后而逆顺之,体其义而节文之,理其情而出入之,然后复以教。"③言圣人综理群经,其中对《诗》《书》《礼》《乐》性质的区辨,体现出初步的文体分类观念。两篇竹书都有与

---

① 参见江西省文物考古研究院等《江西南昌西汉海昏侯刘贺墓出土简牍》,《文物》2018年第11期。
② 参见本书第五章"礼乐文化及制度与文体学"。
③ 武汉大学简帛研究中心、荆门市博物馆编著《楚地出土战国简册合集(一)郭店楚墓竹书》,文物出版社,2011年,第100页。按:在原书释文中,诗、书、礼、乐皆无书名号,但细味文意,应指经过整编的典籍。

《礼记·乐记》相关的内容,上博(一)《性情论》阐述声与情的关系("凡声,其出于情也信,然后其入拔人之心也敏"),然后阐述《赉》《武》《韶》《夏》等上古舞乐对人心的感发作用和产生的艺术效果①,相似内容也见于《性自命出》。这是文体风格论的萌芽,同时也有力证明《乐记》所见的早期文体风格论的形成应在汉代以前。

4. 小学文献

在《汉书·艺文志》中,"小学"类归于《六艺略》下,收录童蒙识字、学书的字书。《尔雅》等训诂之书则被归入《孝经》类,可见当时尚未形成后世涵括文字、训诂、音韵的"小学"观念。为方便论述起见,本节仍依照后世的图书分类观念,将《尔雅》等训诂之书也归并到此类下。文字训诂之学关涉人们是如何认识、解释各种事物的,这种"解释"的行为本身便反映了当时的普遍认知和集体意识。当小学著作涉及文体相关的词语的解释时,便可据以研究当时的文体观念。

《尔雅》成于战国至秦汉间,郭璞《尔雅序》云"所以通诂训之指归,叙诗人之兴咏,揔绝代之离词,辩同实而殊号者"②。《尔雅》所训释的词语,有部分与文体相关,如:"命、令、禧、畛、祈、请、谒、讯、诰,告也。"③"剂、翦,齐也。"④"诰、誓,谨也。""矢,誓也。"⑤"祈,叫也。"⑥等等。皆提示战国秦汉时人对这些具有文体意味的名词的认识水平。

《说文解字》,汉许慎著,是中国第一部通过分析字形来探求文字本义的字书,收录并解释了不少与文体相关的语词,如祷、议、诫、诰、谚、谜、札、祝、诗、谶、奏、训、册、谕、谟、论、诏、誓、语、说、记、

---

① 马承源主编《上海博物馆藏战国楚竹书(一)》,上海古籍出版社,2001年,第239—245页。
② 郭璞注、邢昺疏《尔雅注疏》卷一,阮元校刻《十三经注疏》本,第2567页。
③ 同上书,第2570页。
④ 同上书卷三,第2581页。
⑤ 同上书,第2582页。
⑥ 同上书,第2584页。

诘、讴、詟、谥、谏、诅、谱、碑、史、笺、简、符、牒、帖、吊、券、檄、颂、铭等,数量相当可观。作者对这些语词的训释虽非自觉的文体研究,但在对其本义的探求中,从不同角度反映了汉人对各种文体名称原始意义的理解,涉及文体的体性、功能、使用对象、场合等。又,此书创立部首检字法,同一部首的字,往往有某种意义关联,如"言"部所载言、语、诗、谶、讽、诵、训、谟、论、议、誓、谏、说、记、讴、谚等,都与文体形态相关,暗示了早期文体产生与语言活动的密切关系,对研究古代文体发生学颇有价值。《说文解字》对于文体的释义,往往为后人解释文体本义所征引。

《释名》,汉刘熙撰。此书作为中国第一部语源学专著,采用音训的方法,探求古人称名辨物的缘由,以推原词语的本义。全书收录和训释的文体语词极为丰富,计有语、说、序、颂等五十余种。这些文体语词主要见于该书《释言语》《释书契》《释典艺》,反映出早期文体产生的三个主要来源,即言语交流活动、行政公文和日常文书、典籍文化。《释名》将各种文体语词分别归入这三篇,隐含着撰者对多种文体的归纳和分类意识。又,此书"因声求义"的训释方法,对《文心雕龙》确立"释名以章义"的文体学研究内容和方法有重要影响。

(二) 子部文献

先秦的子书有一些值得注意的文体学史料。如《庄子·天下》《荀子·儒效》论五经各自的功能,表现不同的内容。对五经的内容与功能之辨,是"文本于经"说的早期观念基础。由于先秦子书的文体学材料较为分散,故不一一赘述。

《法言》,汉扬雄著。扬雄长于模拟众体,积累了非常丰富的文体实践经验。在《法言》中,他对一些文体的功能、风貌进行了评述,如《吾子》篇:"或曰:'赋可以讽乎?'曰:'讽乎!讽则已,不已,吾恐不免于劝也。'"[①]《修身》篇:"或问'铭'。曰:'铭哉!铭

---

① 汪荣宝《法言义疏》,中华书局,1987年,第45页。

哉！有意于慎也。'"①另外,《吾子》篇云:"诗人之赋丽以则,辞人之赋丽以淫。"②以对举的方式比较两种类型赋体的艺术风貌,直接继承《礼记·乐记》"治世之音安以乐""乱世之音怨以怒""亡国之音哀以思"③的评论方式,并将这一方式运用在文体风格的评述上。《法言》还体现出比较明确的对文辞体制之重要性的察觉。《问神》篇:"言不能达其心,书不能达其言,难矣哉！惟圣人得言之解,得书之体,白日以照之,江、河以涤之,灝灝乎其莫之御也！"④所谓圣人"得书之体",意即圣人著书,能够通晓写作时安排文辞体制的法度。

《论衡》,汉王充著。在此书中,王充对著述与文章的制作发表了很多精到的见解。《超奇》《佚文》《案书》诸篇有意识地区分著述与文章,将著述与赋、颂、记、奏等单篇文章明确区分开来,可见文章观念的独立。《正说》云:"夫经之有篇也,犹(由)有章句也。有章句,犹(由)有文字也。文字有意以立句,句有数以连章,章有体以成篇,篇则章句之大者也。"⑤从字、句、章、篇的概念解析文章结构,其中"体"即指文章的形式结构,接近于文章学意义上之"文体"概念。此外,《须颂》论颂主的必要性,论述了颂体的功能,梳理了颂体自先秦以来的流变,并结合具体的作品加以评述,虽然并非自觉的文体论,但反映东汉时对颂体的创作以及历史沿革已经有相当清晰的认识。

《独断》,汉蔡邕著,为记录、研究汉代典章制度、名物、官文书及其载体、形制的著作。涉及的文书大致包含下行的诏令文和上行的奏议文两大类。其中诏令文是皇帝向臣下发布命令的御用文体,分策书、制书、诏书、戒书四类。奏议文是臣下向皇帝进言的文体,分章、奏、表、驳议四类。书中对每一类文体的适用场合、体制规格、行文用语、书写载体形制乃至发布方式等都有详细说明,如:"戒书,戒敕刺

---

① 汪荣宝《法言义疏》,中华书局,1987年,第88页。
② 同上书,第49页。
③ 郑玄注,孔颖达疏《礼记注疏》卷三七,阮元校刻《十三经注疏》本,第1527页。
④ 汪荣宝《法言义疏》,中华书局,1987年,第159页。
⑤ 黄晖《论衡校释》,中华书局,1990年,第1129页。

史、太守及三边营官。被敕文曰'有诏敕某官',是为戒敕也。世皆名此为策书,失之远矣。""章者,需头,称'稽首上书',谢恩陈事,诣阙通者也。"①等等。蔡邕对皇帝四类文书的论述是对其师胡广《汉制度》的扩充。侯旭东结合出土材料,通过对比分析,指出胡广、蔡邕的皇帝四类文书说是他们出于主观意图而构建的皇帝文书等级秩序,未必能反映皇帝文书运行的实际情况。②这一观点的提出对文体学研究亦颇有启发。应避免不加辨别地直接套用《独断》的文书体系来认识汉代行政文书,辨明文体学史料的性质及撰作背景。

附:蔡邕还著有《铭论》一篇,虽不属于子部文献,且附于此。此文结合先秦以来的记载,对铭体的内容、功能和历史演变进行了专门的评述,是较早的自觉的文体专论。蔡邕以汉人的观念认识上古以来的铭体,将箴戒之铭、碑刻之铭都纳入铭体范围内,这是汉代铭体创作实际在理论上的体现。

(三) 史部文献

《国语》《战国策》引述了不少先秦文体的文本,对这些文本的称引反映了其时的文体观念。③长沙马王堆汉墓出土帛书《战国纵横家书》,全书二十七章,其中见于《史记》《战国策》著录的有十一章,其余为佚书,④不仅可与《战国策》作对读研究,还可以据此了解刘向整理、校订《战国策》时所作的文本修订⑤,从而研究刘向校书的编纂原则及文体观念。

---

① 蔡邕《独断》卷上,北京直隶书局,影印抱经堂校本,1923年。
② 侯旭东《胡广/蔡邕"帝之下书有四"说的"显"与"隐"》,北京大学历史学系、北京大学中国古代史研究中心编《祝总斌先生九十华诞颂寿论文集》,中华书局,2020年。修订版收入侯旭东《汉家的日常》,北京师范大学出版社,2022年。现据修订版。
③ 参见本书第二章"文体运用、文辞称引中的文体观念"、第三章"早期文体命名、分类与文体观念"。
④ 湖南省博物馆、复旦大学出土文献与古文字研究中心编纂,裘锡圭主编《长沙马王堆汉墓简帛集成》第3册,中华书局,2014年,第201页。
⑤ 参见姚福申《对刘向编校工作的再认识——〈战国策〉与〈战国纵横家书〉比较研究》,《复旦学报(社会科学版)》1987年第6期;夏德靠《〈战国策〉文的来源及其编纂》,《中国文学研究》2014年第4期。

《史记》《汉书》记载了部分传主著述的情况,甚至全篇收录或节选其文章,是研究汉代文体创作情况以及文体观念的第一手资料。南朝刘宋人范晔所著《后汉书》较为全面地记载了汉代文体名称,虽成书时代较晚,但部分保留了东汉时期文体创作、著录的原貌,在仔细甄别相关材料年代的前提下,依然有较高的文体学史料的价值。①

在以上诸种史部著作中,《汉书·艺文志》(下称《汉志》)尤为值得关注。《汉志》是班固在刘向《别录》、刘歆《七略》的基础上修订而成的目录学著作,因此从《汉志》可以见出《别录》《七略》的大略。刘向父子校理图书时,对收藏在中秘的典籍按照一定的逻辑加以编次、整理,并为其撰写叙录。这些典籍在年代上涵盖先秦至汉朝,因此刘向父子整理图书的活动实质上是对先秦以来的学术、知识的一次追根溯源、分门别类的体系梳理。刘向父子对图书的分类整理,是理解早期文体观念的重要切入点。如《诗赋略》将赋与歌诗归并为一类。《数术略》收录杂记、符、占等十余种形式,体现了当时的"数术"文体观念。《汉志》的各略、各小类大多有序文,以阐述该类学术发展的源流以及图书流传过程。章学诚《校雠通义》将其方法归纳为"辨章学术,考镜源流"。如《诗赋略》序考察赋体与歌诗的源流和功用,可以说是一篇首尾完备的诗赋文体论。这一方法是后世文体溯源论的理论来源,如刘勰《文心雕龙》文体论"原始以表末"的方法即深受《汉志》的影响。

(四) 诗赋类文献②

楚辞类文献,见有上博简《有皇将起》《李颂》《兰赋》《鹠鹠》《凡物流形》等。其中《有皇将起》《鹠鹠》都以四字、五字句交叉运用为

---

① 参见吴承学《中国古代文体学研究》(增订本)第三章"文体学史料的发掘和处理",中华书局,2022年,第99—102页。
② 李零按照《汉书·艺文志》的体例,在"古书"一类下设"诗赋类",其中包括楚辞系统的屈原、唐勒、宋玉诸人之赋(参见李零《简帛古书与学术源流》[修订本],生活·读书·新知三联书店,2008年,第349—356页),本书亦遵循李零的分类方法,将楚辞类文献归于此类之下。

主,且以句末使用语气词"含兮"为特色,整理者指出其"尚未演变为典型的楚辞五字句或六字句格式"①,即认为其为未成熟的楚辞形式。这或有助于了解屈赋以前楚辞的文体创作状况,认识楚辞文体观念形成至成熟的轨迹。

杂赋。《汉书·艺文志·诗赋略》下有"杂赋"类,收录《成相杂赋》十一篇、《隐书》十八篇。虽然其书已亡佚,但亦有材料可参。在传世文献方面,学者指出《老子》《逸周书·周祝解》是荀子《成相》之祖②,这是成相体的早期源头。出土文献方面,睡虎地秦简《为吏之道》有"成相辞"一章,与为官准则等内容杂钞在一处。③ 北大秦简《隐书》为四言赋体,最后一简的背面写有"此隐书也"之语④,明确其篇题及文体性质,可见其时已有明确的关于该种文体的认识。

与成相体、隐书等相关的制作,还有《荀子·成相》《赋》,刘勰《文心雕龙·诠赋》认为"荀况《礼》《智》,宋玉《风》《钓》,爰锡名号","斯盖别《诗》之原始,命赋之厥初也"⑤,是"赋"的文体命名的起始。篇题的拟定即为对此类文体的认定,学者或认为其篇题为荀子自拟⑥,或认为是汉人或时代更晚的后人所拟⑦。

北大秦牍《酒令》三首,原无篇题,现篇题为李零所命。三篇酒令分别写在一枚竹牍和两枚木牍上,皆为一尺之牍。其中竹牍有两道编绳痕迹,根据李零推断,可能与其他竹牍编联。⑧ 两枚木牍无编

---

① 马承源主编《上海博物馆藏战国楚竹书(八)》,上海古籍出版社,2011年,第271、287页。
② 孔晁注,陈逢衡补注《逸周书补注》卷二一《周祝解》,宋志英、晁岳佩选编《〈逸周书〉研究文献辑刊》第5册,国家图书出版社,2015年,第186页;伏俊琏《〈汉书·艺文志〉"成相杂辞""隐书"说》,《西北师大学报(社会科学版)》2002年第5期。
③ 睡虎地秦墓竹简整理小组编《睡虎地秦墓竹简》,文物出版社,1990年。
④ 李零《隐书》,《简帛》第8辑,上海古籍出版社,2013年。
⑤ 刘勰著,詹锳义证《文心雕龙义证》,上海古籍出版社,1989年,第277页。
⑥ 参见姜书阁《〈荀子·赋〉平议》,《先秦辞赋原论》,齐鲁书社,1983年,第184页。
⑦ 参见赵逵夫《〈荀子·赋篇〉包括荀卿不同时期两篇作品考》,《贵州社会科学》1988年第4期;张小平《荀子〈赋篇〉的真伪问题及研究》,《江淮论坛》1996年第6期。
⑧ 李零《北大藏秦简〈酒令〉》,《北京大学学报(哲学社会科学版)》2015年第2期。

绳痕迹，且书写字体与竹牍不同。三篇《酒令》非同一人抄写，也非编联在一起，而且三枚竹、木牍与一枚行酒令的木骰同出，应为实用性质的酒令实物，而非专为陪葬而抄写。这些有助于了解该类文体的实际使用形态和背景。至于《酒令》的文体归属，尚存在一定疑问，有学者认为属《汉书·艺文志·诗赋略》所收《秦时杂赋》①，但也有学者提出异议②。

  班固作《两都赋序》，对赋体的来源及其在汉朝兴起的原因作了概述，可视为赋体专论。自此，文体小序便成为文体批评的一种独特形式，并启发了后续创作，如傅玄作《连珠序》《七谟序》等。因此《两都赋序》或可视为后来文体序题的肇端。③

二　文书类

  按照李零的分类，文书可以分为官文书与私文书两种，官文书包括诰命、册命、律令、狱讼、政令、檄书等；私文书有铜器铭文、谱牒、卜筮祭祷记录及其祭祷辞、书信等。该分类并非绝对，有一些文书兼用于官府与私人领域，比如契约、盟誓等。一些官文书可以转化为私文书，比如官方的诰命、册命文书可以改写为家族铜器铭文；官方的律令可以被摘录入官吏日常参考的吏学读本，如睡虎地秦简《为吏之道》便杂钞了两条魏律，岳麓秦简《为吏治官及黔首》也编入不少秦律令的内容④。另外，根据上文所引李零的观点，文书档案也可以转化为古书，如官文书中的诰命、册命经编订、讲授和流传可转化为《书》类文献，祝祷辞可被编入日书和《礼》类文献，等等。

  文书虽非直接的文体学文献，鲜见直接的文体学论述，但作为出

---

  ①　何家兴《秦简〈酒令〉的文学史意义》，《湖南师范大学社会科学学报》2019 年第 5 期。
  ②　延娟芹《北大藏秦简〈酒令〉刍议》，《临沂大学学报》2021 年第 6 期。
  ③　参见吴承学《论"序题"——对中国古代一种文体批评形式的定名与考察》，《文艺理论研究》2012 年第 6 期。
  ④　许道胜《岳麓秦简〈为吏治官及黔首〉的取材特色及相关问题》，《湖南大学学报（社会科学版）》2011 年第 2 期。

土材料,可作为比较可靠的年代标尺与验证材料,与已有典籍文献进行对读研究,从而佐证、考据古书的文体观念。以下举要概述先秦两汉出土材料所见与文体学研究相关的、值得注意的文书类材料。

(一)两周铜器铭文

两周的青铜铜器铭文本身多属于私文书,器主将铭文铸刻于铜器之上,主要用以颂扬先祖、记载王命、记录家族大事、称扬自身功德、向先祖祈福等。这就使铜器铭文载录的内容涉及十分广泛的范围,其中便移录、摘抄或改写了一些官私文书,如王的诰命辞、册命辞、命令、周王与家族的世系、土地契约、交易纠纷、狱讼记录及判决、祭祀祝嘏辞等。由于目前出土材料所见的简册最早只能上溯到战国早期,铜器铭文所记载的这些官私文书的内容,有助于还原西周文书的文体形态,并通过与春秋战国文献的对比研究,探究官私文书的转换机制。这一转换过程,是具有一定主观意识的编撰甚至构拟,因此必然是在一定的文体观念之下进行的,这就为我们研究两周之间文体观念的形成和发展提供了抓手。如对西周册命铭文与清华简(五)《封许之命》进行对比研究后,可以发现后者的整体写成在西周中期,是在周初原始赐命记录的基础上进行了整体文本的编撰和内容上的增改,春秋战国时期,已有文本又得到了一定的增补。这一认识有助于我们理解《书》类文献的形成机制、时间节点和传抄过程。①

(二)律令

律令类文书,目前出土材料所见主要是秦汉律令,如睡虎地秦简《秦律十八种》《效律》,岳麓秦简(肆)(伍)(陆)(柒)的秦律令②,张家

---

① 参见李冠兰《清华简〈封许之命〉年代再议——兼及〈书〉类文献在两周的整编与流传》,《学术研究》2020年第7期。
② 陈松长主编《岳麓书院藏秦简(肆)》,上海辞书出版社,2015年;陈松长主编《岳麓书院藏秦简(伍)》,上海辞书出版社,2017年;陈松长主编《岳麓书院藏秦简(陆)》,上海辞书出版社,2020年;陈松长主编《岳麓书院藏秦简(柒)》,上海辞书出版社,2022年。

山汉简《二年律令》①等。

秦律令的篇章形式提示秦代篇籍规范的风气与新的文章观念,具有文体学研究的价值。出土材料显示,秦律令已出现比较规范的标题,如睡虎地秦简《秦律十八种》收入《田律》《厩苑律》等十八种秦代法律,每种法律之下,在各条律文后标明律名,可见在篇籍结构和标题制作方面已比较严谨和规范。②

在内容方面,睡虎地秦简《秦律十八种》"内史杂"记载内史职务相关法律,张家山汉简《二年律令》"史律"载史、卜、祝官相关律令,有助于了解秦汉时期职官制度与文体学的关系。③ 岳麓秦简(伍)载有对请、对、奏等公务文书形制加以规范的令文④,是认识秦代行政文书的文体观念的重要材料。

另外,里耶 8-461 木方虽非律令类文书,但与秦始皇"书同文字"政策相关。⑤ 该木方内容可以与《史记·秦始皇本纪》的记载相印证,反映秦始皇统一六国以后,当时的文书制作已经有明确的"制""诏"等文体观念,并有意识地对相关的用语加以统一、规范。此木方是有关史实的实物证据,其独特的形制真实地体现了基层官吏在日常工作中对该政策的学习和执行方式。

(三) 文书程式范本

在战国秦汉简牍材料中有不少文书程式范本,用以指导和规范行政、司法文书的写作。这类文书程式范本的出现,显示相关文书的文体形态已在日常的运用中被规范化,文书范本被研习和模

---

① 张家山二四七号汉墓竹简整理小组编《张家山汉墓竹简〔二四七号墓〕》,文物出版社,2001 年;张家山二四七号汉墓竹简整理小组编著《张家山汉墓竹简〔二四七号墓〕》(释文修订本)》,文物出版社,2006 年。
② 参见本书第三章第二节"命篇、命体与文体观念"。
③ 参见本书第九章"秦汉的职官制度与文体学"。
④ 陈松长《岳麓秦简中的对、请、奏文书及相关问题探论》,《文物》2020 年第 3 期。
⑤ 陈侃理《里耶秦方与"书同文字"》,《文物》2014 年第 9 期;田炜《论秦始皇"书同文字"政策的内涵及影响——兼论判断出土秦文献文本年代的重要标尺》,《"中研院"历史语言研究所集刊》第 89 本第 3 分,2018 年。

仿,并成为制度运作的保障,可见相关的文体观念已充分成熟。① 在这些出土材料所见的文书程式范本中,以睡虎地秦简《封诊式》最为完整。该篇题书于全篇最后一简的背面,明确其性质为"式"。简文共二十五节,其中两节是审理案件的司法规则,其余各条则是调查、检验、审讯等程序的文书程式。每节在第一简简首书写小标题,归纳该文书程式所涉及的案件类型。②

此外,居延、敦煌汉简中可见行政文书范本③,虽然大多为残断的片段,但亦可了解汉代文书范本的大略。

(四) 契约凭证

在西周铜器铭文中可以发现对契约文书的改写或移录。④ 里耶秦简、居延汉简、敦煌汉简等可见契约文书的实体。⑤ 岳麓秦简(四)所收秦律令《金布律》《田律》等便有使用契约凭证类文书的规范。这些出土材料,既有文书实物,又有律令所规定的真实的文书制度,可以与《周礼》所载的契约凭证文书体系相互参证,我们从而检视《周礼》所反映的文书制度的现实来源,并理解其中的构拟成分,以之为切入点可以研究《周礼》撰作者是如何构建出带有理想性的文书体系的,从而了解战国以后文体观念的变迁。⑥

---

① 关于秦汉文书程式范本的文体学意义,参见本书第十三章。
② 睡虎地秦墓竹简整理小组编《睡虎地秦墓竹简》,文物出版社,1990年,第147页。
③ 参见邢义田《从简牍看汉代的行政文书范本——"式"》,《严耕望先生纪念论文集》,台北,稻乡出版社,1998年;现据邢义田《治国安邦:法制、行政与军事》,中华书局,2011年。高恒《汉简牍中所见的"式"》,《秦汉简牍中法制文书辑考》,社会科学文献出版社,2008年。南玉泉《秦汉式的种类与性质》,《中国古代法律文献研究》第6辑,社会科学文献出版社,2012年。
④ 如格伯簋(《殷周铜器集成》4262—4265,中国社会科学考古研究所编《殷周金文集成》[修订增补本],中华书局,2007年。本书简称《集成》。下文凡引该书皆随文标注器号,不一一出注)、九年卫鼎(《集成》2831)、卫盉(《集成》9456)、散氏盘(《集成》10176)等。
⑤ 参见李均明《秦汉简牍文书分类辑解》,文物出版社,2009年,第435—439页;于洪涛《里耶秦简经济文书分类整理与研究》第三章"券书类文书整理与研究",知识产权出版社,2019年。
⑥ 参见李冠兰《层累的文体观——对〈周礼〉"凡大约剂书于宗彝"说的观察》,《文学遗产》2024年第1期。

第二节　早期文体与文体学语境

一　早期的文体语境

文体的形成必须以文字的产生为基础,而有组织的文字篇章才可以称为文章。文章因时空场合、施用对象不同,故有不同的要求、格式与风格,由此产生各种不同的文体。随着社会发展和语言变迁,文体随之不断增殖。文体的产生和发展,正是文体学的产生和发展的基础。

至迟在商代中期,我国已有初步定型的文字,同时也就有了文献记载。殷墟的甲骨卜辞,商代和周初的铜器铭文,《周易》中的卦、爻辞,已具文体雏形。《周易》保存了不少远古歌谣。如《周易·屯·六二》:"屯如,邅如;乘马,班如;匪寇,婚媾。"[①]《周易·中孚·六三》:"得敌,或鼓,或罢,或泣,或歌。"[②]这种简短的二言体歌谣,可视为与当时简单劳动和思维相对应的原始诗歌形式。随着社会生活的进步和人类思维、语言的发展变化,诗歌的句式逐渐发展。西周以后,句式、章法较为整齐的四言诗大量产生,早期的诗歌文体已显成熟。这些诗歌,大多数保存在《诗经》中,按风、雅、颂三类编排,在文体功用、体制形式、表现手法、审美风貌等方面,具备古代诗歌文体分类的一些特征。

《尚书》中的誓、诰、训等文辞,都是当时政治生活中的重要文书,其体制对后代的公牍文体影响深远。旧题孔安国《尚书序》认为《尚书》有典、谟、训、诰、誓、命六种文体,并认为这些文体的产生都有"垂世立教"的目的和功用。孔颖达《尚书正义·尧典》疏进一步

[①] 王弼、韩康伯注,孔颖达疏《周易注疏》卷一,阮元校刻《十三经注疏》本,第19页。
[②] 同上书卷六,第71页。

提出"十体"说,在原有"六体"基础上增加了贡、歌、征、范四种文体。《左传》与《公羊传》《穀梁传》并称为"春秋三传",记载先秦史实最为详尽,所含早期文体也最为丰富。宋代陈骙《文则》以后人的眼光总结了《左传》里命、誓、盟、祷、谏、让、书、对八种主要应用文体及其风格特征。如果从后世文体分类的角度看,《左传》所载的文献具有文体性质的远不止八种,如《昭公二十年》晏子之论"和同",《襄公二十四年》穆叔之论"不朽",属于辩论体。《昭公二十六年》王子朝告诸侯,属于诏令体。《襄公四年》载:"国人诵之曰:'臧之狐裘,败我于狐骀。我君小子,朱儒是使。朱儒朱儒,使我败于邾。'"①是为诵体。《桓公十年》载虞叔之语:"周谚有之:'匹夫无罪,怀璧其罪。'吾焉用此,其以贾害也?"②是为谚体。此外,《左传》所录,还有讴、歌、谣、箴、铭、诔等,足见当时文体类别已相当丰富。

先秦时期的文体有特殊语境,它们往往不是单独的案头文字,而是在具体制度与场景背景下的适当应用,具有强烈的实用性。文体与礼制关系非常密切。特定的礼仪场合,往往要应用特定的文体。儒家经典对此的记录最为详尽权威,不但反映出早期实用文体与文体运用语境密不可分,也记录了文体的具体格式、形态。如《周礼·秋官·司约》:"司约掌邦国及万民之约剂。治神之约为上,治民之约次之,治地之约次之,治功之约次之,治器之约次之,治挚之约次之。凡大约剂书于宗彝,小约剂书于丹图。"③"约剂"即各种券书契约,是古代社会生活中的常用文体,有治神、治民、治地、治功、治器、治挚"六约"。《周礼·春官·大祝》有大祝"作六辞"的记载:"作六辞,以通上下亲疏远近,一曰祠,二曰命,三曰诰,四曰会,五曰祷,六曰诔。"④所谓"六辞",即大祝必须掌握的六种文体形态。

---

① 杜预注,孔颖达疏《春秋左传注疏》卷二九,阮元校刻《十三经注疏》本,1980年,第1934页。
② 同上书卷七,第1755页。
③ 郑玄注,贾公彦疏《周礼注疏》卷三六,阮元校刻《十三经注疏》本,第880—881页。
④ 同上书卷二五,第809页。

"六辞"说对后世文体学有深远影响,刘师培《文学出于巫祝之官说》提出"六祝六祠"为文章各体的渊源①。由于儒家礼制极为繁缛,与此相应的文体名目也特别繁多。如大祝掌管的祝辞,又可细分六类:"一曰顺祝,二曰年祝,三曰吉祝,四曰化祝,五曰瑞祝,六曰策祝。"(《春官·大祝》)②大祝所掌祈辞,也可分为六类:"一曰类,二曰造,三曰禬,四曰禜,五曰攻,六曰说。"(《春官·大祝》)③大祝之外,又有小祝、丧祝、甸祝、诅祝等职官,各自掌管特定的祝辞。礼制与职官分工之细密,促成了繁多的文体形态和类别。

早期文献还记载了一些后世集部未能收入的原生态文体,这在某种程度上反映出早期文体语境的丰富性和复杂性。章太炎在《国故论衡·辨诗》中说:

> 文章流别,今世或繁于古,亦有古所恒睹,今隐没其名者。夫宫室新成则有"发",丧纪祖载则有"遣",告祀鬼神则有"造",原本山川则有"说"。斯皆古之德音,后生莫有继作,其题号亦因不著。④

章太炎认为古今文体变化很大,古时有些常用文体,后来却隐没了。他举了发、遣、造、说诸种在后代未见之文体。如"发",《礼记·檀弓下》:"晋献文子成室,晋大夫发焉。"郑注:"诸大夫亦发礼以往。"⑤可见"发"是一种庆贺之礼仪。"遣",《仪礼·既夕》:"公史自西方东面,命毋哭,主人主妇皆不哭,读遣卒,命哭。"⑥按"遣"本身是随葬之物,又指遣策,即随葬物的清单。《仪礼·既夕》:"书遣于策。"郑玄注:"策,简也;遣犹送也,谓所当藏物茵以下。"贾公彦

---

① 刘师培《左盦集》卷八,《刘申叔遗书》,江苏古籍出版社,1997年,第1283页。
② 郑玄注,贾公彦疏《周礼注疏》卷二五,阮元校刻《十三经注疏》本,第808页。
③ 同上卷二五。
④ 章太炎撰,庞俊、郭诚永疏证《国故论衡疏证》,中华书局,2008年,第416—417页。
⑤ 郑玄注,孔颖达疏《礼记注疏》卷一〇,阮元校刻《十三经注疏》本,第1315页。
⑥ 郑玄注,贾公彦疏《仪礼注疏》卷三九,阮元校刻《十三经注疏》本,第1154页。

疏:"则尽遣送死者明器之等并赠死者玩好之物,名字多,故书之于策。"①读遣也是仪式。"造",《周礼·春官·大祝》:"掌六祈,以同鬼神示,一曰类,二曰造。"郑玄注:"祈,嚫也,谓为有灾变,号呼告于神以求福。……造,祭于祖也。"②造是祭祖之礼仪。发、遣、造等主要是仪式或者是言辞行为,但在当时的语境中,已经具有独特的文体含义。

在文体发展史上,战国至汉代产生了儒家经典之外的重要文体,这就是"取镕经意,自铸伟词"的辞赋出现。辞赋的发生,标志着文体从实用性向文学性与抒情性发展,从集体性向个性化发展。《楚辞》意味着古代文章总集的出现,这在文章学与文体学史上,都具有划时代的意义。

二 早期文体观念的发生

先秦还没有学术分科,文学思想观念往往与政治、伦理、哲学、文化、语言、艺术等思想观念融为一体。早期的文体学总体上还处于观念的形态,尚未形成自觉的、系统的文体学。从文体学发展来看,"文体理论"是在"文体观念"的基础上形成和发展起来的。早期文体观念的发生,是层累形成的中国文体学结构底层或潜在的基础部分。"文体观念的发生"主要涉及文体观念发生的原因、途径、形态与标志,是研究中国早期文体学首先要面对的问题。

所谓"早期文体观念"是与"文体理论"相对而言的,特指那些尚未形成比较完整系统的理论形态和明确的理论表述的某些意识或感觉。早期的文体观念,并非成熟系统的理论形态,而是在对文体反复和自觉的使用中,或在对文体明确的命名、称引与分类中反映出来的深层观念。

---

① 郑玄注,贾公彦疏《仪礼注疏》卷三九,阮元校刻《十三经注疏》本,第1153页。
② 郑玄注,贾公彦疏《周礼注疏》卷二,阮元校刻《十三经注疏》本,第808—809页。

在文体观念发生的初始阶段,人们虽然尚未能用理论形态加以抽象与表述,实际上已意识到文体的特性,并在特殊的语境中反复使用相应的文体。这种对文体的实际使用,反映出古人已经认识到不同文体所具有的不同功能与形态特色。这种反复使用文体的行为所反映出来的观念,比用语言明确表达文体的特性要更早一些。比如谈到先秦文体学,人们便会引用"夫鼎有铭。铭者,自名也。自名以称扬其先祖之美而明著之后世者也。为先祖者,莫不有美焉,莫不有恶焉。铭之义,称美而不称恶,此孝子孝孙之心也,唯贤者能之"(《礼记·祭统》)①。这当然并没有错,但铭体观念的发生应该早于此。在对铭体的反复运用之时,人们对铭体的功能、特点与形式已经有大致的共识,这种共识便是一种文体观念。

早期的文体观念若隐若现,具有丰富多样的内容与形态,但文体分类是其中最基本的文体观念表现形态。分类是人类思维与社会发展的基本而又重要的活动,它以类别的形式对纷繁无序的现象加以秩序化和条理化,反映了人们对于各种社会现象性质异同的认识。文体分类,实际上将此前混沌的语词现象加以秩序化、条理化。具体而言,文体分类体现了对文体自身的独特性与文体之间差异性的认识。当人们清晰地认识到文体的独特性与文体之间的差异性,或者在实际文体运用中自觉地表现出文体的独特性,这便可视为文体观念的发生。

早期的文体意识,简要而直观地表现在文体分类上。大概在殷商时期,古人即有文体分类意识。《尚书·多士》谓:"惟殷先人有册有典。"②册、典是对文献档案的分类,隐然有"类"的意识。《尚书》记载的各种文诰,仅从篇名看,已有典、谟、训、诰、誓等区别,这种区别,是以文体分类意识为前提的。《国语·鲁语下》云:"昔正考父校

---

① 郑玄注,孔颖达疏《礼记注疏》卷四九,阮元校刻《十三经注疏》本,第1606页。
② 旧题孔安国传,孔颖达疏《尚书注疏》卷一六,阮元校刻《十三经注疏》本,第220页。

商之名《颂》十二篇于周大师,以《那》为首。"①《论语·子罕》:"子曰:'吾自卫反鲁,然后乐正,《雅》《颂》各得其所。'"②说明诗乐也有了明确的分类。③《周礼·春官》载"大史掌建邦之六典","小史掌邦国之志","内史掌书王命","外史掌书外令,掌四方之志,掌三皇五帝之书,掌达书名于四方"④,可以见出《周礼》撰作者对周代职掌图书文献及行政文书的分工以及相应的分类意识。古代史官对图书文献及公文的分工分类,引发了后代目录学对文体的区辨。

儒家经籍与中国文章的文体分类,是一个重要而影响深远的学术问题。虽然六经(或称五经)并非文体分类,但古人认为各种文体源于六经,其理论的深层就把六经作了文体的区分。这种观念的产生并不是空穴来风,是有其文本依据和理论依据的。就整书而言,六经各有重点,各有特色,这大致也是古人的共识。如《庄子·天下》:"《诗》以道志,《书》以道事,《礼》以道行,《乐》以道和,《易》以道阴阳,《春秋》以道名分。"⑤《荀子·儒效》:"《诗》言是,其志也;《书》言是,其事也;《礼》言是,其行也;《乐》言是,其和也;《春秋》言是,其微也。"⑥儒家经籍的编纂本身也体现了一定的文体分类意识,如《诗经》有风、雅、颂之别,《尚书》就更为明显了。

文体分类的前提,是对不同文体性质、功用、体式特征等有明确的认识。这种认识一旦以理论形态表述出来,便成为文体批评。早期典籍中时有对文体体性的论述。《礼记·檀弓上》记载鲁庄公与

---

① 徐元诰《国语集解》,中华书局,2002年,第205页。
② 何晏集解,邢昺疏《论语注疏》卷九,阮元校刻《十三经注疏》本,第2491页。
③ 关于《诗》之分类,通行的说法为风、雅、颂三分。《周礼·春官·大师》:"教六诗,曰风、曰赋、曰比、曰兴、曰雅、曰颂。以六德为之本,以六律为之音。"(郑玄注,贾公彦疏《周礼注疏》卷二三,阮元校刻《十三经注疏》本,第796页)章太炎《检论·六诗说》以为六诗皆体。见《中国现代学术经典·章太炎卷》,河北教育出版社,1996年,第176—179页。
④ 郑玄注,贾公彦疏《周礼注疏》卷二六,阮元校刻《十三经注疏》本,第817、818、820页。
⑤ 郭庆藩辑《庄子集释》卷一〇下,中华书局,1961年,第1067页。
⑥ 王先谦《荀子集解》卷四,中华书局,1988年,第133页。

宋人作战,其御者县贲父战死,庄公"遂诔之,士之有诔自此始也"①。《礼记·曾子问》还对诔文的使用范围作了说明:"贱不诔贵,幼不诔长,礼也。唯天子称天以诔之。诸侯相诔,非礼也。"②《左传·哀公十六年》载孔子卒,鲁哀公为之作诔,孔子弟子子赣评论说:"君其不没于鲁乎!夫子之言曰:'礼失则昏,名失则愆。'失志为昏,失所为愆。生不能用,死而诔之,非礼也。称一人,非名也。君两失之。"③从礼制出发,批评哀公作诔的行为"非礼";从诔文出发,批评哀公所作"非名",即不得体。又《左传·哀公十二年》载:"公会吴于橐皋。吴子使大宰嚭请寻盟。公不欲,使子贡对曰:'盟,所以周信也,故心以制之,玉帛以奉之,言以结之,明神以要之。寡君以为苟有盟焉,弗可改也已。若犹可改,日盟何益?今吾子曰必寻盟,若可寻也,亦可寒也。'乃不寻盟。"④指出诸侯结盟是严肃庄重的政治行为,其目的是为了结信。既盟之后,就要遵守,不可随意更改。在对结盟行为的阐释中,自然也包含着对盟的文体性质、功用、规范等的看法。

　　文体观念发生的原因、途径、形态是多元的,它可能表现在具体的文体文本的形式之中,也可能超出文本,可从文体运用与分类、篇章生成、文体称谓、礼乐文化、制度设置、经史目录之学、风格批评、文体范式的形成等多角度进行探讨。

三　秦汉的文体与文体理论

　　口头性、仪式性与实用性是早期文体的基本特点。早期的文体体系是以巫祝辞命为核心的,以语辞即口头形态为主,具有强烈的实用性和仪式感。仪式感的重要性往往超过文字语言艺术性。从

---

① 郑玄注,孔颖达疏《礼记注疏》卷六,阮元校刻《十三经注疏》本,第1277页。
② 同上书卷一九,第1398页。
③ 杜预注,孔颖达疏《春秋左传注疏》卷六〇,阮元校刻《十三经注疏》本,第2177页。
④ 同上书卷五九,第2170页。

秦汉时期开始,发生了从辞命体系向文章体系的转换。这两个文体系统之间既有传承关系又各具特性。在辞命系统中,实用功能是绝对主导的,审美只是附庸。在文章系统中,许多文体仍以实用性为主,但须具有完整的审美形式。从写作主体而言,辞命系统之文的作者主要是出于公职之需要,个人作用往往被制度所淹没。而文章系统之文主要是出于个人之写作,个性风格已彰显出来。

秦汉以来的文体大备与当时篇翰独立、文集兴盛也有直接关系。萧绎《金楼子》卷四《立言上》称:"诸子兴于战国,文集盛于二汉,至家家有制,人人有集。"①两汉文集兴盛,文集编纂往往需要有篇名,而篇名则往往有比较明确的文体名称。《史记》《汉书》已记载了一些文章文体的名称,但最全面载录汉代文体名称的,应该是范晔的《后汉书》。② 据郭英德统计,《后汉书》传记中,共著录了60余种文体名称,除去同体异名、文类泛称、不明何体几种情况,还有45种文体:诗、赋、碑(含碑文)、诔、颂、铭、赞、箴、答(含应讯、问)、吊、哀辞、祝文(含祷文、祠、荐)、注、章、表、奏(含奏事、上疏)、笺(含笺记)、记、论、议、教(含条教)、令、策(含对策、策文)、书、文、檄、谒文、辩疑、诫、述、志、说、书记说、官录说、自序、连珠、酒令、六言、七言、琴歌、别字、歌诗、嘲、遗令、杂文。③ 另外,从古代文体学的记载看,南朝任昉《文章缘起》记录了六经之后战国秦汉至晋代的85种新文体,其中始于西汉的有39体,东汉有22体,两汉合计61体,占总数的四分之三。从这个角度看,至东汉文章文体已经很兴盛,主要文体也基本定型了。

文体大备,文体学也随之兴盛。有一些文体观念与理论,是在阐

---

① 萧绎撰,许逸民校笺《金楼子校笺》,中华书局,2011年,第852页。
② 范晔是南朝刘宋时人,《后汉书》虽然成书于南朝,但作为研究汉代文体学的旁证史料,仍然具有较高的价值。
③ 郭英德《中国古代文体学论稿》,北京大学出版社,2005年,第73—74页。按:郭著"诫述"连读。"诫述"著录于《后汉书·张奂传》,点校本"诫述"连读为一体,查张奂遗文,无"诫述"命篇者,有诫体文《诫兄子书》,疑诫、述当为二体。

释先秦儒家经典过程中产生的,如《诗大序》就是现存第一篇完整阐释儒家诗学的文章,也包括精彩的诗歌文体理论。《诗大序》说:"诗者,志之所之也,在心为志,发言为诗。情动于中而形于言,言之不足故嗟叹之,嗟叹之不足故永歌之,永歌之不足,不知手之舞之,足之蹈之也。"①从诗、乐、舞一体的观念解释诗的发生,体现了诗歌抒情与言志相统一的文体观念。《诗大序》对"六义"(风、赋、比、兴、雅、颂)的阐释,就是比较系统的诗学理论。另外,子书也有一些对文体的论说。除此之外,西汉时期刘向所编的《楚辞》、东汉时期班固《汉书·艺文志》、蔡邕《独断》这三部著作,也从不同侧面反映出汉代文体学的发展。

《楚辞》在汉初已开始流行。《史记·酷吏列传》:"庄助使人言买臣,买臣以《楚辞》与助俱幸,侍中,为太中大夫,用事。"②王逸《离骚后叙》:"屈原履忠被谮,忧悲愁思,独依诗人之义而作《离骚》……复作《九歌》以下凡二十五篇。楚人高其行义,玮其文采,以相教传。至于孝武帝,恢廓道训,使淮南王安作《离骚经章句》,则大义粲然。后世雄俊,莫不瞻慕,舒肆妙虑,缵述其词。逮至刘向,典校经书,分为十六卷。孝章即位,深弘道艺,而班固、贾逵复以所见改易前疑,各作《离骚经章句》。其余十五卷,阙而不说。……今臣复以所识所知,稽之旧章,合之经传,作十六卷章句。"③根据王逸的叙述,刘向将汉世流传的屈原作品典校、编定为十六卷。《四库全书总目》卷一四八集部"楚辞类"小序说:"裒屈宋诸赋,定名《楚辞》,自刘向始也。"④《楚辞章句》提要又云:"初,刘向裒集屈原《离骚》《九歌》《天问》《九章》《远游》《卜居》《渔父》、宋玉《九辨》《招魂》、景差《大招》,而以贾谊《惜誓》、淮南小山《招隐士》、东方朔《七谏》、严忌《哀时命》、王褒《九怀》及向所作《九叹》,共为《楚辞》

---

① 郑玄笺,孔颖达疏《毛诗注疏》卷一,阮元校刻《十三经注疏》本,第269—270页。
② 司马迁撰,裴骃集解,司马贞索隐,张守节正义《史记》卷一二二,中华书局,2014年,第3815页。
③ 洪兴祖《楚辞补注》,中华书局,1983年,第48页。
④ 永瑢等《四库全书总目》,中华书局,1965年,第1267页。

十六篇,是为总集之祖。"①四库提要认为最早的《楚辞》编纂始自刘向。②《楚辞》是《诗经》以后第一部诗歌总集,而且也是中国古代第一部按文体编纂的总集,意味着编纂者具有明确的文体观念。《楚辞》与《诗经》有明显差异,所收作品是具有鲜明南方地域特色与浪漫情调的文体。黄伯思《东观余论》卷下《校定楚词序》曰:"楚词虽肇于楚,而其目盖始于汉世,然屈宋之文与后世依放者,通有此目。……盖屈宋诸骚,皆书楚语,作楚声,纪楚地,名楚物,故可谓之楚词。"③值得一说的是,编撰者把《九叹》等仿《楚辞》体之作收入《楚辞》,也体现一种追摹前贤文体的观念。

《汉书·艺文志》在中国古代学术史上具有崇高地位。清人金榜说:"不通汉《艺文志》,不可以读天下书。《艺文志》者,学问之眉目,著述之门户也。"④虽然该书是目录学著作,不是文体学专著,但对于研究汉代文体观念却具有独特的意义。《汉志》有《六艺略》《诸子略》《诗赋略》《兵书略》《数术略》《方技略》以条别群书,每略下有序。在一些书下有标注,是对书籍作者、时代或内容特色的补充说明,非常简要,但颇有价值。《诗赋略》《诸子略》首次在目录学上体现出诗赋与小说文体自觉的观念,在文体学史上具有重要的意义。

《汉志》首次确立诗赋独立的地位。《诗赋略》与其他五略并列,具有重要的意义。《诗赋略》"序诗赋为五种",即屈赋、陆赋、荀赋、杂赋、歌诗,从某种程度看,反映出对诗赋文体的理解及其文体独立的观念。首先,《汉志》把《诗经》放到《六艺略》的《诗》部。而

---

① 永瑢等《四库全书总目》,中华书局,1965年,第1267页。
② 此说受到了现代以来学者的质疑,参见汤炳正《〈楚辞〉编纂者及其成书年代的探索》,《江汉学报》1963年第10期;黄灵庚《〈楚辞〉十七卷成书考辨》,《复旦学报(社会科学版)》2008年第3期;熊良智《楚辞作品的早期传本》,《中华文化论坛》2011年第6期;等等。
③ 黄伯思《宋本东观余论》,中华书局,1988年,第344页。
④ 王鸣盛《十七史商榷》卷二二《汉艺文志考证》引,上海古籍出版社,2013年,第248页。

《诗赋略》中的"歌诗",是与《诗经》完全不同的诗歌类别,收入"歌诗二十八家,三百一十四篇"。这是从文献目录的角度,划清《诗经》与歌诗之分别。这样,儒家经典之外的歌诗,被正式认定为可载入史册的一种独立文体。其次,《汉志》把赋分为屈赋、陆赋、荀赋、杂赋四类,但没有说明,引起后人许多推测,可谓众说纷纭。如姚振宗认为,屈原赋之属"大抵皆楚骚之体",陆贾赋之属"大抵不尽为骚体",孙卿赋之属"大抵皆赋之纤小者",杂赋"大抵尤其纤小者"。① 对于《汉志》四种赋分类内涵的解释,见仁见智,但在《诗赋略》中,作为"六义"之一的赋,已成为独立的主流文体,这是无可置疑的。而且,《诗赋略》序云:

> 传曰:"不歌而诵谓之赋,登高能赋可以为大夫。"言感物造耑,材知深美,可与图事,故可以为列大夫也。古者诸侯卿大夫交接邻国,以微言相感,当揖让之时,必称《诗》以谕其志,盖以别贤不肖而观盛衰焉。故孔子曰"不学《诗》,无以言"也。春秋之后,周道浸坏,聘问歌咏不行于列国,学《诗》之士逸在布衣,而贤人失志之赋作矣。大儒孙卿及楚臣屈原离谗忧国,皆作赋以风,咸有恻隐古诗之义。其后宋玉、唐勒,汉兴枚乘、司马相如,下及扬子云,竞为侈丽闳衍之词,没其风谕之义。是以扬子悔之,曰:"诗人之赋丽以则,辞人之赋丽以淫。如孔氏之门人用赋也,则贾谊登堂,相如入室矣,如其不用何!"②

《诗赋略》序是一篇简要的辞赋史,勾勒了辞赋的源流演变之迹,充分地肯定辞赋"风谕"的社会作用,强调赋体创作需要"感物造耑"的特殊才华。此说体现了明确的关于赋体的文体观念,认为赋体具有广博的知识性与抒情性。

---

① 姚振宗《汉书艺文志条理》,《二十五史补编》,开明书店,1936年,第1644、1647、1649、1650页。
② 班固《汉书》卷三〇,中华书局,1962年,第1755—1756页。

"小说"之名始于《庄子·外物》"饰小说以干县令,其于大达亦远矣"①,谓非道术所在的琐屑浅薄之言。《汉书·艺文志·诸子略》首次明确将"小说"作为有一定文体内涵的书籍分类加以著录。"小说家"小序称:"小说家者流,盖出于稗官。街谈巷语,道听涂说者之所造也。孔子曰:'虽小道,必有可观者焉,致远恐泥,是以君子弗为也。'然亦弗灭也。闾里小知者之所及,亦使缀而不忘。如或一言可采,此亦刍荛狂夫之议也。"②小说是"道听涂说之所造",是"君子弗为"的"小道",这种对于"小说"的看法,和前人大致相近。《汉志》中著录了"小说十五家,千三百八十篇",从其对诸书的评论中,大致看出《汉志》中"小说"文体的内涵。如评《伊尹说》"其语浅薄,似依托也",评《黄帝说》"迂诞依托"。可以看出,这些"小说"都是无关大道的琐言。所以在《诸子略》中,"小说家"地位最低。《诸子略》序云:"诸子十家,其可观者九家而已。"③小说家与其他九家相比,本不入流,因为虽小道而有可观者,故附于末。

　　汉代还没有专门的文体学著作,蔡邕《独断》是一部记录汉代典章制度的专书,其中部分内容与文体学关系很密切。陈振孙说此书:"记汉世制度、礼文、车服及诸帝世次,而兼及前代礼乐。"④其中"汉世制度"这部分和文体学关系最为密切,相关文献集中在卷上。书名何以称《独断》?有人认为:"所谓独断者,盖自诩为断人之所未断、断人之所不能断也。"⑤可备一说。《独断》主要的文体学价值在于阐述了汉代朝廷公文文体的写作规范,包括汉代天子下令群臣的策书、制书、诏书、戒书,以及群臣上天子的章、奏、表、驳议等体裁,不但清晰地反映了公文文体与制度的直接关系,更详细地展示

---

① 郭庆藩辑《庄子集释》卷九上,中华书局,1961年,第925页。
② 班固《汉书》卷三〇,中华书局,1962年,第1745页。
③ 同上书,第1746页。
④ 陈振孙《直斋书录解题》,上海古籍出版社,2015年,第182页。
⑤ 蒋宗福《蔡邕〈独断〉命名的由来及含义》,《中州今古》1994年第4期,收入其《语言文献论集》,巴蜀书社,2002年,第374页。

了汉代公文文体物质与文字层面的情况,包括文体的具体形态、格式、类型、规范、载体等。如"策书"条:

> 策书。策者,简也。《礼》曰:"不满百文,不书于策。"其制长二尺,短者半之。其次一长一短,两编,下附篆书,起年月日,称"皇帝曰",以命诸侯王、三公。其诸侯王、三公之薨于位者,亦以策书诔谥其行而赐之,如诸侯之策。三公以罪免,亦赐策,文体如上策而隶书,以尺一木两行,唯此为异者也。①

此条材料不但明确了策书施用的对象与场合,还规定了策书书写的材料及其长度,策书所用的书体与称谓,以及在特殊情况下(如"三公以罪免")策书的变体等。《独断》的独特性在于,对文体基本不追源溯流,不讲其文体风格,而是重在记述文体的具体形式。当然这是由该书作为典章制度著作的性质所决定的,但它客观上为文体学研究者提供一种独特视角,为了解汉代实用文体的语言形式提供了真实可靠的参考,这是其最突出的意义。《四库全书总目》称《独断》为"考证家之渊薮"②,从文体学的角度看,《独断》阐释汉代的公文文体写作程式与规范,可以说开创了汉代公文文体的研究。

在文学创作上,汉代出现以追摹经典文体致敬前贤的拟古风气。前述《九叹》等模拟楚辞体之作被收入《楚辞》,就是一例。扬雄更是这种追摹前人文体风气的集大成者。《汉书·扬雄传》云:"(扬雄)实好古而乐道,其意欲求文章成名于后世,以为经莫大于《易》,故作《太玄》;传莫大于《论语》,作《法言》;史篇莫善于《仓颉》,作《训纂》;箴莫善于《虞箴》,作《州箴》;赋莫深于《离骚》,反而广之;辞莫丽于相如,作四赋;皆斟酌其本,相与放依而驰骋云。"③前人对扬雄仿古的学术价值与意义有不同评价,但就文体学

---

① 蔡邕《独断》卷上,北京直隶书局,影印抱经堂校本,1923年。
② 永瑢等《四库全书总目》,中华书局,1965年,第1015页。
③ 班固《汉书》卷八七下,中华书局,1962年,第3583页。

的角度而言,扬雄的仿古文体有其创造与贡献。"斟酌其本",即是对经典文体的理解与把握。"相与放依而驰骋",就是在模拟经典文体基础上的文体新创。比如扬雄的仿古之作有《反骚》一种,任昉《文章缘起》谓:"反文,汉扬雄作反文。"①"反文"即指以《反骚》为代表的一类文章,其特点是形式上与原文相仿,而内容则与原文相对。② 任昉将其列入秦汉以来新出现的85种文体之一,可见他认为这是一种有创造性的新文体。可以说,从文体学史的角度而言,汉代拟古文体的出现,体现了对古代文体的理解、把握与尊重。

---

① 任昉《文章缘起》,陈元靓等编《事林广记》后集卷七,《续修四库全书》第1218册,上海古籍出版社,1994—2002年,第355页。
② 参见吴承学、李晓红《任昉〈文章缘起〉考论》,《文学遗产》2007年第4期,第24页。

第一章 中国早期文字与文体观念

文字与文体,看起来是两个距离遥远的领域。在当代学术研究中,两者似乎也是风马牛不相及的。我们把两者结合起来研究,并不是为了标新立异、哗众取宠,而是出于学术内部的学理需求。刘师培《文章原始》曾说:"积字成句,积句成文,欲溯文章之缘起,先穷造字之源流。"[①]他认为,考察文章缘起应该从造字源流开始。中国文字是中国文体的存在方式。顺理成章,研究文体与文体观念的产生和发展,也有必要从文字溯源开始。

中国古人造字以象形、指事、会意和形声等方法为基础。古文字所包含的"形""意"与"事"比较形象直观地记录了初民对事物原始状态的朴素认识。从一些古文字的构形与渊源流变入手,可以考察文体的原始状态、形象与意义,考察古人对文体最为原始的感知与文体观念,也可以看出古代文体形成、命名、分类乃至文体观念演变的一些规律。

第一节 文字形态与文体内涵

中国古人既然依照一定的规则来造字,一些与文体相关的文字形态或许透露出文字的原始意义以及初民对早期文体本义的理解。

比如,"命"与"令"是中国古代两种关系非常密切的文体,早期"命"与"令"通用,后来才渐有差别。徐师曾《文体明辨序说·

---

① 刘师培《左庵外集》卷一三,《刘申叔遗书》,江苏古籍出版社,1997年,第1644页。

命》说:

> 按朱子云:"命犹令也。"字书:"大曰命,小曰令。"此命、令之别也。上古王言同称为命:或以命官,如《书·说命》《冏命》是也;或以封爵,如《书·微子之命》《蔡仲之命》是也;或以饬职,如《书·毕命》是也;或以锡赉,如《书·文侯之命》是也;或传遗诏,如《书·顾命》是也。秦并天下,改名曰制。汉唐而下,则以策书封爵,制诰命官,而"命"之名亡矣。①

那么"令"与"命"初始的意思是什么呢?我们从"令"与"命"的构形及其演变可以看出初民对其特征的理解。《说文解字》谓:"令,发号也。"②从文字学角度看,"命""令"同源,"命"字后起,是在"令"字基础上加"口"而成的。据古文字学家所言,二字本为一字一义。罗振玉说:"古文'令'从'亼''卩',集众人而命令之,故古'令'与'命'为一字一谊。"③在甲骨文中,有"令"的内容数百事,而其中60余条属"王令",具有命令文体性质。甲骨文有"令"字无"命"字,直到金文才分化出"命"字,但在金文中二字几乎可以通用。甲骨文的"令",其字形为 𠓛。罗振玉认为是"集众人而命令之"的意思,而林义光《文源》谓"令"字"从口在人上。……象口发号,人跽伏以听也"④。学术界多以林说为是。甲骨刻辞有"王令"辞例,一般是王命令祭祀、征伐、垦田这几类内容。⑤殷代金文中,也有王命的记录,如毓祖丁卣云:"辛亥,王在廙,降令曰:归祼于我多

---

① 徐师曾《文体明辨序说》,人民文学出版社,1962年,第111页。点校本在"《蔡仲之命》"后漏"是"字,见《四库全书存目丛书》集部第311册,齐鲁书社,1994—1997年,第130页。
② 许慎撰,段玉裁注《说文解字注》卷九,上海古籍出版社,1988年,第430页。
③ 罗振玉《殷虚书契考释》,宋镇豪、段志洪主编《甲骨文献集成》第7册,四川大学出版社,2001年,第45页。
④ 林义光《文源》卷六,上海古籍出版社,2017年,第119页。
⑤ 朱歧祥《殷墟卜辞辞例流变考》,《甲骨文研究——中国古文字与文化论稿》,台北,里仁书局,1998年,第242页。

高。"(《集成》5396)①这是殷商时期王发布命令的记载,这种命令最早的发布,应该是口头性的活动,后来才书于简册。秦始皇统一中国后,把命令改为制诏。司马迁《史记·秦始皇本纪》:"臣等昧死上尊号,王为'泰皇'。命为'制',令为'诏'。"②戴侗《六书故》卷一一:"命者,令之物也。从口,从令。令出于口,成而不可易之谓命。《传》曰:'君能制命为义。'秦始皇始改令曰诏,命曰制,即诏与制,可以见命、令之分。"③

又如,"占"也是早期文体。黄佐在其文章总集《六艺流别》中说:

> 占者何也?《说文》:"视兆问也,从卜、口。"谓卜人之口也。《书》曰:"三人占,则从二人之言。"则以龟人为主矣。然《易》筮亦必观象玩占,则占者兼卜、筮而言也。六爻变动占法,经传甚明,观者当自得之。④

黄佐把占辞作为"易艺"的一种古老文体。《六艺流别》收录相关作品,如《左传·昭公十二年》"鲁南蒯筮叛坤占"、《左传·闵公元年》"晋毕万筮仕屯占"、《国语·周语下》"晋筮立成公乾占"。在甲骨文中,"占"字多数写作从囧从口,裘锡圭认为"囧"即"兆"之初文⑤,以口解说卜兆即表示占断之义。《说文解字》"占"字属于"卜"

---

① 本书所引铜器铭文释文,除据《集成》外,同时参考吴镇烽《商周青铜器铭文暨图像集成》(上海古籍出版社,2012年)及相关研究成果,或综合已有成果对原书释文有所改动,不一一出注。本书所引古文字材料主要采用宽式释文。若文字原有残缺,可据残笔或文例补出的,其文字外加【 】号。不能补出残缺字的,用□标示。残缺字数不能估计的,用☒标示。

② 司马迁撰,裴骃集解,司马贞索隐,张守节正义《史记》卷六,中华书局,2014年,第304页。

③ 戴侗《六书故》卷一一,中华书局,2012年,第224页。

④ 黄佐《六艺流别》卷二○"易艺"之"占",见吴承学、史洪权辑校《〈六艺流别〉序题》,胡晓明主编《中国文学思想的跨域探索——古代文学理论研究第五十五辑》,华东师范大学出版社,2022年,第574页。

⑤ 裘锡圭《从殷墟卜辞的"王占曰"说到上古汉语的宵谈对转》,《裘锡圭学术文集1·甲骨文卷》,复旦大学出版社,2012年,第485—488页。

部,古人用火灼龟甲,根据裂纹来预测吉凶,叫卜。而"卜"也是象形的。《说文解字》"卜部":"卜,灼剥龟也。象炙龟之形,一曰象龟兆之纵衡也。"①在甲骨文中,"卜"字为丫或⼘等,徐中舒说:"卜,正象灼龟后兆璺纵横斜出之状。卜兆先有直坼,而后有斜出之裂纹,裂纹或向上,或向下,卜人据此以判吉凶。"②小篆的"占"字构形原理与甲骨文略同,只是把"兆"的初文"冈"改作了"卜"而已,"卜"在这里充当形符,表示的也是卜兆。

中国古代早期文体具有强烈的实用性,沟通人神关系就是其主要功用之一。比如"祝"体,据《周礼·春官·大祝》所记:"大祝掌六祝之辞……一曰顺祝,二曰年祝,三曰吉祝,四曰化祝,五曰瑞祝,六曰策祝。"③《尚书》有"祝册"的记载。《尚书·洛诰》载:"王命作册逸祝册。"孔颖达《疏》曰:"王命有司作策书,乃使史官名逸者祝读此策。"④按,在甲骨文中,也有关于"祝册"或"册祝"的记录。如《甲骨文合集》32285:"丙午,贞酒人册祝。"⑤《小屯南地甲骨》56462:"□□卜,祷祝册▢毓祖乙惠牡。"⑥"祝册"或"册祝"有制作简册、书写祝辞、向神灵祷祝之意。按照《说文解字》的解释:"祝,祭主赞词者。从示,从儿口。"段注曰:"此以三字会意,谓以人口交神也。"⑦《释名》曰:"祝,属也,以善恶之词相属著也。"⑧"祝"既为赞词之人,也是祭告之词。现存不少甲骨材料记录了"祝"的使用情

---

① 许慎撰,段玉裁注《说文解字注》卷三,上海古籍出版社,1988年,第127页。
② 徐中舒主编《甲骨文字典》(第3版)卷三,四川辞书出版社,2014年,第349页。
③ 郑玄注,贾公彦疏《周礼注疏》卷二五,阮元校刻《十三经注疏》本,第808页。
④ 旧题孔安国传,孔颖达疏《尚书注疏》卷一五,阮元校刻《十三经注疏》本,第217页。
⑤ 郭沫若主编《甲骨文合集》,中华书局,1982年,第3939页。本书简称"《合集》",下文凡引该书皆随文标注片号,不一一出注。释文参考胡厚宣主编《甲骨文合集释文》(中国社会科学出版社,1999年)。本书所引甲骨文释文亦参黄天树主编《甲骨文摹本大系》(北京大学出版社,2022年)等,或依据相关成果对原释文有所改动,不一一出注。
⑥ 中国社会科学院考古研究所编《小屯南地甲骨》,中华书局,1980年。以下简称"《屯南》"。
⑦ 许慎撰,段玉裁注《说文解字注》卷一,上海古籍出版社,1988年,第6页。
⑧ 刘熙撰,毕沅疏证,王先谦补《释名疏证补》,中华书局,2008年,第132页。

况,"祝"在当时已具有初步的文体意义。甲骨文的字形,并非完全如《说文》所说的"从示,从儿口",而是或"从示",或不"从示"。"示"表示神主。值得注意的是,无论其字形是否"从示",其中都有一个像人跪姿并有所祷告之形,形象地反映出"祝"的初始状态:人虔诚地下跪并与神进行交流,这也是作为早期文体的"祝"的本质特征。

第二节 文字载体与文体命名

文体的命名方式是中国文体学研究的重要内容,它为我们理解古代文体之原始功能与体制提供了某种独特的路径。中国古代的文体众多,有些文体对内容有相当严格的限定,有的文体对其内容要求则比较宽松。造成这种现象的原因很多,但从其根源来看,与最早的文体命名方式之不同有很大的关系。

中国古代之文体命名方式颇为复杂,其中最主要是根据文体的行为方式或功能来命名。如命、训、誓、诰、祷、诔等,都是从一种行为、活动变成一种文体之名。郭英德先生认为,不少先秦文体产生于不同的"言说方式",他指出:"中国古代文体的生成大都基于与特定场合相关的'言说'这种行为方式,这一点从早期文体名称的确定多为动词性词语便不难看出。"因此,他将对行为方式的区别类分,作为中国古代文体分类原初的生成方式。① 胡大雷先生总结说:"……以行为动作本身来命名这些文体。这是早期文体命名的一般性方法。"②这种总结是有道理的。但是,早期文体命名除了一般性方法之外,也有其他特殊方法,比如以文字和文体载体为文体命名。

---

① 郭英德《中国古代文体学论稿》,北京大学出版社,2005年,第29—31页。
② 胡大雷《论中古时期文体命名与文体释名》,《中山大学学报(社会科学版)》2011年第4期。

王国维《简牍检署考》开篇说:"书契之用,自刻画始。金石也,甲骨也,竹木也,三者不知孰为后先,而以竹木之用为最广。"①甲骨文与金文是中国现存最早的文字,但是根据古文献记载,除了甲骨与青铜器之外,同时代还有其他文字与文体之载体,如简、册、篇、典等,而且这些载体本身也成为文体的名称。"简"字见于两周金文。西周晚期的有司简簠盖铭文说:"丰仲次父其有司简作朕皇考益叔尊簠。"(《新收殷周青铜器铭文暨器影汇编》736)②器主名为"简",虽然用作人名,但字以竹为意符,很可能就是竹简的"简"。战国时期的中山王譽方壶(《集成》9735)有"载之简策"一语。在传世文献中"简"亦早有记载,如《诗·小雅·出车》:"畏此简书。"孔颖达《正义》说:"古者无纸,有事书之于简,谓之简书。"③《左传·襄公二十五年》记载:"南史氏闻大史尽死,执简以往。闻既书矣,乃还。"④甲骨文已有"册"字。徐中舒据甲骨文所载"册"字用例,指出殷代除甲骨之外,亦应有简策纪事,又结合《尚书·多士》"惟殷先人,有册有典"之语证之,并指出只是由于年代久远,竹木不易保存,故殷代简策尚无出土实物作为佐证。⑤早至商代竹简已是文字载体,这已成为学界共识。⑥战国时期,简牍的使用则更为频繁,只是由于甲骨与青铜器质地坚实而得以流传下来,而竹简则可能因为未能长远保留而湮灭不见。

我们通过甲骨文、金文中一些文字的最初形状,在某种程度上可

---

① 王国维著,胡平生、马月华校注《简牍检署考校注》,上海古籍出版社,2004年,第1—2页。
② 钟柏生等合编《新收殷周青铜器铭文暨器影汇编》,台北,艺文印书馆,2006年,第537页。下文凡引该书皆简称为《新收》,并随文标注器号,不一一出注。
③ 郑玄笺,孔颖达疏《毛诗注疏》卷九,阮元校刻《十三经注疏》本,中华书局,1980年,第416页。
④ 杜预注,孔颖达疏《春秋左传注疏》卷三六,阮元校刻《十三经注疏》本,第1984页。
⑤ 参见徐中舒主编《甲骨文字典》(第3版)卷二"册",四川辞书出版社,2014年,第200—201页。
⑥ 参见陈炜湛《战国以前竹简蠡测》,《中山大学学报》1980年第4期;钱存训编著《书于竹帛:中国古代的文字记录》,上海书店出版社,2004年,第72页。

以了解与文体相关的事实与观念。

《说文解字》"册部":"册,符命也,诸侯进受于王者也。象其札一长一短,中有二编之形。"①然汉墓所出土之简册形制,并非一长一短,皆由大小长短相同之简札编成。甲骨文"册"字象形,竖笔表示简札,中间笔画表两道穿连竹简的绳子。② 至于简札为何"一长一短"且与出土所见简策不同,文字学家有许多解释,尚未有共识,不少学者认为一长一短当为刻写变化所致。姚孝遂《甲骨文诂林》按语:"据出土战国秦汉简册,皆有长有短。但成编之册皆等长,长短不一之册,无法编列。商代册制目前仅见龟骨,尚未发现简牍。卜辞累见'冓册',即举册。国有大事,必有册告。"③于省吾认为:"策、册古籍同用。经传言册祝、祝册、策告,其义一也。"④从职官制度来看,商代开始设置"作册"一职,西周时也称作册内史、作命内史、内史。《尚书·洛诰》:"王命周公后,作册逸诰。"可见"作册"之职在于掌著作简册,奉行王的告命。这也可以看出"册"在当时已具有文体意义了。⑤

简与册在文体上的特点与内涵,与其作为载体的本来特点也是直接相关的。简与册虽然可以并列或称"简册",但在具体使用中,简与册有所区别。杜预《春秋经传集解序》:"诸侯亦各有国史,大事书之于策,小事简牍而已。"孔颖达《疏》:"单执一札,谓之为简;连编诸简,乃名为策。"⑥(按:"策"本义为竹制的马鞭。《说文

---

① 许慎撰,段玉裁注《说文解字注》卷二,上海古籍出版社,1988年,第85页。
② 曾宪通、林志强谓:"象编简之形,竖为简,横为编。"见曾宪通、林志强《汉字源流》,中山大学出版社,2011年,第77页。
③ 于省吾主编,姚孝遂按语编撰《甲骨文诂林》,中华书局,1996年,第2963页。
④ 于省吾《双剑誃殷契骈枝 双剑誃殷契骈枝续编 双剑誃殷契骈枝三编》,中华书局,2009年,第166页。
⑤ 参见孙诒让《周礼正义》卷五二"内史",中华书局,2015年;王国维《观堂别集》卷一《书作册诗尹氏说》,《观堂集林》,中华书局,1959年,第1122—1124页。
⑥ 杜预注,孔颖达疏《春秋左传注疏》卷一,阮元校刻《十三经注疏》本,第1704页。

解字》:"策,马棰也。"①"策"为形声字,假借为象形字之"册"。马王堆汉墓帛书《老子甲》"筹策"之"策"作"筞",即"箣"字之异体。)之所以有大事和小事之不同书写,原因之一在其载体容量之不同。策的容量大而简牍的容量小。郝经《郝氏续后汉书》谓:

> "册"者,辞、命、记、注之总称。古者书于竹简,一简谓之简,编简谓之册。事小辞略,一简可书,则曰"简"而已。事大辞多,一简不容,必编众简而书之,则曰"册"。故史官大事书之于册,小事简牍而已。其名始见于《金縢》之书,曰"史乃册祝"。其后纳册、作册、祝册、册命,凡告庙、命官、封建,皆用之。汉因周制,尊太上皇、皇太后,立皇后、皇太子,封建诸侯王,拜免三公,皆用册。郊祀天地、谒告宗庙、封禅泰山亦用册。至于特拜郡守,述其政绩,亦用。古者尚质,惟用竹。秦汉则泥金检玉,号为玉册,示其侈也。(原注:蔡邕曰:"册者,简也。""其制长二尺,短者半之。其次一长一短,两编下附。"许慎《说文》:"册者,符命也,诸侯进受于王者也。象其札一长一短,中有二编之形。"《汉书》:"武帝元狩六年,庙立皇子闳为齐王、旦为燕王、胥为广陵王,初作册。")其于国恤有哀册、谥册。于是高文大册,为汉帝制礼文盛矣,后世皆遵用之。②

从古文字来看,"册"是早期文字的载体,后来逐渐被视为文体,而且在中国古代是使用历时相当长的实用性行政文体。除了册、典之外,还有其他以载体命名的文体,其载体与竹简相关,有些字在现存甲骨文与金文中未见,但《说文解字》收录了,如篇、笺等③,这些都具有文体意义。

---

① 许慎撰,段玉裁注《说文解字注》卷五,上海古籍出版社,1988年,第196页。
② 郝经《郝氏续后汉书》卷六六上上"文艺",《景印文渊阁四库全书》第385册,台湾商务印书馆,1983—1988年,第613页。
③ 《文章缘起》:"篇,汉司马相如作《凡将篇》。"陈元靓等编《事林广记》后集卷七,《续修四库全书》第1218册,上海古籍出版社,1994—2002年,第354页。

古代以木作为载体的文体也应该很常见。王国维《简牍检署考》说:"用木书者曰'方'……曰'版'……曰'牍'。……竹木通谓之'牒',亦谓之'札'。"①《仪礼·聘礼》谓:"百名以上书于策,不及百名书于方。"郑玄注:"名,书文也,今谓之字。策,简也。方,板也。"②"策"是竹简之编连,故容量大;"方"是单独的木片,故容量小。所以字数多者(百字以外)载于竹简,字数少者(百字以内)载于木方。以木为载体类文体,且以"木"为部首的有"檄""槩""案""札""检"等字。另外,"牍""牒"的部首为"片",《说文解字》说:"片,判木也。从半木。"③究其义,就是分剖的木。所以牍、牒也可以视为以木质载体来命名的文体。

从文字的角度看,古代丝帛制品与文体亦有密切关系,如绪、经、统、纪、绝、续、结、终、组、纂、纲、编等文体或著述形态,数量也相当大,其中或有以丝帛为载体者。

还有以石头为载体的文体,这类文体的内容多崇高神圣,作者希望借以传之长久。如碑,《说文解字》"石部"说:"碑,竖石也。"④碑早期指竖立在宫、庙门前用以识日影的石头。另外,古代用以引棺木入墓穴的木柱,后专用石,也叫碑。《礼记·檀弓下》说:"公室视丰碑。"郑玄注:"丰碑,斫大木为之,形如石碑。于椁前后四角树之,穿中于间为鹿卢,下棺以繂绕。"⑤碑可以镌刻图案或文字,可以记载死者生平功德。秦时称为刻石,汉代以后称碑,成为古代最为常用而重要的文体。刘勰《文心雕龙·诔碑》谓:"夫属碑之体,资乎史才,其序则传,其文则铭,标序盛德,必见清风之华;昭纪鸿懿,必

---

① 王国维著,胡平生、马月华校注《简牍检署考校注》,上海古籍出版社,2004年,第6—8页。
② 郑玄注,贾公彦疏《仪礼注疏》卷二四,阮元校刻《十三经注疏》本,第1072页。
③ 许慎撰,段玉裁注《说文解字注》卷七,上海古籍出版社,1988年,第318页。
④ 同上书卷九,第450页。
⑤ 郑玄注,孔颖达疏《礼记注疏》卷一〇,阮元校刻《十三经注疏》本,第1310页。

见峻伟之烈:此碑之制也。"①

还有一种特殊现象,即同一文体由于载体不同,而出现不同命名。如"碣"与"楬"两字就是同属一体的。晚清王兆芳《文章释》说:"碣者,与'楬'通,特立之石,借为表楬也。石方曰碑,圆曰碣。赵岐曰:'可立一圆石于墓前。'洪适曰:'似阙非阙,似碑非碑。'隋唐之制,五品以上立碑,七品以上立碣。主于表扬功德,与碑相通。源出周宣石鼓为石碣。"②此前,唐代封演《封氏闻见记》已从文字学的角度解释说:"物有标榜,皆谓之'楬'。……其字本从木,后人以石为墓楬,因变为'碣'。《说文》云:'碣,特立石也。'据此,则从木从石,两体皆通。"③《周礼·秋官·蜡氏》谓:"若有死于道路者,则令埋而置楬焉。"郑玄注引郑众曰:"楬,欲令其识取之,今时揭橥是也。"④故可见以特立标识之义立名的文体,以木质则为"楬",以石质则为"碣"。

中国古代的文字载体颇为多样。《墨子·非命下》说:"书之竹帛,镂之金石,琢之盘盂,传遗后世子孙。"⑤钱存训《书于竹帛》一书将之归为"甲骨文""金文和陶文""玉石刻辞""竹简和木牍""帛书""纸卷"诸类。⑥但是,以竹木、丝帛为载体的文体用字最多,其他载体则较少。推其故,可能相比其他载体,竹帛容量更大且更方便使用和传播,故为著述者首选载体。

从以上例证可以看出,以文字与文体载体命名,也是中国古代文体命名的主要方式之一。如果仅仅揭示出这个现象,意义也许不大。重要的是,由此现象我们可以进而思考其丰富的文体学意义。

---

① 刘勰著,詹锳义证《文心雕龙义证》,上海古籍出版社,1989年,第457页。
② 王兆芳《文章释》"碣",王水照编《历代文话》第7册,复旦大学出版社,2007年,第6294页。
③ 封演撰,赵贞信校注《封氏闻见记校注》卷六"碑碣",中华书局,2005年,第57—58页。
④ 郑玄注,贾公彦疏《周礼注疏》卷三六,阮元校刻《十三经注疏》本,第885页。
⑤ 孙诒让《墨子间诂》卷九,中华书局,2001年,第280页。
⑥ 钱存训《书于竹帛:中国古代的文字记录》,上海书店出版社,2004年。

以载体来命名的文体和以行为方式来命名的文体是有差异的。以行为方式来命名，如命、训、誓、诰、祷、诔等文体，这些名称直接地揭示了文体的内容和功能：不同的实际用途、实施对象与操作程序。而以文字载体来命名的文体，载体对文体的内容和功能不一定直接限定，它的实施对象与实际用途比较灵活，也没有什么操作程序。比如"碣"本身只是指石头而已。《说文解字》"石部"谓："碣，特立之石也。"①作为文体的"碣"，石头是其载体，其所载内容一般比较重要和崇高，可以传之久远，但具体内容却可能有很大差异，既可以记载名胜，也可以歌功颂德，既可以是界碑，也可以是墓文。又如简，唐代苏鹗《苏氏演义》卷下谓：

> 《急就篇》曰：以竹为书牒，谓之简。《释名》云：简者，编也。可编录记事而已。又曰：简者，略也。言竹牒之单者，将以简略其事。盖平板之类耳。②

"简"原以竹之载体为名，本义就是以竹简记事，而所记载的内容则比较宽泛而无单一严格的限定。后来，才逐渐形成书信类文体。

文体在发展的初始阶段，其命名可能与其载体有关，但名称与体制形成之后，便形成一种文体传统，此后有些载体发生变化，而其文体体制依旧沿用。吴讷《文章辨体序说·册》说：

> 《说文》云："册者，符命也。诸侯进受于王，象其札一长一短，中有二编之形。"当作册，古文作笧。盖册、策二字通用。至唐宋后不用竹简，以金玉为册，故专谓之册也。若其文辞体制，则相祖述云。③

虽然初始阶段文体可能以其文字载体来命名，但文体之名固定

---

① 许慎撰，段玉裁注《说文解字注》卷九，上海古籍出版社，1988年，第449页。
② 苏鹗《苏氏演义（外三种）》卷下，中华书局，2012年，第29页。
③ 吴讷《文章辨体序说》，人民文学出版社，1962年，第35—36页。

以后,便不再受文体载体变化的影响,即使文体载体变化,其"文辞体制"祖述不变,文体之名亦相与沿用。

第三节　文字形(意)符与文体类别

部首之说,始于东汉。然作为文字结构之意符则古已有之。许慎《说文解字·叙》认为,汉字的构造有六种,称为"六书",即指事、象形、形声、会意、转注、假借。多数汉字是形声字,形声字由表示意义的形符与表示发音的声符组成。形声字以形符为部首,部首原则上表示一组文字的共通意义。部首的意义既建立在客观事实上,也是一种约定俗成的集体认同。所以部首的归属,反映出人们对文字原始意义在类别上的理解。从文体学角度看,同属一形(意)符或部首的文体用字,也反映出某种共通的文体特性。

许慎开创了字书的部首编排即"建首"方式。《说文解字》把形旁相同的字归在一起,称为部,共分为540部,其中大量的部首是象形字。许慎《说文解字·叙》说:"其建首也,立一为耑。方以类聚,物以群分。同条牵属,共理相贯。杂而不越,据形系联。引而申之,以究万原。毕终于亥,知化穷冥。"①可见他具有非常强烈而清晰的分类意识:以"类""群""条""理"对文字进行分类。分类,反映出人类对事物复杂属性的认识,通过比较,揭示出事物间的同异之处。"建首"就是将字形上具有共通处的字置于一类,而部首往往具有独特的字义。同属一部的文字在意义上可能就具有某种同一性。中国古代有许多文体名称的用字有其规律,即使用相同的形(意)符。

以文体功能来给文体归类是中国古代文体学一般的分类方

---

① 许慎撰,段玉裁注《说文解字注》卷一五,上海古籍出版社,1988年,第781—782页。

法,但从文字的形(意)符或部首来考察古代众多文体的属性,也可视为一种特殊的文体分类。这一独特角度的意义在于探究早期文字构造所反映出来的更为原始的文体意义。

首先,"口"部文字反映出文体发展初始阶段的口头形态。"口"是象形字,象人口之形。《说文解字》"口部":"口,人所以言、食也,象形。凡口之属皆从口。"①口的功能就是言语与饮食。在《说文解字》中,与口部相关的文体有:名(后来为"铭")②、命、召、咨、问、唱、和、吟、叹、唁等。

在《说文解字》所有部首中,"言"部存在着最多可用于文体名称的文字。从文字流变的字形而论,"言"与"口"有密切关系。③ 许慎《说文解字》卷三上:"言,直言曰言,论难曰语。从口辛声。凡言之属皆从言。"④按照这种说法,"言"是个从口辛声的形声字,以"口"为意符。在古文字中,"言"字是在"舌"字上加一横而成,表示"言"由口舌发出,并不从辛得声。不过"舌"字本身也有"口"旁,因此无论如何,"言"与"口"有密切关系。在《说文解字》中,从属于"言"部而渐次具有文体意义的文字有:

语、诗、谶、讽、诵、训、谕、谋、论、议、识、讯、诫、诰、誓、诘、谏、谣、说、话、记、讴、咏(詠)、谚、讲、讥、诽、谤、诅、讼、诃、诉、谴、让、诛、讨、谥、诔、译……

---

① 许慎撰,段玉裁注《说文解字注》卷二,上海古籍出版社,1988年,第54页。
② "铭"字较"名"字晚出。《释名疏证》毕沅曰:"《说文》无'铭'字,郑康成注《仪礼·士丧礼》曰:'今文铭为名。'又按《周礼·小祝》云:'铭,今书或作名。'然则铭乃古文名也。"(刘熙撰,毕沅疏证,王先谦补《释名疏证补》,中华书局,2008年,第114页)《说文解字》尚未收入"铭"字。段玉裁《说文解字注》"名部":"凡经传,铭字皆当作名矣。"(《说文解字注》卷二,上海古籍出版社,1988年,第56页)证诸古文字材料,邾公华钟铭(《集成》245,春秋时期)有"名"(铭)字,而䢵羌钟(《集成》161,春秋时期)、中山王䇂鼎(《集成》2840,战国时期)则已出现"铭"字,明确指称铜器铭文。
③ 古文字学家认为,从字源学角度看,"言"应当是在"舌"字上部加区别符号"一"而成的指事字。见李学勤主编《字源》,天津古籍出版社,2012年,第167页。
④ 许慎撰,段玉裁注《说文解字注》卷三,上海古籍出版社,1988年,第89页。

这么大的数量确实给我们以强烈的印象,这一现象蕴含了丰富的文体学意义。它们属于同一个部首,正表示古人认为这些文字具有一定的共性,这共性就是与"言"相关,即皆具有口头性。

"号"部也与口头性有关。《说文解字》"号部":"号,痛声也。从口在丂上。凡号之属皆从号。"①我们在讨论中国古代早期文体的口头性时,应该把这些考虑进来。

《说文解字》认为,"辛"部也与语言有关:"辛,罪人相与讼也。从二辛。凡辛之属皆从辛。"此部首即有以言语相讼之义。如"辩"字:"辩,治也。从言在辛之间。"②"辩"是中国古代最常用的论说文体之一。黄佐《六艺流别》解释"辩"之体:"辩者何也?治也,从言在辛中。察言以治之,加辩,罪人相讼也。"③他对此文体的解释,完全采用了《说文解字》对"辛""辩"的释义。

若从文字部首来看,在所有文体名称之中,属于"口""言"等部、表意与言语相关的文字占了压倒性分量。这种特殊现象不仅揭示了这些文字的原始意义,还反映出中国早期文体形态是以语词即口头形态为主的。口头性、言语性,正是早期辞命文体形态的基本特点之一。因此我们可以得出这样的结论:言辞活动在中国早期社会活动中至为重要,是文体产生之主要源头。虽然以上所列属于"言"等部首的各种文体后来皆可以用文章形态来书写,但溯其原始语境,却离不开言辞。

另外一个值得注意、富有文体学意义的部首是"示",分属示部的文体用字也比较多。《说文解字》"示部":"示,天垂象,见吉凶,所以示人也。从二(古文'上')。三垂,日月星也。观乎天

---

① 许慎撰,段玉裁注《说文解字注》卷五,上海古籍出版社,1988年,第204页。
② 同上书卷一四,第742页。
③ 黄佐《六艺流别》卷一九"春秋艺下",见吴承学、史洪权辑校《〈六艺流别〉序题》,胡晓明主编《中国文学思想的跨域探索——古代文学理论研究第五十五辑》,华东师范大学出版社,2022年,第573页。

文,以察时变。示,神事也。凡示之属皆从示。"①按其解释,示这个部首是由两部分组成的:其上部的"二"是古文字的"上"字,而示下部的三垂,表示日、月、星。"示"这个部首的含义表示"神事",凡与"神事"有关的字,都用这个部首。按:许慎受材料、方法所限,他对"示"字字形的解释不一定妥当。现代有不少学者对此提出新见,如唐兰《释示宗及主》、陈梦家《殷虚卜辞综述》、何琳仪《战国古文字典》都以为"示""主"同字。②"示"就是祭祀的神主。在甲骨文中,它最早的字形是 丁、工、工,"示"象神主形。③

在中国古代属于"示部"的文体有祭、祠、祝、祈、禬、祷、禜、禳、禁等,这些文体都是与祭祀的神主有关系的。以《周礼·春官·大祝》所论及的"六祝""六祈""六辞"为例:

> 大祝掌六祝之辞,以事鬼神示,祈福祥,求永贞。……掌六祈,以同鬼神示,一曰类,二曰造,三曰禬,四曰禜,五曰攻,六曰说。作六辞,以通上下亲疏远近,一曰祠,二曰命,三曰诰,四曰会,五曰祷,六曰诔。④

这里的"祝""祈""禬""禜""祠""祷"皆为"示"部文字。而其功能"以事鬼神示""以同鬼神示""以通上下亲疏远近"又皆与人神沟通相关。刘师培《文学出于巫祝之官说》谓:

> 盖古代文词,恒施于祈祀,故巫祝之职文词特工。今即《周礼》祝官职掌考之,若"六祝""六祠"之属,文章各体,多出于斯。又颂以成功告神明,铭以功烈扬先祖,亦与祠祀相联。是则韵语之文,虽匪一体,综其大要,恒由祀礼而生。欲考文章流别

---

① 许慎撰,段玉裁注《说文解字注》卷一,上海古籍出版社,1988年,第2页。
② 唐兰《唐兰全集》,上海古籍出版社,2015年,第579—581页;陈梦家《殷虚卜辞综述》,中华书局,1988年,第440页;何琳仪《战国古文字典——战国文字声系》,中华书局,1998年,第356页。
③ 参见季旭升《说文新证》,台北,艺文印书馆,2014年,第48—49页。
④ 郑玄注,贾公彦疏《周礼注疏》卷二五,阮元校刻《十三经注疏》本,第808—809页。

者,曷溯源于清庙之守乎?①

刘师培之意,并非谓所有文学皆出于巫祝之官,而是认为早期文章各体多与巫祝之官相关。以上这些文字之例,也可为刘师培的说法提供某些佐证。如果说,"言"部(包括"口"部)的众多文体反映出早期文体的口头性和言语性特点,那么,"示"部的众多文体,则反映出一些早期文体所具有的宗教性特点。

通过对中国古代文体用字部首之考察,可以看出:早期的文体以巫祝—辞命为核心,以语词为主要形态,文字多是对语词的记录,并以天人鬼神为主要对象,具有强烈的实用性色彩。随着历史发展,语词式文体才逐渐发展为篇章式文体。

第四节 文字声符与文体特征

裘锡圭先生指出,春秋战国时代,随着汉字象形程度的不断降低,形声字成为造字的主要方式。② 从汉代的声训,如刘熙《释名》,到宋代王圣美的"右文"说,至清代王念孙《广雅疏证》、郝懿行《尔雅义疏》等,将"因声求义"的原则贯串于训诂之中,从而形成一种传统。段玉裁说:"声与义同原,故谐声之偏旁多与字义相近,此会意、形声两兼之字致多也。"③虽然声旁表义并不是造字的一般规律,但确是值得注意的现象。④ 文字的声音与其意义有着密切联系。语言学家认为,一开始,音、义的结合具有偶然性,而经过社会成员的约定俗成,音、义关系也就具有了某种规定性。"由于社会的'约定',本无必然联系的音义关系便对自身所处的语言系统产

---

① 刘师培《左庵集》卷八,《刘申叔遗书》,江苏古籍出版社,1997年,第1283页。
② 参见裘锡圭《文字学概要》(修订本),商务印书馆,2013年,第36—44页。
③ 许慎撰,段玉裁注《说文解字注》卷一"禛"条,上海古籍出版社,1988年,第2页。
④ 此问题可参见曾昭聪《形声字声符示源功能述论》,黄山书社,2002年。

生反作用,使语言发展接受其已有的音义关系的影响制约,即早期的音义关系对后起的音义关系产生'回授'作用。"①这是"因声求义"的理论基础。

因声求义的传统也影响到了文章学的研究。刘师培《文章原始》在谈到文章起源时,就引黄承吉(春谷)语,指出字的声旁可以表义:

> 凡字义皆起于右旁之声,任举一字,闻其声即知其义。凡同声之字,但举右旁之声,不必举左旁之迹,皆可通用。

然后"由黄氏之例推之"曰:

> 盖古代之字,只有右旁之声,而未有左旁之形。后世恐其无以区别也,乃加以左旁之形,以为区别。故右旁之声,纲也;左旁之形,目也。②

刘师培认为中国文字这种特点直接影响了中国文章的形成。

杨树达先生对因声求义现象进行了一系列的研究。③ 这些成果虽然不是直接研究文体,但对文体学研究显然具有启示作用。杨树达先生所研究的一些文字,也是文体之名。比如,"说"是中国古代最重要的说理文体之一。《说文解字》云:"说,说释也。从言,兑声。一曰谈说。"④《文心雕龙·论说》谓:"说者,悦也;兑为口舌,故言资悦怿。"⑤而杨树达先生则从因声求义的角度指出,"说"字"兑"声,其义与"兑"相关。他说:"兑者锐也。""盖言之锐利者谓之说。"

---

① 许威汉《训诂学教程》,北京大学出版社,2013年,第51页。
② 刘师培《左庵外集》卷一三,《刘申叔遗书》,江苏古籍出版社,1997年,第1644页。
③ 如《形声字声中有义略证》《字义同缘于语源同例证》等,见杨树达《积微居小学金石论丛》(增订本),科学出版社,1955年;《造字时有通借证》《文字挚乳之一斑》《字义同缘于语源同续证》《文字初义不属初形后起字考》《文字中的加旁字》等,见杨树达《积微居小学述林全编》,上海古籍出版社,2013年;以及《论丛》《述林》中多篇文字考证文章。
④ 许慎撰,段玉裁注《说文解字注》卷三,上海古籍出版社,1988年,第93页。
⑤ 刘勰著,詹锳义证《文心雕龙义证》,上海古籍出版社,1989年,第707页。

认为"说"的原义就是使用锋芒锐利的语言,"悦怿"则是引申义。①又如"论",《说文解字》谓:"论,议也。从言,仑声。"②而"仑(侖)"就有条理之义。"仑,理也。"故杨树达说:"论从言从仑,谓言之剖析事理者也。"③即以为论字仑声,故"论"的原义就是剖析事理之言。又如"议"字,《说文解字》说:"议,语也。一曰谋也。从言,义声。"④《礼记·中庸》曰:"义者,宜也。"杨树达说:"议从言从义,谓言之说明事宜者也。"⑤又如"赠"字,杨树达认为:"'曾,益也。'赠从曾声,故有增益之义。""曾有益义,故从曾声之字多含加益之义,不惟赠字为然也。"⑥又如"祷"字,《说文解字》谓:"祷,告事求福也。从示,寿声。"⑦杨树达认为:"祷从示寿声,盖谓求延年之福于神。许君泛训为告事求福,殆非始义也。"⑧以上诸释,或非文字学之定论,然而诸字都是文体名称,所以从文体学角度来看,则皆可说明文字的声旁反映了文体的独特性。

中国古代确实有些文体可以从声符求义。除了杨树达所举之例外,又如"讲(講)"是形声字,从言,冓声。"冓"有遇到、相会之义,在"講"中当兼表沟通义。从言、冓,会和解意。《说文解字》谓:"讲,和解也。"引申出论说、评论、商讨等义。《广雅·释诂二》谓:"讲,论也。"如"咏(詠)",从言,永声。永兼表意。"永"字有水势长流之义,故"咏"有长声而歌、曼声长吟之义,所谓"歌永言"是也。又如"诫",从言,戒声。诫也是形声兼会意字。⑨

---

① 杨树达《积微居小学金石论丛》(增订本)卷一,科学出版社,1955年,第37—38页。古代注疏一般训"说"为"解",其语源有"开释""释放""解释"等意思,其同源词有"敓""悦"等。"锐"虽然与"说"声旁相同,但不一定是同源词。
② 许慎撰,段玉裁注《说文解字注》卷三,上海古籍出版社,1988年,第91—92页。
③ 杨树达《积微居小学金石论丛》(增订本)卷一,科学出版社,1955年,第38页。
④ 许慎撰,段玉裁注《说文解字注》卷三,上海古籍出版社,1988年,第92页。
⑤ 杨树达《积微居小学金石论丛》(增订本)卷一,科学出版社,1955年,第38页。
⑥ 同上书,第3—4页。
⑦ 许慎撰,段玉裁注《说文解字注》卷一,上海古籍出版社,1988年,第6页。
⑧ 杨树达《积微居小学金石论丛》(增订本)卷一,科学出版社,1955年,第16页。
⑨ 以上数例,参见李学勤主编《字源》,天津古籍出版社,2012年,第175、182—184页。

下面重点从因声求义的角度,谈谈中国古代最重要的文体之一"诗"。虽然诗歌作为一种文学体裁古已有之,而且是最早成熟的文体之一,但目前最早的"诗"字仅见于楚简,甲骨文、金文尚未见。在战国中晚期的楚简中,"诗"字对应多种字形,如"寺""旹""诗""訾""岢""志""时(時)""侍"等①,例如:

《寺(诗)》云:"成王之孚,下土之式。"(郭店《缁衣》13)②
善哉!商也,将可学旹(诗)矣。(上博二《民之父母》8)③
《诗》,所以会古今之恃(志)也者。(郭店《语丛一》38—39)④
《訾(诗)》《书》《礼》《乐》,其始出也,并生于【人】。(上博一《性情论》8—9)⑤
《岢(诗)》云:"仪型文王,万邦作孚。"(上博一《缁衣》1)⑥
子夏曰:"无声之乐,无体之礼,无服之丧,何志(诗)是迡?"(上博二《民之父母》7—8)⑦
时(诗),有为为之也。(郭店《性自命出》16)⑧

---

① 参见陈斯鹏《楚系简帛中字形与音义关系研究》,中国社会科学出版社,2011年,第24—25页;高华平《论先秦诗歌的基本特点及其演进历程——由楚简文字所作的新探讨》,《学术月刊》2014年第7期;俞琼颖《"诗"字渊源初探》,邓章应主编《学行堂语言文字论丛》第4辑,四川大学出版社,2014年,第148—160页;滕壬生《楚系简帛文字编》(增订本),湖北教育出版社,2008年;李守奎、曲冰、孙伟龙编著《上海博物馆藏战国楚竹书(一——五)文字编》,作家出版社,2007年。
② 武汉大学简帛研究中心、荆门市博物馆编著《楚地出土战国简册合集(一)郭店楚墓竹书》,文物出版社,2011年,第27页。
③ 马承源主编《上海博物馆藏战国楚竹书(二)》,上海古籍出版社,2002年,第166页。
④ 武汉大学简帛研究中心、荆门市博物馆编著《楚地出土战国简册合集(一)郭店楚墓竹书》,文物出版社,2011年,第140页。
⑤ 马承源主编《上海博物馆藏战国楚竹书(一)》,上海古籍出版社,2001年,第230—232页。
⑥ 马承源主编《上海博物馆藏战国楚竹书(二)》,上海古籍出版社,2002年,第174页。
⑦ 同上书,第164—166页。
⑧ 武汉大学简帛研究中心、荆门市博物馆编著《楚地出土战国简册合集(一)郭店楚墓竹书》,文物出版社,2011年,第100页。

《虞時(志)》曰:"大明不出,万物皆暗。"(郭店《唐虞之道》27)①

"诗"虽有多个字形,但这些字都有一个共同点,或从寺,或从㞢。"寺""㞢"为"诗"字声符,与"志"同音而且意义有密切联系。这个声符准确地揭示了古代诗体的特质与内涵。《说文解字》谓:"诗,志也。从言,寺声。"②"寺声"也有表意作用,就是"志"。杨树达指出,"志字从心㞢声,寺字亦从㞢声,㞢志寺古音无二。古文从言㞢,言㞢即言志也"③。"诗言志"作为一种文体观念,可见于多处文献,如《尚书·尧典》谓:"诗言志。"《左传·襄公二十七年》谓:"诗以言志。"等等。可见"诗"字本身正表达了"言志"的文体内涵。

从文体学角度来看,文字部首提示了文体的类别区分,这是同类文体的共性;而那些具有意义的文字声旁,则在一定意义上提示了文体的独特内涵,这是文体的个性。

第五节　文字规范与文体认同

明末清初学者闵齐伋认为,文字与社会一样,都处于不断发展变化之中。他在《六书通》中说:"世与世禅,字亦与字禅,不有损益,不足以成其禅。""一代之同文即为一代之变体,变变相寻,充塞宇宙。"④中国古代文字有部分的初始义即与文体相关,但多数文体意义是后起的,它们从初始义引申、假借而来,从而引起文字的分化或合并现象。中国文字的发展经过一个漫长的演变与规范化的历史

---

① 武汉大学简帛研究中心、荆门市博物馆编著《楚地出土战国简册合集(一) 郭店楚墓竹书》,文物出版社,2011年,第61—62页。
② 许慎撰,段玉裁注《说文解字注》卷三,上海古籍出版社,1988年,第90页。
③ 杨树达《释诗》,《积微居小学金石论丛》(增订本)卷一,科学出版社,1955年,第25—26页。
④ 闵齐伋《六书通序》,闵齐伋辑,毕弘述篆订《订正六书通》书首,上海古籍书店,1981年。

过程,此过程也包含古人对文字内涵与文体特性的集体认同。

《说文解字》所收许多文字的字形和甲骨文、金文已有相当大的差别。早期文字多用同音假借,其后为了更好记录语词和分化同音字,而增益意符或形符。到了许慎才把这些同一形符或意符的字归属一类,建立了部首概念。许多汉代人所认定属于某部首的文字,在早期文字中并没有意符或形符,是后来才增益的。或者这些意符或形符在当时并不稳定和规范。这种增加与统一意符或形符的现象,体现了对文字性质类别的理解。而从文体学角度来考察,这种文字的演变与规范化可以体现出古人对这类文字所蕴含的文体属性的强调和统一,也反映出一种约定俗成的观念。

例如,诰是中国古代非常重要的下行文体,《尚书》六体"典、谟、训、诰、誓、命"之一。甲骨文中,虽然无"诰"字,但有很多"告"字的用例却含有"诰"的文体意义。屈万里《殷虚文字甲编考释》谓:"告,读为诰。"①而姚孝遂、肖丁则认为,甲骨文的"告",其中一义为臣属的报告,其内容多为"有关田猎之情报及敌警等"②。金文虽未见"诰"字字形,但已有"诰"一词,如何尊(《集成》6014):"王昇(诰)宗小子于京室。"金文中的"诰"写作"𠷎",隶定为"𠷎","𠷎"为会意字,象由上告下,双手捧"言",既形象地体现出"诰"为下行文体的意义,又突出对来自上方之"言"的敬畏之意。③战国楚简沿用"𠷎"字:

《康𠷎(诰)》曰……(郭店《成之闻之》38)

《尹𠷎(诰)》云……(郭店《缁衣》5)

《康𠷎(诰)》云……(郭店《缁衣》28)

---

① 屈万里《殷虚文字甲编考释》,"中研院"历史语言研究所,1961年,第389页。
② 姚孝遂、肖丁《小屯南地甲骨考释》,中华书局,1985年,第158页。
③ 容庚编著,张振林、马国权摹补《金文编》卷三收"𠷎",中华书局,1985年,第163页。董莲池编著《新金文编》卷三仅有3例,作家出版社,2011年,第258页。陈斯鹏等编著《新见金文字编》收入"诰"字,作𠷎,福建人民出版社,2012年,第72页。参见陈初生编纂,曾宪通审校《金文常用字典》,陕西人民出版社,1987年,第251页。

《尹𢅛(诰)》云……(上博一《缁衣》3)

《康𢅛(诰)》云……(上博一《缁衣》15)

在时代相近的包山楚简中,则出现了"诰"字:"仆以诰告子宛公。"(《包山》133)此字原整理者释为"诘"字①,然学者多改释为"诰",如陈伟指出:"此字右部与随后及其他'告'字相同,而与卜筮简常见的'吉'迥异,因而改释。'诰'从言从告,可能专指诉状而言。"②或可说明战国时期虽有"诰"这一字形,但尚未表示下行文体之意义。"诰"是在"告"字基础上增加"言"符而成的。这种增加也是强调"诰"的言语性质。秦文字中尚未发现"𢅛""诰"二字,而《说文解字》云:"诰,告也。从言告声。𢅛,古文诰。"③𢅛与"𢅛"形近,有学者认为《说文》古文左旁的"月"为误抄。④因此,"诰"取代"𢅛"以表示下行文体之"诰",应在秦汉以后。"诰"字右旁为声符,兼表意,事实上更能体现"诰"这一下行文体的源流(甲骨文中的"告")。因此,以"诰"取代"𢅛"不仅体现了文字规范与统一的趋势,也反映了文体观念的进一步成熟与统一。

又比如论是古代最为常用的文体之一,但此字最早并没有"言"的意符。章太炎《国故论衡·文学总略》说:

> 论者,古但作仑(侖),比竹成册,各就次第,是之谓仑。箫亦比竹为之,故龠字从仑。引申则乐音有秩亦曰仑,"于论鼓钟"是也;言说有序亦曰仑,"坐而论道"是也。《论语》为师弟问答,乃亦略记旧闻,散为各条,编次成帙,斯曰仑语。⑤

---

① 湖北省荆沙铁路考古队《包山楚简》,文物出版社,1991年,第26页。
② 陈伟《楚简册概论》,湖北教育出版社,2012年,第202页。
③ 许慎撰,段玉裁注《说文解字注》卷三,上海古籍出版社,1988年,第92页。
④ 王贵元《〈说文〉古文与楚简文字合证》,《中国文字研究》2008年第2辑,大象出版社,2008年,第182页。
⑤ 章太炎撰,庞俊、郭诚永疏证《国故论衡疏证》卷中"文学总略",中华书局,2008年,第267—268页。

此字在甲骨文中未见。在金文中，已有"仑(侖)"字①，然未有"言"意符。按章太炎的说法，此字的原始意义是将竹片按次序编成册，其含义就是有理有序之言。郭店楚简《性自命出》16—17："圣人比其类而仑(论)会之。"②仍未加"言"，其中"论"正用伦次比类之义。但在《说文解字·言部》"论"作"論"，已加上"言"意符。这种意符的增加，可以理解为对"论"字的口头性的认定和强调。《说文解字》云："论，议也。"③从文体学的角度看，这是在"论"的条理性基础上，又强调"论"之主于议论性质。

祭是中国古代一种常用文体，祭文是一种祭祀或祭奠时表示哀悼或祷祝的文章。《文心雕龙·祝盟》说："若乃礼之祭祀，事止告飨；而中代祭文，兼赞言行。祭而兼赞，盖引伸而作也。……凡群言务华，而降神务实，修辞立诚，在于无愧。祈祷之式，必诚以敬；祭奠之楷，宜恭且哀；此其大较也。"④黄佐《六艺流别》卷一四"祭"："祭者何也？祀且荐也。血祭而埋瘗之，为文以荐于神灵也。"⑤祭文可以视为人与鬼神交流的文体。"祭"字字形也有个演变过程。《说文解字》谓："祭，祭祀也。从示，以手持肉。"⑥但是在甲骨文中，"祭"字并不从示，"示"是后来才加的意符。甲骨文的"祭"字作"⑭""⑭"等，或以手持肉，或以数量不等的点象血点之形，以会祭祀之意。⑦"祭"字的本义是杀牲以带血滴的牲肉献于鬼神，是一种向神

---

① 如中山王𧥺鼎(《集成》2840)，文例为"仑(论)其德，省其行，亡不顺道"。
② 武汉大学简帛研究中心、荆门市博物馆编著《楚地出土战国简册合集(一) 郭店楚墓竹书》，文物出版社，2011年，第100页。
③ 许慎撰，段玉裁注《说文解字注》卷三，上海古籍出版社，1988年，第91页。
④ 刘勰著，詹锳义证《文心雕龙义证》，上海古籍出版社，1989年，第372—376页。
⑤ 黄佐《六艺流别》卷一四"礼艺下"，见吴承学、史洪权辑校《〈六艺流别〉序题》，胡晓明主编《中国文学思想的跨域探索——古代文学理论研究第五十五辑》，华东师范大学出版社，2022年，第566页。
⑥ 许慎撰，段玉裁注《说文解字注》卷一，上海古籍出版社，1988年，第3页。
⑦ 参见徐中舒主编《甲骨文字典》(第3版)卷一，四川辞书出版社，2014年，第18页。

灵奉献供品的行为。而在金文中,"祭"字都加上了意符"示"。① 在保持原来意义基础上,加上意符"示",以明确表示"祭"与神鬼之关系。这个意符在文字上起了统一与强调的作用,代表人们对这个字义更为清晰和统一的理解。在文体学上,则反映出"祭"之本义具有沟通人神之意义。

从总体上看,先秦时期文字的形与义复杂多样,其与文体之关系也比较空泛与含糊。经过秦代的"书同文字"与汉代的"隶古定"之后,文字与文体的关系才变得比较清晰和统一。比如,从楚简所见,战国中晚期的"诗"还有多种不同写法,直到秦汉以后,才统一为"诗"②,这反映了文体观念的进一步固定,也说明文字与文体的关系是随着历史发展而推进的。

汉字的发展,经历了从古文字向今文字演变的过程。秦代的"书同文字"以及由秦汉的篆隶走向今文字的隶书,不但在文字发展史上有标志性的意义,在文体学史上也具有重要意义,它反映出文体思想与文字规范统一的制度有着密切关系。

本章从几个方面探讨文字与文体之间的关系,这些考察对中国文体学研究有启迪意义。但是,从文字的角度来研究文体观念这一方式明显存在一些困难和不确定因素。首先,由于现存的甲骨文与金文只是古文字的遗存部分,尚有大量的材料已亡佚。有些很重要的文体概念和相关信息,在甲骨文与金文中却没有遗存,这给我们理解一些重要文体名称的原始字形与字义造成了障碍。其次,古文字处于不断发展变化之中。同一个字在不同时期、不同载体中,可能有不同字形,同一时期的字形也可能多种多样,这就增加了阐释的复杂性与困难。再次,从古文字来看古人对文体的感知,固然有实物可以凭借,但是对其阐释也可能存在后人各种望文生义的

---

① 参见容庚编著,张振林、马国权摹补《金文编》卷一,中华书局,1985年,第11页。
② 参见俞琼颖《"诗"字渊源初探》,邓章应主编《学行堂语言文字论丛》第4辑,四川大学出版社,2014年。

主观想象。对同一个字的字形,可能有许多见仁见智的解释,其中难免包含一些推测与猜想的成分。① 所以通过字形来考察文体的意义,就可能出现选择性阐释甚至郢书燕说之病。不过,无论如何,从古文字与文体之关系看古人对文体的感知和理解以及早期文体的实际情况,仍然是值得尝试的方式。因为这在某种程度上可以反映出中国文体学的独特性:它是基于中国人独特的语言文字与独特的思维方式之上发生的。

---

① 如"史"字,《说文解字》谓:"史,记事者也。从又持中;中,正也。""中"具体为何物,有释为笔者,有释为簿书者,有释为简册者,有释为盛算筹之器者,有释为狩猎工具者,等等,可谓众说纷纭。参见曾宪通、林志强《汉字源流》,中山大学出版社,2011年,第102页。

第二章　文体运用、文辞称引中的文体观念

第一节　先秦文体运用中的文体观念

最初的文体观念，主要是在文体运用中体现出来的对文体自身形态的自觉意识。所谓文体运用，即文体创作或使用时采用某种具体的语言特征和语言系统，以及特定的章法结构与表现形式。① 在某种场合，对某种文体形态的使用，一开始具有偶然性，人们的文体意识是朦胧的。此后，在类似的场合，人们不断地重复运用某种言语模式以表达类似内容，对特殊形态的言语运用形成习惯，技巧日渐成熟，文体因此逐渐成熟和定型，而文体分类观念亦随之发生。

文体是为了满足社会的不同需求、因应社会的分工而产生的特殊的语言文字形式。商代盛行占卜活动，由此便出现了具有一定结构体式的记录占卜的甲骨卜辞。占卜活动有一套比较固定的程序，与之相对应，一条完整的卜辞大致包含前辞、命辞、占辞、验辞四个部分。商代以后，人们在铜器上刻写铭文，以记录作器的原因与器物的用途。这样的功能决定了其铭文多有定式，其结尾必有关于作器者及作器目的的记载。由于铜器大多在祭祀仪式中使用，西周中期以后，铭文的结尾往往还附有几乎千篇一律的祈求神明庇佑的嘏辞。② 与此相类似，先秦时期的诰命、盟誓、祝祷、诗歌、箴戒等

---

① 参见吴承学、沙红兵《中国古代文体学学科论纲》，《文学遗产》2005年第1期，后收入吴承学《中国古代文体学研究》，人民出版社，2011年。

② 相关研究参见徐中舒《金文嘏辞释例》，《徐中舒历史论文选辑》，中华书局，1998年；金信周《两周祝嘏铭文研究》，台湾师范大学硕士学位论文，2002年。

文体的出现,亦有相应的礼仪、政治及社会需求的背景,由于这些活动需要运用特定的承载一定功能的言辞,久而久之,这些言辞的特殊运用方式便逐渐固定下来,形成相应的文体形态。

在对某种特殊言辞形式的反复运用中,人们对其形式特性的认识也随之逐渐形成。这是一种潜在的文体观念。具体而言,特殊言辞的反复运用方式,可包括特定的应用场合、功用与内容,也包括特定的韵律、套语、句式、章法结构等文本层面上的形态,这也是早期文体发生的一些重要标志。当这些文本形态上的共性频繁出现,从而形成一种反复采用的定式,便意味着相关的文体观念的发生。某一形式的偶尔出现,可能是无意识的,但对同一形式的不断重复,肯定是有意识的。在早期的文体学研究中,文体的"重复"至关重要,可以说是一种"有意味"的重复。人们之所以重复使用这些语言形式上的规矩与定式,而不是偶尔地使用、随意地更改,就是因为受到文体观念的支撑和制约。而这一切的前提,即是已有一种隐在的集体意识,这就是"文体观念"。在当时,这种文体观念并不是由人们直接从理论上加以表述,而是在人们的实际使用之中显现出来的。

举例而言,商周铜器铭文的文本结构,经历了运用模式上从偶尔重复到频繁重复,乃至于高度规范化的过程,说明作器原因及器物用途是铭文的核心功能。① 晚商的记事类铜器铭文②以赏赐为核心内容。丁进归纳出晚商记事铭文的五种基本的写作模型,其最基本的框架,便是"作器原因+作器及其用途",并指出这是商周铭文的最

---

① 罗泰指出,献辞(笔者按:即叙述作器之用的部分)是铭文构成的关键。参见罗泰《西周铜器铭文的性质》,《考古学研究(六):庆祝高明先生八十寿辰暨从事考古研究五十年论文集》,科学出版社,2006年,第347页。献辞可能比阀阅之辞或嘏辞都简短,但却是铭文中最不可能被删除或省略的部分,而阀阅之辞却有可能省略,嘏辞则是西周中期以后才出现的。

② 关于商代记事类铭文,我们采取严志斌的归类方法,即除了族氏铭文、族氏铭文加祖先称谓、单纯的铭"某作某器"等,记载有明确事件的铭文,字数多在10字以上。参见严志斌《商代青铜器铭文研究》,上海古籍出版社,2013年,第337页。

基本母型。① 这一母型是晚商铜器铭文的基本重复模式。西周铜器铭文亦沿袭商代的基本体式。张振林指出西周春秋铜器铭文的篇章结构"大体上可分为两大部分：一部分述作器之因（通常含记言、叙事、述功、颂德、颁封、行赏及礼仪、褒宣门阀、自择吉金等），一部分述作器之用（通常含以享孝祖考、以宴以乐父兄嘉宾、祈求眉寿吉康、王者还求毗在位、为臣者则还求毗臣天子、求子子孙孙永远宝用等）"②。可以看出，西周以后铜器铭文的篇幅和内容较商代已大为增繁，但其总体结构却是一脉相承的，带有稳定性。西周中期以后，这一运用模式已高度程式化，显示出铭文的文体观念亦成熟甚至固化了。

西周铜器册命铭文是铜器铭文中的一个典型类型，其运用的重复模式的形成与仪式的重复性有着直接的关系。除了个别西周早期的作品，其写作模式都比较固定，即通过对册命仪式的流程加以记载，形成典型的册命铭文结构。陈梦家先生总结道："一篇完整的记载王命的铭文应该包含了：(1)策命的地点与时间；(2)举行策命的仪式（傧右、位向、宣读策命）；(3)王的策命通常在'王若曰''王曰''曰'之后；(4)受策以后，受命者拜手稽首以答扬天子之休，通常是接着记述因此为祖考作祀器以祈寿求福的吉语。"③事实上，正是随着西周中期以后册命仪式的高度程式化，册命铭文亦高度规范化，人们有意识地以重复的形式来再现册命仪式、纪功述德。

载书的文本结构也有一定格式。从出土的春秋时期载书来看，其结构主要由缘起、盟约和誓诅辞三部分构成，形成高度形式化的重复模式，文体形态已经定型，由此可知到了春秋时期，相关的文体观念业已成熟。

铜器铭文、载书等文体的写作模式，是在文本层面上不断重复运

---

① 丁进《商周青铜器铭文文学研究》，西北大学出版社，2013年，第32页。
② 张振林《金文"易"义商兑》，《古文字研究》第24辑，中华书局，2002年，第191页。
③ 陈梦家《西周铜器断代》，中华书局，2004年，第403页。

用的基础上逐渐构建起来的。上文说过,"文体理论"是在"文体观念"的基础上形成和发展起来的。比如,由于铭体写作活动较早出现,相应的文体观念也较早发生,因此,早在战国时期,便出现了涉及铭文文体的简要论述①,这并非巧合。

　　此外,早期文体还有一些常见的固定运用方式,如特定的套语、句式,这显示出对文体的使用形成了某种定式,同时这也是识别先秦文体的重要标志。从文体发展的角度来看,这种重复的运用方式推动了文体的规范化。在具体文体的发展早期,其使用乃出于一种"自然而然"的惯性,显示出初步的文体感知。此后,不断重复的套语和句式则进一步确认和强化了这种文体的使用惯性,并最终使其规范化。举例而言,西周铜器铭文的规范化,以文末祝嘏语的出现为重要标志之一。金信周指出,在西周青铜器中,康王时期出现祝嘏铭文,到穆王时期尚未规范化。共、懿、孝王的祝嘏铭文完全程式化,形成规范统一的格式。② 至此,西周铜器铭文的规范化进程也基本完成,呈现出"千篇一律"的形态。春秋盟书的盟约内容,常以"凡……""凡我同盟之人""而……不……者""所……不……者""无……""毋……"等固定的词句引出;誓诅辞则多以"有如……"等句式引出,在出土盟书中,则以"(神格)眡之,麻夷非是"等语句作结。③ 又如先秦的祝告辞,通常以"敢以……(昭)告于……"的句式起首,其例颇多:

　　　　予小子履,敢用玄牡,敢昭告于皇皇后帝:有罪不敢赦。帝臣不蔽,简在帝心。朕躬有罪,无以万方。万方有罪,罪在朕

---

　　① 如"夫铭,天子令德,诸侯言时计功,大夫称伐"(杜预注,孔颖达疏《春秋左传注疏》卷三四,阮元校刻《十三经注疏》本,中华书局,1980年,第1968页),以及上文所举《礼记·祭统》的"铭论"等。
　　② 金信周《两周祝嘏铭文研究》,台湾师范大学硕士学位论文,2002年,第258页。
　　③ 参见吴承学《先秦盟誓及其文化意蕴》,《文学评论》2001年第1期;吕静《春秋时期盟誓研究——神灵崇拜下的社会秩序再构建》,上海古籍出版社,2007年,第225、228—233页。

躬。(《论语·尧曰》)①

汤曰:"惟予小子履,敢用玄牡,告于上天后曰:今天大旱,即当朕身履,未知得罪于上下。有善不敢蔽,有罪不敢赦,简在帝心。万方有罪,即当朕身,朕身有罪,无及万方。"(《墨子·兼爱下》)②

卫大子祷曰:"曾孙蒯聩敢昭告皇祖文王、烈祖康叔、文祖襄公:郑胜乱从,晋午在难,不能治乱,使鞅讨之。蒯聩不敢自佚,备持矛焉。敢告无绝筋,无折骨,无面伤,以集大事,无作三祖羞。大命不敢请,佩玉不敢爱。"(《左传·哀公二年》)③

小子骃敢以介圭、吉璧吉组,以告于华太山。(秦骃祷病玉版)④

□食,卲(昭)告大川有汋曰:呜呼哀哉!小臣成暮生早孤□(新蔡葛陵楚简零9,甲三23、57)⑤

又周家台秦简病方中的几条祷病辞云:

已龋方:见东陈垣,禹步三步,曰:"皋!敢告东陈垣君子,某病龋齿。苟令某龋已,请献骊牛子母。"前见地瓦,操;见垣有瓦,乃禹步,已,即取垣瓦埋东陈垣址下。置垣瓦下,置牛上,乃以所操瓦盖之,坚埋之。所谓"牛"者,头虫也。(326—328)⑥

病心者,禹步三,曰:"皋!敢告泰山,泰山高也,人居之。□□之盂也,人席之。不知岁实。赤槐独指,搞某瘪心疾。"即

---

① 何晏集解,邢昺疏《论语注疏》卷二〇,阮元校刻《十三经注疏》本,第2535页。
② 孙诒让《墨子间诂》,中华书局,2001年,第122—123页。
③ 杜预注,孔颖达疏《春秋左传注疏》卷五七,阮元校刻《十三经注疏》本,第2157页。
④ 李零《秦骃祷病玉版的研究》,《中国方术续考》,东方出版社,2000年,第455页。按:此句出现于祝告辞的篇中,而非起首。
⑤ 河南省文物考古研究所编著《新蔡葛陵楚墓》,大象出版社,2003年,第189页。释文参考陈斯鹏《简帛文献与文学考论》,中山大学出版社,2007年,第112页。
⑥ 湖北省荆州市周梁玉桥遗址博物馆编《关沮秦汉墓简牍》,中华书局,2001年,第129页。

两手搤病者腹,"而心疾不知而咸戜(夷)",即令病者南首卧,而左足践之二七。(335—337)①

操杯米之池,东向,禹【步三】步,投米,祝曰:"皋!敢告曲池,某痈某破。禹步撌芳樊(蘩),令某痈数去。"(338—339)②

以上诸例,皆以"敢昭告(于)……""敢用/以……告于……""敢告……"等句式引起祝告辞。

这些特定的套语与句式,若从文学研究的角度而言,并不是最有文采和价值的部分,但对当时的文体使用者来说,却是该文体最重要的标志之一。他们可能会省略相关文体的某些内容,但是这些套语和句式的使用却几乎是不可或缺的。文体使用者对这些文体要素的重复强调,使文体观念一次次得到确认,从而固定下来。

我们在讨论文体运用中文体观念发生的问题时,需要特别考虑两方面的情况:

第一,文体观念并非瞬间发生、一次完成的,往往是一个复杂、含糊甚至反复的过程。比如商代甲骨卜辞的文本结构已具有明显的重复性。当这种结构被频繁地重复运用,记录者无形中便形成记录的定式。早在武丁时期,已经可以看到行款规整、结构完整的卜辞,如《合集》6057中的两条卜辞:

【癸亥卜,殻贞:"旬亡囚?"】王占曰:"有求(咎),其有来艰。"迄至七日己巳,允有来艰自西。垔、友、角告曰:"舌方出,侵我示𤰇田七十人。"五【月】。

癸巳卜,殻贞:"旬亡囚?"王占曰:"有求(咎)。其有来【艰

---

① 湖北省荆州市周梁玉桥遗址博物馆编《关沮秦汉墓简牍》,中华书局,2001年,第131页。

② 同上。以上数条释文参考陈斯鹏《简帛文献与文学考论》,中山大学出版社,2007年,第116页。

自】西。沚咸告曰：土方征于我东啚，【戈】二邑；舌方亦侵我西啚田。"①

这两条卜辞已完整包括了前辞、命辞、占辞、验辞四个部分。据此材料，我们可以确定，武丁时期人们已有卜辞的文体观念。然而，从商代甲骨卜辞的总体情况来看，如此完整的卜辞并不多见。更多的形式是前辞、命辞合刻，或仅刻命辞。② 就年代而言，结构完整的卜辞已见于年代较早的武丁时期，而不完整的卜辞在后期也多有所见。这些复杂的情况给我们对卜辞文体观念发生的明确断代造成了相当的困难和困扰。可以说，武丁时期已有卜辞的文体观念，但此后卜辞体式的变化又出现各种反复的复杂情况。

第二，早期文体特定体式的重复出现，大致有功能性重复与艺术性重复两种情况。所谓功能性重复，即早期文体由于其形成多与礼仪、政治及社会活动相关，受仪式以及该文体独特功能之需要的影响，而导致特定体式的重复出现。上文所论及的甲骨卜辞、青铜器铭文、载书、祝辞等文体，在体式结构、特定的句式与套语等方面的重复运用，便属于功能性重复。这充分揭示了早期文体观念的发生与仪式的密切关系，反映出早期文体的共性。

艺术性重复的运用形式，即在运用文体之时，并不是出于客观背景的实用需要，而是由于对文体自身艺术特质的感知而主动地创作出具有一定文体特征的文本。对文体运用的艺术性重复，需要有一定的审美认知作为基础。一开始，人们可能是在日常的歌咏等言语活动中偶然发现了语言文字的声韵协调、句式整齐等艺术上的美感，随后，文体的创作者出于追求艺术之美的内在驱动，自然而然地

---

① 对该版残缺卜辞的补释参考朱歧祥《甲骨文研究——中国古文字与文化论稿》第十八章"论文例对研读甲骨的帮助"，台北，里仁书局，1998年，第345—346页。
② 李达良《龟版文例研究》，《香港中文大学联合书院中文系文史丛刊》乙种之二，1972年，第109—110页，收入宋镇豪、段志洪主编《甲骨文献集成》第17册，四川大学出版社，2001年，第251页。

创造出特定的文体。《毛诗序》云:"情动于中而形于言,言之不足,故嗟叹之;嗟叹之不足,故永歌之;永歌之不足,不知手之舞之,足之蹈之也。"便揭示出人们在有意无意的审美体验之中,逐渐形成了从直言到嗟叹、永歌的艺术形式的变化。

以韵文的形成为例,其一开始来自于初民对语言声韵之美的最早感知,这种感知专注于对语言文字的审美特征的探求,与文体的功能、仪式背景等客观、外在条件的规制有一定的距离。周锡䪖指出,"同字反复"是押韵手法出现的先声,在商代甲骨文、金文和周原(约当商末周初)甲骨文中虽无押韵现象,但存在"对贞"和"卜旬夕""卜雨"等早期复叠现象。① 当然,这种复叠是实用性的,并不是出于审美需要的有意重复,正如周先生所说,只是"与'重复'美感法则的偶合或对其不自觉运用而已"。而到了西周早期,部分青铜器铭文已经出现押韵现象,如天亡簋(又名大丰簋,《集成》4261)便载有全篇押韵的铭文,作册矢令簋(又名令簋,《集成》4300)有一半的篇幅押韵②,等等,这便是明显的主动押韵意识的体现。就诗体而言,《周颂》中有不少押韵不整齐,甚至无韵的作品,如《清庙》《昊天有成命》《时迈》等,而时代更晚的《大雅》《商颂》③《鲁颂》的押韵则更为规整,这显示出不同时代的诗体创作者在对押韵手法的不断重复运用之中,诗体押韵技巧不断精进,诗体观念亦随之逐渐明晰。

诗体的赋、比、兴艺术手法在运用方面也是如此,三《颂》、《大雅》成诗较早,主要运用直陈其事的手法。《小雅》《国风》成诗较晚,比、兴手法得到大量的运用,艺术性进一步加强,对诗的体性的认识亦由此进一步显著。根据朱自清先生的统计,"《毛诗》注明

---

① 周锡䪖《中国诗歌押韵的起源》,《中国社会科学》,1998年第4期。
② 以上两器的韵读见郭沫若《金文韵读补遗》,收入《郭沫若全集》考古编第5卷《金文丛考》,科学出版社,2002年,第295—297页。
③ 关于《商颂》的作年,学界至今仍有分歧,大致有"商诗"与"宋诗"二说。我们取"宋诗"说,认同《商颂》乃两周之交宋人的作品,因此认为《周颂》的年代比《商颂》要早,是《诗经》中的最早作品。

'兴也'的共一百十六篇,占全诗(三〇五篇)百分之三十八。《国风》一百六十篇中有兴诗七十二;《小雅》七十四篇中就有三十八,比较最多;《大雅》三十一篇中只有四篇;《颂》四十篇中只有两篇,比较最少"①。比、兴手法的大量运用,显示出诗作者在文本层面上感知到诗体写作的具体手法,并将之内化为潜在的文体写作规则。这种对文体运用方式的内化,不是出于仪式、政治等外在需求或规制,而是来自于对文本本身有意识的体认,将言语、文字的形式看作一种自足的存在。

在对艺术性手法偶尔运用到不断重复运用的过程之中,文体的使用者感知到了作品的音韵和谐、句式调和的形式之美与审美特质,修辞技巧愈加纯熟,特定的艺术形式由此逐渐形成。这种审美体察和由此而生的文体观念,与功能性重复有较大不同,对仪式、政治等客观背景的依赖较弱。在先秦时期,功能性重复与艺术性重复的运用形式可能并没有明确的界线,也不是互斥的关系而各自分属于不同的文体,如青铜器铭文押韵意识的形成来自于艺术性重复,而行文结构的意识的形成则来自于功能性重复。然而,两者在观念层面上的生成机制却有一定的区别,它们从不同方面影响了古代文体的创作路径,对于文体观念的研究而言皆有一定参考意义。

第二节　早期称引提示词与文体意识的萌芽

文体观念是在文体发展基础之上产生的。随着文体的发生与发展,相应的文体观念也在各个方面开始呈现出来,并逐渐变得清晰。研究文体观念的发生有多种途径,考察早期文献的文辞称引是其重

---

① 朱自清《诗言志辨 经典常谈》,商务印书馆,2011年,第52页。

要路径之一。所谓称引,是指对各类文辞的称举与引用。人们在叙述(记录)事物或说明道理的过程中,通常会涉及一些文献或者话语。这些话语,或者是叙述内容的有机部分,或者起了加强说理的作用。在上古时期,人们的言辞或各类文献有相当一部分是通过称引的方式而保存下来的。对文辞的称引,往往由一个提示词(也可称"提示语")引起。所谓提示词,乃指领起称引内容的标志性词语。在文体学上,称引提示词揭示了人们对被称引内容性质的认识和判断,涉及对于文体性质的集体认同。

文体的发生与文体观念的发生是两个不同的问题。对前者的研究聚焦于文体的客观存在之发生,而对后者的研究则是在观念层面的追本溯源。独立的文体观念的发生往往晚于相关文体的发生。称引作为文献中一种常见的话语方式,其中关涉文体学的内容,是人们文体认知外显的一种现象,为研究文体观念的发生提供了一个可靠的角度。

称引文献的提示词与所引文献的文体性质的关联,有一个发展过程。从现有文献看,一开始两者的关系较为疏离,并没有必然的关系。随着时间的推移与相关文体的发展,人们对于文体的观念愈明晰,两者间关系就愈发密切。

早期对文献材料的称引,往往采用"某某曰"的形式,它只是直接引述相关言论,对言论的性质不加判断。这在殷商甲骨文中相当普遍,如:

> 戊戌卜,殻贞,王曰:侯豹,毋归。(《合集》3297 正)
>
> 戊戌卜,殻贞,王曰:侯豹,逸,余不尔其合,以乃史归。(《合集》3297 正)

以上皆以"曰"为提示词直接引述"王"之话语。

又有对传言的直接称引,如:

> 癸巳卜,争贞,旬【亡囚】。甲午屮(有)闻曰:或☐史春复。七月,在【壹】㕚(殒)。(《合集》17078 正)

此例是以"有闻"为提示词,引述传闻之语。这种直接称引人物言论的方式到后世仍被沿用。在《尚书》"周初八诰"等早期的篇什中,常见以"王若曰""王曰""某某曰"等提示词引起人物言论,这是《尚书》最主要的称引方式之一。另外,还有对古语的引用,如《尚书·牧誓》:"王曰:'古人有言曰:"牝鸡无晨;牝鸡之晨,惟家之索。"'"①《尚书·康诰》:"我闻曰:'怨不在大,亦不在小;惠不惠,懋不懋。'"②《左传·昭公七年》:"古人有言曰:'其父析薪,其子弗克负荷。'"③由于这种简单的直接称引,其提示词对称引内容的性质并不加判断,所以其文体学意义尚未显示出来。

值得注意的是,早期文献中还有一种以表示言说行为的动词用作提示词的称引方式,该提示词已包含对所称引内容的功能或性质的判断。在殷商甲骨卜辞中,已有相当多用例,以某个提示词来描述、区辨所引文辞的性质。一条完整的占卜记录,可以分为前辞、命辞、占辞和验辞四部分。在记录命辞与占辞之前,往往以"贞"或"卜"等标志性的提示词引起命辞,以"占"引起占辞。

《说文解字》云:"贞,卜问也。"④"贞"字往往引起卜问的内容,如:"甲戌卜,宾贞,翌乙亥屮(侑)于祖乙。用。五月。"(《合集》6)多数情况下,"贞"字后一般不以"曰"引起贞问的内容,但亦有一些用例以"贞曰"引起命辞,这揭示出"贞"具有称引提示词的性质,而不仅仅表示占卜的动作(文中着重号皆为笔者所加):

辛丑卜,争贞,曰:舌方同。✡于土☐其䢦吕。允其䢦。四月。(《合集》6354 正)

另外,亦有以"卜曰"引起命辞的,如:

---

① 旧题孔安国传,孔颖达疏《尚书注疏》卷一一,阮元校刻《十三经注疏》本,第 183 页。
② 同上书卷一四,第 203 页。
③ 杜预注,孔颖达疏《春秋左传注疏》卷四四,阮元校刻《十三经注疏》本,第 2049 页。
④ 许慎撰,段玉裁注《说文解字注》,上海古籍出版社,1988 年,第 127 页。

甲子,王卜曰:翌乙丑其酒翌于唐,不雨。(《合集》22751)

值得注意的是,在某些成组的占卜记录中,"贞""占卜"都可以引起命辞,如《合集》900正反面的三条卜辞:

丁酉卜,殻贞:我受甫秶在娟年。三月。五。六。(《合集》900正5)

丁酉卜,殻贞:我弗其受甫秶在娟【年】。五。六。二告。(《合集》900正6)

王占卜曰:我其受甫秶在娟年。(《合集》900反3)

由此可见,"占卜"与"贞"作为动词可以引起命辞,都具有提示词的性质。

占辞是王或其他占卜者根据卜兆而作出的占断。《说文解字》云:"占,视兆问也。"①在一条卜辞中,往往以"占"引起占辞②,如:

王占曰:吉。(《合集》14)

辛丑卜,亘贞,王占曰:好其㞢(有)子。卯。(《合集》94正)

王占曰:吉,其来。其隹(唯)乙出,吉。其隹癸出,㞢(有)求(咎)。(《合集》113反甲)

乙未卜:子其往于阰,只(获)。子占曰:其只(获)。用。只(获)三鹿。(《殷墟花园庄东地甲骨》288)③

癸酉,贞:旬亡囚。王占:兹鹰。(《屯南》2439)

由于殷商时期的占卜程序与甲骨卜辞的结构都较为固定,因此,以"贞曰""卜曰""占曰"等提示词引起命辞与占辞的情况也最为常见,这显示出最初步的分类意识,反映出商代人对卜辞的结构以及其中命辞与占辞的文体性质的区分已相当明晰了。

---

① 许慎撰,段玉裁注《说文解字注》,上海古籍出版社,1988年,第127页。
② "占",甲骨文写作"🇵""🇵""🇵"等形,或又假借"兆"字的初文"囗"字为之。
③ 中国社会科学院考古研究所编著《殷墟花园庄东地甲骨》(修订本),云南人民出版社,2016年,第608、1679页。本书简称《花东》。

在甲骨刻辞中,还出现将表示各种言语活动的动词用作提示词以领起言语行为内容的现象。如:

1. 告:

四日庚申亦㞢(有)来艰自北,子𤔲告曰:昔甲辰,方正(征)于蚩,俘人十㞢五人。五日戊申,方亦征,俘人十㞢六人。六月在【𩰬】。(《合集》137 反)

贞:大告曰:"方出。"允其出。(《东京大学东洋文化研究所藏甲骨文字》115)①

沚𡆥告曰:"土方征于我东啚,【戋】二邑。㞫方亦侵我西啚田。"(《合集》6057 正)

2. 呼:

贞。乎(呼)帚(妇)好曰▢。(《合集》2648)

3. 呼告:

▢【㞢(有)】来艰▢乎(呼)告曰:▢丰。七月。(《合集》7151 正)

4. 祝:

贞:王祝于南庚曰之。(《合集》1076 反甲)

乙未夕,丙申方兄(祝)曰:"在白。"(《合集》20952)

辛未,岁祖乙黑牡一,䍙鬯一,子祝曰:"毓祖非曰云咒正,祖隹曰彔畎不又醿(扰?)。"(《花东》161)②

---

① 〔日〕松丸道雄编《东京大学东洋文化研究所藏甲骨文字·图版篇》,东京大学东洋文化研究所,1983 年。

② 此条卜辞释文参考姚萱《殷墟花园庄东地甲骨卜辞的初步研究》,线装书局,2006 年,第 45—46 页。《殷墟花园庄东地甲骨》释文认为"曰"字后表示三段占辞,"可能对卜问之事,有三种判断"(中国社会科学院考古研究所编著《殷墟花园庄东地甲骨》,云南人民出版社,2003 年,第 1622 页),姚萱不赞同此说,认为"'子祝'后面一段'曰……'更像是在祭祀时'子'所说的'祝辞',划归命辞部分。"(第 46 页)陈炜湛认同此说,参见其《花东卜辞"子祝"说》,李雪山等主编《甲骨学 110 年:回顾与展望》,中国社会科学出版社,2009 年,第 43 页。

> 甲午卜,叀(惠)子祝曰:"非丂隹疒(疾)。"(《花东》372)

以上例子表明,殷商时期已经出现了"言说方式+曰"式的称引形式,而且在多个例子中,表示言说方式的提示词与其所引起的内容的性质具有相对的一致性和稳定性,并非随机采用。比如"告曰"所引起的都是报告之辞,"祝曰"所引起的都是祭祀活动中的祝辞。早期人们对文体的初步感知,基本是源于对言说行为性质的判断和认识。而且,以上甲骨文材料显示,在殷商时期,人们称引文辞时所使用的提示词都是动词,如贞、卜、占、告、祝、呼等。这些提示词揭示了所引言辞的言说方式、功能和性质,具有一定的文体意义。这说明了早在商代,甲骨刻辞对文辞的引述,在一定程度上表现出对言语行为的文体性质的认同。

以动词为提示词这一称引模式在西周至春秋时期得以延续和扩大,并成为最常见的模式之一。作为称引提示词的动词范围更大,也更多样化了。而且,这些称引提示词往往被后人视为文体。试举几个较为典型的例子:

1. 谏:

> 五年春,公将如棠观鱼者。臧僖伯谏曰……(《左传·隐公五年》)①

按:后人以谏为古文体。吴讷《文章辨体》有"论谏"之目,谓:"古者谏无专官,自公卿大夫以至百工技艺,皆得进谏。隆古盛时,君臣同德,其都俞吁咈,见于语言问答之际者,考之《书》可见。"②贺复徵编《文章辨体汇选》卷五二"论谏",其中所收的谏体,不少是《国语》《左传》等文献中以"谏"这一称引提示词所引起的内容。

---

① 杜预注,孔颖达疏《春秋左传注疏》卷三,阮元校刻《十三经注疏》本,第1726页。
② 吴讷《文章辨体序说》,人民文学出版社,1962年,第38页。

第二章　文体运用、文辞称引中的文体观念

2. 戒：

其妻必戒之曰："盗憎主人，民恶其上，子好直言，必及于难。"（《左传·成公十五年》）①

按：《文章缘起》有戒体。《文体明辨序说》"戒"："按字书云：'戒者，警敕之辞，字本作诫。'文既有箴，而又有戒，则戒者，箴之别名欤？"②

3. 对：

冬，怀公执狐突，曰："子来则免。"对曰："子之能仕，父教之忠，古之制也。策名、委质，贰乃辟也。今臣之子，名在重耳，有年数矣。若又召之，教之贰也。父教子贰，何以事君？刑之不滥，君之明也，臣之愿也。淫刑以逞，谁则无罪？臣闻命矣。"（《左传·僖公二十三年》）③

《左传》《国语》中类似的例子甚多。陈骙《文则》归纳的《左传》"八体"有"对"，其中所举例子便是以"对"作为提示词而加以称引的。④ 黄佐《六艺流别·书艺六》有"对"，云："对者何也？对之为言，应也。人有所讯而应无方也。"⑤

4. 祷：

卫大子祷曰："曾孙蒯聩，敢昭告皇祖文王、烈祖康叔、文祖襄公：郑胜乱从，晋午在难，不能治乱，使鞅讨之。蒯聩不敢自佚，备持矛焉。敢告无绝筋，无折骨，无面伤，以集大事，无作

---

① 杜预注，孔颖达疏《春秋左传注疏》卷二七，阮元校刻《十三经注疏》本，第1915页。
② 徐师曾《文体明辨序说》，人民文学出版社，1962年，第141页。
③ 杜预注，孔颖达疏《春秋左传注疏》卷一五，阮元校刻《十三经注疏》本，第1814—1815页。
④ 陈骙《文则》，王水照编《历代文话》第1册，复旦大学出版社，2007年，第181页。
⑤ 黄佐《六艺流别》卷一一，《四库全书存目丛书》集部第300册，齐鲁书社，1994—1997年，第282页。

三祖羞。大命不敢请,佩玉不敢爱。"(《左传·哀公二年》)①

按:后人以祷为一种向鬼神表达求福之意的哀祭文体。《六艺流别·礼艺下》:"祷者何也?《说文》曰:'告事求福也。(以)〔从〕示,寿声。'其始如商汤桑林之祷乎?诚敬之心至矣。"②

第三节 兼类称引提示词与文体认知的发展

西周至春秋是文体学发展的重要阶段。这个时期,称引提示词出现兼类现象,这是一个重要变化。语言学研究把兼有不同词性的词称之为"兼类词"。兼类词由于词的活用趋于经常化而固定下来。甲骨文已出现兼类词,比如"雨"字,据姚孝遂、肖丁主编《殷墟甲骨刻辞类纂》,用作动词的有300多条,用作名词的有100多条。③ 借用语言文字学的术语,中国古代文体学也有"兼类词"。它们既表示一种言语活动,又指称一种言语形式。以兼类词作称引提示词,这是相当重要的提示词类型。

郭英德先生曾指出,在早期的文体生成中,存在一个从"言说行为(动词)"到"言辞样式(名词)"的过程。④ 一般来说,人们对文体的认识与区辨,最早始于对相关的言语行为性质的指认,在这个基础上,逐步形成相对固定的文体形式。然而,"言说行为(动词)"与"言辞样式(名词)"之间,并不是简单的线性发展过程,还有混而言

---

① 杜预注,孔颖达疏《春秋左传注疏》卷五七,阮元校刻《十三经注疏》本,第2157页。
② 黄佐《六艺流别》卷一四,《四库全书存目丛书》集部第300册,齐鲁书社,1994—1997年,第360页。
③ 参考向光忠《文字学刍论》,商务印书馆,2012年,第388—389页。
④ 郭英德认为:"人们在特定的交际场合中,为了达到某种社会功能而采取了特定的言说行为,这种特定的言说行为派生出相应的言辞样式,于是人们就用这种言说行为(动词)指称相应的言辞样式(名词),久而久之,便约定俗成地生成了特定的文体。"参见《中国古代文体学论稿》,北京大学出版社,2005年,第29页。

之的现象。一些文字在造字之初,本身并不能确定是名词还是动词。正如赵诚先生所指出的:"用作汉语的词的字在造字之初并没有考虑到是为了作为名词用,还是作为动词用。……在创造之初,只是为了人们思想交流的需要,按照上古汉语词义系统的要求,为某种意义创造某个形体,并没有考虑在名词的意义上用这个词义和在动词的意义上用这个词义有什么不同。……不管是汉字的创造者或是使用者,在上古,人们头脑里所储存的能够认识到的,或在交际中大家共同能遵守的,在运用中相互能理解并接受的,只是字或词所包含的词汇意义,根本没有语法意义的影子。"①这种说法有助于我们理解早期文字词性的复杂性。在我们看来,有些文字本身并没有名词、动词之分,当然也可以说先天地兼有动词与名词的性质。后来,在实际的反复使用过程中,才确定其词性。从语言学的角度来看,先民在语言的实际运用过程中,往往受其语言和思维习惯制约,不自觉地将某个词用成了名词,将某个词用成了动词。从文体学的角度来看,名动兼类的文体称引提示词的出现和使用,是因为人们对于某些文体的认识和指认,是就言语行为与文体形式混而言之的。这体现了文体观念在确立以前的一种"半混沌"的状态。举例如下:

1. 令(命)②。

在甲骨文中,"令"字写作𠆥。林义光《文源》谓"令"字"从口在人上……象口发号,人跽伏以听也"③。学者一般认同林说。"令"作为称引提示词,在甲骨文中皆用作动词:

　　□【王】大令众人曰:劦田。其受年。十一月。(《合集》1)
　　癸巳卜,𡧁,隹王令曰:妞。(《合集》21070)

---

① 赵诚《甲骨文动词探索(三)》,《古代文字音韵论文集》,中华书局,1991年,第147页。
② 在金文中,"令"字加口旁成"命"字,两者通用,至后世才分化为两个词。
③ 林义光《文源》,中西书局,2012年,第222页。

辛亥卜,子曰:余【丙】蠱。丁令子曰:往眔帚好于受麦,子蠱。(《花东》475)

商代晚期,金文出现了"令"用作名词的用例:

辛亥,王在庱。降令曰:归祼于我多高……(毓祖丁卣,《集成》5396)

西周以后,"令(命)"兼用作名、动词的情况更为普遍:

唯三月,王令燮(荣)眔内史曰:菁(介)井(邢)侯服,赐臣三品:州人、重人、墉(鄘)人。拜稽首,鲁天子造厥濒(频)福,克奔走上下,帝无冬(终)令于有周,追考(孝),对不敢彖(坠),卲(昭)朕福盟,朕臣天子,用典王令,乍(作)周公彝。(燮作周公簋,《集成》4241)

王命申伯:"式是南邦。因是谢人,以作尔庸。"王命召伯:"彻申伯土田。"王命傅御:"迁其私人。"(《诗·大雅·崧高》)①

王乃命有司大徇于军曰:"有父母耆老而无昆弟者,以告。"(《国语·吴语》)②

昔先王之命曰:"王后无适,则择立长,年钧以德,德钧以卜。"(《左传·昭公二十六年》)③

西周以后,随着人们的言语活动变得更为频繁、多样化,人们对文体的认知亦出现了转变,开始将其看作一种抽象的、有意味的形式,称引提示词兼类现象由此出现。"令(命)"作为提示词,既可以用作动词,表示一种言语活动,又可以用作名词,指称一种言语活动的"形式"或"结果",其内涵接近"文体"。如上举首例燮作周公簋铭:"王令燮(荣)眔内史曰……用典王令……"其中出现两个"令"字,第一个"令"为动词,表

---

① 郑玄笺,孔颖达疏《毛诗注疏》卷一八,阮元校刻《十三经注疏》本,第566页。
② 徐元诰《国语集解》,中华书局,2002年,第559页。
③ 杜预注,孔颖达疏《春秋左传注疏》卷五二,阮元校刻《十三经注疏》本,第2115页。

示言语行为,第二个"令"为名词,表示一种具体的文体形式。

2."诰"。

"诰"字作为称引提示词,其使用情况的变化过程亦值得探究。诰字后起,西周金文作"誥",从字形来看,"誥"是会意字,象双手捧言,表示尊崇。① 何尊铭记载:"王誥宗小子于京室,曰……"(《集成》6014)又见于史㽵簋(《集成》4030)。这些有限的例证初步证明其最早用作动词。根据古文字材料的证据,最晚在战国以后,又以"诰"字表示"誥"之义。在西周早期的传世文献中,"诰"亦作动词:

> 王若曰:"明大命于妹邦。乃穆考文王肇国在西土。厥诰毖庶邦庶士,越少正、御事,朝夕曰……"(《尚书·酒诰》)②

> 大保乃以庶邦冢君出取币,乃复入,锡周公曰:"拜手稽首,旅王若公,诰告庶殷,越自乃御事……"(《尚书·召诰》)③

春秋以后的文献可见"诰"字兼类名词的情况:

> 盘庚之诰曰……(《左传·哀公十一年》)④

由此推测,人们将诰理解为一种具有具体文字形式的文体,应是春秋战国后之事,同时还出现以诰命篇的现象。⑤ 需要说明的是,春秋战国以后的典籍文献中,诰用作名词比用作动词的比例要大得多,究其原因,应是随着《尚书》的经典化以及命篇的过程,诰已经成为人们公认的一种独立的文体。

---

① 唐兰《史㽵簋铭考释》,《考古》1972年第5期。
② 旧题孔安国传,孔颖达疏《尚书注疏》卷一四,阮元校刻《十三经注疏》本,第205—206页。
③ 旧题孔安国传,孔颖达疏《尚书注疏》卷一五,阮元校刻《十三经注疏》本,第211—212页。按照文献学的观点,文献一般成篇在前,命篇在后。《尚书》篇题为后人所定,从现存文献对《尚书》篇题的引述来看,其出现时间可以上溯至战国早期,比成篇时间要晚。因此,《酒诰》《召诰》等篇题中的"诰"的含义虽有文体形式的性质,但比正文中用作动词的"诰"出现的时代要晚。
④ 杜预注,孔颖达疏《春秋左传注疏》卷五八,阮元校刻《十三经注疏》本,第2167页。
⑤ 参见本书第三章第二节"命篇、命体与文体观念"。

以上所举的令(命)、寽(诰)二字,其本字都是会意字,较为古老,其作为称引提示词的使用,都经历了从动词到兼类词的过程。西周以后,随着新文体的出现和形声的造字法开始占据主流,人们往往以形声字指称这些新文体。① 由于这个时期人们的文体认知较商代又有了发展,与文体相关的言语活动,又可以是具有具体形态的文辞体式。因此,新出现的文体称引提示词往往从一开始便是兼类词。这些文体命名既可以表示言语行为,也可以表示抽象的文体形式。如歌、誓、诵、谣、诔等形声字的使用,一开始便是名动兼类的,显示了人们对这些文体性质的判定持两可的态度:

1. 歌。

《说文解字》:"歌,咏也,从欠哥声。謌,歌或从言。"②歌乃形声字,古文字材料最早见于春秋时期,作"謌",如仆儿钟"饮飤诃(歌)舞"(《集成》183)、宋公戍镈"诃钟"(《集成》8)等③。西周以后的传世文献中,"歌"字动、名兼类的情况非常普遍:

> 帝庸作歌,曰:"敕天之命,惟时惟几。"乃歌曰:"股肱喜哉!元首起哉!百工熙哉!"皋陶拜手稽首,扬言曰:"念哉!率作兴事,慎乃宪,钦哉!屡省乃成,钦哉!"乃赓载歌曰:"元首明哉,股肱良哉,庶事康哉!"又歌曰:"元首丛脞哉,股肱惰哉,万

---

① 形声字的出现,意味着人们抽象思维概括能力的进一步发展。形声字中有不少可以表示抽象的关系或概念,如以言为形旁的,往往代表其与言语活动相关。随着言语活动的进一步丰富,文体的发展也趋向多样化。人们便开始以表示抽象意义的形声字去指称这些言语活动。

② 许慎撰,段玉裁注《说文解字注》,上海古籍出版社,1988年,第411页。

③ 甲骨文有"🈺"(《前》6·35·6),叶玉森认为:"卜辞有舞字。未见歌字,此疑即歌之初文。从🈺象人踞形。从🈺象鼓咙胡形。内一小直点表示歌声在中。从▱口外之𠃜表示出口之歌声。先哲造字之例,口外小点或象出气,或象出声。卜辞𥁕字作🈺,予亦疑𠃜象出口之歌声。本辞盖因有御祭之事而命作歌也。"见古文字诂林编纂委员会编纂《古文字诂林》第7册,上海教育出版社,1999年,第798页。又季旭升指出甲骨文有🈺、金文有🈺等字,"字从人负荷而张口(荷亦声),有学者以为即歌字,劳者歌其事"。参见季旭升《说文新证》,台北,艺文印书馆,2014年,第696页。然皆未有定论。

第二章　文体运用、文辞称引中的文体观念　　81

事堕哉!"(《尚书·皋陶谟》)①

楚狂接舆歌而过孔子曰:"凤兮!凤兮!何德之衰?往者不可谏,来者犹可追。已而,已而!今之从政者殆而!"(《论语·微子》)②

野人歌之曰:"既定尔娄猪,盍归吾艾豭。"(《左传·定公十四年》)③

其《小歌》曰:"念彼远方,何其塞矣!仁人绌约,暴人衍矣。忠臣危殆,谗人服矣。"(《荀子·赋》)④

女乃作歌,歌曰:"候人兮猗。"(《吕氏春秋·音初》)⑤

2. 誓。

形声字,从言,折声,表"以言约束"之义。《说文解字》:"誓,约束也。"誓大致可分两种,一为戒誓,用于军旅。一为约誓,用于彼此取信。

伯扬父乃成贅(劾),曰:"……今女(汝)亦既又(有)御誓……"伯扬父乃或事(使)牧牛誓曰:"自今余敢扰(扰)乃小大史(事)。"……(牼匜,《集成》10285)

世有盟誓,以相信也,曰:'尔无我叛,我无强贾,毋或匄夺,尔有利市宝贿,我勿与知。'恃此质誓,故能相保,以至于今。"(《左传·昭公十六年》)⑥

---

① 旧题孔安国传,孔颖达疏《尚书注疏》卷五,阮元校刻《十三经注疏》本,第144页。按:此段原属《皋陶谟》,东晋伪古文《尚书》截取"帝曰来禹汝亦昌言"以下作为《益稷》篇,以足58篇之数。学者一般仍将后半段归属《皋陶谟》,参考顾颉刚、刘起釪《尚书校释译论》,中华书局,2005年,第519—520页。
② 何晏集解,邢昺疏《论语注疏》卷一八,阮元校刻《十三经注疏》本,第2529页。
③ 杜预注,孔颖达疏《春秋左传注疏》卷五六,阮元校刻《十三经注疏》本,第2151页。
④ 王先谦《荀子集解》,中华书局,1988年,第482页。
⑤ 许维遹《吕氏春秋集释》卷六,中华书局,2009年,第140页。
⑥ 杜预注,孔颖达疏《春秋左传注疏》卷四七,阮元校刻《十三经注疏》本,第2080页。

3. 谣。

"谣"字后起,未见于先秦古文字,仅见于传世文献。《说文》有"䚻"字,训为"徒歌",也就是"歌谣"的"谣"字。西周金文有"䚻"字,一般认为就是"歌谣"的"谣"字,不过在具体文例中尚未见用为"谣"的例子。春秋中期吴国的者濫钟有"䳺钟"一词(《集成》198),读为"谣钟",与金文屡见的"歌钟"类似,"䳺"即"鷂"之异体,假借为"谣"。战国楚简"谣"字写作"䚾",见郭店简《性自命出》第24简和上博简(五)《君子为礼》第5简,前者为名词,后者为动词。在传世典籍中,"谣"是兼类词,用例如下:

童谣云:"丙之晨,龙尾伏辰,均服振振,取虢之旂。鹑之贲贲,天策焞焞,火中成军,虢公其奔。"(《左传·僖公五年》)①

西王母为天子谣,曰:"白云在天,山陵自出。道里悠远,山川间之。将子无死,尚能复来。"(《穆天子传》)②

齐婴儿谣曰:"大冠若箕,修剑拄颐,攻狄不能下垒枯丘。"(《战国策·齐策六》)③

齐婴儿谣之曰:"大冠如箕,长剑柱颐,攻翟不能下,垒于梧邱。"(《说苑·指武》)④

《战国策》《说苑》等材料较晚,然而《诗·魏风·园有桃》有云:"心之忧矣,我歌且谣。"可见"谣"作动词的用法亦较早,在春秋时期"谣"已是兼类词。

4. 诵。

有学者认为甲骨文便有"诵"字,但仅为地名或妇名。⑤ "诵"训

---

① 杜预注,孔颖达疏《春秋左传注疏》卷一二,阮元校刻《十三经注疏》本,第1795页。
② 王贻梁、陈建敏选《穆天子传汇校集释》卷三,华东师范大学出版社,1994年,第161页。
③ 刘向集录,范祥雍笺证《战国策笺证》,上海古籍出版社,2006年,第731页。
④ 刘向撰,向宗鲁校证《说苑校证》卷一五,中华书局,1987年,第371页。
⑤ 陈汉平说,见古文字诂林编纂委员会编纂《古文字诂林》第2册,上海教育出版社,1999年,第732页。

"讽"之义,见于西周晚期以后的典籍文献①,而作为称引提示词兼作名、动词的用例如:

> 听舆人之诵曰:"原田每每,舍其旧而新是谋。"(《左传·僖公二十八年》)②

> 舆人诵之曰:"取我衣冠而褚之,取我田畴而伍之,孰杀子产,吾其与之。"及三年,又诵之曰:"我有子弟,子产诲之。我有田畴,子产殖之。子产而死,谁其嗣之。"(《左传·襄公三十年》)③

5. 诔。

《说文解字》云:"诔,谥也。"④作称引提示词时亦兼类名动:

> 夏,四月,己丑,孔丘卒,公诔之曰:"旻天不吊,不愁遗一老,俾屏余一人以在位,茕茕余在疚。呜呼哀哉!尼父,无自律。"(《左传·哀公十六年》)⑤

> 为诔曰:"夫子之不伐,夫子之不谒,谥宜为'惠'。"(《说苑》佚文)⑥

《说苑》成书时代较晚,但多采用先秦材料,又《礼记·檀弓上》云:"遂诔之。士之有诔,自此始也。"⑦可见"诔"字名动兼类不会晚于战国时期。

6. 箴。

箴的例子比较特殊,其本义为缝衣用的工具,即针,引申为规

---

① 《诗·大雅·桑柔》:"诵言如醉。"见郑玄笺,孔颖达疏《毛诗注疏》卷一八,阮元校刻《十三经注疏》本,第 560 页。《诗·大雅·崧高》:"吉甫作诵。"见郑玄笺,孔颖达疏《毛诗注疏》卷一八,阮元校刻《十三经注疏》本,第 567 页。
② 杜预注,孔颖达疏《春秋左传注疏》卷一六,阮元校刻《十三经注疏》本,中华书局,1980 年,第 1825 页。
③ 同上书卷四〇,第 2014 页。
④ 许慎撰,段玉裁注《说文解字注》,上海古籍出版社,1988 年,第 101 页。
⑤ 杜预注,孔颖达疏《春秋左传注疏》卷六〇,阮元校刻《十三经注疏》本,第 2177 页。
⑥ 刘向撰,向宗鲁校证《说苑校证》,中华书局,1987 年,第 546 页。
⑦ 郑玄注,孔颖达疏《礼记注疏》卷六,阮元校刻《十三经注疏》本,第 1277 页。

劝、告诫之义,作引申义时名动兼类:

> 无或敢伏小人之攸箴。……犹胥顾于箴言。(《尚书·盘庚上》)①

> 箴之曰:"民生在勤,勤则不匮,不可谓骄。"(《左传·宣公十二年》)②

> 昔周辛甲之为大史也,命百官,官箴王阙,于虞人之箴曰:"芒芒禹迹,画为九州,经启九道。民有寝庙,兽有茂草,各有攸处,德用不扰。在帝夷羿,冒于原兽,忘其国恤,而思其麀牡。武不可重,用不恢于夏家,兽臣司原,敢告仆夫。"《虞箴》如是,可不惩乎?(《左传·襄公四年》)③

兼类词现象表面上是一种语言现象,在深层则反映了人们的思维方式。语言是一种认知活动。从文体学的角度来看,兼类称引提示词的出现也是人们文体认知发展的结果。它从一个侧面反映了文体的发展、人们对文体的认知以及人们认识文体的思维方式。在殷商时期,人们对文体所持的是一种单一的认知,将之看成一种言语行为。西周以后,人们对文体的认识趋向开放丰富,开始将其理解为一种具有具体可见的形式的言语活动。在这个阶段,人们对文体性质的认识处于一种混而未明的状态:既可能认为所称引的文辞是某种言语行为,也可能认为是一种具体的文字形式。

---

① 旧题孔安国传,孔颖达疏《尚书注疏》卷九,阮元校刻《十三经注疏》本,第 169 页。关于《尚书·盘庚》的年代,有一定争议。旧说认为其是殷代作品,然而现代学者一般认为它的写成虽有商代底本为据,但大部分文本已经后人改写润饰,所以不能完全算商代文献,一般将其年代定于西周之后。参见顾颉刚、刘起釪《尚书校释译论》,中华书局,2005 年,第 964 页;张西堂《尚书引论》,陕西人民出版社,1958 年,第 198—199 页;裘锡圭《地下材料在先秦秦汉古籍整理工作中的作用》,载杨牧之主编《古籍整理与出版专家论古籍整理与出版》,凤凰出版社,2008 年,第 390 页。另屈万里认为其为殷末人或西周时宋人追述之作,参见《尚书集释》,中西书局,2014 年,第 82 页。另一方面,从"箴"字的源流来看,商代文献便出现"箴"这一形声字并使用其引申义的可能性并不大。
② 杜预注,孔颖达疏《春秋左传注疏》卷二三,阮元校刻《十三经注疏》本,第 1880 页。
③ 同上书卷二九,第 1933 页。

第四节　单一性称引提示词与文体观念的独立

春秋时期,出现了纯粹用作名词的称引提示词,笔者称之为"单一性称引提示词"。这分为两种情况:

第一种情况,是以文体的特殊载体或者特殊书写形态作为文体名称。中国古代有不少用特殊载体来命名的文体,如简、册、篇、典等,即是"书之竹帛"的载体。在先秦也有以文体的特殊书写形态作为称引提示词的用例,如:

1. 载书:

晋士庄子为载书曰:"自今日既盟之后,郑国而不唯晋命是听,而或有异志者,有如此盟。"(《左传·襄公九年》)①

乃盟,载书曰:"凡我同盟,毋蕴年,毋壅利,毋保奸,毋留慝,救灾患,恤祸乱,同好恶,奖王室。或间兹命,司慎司盟,名山名川,群神群祀,先王先公,七姓十二国之祖,明神殛之,俾失其民,队命亡氏,踣其国家。"(《左传·襄公十一年》)②

按:载书即盟书,是古代会盟时所订的誓约文件。《周礼·秋官·司盟》"掌盟载之法"郑玄注:"载,盟辞也。盟者书其辞于策,杀牲取血,坎其牲,加书于上而埋之,谓之载书。"③《周礼·春官·诅祝》"作盟诅之载辞"郑注:"载辞,为辞而载之于策。"贾疏:"言'为辞而载之于策'者,若然,则策载此辞谓之载。"④"载书"之"载"的含义,揭示了在一整套会盟仪式之中,盟誓文体的特殊书写形态。

---

① 杜预注,孔颖达疏《春秋左传注疏》卷三〇,阮元校刻《十三经注疏》本,第1943页。
② 同上书卷三一,第1950页。
③ 郑玄注,贾公彦疏《周礼注疏》卷三六,阮元校刻《十三经注疏》本,第881页。
④ 同上书卷二六,第816页。

2. 铭:

　　谗鼎之铭曰:"昧旦丕显,后世犹怠。"(《左传·昭公三年》)①

　　故其鼎铭云:"一命而偻,再命而伛,三命而俯,循墙而走,亦莫余敢侮。饘于是,鬻于是,以糊余口。"(《左传·昭公七年》)②

按:铭,即镂刻。《国语·鲁语下》:"故铭其栝曰'肃慎氏之贡矢'。"韦昭注:"刻曰铭。"③从文体学的角度看,"铭"即刻写在器物上的文辞。无论文体的载体,还是其书写形式,都有明显的特殊性。

3. 玺书:

　　公还及方城,季武子取卞,使公冶问,玺书追而与之,曰……(《左传·襄公二十九年》)④

按,杜预注:"玺,印也。"《国语·鲁语下》:"季武子取卞,使季冶逆,追而予之玺书。"韦昭注:"玺书,印封书也。"⑤则以玺书为封泥加印的文书。以封泥加印就是玺书独特的形态。

以上几类文体已经具有比较固定的载体或书写形态,这是文体成型的重要标志之一。如载书,现出土的东周盟书可以提供有力的证明。至于铭体,西周以来的青铜铭文之结构体式基本呈现程式化的形态。换言之,这些文体的载体或者特殊书写形态因具有鲜明的标志性,已成为该体的重要特征之一,而人们以之称谓该种文体,说明他们已准确把握了这一文体的标志性特征。

第二种情况,提示词明确地表示特定的文体名称,具有单一的词性和内涵。如:

---

① 杜预注,孔颖达疏《春秋左传注疏》卷四二,阮元校刻《十三经注疏》本,第2031页。
② 同上书卷四四,第2051页。
③ 徐元诰《国语集解》,中华书局,2002年,第204页。
④ 杜预注,孔颖达疏《春秋左传注疏》卷三九,阮元校刻《十三经注疏》本,第2005页。
⑤ 徐元诰《国语集解》,中华书局,2002年,第186页。

1. 诗：

《诗》云："如切如磋，如琢如磨。"其斯之谓与？（《论语·学而》）①

对曰："臣尝问焉，昔穆王欲肆其心，周行天下，将皆必有车辙马迹焉。祭公谋父作《祈招》之诗，以止王心，王是以获没于祗宫。臣问其诗而不知也。若问远焉，其焉能知之？"王曰："子能乎？"对曰："能。其诗曰：'祈招之愔愔，式昭德音。思我王度，式如玉，式如金。形民之力，而无醉饱之心。'"（《左传·昭公十二年》）②

2. 颂：

周文公之《颂》曰："载戢干戈，载櫜弓矢。我求懿德，肆于时夏，允王保之。"（《国语·周语上》）③

武王克商，作《颂》曰……（《左传·宣公十二年》）④

3. 谚：

周谚有之曰："山有木，工则度之，宾有礼，主则择之。"（《左传·隐公十一年》）⑤

谚所谓"辅车相依，唇亡齿寒"者，其虞虢之谓也。（《左传·僖公五年》）⑥

夏谚曰："吾王不游，吾何以休？吾王不豫，吾何以助？一游一豫，为诸侯度。"（《孟子·梁惠王下》）⑦

故谚有之曰："人莫知其子之恶，莫知其苗之硕。"（《礼记·

---

① 何晏集解，邢昺疏《论语注疏》卷一，阮元校刻《十三经注疏》本，第 2458 页。
② 杜预注，孔颖达疏《春秋左传注疏》卷四五，阮元校刻《十三经注疏》本，第 2064 页。
③ 徐元诰《国语集解》，中华书局，2002 年，第 2 页。
④ 杜预注，孔颖达疏《春秋左传注疏》卷二三，阮元校刻《十三经注疏》本，第 1882 页。
⑤ 同上书，卷四，第 1735 页。
⑥ 同上书卷一二，第 1795 页。
⑦ 焦循《孟子正义》，中华书局，1987 年，第 122 页。

大学》)①

鲁哀公问于孔子曰:"鄙谚曰:'莫众而迷。'今寡人举事与群臣虑之,而国愈乱,其故何也?"(《韩非子·内储说上》)②

4. 繇:

且其繇曰:"专之渝,攘公之羭,一薰一莸,十年尚犹有臭。"(《左传·僖公四年》)③

其繇曰:"士刲羊,亦无衁也。女承筐,亦无贶也。西邻责言,不可偿也。归妹之睽,犹无相也。"(《左传·僖公十五年》)④

以上所举诸例中,诗歌作为一种文学体裁古已有之,而且是先秦最早成熟的文体之一。《诗》三百篇在孔子时代已经得到较为系统的编纂,其文体无疑已非常成熟。但目前最早的"诗"字仅见于楚简,甲骨文、金文尚未见。在战国中晚期的楚简中,"诗"字对应多种字形,如"寺""時""诗""䛑""䛐""志""时""䦏"等。⑤ 至于颂体,《诗》之《周颂》首作于西周时期,到了春秋时期,经过《商颂》《鲁颂》之纂成,其体已经相当完备。繇辞的来源相当古老,是通过整理早期卜筮活动中的占验之辞而形成的韵语。《易》正是由繇辞编纂而成的,繇辞在西周已经成为一种较为典型的文体。谚体的形成也很早,《左传》《国语》已引有大量的谚,其体式亦比较固定。在这个背景之下,"诗""颂""谚""繇"之字,其所凸显的典型意义便是文体的文本形式本身,而没有经历从动作转指形式的历史过程。这一称引方式,正是在文体形态充分成熟的基础上所形成的文体集体认同。

再者,单一性称引提示词的称引方式也显示,称引提示词与所称引内容的联系呈现出更高的一致性。在言语活动比较简单的商

---

① 郑玄注,孔颖达疏《礼记注疏》卷六〇,阮元校刻《十三经注疏》本,第1674页。
② 王先慎《韩非子集解》,中华书局,1998年,第217页。
③ 杜预注,孔颖达疏《春秋左传注疏》卷一二,阮元校刻《十三经注疏》本,第1793页。
④ 同上书卷一四,第1807页。
⑤ 参见本书第一章第四节"文字声符与文体特征"。

代,除了记录占卜活动的贞、卜、占等提示词,称引提示词只有最为简单的告、呼、呼告、令、祝等。从甲骨文的称引用例看来,这些提示词所引起的内容并不能算是真正的文体,不具有独立的文体形态,而仅仅是不同方式、不同功能的言语活动的内容而已。当然,从先秦文体学史的角度来看,言语活动的方式、功能是构成一种文体的要素之一,甚至是重要的要素。因此,可以说,商代以来,人们对言语活动的最早认识,是从其方式、功能开始展开的,然而却不太关注言语活动的内容、形式方面的规律性。春秋以后,随着单一性称引提示词的出现,一方面,人们对文体的认知突破了行为、功能的范畴;另一方面,称引提示词与所称引内容的联系亦更为一致了,如上文所列举的载书、铭、玺书、诗、颂、谚、繇诸体,在称引内容上,各体都具有较为明确而固定的文体特征,显示人们对其文体认同趋向一致。

总之,春秋以后,出现了单一性文体提示词,它们或以特殊载体、特殊书写形态指称文体,或直接明确地以特定的文体名称指称之,这一现象具有丰富的文体学意义。它意味着人们在称引、命名文体时,已完全突破了早期从"行为"到"形式"转变的范式,直截了当地把握住具有特殊性的文体名称。这种新型的文体提示词明显反映出当时文体观念与此前不同的某种独立性与唯一性,这是文体学观念发生的关键标志。

文体观念是在漫长的历史过程中,在人们的思想、言语活动中有意无意地建构起来的。先秦时期几乎没有明确的文体论,文体观念的形成更多地是一种无意的建构。对此,我们只能从侧面去了解,如从人们的称引活动中寻绎辨体、识体、文体分类的蛛丝马迹。从文辞称引这一角度看,中国古代文体观念的发生过程,有几个比较重要的节点。在殷商甲骨卜辞中,已经出现相当多的表示言说行为的提示词,出现"言说方式+曰"式的称引方式,这反映出商代人对卜辞的结构及相关部分的文体性质的认识已相当明晰。从认识论看,这类提示词的使用,说明人们已认识到所称引事物内容的特殊性。从文体学看,则反映了称引人的文体观念,故此类称引具有一定的文体学意义。如果说"言说行为"是文体存在的前期形式,那么这种称引方式则是文体观念的萌芽,也是此后明晰的文体观念发生的基础。西周以后,兼有动词和名词性质的兼类称引提示词的出现,标志着人们对于某些文体的认识和指认,进入了言语行为与文体形式混而言之的阶段。春秋以后的文献,又出现了新的称引方式,即直接以名词作为称述的提示词。这是文体学观念发生的标志,一方面意味着文体的特殊内容、特殊载体与特殊书写形态进入了文体认知的范畴;另一方面也说明,随着文体发展和成熟,人们对其体认亦趋向一致,并取得独立的意识。从文辞称引的形式发展来看,西周至春秋是中国文体观念发生的关键时期。

第三章 早期文体命名、分类与文体观念

第一节 文体命名的原则及其表现形式

文体命名是文体分类的起点。文体命名是指人们用相对固定的名称来统称某类具有特定的形式、内容、语言特征甚至风格的言辞,是对其内涵的抽象概括。索绪尔曾言:"没有符号的帮助,我们就没法清楚地、坚实地区分两个观念。思想本身好像一团星云,其中没有必然划定的界限。预先确定的观念是没有的。在语言出现以前,一切都是模糊不清的。"①语言学家认为,语言是人类思维和概念发展的基础。文体的命名,实际上就是以语言符号来概括、区分文体的概念。因此,文体命名是文体分类的基础和起点。

文体的得名是一个比较复杂的过程。黄侃先生云:"详夫文体多名,难可拘滞,有沿古以为号,有随宜以立称,有因旧名而质与古异,有创新号而实与古同。"②揭示出文体命名的复杂性。郭英德先生指出:"中国古代文体的命名方式主要有三种:一是功能命名法,二是篇章命名法,三是类同命名法。"③郭先生认为篇章命名法与类同命名法属于汉代以后的文体命名方式,而功能命名法则是大多数中国早期文体的命名方式:"中国古代文体的原初命名方式大都

---

① 〔瑞士〕费尔迪南·德·索绪尔著,高名凯译,岑麒祥、叶蜚声校注《普通语言学教程》,商务印书馆,1980年,第157页。
② 黄侃《文心雕龙札记·颂赞》,上海古籍出版社,2000年,第71页。
③ 郭英德《中国古代文体学论稿》,北京大学出版社,2005年,第140页。

是功能性的,即人们根据自身一定的行为方式为相应的文体定名。"①这是很有道理的,早期文体命名的确以功能为主要原则。若再全面地考察早期文体的命名情况,或可归纳出早期文体的命名的几个基本原则②:

其一,以文献载体或文献流传方式为名。如册祝、册命书于简册之上,故以"册"命名。又如"载""载书"之体,则以盟誓辞的书写方式为名。"铭"则以铜器铭文独特的刻写方式命名。

其二,以言语行为命名,如誓、命、诰、训、谏、诵、谏等。在先秦,有一系列从言、从口的词,指称某一类言辞或发出言辞的行为。古人一开始也许并无为文体起名的自觉意识,但对这些词的使用已有指称文体的意味。如"誓"最初有起誓或约束戒诰之义,是一种言语行为。而《礼记·郊特牲》云:"卜之日,王立于泽,亲听誓命,受教谏之义也。献命库门之内,戒百官也。大庙之命,戒百姓也。"③此处的"誓命",则指称具体的文体。又如"诔"的本义是"累其行而读之"④,如《礼记·曾子问》论诔时有云:"贱不诔贵,幼不诔长,礼也。唯天子称天以诔之。诸侯相诔,非礼也。"⑤可见诔是一种言语行为。《周礼·春官·大史》曰:"遣之日读诔。"⑥《周礼·春官·小史》则云:"卿大夫之丧,赐谥读诔。"⑦以上两例中,"诔"又应理解为文体的名称。

其三,以仪式的名称为名,如盟、祷、祠、祝、吊等。以仪式之名

---

① 郭英德《中国古代文体学论稿》,北京大学出版社,2005年,第140页。
② 李士彪指出文章体裁的来源和划分有多种标准,包括文章的表现手法、载体、功用、风格、一类文章的代表篇目、立意及行文方式等(李士彪《魏晋南北朝文体学》,上海古籍出版社,2004年,第37—38页),很有参考意义。
③ 郑玄注,孔颖达疏《礼记注疏》卷二六,阮元校刻《十三经注疏》本,第1453页。
④ 《周礼·春官·大史》"遣之日读诔"下郑注。见郑玄注,贾公彦疏《周礼注疏》卷二六,阮元校刻《十三经注疏》本,第818页。
⑤ 郑玄注,孔颖达疏《礼记注疏》卷一九,阮元校刻《十三经注疏》本,第1398页。
⑥ 郑玄注,贾公彦疏《周礼注疏》卷二六,阮元校刻《十三经注疏》本,第818页。
⑦ 同上书卷二六,第818页。

为文体之名是先秦文体得名的最重要来源之一。在实行某种礼仪活动的时候,有时会用到一套具有特定的内容、形式与语言特征的言辞。久而久之,人们可能会将这些言辞与相应的仪式名称联系起来,形成相对固定的称谓。如"祝"本属一种仪式,而仪式则须使用言辞,《周礼·春官·大祝》有云:"掌六祝之辞,以事鬼神示,祈福祥,求永贞。一曰顺祝,二曰年祝,三曰吉祝,四曰化祝,五曰瑞祝,六曰策祝。"①所谓"六祝之辞",则"祝"乃仪式,而"辞"是仪式中的言辞,"祝""辞"有所区别。而《礼记·礼运》云:"修其祝、嘏,以降上神与其先祖。"②此处的"祝""嘏",又分别指飨神之辞与神致福于主人之辞,则"祝"便成为文体之名。可见先秦礼制对于文体的命名有着重大的影响。

了解这些文体命名原则,有助于我们更好地认识早期文体分类的一些现象及其背后的原因和规律。早期文体的认定与命名遵循多种原则,至于采用哪种原则,则有一定随意性,因此造成文体命名的跨界现象。

除了对文体进行直接的命名,早期对文体的认定还有其他间接形式。

第一是文辞的称引。古书的引文有不少是由一个"提示词"引起的。"提示词"指领起称引内容的标志性词语,反映了称引者对这一段文字的功能、性质甚至文体的判定;第二是文献的命篇。在先秦时期,篇章意识开始成熟,在此基础上出现了对篇章的命题,再后来,有些篇题中直接出现文体之名,体现了当时人们的文体认定与分类意识。"以体命篇"现象是追寻早期辨体与文体分类观念的重要线索。

因此,我们研究早期文体命名的现象、规律及其文体学意义,除了关注人们对文体的直接认定与命名,还应该将其对特定言语行为的文体认定、文辞称引、文献命篇等现象也纳入研究视野。

---

① 郑玄注,贾公彦疏《周礼注疏》卷二五,阮元校刻《十三经注疏》本,第808页。
② 郑玄注,孔颖达疏《礼记注疏》卷二一,阮元校刻《十三经注疏》本,第1416页。

第二节　命篇、命体与文体观念

　　人们对"篇章"从无意识到有意识,在理论上有重要意义。文献独立成篇的意识出现后,为独立的篇章命名便是顺理成章之事。为文献加上标题具有强烈的文献整理、储存与传播目的,而且又是文体认定与命体的前提。标题的设置不仅标志了篇的独立性,也反映了时人对篇的内容、结构、性质等方面的认识。对篇章的命名,是文章学与文体学发展的重要标志。

　　虽然研究文体观念发生有多种重要途径,但由篇章与命体的角度入手,在语言形式内部考察文体观念的发生,是最佳途径。"篇"是文体最基本的文意单位,有篇章,始有文体,文体意识始于篇章意识。篇章的出现是文体学与文章学产生的基础,而篇章意识之出现则可以视为文体学与文章学观念之萌芽。从这个角度来看,中国古代文体观念的发生主要建立在篇章之上。可从先秦至两汉之篇章与篇章意识的形成、对篇章命名以及文体认定的角度,考察中国古代文体观念的产生与发展。传世文献经过历代的传写与改写,在文献的断代与书籍格式的真实性上,有时难以得到确证。因此,出土文献尤其是简帛文献为文体观念发生的研究提供了非常必要与确切的佐证。[①] 通过先秦两汉大量的传世与出土文献,观念发生史这种"忽兮恍兮,其中有象"的玄虚、抽象的问题,可以实证的方式展示出来。

[①] 本节力求以实证的方式,论证命篇与命体的问题。我们对文献的甄别原则是基于这样的认识:在漫长的文献流传岁月中,古书在不断地改写、补充、编集的过程中,逐渐层累成现今的面貌。先秦古书的体貌与刘向校书以后的面貌肯定是大异其趣的。本节论述先秦文献的命篇与命体主要通过两种途径:一是出土文献,一是比较可靠的先秦文献所引述的篇题。比如考察《尚书》在先秦的命篇情况,是以比较可靠的先秦传世文献所征引的《尚书》篇题为材料,而非传世《尚书》标题。

一 篇章形态与篇章意识的形成

先秦以来的文字记录,经历了从零星、片段的记载进化为有一定文意单位的篇章的发展过程。中国古人很早就有区分文意单位的意识,而篇章形态的形成又在篇章意识出现之前,它源于自然而无意识的创作或相关行为。早期的创作或相关行为,可以分为二大类:一,纯仪式性与口头性的行为;二,诉诸特定载体的文字记录。

先说纯仪式性与口头性的行为。早期的创作往往具有强烈的实用性与仪式性,是在特定场合出于特定目的而产生的。如盟誓、祭祀活动与歌舞、咏诗之会,它们有起始有结束,有时间长度,是一个过程或阶段,其在内容、形式与时间上具有独立性、特殊性与完整性。这些是"篇章"隐在的客观基础。若有人将之记录下来,就具有篇章性质了。再说诉诸特定载体的文字记录。一些文献本来是出于某些特定目的而单独撰写的,如甲骨卜辞用于记录占卜,青铜器铭文用于记录典礼仪式、征伐战功、先祖功德、赏赐锡命、训诰臣下等内容。这些早期的文字记录往往是为了记载特定的活动、仪式等,因此,内容上的完整性是必然要求。而对内容和结构的完整性的要求,则是篇章意识形成的基础,从而使这些文字记录先天地具有"篇章"的意味。需要注意的是,对仪式性与口头性的行为和文字记录的分类,只是为了方便相对而言,其实二者之间并不能截然分开,往往可以相互转化。如《尚书》的训、诰、命等篇什和青铜器铭文便有明显的记言性质;而仪式性、口头性的行为往往会通过书于竹帛或琢于盘铭的方式保存下来。

商代甲骨卜辞的刻写形态便呈现出最原始的对文意单位的区辨。甲骨卜辞是对占卜的记录,每占一事,自成一条。一条完整的卜辞,可以包含前辞、命辞、占辞、验辞四个部分,虽然结构如此完整的不多,但一般都包含前辞和命辞,因为它们是一条卜辞的主体内容。对这些占卜中的要点记录完毕,一条卜辞便自成一个文意单位。若在同一块龟甲上有多条卜辞,其契刻则遵循一定的规律,以便于各条卜辞之间相互区别,这体现在以下三方面:第一,甲骨卜辞的刻写行款有特定的走向。董作宾总结道:"沿中缝而刻辞者向外,在右右行,在左左行,沿首尾之两边者而刻辞者,向内,在右左行,在左右行。如是而已。"①甲骨卜辞的刻写行款体现了殷人对于各条独立的卜辞的区分意识。如《合集》11506正面有两条单行横列的对贞卜辞,以"千里路"为界,在右的从左往右刻,在左的从右往左刻,两条卜辞对称相背而行,非常易于区分。第二,界线。在甲骨卜辞中,为了便于分辨同一块甲骨上不同的卜辞,有时候会在两辞之间加刻一条线以为界线,这样的例子很常见。② 第三,位置布局。这是很直观的一种方式,即通过安排各条卜辞所书刻的位置以区分彼此。如《合集》10111为一大胛骨,一共刻有七条卜辞,每辞都遵循单行直下的文例,在此基础上,一辞契刻完毕,则另起一行刻第二条;又如《合集》5165的两条卜辞,每条从上往下契刻,从右往左分为三行,两条卜辞高低位置不同,中间有一定空间间隔以区辨。③

青铜器铭文的创作,同样在内容的完整性上有所要求。特别是

---

① 董作宾《商代龟卜之推测》,《董作宾先生全集甲编》,台北,艺文印书馆,1977年,第872—873页。甲骨文例的定义,应该包括了书刻在甲骨上的卜辞行文形式、位置、次序、分布规律、行款走向的常制与特例,还包括字体写刻习惯等,参见宋镇豪为李旼姈《甲骨文例研究》所作的序(李旼姈《甲骨文例研究》,台北,台湾古籍出版有限公司,2003年,第1页)。经过几代研究者的研究,现在对于甲骨文例的研究已更为细致和科学。本节关注点在于甲骨卜辞的刻写规律所反映的殷人对于卜辞独立性的认识,因此,我们以为董作宾先生的概括虽然很早,而且比较简括,但较为准确地总结出甲骨卜辞行款的规律,故未有引用其他后来的研究成果。下文所提出的卜辞在甲骨中的位置布局,着眼点在于各条独立的卜辞之间的区辨,与现有甲骨文例"定位法"研究有所不同,故不包含在关于甲骨文例的论述中。

② 陈炜湛《甲骨文简论》,上海古籍出版社,1987年,第51页。

③ 文中所举卜辞的例子多参考陈炜湛《甲骨文简论》第三章第三节"契刻与读法"。袁晖等将甲骨文语言层次的表达方式分为"使用符号"(包括竖线号、横线号、曲线号和折线号)和"留空"两种情况,与我们所举的第二、三点相似,参见袁晖、管锡华、岳方遂《汉语标点符号流变史》第一章第二节"甲骨文语言层次的表达方式",湖北教育出版社,2002年,第23—32页。

西周以后,青铜器铭文的篇幅变长,并有了相对固定和完整的结构,其中以册命铭文最为突出,其格式主要包括时间、地点、受册命者、册命辞、称扬辞、作器、祝愿辞等内容。① 可以说,这些铜器铭文,是较早的篇幅较长、文意独立、结构完整的文献材料,初步具有"篇"的性质。

甲骨卜辞与青铜器铭文都有其特定的刻写载体,所以其文本的呈现先天地受到材料的限制。刻写者为保持文本的完整性,会设法克服这一限制,这体现出潜在的"完篇"的意识。如一些刻写在胛骨上的卜辞,往往因为篇幅较长,正面刻不完便转至反面,只有正反面接续才能通读。② 有学者注意到西周中期的史墙盘铭分铸为对称的两组,字距匀称,但最后一行比其他行多铸入五个字,③这是铸工在彝器篇幅的限制下,在铭刻总体的对称美观与铭文内容完整性之间作出的权宜之举。

春秋时期,文献典籍整理活动开始兴起。在文体观念发生过程中,口头文体的书面化与篇籍的编纂是一个关键环节。上述这些早期的纯仪式性与口头性的行为以及文字记录可能具有篇章性质,并初步具有原始的篇章意识。当简牍成为文献流传的主要载体,这些数量较以往大增、类型较以往更为多样的文献以单篇的形态大量流传,甚至人们把原本孤立的篇章记录、编排、汇集在一起,并对不同篇章予以区别,具体篇章成为文献整体的一部分时,篇章意识才进一步成熟。

从语义学来看,"篇"与简的关系非常密切,其原义便是简册上的文字撰作。《说文解字》曰:"篇,书也。"④又曰:"书,箸也。"⑤《说

---

① 马承源主编《中国青铜器》(修订本),上海古籍出版社,2003年,第353页。
② 参见陈炜湛《甲骨文简论》,上海古籍出版社,1987年,第50页。
③ 〔美〕孙康宜、〔美〕宇文所安主编,刘倩等译《剑桥中国文学史 上卷 1375年之前》,生活·读书·新知三联书店,2013年,第40页。
④ 许慎撰,段玉裁注《说文解字注》,上海古籍出版社,1988年,第190页。
⑤ 同上书,第117页。

文解字叙》曰:"箸于竹帛谓之书。"①则将帛书也包含在内。章学诚说:"著之于书,则有简策。标其起讫,是曰篇章。"②学者推测商代、西周便有竹简,从现在所见的出土简牍材料来看,竹简的使用最早可上溯到战国早期(曾侯乙墓遣册)。战国时期简牍文献的数量、规模、类型都较甲骨文、铜器铭文更为多样化,内容形式也更为成熟。同时,起码至战国时期,"篇"已作为独立的文意单位来使用。《国语·鲁语下》:"昔正考父校商之名《颂》十二篇于周大师,以《那》为首。"③《墨子·明鬼下》曰:"故先王之书,圣人一尺之帛,一篇之书,语数鬼神之有也,重有重之。"④《墨子·贵义》又曰:"昔者周公旦朝读书百篇,夕见漆十士。"⑤而且,先秦的简牍文献大部分是以单篇的形态流传的,这表明时人已很自然地按照文意单位来抄写、传播这些材料。⑥

从单篇流传到对单篇的文献加以汇集、编排,是篇章意识进一步明晰的体现。单篇文献的汇集和编次,是促成命篇的重要条件,也是探讨文章学甚至文体学观念何以萌芽的重要基点。传世文献所记载的最早文献编集整理,应是上文所引《国语·鲁语下》所载西周宣王时宋国的大夫正考父校《商颂》的活动。在春秋战国时期,对文献的编集活动逐渐多了起来。春秋后期以后,一些官书已经过编集整理,如《论语》记载了孔子谈论《周南》《召南》⑦,且孔子多次言及"诗三百",可见其时《诗》已编集成书。《左传·昭公二年》记载韩宣子"观书于大史氏,见《易象》与鲁《春秋》"⑧。可见《象传》及《春

---

① 许慎撰,段玉裁注《说文解字注》,上海古籍出版社,1988年,第754页。
② 章学诚著,叶瑛校注《文史通义校注》,中华书局,1985年,第305页。
③ 徐元诰《国语集解》,中华书局,2002年,第205页。
④ 孙诒让《墨子间诂》卷八,中华书局,2001年,第238页。
⑤ 同上书卷一二,第445页。
⑥ 关于这一点,余嘉锡、张舜徽等文献学家及李零等研究出土文献的学者已多有述及。
⑦ 《论语·阳货》云:"子谓伯鱼曰:'女为《周南》《召南》矣乎?人而不为《周南》《召南》,其犹正墙面而立也与。'"见何晏集解,邢昺疏《论语注疏》卷一七,阮元校刻《十三经注疏》本,第2525页。
⑧ 杜预注,孔颖达疏《春秋左传注疏》卷四二,阮元校刻《十三经注疏》本,第2029页。

秋》在其时已有流传。又如《尚书》，在《左传》《国语》《孟子》等书中已见"《虞书》""《夏书》""《商书》""《周书》"等称谓，这或可认为是《尚书》诸篇分类成集的证明。① 战国以后，私人著述盛行，这些著作的撰写虽然并不系统，但在后期应该都经过整理编撰的过程，成书或由作者自己手定，或经后人递相整理。

伴随着文献的汇集整理，篇章意识也趋于自觉和成熟，这首先体现在以"篇"为单位来区辨汇集在一处的文献。根据现已出土的先秦简帛形态，它们一般通过留白提行来分篇，更有以符号分篇的例子，这与甲骨卜辞中使用线号区分文意单位的方法是一脉相承的。如湖北荆门郭店楚简《成之闻之》《六德》、《老子》甲等篇末有钩识号，大致表示分篇，《太一生水》《穷达以时》《鲁穆公问子思》《唐虞之道》等篇末尾有扁黑方框以示分篇。② 另外上博简也有以钩识号分篇的用例，如《性情论》，《缁衣》《鲁邦大旱》《子羔》等则在篇末以一长黑方号表示全篇结束。③ 秦汉时期，还可以看到更多以大方墨块、圆点、三角号等符号区分篇目的用例，使用更为普遍。④ 此

---

① 其他材料如《左传·昭公十二年》："能读《三坟》《五典》《八索》《九丘》。"（杜预注，孔颖达疏《春秋左传注疏》卷四五，阮元校刻《十三经注疏》本，第2064页）《国语·楚语上》："教之《春秋》，而为之耸善而抑恶焉，以戒劝其心；教之《世》，而为之昭明德而废幽昏焉，以休惧其动；教之《诗》，而为之导广显德，以耀明其志；教之礼，使之上下之则；教之乐，以疏其秽而镇其浮，教之《令》，使访物官；教之《语》，使明其德，而知先王之务，用明德于民也；教之《故志》，使知废兴者而戒惧焉；教之《训典》，使知族类，行比义焉。"（徐元诰《国语集解》，中华书局，2002年，第485—486页）不一一列举。

② 参见黄人二《郭店竹简小墨点之一作用兼论简本〈老子〉甲之文本复原》，《出土文献论文集》，台中，高文出版社，2005年，第191—210页。

③ 参见蒋莉《楚秦汉简标点符号初探》，四川师范大学硕士学位论文，2004年，第31—32页。

④ 兹举数例：（一）大方墨块与长方墨块：马王堆汉墓帛书《老子》乙本及卷前古佚书四种，用长方墨块提行，书于行首并高于正文文字，以区分不同书籍；同一书内，各篇之间不提行，用大方墨块分开。《经法》《经》等用墨块分篇。（二）圆点：马王堆汉墓帛书《老子》甲本及卷后古佚书四种，在每段或每章、每篇前用小圆点分隔。《德经》《道经》分章不提行，每章用圆点分隔。还用圆点分隔《德经》《道经》《五行》《九主》《明君》《德圣》诸篇。（三）三角号：表示一篇或一章开始。如武威汉简《仪礼甲本·燕礼》第一枚简的首端书三角号。以上据张显成《简帛文献学通论》第三章第三节"题记与符号"，中华书局，2004年，第165—214页所举例概括而成。

外,先秦简帛文献以各种符号来分章的现象也比较多见,如郭店楚简《缁衣》用小方点间隔章,战国中晚期之交的长沙子弹库楚帛书用朱色填实长方号来分章,等等。① 以符号分篇、分章,是文献整理的结果,因为只有文献归并在一处的情况下,才有必要加以区分。辨别篇章是文献整理的必然诉求和必然结果。

春秋战国时期文献编集活动促进了篇章意识的成立,但是从总体而言,先秦的文献仍多以单篇的形态流传,有些聚合一处的文献,往往也只是不系统的杂钞性质,篇目也呈现出此入彼的情况,这从传世文献和已出土的战国简册中都可找到证明。如在《逸周书》中,还保存着未编入现存《尚书》的一些逸篇。近年出土的清华简中也发现有《尚书》《逸周书》的单篇。又如同一批出土的战国简册,往往都是单独的篇。若几篇合为一卷竹简的,往往只是杂钞,彼此并无关联。② 其中的原因是多方面的。比如,大量的简册不便于集中携带,像《尚书》在官府中可整书保存,但春秋战国以后,随着士阶层流动性的大大增加,保存者往往只能从整书中析出他们认为有用的单篇或几篇流传。又如诸子著作,其撰写、修订往往历经数代,其师承、传抄又每每不同,故难有完整而系统的定本。

因此,从先秦至于汉初,虽然也有不少文献整理的活动,但古书流传的总体面貌一直以较为分散、错杂的状态持续着。刘向校书以前,中秘藏书有很多重复错杂的篇章。同一本书中的篇章,并不是系统地编纂在一起的,可能只是简单地归类、储存。③ 刘向校书,使分合不定、次第讹乱的篇章得到了整理和定型,并成为书籍中有系

---

① 袁晖、管锡华、岳方遂《汉语标点符号流变史》,湖北教育出版社,2002年,第48页。
② 李零《上博楚简三篇校读记》,中国人民大学出版社,2007年,第8页注1。
③ 刘向《别录》对此多有说明,如《晏子书录》云:"凡中外书三十篇,为八百三十八章。除复重二十二篇六百三十八章,定著八篇二百一十五章。"(吴则虞编著《晏子春秋集释》[增订本],国家图书馆出版社,2011年,第22页)可见其中重复的篇章所占比例很大。又如《战国策书录》云"所校中《战国策》书,中书余卷,错乱相糅莒。"(刘向集录,范祥雍笺证《战国策笺证·刘向书录》,上海古籍出版社,2006年,第1页)

统的一部分,更奠定了校理文献的规范。这不仅仅是篇章意识成熟和定型的里程碑,更促使著述成为一种规范、固有的文献形态。这种形态的定型,也是文章得以区别于著述而独立出来,特别是文章观念得以独立出来的前提之一。

　　文章作为一种独立的、区别于著述的制作,从先秦以来对文献的含混认识中分化出来,经历了一个过程。按照汉初人的理解,单篇的制作既可以指著述中的单篇,也可以指赋、颂、书、奏等后世所理解的一篇篇文章。从观念而言,司马迁将包括赋等文体在内的个人写作都称为"书",如《史记·司马相如列传》云"相如口吃而善著书",①《史记·屈原贾生列传》云"贾生……以能诵诗属书闻于郡中"②;从创作、流传而言,著述和文章都始于单篇制作,此乃继承先秦以来的文献单篇创作、流传的特点。如《史记·郦生陆贾列传》云:"陆生乃粗述存亡之征,凡著十二篇。每奏一篇,高帝未尝不称善,左右呼万岁,号其书曰《新语》。"③陆贾所奏有上书的性质,都是写成一篇便上奏一篇,最后才将诸篇编订成书,并得高祖赐书名为《新语》。司马相如的著述和文章甚至在其生前都未整理过,都是每写成一篇便被取去。据《史记·司马相如列传》记载,相如"时时著书,人又取去,即空居",所以其临死时为书一卷,叮嘱其妻,若有使者来取则奏之。除此之外,其家"无他书"。④ 又如贾谊《新书》的《保傅》篇,又载于《大戴礼记》,定州八角廊竹简中亦发现有单行的《保傅》,可见其作为单篇传播甚广。而《汉书》所载贾谊的《治安策》,乃剪裁《新书》的《保傅》等篇什而成。余嘉锡先生更详论《新书》中的篇什与上书的关系,⑤可见著述与上书之文可相互转化。从

---

① 司马迁撰,裴骃集解,司马贞索隐,张守节正义《史记》卷一一七,中华书局,2014年,第3699页。
② 同上书卷八四,第3020页。
③ 同上书卷九七,第3270页。
④ 同上书卷一一七,第3711页。
⑤ 余嘉锡《目录学发微 古书通例》,中华书局,2007年,第235—236页。

编纂而言，直至刘向校书，虽特设"诗赋"一略，但其他的文类大部分仍与著述之文收录在一书之中。如《汉书·艺文志·诸子略》有"《董仲舒》百二十三篇"①，其中内容可从《汉书·董仲舒传》证之："仲舒所著，皆明经术之意，及上疏条教，凡百二十三篇。"②可见包括上疏条教等单篇文章都被收入个人的著述中。又如《诸子略》有"扬雄所序三十八篇"。班固注："《太玄》十九，《法言》十三，《乐》四，《箴》二。"③将《太玄》《法言》等著述与箴等文体合为一书。又有"《东方朔》二十篇"。④《汉书·东方朔传》云："朔之文辞，此二篇（笔者按：指《客难》及《非有先生之论》）最善。其余有《封泰山》，《责和氏璧》及《皇太子生禖》，《屏风》，《殿上柏柱》，《平乐观赋猎》，八言、七言上下，《从公孙弘借车》，凡〔刘〕向所录朔书具是矣。"颜师古注："刘向《别录》所载。"⑤颜师古时《别录》未亡，所言《别录》内容，应该可信。因此刘向所校《东方朔》之书应收有《封泰山》等单篇制作。

到了东汉，王充则有意识地区分著述与文章。《论衡·案书》云："广陵陈子回、颜方，今尚书郎班固，兰台令杨终、傅毅之徒，虽无篇章，赋颂记奏，文辞斐炳，赋象屈原、贾生，奏象唐林、谷永，并比以观好，其美一也。"⑥这里的"篇章"乃指著述，与赋、颂、记、奏明确区分开来。《论衡·超奇》云："采掇传书以上书奏记者为文人，能精思著文连结篇章者为鸿儒。"⑦《论衡·佚文》又云："文人宜遵五经六艺为文，诸子传书为文，造论著说为文，上书奏记为文，文德之操为文。立五文在世，皆当贤也。造论著说之文，尤宜劳焉。"⑧可见王

---

① 班固《汉书》卷三〇，中华书局，1962年，第1727页。
② 同上书卷五六，第2525页。
③ 同上书卷三〇，第1727页。
④ 同上书，第1741页。
⑤ 同上书卷六五，第2873页。
⑥ 黄晖《论衡校释》，中华书局，1990年，第1174页。
⑦ 同上书，第607页。
⑧ 同上书，第867页。

充认为著述是需要精心构思、连接篇章的,比"上书奏记"之文更有价值,"尤宜劳焉"。而且王充所认为的理想著述是有系统的制作,这便与先秦以至汉初的著述先著单篇,然后整理成书甚至由后人整理,有明显的不同。著述观念的明晰,也是与文章观念的成型同步发展的。

由此可见,从先秦至于汉初,本无著述与文章制作之分际,文献皆以单篇形态创作、流传。到了汉代,一方面,著述成为一种系统的撰作,另一方面,随着赋、颂、记、奏等写作的繁盛,它们成为单篇制作的主流,而文章观念亦逐渐明晰。在汉人看来,文章与著述成为两种性质不同的撰作模式。这种区分既出于对"单篇"还是"连结篇章"这种形式上的区别的体察,更源于对其本质的认识,是文章观念史的进步。

篇章的独立以及随之而来的篇翰意识,是汉代文体学的重要基础。"篇"是当时文章创作的计量单位。这种情况可以在《后汉书》对传主著作的著录中看出来:冯衍"所著赋、诔、铭、说、《问交》《德诰》《慎情》、书记说、自序、官录说、策五十篇"[1]。班固"所著《典引》《宾戏》《应讥》、诗、赋、铭、诔、颂、书、文、记、论、议、六言,在者凡四十一篇"[2]。崔骃"所著诗、赋、铭、颂、书、记、表、《七依》《婚礼结言》《达旨》《酒警》合二十一篇"[3]。傅毅"著诗、赋、诔、颂、祝文、《七激》、连珠凡二十八篇"[4]。《后汉书》著录传主著作都有固定的体例,即详载各种文体,最后统计篇数。《后汉书》作者虽是六朝人,这些材料应该来自《东观汉记》之类汉代的史料,尤其是对作品篇名、篇数的记录与统计,所据应是汉人的文献,应该比较真实、客观地反映出汉代文人写作的篇籍情况。

---

[1] 范晔撰,李贤等注《后汉书》卷二八下,中华书局,1965年,第1003页。
[2] 同上书卷四〇下,第1386页。
[3] 同上书卷五二,第1722页。
[4] 同上书卷八〇上,第2613页。

汉人对于作为古代文献中完整独立的文意单位的"篇",有了理论高度的概括。王充不仅区分著述之篇章与文章之制作,更对文章结构有了细致的分析。《论衡·正说》云:"故圣人作经,贤者作书,义穷礼竟,文辞备足,则为篇矣。其立篇也,种类相从,科条相附。"①这是对"篇"之内容及其文辞完整性、构思条理性的概括。《正说》又云:"夫经之有篇也,犹(同'由')有章句也。有章句,犹有文字也。文字有意以立句,句有数以连章,章有体以成篇。篇则章句之大者也。"②这反映了对字、句、章、篇的文章结构的认识,明确体现了文章学的篇翰意识,在文体学与文章学发展史上都具有重要意义和影响。后来刘勰《文心雕龙·章句》所说"积句而成章,积章而成篇"③,所论即基于此。

二 篇章之命名及形态

独立成篇的文献出现之后,需要有个名称以便于使用。早期的文献从无篇名至有篇名,篇名的出现从偶尔到普遍,经过一个相当漫长的过程。在先秦时期,文献一般是成篇在前,命篇在后,且命篇的主体以文献的整理者、编撰者甚至抄写者为主。命篇首先要对该文献结构的完整性有比较清楚的认识,或者理解每一段文献的独立性,有将某一段文献标志出来或区分彼此的需要,才能为有独立文意的文献加上标题。标题设置在文献上标志了篇的独立性,也反映了时人对篇的内容、结构等方面的认识。对篇章的命名,也是文体认定与命体的前提,所以命篇是文章学与文体学发生的基础。至汉代,更出现了书籍目录编纂这种系统、规范、有意识的命篇行为,对后世以《文选》为代表的文集命篇以至于"以体命篇"有着深远的影响。

---

① 黄晖《论衡校释》,中华书局,1990年,第1131页。
② 同上书,第1129页。
③ 刘勰著,詹锳义证《文心雕龙义证》,上海古籍出版社,1989年,第1250页。

标题的制作乃出于日常的交流、文献的整理、积累与传播等现实之需求。在春秋战国时代，随着文献的日益繁杂与文化交流的频繁，人们在切磋学问、研习经典、赋诗言志，甚至是外交聘问的时候，经常要称引文献与经典，故有必要为其加上一个较为固定和统一的称谓。在战国时期，简牍文献作为当时文字资料的主要载体所体现的篇章意识已比较明确。简牍文献的材料和形制特点使标题制定不仅有可能而且有必要。简牍文献是将竹简连缀成册，由于文献篇幅长短不一，可能一册一篇，也可能一册多篇，或多册一篇，这样便有加上标题以便区分其文意单位的需要。另外，竹简是一册册卷起来保存的，为了便于归档和查检，有人便在卷册露在外面的竹简上写上标题。由此，人们对区分篇章和总括文意的意识愈加成熟。

古书的命篇及形态情况比较复杂。在漫长的文献流传岁月中，古书的面貌也在不断地改写、补充、编集中逐渐层累成现今的面貌。先秦古书的体貌与刘向校书以后的面貌肯定是大异其趣的。我们可以通过出土文献与先秦传世文献之征引内容来了解先秦文献命篇的大致情况，以期从一个侧面研究先秦文章观念的发生与发展历程。

先谈命篇的形态与原则。现代以来，有不少学者对文献的标题做过研究。[1] 他们关于标题命名原则的归纳各有详略甚至互有出

---

[1] 包括传世文献与出土文献标题的研究，前者以余嘉锡《目录学发微》《古书通例》影响最大，后世学者多援引之，也有不少研究出土文献的学者以出土文献来印证、修正、发展余先生的学说。张舜徽《广校雠略》与余先生的著作成书时间相距不远，其中也多有卓见。出土文献方面的研究，有张显成《简帛标题初探》，收入谢维扬、朱渊清主编《新出土文献与古代文明研究》，上海大学出版社，2004年，第299—307页。张先生后来写有《简帛书籍标题研究》，收入张显成《简牍文献论集》，巴蜀书社，2008年，第457—513页。林清源著有《睡虎地秦简标题格式析论》(《"中研院"历史语言研究所集刊》第73本第4分，2002年)，其《简牍帛书标题格式研究》(台北，艺文印书馆，2004年)是对简牍文献的标题进行全面细致研究的著作。此外，还有骈宇骞《出土简帛书籍题记述略》(《文史》总第65辑，中华书局，2003年，第26—56页)等论著。

入,总的来说,余嘉锡的概括较为精审。他将古人为篇章命题的原则归纳为"以事与义题篇"与"摘其首简之数字以题篇"两种①,当然"以事与义题篇"还可能包括"以体题篇",这是下文我们要重点论述的。"以事与义题篇"的命题方式,体现了命题者对这些文字材料的内容、性质的判断,故更具有文体学研究之意义。

"摘其首简之数字以题篇"的命题方式,因其简单直观,"技术含量"不高,其出现可能比"以事与义题篇"的方式更早。在传世文献中,《诗》的标题绝大部分都是取篇首的数字,其出现较早。《论语》已引用了《诗》的标题。《论语·八佾》云:"子曰:'《关雎》乐而不淫,哀而不伤。'"②《八佾》:"三家者以《雍》彻,子曰:'"相维辟公,天子穆穆",奚取于三家之堂?'"③在出土文献中,甲骨文、金文文献皆未见篇题,篇题是在简牍文献中开始出现的。据专家考定为战国早期的曾侯乙墓遣册,是最早见有标题的出土简册。其第一简背面写有"右令建䭷大旆",此为标题。简正面有"右令建所乘大旆"语,故此标题乃取自篇首文字。④ 这种命篇方式虽然较为简单,但由于其制作出于征引或文献整理的需要,所以已反映出命篇者对文意单位的辨别意识。

"以事与义题篇"的命篇方式,其出现可能稍微晚一点。《尚书》的篇题,大部分遵循此原则。《论语》引《尚书》一共 8 次,但均未标出篇名,有的地方只引作"《书》"。⑤ 对比《论语》引《诗》篇名的情况,可推测孔子所据的《尚书》可能尚无篇题,《诗》的篇题形成要比《尚书》早。而被认为是战国早期写成的《左传》则引用了不少《尚书》篇题。比较多学者认为是子思子所作的《礼记·缁衣》所引《尚书》篇题的例子非常多。因此,《尚书》的篇题形成时间应在战国早

---

① 余嘉锡《目录学发微 古书通例》,中华书局,2007 年,第 34 页。
② 何晏集解、邢昺疏《论语注疏》卷三,阮元校刻《十三经注疏》本,第 2468 页。
③ 同上书,第 2465 页。
④ 湖北省博物馆编《曾侯乙墓》,文物出版社,1989 年,第 490 页。
⑤ 据刘起釪《尚书学史》,中华书局,1989 年,第 64 页。

期之前。此后,《孟子》《国语》《墨子》《礼记》《荀子》《韩非子》《吕氏春秋》等先秦文献对《尚书》的篇题也多有引述。① 正是由于流播广泛、经常被称引等原因,相比其他文献,《诗》《书》等篇什的命题相对地更为固定。而且,《尚书》作为儒家传习的经典,以其为代表的命篇方式对汉代以后文献的命篇方式以至于文体认定的影响是直接而深远的。战国时期,诸子著述有不少以事与义题篇的,如《墨子》的《尚贤》《尚同》《兼爱》《非攻》,《邹衍子》的《主运》,《韩非子》的《孤愤》《五蠹》《说林》《说难》等等,体现了对篇章主旨的准确把握与精心概括。《楚辞》诸篇的制题如《离骚》《天问》等,以其高度的概括性和艺术性,在诗歌制题史上表现出超乎寻常的成熟,似亦受到诸子著述的影响。②

再谈先秦文献的命篇主体。先秦文献主要是由文献的整理者、编撰者甚至书写者命篇的,而非作者自命。先说传世文献。可以比较确定的是,《诗》篇的标题基本都取诗的首二字或四字,结合诗的

---

① 先秦文献所引《尚书》篇题,前人研究甚多,本节主要采用陈梦家《尚书通论》(中华书局,2005年)、刘起釪《尚书学史》、程元敏《尚书学史》(台北,五南图书出版股份有限公司,2008年)、许锬辉《先秦典籍引〈尚书〉考》(台北,花木兰文化出版社,2009年)等研究成果,下文如非特别情况不再一一说明。

② 参见吴承学《论古诗制题制序史》,《中国古代文体形态研究》(第3版),北京大学出版社,2013年,第119页。虽然这些先秦诸子著述的篇题的形成时间难以确证,但作于秦汉以前的可能性较大。《墨子·鲁问》曰:"子墨子曰:'凡入国,必择务而从事焉。国家昏乱,则语之尚贤、尚同;国家贫,则语之节用、节葬;国家憙音湛湎,则语之非乐、非命;国家淫僻无礼,则语之尊天、事鬼;国家务夺侵凌,即语之兼爱、非攻,故曰择务而从事焉。'"(孙诒让《墨子间诂》卷一三,中华书局,2001年,第475—476页)此乃墨子后学追述墨子言论,其中可见"尚贤""尚同""兼爱""非攻"等语,除了"尊天""事鬼"以外,皆与今本《墨子》篇题相同。按原文所举未必即是《墨子》篇题,但因其与今本篇题高度吻合,至少可推知,当时对于墨子的理念已有较为系统的总结,将之拟为篇题的可能性非常大,更有可能是墨子自拟。又如《庄子·天下》云:"墨翟、禽滑釐闻其风而说之,为之大过,已之大循。作为《非乐》,命之曰《节用》。"(郭庆藩辑《庄子集释》,中华书局,1961年,第1072页)又《史记》中多可见先秦诸子之文的篇题,如韩非的《孤愤》《五蠹》、内外《储》、《说林》《说难》(司马迁《史记·老子韩非列传》,《史记》卷六三,中华书局,2014年,第2613页),又如《楚辞》的《离骚》《怀沙》《天问》《招魂》《哀郢》(司马迁《史记·屈原贾生列传》,《史记》卷八四,中华书局,2014年,第3015、3034页)等等,这些篇题恐非史迁自撰,而是对当时流传文献的记录。

性质及其编集的过程,其标题应该是采诗者或者编者所加。《尚书》诸篇在写作之初,应无篇题。上文已论及孔子所见的《尚书》可能尚无篇题。且对同一篇《尚书》文献,不同的先秦典籍所引的篇题又有一定差异,可能由于时间推移、辗转抄写、师承各有出入等原因;也可能因为整理者对文献的理解不同,导致命题有所不同。至于诸子之文,情况则较为复杂。如《论语》《孟子》等由后学整理成书的著作,其篇题应为编者所定,这一点应无异义。而如《邹衍子》《韩非子》等著作,囿于文献的局限,只能通过间接的证据来推测其属于先秦,究竟是否作者自命,亦难以确定。《墨子》的部分篇题似为墨子自命,但该书又有一些篇目是后人所撰,故不可一概而论。总的来说,我们认为先秦诸子之文的篇题多由编者所命。

再看出土文献。有一些研究者发现,某些先秦简册的内容和标题是由不同的人所写成的。如有学者经过对比,发现上博简《曹沫之阵》的标题与内文的字形明显不同,因而推断两者并非出于同一位写手。① 又有人认为《容成氏》篇题与内文不是一次书写完成。② 清华简第三辑有《周公之琴舞》与《芮良夫毖》两篇,其形制、字迹相同,应为同时书写的。而《芮良夫毖》首简有刮削过的篇题"周公之颂志(诗)",与正文没有关系,而与《周公之琴舞》内容相关。故整理者疑乃书手或书籍管理者据《周公之琴舞》的内容概括为题,误写于这里。可见这是后人为了便于查检,便总括简册文意,进而命题。由此证明,有一些材料是同一位写手同时抄写标题和正文,也有一些可能是一位写手抄写了内文以后,再由另外一位在简背补写上标题,以便查检。此外,出土简册所抄写的篇题,可能跟传世文献的篇题不同,甚至差异很大,可证其命题并不一定出于

---

① 高佑仁《〈上海博物馆藏战国楚竹书(四)·曹沫之阵〉研究》(下),台北,花木兰文化出版社,2008年,第391—393页。
② 赵平安《楚竹书〈容成氏〉的篇名及其性质》,《新出简帛与古文字古文献研究》,商务印书馆,2009年,第249页。

一人之手。如清华简第一辑有《周武王有疾周公所自以代王之志》,篇题写于第十四支简背下端,简文与今传《尚书·金縢》大致相合,故研究者推测为《金縢》的战国写本,然篇题与今题完全不同。①

由此可见,先秦时期的篇题大多数不是来自原作者,而是由文献整理编纂者甚至是抄写者所制作的,是他们基于对文献结构与内容的理解而"赋予"篇章的题目,这种行为反映了一种朴素的文体观念。

从传世文献的征引内容以及出土文献看来,除了《诗》《书》等广为传诵的经典文献,先秦文献中篇题的使用并不算多,也不很统一和规范。从秦代至于汉代,命篇又有新的发展,篇籍规范的风气渐起,从而显现出新的文章观念。

在文体学史研究上,秦代是一个不应该被忽视的朝代。由于大一统王朝的建立,政治、经济、文化都需要体制化和规范化,即所谓"书同文,车同轨"。这种统一与规范的风气在文体学上也有所反映,只是以比较隐秘的方式存在。秦代出土文献便在标题上显出某种严谨与规范化的趋势。比如在睡虎地秦墓竹简②中,就出现比较规范的标题。《语书》是秦始皇时代的文书,是对官吏进行"法律令"方面的教诫训告,标题书在最后一支简的背面上端。《封诊式》是一部法律文书与案例,全书的标题也写在最后一支简的背面上端。全书共有《治狱》《有鞫》《封守》等二十五节文字,皆各自独立,标题写在每一节第一支简之简首上。《封诊式》的标题设置有两个层次,在秦以前的出土简牍中鲜见。此外,《日书》乙种也设有总标题和子标题。另有《秦律十八种》收入《田律》《厩苑律》《仓律》《金布律》《关市》等十八种秦代法律,每种法律之下各收入数量不等的法条,并在每条独立的律文后标明律名,如《田律》每一条律文

---

① 清华大学出土文献研究与保护中心编,李学勤主编《清华大学藏战国竹简(壹)》,中西书局,2010年,第157页。
② 参见睡虎地秦墓竹简整理小组编《睡虎地秦墓竹简》,文物出版社,1990年。

后都标明"田律"。因为一种法律下有多条律文,所以在重复时往往采取简省的方法,如律名为"均工"的可简称为"均",律名为"仓律"的可简称为"仓",等等。① 格式上非常严谨,律文之间不致混淆。从睡虎地秦简看来,秦代文书在标题的制作上确是比较严谨和规范了,与先秦简牍的单篇流传并仅设置篇题相比,更具系统性,某种意义上说,已开篇籍规范之风气。

汉代承秦而来,随着典籍整理活动的兴起,篇籍形态的规范又有了较大发展。汉初以后,统治者广为搜集书籍,并加以初步整理,先秦文献单篇流传的状况开始改变。司马迁编撰《史记》时,已经读到众多已成书的先秦典籍,且多有称引其篇目,或曰某书多少篇,可见这些文献在那时已得到一定程度的整理。②

篇籍形态的规范,最突出的体现是目录的编纂。汉初已有目录,银雀山出土的《孙子兵法》,据推测写于西汉文帝、景帝至武帝初期这段时期内。③ 诸篇有篇题,且各篇篇题还另外抄写在木牍上,最后用绳子捆扎在简册上,木牍所载,类似书籍目录性质。④ 西汉末,刘向理校群书、整理篇章,图书的编纂走向规范,其中最重要的一个方面便是目录的编订。《汉志》记载刘向校书时"每一书已,向辄条其篇目,撮其指意,录而奏之"。⑤ 根据刘向所撰写的《孙卿新书》《晏子》等书的叙录可知,刘向校理群书,程序往往是:去掉重复篇目、定著后加以详细对校、写定正本、撰写该书的书录并详列目录、上奏皇帝。"条其篇目",就是定著并详列目录。目录的撰写体现出一种系统思维。在刚开始,撰写目录可能只是对一书中已有篇题的简单抄录,但如果是在文献整理工作的基础之上撰写目录,面对错杂重复的篇章,有时需要对整部著作的内容加以全面观照并重

---

① 林清源《简牍帛书标题格式研究》,台北,艺文印书馆,2004 年,第 110—112 页。
② 参见金德建《司马迁所见书考》,上海人民出版社,1963 年。
③ 吴九龙释《银雀山汉简释文》,文物出版社,1985 年,第 13 页。
④ 同上书,第 231—232 页。
⑤ 班固《汉书》卷三〇,中华书局,1962 年,第 1701 页。

新建立结构合理的系统,这时目录的厘定、篇题的撰写也随之呈现出一定条理性,如刘向为《晏子》篇、章命题。《史记·管晏列传》云:"吾读管氏《牧民》《山高》《乘马》《轻重》《九府》及《晏子春秋》,详哉其言之也。"①对比可见,当时《管子》可能只是单篇流传,尚未成书,而《晏子春秋》已经成书了。但是根据刘向所撰写的《晏子书录》的说明,刘向对其篇章结构进行了较大的改动,主要是分内、外篇,内篇分谏、问、杂三类,外篇则收入诸篇中重复而不合经术者,条理十分清晰。② 其中内篇谏上、下各章的标题都非常整饬,如《庄公矜勇力不顾行义晏子谏第一》《景公饮酒酣愿诸大夫无为礼晏子谏第二》《景公饮酒醒三日而后发晏子谏第三》等,每章都是晏子的谏。内篇问上、下各章的标题,则如《庄公问威当世服天下时耶晏子对以行也第一》《庄公问伐晋晏子对以不可若不济国之福第二》等,一问一对,亦有定式。刘向所拟篇题分别为"谏""问",是对各章内容和体制的概括,每篇都是对同一类材料的类编。四篇中的各章,内容完整,且行文和章名都有定式,可以看作独立的文章。刘向所校《晏子》的章题,与先秦古书篇章的题目迥异,基本可以确定为刘向所定,余嘉锡对此有过论证。③ 古书为章命名的做法鲜见,刘向所命名的章题,体现了他对每章材料的内容、体制的概括,也反映出他的文体观念。

当然,刘向在校理群书时,并不是对每本书都作如此大的改动。

---

① 司马迁撰,裴骃集解,司马贞索隐,张守节正义《史记》卷六二,中华书局,2014年,第2599页。
② 根据《晏子书录》,刘向取中外书30篇,除重复22篇,余8篇。但现存8篇中的2篇外篇是取诸篇中重复及不合经术者而成的,可知刘向已对原书结构进行了很大的改动,余嘉锡先生《古书通例》论之甚详。
③ 余嘉锡认为现存《晏子春秋》的篇题、章题皆是刘向所为:"全书二百十五章,皆有章名,辄至一二十字……与他书之但有篇名无章名者迥异,亦向编次时之所为。……是已解散其篇第,离析其章句,分者合之,合者分之,非复原书之本来面目矣。既已别加编次,则旧本篇名皆不可用,故重为定著之如此。……向所校定,未有详于此书者。"(余嘉锡《目录学发微 古书通例》,中华书局,2007年,第283页)

有一些著作,特别是经部和一些先秦诸子之书,刘向可能只是定著篇章、校雠字句。①然而,根据出土文献的状况可知,在先秦的简册中,无篇题的文献所占比例是很可观的。而且据刘向所述,中秘的藏书存在着"错乱相糅莒"(《战国策书录》)、"章乱布在诸篇中"(《列子书录》)等情况。因此,根据刘向校书的体例,出于编写目录的需要,他应该做过不少整理、完善篇题甚至为无篇题的文献命题的工作,而且经过编目、定题的文献数目应该是很庞大的,工作的规模肯定也是巨大的。文献的命篇是整理文献的客观需求和必然结果。因此,这些校书活动无疑进一步促成了文献的命篇,并使命篇的方式逐步规范化。

在汉代,除了图书典籍,人们对单篇文章、文书档案进行收集整理时,也有编订目录、拟定篇题。诏策等政事之文在写成以后便进入上下级之间、政府机构之间的流通进程,一般没有标题,这从居延汉简等出土简牍以及《史记》《汉书》等史书的引用状况中都可以证实。由于数量较多,在归档整理的时候,命篇甚至撰写目录便很有必要。《居延汉简甲编》的第2551简,据陈梦家考证,其内容为诏书目录。②简文为:"县置三老二　行水兼兴船十二　置孝弟力田廿二　征吏二千石以苻卅二　郡国调列侯兵卌二　年八十及孕朱需颂毄五十二。"其中每个条目都是诏书的篇题,条目前半部分的文字是诏书内容的概括性文句,后面的数字是诏书的编号。在传世文献中也可以见到诏书有类似的命篇方式。如《汉志》有"《高祖传》十三篇"。班固注:"高祖与大臣述古语及诏策也。"③对照《汉书·

---

① 以《管子》为例,刘向《管子书录》引《史记》之文,又曰:"《九府》书民间无有,《山高》一名《形势》。"(《刘向叙录》,黎翔凤《管子校注》,中华书局,2004年,第4页)审其语,该篇题在刘向之前已存在,非其所加。考之《史记》,记载这些诸子著作篇目的材料每每可见,如《韩非子》的篇目等,此不详述,参见金德建《司马迁所见书考》,上海人民出版社,1963年。
② 陈梦家《西汉施行诏书目录》,《汉简缀述》,中华书局,1980年,第275—284页。
③ 班固《汉书》卷三〇,中华书局,1962年,第1726页。

魏相丙吉传》记载："高皇帝所述书《天子所服第八》曰……"①如淳注曰："第八，天子衣服之制也，于施行诏书第八。"②《天子所服第八》是这篇诏书的题目，而且它处于"施行诏书"的第八篇，可知这些诏书已被编集在一处，"施行诏书"或可理解为诏书册之总名，"第八"则表示具体的诏书的编号或位置。在汉代，诏、令有分别，也有混同之处。③ 天子的诏书可编定为令，此后便具有法律效力。在编定的过程中，便有命题的必要。如武威汉简的"王杖诏令册"收有五个诏书令文件，部分诏令后有"兰台令第卌二""令在兰台第卌三"的说明，最后一简写有"右王杖诏书令 在兰台第卌三"，既是对诏书令内容和性质的总括，也表明了其收藏处与篇目。④《后汉书·律历志》的"《令甲》第六《常符漏品》"⑤也是类似的例子。这反映了整理者在诏书册或诏书目录中为诸篇诏令命题的情况，而且命题的方式都比较统一和规范。由此我们也可以了解诏令文书在汉代真实的政治生活中的命篇，与后世《文选》等文集中类似文体的命篇方式并不相同，从中可以窥见命篇方式的发展脉络。

总之，资料汇编与目录编制进一步促进了文献命题的规范和自觉。此后在《文章流别集》《文选》为代表的总集以及别集的编撰中，由于编目的需要，文章命题成为文集编纂的必要步骤。在此基础上，随着文体种类的日益繁茂、辨体意识的日益明晰，以体命题的原则逐渐占据了主流。故从历史的角度来看，以刘向为代表的汉代文献整理者，是别集、总集编纂的先导，也是有目的地、规范地对文献进行命题的重要推动者。

以上所论，都是整理者为文献命题，然篇题亦有作者自命者，只

---

① 班固《汉书》卷七四，中华书局，1962年，第3139页。
② 同上书，第3141页。
③ 陈梦家《汉简缀述》，中华书局，1980年，第278页。
④ 武威县博物馆《武威新出土王杖诏令册》，甘肃省文物工作队、甘肃省博物馆编《汉简研究文集》，甘肃人民出版社，1984年，第35—37页。
⑤ 范晔撰，李贤等注《后汉书》，中华书局，1965年，第3032页。

是此风较为晚起。余嘉锡先生的《古书通例》已指出："古人之著书作文,亦因事物之需要,而发乎不得不然,未有先命题,而强其情与意曲折以赴之者。故《诗》《书》之篇名,皆后人所题。诸子之文,成于手著者,往往一意相承,自具首尾,文成之后,或取篇中旨意,标为题目。"①余先生认为作者自为标题,始于诸子自著之文。余先生的推测,在现有文献中不易找到实质的证据。我们认为最早可以确定为作者有意识自制篇题的诸子之文是成书于秦代的《吕氏春秋》。其《序意》曰："凡《十二纪》者,所以纪治乱存亡也,所以知寿夭吉凶也。"②既然明确言及"十二纪",那么至少"孟春纪""仲春纪"等篇题,应是作者自题。秦汉以后,著书时自为篇题,成为比较普遍的趋向。如刘安的《淮南子·要略》云："故著二十篇,有《原道》,有《俶真》,有《天文》……"③可见刘安的著作是自己为诸篇命题的。又如司马迁的《史记》也是如此,《太史公自序》已明确说明《史记》的篇目结构。至于诗赋创作更是如此,《史记·司马相如列传》载司马相如云："臣尝为《大人赋》,未就,请具而奏之。"④《大人赋》应为司马相如所自拟之题。

三　从命篇到命体

虽然先秦时代文体与文体观念尚未成熟与定型,命体的情况相当复杂,但却标志着早期文体观念的发生,这在文体学史上具有重要意义。对于文献整理而言,从命篇到命体乃是顺理成章之事。篇章的命题是整理者对该文献的内容、创作目的、体式等性质的研判和概括,故命篇是一种隐在的文章学"批评"。再深入一步看,一些命篇即含有命体因素,题目含有对该文献的文体认定,这又显现古

---

① 余嘉锡《目录学发微　古书通例》,中华书局,2007年,第211—212页。
② 许维遹《吕氏春秋集释》卷一二,中华书局,2009年,第274页。
③ 刘文典《淮南鸿烈集解》卷二一,中华书局,1989年,第700页。
④ 司马迁撰,裴骃集解,司马贞索隐,张守节正义《史记》卷一一七,中华书局,2014年,第3703页。

人的文体学观念。如《尚书》一部分篇目的命题,已带有一些文体认定的意味。

在先秦文献中,有些篇题中直接出现文体之名,体现了当时人们的文体意识,对后世的辨体意识产生了很大的影响。古人往往根据文章篇题来辨体,如根据《尚书》诸篇的题目来辨体。成于汉代的《尚书大传》有云:"六誓可以观义,五诰可以观仁,《甫刑》可以观诚,《洪范》可以观度,《禹贡》可以观事,《皋陶谟》可以观治,《尧典》可以观美。"①基于《尚书》的篇题,初步归纳出誓、诰二体。而且值得注意的是,《大传》对文献的列举方式与《后汉书》对文章的著录方式有着明显的相通之处,即对于有明显文体归属的,列出其文体之名,没有明显的文体归属的则直接列出其篇名。大约成于东晋的《尚书大序》更归纳出"六体":"典、谟、训、诰、誓、命之文,凡百篇。"②这"六体"都来自《尚书》篇题。到了唐代孔颖达则更为广之:"致言有本,名随其事。检其此体为例有十,一曰典,二曰谟,三曰贡,四曰歌,五曰誓,六曰诰,七曰训,八曰命,九曰征,十曰范。《尧典》《舜典》二篇,典也。《大禹谟》《皋陶谟》二篇,谟也。……"③孔颖达从《尚书》篇题归纳出"十体",当然带着后人的眼光,未必是《尚书》的分类实际,但这种因题辨体的思维的存在,值得重视。它不仅仅存在于对经部文献的批评,魏晋六朝以来,《文心雕龙》成为集部文体批评领域中因题辨体的先声。宋代以后,因题辨体更成为文章学领域普遍的辨体模式。

在先秦有限的文献篇题中追寻文体发展的轨迹,有些是偶然出现的个案,有些则是多次出现的常例,后者显然更具代表性与说服力。《尚书》便是如此。先秦文献所引《书》类文献中,有些具有文体性质的词在篇题中重复出现:"誓",如《汤誓》《太誓》《禹誓》;

---

① 皮锡瑞《尚书大传疏证》,中华书局,2022年,第342页。
② 旧题孔安国传,孔颖达疏《尚书注疏》卷一,阮元校刻《十三经注疏》本,第114页。
③ 同上书卷二,第117页。

"诰",如《盘庚之诰》《康诰》《唐诰》《仲虺之诰》《尹诰》①;"训",如《伊训》《夏训》;"命",如《兑命》《叶公之顾命》;"刑",如《甫刑》,又《左传·昭公六年》有云"夏有乱政而作《禹刑》,商有乱政而作《汤刑》,周有乱政而作《九刑》"②。从这些篇题的相似性,我们可以了解到部分《书》类文献的命名原则及其基本体类。其篇题基本上都是标举篇中关键的内容,不少篇题在此基础上进一步概括其文体的因素,命题的同时亦为命体,反映命题者对该文献文体性质的认识,具有典型意义,非常值得注意。

除了《书》类文献,现存先秦文献中还有一些以体命题的材料。如:《左传·襄公四年》引有"《虞人之箴》",又作"《虞箴》"③,后人认为乃箴体滥觞。《逸周书·文传》:"《夏箴》曰……"④《吕氏春秋·应同》引"《商箴》云:'天降灾布祥,并有其职。'"⑤《吕氏春秋·谨听》引"《周箴》曰:'夫自念斯,学德未暮。'"⑥时代定于战国中晚期的上博简(七)《武王践阼》引有《槛(鉴)名(铭)》《盘名(铭)》《桯(楹)名(铭)》《梮(杖)名(铭)》《卣(牖)名(铭)》数题,可与《大戴礼记·武王践阼》所载十六条铭题相印证。《礼记·大学》:"汤之《盘铭》曰:'苟日新,日日新,又日新。'"⑦《礼记·祭统》:"卫孔悝之《鼎铭》。"⑧《商子·更法》:"于是遂出《垦草令》。"⑨余嘉锡认为:"凡《管》《商》书中多当时之教令,特此篇明见篇名,最为可据耳。"⑩此外,上博简有《鲍叔牙与隰朋之谏》、清华简

---

① 《礼记·缁衣》作"尹吉",研究者根据郭店简、上博简,确定应为《尹诰》。
② 杜预注,孔颖达疏《春秋左传注疏》卷四三,阮元校刻《十三经注疏》本,第2044页。
③ 同上书卷二九,第1933页。
④ 黄怀信、张懋镕、田旭东《逸周书汇校集注》(修订本),上海古籍出版社,2007年,第245页。
⑤ 许维遹《吕氏春秋集释》卷一三,中华书局,2009年,第288页。
⑥ 同上书,第296页。按,原书句读为"夫自念斯学,德未暮",非是,参见吕不韦著,陈奇猷校注《吕氏春秋新校释》,上海古籍出版社,2002年,第710、715页。
⑦ 郑玄注,孔颖达疏《礼记注疏》卷六〇,阮元校刻《十三经注疏》本,第1673页。
⑧ 同上书卷四九,第1607页。
⑨ 《商子》卷一,《四部丛刊初编》子部第61册,商务印书馆,1936年,第1页。
⑩ 余嘉锡《目录学发微 古书通例》,中华书局,2007年,第233页。

有《傅说之命》等篇题,皆出现所标志的文体(谏、命)名称。

值得注意的是,先秦所引文献,有不少同文异题现象,即同一篇章,有不同题目,其中《尚书》最为典型。除去异体字、假借字、同义字等情况,其原因大致有二类:第一,命题时取事与义的不同而造成篇题的不同。如《尧典》,《孟子·万章上》引作《尧典》,《礼记·大学》引作《帝典》。《墨子·明鬼下》引《禹誓》,记载"大战于甘"之事。《书序》曰:"启与有扈战于甘之野,作《甘誓》。"① 两者同篇异题。② 以上两例,虽然标举关键的人、事、物有所不同,但都遵循了"以事与义题篇"的原则,而且其不变的是对该篇文体性质的概括:"典"及"誓"。可见,不同命题者对文献内容的概括虽然有所不同,但对其体式、性质的认识是相对一致的。第二,对同篇文献的命题繁简不同。如:《国语·周语上》引《盘庚》,而《左传·哀公十一年》引作《盘庚之诰》。《左传·昭公六年》引《汤刑》,而《墨子·非乐上》引作《汤之官刑》。以上两例或以"某某之体"的体式来命篇,恰恰是对文献的文体性质的认同与强调,表现出比较强的文体意识。先秦以来的文献以"某某之体"这种形式命题的例子不少,如《上博简》(七)《武王践阼》有《盥名(铭)》《桯(楹)名(铭)》《机(杖)名(铭)》《卣(牖)名(铭)》数题,《大戴礼记·武王践阼》分别作《鉴之铭》《盥盘之铭》《楹之铭》《杖之铭》《牖之铭》③。又如上文所举《虞箴》与《虞人之箴》。这是命题之人突出强调文献之文体性质,是早期文章命题、命体的一种常见的形式。

---

① 旧题孔安国传,孔颖达疏《尚书注疏》卷七,阮元校刻《十三经注疏》本,第155页。《书序》的成书年代不明,但不少学者认为其成于先秦,最晚不超过汉初,所以,《甘誓》之篇题的形成,也不会太晚,大抵是秦汉间解经之人所作。

② 将墨子所引《禹誓》与孔传本《甘誓》对照,其文大抵类似,故大致认为《禹誓》《甘誓》同属一篇。然对于该文是禹还是启伐有扈之誓以及作者何人,则各有说法。皮锡瑞看法比较通达:"古者天子征讨诸侯,诛其君,不绝其后。……则禹伐有扈,何必启不再伐?……《墨子》引此经为'《禹誓》',或所传异耳。"(皮锡瑞《今文尚书考证》卷四,中华书局,1989年,第190页)

③ 孔广森《大戴礼记补注》卷六,中华书局,2013年,第116—118页。

先秦文献中还存在同文异体现象，即同一文献，不但篇名不同，所标志的文体亦相异，这更值得注意。如《汤誓》又作《汤说》。《国语·周语上》："在《汤誓》曰：'余一人有罪，无以万夫。万夫有罪，在余一人。'"①《墨子·兼爱下》："虽《汤说》即亦犹是也。汤曰：'……万方有罪，即当朕身，朕身有罪，无及万方。'"②经考证两处所引同为汤祷雨之辞，但一题为"誓"，一题为"说"，对文体认定有异。按，《周礼·春官·大祝》有云大祝"掌六祈"，其中"六曰说"，郑注云："攻说则以辞责之。"③《墨子·兼爱下》又曰："以祠说于上帝鬼神。"④可见，"说"是一种祭名或祭礼中的言说方式，因此《汤说》的"说"，应指这种祭祀仪式中所用到的"以辞责之"的文体。"誓"在先秦的使用颇广，祭祀、出师、田猎时往往都行誓礼，甚至行射礼、过他邦假道、入境有时都会行誓礼。誓的含义比较复杂，有对臣下、将士的戒誓，也有对鬼神的起誓等，其中后者与祭祀的"说"有一定的相通之处。又如《太誓》作《大明》。《太誓》见引于诸多先秦古籍，或作《泰誓》《大誓》，"太""泰"即"大"，且不讨论。而《墨子·天志中》引作《大明》。陈梦家认为《大明》即《太誓》，亦即《大盟》⑤，蒋善国更将《墨子》引《大明》《太誓》的三段文字加以对比，确定三者都是《太誓》之文，"明"即"盟"，而"盟""誓"两体相互关联。⑥

先秦文献所引之同文异体现象具有深刻而丰富的文体学与文章学意蕴：它反映了中国古代文体分类学有一定模糊性，有些文体之间存在相关性与交叉关系。同文异题或同文异体现象虽出现于先秦时期，却是历代都存在的文体学现象。如汉代"颂""赋"二称经

---

① 徐元诰《国语集解》，中华书局，2002年，第32页。
② 孙诒让《墨子间诂》卷四，中华书局，2001年，第122—123页。
③ 郑玄注，贾公彦疏《周礼注疏》卷二五，阮元校刻《十三经注疏》本，第808—809页。
④ 孙诒让《墨子间诂》卷四，中华书局，2001年，第123页。
⑤ 陈梦家《尚书通论》，中华书局，2005年，第88页。
⑥ 蒋善国《尚书综述》，上海古籍出版社，1988年，第219页。

常通用。《史记·司马相如列传》:"相如以为列仙之传居山泽间,形容甚臞,此非帝王之仙意也,乃遂就《大人赋》。"①后文又云:"相如既奏《大人之颂》,天子大说。"②同一文章,既称"赋",又称"颂"。又如马融《长笛赋序》云:"追慕王子渊、枚乘、刘伯康、傅武仲等《箫》《琴》《笙》颂,唯笛独无,故聊复备数作《长笛赋》。"③《汉书·艺文志·诗赋略》中有"李思《孝景皇帝颂》十五篇"④,章学诚斥《汉志》类例不纯⑤,在我们看来,这可能反映出同文异体现象,以"颂"为"赋"之属。同文异题或同文异体现象,在中国古代并不少见,它所反映出的中国文体分类学的复杂性问题,具有普遍意义。

以体命题的方式发端于先秦,以《书》类文献的篇题为代表,也偶见于其他文类。直至汉代,文章以体命题的现象逐渐增加。略举数种常体为例:

颂:

苍因上《世祖受命中兴颂》,上甚善之。(《东观汉记》)⑥
帝召贾逵,敕兰台给笔札,使作《神雀颂》。(《东观汉记》)⑦

箴:

箴莫善于《虞箴》,作《州箴》。(《汉书·扬雄传》)⑧
先是黄门郎扬雄作《酒箴》以讽谏成帝。(《汉书·游侠传》)⑨

---

① 司马迁撰,裴骃集解,司马贞索隐,张守节正义《史记》卷一一七,中华书局,2014年,第3703页。
② 同上书,第3711页。
③ 萧统编,李善注《文选》卷一八,中华书局,1977年,第249页。
④ 班固《汉书》卷三〇,中华书局,1962年,第1750页。
⑤ 章学诚《校雠通义·汉志诗赋第十五》,章学诚著,叶瑛校注《文史通义校注》,中华书局,1985年,第1066—1067页。
⑥ 刘珍等撰,吴树平校注《东观汉记校注》,中州古籍出版社,1987年,第240页。
⑦ 同上书,第613页。
⑧ 班固《汉书》卷八七下,中华书局,1962年,第3583页。
⑨ 同上书卷九二,第3712页。

铭：

《黄帝铭》六篇。(《汉书·艺文志·诸子略》)①

雄答刘歆书曰："雄作《成都城四隅铭》。"(《文选》载扬雄《甘泉赋》李善注)②

解：

时雄方草《太玄》，有以自守，泊如也。或嘲雄以玄尚白，而雄解之，号曰《解嘲》。(《汉书·扬雄传》)③

客有难《玄》大深，众人之不好也，雄解之，号曰《解难》。(《汉书·扬雄传》)④

书：

相如他所著，若《遗平陵侯书》《与五公子相难》《草木书》篇不采，采其尤著公卿者云。(《史记·司马相如列传》)⑤

论：

又设《非有先生之论》，其辞曰……(《汉书·东方朔传》)⑥

乃著《王命论》以救时难。(《汉书·叙传》)⑦

《荆轲论》五篇。(《汉书·艺文志·诸子略》)⑧

制：

(文帝)使博士诸生刺《六经》中作《王制》，谋议巡狩封禅事。(《史记·封禅书》)司马贞《史记索隐》："刘向《七录》(笔

---

① 班固《汉书》卷三〇，中华书局，1962年，第1731页。
② 萧统编，李善注《文选》卷七，中华书局，1977年，第111页。
③ 班固《汉书》卷八七下，中华书局，1962年，第3565—3566页。
④ 同上书，第3575页。
⑤ 司马迁撰，裴骃集解，司马贞索隐，张守节正义《史记》卷一一七，中华书局，2014年，第3722页。
⑥ 班固《汉书》卷六五，中华书局，1962年，第2868页。
⑦ 同上书卷一〇〇上，第4207页。
⑧ 同上书卷三〇，第1741页。

者按:疑为'别录'之误)云文帝所造书有《本制》《兵制》《服制》篇。'"①

对:

《封禅议对》十九篇。(《汉书·艺文志·六艺略》)②
《博士臣贤对》一篇。(《汉书·艺文志·诸子略》)③
河间献王《对上下三雍宫》三篇。(《汉书·艺文志·诸子略》)④

策:

因陈《治安之策》,陛下试择焉。(《新书·数宁》)⑤
(申屠刚)举贤良对策。(《东观汉记》)⑥

祝:

武帝春秋二十九乃得皇子,群臣喜,故皋与东方朔作《皇太子生赋》及《立皇子禖祝》。(《汉书·贾邹枚路传》)⑦
董仲舒《救日食祝》曰……(《周礼·春官·大祝》郑玄注)⑧

此外,有一部分汉代的碑刻会在碑额刻写"某某碑"的标题。如"武斑碑",其额题"故敦煌长史武君之碑";"鲜于璜碑",其额题"汉故雁门太守鲜于君碑"等等,其例甚多。⑨ 此处之"碑"未必即指文体,或仅指其刻写媒介,但对后世碑体的文体认定有较大影响。

汉代以体命题的命题方式与先秦一脉相承,但又有明显的变化

---

① 司马迁撰,裴骃集解,司马贞索隐,张守节正义《史记》卷二八,中华书局,2014 年,第 1662 页。按:卢植认为文帝《王制》即《礼记·王制》,皮锡瑞尝批驳之,见《郑志疏证》附《答临孝存周礼难》,《续修四库全书》第 171 册,上海古籍出版社,1994—2002 年,第 379 页。
② 班固《汉书》卷三〇,中华书局,1962 年,第 1709 页。
③ 同上书,第 1741 页。
④ 同上书,第 1726 页。
⑤ 贾谊撰,阎振益、钟夏校注《新书校注》,中华书局,2000 年,第 30 页。
⑥ 刘珍等撰,吴树平校注《东观汉记校注》,中州古籍出版社,1987 年,第 550 页。
⑦ 班固《汉书》卷五一,中华书局,1962 年,第 2366 页。
⑧ 郑玄注,贾公彦疏《周礼注疏》卷二五,阮元校刻《十三经注疏》本,第 809 页。
⑨ 所举例子参见高文《汉碑集释》(修订本),河南大学出版社,1997 年。

与发展,表现出汉代文体观念正在走向成熟与自觉。汉代文章的命篇与命体有几个特点:

首先,汉代的作者自命篇题的单篇文章创作日多,其中赋体文最为突出。以《史记》所记载的司马相如赋作为例:《史记·司马相如列传》记载司马相如向皇帝"请为天子游猎赋"①,赋成才上奏,又自述"尝为《大人赋》,未就,请具而奏之"②,可见是先命题,再创作。在命题之时,已明确自己所创作的是赋这种文体。又如班固在《汉书·叙传》自述:"作《幽通之赋》,以致命遂志。"③作者既明确自己所作的是何文体、命何题,且对赋之作意有非常明晰的说明。马融《长笛赋序》曰:"追慕王子渊、枚乘、刘伯康、傅武仲等《箫》《琴》《笙》颂,唯笛独无,故聊复备数作《长笛赋》。"④马融不仅依据前人之作自拟题目,更以序来说明写作缘由,在文体自觉上又更进一步。

其次,为他人命篇命体,如由上司为下属命题或命体创作的情况也十分普遍。《汉书·贾邹枚路传》:"(枚皋)从行至甘泉、雍、河东,东巡狩,封泰山,塞决河宣房,游观三辅离宫馆,临山泽,弋猎射驭狗马蹴鞠刻镂,上有所感,辄使赋之。为文疾,受诏辄成,故所赋者多。"又:"武帝春秋二十九乃得皇子,群臣喜,故皋与东方朔作《皇太子生赋》及《立皇子禖祝》,受诏所为,皆不从故事,重皇子也。"⑤又如颂体,《汉书·严朱吾丘主父徐严终王贾传》:"诏褒为圣主得贤臣颂其意。"⑥《东观汉记》:"帝召贾逵,敕兰台给笔札,使作《神雀颂》。"⑦此皆为应制之作。

再次,对前人篇题与文体的模拟。如扬雄就有意识地以前人文

---

① 司马迁撰,裴骃集解,司马贞索隐,张守节正义《史记》卷一一七,中华书局,2014年,第3640页。
② 同上书,第3703页。
③ 班固《汉书》卷一〇〇上,中华书局,1962年,第4213页。
④ 萧统编,李善注《文选》卷一八,中华书局,1977年,第249页。
⑤ 班固《汉书》卷五一,中华书局,1962年,第2366—2367页。
⑥ 同上书卷六四下,第2822页。
⑦ 刘珍等撰,吴树平校注《东观汉记校注》,中州古籍出版社,1987年,第613页。

体经典为范本,特意模拟。《汉书·扬雄传》记载:"其意欲求文章成名于后世,以为经莫大于《易》,故作《太玄》;传莫大于《论语》,作《法言》;史篇莫善于《仓颉》,作《训纂》;箴莫善于《虞箴》,作《州箴》;赋莫深于《离骚》,反而广之;辞莫丽于相如,作四赋。"①扬雄依《虞箴》作《十二州二十五官箴》,模拟《离骚》作《反骚》,模拟司马相如赋而作《甘泉赋》《河东赋》《校猎赋》《长杨赋》。对经典的模拟,是建立在对其体式与风格两方面准确把握的基础上的,扬雄的文体模拟不仅是一种创作方式,还反映出强烈而自觉的文体意识,颇有文体学的意义。

汉人命篇与命体的意识已比较明晰,这正是集部兴盛的基础与前奏。然而,若与魏晋南北朝相比,汉代文体学的发展尚处于一个独特的"过渡期"。它虽告别了先秦文体蒙昧的状态,但诸体并未达到魏晋南北朝那样均衡的、全然的成熟。文体丛生,某些文体体制臻于成熟,创作繁多,作品广为流播,以赋体文为代表;一些文体虽然有广泛的写作,但基本只局限在应用的范围内,如政事之文。这就导致汉代众体文章命名发展到以体命题的进程是不一样的,有着明显的不平衡性。从《史记》《汉书》等史籍的记载来看,赋体文以体命题的情况非常普遍;但如诏、章、奏、表、议、书、对策等应用类的政事文体,有篇题的则非常少,差别明显。

中国文体学史研究首先要面对文体观念发生的问题。从语言形式内部入手,研究古代文献的命篇与命体是其最重要的研究路径之一。先秦古书在漫长与复杂的文献流传过程中,不断受到改写重编,所以研究文体观念发生所依据的材料,主要应该是出土文献和先秦古书所征引的原始文献。文体观念发生的标志就是使用者对于所指称的具体文献之文体独特性已有明确认识与认同,能把握该文体独特的形式感,而且将该文献的文体名称明确标示出来,这实

---

① 班固《汉书》卷八七下,中华书局,1962年,第3583页。

际上也反映出对不同文体之间差异的体认。命篇与命体是文体观念发生最重要的表现形态。这种在现代人看来简单的一小步,却是早期文体学发展漫长而关键的一大步。我们通过考察早期篇章形态与篇章观念的发生、篇章命名与以体命篇的历史发展,可以窥见中国古代文体观念发生与发展的重要线索。从先秦到汉代,文献的命篇与命体从无到有,呈现越来越明晰的趋势,但在文体分类上还是存在许多模糊与不平衡,在集部文体分类成熟以后,命篇与命体才基本得以统一。命篇与命体的历史进程反映了中国文体观念的发生,它既是中国文体学史的起点,也是其理论雏形和理论基因,对中国文体学发展产生了重要而深远的影响。

第三节　同体异名、异体同名现象与文体观念

在先秦时期,文体之间有着模糊的边界,不同文体的命名与分类存在着跨界现象,其中有同文异体、异体同名、文体并称等现象。这些现象的出现,根源于这些文体所依存的礼制本身便具有丰富的内涵。先秦文体的命名遵循不同的原则,有一定随意性。然而,同样的礼典,必有其礼典或仪式的名称,仪式中又有特定的言说方式,其中的文体或刻写于某种载体。因此,同样的礼典,同样的言辞,由于文体命名的原则不同,便可能出现不同的文体命名,从而导致了文体分类的跨界现象。这些跨界现象充分显示出先秦的文体观念的复杂性。

文体命名是文体分类的起点,对文体命名现象的研究是探索古人文体分类观念的基础。在先秦时期,存在着同体异名与异体同名现象。所谓同体异名,即人们以不同的名称为同一篇或一类文体命名;所谓异体同名,即不同文体被命以相同的文体名。这些现象的出现,意味着文体的命名与分类存在着跨界现象,文体的名与实出

现了一定程度的错位。通过对这些现象的考证,可探究其背后的成因及规律,从而厘清先秦文体的名实关系,并研究其中所蕴含的文体观念。"文体观念的发生"是中国文体学史首先要面对的问题,"观念"作为一种研究对象,既抽象,亦不好把握。而文体命名作为观念的反映,却是有迹可寻的。笔者希望通过对文体命名跨界现象的分析及对其成因的探讨,为早期文体观念的研究提供一种新视角。

一 同体异名

同体异名的现象,多见于礼仪文体,实际上,该现象的出现正根源于礼仪制度的复杂性。沈文倬先生研究礼典与仪节、祀典与祭法的关系,指出礼典是"礼物"和"礼仪"的结合。① 一个礼典是由多个仪节组成的,礼典中还会使用相应的礼物。而礼仪文体的得名,有时来自于礼典之名,有时来自于仪节之名,甚至是礼物之名,这是同体异名现象出现的一个重要原因。同体异名现象反映了人们对文体的认定并非单一,体现了人们对文体的多元认识。以下通过两组同体异名的例子加以辨析。

(一)说、祷、誓、祝

相传商汤时曾经历一场大旱,商汤的祷雨之辞见引于多种文献,可见其流传之广。这正好为我们提供了理想的研究对象,从中可以看出对于同一篇祭祀文体,不同文献是如何对其进行文体认定和分类的:

> 虽《汤说》即亦犹是也。汤曰:"惟予小子履,敢用玄牡,告于上天后曰:今天大旱,即当朕身履,未知得罪于上下。有善不敢蔽,有罪不敢赦,简在帝心。万方有罪,即当朕身。朕身有

---

① 沈文倬《略论礼典的实行和〈仪礼〉书本的撰作》,《菿闇文存——宗周礼乐文明与中国文化考论》,商务印书馆,2006年,第8—26页。

> 罪,无及万方。"……以祠说于上帝鬼神,即此汤兼也。(《墨子·兼爱下》)①

> 在《汤誓》曰:"余一人有罪,无以万夫。万夫有罪,在余一人。"(《国语·周语上》)②

> 汤乃以身祷于桑林,曰:"余一人有罪,无及万夫。万夫有罪,在余一人。无以一人之不敏,使上帝鬼神伤民之命。"(《吕氏春秋·顺民》)③

从以上三条材料可以看出,对于汤的祷雨之辞,不同的文献分别将其认定为誓、说、祷三体,《墨子·兼爱下》还在引述以后补充说明汤"以祠说于上帝鬼神"。

另外,关于周公为武王祷病册祝之事,亦有几条相关材料:

> 史乃册祝曰……王与大夫尽弁,以启金縢之书,乃得周公所自以为功、代武王之说。(《尚书·金縢》)④

> 成王与大夫朝服以开金縢书,王乃得周公所自以为功代武王之说。(《史记·鲁周公世家》)⑤

又有周公为成王祷病的记载:

> 周公乃自揃其蚤沉之河,以祝于神曰:"王少未有识,奸神命者乃旦也。"亦藏其策于府。……成王发府,见周公祷书,乃泣,反周公。(《史记·鲁周公世家》)⑥

由此可知祝、说、祷异名而同体。

---

① 孙诒让《墨子间诂》卷四,中华书局,2001年,第121—123页。
② 徐元诰《国语集解》,中华书局,2002年,第32页。
③ 许维遹《吕氏春秋集释》卷九,中华书局,2009年,第200—201页。
④ 旧题孔安国传,孔颖达疏《尚书注疏》卷一三,阮元校刻《十三经注疏》本,第196—197页。
⑤ 司马迁撰,裴骃集解,司马贞索隐,张守节正义《史记》卷三三,中华书局,2014年,第1841—1842页。
⑥ 同上书,第1838—1839页。

首先，以"誓"为祷雨之辞命名，《国语·周语上》引《汤誓》为仅见的一例。究其原因，誓一般指对神明起誓，以要约于神。而汤祈雨之誓，实际上是与神交接，表示接受神的约束，两者有一定的相似性。因为是孤证，姑列于此，以待进一步研究。

说与祷，在先秦的礼制系统中是两种相互关联的祭祀活动。关于说，《周礼·春官·大祝》云："掌六祈，以同鬼神示，一曰类，二曰造，三曰禬，四曰禜，五曰攻，六曰说。"①其中的"说"，郑注云："攻说则以辞责之。"②《周礼正义》云："《论衡·顺鼓篇》云：'攻，责也，责让之也。'《广雅·释诂》云：'说，论也。'谓陈论其事以责之，其礼犹杀也。《淮南子·泰族训》云：'零兑而请雨。'宋本许注云：'兑，说也。'则请雨亦有说矣。"③根据郑玄和孙诒让的说法，攻、说即对造成灾病的鬼神"以辞责之"。在出土文献中，"说"多写作"敓"。最直接的例子，上文提及《尚书·金縢》记载成王"得周公所自以为功、代武王之说"，而清华简《金縢》则作"周公乃纳其所为功自以代王之敓（说）于金縢之匮"④。传世、出土材料相互参证，将周公的祷病册祝之辞分别称为"说""敓"，可见二字相通。在出土文献中，"敓"亦不限于祷病，上博简（二）《鲁邦大旱》记载鲁国大旱时孔子答哀公，就处置措施发表看法，其中提到"庶民知敓之事鬼也"⑤，可见"敓"亦用于祷雨之祭。由于祷病、祷雨的性质相近，都是为了攘除不好之事，因此，无论是汤的祷雨还是周公的祷病，"说"的性质应是一致的。

---

① 郑玄注，贾公彦疏《周礼注疏》卷二五，阮元校刻《十三经注疏》本，第808页。
② 同上书，第809页。
③ 孙诒让《周礼正义》卷四九，中华书局，2015年，第2393页。
④ 清华大学出土文献研究与保护中心编，李学勤主编《清华大学藏战国竹简（壹）》，中西书局，2010年，第158页。
⑤ 马承源主编《上海博物馆藏战国楚竹书（二）》，上海古籍出版社，2002年，第205页。按：整理者原释为"庶民知敓之事，视也"，今据黄德宽《战国楚竹书（二）释文补正》、陈伟《读〈鲁邦大旱〉札记》改释，参见《上博馆藏战国楚竹书研究续编》，上海书店出版社，2004年，第439、116—117页。

战国楚简多有"以其故敚之"的说法,"敚"与"祷"经常联系在一起。对"敚"的释读,学者一般理解为《周礼》"六祈"的"说"。① 考察这类卜筮简的结构,有助于我们理解说、祷的关系。以包山楚简一条卜筮祷祠记录为例:

> 宋客盛公鵬聘于楚之岁荆尿之月乙未之日,石被裳以训龜为左尹佗贞:自荆尿之月以就荆就荆尿之月,尽卒岁,躬身尚毋有咎。占之:恒贞吉,少外有戚,志事少迟得。以其故敚(说)之:罷祷于昭王,特牛,馈之。罷祷文坪夜君、郚公子春、司马子音、蔡公子家,各特豢、酒食。罷祷于夫人,特䝟。志事速得,皆速赛之。占之:吉。享月、夏栾有憙。(199—200)②

简文大意,石被裳贞问一年内身体是否有咎,占辞云"恒贞吉,少外有戚,志事少迟得"。于是"以其故敚(说)之"。接下来又贞问是否对昭王、文坪夜君等分别行罷祷,占辞曰"吉,享月、夏栾有憙"。整个占卜记录在结构上可以分为两部分,李零指出:"简文通常都包括前后两问,第一次占卜,主要是卜躬身或病瘼,并总是用'以其故夺之'为结语,以引出后面的'夺';第二次占卜,就是问'夺',所谓'夺'又分'祠''禳'两部分,'祠'是祭祷、馈享神祖,求其致福赐命,'禳'是解除妖祥之害,两者都是用以除病。"③ 又如工藤元男云:"'敚'是针对第一次占卜中占断的忧患,为移除忧患而拟

---

① 晏昌贵指出学界对"敚"的理解主要有两种,一是"攻说"的"说",二是读为"挩"或"夺",以禳解、解除为义,并举曾宪通、李零的文章为例(参见晏昌贵《楚卜筮祭祷简的文本结构与性质》,《简帛数术与历史地理论集》,商务印书馆,2010年,第173页)。复核李零文章发现李先生虽将"敚"读为"夺",但他认为该字"古书亦作'说'(《周礼·春官·大祝》)",并指出"'说'并非解脱义,而是来自夺取、夺去之义,早期写法是作'敚'"。(李零《包山楚简研究(占卜类)》,《中国典籍与文化论丛》第1辑,中华书局,1993年,第435页。后收入《中国方术考》[修订本],东方出版社,2001年)故李零的看法严格来说不属于第二说。总的来说,学界的主流看法一般认为"以其故敚之"的"敚"与"六祈"的"说"有密切关系。
② 陈伟等《楚地出土战国简册[十四种]》,武汉大学出版社,2016年,第117页。
③ 李零《包山楚简研究(占卜类)》,《中国典籍与文化论丛》第1辑,第429页。

议举行的祭祀的总称。"①祷法则有罷祷、与②祷、赛祷等③。由此可见,在攘御疾病、灾祸的仪式中,说、祷有着密切的联系,"说"是攘除灾祸的仪式的总称,而"祷"则表示具体的祈祷祭祀名称。因此,将祈雨、祷病的文体称为"说"("敓")或"祷",正是由于人们为文体命名时仅取其礼仪之义的一端,或取其总称,或取其祭仪之名,所以造成了同体异名的现象,而其根源正来自礼制系统的复杂性。

其次,祝与祷也存在同体异名现象。"祝"字来源最为古老,在商代甲骨文中便可见大量用例,甲骨文字形便充分显示了其文体内涵。甲骨文有"𠂤"字,有学者释为"祷"字④,但未有定论。关于商代祝、祷两种祭仪具体如何展开,目前研究尚未能得出明确答案。尽管如此,可以确定的是,二者在当时的用法是不能相混的。至战国以后,祝、祷同体异名的现象大量增加,如:

> 时昧,攻、禜,行祝于五祀。(上博四《内礼》简 8)⑤
> 乃行祷于五祀。(《仪礼·既夕礼》)⑥

根据杨华的研究,"五祀"指五种小祀,即户、灶、中霤、门、行等家居之神,行祝、行祷可以互通,泛指举行祝祷。⑦

---

① 〔日〕工藤元男撰,陈伟译《包山楚简"卜筮祭祷简"的构造与系统》,《人文论丛》2001 年卷,武汉大学出版社,2002 年,第 80 页。
② 按:简文一般作"䢘",本书统一释为"与"。
③ 邴尚白认为箭祷(邴氏释为"代祷")与功名事业等有关,与祷、鬼神作祟有关,赛祷是为了报恩,参见《楚国卜筮祭祷简研究》,暨南国际大学硕士学位论文,1999 年,2012 年由花木兰文化出版社出版,第 92 页;《葛陵楚简研究》,台湾大学博士学位论文,2007 年,第 185—186 页。
④ 陈梦家《古文字中之商周祭祀》,《燕京学报》第 19 期,1936 年,第 108 页;饶宗颐、屈万里皆读为"祷",参见于省吾主编《甲骨文字诂林》,中华书局,1996 年,第 1177 页。
⑤ 马承源主编《上海博物馆藏战国楚竹书(四)》,上海古籍出版社,2004 年,第 226 页。按:原书点作"时昧,攻、禜、行,祝于五祀",今从杨华的点断,见下文。
⑥ 郑玄注,贾公彦疏《仪礼注疏》卷四〇,阮元校刻《十三经注疏》本,第 1158 页。
⑦ 杨华《"五祀"祭祷与楚汉文化的继承》,《古礼新研》,商务印书馆,2012 年,第 379—380 页。

汤的祷雨之辞还有另外一个文本系统：

> 汤旱而祷曰："政不节与？使民疾与？何以不雨至斯极也！宫室荣与？妇谒盛与？何以不雨至斯极也！苞苴行与？谗夫兴与？何以不雨至斯极也！"（《荀子·大略》）①

> 汤之时，大旱七年，雒坼川竭，煎沙烂石，于是使人持三足鼎祝山川，教之祝曰："政不节邪？使人疾邪？苞苴行邪？谗夫昌邪？宫室营邪？女谒盛邪？何不雨之极也！"（《说苑·君道》）②

可见祷、祝相通。又如睡虎地秦简的两条材料可以对读：

> 凡人有恶梦，觉而释之，西北向释发而呬，祝曰："皋，敢告尔宛奇，某有恶梦，老来□之，宛奇强饮食，赐某大福，不钱则布，不茧则絮。"（《日书》乙种194—195壹）

> 人有恶梦，觉，乃释发西北面坐，祷之曰："皋！敢告尔豻骑。某有恶梦，走归豻骑之所。豻骑强饮强食，赐某大福，非钱乃布，非茧乃絮。"则止矣。（《日书》甲种13背—14背壹）③

陈斯鹏据以上材料指出："可见'祝''祷'无别。"④

从商代到战国，直至汉代，年代越晚，人们对祷、祝的称名混一的倾向越为明显。汉魏以后则基本以"祝"指称祭祝祷祠类文体了。这种文体命名的变化，反映了深刻的文体学意义。在早期，由于文体的产生根源于不同的礼仪，因此其命名亦因应礼仪之名各不相同，文体命名的多样化充分体现了早期文体所处的礼制系统的复杂性以及早期文体与礼制密切相关的原始特征。然而，虽然祝、祷等文体的礼仪背景不同，但在具体的文体形态上却差别不大，这便

---

① 王先谦《荀子集解》卷一九，中华书局，1988年，第504页。
② 刘向撰，向宗鲁校证《说苑校证》卷一，中华书局，1987年，第20页。
③ 本书所引睡虎地秦简，皆据睡虎地秦墓竹简整理小组《睡虎地秦墓竹简》，文物出版社，1990年。释文参考陈伟主编《秦简牍合集：释文注释修订本（壹、贰）》，武汉大学出版社，2016年。
④ 陈斯鹏《简帛文献与文学考论》，中山大学出版社，2007年，第118页。

使称名逐渐出现了混一的倾向。这种同体异名的现象,看似是混乱的、无序的,实质上反映了时人对文体认定的抽象思维出现了一定程度的发展,反映出他们对礼仪文体序列中的各体之间的异同有了进一步的觉察。汉代以后,特别是魏晋时期,对祭祀类文体的称名开始统一,多以"祝"称之。从字源上来看,祝字不仅来源更为古老,而且其表义更为宽泛,从祭祀名称,到掌祭祝之人,再到祭祝的言语行为以及祭祝文体本身,皆可以"祝"称之。从同体异名到对某种文体命名的选择,反映了人们对文体认定与文体分类的集体认同。

(二) 盟、誓、命、载书

"盟"与"誓"是先秦文体发展史中密切相关的两个概念。

关于盟,《说文解字》云:"盟,《周礼》曰:'国有疑则盟。'诸侯再相与会,十二岁一盟。北面诏天之司慎司命。盟杀牲歃血,朱盘玉敦,以立牛耳。从囧,皿声。"①"盟,篆文,从朙。"②殷商甲骨文有🝀、🝁等字,象血在皿中之形。后文字演变,血形改为表音的"囧",即🝂等字。西周金文又将囧声改为明声,便有"盟"字。③ 学者一般认为殷商甲骨文中的"盟"是一种血祭。④ 从已有文献来看,尚未发现殷商甲骨文中的"盟"与盟誓的必然联系。西周以后,"盟"字的表意

---

① 许慎撰,段玉裁注《说文解字注》,上海古籍出版社,1988 年,第 314—315 页。
② 同上书,第 315 页。
③ 参见季旭升《说文新证》,台北,艺文印书馆,2014 年,第 552—553 页。
④ 相关研究参见连劭名《甲骨刻辞中的血祭》,《古文字研究》第 16 辑,中华书局,1989 年;裘锡圭《释殷虚卜辞中的"🝀""🝁"等字》,原载常宗豪等编《第二届国际中国古文字学研讨会论文集》,香港中文大学中国语言及文学系,1993 年,后载入《裘锡圭学术文集》第一卷甲骨文卷,复旦大学出版社,2012 年;连劭名《再论甲骨刻辞中的血祭》,吉林大学古文字研究室编《于省吾教授百年诞辰纪念文集》,吉林大学出版社,1996 年。

有一个变化的过程。关于西周是否有盟誓之"盟",学者有不同意见。① 尽管对此问题聚讼纷纭,但可以确定的是,随着盟礼与盟誓之体的发展与成熟,"盟"字到了春秋时期便有了明确的盟誓之义。根据时人的理解,盟礼都有杀牲歃血的仪节。《礼记·曲礼下》云:"约信曰誓,莅牲曰盟。"②而年代定为春秋晚期的侯马盟誓遗址中的长方形竖坑,便是传世文献所载"方坎""杀牲"的实证。③ 春秋以后的盟誓之礼,对西周前的血祭有所继承,因此沿用了"盟"的名称,并在此基础上增加了"誓"等元素。

关于誓,商代甲骨文似未见"誓"字,而西周铜器铭文记载了不少"誓"的行为,见卫鼎(《集成》2832)、散氏盘(《集成》10176)等,可见对誓体的明确认定在西周中期便出现了。《说文解字》云:"誓,约束也。从言,斯声。"段注:"按凡自表不食言之辞皆曰誓,亦约束之意也。"④可谓得之。誓往往以"凡……""而……不……者""所……不……者""无……""毋……"等固定的词句引出。⑤

在春秋时期,盟与誓经常连用,盟、誓有时指称同一种文体,其例不少,如:

　　世有盟誓,以相信也。……恃此质誓,故能相保,以至于今。

---

① 一说认为西周已有盟誓,如陈平(《克罍、克盉铭文及其有关问题》,《考古》1991 年第 9 期;《再论克罍、克盉铭文及其有关问题——兼答张亚初同志》,《考古与文物》1995 第 1 期)、雒有仓(《论西周的盟誓制度》,《考古与文物》2007 年第 2 期)等;一说则认为西周的"盟"只表示血祭之义,如吕静(《春秋以前"盟"与"誓"行为的初步探讨——以出土资料的分析为中心》,中国文物学会等编《商承祚教授百年诞辰纪念文集》,文物出版社,2003 年)、陈英杰(《西周金文作器用途铭辞研究》,线装书局,2008 年,第 261—264 页)等。

② 孔疏:"盟者,杀牲歃血,誓于神也。若约束而临牲,则用盟礼。……盟之为法,先凿地为方坎,杀牲于坎上,割牲左耳,盛以珠盘。又取血盛以玉敦,用血为盟。书成,乃歃血而读书。"(郑玄注,孔颖达疏《礼记注疏》卷五,阮元校刻《十三经注疏》本,第 1266 页)

③ 整理者指出:"就出土迹象看,掩埋时是先在壁龛中存放玉币,然后再埋牺牲和盟书。"(山西省文物工作委员会编《侯马盟书》,文物出版社,1976 年,第 15 页)

④ 许慎撰,段玉裁《说文解字注》,上海古籍出版社,1988 年,第 92 页。

⑤ 参见吴承学《先秦盟誓及其文化意蕴》,《文学评论》2001 年第 1 期;吕静《春秋时期盟誓研究——神灵崇拜下的社会秩序再构建》,上海古籍出版社,2007 年,第 225—233 页。

(《左传·昭公十六年》)①

又如侯马出土的一份盟书,先言"盒章自誓②于君所,所敢俞出入于赵尼之所及子孙",再言:

> 及群虖明(盟)者,章颢嘉之身及子孙,或复入之于晋邦之中者,则永亟覷之,麻麤非是。既誓之后,而敢不亟覷【祝】史嚴続绎之皇君之所,则永亟覷之,麻麤非是。閔婺之子孙,窝(遇)之行道弗杀,君其覷之。(一五六:二〇)③

所谓"群虖盟",即结党破坏盟誓。④从侯马盟书的行文来看,盟与誓的联系、区别是很明显的。盟表示盟誓的仪式以及与盟者所约定之事,文献中亦多有"有如此盟""有渝此盟"等语;而誓则是针对约定的内容而起誓。简而言之,盟、誓在表意上各有侧重,但时人往往又混言或并称之,盟、誓可以指称同一种文体。

事实上,在后期的文献(如战国后)中,盟有时仅有"誓"义,而未必需要举行杀牲歃血的仪式,如:

> 公子鱄挈其妻子而去之,将济于河,携其妻子而与之盟,曰:"苟有履卫地、食卫粟者,昧雉彼视。"(《公羊传·襄公二十七年》)⑤

上例的盟,便非结合杀牲歃血仪式,而仅起誓而已,这体现了时人对盟体内涵认识的改变,表明他们已经充分认识到盟体中起誓的元素。而盟体中起誓的言语行为特征逐渐扩大化,以至于"吞并"了盟体原有的杀牲歃血的仪式性原义,导致在某一特定的语境下,仅

---

① 杜预注,孔颖达疏《春秋左传注疏》卷四七,阮元校刻《十三经注疏》本,第 2080 页。
② "誓"字,整理者隶定为"质"字,唐兰《侯马出土晋国赵嘉之盟载书新释》(《文物》1972 年第 8 期)、黄盛璋《关于侯马盟书的主要问题》(《中原文物》1981 年第 2 期)改释为"誓",可从。
③ 山西省文物工作委员会编《侯马盟书》,文物出版社,1976 年,第 37—39 页。
④ 唐兰《侯马出土晋国赵嘉之盟载书新释》,《文物》1972 年第 8 期,第 32 页。
⑤ 何休解诂,徐彦疏《春秋公羊传注疏》卷二一,阮元校刻《十三经注疏》本,第 2312 页。

仅起誓的文体亦可称为"盟"。正如上文所论,在西周,盟与誓的内涵是不同的;春秋以后,盟、誓同体异名,往往特指含有歃血仪式的盟誓仪式与文体,这是在"盟"表示血祭的初义的基础上,以"盟"的仪式之名为新出现的文体命名;战国以后,盟、誓的内涵又有混一的倾向,有时以盟指称不带有歃血仪式的誓体。盟、誓的内涵从有所区别,到混用、并言,到内涵的融合与吸收,体现了文体认定的发展过程,这也是人们对文体的认识不断抽象的过程。

盟誓与"命"又有相当密切的关系。当盟誓发生于上级与下级之间,或强者与弱者之间时,上级或强者往往以盟誓作为确保下级或弱者听从其命令的保证。如文献记载周王对诸侯群臣实行"赐盟",通过对其诰命,使其谨守其职。如《左传》载展喜面对齐侯"何恃而不恐"的质问时,答曰:

> 恃先王之命。昔周公、大公,股肱周室,夹辅成王,成王劳之,而赐之盟曰:"世世子孙无相害也。"载在盟府,大师职之。(《左传·僖公二十六年》)①

又如执政者往往通对国人行盟誓之礼,以达到巩固统治的目的:

> 子孔当国,为载书,以位序、听政辟。(《左传·襄公十年》)②

因此,先秦人有将盟誓之言称为"令"者,如:

> 于是管仲与桓公盟誓为令,曰:"老弱勿刑,参宥而后弊,关几而不正,市正而不布。山林梁泽以时禁发,而不正也。"(《管子·戒》)③

主盟人甚至直接以命令的方式宣读盟誓之辞,如《孟子·告子下》记载齐桓公在葵丘会盟诸侯,一连以"五命"宣读载书。④

---

① 杜预注,孔颖达疏《春秋左传注疏》卷一六,阮元校刻《十三经注疏》本,第1821页。
② 同上书卷三一,第1948页。
③ 黎翔凤《管子校注》卷一〇,中华书局,2004年,第514页。
④ 焦循《孟子正义》卷二五,中华书局,1987年,第843页。

下级或弱势一方与盟时,其盟誓之辞有时会强调与盟誓相关的赐命或上级的命令。春秋晚期的侯马盟书便将盟与命联系起来了:

> 趙敢不闢其腹心以事其宗,而敢不尽从嘉之明(盟),定宫平寺之命……(一五六:一)①

所谓"定宫平寺之命",长甘认为是主盟人所受周王赐命②;郭沫若疑"平寺"为晋平公彪之时③。主盟人所受的赐命在此次盟誓中非常重要,因为这意味着其政治地位的合法性以及盟约的合理性,因此起誓人通过表达不敢违背先王的赐命,强调拥护主盟人的决心。

温县盟书又有"圭命"之称:

> 圭命:自今已往,諆敢不悆悆焉中心事其宔,而敢与贼为徒者,丕显晋公大冢,逮惡覸女,麻蔞非是。(T1坎1:1845)④

此外,温县盟书还有"圭命曰""圭命之言曰"等语。因为这些盟载之辞都书写于石圭之上,又具有命令的性质,故时人称之为"圭命"。

最后,盟誓之言的书面形式,人们又称之为载书,如《左传·襄公十一年》云:"乃盟,载书曰……"⑤这一命名方式,是对盟誓文体独特的载体、书写形式与仪式元素的凸显。载书作为盟誓之礼中的"礼物",也是人们对该体命名的重要来源。

盟、誓、命、载书异名而同体的现象,反映了先秦人对盟誓之体丰富的礼仪背景与文体内涵的认识。

---

① 山西省文物工作委员会编《侯马盟书》,文物出版社,1976年,第35页。
② 长甘《"侯马盟书"丛考》,《文物》1975年第5期,第16页。
③ 郭沫若《侯马盟书试探》,《文物》1966年第2期,第5页。
④ 河南省文物研究所《河南温县东周盟誓遗址一号坎发掘简报》,《文物》1983年第3期,第80、83页。
⑤ 杜预注,孔颖达疏《春秋左传注疏》卷三一,阮元校刻《十三经注疏》本,第1950页。

二 异体同名

先秦还有异体同名的现象,所谓异体同名,即不同的文体被命以相同的文体名。异体同名现象体现了人们对不同文体的共性的把握,以下举二例加以考证。

(一) 祝

在先秦时期,不仅对神明的祝告祈祷之辞称为祝,人与人之间相互祝颂之辞亦称为祝。徐师曾《文体明辨序说》有"祝文":"飨神之词也。"①又有"祝辞":"颂祷之词也。……凡喜庆皆可为之。"②两者容易相混,如贺复徵《文章辨体汇选》便将祝颂之辞附于"祝文"一类之下。以"祝"指称祭祀活动中的祝祷文体的例子甚多,此不赘引。以"祝"指称人与人之间祝颂之辞的例子,则如:

> 成王冠,周公使祝雍祝王,曰:"达而勿多也。"祝雍曰:"使王近于民,远于年,啬于时,惠于财,亲贤使能。"(《大戴礼记·公冠》)③

按:此乃成王冠时,周公命祝雍为之作祝辞。又如:

> 尧观乎华。华封人曰:"嘻,圣人!请祝圣人。""使圣人寿。"尧曰:"辞。""使圣人富。"尧曰:"辞。""使圣人多男子。"尧曰:"辞。"(《庄子·天地》)④

"祝"的原始意义与神灵相关。甲骨文"祝"字有 ![字形], ![字形], ![字形] 等字形,郭沫若认为"象跪而有所祷告"⑤。![字形] 加干旁,则象人跪于神主前

---

① 徐师曾《文体明辨序说》,人民文学出版社,1962年,第155页。
② 同上书,第168页。
③ 孔广森《大戴礼记补注》卷一三,中华书局,2013年,第239—240页。
④ 郭庆藩辑《庄子集释》卷五上,中华书局,1961年,第420页。
⑤ 郭沫若《甲骨文字研究·释祖妣》,《郭沫若全集》考古编第1卷,科学出版社,2002年,第42页。

有所祷告之形。① "祝"的原义既与祭祀相关,为何在文体发展的过程中出现同名异体的现象呢?

第一,先梳理西周祝辞的文体形态。商代祝辞的具体文本已不可考,而传世文献所载商代祝辞都是后世追述的。从西周铜器铭文结尾的祝嘏辞,或可窥见其时祭祀活动中祝辞的大略。② 如:

> 其万年眉寿,永宝用。(静叔鼎,《集成》2537,西周早期)
>
> 其乳哀乃沈子也唯福,用水(赐)霝(灵)令,用绥公唯寿,也用怀逮我多弟子、我孙,克有型效,懿父乃是子。(沈子也簋盖,《集成》4330,西周早期)
>
> 用祈眉寿、黄耇、吉康,师器父其万年,子子孙孙永宝用。(师器父鼎,《集成》2727,西周中期)

铜器铭文祝嘏辞多有定式。祝嘏辞中表示祈求福寿的动词有祈、匄、割、妥(绥)、易(赐)等,其宾语往往有"眉寿""多福""屯(纯)鲁"等。动、宾结合,便有"用祈眉寿""用匄万年亡疆"等用例。祝嘏辞最后往往是"子子孙孙永宝用"一类常用语,这在《诗经》祭祀诗中也有类似用例,如《周颂·天作》"子孙保之",《我将》"于时保之",《载见》"永言保之",等等,又如《烈文》:

> 烈文辟公,锡兹祉福。惠我无疆,子孙保之。③

皆可见出铜器铭文祝嘏辞与西周祭祀诗的联系,证明两者出自同源。

西周铜器铭文祝嘏辞的祈祷对象基本都是作器者的先祖。④ 可

---

① 徐中舒主编《甲骨文字典》(第3版),四川辞书出版社,2014年,第24页。
② 关于金文嘏辞的研究,参见徐中舒《金文嘏辞释例》(载《徐中舒历史论文选辑》,中华书局,1998年)、金信周《两周祝嘏铭文研究》(台湾师范大学硕士学位论文,2002年)。金信周认为,西周铜器铭文中祝嘏辞始见于康王时期,格式化的祝嘏辞则见于西周中期。
③ 郑玄笺,孔颖达疏《毛诗注疏》卷一九,阮元校刻《十三经注疏》本,第585页。
④ 参见刘源《商周祭祖礼研究》,商务印书馆,2004年,第291页。

以推断,西周中期以前,这些祝嘏辞应是在实际的祭祀活动中逐渐开始使用的,西周中期以后,祝嘏辞的运用愈加频繁,进而成为祭祀仪式中的常用语,甚至成为套语。① 这一情况反映在铜器铭文中,则是铭文末尾祝嘏语的格式化。反映在《诗经》祭祀诗中,则是对这些成语的大量运用。

祝嘏语的套语化、格式化,是人们将其运用到祭祀仪式以外的场合的文本基础。

第二,周代尸祭与傧尸之礼的实行,以及燕飨之礼与祭祀仪式的密切关系,使祝嘏辞的运用顺理成章地得到泛化与延伸。

据周代的尸祭之礼②,尸由人充当。而在正祭结束以后,则有傧尸之礼。所谓傧尸,即以宾礼事尸,目的是慰尸之辛劳。马瑞辰《毛诗传笺通释》云:"古者正祭以神礼事尸,绎祭乃以宾礼事尸。"③由此可知,在傧尸之礼中,尸以宾客的身份向主人致辞,而不再如正祭时以神的身份向主人致嘏辞。尽管尸的身份发生了改变,然而其对主人的祝福之意却是相似的,这便导致了祝嘏辞使用场合的扩大化。

《诗·大雅·既醉》便表现了傧尸之礼中尸的致辞。关于《既醉》内容的性质,有多种看法:一、正祭中的旅酬。郑玄云:"成王祭宗庙,旅酬下遍群臣,至于无算爵,故云醉焉。"④二、正祭后的同族宾客燕饮活动。如于省吾先生认为《大雅·既醉》"是当时的某一贵

---

① 陈致研究铜器铭文中的这类成语,并指出"这些词语本是商周时期祭祀中所用祝嘏之辞"。参见陈致《从〈周颂〉与金文中成语的运用来看古歌诗之用韵及四言诗体的形成》,《跨学科视野下的诗经研究》,上海古籍出版社,2010年,第44页。
② 相关研究参见胡新生《周代祭祀中的立尸礼及其宗教意义》,《世界宗教研究》1990年第4期;李玉洁《论周代的尸祭及其源流》,《河南大学学报(社会科学版)》1992年第1期;林素英《从祭祀立尸与燕尸之礼以观周代人文教化精神与意义——以〈丝衣〉〈楚茨〉〈既醉〉〈凫鹥〉为讨论中心》,中国诗经学会、河北师范大学编《诗经研究丛刊》第19辑,学苑出版社,2011年;沈培《关于古文字材料中所见古人祭祀用尸的考察》,李宗焜主编《古文字与古代史》第3辑,"中研院"历史语言研究所,2012年。
③ 马瑞辰《毛诗传笺通释》卷二一,中华书局,1989年,第699页。
④ 郑玄笺,孔颖达疏《毛诗注疏》卷一七,阮元校刻《十三经注疏》本,第535页。

族,在祭祀祖先后,燕飨宾朋时,公尸致以祝嘏之辞"①。三、傧尸之礼,以刘源为代表②。笔者同意刘先生的说法,并略为申说。首先,在正祭以后同族燕饮的活动中,尸并不在场,《诗·小雅·楚茨》第五章云:"神具醉止,皇尸载起。鼓钟送尸,神保聿归。诸宰君妇,废彻不迟。诸父兄弟,备言燕私。"③可见送尸以后才进行燕私活动,《既醉》有尸在场,第二说显然不可从。其次,《既醉》应与正祭中的旅酬无关。因为诗中反复言及"君子"。祭祀活动中,称谓的使用在礼制上有着严格规定,一般称主祭者为孝子、孝孙、曾孙等。《礼记·杂记》云:"祭称孝子孝孙,丧称哀子哀孙。"④《礼记·郊特牲》云:"祭称孝孙、孝子,以其义称也。称曾孙某,谓国家也。"⑤《仪礼·少牢馈食礼》《特牲馈食礼》所载祝嘏辞亦称主人为"孝孙"。考诸《仪礼》,"君子"的称谓仅见于《士相见礼》《乡饮酒礼》《乡射礼》等篇,可见君子之称谓与嘉礼密切相关。叶舒宪通过统计,指出"君子"一词"主要分布在以政治讽刺主题为主的大小雅中",而颂诗仅有一首。⑥ 此唯一的颂诗是《鲁颂·有駜》,亦属燕饮诗。总体而言,在《诗经》中,如《周颂·维天之命》《小雅·信南山》《甫田》《大田》属祭祀诗,皆称祭祀者为"曾孙",而在《小雅·南山有台》等燕饮诗中,则往往称主人为"君子"。又如《小雅·楚茨》第四章祝代尸所致的嘏辞称主人为"孝孙",第六章燕飨结束以后宾客的致辞称主人为"君",皆符合场景和身份。综上可以推断,《既醉》殆非表现正祭的诗。典礼的气氛庄严肃穆,正祭的旅酬环节不可能不顾礼制的规定而随意称谓。故第一说亦可排除,《既醉》应为表现傧尸之

---

① 于省吾《〈诗·既醉〉篇旧说的批判和新的解释》,《泽螺居诗经新证》,中华书局,2009年,第220—221页。
② 刘源《商周祭祖礼研究》,商务印书馆,2004年,第165页。
③ 郑玄笺,孔颖达疏《毛诗注疏》卷一三,阮元校刻《十三经注疏》本,第469页。
④ 郑玄注,孔颖达疏《礼记注疏》卷四一,阮元校刻《十三经注疏》本,第1555页。
⑤ 同上书卷二六,第1457页。
⑥ 叶舒宪《诗经的文化阐释——中国诗歌的发生研究》,湖北人民出版社,1994年,第231页。

礼的作品。

《既醉》中明确提及"公尸嘉告",公尸之"告",便是他对主人的致辞,其中有"孝子不匮,永锡尔类""君子万年,永锡祚胤""釐尔女士,从以孙子"等语,与祝嘏辞十分接近。傧尸之礼的实行意味着尸的身份从神到人的回归,尸的致辞则明显是祭祀活动中祝嘏辞的直接延伸。这种延伸在文本上并没有明显的改变,但是从致辞主体的角度来看,却是一个重要变化。

西周尸祭及傧尸之礼的实行,意味着人与神之间不再如前代般界限分明。以人扮演尸作为神灵的化身,这本身便显示出将神灵人化的倾向。胡新生指出:"以活人扮神使人们得以按照自己的愿望在祭礼中加入了神祝福人的仪节,从而使祭祀具有人享神和神赐人的双重意义。祭祀不再只是单方面贿赂神灵和无条件地使神欢愉,它同时又是直接接受鬼神赐福的一种仪式。把希望渺茫的祈求变成有着落的接受,把人对神的单向供奉变成人与神的双向互惠,这不能不说是周人的一个创造。"① 在此基础上,傧之礼中尸所致的祝颂辞,作为祝嘏辞从祭祀到燕饮活动的自然延伸,体现了从人神沟通到人与人之间沟通的功能上的转化。董芬芬指出"嘏辞的进一步世俗化,就成了人与人之间美好的祝贺辞"②,这是很有见地的。

西周燕飨之礼与祭祀活动有密切关系,这是祝嘏辞使用范围扩大的原因之一。西周的飨礼在宗庙举行,刘雨在许维遹研究的基础上,指出飨近于祭,多方面都与祭礼相近。③ 另外,清华简《耆夜》亦可提供佐证,该篇记述武王八年伐黎大胜以后,在文王太室行饮至礼之事。④ 饮至与燕飨有密切关系。所谓饮至,《左传·隐公五年》

---

① 胡新生《周代祭祀中的尸礼及其宗教意义》,《世界宗教研究》1990年第4期,第23页。
② 董芬芬《春秋辞令文体研究》,上海古籍出版社,2012年,第105页。
③ 参见刘雨《西周金文中的飨与燕》,《金文论集》,紫禁城出版社,2008年。
④ 清华大学出土文献研究与保护中心编,李学勤主编《清华大学藏战国竹简(壹)》,中西书局,2010年,第150页。

云：“三年而治兵，入而振旅，归而饮至，以数军实。”①杨伯峻指出诸侯行大事前必告庙，归来后亦告庙，"祭告后，合群臣饮酒，谓之饮至"②。所谓太室，即宗庙的中央大室。从《耆夜》的记载，可知两个重要事实：一、饮至礼在宗庙举行；二、在饮至之礼中，酬酒以后会作歌，歌的内容为祝颂或劝酒之辞。

此外，燕礼虽有时在宗庙举行，但大多情况下行于寝。③然而，根据《仪礼·燕礼》的记载，在献、酢、酬之间往往有祭酒的仪节，可见时人在献酬之际，亦不忘祖先，在他们的观念中，燕礼是在祖先的监证下进行的。清华简《耆夜》记载周公对成王作祝颂之辞云：

> 周公或夜爵酬王，作祝诵一终曰《明明上帝》："明明上帝，临下之光，丕显来格，歆厥禋盟，于……月有盈缺，岁有歇行，作兹祝诵，万寿亡疆。"④

《明明上帝》虽是祝颂辞，却以颇多篇幅言上帝降临享用祭品，亦可作为佐证。

综上，西周中期以后祭祀活动中祝嘏辞的套语化，在文本的层面为祝嘏辞的泛化运用做好了准备。尸祭与傧尸之礼的实行，又促使祝嘏辞走向世俗化。同时，燕飨之礼与祭祀活动密切相关，这便为祝嘏辞泛化运用为人们在嘉礼中的祝颂之辞提供了制度上的合理性。

《小雅·楚茨》便反映了祝嘏辞在运用场景的延伸，诗中既有祝

---

① 杜预注，孔颖达疏《春秋左传注疏》卷三，阮元校刻《十三经注疏》本，第1727页。
② 杨伯峻编著《春秋左传注》（修订本），中华书局，1990年，第91页。
③ 《周礼·春官·大宗伯》"以飨燕之礼亲四方之宾客"，贾疏云："飨，亨大牢以饮宾，献依命数，在庙行之。燕者其牲狗，行一献，四举旅。降，脱屦升坐，无算爵，以醉为度，行之在寝。"（郑玄注，贾公彦疏《周礼注疏》卷一八，阮元校刻《十三经注疏》本，第760页）
④ 清华大学出土文献研究与保护中心编，李学勤主编《清华大学藏战国竹简（壹）》，中西书局，2010年，第150页。

代尸所致的嘏辞,又有正祭后兄弟朋友燕私活动结束时宾客对主人的祝颂辞。第四章云:

> 工祝致告:"徂赉孝孙。苾芬孝祀,神嗜饮食。卜尔百福,如几如式。既齐既稷,既匡既敕。永锡尔极,时万时亿。"

这是正祭中祝代尸致嘏辞,第六章又云:

> 乐具入奏,以绥后禄。尔殽既将,莫怨具庆。既醉既饱,小大稽首:"神嗜饮食,使君寿考。孔惠孔时,维其尽之。子子孙孙,勿替引之。"①

此章表现的是正祭完毕以后馈宾客、燕同族的情形。同族告辞时对主人所致的祝颂辞实与祝嘏辞差别不大,而在后世往往被认定为"祝辞"。两者在具体的固定用语方面有着相当大的相似性。程俊英认为《楚茨》可能是西周昭、穆时期的作品。② 由此可知大约在西周中期,祝嘏辞已经开始具备祝颂的功能。

《诗经》所载各种宴会仪式中对人的祝颂之辞,基本是西周中晚期以后的作品,反映出当时人与人之间的祝颂辞与人与神之间的祝嘏辞已普遍运用同一套话语系统,如《大雅·行苇》的"寿考维祺,以介景福"③,又如《鲁颂·閟宫》的"俾尔炽而昌,俾尔寿而臧。……俾尔昌而炽,俾尔寿而富。黄发台背,寿胥与试。俾尔昌而大,俾尔耆而艾。万有千岁,眉寿无有害"④,再如《小雅·南山有台》的"乐只君子,万寿无期。……乐只君子,万寿无疆"⑤,等等。在这些诗篇中,"寿考维祺,以介景福""眉寿无有害""万寿无疆"等语的使用,正是套语化的祝嘏辞在各种场景中的延伸,包括燕饮、新庙落成等。

---

① 郑玄笺、孔颖达疏《毛诗注疏》卷一三,阮元校刻《十三经注疏》本,第 469—470 页。
② 程俊英、蒋见元《诗经注析》,中华书局,1991 年,第 656 页。
③ 郑玄笺、孔颖达疏《毛诗注疏》卷一七,阮元校刻《十三经注疏》本,第 535 页。
④ 同上书卷二〇,第 615—617 页。
⑤ 同上书卷一〇,第 419 页。

在西周时期,两种祝辞在来源和文体形态上是高度一致的,而时人只是在典礼的践行中使用这些文辞,并没有十分明确的文体辨别意识。没有证据证明那个时候人们会区分祝嘏辞与祝颂辞,两者在使用上是混淆的,当然使用时也有细微的差别,主要体现在称谓上,即上文提到的君子、孝子之别,这主要是因应场合的不同而在措辞上加以微调。

春秋以后,人们的文体观念进一步成熟,开始大量地命名文体。正是由于西周以来祝嘏辞与祝颂辞在文体来源与文体形态上都具有很高的一致性,所以人们都以"祝"为之命名。上文引清华简《耆夜》提及周公"作祝诵一终曰《明明上帝》",作者以"祝诵"指称这类文辞。《明明上帝》是周公在饮至礼中对武王的祝诵辞,根据"万寿亡疆"一语,可知是不早于西周中期的人追记的,并非周公时的原始文献,甚至有学者认为是战国时期成书的。

祝颂之辞在文体形态上亦有新的发展。《仪礼·士冠礼》对加冠祝辞有记载,并以"祝"指称之,如第一次加冠时,"祝曰:'令月吉日,始加元服。弃尔幼志,顺尔成德。寿考惟祺,介尔景福'"①。加冠祝辞中的"寿考惟祺,介尔景福""眉寿万年,永受胡福""黄耇无疆,受天之庆"等语,与西周的祝嘏之辞有着高度的相似性。然而,从整体而言,加冠祝辞已经脱离了西周祝辞文本的单一化,因为其施加对象为人,在内容上更接近现实,表达了对被加冠人的告诫之意。

又前文所引《大戴礼记·公冠》云云,是成王加冠时祝雍对其的祝颂之辞,文献以"祝"指称之。由于周公要求祝雍的祝辞要"达而勿多",祝雍便打破了陈规,所作的祝辞既简练又通达,贴近现实的政治需要。

战国后期,祝颂之体的使用又发生了变化,古人有时通过祝达到

---

① 郑玄注,贾公彦疏《仪礼注疏》卷三,阮元校刻《十三经注疏》本,第957页。

特定的劝谏目的,文本上突破了旧有的定式,使用的场景也非常灵活,而不局限于宴会、冠婚礼等。如《晏子春秋》记载景公在麦丘遇封人:

> 公曰:"寿哉!子其祝我。"封人曰:"使君之年长于胡,宜国家。"公曰:"善哉!子其复之。"曰:"使君之嗣,寿皆若鄙臣之年。"公曰:"善哉!子其复之。"封人曰:"使君无得罪于民。"(《内篇谏上·景公怒封人之祝不逊晏子谏第十三》)①

此外,《礼记·檀弓下》记载:"晋献文子成室,晋大夫发焉。张老曰:'美哉轮焉,美哉奂焉。歌于斯,哭于斯,聚国族于斯。'文子曰:'武也,得歌于斯,哭于斯,聚国族于斯,是全要领以从先大夫于九京也。'北面再拜稽首。君子谓之善颂善祷。"②邓国光先生指出,"善颂善祷"拟张老之辞,颂、祷互文见义。而《周礼·春官·大祝》"六辞""五曰祷"郑注云:"祷,贺庆言福祚之辞。"因此张老的祷颂之辞亦同于大祝"六辞"之祷。③ 祷属大祝掌管,与祝颂之辞名异而实同,故张老之言亦属于祝颂之辞。

综上,最晚至西周中晚期,祭祀仪式中的祝嘏辞和人与人之间的祝颂辞在文体来源与文本用语上具有相当高的一致性。春秋以后,祭祀类文体有了更为复杂的形态;而祝颂辞亦有所发展,不局限于傧尸、燕饮仪式中的套语,可用于冠礼以及各种日常的交际场合,更可借此表达政治诉求,因此形态上亦有所变化,逐渐发展出一些新的文体要素。两种祝体的不同,从根本上来说,在于其使用主体以及使用对象的身份的转化。在西周,这种身份的不同,并没有在文本形态上造成大的差异,但是随着文体使用需求的变化以及文体观念的逐渐成熟,两者在体貌上的区别愈加明显。尽管如

---

① 吴则虞编著《晏子春秋集释》(增订本),国家图书馆出版社,2011年,第38页。
② 郑玄注,孔颖达疏《礼记注疏》卷一〇,阮元校刻《十三经注疏》本,第1315页。
③ 参见邓国光《〈周礼〉六辞初探》,钱伯城主编《中华文史论丛》第51辑,上海古籍出版社,1993年,第152—153页。

此，两种"祝"的文体名称依然保留下来了，而在形态上却发展为不同的文体，从而导致了异体同名的现象。换言之，文体的命名是相对固定的，而文体的形态却是变动的、发展的，在礼制的变动、文体及文体观念的演进的共同作用下，造成了异体同名的现象。厘清了这一规律，有利于我们更清晰、辩证地看待文体的名实关系。

(二) 铭

铭有三种，一是与箴戒相类的铭，刻写于各种器物之上，一是用于纪功表德之铭，主要刻于铜器之上，一是丧礼中将逝者之名书于旌旗上之铭。三者同名异体，是由于一开始它们皆以功能命名，后来又以"铭"字突出其载体的性质。

古人往往将一些箴戒性质的文字刻写在各种日常器物上以自警。如《大戴礼记·武王践阼》记载："(武王)惕若恐惧，退而为戒书，于席之四端为铭焉，于机为铭焉，于鉴为铭焉，于盥盘为铭焉，于楹为铭焉，于杖为铭焉，于带为铭焉，于履屦为铭焉，于觞豆为铭焉，于户为铭焉，于牖为铭焉，于剑为铭焉，于弓为铭焉，于矛为铭焉。席前左端之铭曰：'安乐必敬。'"①又如《国语·晋语一》云："商之衰也，其铭有之，曰：'嗛嗛之德，不足就也，不可以矜，而只取忧也。嗛嗛之食，不足狃也，不能为膏，而只罹咎也。'"②这类铭体往往简洁隽永，意味深远，其文字多为韵语，便于记诵，从而达到自警的目的。

铸刻于铜器上的铭，则多用于纪功令德。《左传·襄公十九年》云："夫铭，天子令德，诸侯言时计功，大夫称伐。"③《礼记·祭统》云："夫鼎有铭。铭者，自名也。自名以称扬其先祖之美，而明著之后世者也。……铭者，论撰其先祖之有德善、功烈、勋劳、庆赏、声名，列于天下，而酌之祭器，自成其名焉，以祀其先祖者也。"④考诸两周青

---

① 孔广森《大戴礼记补注》卷六，中华书局，2013年，第115—116页。
② 徐元诰《国语集解》，中华书局，2002年，第252页。
③ 杜预注，孔颖达疏《春秋左传注疏》卷三四，阮元校刻《十三经注疏》本，第1968页。
④ 郑玄注，孔颖达疏《礼记注疏》卷四九，阮元校刻《十三经注疏》本，第1606页。

铜器铭文,亦是以表德、纪功、称伐的内容为主。

丧礼所用之铭,又大有不同。《礼记·檀弓下》:"铭,明旌也。以死者为不可别已,故以其旗识之。"①《周礼·春官·小祝》:"大丧,赞渳,设熬置铭。"郑玄注:"铭,今书或作名。郑司农云:'铭,书死者名于旌,今谓之柩。'"②《仪礼·士丧礼》:"为铭,各以其物。亡则以缁长半幅,赪末长终幅,广三寸,书铭于末曰:'某氏某之柩。'"郑玄注:"铭,明旌也,杂帛为物,大夫之所建也,以死者为不可别,故以其旗识识之……半幅,一尺,终幅,二尺,在棺为柩,今文铭皆为名,末为旆也。"③所谓"各以其物",即以死者生前所用的旗作铭的载体,铭书云"某氏某之柩"。固然,此类铭并不是一种文体,但与其他两体合而观之,可以发现先秦文体分类命名的规律。三种铭的性质及其使用的情景完全不同,但命名的依据却相若。所谓"铭",即名。春秋晚期的郑公华钟铭文云:"慎为之名(铭)。"(《集成》245)《礼记·祭统》指出"铭者,自名也"。《周礼·春官·小祝》和《仪礼·士丧礼》的郑玄注都指出"铭"在今文本写作"名",可见此三体都与"名"相关。铜器之铭是为了"自名",即为自己留下姓名、留下名声。明旌之铭是为了书写死者名字以便于辨识。箴戒之"铭",则有"记"之义,亦与"名"相关。徐铉《说文新附字》云:"铭,记也。"④因此,铭体的命名是以其功能为出发点的。

作为名称的"名"字出现较早,可见于西周早期金文,而"铭"字的出现较晚,如金文中"铭"字最早见于春秋时期的䣄羌钟,铭文云:"用明则之于铭。"(《集成》157)"则"即刻划,铭文意为因昭著而刻于彝铭。⑤ 又如《左传·昭公三年》:"《谗鼎之铭》曰:'昧旦丕显,后

---

① 郑玄注,孔颖达疏《礼记注疏》卷九,阮元校刻《十三经注疏》本,第1301页。
② 郑玄注,贾公彦疏《周礼注疏》卷二五,阮元校刻《十三经注疏》本,第812页。
③ 郑玄注,贾公彦疏《仪礼注疏》卷三五,阮元校刻《十三经注疏》本,第1130页。
④ 许慎《说文解字》,中华书局,2013年,第300页。
⑤ 陈梦家《中国文字学》,中华书局,2006年,第140页。

世犹怠.'"①《国语·晋语一》:"商之衰也,其铭有之曰……"战国时期的中山王𰶡鼎铭云:"唯十四年,中山王𰶡作鼎,于铭曰……"(《集成》2840)在这几条年代相近的材料中,"铭"已有文体的意义。钮树玉《说文新附考》云:"铭,通作名,其加金旁者,盖涉题勒钟鼎也。"②这意味着加了金字旁的"铭"字出现从而取代了"名",这一字体的变化来自于铭体刻于青铜器的性质。由此可见,早期的三种铭体都以"名"作为功能而命名,后来由于青铜器铭文的大量存在以及文字准确达意的需要,人们为"名"字增加了"金"旁,以指称那些刻于器物上的文体,从而在文体的命名和分类方面取代了"名"字。这一命名的普遍运用,使本来并不刻于铜器的明旌之铭,亦获得了这一命名,从而出现异体同名的现象。这个过程是复杂的,但总体而言,可以看出人们在命名的过程中对不同的铭体在功能与载体上的共性的把握。

从以上两个例子可知,异体同名的现象体现了人们对不同文体的共性把握。文体之间的共性,可能是由于其礼仪背景相关、具体的言语系统相同(如祝),也可能是其功能或载体相似(如铭),等等。

综上,先秦文体分类存在着同体异名、异体同名等跨界现象。这是文体命名原则的不确定性与礼仪制度的复杂性共同作用的结果。古人为文体命名与分类,往往只取义于文体内涵的一端。而文体的内涵有着多面性,这在很大程度上又取决于该体所依附的礼仪制度。一个完整的礼典,往往由不同的仪节所构成,不同的仪节又有不同的言说方式,并以不同的载体传写言说活动的文本。这些都可能是一种文体命名与分类的来源和依据。因此,对于同样的言辞,由于命名原则不同,便可能出现不同的文体命名;而对于不同的

---

① 杜预注,孔颖达疏《春秋左传注疏》卷四二,阮元校刻《十三经注疏》本,第2031页。
② 钮树玉《说文新附考》卷六,《丛书集成初编》本,中华书局,1939年,第269页。

文体，由于其礼仪背景相同，或功能相似，或传写载体一致，可能会被冠以相同的命名。从表面上看，先秦文体的边界比较模糊，名实不易界定。但是通过对比、考证相关联的文本中的文体称名，深入辨析文体的名实关系，可以发现时人命名文体的内在规律。而通过厘清文体命名的规律与礼制之间的关系，反过来又有助于我们更好地认识和把握文体的名实关系。

通过深入考证先秦文体的同体异名与异体同名现象，还可以进一步发现和厘清早期文体的基本"基因"，如文体的礼仪背景、功能、言说方式、特定套语、传写载体等。文体命名正是人们在文体认定的过程中对这些"基因"加以把握和认识的结果。研究人们对同一文体的不同认定，或是对不同文体的共性把握，有助于加深我们对时人文体辨别、文体分类等观念的认识。

第四节　文体并称与文体观念

文体并称是中国古代普遍存在却久被忽视的文体学现象。所谓文体并称，即以两种或以上文体名称并举的方式指称文体，其所指向的内涵可能是一种文体，也可能是多种文体。文体并称揭示了上古时期文体内涵的复杂性和命名的多义性①，反映了时人对文体内涵的多维认知。先秦人通过文体并称，对相似文体加以区辨，这是一种潜在的辨体意识；文体并称现象还体现了文体观念的泛化与初步的文体类聚观。虽然先秦时期文体论尚未成熟，但时人往往在一些细微的表述中隐约透露出潜在的文体观念。这些文体观念是抽象的，不易把握。而对文体并称现象的研究，则从一个侧面提供了观念层面的实证。此外，对文体并称的研究，透过厘清古代文体

---

① 所谓文体命名的多义性，指的是人们往往以言语行为、仪式名称、文献载体等多种方式为文体命名。

复杂的名实关系,抓住了先秦文体边界模糊的本质特点,有助于更为客观地认识先秦文体的命名与分类问题。

　　文体学上的文体并称现象,与语言学上的同义连用现象有一定的联系。①黄金贵指出:"所谓同义连用,是指两个或两个以上意义相同、相近甚至相类的词并列连用的语言现象。"②概言之,文体并称现象中,并列的两个文体名称属于同义词或近义词,从语言学的角度来看,大致可以属于同义连用的范畴之中;然而,在文体学的领域,还存在不属于同义的文体名称并举的情况,这便与同义连用有所区别了。不过,语言学有关同义连用的研究,对我们有相当大的启发。学者普遍认为,同义连用的产生有两个原因:其一,从修辞的角度来看,同义连用有增强文势、协调音节的作用;其二,从表义的角度来看,同义连用能克服多义词在取义上的不明确性③,"提高汉语表达的明晰度和精确度"④。在先秦时期,文体并称现象的出现,也与这两点原因密切相关。学者认为,先秦的同义连用现象已相当普遍⑤,这是文体并称现象出现的语言学背景。笔者正是在语言学对同义连用的研究的基础之上,进一步探究文体并称现象所反映出来的文体命名、分类的内在规律,进而研究先秦文体观念的内涵与特质。

一　文体并称与先秦人对文体内涵的多维认知

　　先秦的文体并称现象,反映了时人对文体内涵的原初概括——

---

　　① 在语言学上,对于同义连用,还有词组与复合词的区分问题。朱诚《同义连用浅论》指出,同义连用包括三种类型:复合词、词组、过渡阶段,"企图将这个庞杂的、动态的群体界定在某个明确的地位上,是不科学的,也是不可能的"(《古汉语研究》1990 年第 4 期,第 21 页)。我们认同此观点,在关注文体并称时并不过多地分析其是词组还是复合词。
　　② 黄金贵《古汉语同义词辨释论》,上海古籍出版社,2002 年,第 60 页。
　　③ 同上书,第 63 页。
　　④ 朱诚《同义连用浅论》,《古汉语研究》1990 年第 4 期,第 21 页。
　　⑤ 参见李小梅《上古汉语中的同义词连用》,《学术论坛》1994 年第 6 期;相银歌《先秦同义连用现象研究》,四川大学硕士学位论文,2007 年。

言辞的功能、言语方式、仪式背景及其载体,都是定义一种文体的基本要素,共同架构出时人对文体的总体概念。同一文体,可能会出现多种并称。

举例而言,先秦的盟誓之体,有"盟诅""诅盟""盟誓""盟载"之并称,如:

> 盟誓之言,岂敢背之。(《左传·襄公九年》)①
> 罔中于信,以覆诅盟。(《尚书·吕刑》)②
> 兼倍十八世之诅盟。(《诅楚文》)③
> 掌盟、诅、类、造、攻、说、禬、禜之祝号,作盟诅之载辞。(《周礼·春官·诅祝》)④
> 有狱讼者,则使之盟诅。(《周礼·秋官·司盟》)⑤
> 利以敚(说)盟诅。(江陵九店五十六号墓第34号竹简)⑥
> 掌盟载之法。(《周礼·秋官·司盟》)⑦

有学者已注意到盟、誓、诅的定义、指称以及后人理解上的混乱,并作出了厘清⑧,这无疑是十分必要的。从更深一层看,称谓的"混乱",恰恰真实地反映了先秦时代盟誓之体内涵的复杂性,以及时人对这种复杂性的认识。

"盟誓"之"盟",反映了盟誓之辞的礼仪背景。《礼记·曲礼下》云:"约信曰誓,莅牲曰盟。"⑨"盟",甲骨文字作☒、☒等,其本义

---

① 杜预注,孔颖达疏《春秋左传注疏》卷三〇,阮元校刻《十三经注疏》本,第1943页。
② 旧题孔安国传,孔颖达疏《尚书注疏》卷一九,阮元校刻《十三经注疏》本,第247页。
③ 郭沫若《石鼓文研究 诅楚文考释》,科学出版社,1982年,第297页。
④ 郑玄注,贾公彦疏《周礼注疏》卷二六,阮元校刻《十三经注疏》本,第816页。
⑤ 同上书卷三六,第881页。
⑥ 湖北省文物考古研究所、北京大学中文系编《九店楚简》,中华书局,2000年,第49页。
⑦ 郑玄注,贾公彦疏《周礼注疏》卷三六,阮元校刻《十三经注疏》本,第881页。
⑧ 参见吕静《春秋时期盟誓研究——神灵崇拜下的社会秩序再构建》第二章第一节"盟誓之涵义及其用语——盟、誓、诅之异同",上海古籍出版社,2007年。
⑨ 郑玄注,孔颖达疏《礼记注疏》卷五,阮元校刻《十三经注疏》本,第1266页。

是血祭祖先的一种祭祀名称,至春秋以后,"盟"具有了杀牲歃血以取信的仪式的含义,广泛见于该时期的各种文献。《说文解字》云:"盟,《周礼》曰:'国有疑则盟。'诸侯再相与会,十二岁一盟。北面诏天之司慎司命。盟,杀牲歃血,朱盘玉敦,以立牛耳。"①

"盟誓"之"誓"则突显在盟誓仪式中"约信"的言语方式。在盟的仪式中必定会有向神明起誓的仪节。盟礼最主要的仪式是杀牲歃血而在神灵面前发誓,以神灵为盟誓之证。② 证之以礼书与史籍的记载,举行盟礼时会配合祭祀的仪式以告神明,《周礼·秋官·司盟》云:"掌其盟约之载及其礼仪,北面诏明神。"所谓"诏明神",郑玄解为"读其载书以告之也"。③ 盟誓的对象是神明,与盟者在神明的见证下起誓,以相互约束取信。④ 起誓要约的内容,便是所谓"盟首"⑤,如《左传·僖公二十八年》所载载辞中"自今日以往,既盟之后,行者无保其力,居者无惧其罪"⑥之语。

誓与诅,又是春秋战国的盟誓之辞中不可分割的两部分,"盟首"之后往往以"有渝此盟,明神殛之"等语引出请神加殃于背盟者的诅咒之辞。如《左传·僖公二十八年》记载王子虎盟诸侯于王庭,其载辞之结尾云:"有渝此盟,明神殛之,俾队其师,无克祚国,及其玄孙,无有老幼。"⑦近年出土的东周载书,则以"(神格)覛之,麻夷非是"等语句作结,意思是请神明监察,如有背盟则受诛灭。⑧ 这

---

① 许慎撰,段玉裁注《说文解字注》,上海古籍出版社,1988年,第314—315页。
② 参见吴承学《先秦盟誓及其文化意蕴》,《文学评论》2001年第1期,第105页。
③ 郑玄注、贾公彦疏《周礼注疏》卷三六,阮元校刻《十三经注疏》本,第881页。
④ 《左传·襄公九年》记载公孙舍之的言论说盟是"昭大神要言"(《十三经注疏》,第1943页)。《左传·成公十三年》记载:"秦背令狐之盟,而来求盟于我,昭告昊天上帝、秦三公、楚三王……"(《十三经注疏》本,第1912页)《左传·僖公二十八年》记载晋、卫之盟,其载辞有"用昭乞盟于尔大神"之语(《十三经注疏》本,第1826页),皆可证之。
⑤ 参见《左传·襄公二十三年》。陈梦家《东周盟誓与出土载书》对"盟首"有论述,《考古》1966年第5期。
⑥ 杜预注、孔颖达疏《春秋左传注疏》卷一六,阮元校刻《十三经注疏》本,第1826页。
⑦ 同上。
⑧ 山西省文物工作委员会编《侯马盟书》,文物出版社,1976年,第36—37页。

都是典型的诅辞。根据典籍记载,诅是一种独立的仪式,有时盟的仪式过后,还会在他地举行诅的仪式。① 同时,诅也是一种言语方式,从流传下来的文献来看,一篇完整的载辞基本都包括了要誓与诅咒之辞②,可见诅作为盟誓之辞中的一种必要的言语方式,具有促使与盟的各方遵守誓约、加强盟誓约束力的作用。

盟誓之辞又名"载辞",因其书写于简册、石圭等载体之上,名为"载书",故又有"盟载"的并称。《周礼·春官·诅祝》"作盟诅之载辞",郑玄注云:"载辞,为辞而载之于策,坎用牲,加书于其上也。"③《周礼·秋官·司盟》"掌盟载之法",郑玄注云:"载,盟辞也。盟者书其辞于策,杀牲取血,坎其牲,加书于上而埋之,谓之载书。"④《左传·襄公十年》记载:"子孔当国,为载书以位序听政辞……乃焚书于仓门之外。"⑤从这些用例来看,"载书"一词体现了其作为书写盟辞的实物载体的性质。

当然,"誓"并不局限于盟誓之礼。《说文解字》云:"誓,约束也。"段玉裁认为"凡自表不食言之辞皆曰誓"⑥。西周金文所记载的"誓"便并非向神明起誓。吕静指出:"西周时代的'誓',其主誓人面对的听众是与本誓的利益相关者……以及参与本誓相关事务的裁判官、记录役吏。而'盟誓'仪式中宣誓者主要是面对祖先、自

---

① 如《左传·定公五年》云:"己丑盟桓子于稷门之内,庚寅大诅。"(《十三经注疏》本,第2139页)又《左传·定公六年》记载:"阳虎又盟公及三桓于周社,盟国人于亳社,诅于五父之衢。"(《十三经注疏》本,第2141页)
② 吕静指出通行的盟书由序章、盟约内容、假定语式的"自我诅咒"三部分组成,参见吕静《春秋时期盟誓研究——盟、誓、诅之异同》,上海古籍出版社,2007年,第11页。董芬芬指出:"盟、誓、诅都有诅的内容,都由神灵执行对违犯者的监督和惩罚。但盟和誓中的诅都是预诅,是诅将来。而诅辞的诅既可诅将来,亦可诅过往。"(董芬芬《春秋辞令文体研究》,上海古籍出版社,2012年,第75页)
③ 郑玄注、贾公彦疏《周礼注疏》卷二六,阮元校刻《十三经注疏》本,第816页。
④ 同上书卷三六,第881页。
⑤ 杜预注、孔颖达疏《春秋左传注疏》卷三一,阮元校刻《十三经注疏》本,第1948页。
⑥ 许慎撰、段玉裁注《说文解字注》,上海古籍出版社,1988年,第92页。

然神灵,是让神作为自己履约的监证。"①此外,《左传》《国语》等先秦典籍对"起誓"的行为亦有不少记载,这些誓辞并非在盟誓仪式中发起,而是在各类情景下指天地山川先祖等神明而起誓。② 由此可见,单纯的"誓"的言语方式本身,并不足以构成完整的盟誓之体,"誓"的言语方式可以用于几种文体之中(包括盟誓之体、誓戒之体,以及单纯的起誓之辞)。综合而言,只有在"盟"的礼制背景下,以"誓""诅"的方式发起盟誓之辞,并将其书写于一定的载体而成为"载书",才得以准确地定义先秦的盟誓之体。而先秦人对"盟誓""盟诅""盟载"之并称,充分反映了其对这一文体的多面的理解,构成了其关于盟誓之体的内涵的完整认识。

在先秦时期,同一文体中,还可能具有多种言语方式,先秦人因此将两种言语方式合并而指称该种文体。郭英德先生指出,"按照不同的行为方式区别类分文体,便生成了作为行为方式的文体分类"③,揭示了先秦文体的生成与分类的一个重要原则。在此基础上审视先秦的文体并称现象,可发现,在文体的发展初期,一种文体可以对应多种言语方式。上文已举了盟誓之体,细考其文本,其中有"誓",也有"诅"的言语方式。

与盟誓之体相关但又相异的还有誓戒之体,这一文体也与多种言语方式相对应,反映在文体并称上,则有诰誓、誓命、誓告、誓戒等多种方式。

誓戒之体,是在战争、籍田、祭祀等活动中,上级对下级的诰诫之辞,其目的是在活动进行之先,向下级申明相关的纪律与规定,敦促其遵守,并强调违者将受到何种惩罚。与盟誓之体相似,誓戒之体的"誓"亦

---

① 吕静《春秋时期盟誓研究——盟、誓、诅之异同》,上海古籍出版社,2007年,第81页。
② 这类誓辞往往以"所(不)……有如……"的句式起誓,相关研究参见钱宗武《誓辞"有如"注解质疑》(《中国语文》1988年第4期)、董芬芬《春秋辞令文体研究》,上海古籍出版社,2012年,第36页等。具体例子如《左传·僖公二十四年》:"公子曰:'所不与舅氏同心者,有如白水。'"(《十三经注疏》本,第1816页)《左传·定公三年》:"蔡侯归,及汉,执玉而沉曰:'余所有济汉而南者,有若大川。'"(《十三经注疏》本,第2133页)等等。
③ 郭英德《中国古代文体学论稿》,北京大学出版社,2005年,第29—30页。

突出其"约信"的性质,以"自表不食言"。如《尚书·甘誓》的"用命,赏于祖;弗用命,戮于社。予则孥戮汝"①,《尚书·牧誓》的"尔所弗勖,其于尔躬有戮"②,都是"自表不食言",与众人"约信"的"誓言"。"誓"是誓戒之辞最核心的言语方式,因此后世多直接以"誓"指称这一文体。

《尚书》的《甘誓》《牧誓》《费誓》《秦誓》等用于战事之誓,是典型的誓戒之体。在这些篇什中,讲话人有时将自己的言辞称作"誓告":

> 王曰:"嗟!六事之人,予誓告汝。"(《尚书·甘誓》)③
> 予誓告汝群言之首。(《尚书·秦誓》)④

"告"字早在商代已出现,关于其本义,诸家有多种看法。⑤ 总括之,"告"的本义应为讲话、言语、告知等。因此"告"与"誓"并称较易理解,因为誓戒便是要将己意告知下级。

又有"诰誓"之并称,如《文选·东京赋》李善注引《尹文子》佚文:

> 将战,有司读诰誓,三令五申之,既毕,然后即敌。⑥

又如《荀子·大略》:

> 诰誓不及五帝,盟诅不及三王,交质子不及五伯。⑦

"诰"字后起。金文有"誥"字,学者即释为"诰",唐兰指出"誥"

---

① 旧题孔安国传,孔颖达疏《尚书注疏》卷七,阮元校刻《十三经注疏》本,第 155 页。
② 同上书卷一一,第 183 页。
③ 同上书卷七,第 155 页。
④ 同上书卷二〇,第 256 页。
⑤ 如徐中舒主编《甲骨文字典》认为告字象仰置之铃,"古代酋人讲话之先,必摇动木铎以聚众,然后将铎倒置始发言"(徐中舒主编《甲骨文字典》[第 3 版],四川辞书出版社,2014 年,第 85 页)。许慎释告为"牛触人",吴其昌训告为"斧",徐锡台训告为方国名,等等。(参见于省吾主编《甲骨文字诂林》,中华书局,1996 年,第 685—689 页)。
⑥ 萧统编、李善注《文选》卷三,中华书局,1977 年,第 62 页。
⑦ 王先谦《荀子集解》卷一九,中华书局,1988 年,第 519 页。

意为由上告下,"用双手来捧言,以示尊崇之义"①。《说文解字》云:"诰,告也。从言,告声。𥛬,古文诰。"②由此可见,西周出现了"𦎕"以特指上告下之义,最晚在战国以后,又以"诰"字表示"𦎕"之义。那么"诰誓"之并称,实际上是"誓告"之并称的自然延续,更强调其下行文体的性质。

又有"誓命"之并称,如《礼记·郊特牲》云:"卜之日,王立于泽,亲听誓命,受教谏之义也。"③《孔丛子·问军礼》有"史定誓命"④。《左传·文公十八年》记载:"(周公)作《誓命》曰:'毁则为贼,掩贼为藏……在《九刑》不忘。'"⑤誓戒之体本有命令的性质,往往先申述对下级的具体命令与要求,最后再行起誓。故《尚书·费誓》记载鲁僖公誓师之辞⑥,开篇便云"嗟!人无哗,听命"⑦。《周礼·地官·大司徒》云:"正岁,令于教官曰:'各共尔职,修乃事,以听王命。其有不正,则国有常刑。'"⑧这也是誓戒之属,而作者认定为"令"(按:先秦"命""令"二字多相通)。

又有"誓戒"之并称。《周礼·天官·大宰》云:"祀五帝,则掌百官之誓戒与其具修。"⑨《周礼·地官·遂师》云:"凡国祭祀,审其誓戒,共其野牲。"⑩在先秦文献中,誓、戒往往并举而言,如《周礼·

---

① 唐兰《史䇇簋铭考释》,《考古》1972年第5期。
② 许慎撰,段玉裁注《说文解字注》,上海古籍出版社,1988年,第92页。
③ 郑玄注,孔颖达疏《礼记注疏》卷二六,阮元校刻《十三经注疏》本,第1453页。
④ 傅亚庶《孔丛子校释》,中华书局,2011年,第420页。
⑤ 杜预注,孔颖达疏《春秋左传注疏》卷二〇,阮元校刻《十三经注疏》本,第1861页。
⑥ 旧说《费誓》为周初作品,余永梁《粊誓的时代考》(《国立第一中山大学语言历史学研究所周刊》第1集第1期,1927年)、杨筠如《尚书核诂》(陕西人民出版社,2005年)皆考证判断其为春秋时鲁僖公所作,于省吾《关于〈论西周金文中六自和八自和乡遂制度的关系〉一文的意见》(《考古》1965年第3期)、蒋善国《尚书综述》(上海古籍出版社,1988年)、屈万里《尚书集释》(中西书局,2014年)皆认同此说,笔者取余、杨氏说。
⑦ 旧题孔安国传,孔颖达疏《尚书注疏》卷二〇,阮元校刻《十三经注疏》本,第255页。
⑧ 郑玄注,贾公彦疏《周礼注疏》卷一〇,阮元校刻《十三经注疏》本,第708页。
⑨ 同上书卷二,第649页。
⑩ 同上书卷一五,第741页。

秋官·大司寇》云:"若禋祀五帝,则戒之日莅誓百官,戒于百族。"①所谓"誓百官""戒百族",在修辞上来说是互文,可以见出誓、戒的密切关系。戒之义,《说文解字》云:"戒,警也。从廾戈。持戈以戒不虞。"②可知"誓戒"并言,乃强调其对讲话对象加以警诫,使其不敢松懈,谨遵讲话者所下达的命令。

由此可见,先秦存在"誓告""诰誓""誓命""誓戒"之并称,以指称誓戒这类文体,这一现象透露了三个层面的信息:一、这类文体实际上具有誓、告、诰、命、戒等多种言语方式,这些言语方式共同构成了这类文体的整体。二、先秦人以不同的并称方式指称这类文体,反映了他们对构成这类文体的言语方式的多样性有所察觉。然而并称用例之错出与不统一,又意味着时人对该体内涵的理解是不确定的,未臻成熟。三、诸种并称都围绕"誓"命名,则可见他们对该类文体中占据主导的言说方式已有初步的概括。

因此,文体并称中各自的含义是有一定区别的,有必要加以厘清。而将这些名称并列起来以指称文体的现象本身,反映了先秦文体言语方式的多样性,从深层揭示了文体内涵的各个维度,同时又共同勾勒出时人对该文体的整体理解,他们认为这些维度都是构成该文体的要素。这一现象还显示出文体观念发展早期的特点——文体称名是不统一、多义甚至是含混的。这正说明先秦人并未在观念上获得对该体言语方式的共识,反映了文体观念在形成初期的模糊性。

二　文体并称与文体辨异

先秦的文体并称还有另一种情况,即对于相似却有所区别的文体,时人可能会以并称的方式予以区辨。语言学认为,复音词的出

---

① 郑玄注,贾公彦疏《周礼注疏》卷三四,阮元校刻《十三经注疏》本,第871页。
② 许慎撰,段玉裁注《说文解字注》,上海古籍出版社,1988年,第104页。

现,是为了比单音词更准确地达意。而文体并称的出现,在一定程度上也出于这样的需求。在先秦文体边界模糊的背景下,文体并称有助于更为准确地指称某些容易混淆的文体。试举两例:

例一,关于训体,《说文解字》云:"训,说教也。"段玉裁云:"说教者,说释而教之,必顺其理。"①先秦的训体,究其内涵,有以下几种:其一,上级对下级的训教之辞,一般具有口语的性质,如《尚书·顾命》、清华简《保训》等所载先王临终之遗训,又有王对下级的训辞,如《尚书·盘庚》所载的训告之辞;其二,先人传下来的训辞,一般以简练而富有韵律的语言传递先王的智慧,便于诵读,如《逸周书·度训》《命训》《常训》,又如典籍中经常提及的"大训""前训""先王之训"等;其三,下级对上级的训导之辞,如《尚书·伊训》②《无逸》《高宗肜日》《高宗之训》③;其四,被称为"训典"的记载典章制度、风土百物之书,如《左传·文公六年》载"训典"④。面对这种复杂的同名异体现象,先秦人便通过文体并称以更为准确地指称具体的文体。

上对下的训教之辞,由于具有明显的命令性质,人们便以"训命"之并称来指称之:

王曰:"呜呼,疾大渐,惟几。病日臻,既弥留,恐不获誓言嗣,兹予审训命汝。"(《尚书·顾命》)⑤

此外,上对下的训辞又有教诲的性质,故以"教训"并称之:

及景子长于公宫,未及教训而嗣立矣,亦能纂修其身以受先业,无谤于国,顺德以学子,择言以教子,择师保以相子。今吾

---

① 许慎撰,段玉裁注《说文解字注》,上海古籍出版社,1988年,第91页。
② 《孟子·万章上》:"《伊训》曰:'天诛造攻自牧宫,朕载自亳。'"(焦循《孟子正义》卷一九,中华书局,1987年,第655页)
③ 《书序》:"高宗祭成汤,有飞雉升鼎耳而雊。祖己训诸王,作《高宗肜日》《高宗之训》。"(旧题孔安国传,孔颖达疏《尚书注疏》卷一〇,阮元校刻《十三经注疏》本,第176页)
④ 又《周礼》有诵训、土训、训方氏等职,与此相关联。
⑤ 旧题孔安国传,孔颖达疏《尚书注疏》卷一八,阮元校刻《十三经注疏》本,第238页。

子嗣位,有文之典刑,有景之教训,重之以师保,加之以父兄,子皆疏之,以及此难。(《国语·晋语九》)①

若民烦,可教训。(《国语·楚语上》)②

按:"教"在先秦有上对下的教诲、教化之义,《尚书》的周诰经常将王的诰教之言称作"教"③。而《国语·周语中》《吕氏春秋·劝学》有提到"先王之教"④,《吕氏春秋·爱类》提到"神农之教"⑤,《墨子·尚同中》提到"天子为发政施教"⑥,等等。在此基础上,汉魏以后发展出"教"体。⑦ 先秦的上对下之"教",在文本方面未必有非常独特的文体形态,这在早期的口语文体(如诰、训等)之中是很普遍的现象,但它在功能上具有独特性与限制性⑧,因此在先秦语境中可以看作一种具有文体意味的言语行为。而"教训"之并称,则强调了训体的教诲、教化的功能,这种表述对该类训体的界定加以明晰化了。

而下对上的训词,时人或以"训导"并称之:

---

① 徐元诰《国语集解》,中华书局,2002年,第449页。
② 同上书,第484页。
③ 如《酒诰》"文王诰教小子""其尔典听朕教""尚克用文王教""乃不用我教辞"(《尚书注疏》,《十三经注疏》本,第206、208页);《洛诰》"朕教汝于棐民彝""迓衡不迷文武勤教"(同上书,第215页);《君奭》"无能往来兹迪彝教"(同上书,第224页);《多方》"我惟时其教告之"(同上书,第229页);《顾命》"昔君文王、武王,宣重光,奠丽陈教则肆"(同上书,第238页)等。
④ 徐元诰《国语集解》,中华书局,2002年,第64页;许维遹《吕氏春秋集释》卷四,中华书局,2009年,第88页。
⑤ 许维遹《吕氏春秋集释》卷二一,中华书局,2009年,第593页。
⑥ 孙诒让《墨子间诂》卷三,中华书局,2001年,第79页。
⑦ 《文选》"教"体李善注引蔡邕《独断》云:"诸侯言曰教。"(萧统编,李善注《文选》卷三六,中华书局,1977年,第505页)《文心雕龙·诏策》云:"教者,效也,言出而民效也。契敷五教,故王侯称教。"(刘勰著,詹锳义证《文心雕龙义证》,上海古籍出版社,1989年,第754页)
⑧ 功能是早期文体分类的重要标准。郭英德先生指出:"中国古代的文体分类正是从对不同文体的行为方式及其社会功能的指认中衍生出来的。"(郭英德《中国古代文体学论稿》,北京大学出版社,2005年,第29页)。郗文倩《中国古代文体功能研究——以汉代文体为中心》第一章"文体功能——'体'的潜在要义"对此问题有深入研究,上海三联书店,2010年。

自卿以下至于师长士，苟在朝者，无谓我老耄而舍我，必恭恪于朝，朝夕以交戒我，闻一二之言，必诵志而纳之，以训导我。（《国语·楚语上》）①

楚之所宝者曰观射父，能作训辞，以行事于诸侯……若诸侯之好币具，而导之以训辞，有不虞之备，而皇神相之，寡君其可以免罪于诸侯，而国民保焉。（《国语·楚语下》）②

按，《国语·楚语上》云："在舆有旅贲之规，位宁有官师之典，倚几有诵训之谏，居寝有亵御之箴，临事有瞽史之导，宴居有师工之诵，史不失书，矇不失诵，以训御之，于是乎作《懿》诗以自儆也。"③从语境来看，《国语》应是将"导"看作与规、典、谏、箴、诵等并列的文体。而"训导"的并称，则进一步明确了这种训辞自下而上的内涵。

对记载典章制度、风土百物之书，时人则往往以"训典"并称之：

告之训典。（《左传·文公六年》）④

端刑法，缉训典。（《国语·晋语八》）⑤

又有左史倚相，能道训典以叙百物，以朝夕献善败于寡君，使寡君无忘先王之业。（《国语·楚语下》）⑥

综上所述，先秦人通过训命、教训、训导、训典等并称，以区分内涵相当复杂的"训"体，使其所指更为明确。如果单称"训"，则有可能造成指称上的歧义。当然，这种区辨是初步的、零散的，既非系统，亦未必是确凿不变的定例。如《国语·周语上》云"宣王欲得国

---

① 徐元诰《国语集解》，中华书局，2002年，第501页。
② 同上书，第526—527页。
③ 同上书，第501—502页。
④ 杜预注，孔颖达疏《春秋左传注疏》卷一九上，阮元校刻《十三经注疏》本，第1844页。此"训典"应为典章制度之书，参见杨伯峻编著《春秋左传注》（修订本），中华书局，1990年，第548页。
⑤ 徐元诰《国语集解》，中华书局，2002年，第425页。
⑥ 同上书，第526页。

子之能训导诸侯者"①的"训导",便非下对上的训,而是有治理之义。这充分显示出先秦文体边界较为模糊的特点。虽然如此,总体而言,各种训体的并称还是在一定程度上避免了歧义,体现了称述者对该体初步的区辨意识,在文体观念的发展上有积极意义。

例二,先秦有册祝、册告、册命之体,由于三者皆以简册作为书写载体,故都以"册"或"策"命名。

早在商代,"册"已有以简册祝告神灵之义,如甲骨文有"册用"的用例:

> 叀旧册牢用。王受又。(《合集》30684)
> 叀丁且袾用二牢。王受又。(《合集》27324)
> 岳叀。叀旧袾用三牢。王受又。(《合集》30414)

以上用例表明册、袾与"用"连用时可通用。"袾"字甲骨文字形作袾,从示从册,是用于指称祭祀之册的专用字②,可见殷商时期有专门用于祭祀祝告之册书。

> 辛卯卜,其册妣辛。(《合集》27560)

此条卜辞的"册"作动词,意即以简册祭告祖先。

除了"册用",甲骨文还有"祝用"的用例:

> 癸未贞,叀兹祝用。(《屯南》771)
> 㝬年上甲、示壬。叀兹祝用。(《屯南》2666)

对于"册用"与"祝用"的联系与区别,郭沫若先生有明确的解释。针对《合集》30398的"叀册用"与"叀高祖夒祝用王受又",郭沫若释云:"'叀册用'与'叀祝用'为对贞,祝与册之别,盖祝以辞告,册以策告也。"③因此可知,祝与册在商代的语境中分别指两种有

---

① 徐元诰《国语集解》,中华书局,2002年,第23页。
② 于省吾主编《甲骨文诂林》,中华书局,1996年,第2964页。
③ 郭沫若《殷契粹编》,科学出版社,1965年,第343—344页。

所区别的祭仪,由于都是以辞告神,故都具有相当的文体意味。

在商代,还有"禹册"之"册",其例甚多,对这种"册"的释义,学界至今仍有不同看法,大致而言,有册命①、书写战争誓词或出兵命令的典册②、王的诰命③等理解。"册"作为用于封赏的册书,在周原甲骨中或有相关的证据:

☐文武☐王其邵帝☐天☐典曹周方白☐☐由正,亡左𠂇☐【王】受又=。(《周原》H11:82)④

关于"典曹周方白",有学者认为是对商王册封周方伯的记载⑤,可备一说。总而言之,从商代至周初,"册"有着丰富的内涵,其用法表明它已经具有独立的文体意义,相信时人在实际使用中亦不会混淆。然而,正是因为"册"的含义非常丰富,以其作为文体的命名,给后人的理解造成了相当大的困难。

最迟到西周中期,册命之礼已经基本固定而程式化了,西周铜器册命铭文所记载的册命之辞显示其已成为一种比较规范的成熟文体,西周人以"册令(命)"之并称指称这种文体,其例甚多,仅举一例:

史减受王令书,王乎尹氏册令迷。(四十三年迷鼎,《新收》747)

由此,人们对这一文体的指称亦相当明确了。

到春秋战国时期,有时仍会单用"册""策"指称某种文体,如《国语·晋语五》:"故川涸山崩,君为之降服出次,乘缦不举,策于上

---

① 于省吾《释禹册》,《双剑誃殷契骈枝续编》,中华书局,2009年;齐文心《释读"沚馘禹册"相关卜辞——商代军事制度的重要史料》,《2004年安阳殷商文明国际学术研讨会论文集》,社会科学文献出版社,2004年。
② 王宇信《周原庙祭甲骨"曹周方伯"辨析》,《文物》1988年第6期。
③ 李宗焜《卜辞"禹册"与〈尚书〉之"诰"》,《"中研院"历史语言研究所集刊》第80本第3分,2009年。
④ 曹玮编著《周原甲骨文》,世界图书出版公司北京公司,2002年,第62页。
⑤ 杨升南《周原甲骨族属考辨》,《殷都学刊》1987年第4期。

帝,国三日哭,以礼焉。"韦昭注:"策于上帝,以简策之文告天也。"①由此推断,"策"应指册祝或册告的仪式,然而原文并未明言。

又如《逸周书·克殷》:"尹逸策曰:'殷末孙受,德迷先成汤之明,侮灭神祇不祀,昏暴商邑百姓,其彰显闻于昊天上帝。'"②"策"通"册"。从原文来看,并不能轻易辨明是何种"册"体。《史记·周本纪》记载同一史实,云"尹佚策祝曰……"③,才明确其指称的为册祝之体。

相比之下,《尚书·金縢》记载周公为武王祷病,云:"史乃册祝曰:'惟尔元孙某……'"④《尚书·洛诰》:"王命作册逸祝册,惟告周公其后。"⑤则以"册祝""祝册"并称,对文体的界定更为明晰了。

又有"册(策)告"之并称。"告"是一种特定的祭仪,更强调告事的性质,其起源颇早,在甲骨文中可见为数众多的以"告"命名的祭祀方式⑥,只是其时不结合简册使用,推测其仅限于口头的祝告。到了春秋战国时期,出现了"册(策)告"的称谓,其用例如:

《训语》有之曰:"夏之衰也,褒人之神化为二龙,以同于王庭,而言曰:'余,褒之二君也。'夏后卜杀之与去之与止之,莫吉。卜请其漦而藏之,吉。乃布币焉,而策告之。龙亡而漦在,椟而藏之,传郊之。"⑦

所谓册告,即以简策之书告龙而请其漦。又如:

---

① 徐元诰《国语集解》,中华书局,2002年,第384页。
② 黄怀信、张懋镕、田旭东《逸周书汇校集注》(修订本),上海古籍出版社,2007年,第354—355页。
③ 司马迁撰,裴骃集解,司马贞索隐,张守节正义《史记》卷四,中华书局,2014年,第162页。
④ 旧题孔安国传,孔颖达疏《尚书注疏》卷一三,阮元校刻《十三经注疏》本,第196页。
⑤ 同上书卷一五,第217页。
⑥ 参见李冠兰《先秦礼文化与文体学研究》第一章第一节"商代的祭祀言说活动",中山大学博士学位论文,2015年。
⑦ 徐元诰《国语集解》,中华书局,2002年,第473—474页。

第三章　早期文体命名、分类与文体观念　163

　　☐毀祷佩玉,各䚄璜。册告自文王以就圣趄王,各柬锦珈璧。(新蔡葛陵楚简·甲三137)①
　　☐☐其古以册告。軓获☐(望山楚简·九三)②
　　太祝以王命作策策告太宗,王命☐☐秘,作策许诺,乃北向繇书于内楗之门。(《逸周书·尝麦》)③

　　由上几例可知,册告是一种特定的祭仪,其对象主要是祖先。"册告"的并称,既涉及书写祝告之辞的册书,也突显这种文体告事的性质。

　　由此可见,先秦的"册"体有多种内涵,但由于都以载体命名,容易相混。先秦人通过"册祝""册告""册令(命)"等并称方式,有意无意地为这些文体划清了界限,这是初步的文体辨别、分类意识的显现。需要特别说明的是,对先秦的同义连用、复合词与词组等语法现象的分析与判断,有时是见仁见智的。如蒋书红认为西周金文中的"册"只用作名词,故"册命""册赍""册告"等应看作一个词,而非动词性半凝固结构甚至词组。④ 而有些学者则认为"册"具有动词性,如向光忠指出甲骨文的"册祝"、金文的"册易""册命"的"册"均含行为义⑤,张美兰、刘宝霞认为金文的"册易""册命"为同

---

① 河南省文物考古研究所编著《新蔡葛陵楚墓》,大象出版社2003年,第192页、图版九一。
② 商承祚编著《战国楚竹简汇编》,齐鲁书社,1995年,第214页。另参见宋华强《新蔡葛陵楚简初探》,武汉大学出版社,2010年,第270页。
③ 黄怀信、张懋镕、田旭东《逸周书汇校集注》(修订本),上海古籍出版社,2007年,第728—729页。
④ 蒋书红认为,"册"在商代甲骨文、西周甲骨文和金文中都没有单用作动词,而是与命、告、赐、赍等连用,所以"册"作名词修饰动词形成的偏正结构间的结合紧密度,要比"册"活用作动词后再与其他动词连用所形成的连用成分间的结合紧密度更强一些。因此,蒋先生认为册命、册赍、册告等应看作一个词,而非动词性半凝固结构甚至词组(《西周汉语动词研究》,暨南大学出版社,2013年,第236—237页)。这个结论是可商榷的,因蒋先生又指出:"如果'册'在西周甲骨文和西周金文中能够单用作动词,我们会将'册命''册赐''册赍''册告'这一类都看作动词性半凝固结构甚至是词组,而非直接看成动词。"事实上,在商代甲骨文便可见"册"作动词的用例。
⑤ 向光忠《文字学刍论》,商务印书馆,2012年,第186页。

义动词连用①,等等。事实上,早在商代,册便用作动词。② 到了春秋以后,亦有"策"单用作动词以表示册祝或册告之义(具见上文所举例子)。而且,殷商甲骨文有"册祝""祝册"的用例:

> 册祝。(《合集》30648)
> 丙午贞:酒人册祝。(《合集》32285)
> □卜。萃祝册□毓且乙叀牡。(《屯南》2459)

春秋战国时期亦有"册祝""祝册"两种用法,因此"册""祝"可以理解为并列关系。再者,册、祝、告、令(命)都具有独立的文体内涵,故不妨将册祝、册告、册命等看作文体并称。

综上可知,先秦时期虽然并没有成熟的辨体观念,但人们对文体类别的分辨、研判,就是在这些只言片语中逐步建立起最初步的、无形的体系。可以说,在先秦诸体边界较为模糊的客观背景下,如果没有文体并称的方法,诸种相似文体之间的辨别便会更为困难。

三 先秦文体观念的泛化与文体类聚观

春秋战国以后,作为复合词的文体并称开始增多。根据语言学的观点,组成复合词的语素可以单独成词,"但是组合后的意义不是语素意义简单相加,而是构成了一个更概括抽象的意义"③。陆宗达、王宁指出:"在汉语词汇发展的早期,词汇的意义偏于综合,统称很多。以后思维细密了,又趋向分析……待双音节合成词大量产生,改用词素组合来区别近似事物,词汇的发展又趋于综合了。"④从文体学的角度来看,这种文体并称的现象,说明了先秦人通过对已

---

① 张美兰、刘宝霞《西周金文的双宾语》,《中国文字研究》第14辑,大象出版社,2011年,第61、63页。
② 向光忠《文字学刍论》,商务印书馆,2012年,第186—187页。
③ 郭锡良《先秦汉语构词法的发展》,《汉语史论集》(增补本),商务印书馆,2005年,第158页。
④ 《文史知识》编辑部编《经书浅谈》,中华书局,2005年,第125页。

有的文体称名的组合和再造,指称更为抽象的文体概念,反映了先秦文体观念的泛化倾向。再者,对文体命名的同义并称,又体现了先秦人对相似文体的类聚观念,即对文体的认知不只"辨异",还有"识同"的意识。

举例而言,先秦"歌""谣"的概念,一开始是有所区别的。《诗·魏风·园有桃》:"心之忧矣,我歌且谣。"《毛传》:"曲合乐曰歌,徒歌曰谣。"①可见早期"歌""谣"的概念已有所不同。战国以后,出现"歌谣"之并称:

> 歌谣謸笑,哭泣谛号,是吉凶忧愉之情发于声音者也。(《荀子·礼论》)②

> 中山之俗,以昼为夜,以夜继日,男女切倚,固无休息,康乐,歌谣好悲。其主弗知恶。此亡国之风也,臣故曰中山次之。(《吕氏春秋·先识览》)③

此"歌谣"之并称,超出了合乐之歌或徒歌之谣的单一内涵,而指称一个更为抽象和概括的概念,即歌唱之义。④

同理,又有"讴歌""歌讴"之并称。如:

> 讴歌者不讴歌益而讴歌启,曰:"吾君之子也。"(《孟子·万章上》)⑤

> 故近者歌讴而乐之,远者竭蹶而趋之。(《荀子·儒效》)⑥

> 管子得于鲁,鲁束缚而槛之,使役人载而送之齐,其讴歌而

---

① 郑玄笺,孔颖达疏《毛诗注疏》卷五,阮元校刻《十三经注疏》本,第357页。
② 王先谦《荀子集解》卷一三,中华书局,1988年,第364页。
③ 许维遹《吕氏春秋集释》卷一六,中华书局,2009年,第397—398页。
④ 舒大清指出:"大而言之,歌谣相近甚而相同,故歌谣二字常连在一起,泛称歌唱活动,或指一般歌咏歌曲。"(《谣本义考及与歌、风谣关系辨析》,左东岭主编《文学前沿》第10辑,学苑出版社,2005年,第241页)
⑤ 焦循《孟子正义》卷一九,中华书局,1987年,第647页。
⑥ 王先谦《荀子集解》卷四,中华书局,1988年,第121页。

引。(《吕氏春秋·顺说》)①

宁戚之讴歌兮,齐桓闻以该辅。(《楚辞·离骚》)②

事实上,"讴"之本义,或指某个地域的歌唱方式,如齐讴、蔡讴。《说文解字》云:"讴,齐歌也。"③《孟子·告子下》:"昔者王豹处于淇而河西善讴,绵驹处于高唐而齐右善歌。"④《楚辞·招魂》:"吴歈蔡讴,奏大吕些。"⑤《初学记》引梁元帝《纂要》曰:"齐歌曰讴,吴歌曰歈,楚歌曰艳,淫歌曰哇。"⑥诸例皆提示"讴"的地域化特征。当然,亦有观点认为讴、谣、歌等称名具有相似的内涵。⑦ 这涉及对同义词的训诂"浑言无别,析言有别"的原则,在此不深入论述。而"讴歌""歌讴"之并称,所指无疑更为抽象,泛指歌唱的言语活动。

在祭祝类文体中,祝、嘏之义本各有别。所谓"祝以孝告,嘏以慈告"(《礼记·礼运》)⑧,祝、嘏本指在祭祀活动中的两个不同环节及其中所使用的言辞。两者并称之时,则泛称祭祝之辞,《礼记·礼运》云:

---

① 许维遹《吕氏春秋集释》卷一五,中华书局,2009 年,第 381 页。
② 洪兴祖《楚辞补注》,中华书局,1983 年,第 38 页。
③ 关于"齐歌"何解,有二说,段玉裁《说文解字注》有详细解释:"师古注《高帝纪》曰:'讴,齐歌也。谓齐声而歌。或曰齐地之歌。'按,假令许意齐声而歌,则当曰'众歌',不曰'齐歌'也。李善注《吴都赋》引曹植《妾薄相行》曰:'齐讴楚舞纷纷。'《太平御览》引《古乐志》曰:'齐歌曰讴,吴歌曰歈,楚歌曰艳,淫歌曰哇。'若《楚辞》'吴歈蔡讴'、《孟子》'河西善讴',则不限于齐也。"(许慎撰,段玉裁注《说文解字注》,上海古籍出版社,1988 年,第 95 页)综合各种材料,则可知古人一般认为"齐歌"为"齐地之歌"。
④ 焦循《孟子正义》卷二四,中华书局,1987 年,第 831 页。
⑤ 洪兴祖《楚辞补注》,中华书局,1983 年,第 211 页。
⑥ 徐坚等《初学记》卷一五,中华书局,1962 年,第 376 页。
⑦ 杜文澜云:"讴有徒歌之训,亦可训谣。(自注:《庄子·大宗师篇》释文云:'讴,歌谣也。')吟本训歌,与讴谣之义相近。唱可训歌,诵亦可训歌。噪有欢呼之训。呼亦歌之声,并与讴谣之义相近。故谣可借讴以称之,又可借吟唱诵噪以称之。"(杜文澜辑《古谣谚》"凡例",中华书局,1958 年,第 5 页)
⑧ 郑玄注,孔颖达疏《礼记注疏》卷二一,阮元校刻《十三经注疏》本,第 1417 页。

  修其祝嘏,以降上神与其先祖。①

  祝嘏莫敢易其常古,是谓大假。祝嘏辞说,藏于宗祝巫史,非礼也,是谓幽国。②

  故先王秉蓍龟,列祭祀,瘗缯,宣祝嘏辞说,设制度,故国有礼,官有御,事有职,礼有序。③

对祝嘏之并称,体现了先秦人对祝官所掌文体的认识持泛化的观念,将该系列的二级文体统视为一个大类。

又如誓戒与禁令,是相当容易混淆的两种文体。《周礼·秋官·士师》有云:

  掌国之五禁之法,以左右刑罚。一曰宫禁,二曰官禁,三曰国禁,四曰野禁,五曰军禁,皆以木铎徇之于朝,书而县于门闾。以五戒先后刑罚,毋使罪丽于民。一曰誓,用之于军旅。二曰诰,用之于会同。三曰禁,用诸田役。四曰纠,用诸国中。五曰宪,用诸都鄙。④

从《周礼》原文看来,"五禁"与"五戒"应有所区别。然而先儒便有混淆两者的,如贾疏认为戒与禁"谓典法则,亦是所用异,异其名耳,同是告语,使不犯刑罚"⑤。事实上,从其具体内容来看,禁具有正式的书面形态("书而县于门闾"),接近法律条文;戒则更强调告语的性质,是将禁令告知相关人员,并警诫其遵守,否则将施以刑罚,具有威慑作用。沈家本云:"五戒先后刑罚与五禁之左右刑罚,其意同而其事不同,五禁必有科条,五戒则但为文诰。观于《汤

---

  ① 郑玄注,孔颖达疏《礼记注疏》卷二一,阮元校刻《十三经注疏》本,中华书局,1980年,第1416页。
  ② 同上书,第1417—1418页。
  ③ 同上书卷二二,第1425页。
  ④ 郑玄注,贾公彦疏《周礼注疏》卷三五,阮元校刻《十三经注疏》本,第874页。
  ⑤ 同上书,第875页。

誓》诸篇,其体制可见大概。"①可谓卓识。以下两条材料清晰地反映出禁、戒的区别:

> 正月之吉,始和布刑于邦国都鄙,乃县刑象之法于象魏,使万民观刑象,挟日而敛之。(《周礼·秋官·大司寇》)②
>
> 正岁,帅其属而观刑象,令以木铎,曰:"不用法者,国有常刑。"令群士,乃宣布于四方,宪刑禁。(《周礼·秋官·小司寇》)③

正月之吉,大司寇将"刑象之法"悬挂于象魏,使万民观之。所谓"刑象之法",乃禁令、刑禁之属,有法律条文的性质。正岁,小司寇率领下属观刑象,并"令"曰:"不用法者,国有常刑。"此"令"实为誓戒的缩略内容。首先,第一节已阐述了誓命(令)、誓戒本为一体;其次,类似"不用法者,国有常刑"的句式,是誓戒之体的常用语。④ 由此可见,"戒"是辅助"禁"的,换言之,相关职官往往通过誓戒的方式(口头警诫,或者读出书面的誓戒文本⑤),使人们更为清楚地了解各种刑禁之法,以警敕其遵守。

然而,在具体的文献中,各种并称却是纷繁错出,兹举数例:

---

① 沈家本《历代刑法考:附寄簃文存》,中华书局,1985年,第826页。
② 郑玄注,贾公彦疏《周礼注疏》卷三四,阮元校刻《十三经注疏》本,第871页。
③ 同上书卷三五,第874页。
④ 如《礼记·明堂位》云:"各扬其职,百官废职服大刑。"郑玄便认为是郊祭时对百官誓戒之辞的省略(见《周礼·天官·大宰》"祀五帝,则掌百官之誓戒与其具修"下郑注,《十三经注疏》本,第649页)。《国语·越语上》:"句践既许之,乃致其众而誓之曰:'……进则思赏,退则思刑,如此则有常赏。进不用命,退则无耻,如此则有常刑。'"(徐元诰《国语集解》,中华书局,2002年,第571—572页)《尚书·费誓》多有"汝则有常刑""汝则有大刑""汝则有无余刑"等语(《十三经注疏》本,第255页)。
⑤ 文献有记载预先写定誓戒文本之例,如《周礼·秋官·讶士》:"凡邦之大事聚众庶,则读其誓禁。"贾公彦疏:"大事者,自是在国征伐之等,聚众庶非诸侯之事也,则讶士读其誓命之辞及五禁之法也。"(《十三经注疏》本,第877页)《孔丛子·问军礼》云:"先期三日,有司明以敌人罪状告之史。史定誓命、战日。将帅陈列车甲卒伍于军门之前,有司读诰誓,使周定三令五申。"(傅亚庶《孔丛子校释》,中华书局,2011年,第420页)

1. 誓禁：

　　凡邦之大事聚众庶，则读其誓禁。(《周礼·秋官·讶士》)①

2. 戒禁、政令戒禁：

　　凡用众庶，则掌其政教与其戒禁，听其辞讼，施其赏罚，诛其犯命者。(《周礼·地官·小司徒》)②

　　凡其党之祭祀、丧纪、昏冠、饮酒，教其礼事，掌其戒禁。(《周礼·地官·党正》)③

　　各掌其族之戒令政事。……若作民而师田行役，则合其卒伍，简其兵器，以鼓铎旗物帅而至，掌其治令、戒禁、刑罚。(《周礼·地官·族师》)④

　　各掌其遂之政令戒禁。(《周礼·地官·遂师》)⑤

　　掌其政令戒禁，听其治讼。(《周礼·地官·遂大夫》)⑥

3. 戒令：

　　若国作民而师田行役之事，则帅而致之，掌其戒令与其赏罚。岁终，则会其州之政令。正岁，则读教法如初。(《周礼·地官·州长》)⑦

　　凡作民，则掌其戒令。(《周礼·地官·鄙师》)⑧

　　凡岁时之戒令皆听之，趋其耕耨，稽其女功。(《周礼·地官·酂长》)⑨

---

① 郑玄注，贾公彦疏《周礼注疏》卷三五，阮元校刻《十三经注疏》本，第877页。
② 同上书卷一一，第711页。
③ 同上书卷一二，第718页。
④ 同上书，第718—719页。
⑤ 同上书卷一五，第741页。
⑥ 同上书，第742页。
⑦ 同上书卷一二，第717—718页。
⑧ 同上书卷一五，第742页。
⑨ 同上书，第743页。

4. 戒令纠禁：

　　掌王宫之戒令纠禁。(《周礼·天官·宫正》)①

　　掌其戒令纠禁，听其狱讼。……凡四时之田，前期，出田法于州里，简其鼓铎、旗物、兵器，修其卒伍。及期，以司徒之大旗致众庶，而陈之以旗物，辨乡邑而治其政令刑禁，巡其前后之屯，而戮其犯命者，断其争禽之讼。(《周礼·地官·乡师》)②

5. 纠戒：

　　各掌其乡之民数而纠戒之。(《周礼·秋官·乡士》)③

　　各掌其党之政令教治。及四时之孟月吉日，则属民而读邦法，以纠戒之。(《周礼·地官·党正》)④

在这些诸多并称之中，已难以区分禁、戒，实际上作者已经将其作为泛化的称谓来使用，概括地指称一系列相关的文体，包括刑法、禁令以及相关的誓戒文告。

先秦人通过对两个以上文体称名的并举，表达更为概括而泛化的文体观念。与此同时，选择何种文体称名以并称之，又反映了先秦人对相似文体的类聚观。

举例而言，先秦人对政事上的箴谏规诲之辞，往往通过并称而类聚以观之：

　　史为书，瞽为诗，工诵箴谏，大夫规诲，士传言，庶人谤，商旅于市，百工献艺。(《左传·襄公十四年》)⑤

　　余左执鬼中，右执殇宫，凡百箴谏，吾尽闻之矣，宁闻他言？

---

① 郑玄注，贾公彦疏《周礼注疏》卷三，阮元校刻《十三经注疏》本，第657页。
② 同上书卷一一，第713—714页。
③ 同上书卷三五，第875页。
④ 同上书卷一二，第718页。按：除上举数例之外，《周礼》还可见为数不少的"禁令""刑禁"之并称，则指刑法及"五禁"之类的禁令等，可以与"戒"区别开来。
⑤ 杜预注，孔颖达疏《春秋左传注疏》卷三二，阮元校刻《十三经注疏》本，第1958页。

(《国语·楚语上》)①

得傅说以来,升以为公,而使朝夕规<u>谏</u>。(《国语·楚语上》)②

既得以为辅,又恐其荒失遗忘,故使朝夕规<u>诲箴谏</u>。(《国语·楚语上》)③

昔楚灵王不君,其臣<u>箴谏</u>不入。(《国语·吴语》)④

事实上,箴、谏、规、诲等,本各有职官执掌,《国语·周语上》有云:"故天子听政,使公卿至于列士献诗,瞽献曲,史献书,师箴,瞍赋,矇诵,百工谏,庶人传语,近臣尽规,亲戚补察,瞽史教诲,耆艾修之,而后王斟酌焉,是以事行而不悖。"⑤先秦人并称而混言之,用以指称范围更为广泛的进谏之辞。同时,又可得知,先秦人将箴、谏、规、诲视为一个文体系列,意味着他们已意识到诸体的共性。

文体并称现象所显示出来的文体观念的泛化与文体类聚观,是符合先秦文体的客观状况的。先秦时期的一些相关联的文体,从体式、形态等方面来看,并没有十分明显的区别,而只是在相关的仪式或仪节、使用的主体与对象、地域以及演唱方式等方面有所不同,人们才对其有所区分。如辨析先秦歌、谣、讴各体的讨论,古来多有之。然而回到先秦文献的具体语境,这几种文体命名所对应的实际文本却未必有大的分别。从《左传》《国语》对歌、谣、讴的文本的称引来看,三者在文体形态上区别并不大:

乡人或<u>歌</u>之曰:"我有圃,生之杞乎,从我者子乎,去我者鄙乎,倍其邻者耻乎,已乎已乎,非吾党之士乎?"(《左传·昭公十二年》)⑥

---

① 徐元诰《国语集解》,中华书局,2002年,第502—503页。
② 同上书,第503页。
③ 同上书,第504页。
④ 同上书,第541页。
⑤ 同上书,第11—12页。
⑥ 杜预注,孔颖达疏《春秋左传注疏》卷四五,阮元校刻《十三经注疏》本,第2063页。

乃歌曰:"暇豫之吾吾,不如鸟乌。人皆集于苑,己独集于枯。"(《国语·晋语二》)①

齐人责稽首,因歌之曰:"鲁人之皋,数年不觉,使我高蹈。唯其儒书。以为二国忧。"(《左传·哀公二十一年》)②

城者讴曰:"睅其目,皤其腹,弃甲而复。于思于思,弃甲复来。"(《左传·宣公二年》)③

筑者讴曰:"泽门之晳,实兴我役,邑中之黔,实慰我心。"(《左传·襄公十七年》)④

童谣云:"丙之晨,龙尾伏辰,均服振振,取虢之旂。鹑之贲贲,天策焞焞,火中成军,虢公其奔。"(《左传·僖公五年》)⑤

从以上所举诸例来看,歌、讴、谣或为四言体,或为杂言体。歌、讴在体式上更为接近,不少作品有相对固定的句式,如"已乎已乎,非吾党之士乎""于思于思,弃甲复来"等。谣主要为四言句式,而一些被认定为歌、讴的作品亦以四言句式呈现。总体而言,歌、讴、谣在文体形态上有较大的相似性,这是三者并称的客观基础。

先秦人对这些文体的并称,反映了他们对这些文体的认知并不是泾渭分明的,而是持一种泛化、混而言之的观念。人们在潜意识中认为它们是一组相互联系的文体群。这一观念虽未得以明言,但是可以从文体并称的现象中体现出来。对某一系列相似的文体,先秦人往往下意识地将其归为一个大类,故对其统而言之。而对何种文体统而言之,则体现了对该系列文体的"识同"倾向。事实上,对文体的认知,"辨异"固然非常重要,而"识同"之观念同样值得重

---

① 徐元诰《国语集解》,中华书局,2002年,第276页。
② 杜预注,孔颖达疏《春秋左传注疏》卷六〇,阮元校刻《十三经注疏》本,第2181页。
③ 同上书卷二一,第1866页。
④ 同上书卷三三,第1964页。
⑤ 同上书卷一二,第1795页。

视。"识同"体现了人们对相似文体的共性的认知,是文体类聚的先声。因此,对文体之"识同",是文体观念特别是分类观念发展的一个重要方面。而且,通过对文体并称与文体辨异的研究加以对比,我们可以发现,在先秦时期,反映文体的识同与泛化观念的并称现象,比反映文体辨异意识的例子更为普遍。这说明先秦人的文体意识,更多的是一种"泛文体"的观念,而辨体意识仍处于滥觞期。

对文体的识同意识,在后世的文体论中亦多有体现。曹丕《典论·论文》有言:"奏议宜雅,书论宜理,铭诔尚实,诗赋欲丽。"①李充《翰林论》:"在朝辨政而议奏出,宜以远大为本。"又云:"盟檄发于师旅。"②将议与奏、盟与檄分别聚而论之。《文章流别论》云:"诗、颂、箴、铭之篇。"③四体相互关联。刘勰《文心雕龙》更以"颂赞""祝盟""铭箴""诔碑""哀吊""谐讔""论说""诏策""檄移""章表""奏启""议对"作为篇名分组论述诸种文体,涵盖范围更为全面。《颜氏家训·文章篇》云:"夫文章者,原出《五经》:诏命策檄,生于《书》者也;序述论议,生于《易》者也;歌咏赋颂,生于《诗》者也;祭祀哀诔,生于《礼》者也;书奏箴铭,生于《春秋》者也。"④以五经为目,将各体类而聚之,以辨其源流。至此,文体并称已经突破先秦的定式,不再是复合词,而是词组,词组内各个语素有着明确的文体内涵。这种文体并称的方式,更多地体现出对文体的内涵、风格、类别、源流的概括性认识,识同观念可谓达致成熟。这都是有意识的文体并称,体现了自觉的文体类聚观念,是建立在文体发展充分成熟的基础之上的。相比之下,先秦的文体并称,更多地体现为一种潜在的集体意识,是基于先秦文体发展的客观现实、出于语言运用的惯性和潜在的文体意识驱动而不自觉地产生的一种文体学

---

① 萧统编,李善注《文选》卷五二,中华书局,1977年,第720页。
② 严可均校辑《全上古三代秦汉三国六朝文·全晋文》卷五三,中华书局,1958年,第1767页。
③ 同上书卷七七,第1906页。
④ 王利器《颜氏家训集解》(增补本),中华书局,1993年,第237页。

现象。在文体论尚未成型的先秦时代,这一现象无疑为我们提供了一条窥见先秦人文体泛化与类聚观念的路径。

综上所述,对文体并称现象的研究,为我们认识先秦文体复杂的名实关系提供了一个比较清晰的思路。在先秦,文体之实与文体之名准确地一一对应的情况是较为鲜见的,更为常见的是一种文体之名对应多种文体,或一种文体具有多种命名,也可能是多种文体具有相似的文体形态,文体的边界较为模糊。在对先秦文体的名实关系进行细致辨别的基础之上,对文体并称现象的研究向我们提出了这样的一个启示,即对于先秦文体,对其本体的研究固然十分重要,而从文体边界的模糊性出发去认识先秦文体内涵的多样性,以及相似文体类而聚之的特性亦值得重视。对于先秦文体的名与实,有时并不能作过于囿于字面的区分。此外,对文体并称的研究,还有助于认识先秦人的文体观念。文体并称揭示了时人对文体内涵的多维度理解,并反映了他们初步的文体辨异与文体类聚观念,尽管这种观念更多的是潜在的、不自觉的。在先秦的文体并称现象中,体现出文体类聚与泛化观念的例子比文体辨异观念的例子更为普遍。这说明了在先秦时代,文体的识同比辨异意识更为显著。换言之,在先秦"泛文体"占据主流的背景下,时人对文体的认知更倾向于浑化而通言之,而非明晰而别异之。

第四章　从六经之学到文体之学

"六经"或"六艺"概念的形成有一个历史发展过程。朱自清在《诗言志辨》中说:"六艺中早先只有'《诗》《书》《礼》《乐》'并称。"他举出《论语·述而》"《诗》《书》执礼,皆雅言也"和《泰伯》"兴于《诗》,立于《礼》,成于《乐》"为例,总结说:"前者《诗》《书》和《礼》并称,后者《诗》和《礼》《乐》并称。"①后来,才有"六经"("六艺")②"五经"之说。《庄子·天运》说:"孔子谓老聃曰:'丘治《诗》《书》《礼》《乐》《易》《春秋》六经,自以为久矣,孰知其故矣。'"③这是"六经"之说。班固《汉书·儒林传》曰:"古之儒者,博学虖《六艺》之文。《六艺》者,王教之典籍,先圣所以明天道,正人伦,致至治之成法也。"④这是"六艺"之说。班固在《白虎通·五经》中则说:"《五经》何谓?《易》《尚书》《诗》《礼》《春秋》也。"⑤这是"五经"之说。汉武帝立《诗》《书》《易》《礼》《春秋》为五经博士,教授五经。"六经""五经"之说的差别在于是否包括《乐经》在内。汉以后

---

① 朱自清《诗言志辨 经典常谈》,商务印书馆,2011年,第106页。
② "六艺"一词,既指六经,也可以指古代教育学生的六种科目。如《周礼·地官·大司徒》:"三曰六艺:礼、乐、射、御、书、数。"关于"六经"或"六艺"的次序,有两种排列方式,即以《诗》为首和以《易》为首。先秦时期,多以《诗》为首。汉代以来,以《易》为首的六经排序渐为主流。《易》被称为"六经之首"或"五经之首"。班固《汉书·艺文志》依刘向《六艺略》之序则为:《易》《书》《诗》《礼》《乐》《春秋》。《文心雕龙·宗经》亦以《易》《书》《诗》《礼》《春秋》为序。学界对此多有讨论。可参考廖名春《"六经"次序探源》,《历史研究》2002年第2期。
③ 郭庆藩辑《庄子集释》,中华书局,1961年,第531页。
④ 班固《汉书》卷八八,中华书局,1962年,第3589页。
⑤ 陈立《白虎通疏证》卷九《五经》,中华书局,1994年,第448页。

文献未见《乐经》，学界对此有不同说法。① 有人认为"乐"本无经，而是包含在《诗》《礼》之中，有人则认为《乐经》销毁于秦始皇焚书，但此说法也有争议。② 一般而言，这两种说法对于研究文体学史并不引发矛盾。因"六经"之说对文体的涵盖面更广，故笔者采用"六经"说为题，但文中也包含了"五经"的材料以及相关论述。

六经是中国思想文化之根源，是历史悠久、影响巨大的知识体系。六经的形成有一个历史过程③，孔子对于六经的阐释、形成与传播起了重要影响，正如司马迁在《史记·孔子世家》中说："孔子布衣，传十余世，学者宗之。自天子王侯，中国言六艺者折中于夫子，可谓至圣矣！"④六经在国家治理与人格培养方面，都具有至高无上的地位。六经对于中国传统学术的影响，也是无与伦比的。近代以来，有学者认为，"国学"便是"六艺之学"，一切传统学术皆出于六艺，六艺之学"代表一切固有学术"⑤，这种说法虽然不很全面，但颇具代表性。从文体学角度看，六经记录了中国早期的文体范例，较为详细而真实地呈现了中国早期的思想学术与文体特征，并作为权威范本影响了后代文体的形成。六经体制具有中国早期文

---

① 可参考傅道彬《"六经"文学论》第五章第一节"关于《乐经》存亡问题的理论争鸣"，北京大学出版社，2021年，第197—201页。

② 徐坚等《初学记》卷二一说："古者以《易》《书》《诗》《礼》《乐》《春秋》为六经，至秦焚书，《乐经》亡，今以《易》《诗》《书》《礼》《春秋》为五经。"中华书局，1962年，第497页。邓安生《论"六艺"与"六经"》一文认为："'六艺''六经'习见于我国古代文献中，学术界一般认为是指六部儒家经典。其实，先秦只有五经，并无《乐经》，后人说《乐经》毁于秦始皇焚书，只是主观揣测，并无文献根据。"《南开学报（哲学社会科学版）》2000年第2期。

③ 可参考姜广辉主编《中国经学思想史》第一卷"绪论一"第二节"儒家六经的形成过程"，中国社会科学出版社，2003年，第26—29页。

④ 司马迁撰，裴骃集解，司马贞索隐，张守节正义《史记》卷四七，中华书局，2014年，第2356页。

⑤ 马一浮说："吾国二千余年来普遍承认一切学术之原皆出于此，其余都是六艺之支流。故六艺可以该摄诸学，诸学不能该摄六艺。今楷定国学者，即是六艺之学，用此代表一切固有学术，广大精微，无所不备。"见《泰和宜山会语》，《马一浮集》第1册，浙江古籍出版社、浙江教育出版社，1996年，第10页。

体系统模型的性质。对六经体制的探讨,是早期文体观念的重要组成部分。关于六经与文体关系的讨论,几乎贯通了整个古代社会,在古代文体学发展史上产生了重要影响。这种罕见现象在一定程度上也反映出中国本土文体学的特色。

六经之学对于文体学的影响似乎已成为普遍知识。但六经之学与文体学的性质毕竟完全不同,六经如何从教化之学延伸到文章之学,并且成为文体学渊薮的?六经之学对于文体之学的影响是如何形成的?这些问题都值得我们深入思考。

第一节　六经之教得失论

对不同类型事物的特点加以区分与归纳,这是人类普遍的逻辑思维与行为,也是文学艺术批评思维的共性与基础。辨异是文体分类观念发生的前提,文体观念往往随着对同类文体有别于其他文体的共性之认识而发生。六经与文体学关系的发生,也基于类似的逻辑。

古人很早就分辨出各种艺术类别或元素的内在联系、差异和特点,这在早期典籍中已有不少相关记载。《尚书·尧典》谓:"诗言志,歌永言,声依永,律和声。"①这里描述了上古时代诗、乐、舞一体的原始文艺形态,也记录了"诗""歌""声""律"这四种艺术的联系与不同,简要地说明它们各自的表现对象和形式特色。《礼记·乐记》说:"人心之动,物使之然也。感于物而动,故形于声。声相应,故生变;变成方,谓之音;比音而乐之,及干戚羽旄,谓之乐。"②这既描述了从"声"到"音",从"音"到"乐"的发生过程,同时也阐释了"声""音""乐"三者的联系与差异。这三者密切关联,又处于不

---

① 旧题孔安国传,孔颖达疏《尚书注疏》卷三,阮元校刻《十三经注疏》本,第131页。
② 郑玄注,孔颖达疏《礼记注疏》卷三七,阮元校刻《十三经注疏》本,第1527页。

同层次。"声"是"音"的基础,"音"是有节奏的"声",又是"乐"的基础。"乐"则具有教化作用,与"礼"并称,处于最高的层次。如果说"声""音""乐"三者间的差异尚处于不同层次,"诗""歌""舞"这三种艺术形式则是有差异而并列存在的。《礼记·乐记》又谓:"诗,言其志也;歌,咏其声也;舞,动其容也。三者本于心,然后乐器从之。"①诗、歌、舞三种艺术都本于人心,但其表现形态又有言志、咏声、动容之别,既有同,也有异。诗、歌、舞在早期往往是融合为一体,而非分开的。所以《毛诗序》也说:"情动于中而形于言,言之不足,故嗟叹之,嗟叹之不足,故永歌之,永歌之不足,不知手之舞之,足之蹈之也。"②虽然艺术之体不等同于文体,但上古时期的文学体式,特别是诗歌,与艺术体制确实有比较密切的联系。古人以诗、歌、舞三种艺术类别并列,各言其用,见其不同,这种艺术类别之间的辨异思维和六经体制之间的辨异思维在逻辑上具有"异质同构"的特征。

在早期六经传播过程中,古人对六经之教差别的阐释比较集中。有关六经教化差异与得失的思想观念产生很早,《礼记·经解》就记录了孔子关于六经之教的特点与得失的言论。《礼记·经解》相传是孔子的作品,其中所载孔子言论虽然不一定是孔子本人所言,但无疑代表了当时儒家的思想观念。③《礼记·经解》中,六经之教,即《诗》教、《书》教、《乐》教、《易》教、《礼》教、《春秋》教:

> 孔子曰:"入其国,其教可知也。其为人也,温柔敦厚,《诗》教也;疏通知远,《书》教也;广博易良,《乐》教也;洁静精微,《易》教也;恭俭庄敬,《礼》教也;属辞比事,《春秋》教也。故

---

① 郑玄注,孔颖达疏《礼记注疏》卷三八,阮元校刻《十三经注疏》本,第1536页。
② 郑玄笺,孔颖达疏《毛诗注疏》卷一,阮元校刻《十三经注疏》本,第270页。
③ 关于《礼记·经解》的写作年代,可参考陈桐生《〈礼记·经解〉写作年代考》,《中山大学学报(社会科学版)》2018年第3期,第1—8页。他认为,"可以推断《经解》作于战国后期"。

《诗》之失,愚;《书》之失,诬;《乐》之失,奢;《易》之失,贼;《礼》之失,烦;《春秋》之失,乱。其为人也,温柔敦厚而不愚,则深于《诗》者也;疏通知远而不诬,则深于《书》者也;广博易良而不奢,则深于《乐》者也;洁静精微而不贼,则深于《易》者也;恭俭庄敬而不烦,则深于《礼》者也;属辞比事而不乱,则深于《春秋》者也。"①

郑玄云:"《经解》者,以其记六艺政教得失。"②上面这段话,意谓从一个地方的风俗可以看到六经教化的得失利弊。比如一地民众如果受到《诗》教影响,就会形成温和柔顺、朴实忠厚的风俗,这是正面的影响。但如果不加节制,民众蔽于温柔敦厚,就会失之愚笨。《礼》是讲究社会秩序与社会仪式、礼俗的,受《礼》教影响,民众会形成恭敬庄重的风俗。但如果整个社会过分讲究礼数,就会失之烦琐。在儒家看来,六经之教化皆有积极影响,但如果不加节制,就会产生消极影响。孙希旦云:"深知其义,则有得而无失矣。"③"义"在六经的教化过程中产生重要作用,但具体到各经,又有所侧重。如学《诗》则必须通过"辞"进而获得《诗》的"志"与"兴"。如郝敬所言:"《礼》云:'温柔敦厚,《诗》之教也,其失也愚。'高叟、咸丘蒙执辞遗兴,所以愚耳。古人引《诗》,不必本事,不必泥辞,贵兴而已。不得其兴,辞虽详,与性情无涉。故无兴不可以为《诗》,得志斯得兴矣。"④《诗》具有引类譬喻、意在言外的文辞特色,故学《诗》贵以意逆志,长于感兴,濡染既久,对于世事也更能同情、体会,说话善于含蓄,意在言外,久之则自然形成温柔敦厚的性格;但若"执辞遗兴",拘泥于文字之表,没有理解深层意义的智慧,便会失之愚笨。

---

① 郑玄注,孔颖达疏《礼记注疏》卷五〇,阮元校刻《十三经注疏》本,第1609页。
② 同上。
③ 孙希旦《礼记集解》卷四八《经解》,中华书局,1989年,第1255页。
④ 郝敬《谈经》卷三,《四库全书存目丛书》经部第150册,齐鲁书社,1994—1997年,第770页。

《易》教可以让人通晓事物变化之理,使人有识时通变的智慧,但也可能产生使人诈伪狡黠的弊端。《礼》教通过定亲疏、决嫌疑、别同异、明是非,使人有"敬畏"之心,但如果过分强调礼节规范,就会失之于烦苛。六经教化对于人格培养的得与失,一方面是在民众对经书思想内涵的体会中形成的,另一方面,也是在学习和把握不同经典文辞特征的过程里潜移默化地造就的。综合看来,六经教化之得与失的双重影响,都是由各经的独特体制所生发出来的。古人的这些思想观念充满着古典的辩证智慧。

儒家经典在汉代被推崇到尽善尽美、至高无上的地位。《礼记·经解》讨论六艺政教之"得"是当然之事,而谈到六艺政教都有"失",即"愚""诬""奢""贼""烦""乱"六者,除了"愚"之外,其他都有明显的贬义,这在汉代儒学接受语境中就显得颇为特殊。但由于这是经典所载,"孔子曰",便具有天然的权威性。六经体制及其影响的双重性,也成为汉代学术的一个热门话题,甚至形成某些套语和思维模式。《淮南子·泰族训》提出"六艺异科而皆同道",认为六经都是儒家之道,但又各有差异,而且各有得失:

> 温惠柔良者,《诗》之风也;淳庞敦厚者,《书》之教也;清明条达者,《易》之义也;恭俭尊让者,《礼》之为也;宽裕简易者,《乐》之化也;刺几辩义者,《春秋》之靡也。故《易》之失鬼,《乐》之失淫,《诗》之失愚,《书》之失拘,《礼》之失忮,《春秋》之失訾。①

古人关于六经或五经之所长与所短的说法,由于语境和针对的对象有异而颇有些不同,不过,今人对于古人之语,得其大意可矣。

在古人眼里,六经就是政治、哲学、文学艺术、伦理纲常等所构成的百科全书式的知识体系。同时,六经在表达人类思想感情,记载历史政事,考察事物发展变化的原因,规范伦理道德与社会地位

---

① 刘文典《淮南鸿烈集解》卷二〇,中华书局,1989年,第674页。

等方面,又各有侧重。这一知识体系内部虽然各有差异,但又是统一在"圣人"与"道"之中的。六经之教得失论以六经体制不同论为基础,六经之教或正面、或负面的不同效果,正是由六经体制的差异引起的。所以,六经之教的观念其实已包含了对六经体制差异加以辨析的意识。强调六经之间的差异与得失,目的是从教化的角度提出受教者要兼六经之所长,而去其所短,从而培养出道德学问兼美的高层政治人才。正如《汉书·儒林传》所说:"古之儒者,博学虖《六艺》之文。《六艺》者,王教之典籍,先圣所以明天道,正人伦,致至治之成法也。"①六经之教正是培养在位者的"王教",即王者的教化,所以《春秋繁露·玉杯》说:"君子知在位者之不能以恶服人也,是故简六艺以赡养之。"②六经不仅丰富统治者的知识,培养其道德,也提高其政治智慧。从现代的眼光看,六经之教可以说是古人培养道德、学识与技艺全面发展的人才教育体系。当然,六经之教是教化体系的核心,此外,还有相关的教化内容。比如《周礼·地官·大司徒》记载地官司徒用以教化万民的总则即"十二教",包括"以祀礼教敬""以阳礼教让""以阴礼教亲""以乐礼教和""以仪辨等""以俗教安""以刑教中""以誓教恤""以度教节""以世事教能""以贤制爵""以庸制禄",这十二教的内容也多与六经有所关联。③

第二节 六经体制不同论

六经之所以各有得失,就是由六经体制之不同而引起的。两者之间,具有逻辑的因果关系。

先秦两汉学术史上的一个重要话题,就是六经体制之辨。古人

---

① 班固《汉书》卷八八,中华书局,1962年,第3589页。
② 苏舆《春秋繁露义证》卷一,中华书局,1992年,第35页。
③ 郑玄注,贾公彦疏《周礼注疏》卷一○,阮元校刻《十三经注疏》本,第703页。

很早就注意到六经各有其特征的问题,他们有一个重要共识,就是各经不同的思想内容与语言特征使得六经形成了各具差异、互有得失的体制。六经基于各自独特的思想内容、知识类型和语言形态,形成了彼此互异的鲜明特色。六经的编纂和命名,就包含了对不同经书特色最简要的概括与标识。六经的体制之别是客观存在的,这不仅体现在六经之间已有文体上的差异,而且体现在六经内部也存在明确的文体分类。所以,六经堪称中国早期最经典、最系统的文体分类范式。

中国古代的六经之教是一个先后有序的教化系统,教化的先后次序,其底层逻辑其实就是六经体制不同论。这种观念由来已久。《论语·泰伯》:"兴于《诗》,立于《礼》,成于《乐》。"孔子从系统教育的角度,提出《诗》《礼》《乐》三者的不同作用与教育次序①,要求学生不仅要讲个人的修养,而且要有全面的知识和广泛的技能。《诗》表现的是人性最基本的感情需求,它具有强大的感染力,可以启迪心智、陶冶性情,使人懂得人生的真义,故以学习《诗》为开始。《礼》是国家的制度规范,也是人的行为规范,以《礼》培养崇高人格,可使人卓然自立于社会群体之间,故以学《礼》作为立身的根本。《乐》能陶冶情操,故学《乐》能使修身、治学得以完成。或许因语境的关系,孔子只举三经为说,但他的用意和旨趣却很明显,那就是基于对各经教化作用的辨异认识而将礼乐文化精神同经典教育结合起来,形成一个从"兴"到"立"、从"立"到"成"、起止有序的动态教化系统。

六经之所以不同,主要因为六经的内容与重点不同。郭店楚简《语丛一》中云:"《易》,所以会天道人道也。《诗》,所以会古今之志也者。《春秋》,所以会古今之事也。礼,交之行述也。乐,或生或教

---

① 何晏《集解》引东汉包咸说"兴,起也。言修身当先学诗","礼者所以立身","乐所以成性"。他就是以孔子之语作为进德修身的次序。见何晏集解、邢昺疏《论语注疏》卷八,阮元校刻《十三经注疏》本,第 2487 页。

者也。□者也。"①《庄子·天下》:"《诗》以道志,《书》以道事,《礼》以道行,《乐》以道和,《易》以道阴阳,《春秋》以道名分。"②这是说六经各有不同的表达对象。《诗》用来表达思想感情,《书》用来记载国事,《礼》用来表述行为规范,《乐》用来反映和谐的观念,《易》用来阐述阴阳变化,《春秋》用来确定尊卑贵贱。《荀子·儒效》说:"圣人也者,道之管也。天下之道管是矣,百王之道一是矣,故《诗》《书》《礼》《乐》之归是矣。《诗》言是,其志也;《书》言是,其事也;《礼》言是,其行也;《乐》言是,其和也;《春秋》言是,其微也。"③荀子的说法和《庄子》很相近,但没有提到《易》之用,对于《春秋》则强调其通过微言来表达大义之用。他强调六经在反映"百王之道"上是一致的。特别值得注意的是,荀子已基本构拟了一个道、圣、经三位一体的儒学体系,并在这个体系中讨论六经之异。

六经不同论在汉代得到广泛传播与阐释,它们大致继承先秦诸子之说而各自阐发,并且由于尊经的时代风气,原先的六经之教得失论至此多延伸为六经优长论,即认为六经各有所长,这成为汉代一种普遍的观念。六经各有所长之说与六经之教得失之论,本质上是相近的,但两者又有明显的差别。在六经各有所长的语境里,只强调六经"所长",而其"所短"基本被隐而不论了。这种只谈六经之"所长",而不及其"所短"理论趋势的出现,可能与汉代儒学经典被神圣化到至高无上、尽善尽美的地位有关。

《春秋繁露·玉杯》总结前人之说,明确提出"六学皆大,而各有所长"的观点,伟大的六经之所以各有长处,就是因为它们有不同的体制:

> 六学皆大,而各有所长。《诗》道志,故长于质。《礼》制

---

① 武汉大学简帛研究中心、荆门市博物馆编著《楚地出土战国简册合集(一)郭店楚墓竹书》,文物出版社,2011年,第140页。
② 郭庆藩辑《庄子集释》,中华书局,1961年,第1067页。
③ 王先谦《荀子集解》卷四,中华书局,1988年,第133页。

节,故长于文。《乐》咏德,故长于风。《书》著功,故长于事。《易》本天地,故长于数。《春秋》正是非,故长于治人。能兼得其所长,而不能遍举其详也。①

六经都非常重要,但在道德培养、情志表达、历史记载、社会规范、国家治理、哲理思辨等方面,又各有偏重、各有特点。《诗》表达人的思想感情,出于人的自然本性,以真诚和淳朴见长,故谓之"长于质"。《礼》记录培养人的道德规范与贵贱尊卑之礼乐制度,比较强调形式与仪式感,故谓之"长于文"。《乐》以优美和谐的音乐颂扬赞叹高尚的品德,以教育感化见长,故谓之"长于风"。《书》记载历史功绩,以叙事之简要准确为长,故谓之"长于事"。《易》推演天地变化的根本要义,善于占术、精于数理与方法,故谓之"长于数"。《春秋》的主旨在明辨是非、褒贬善恶的"大义",它记录历史,而直指人心之向善与国家之治理,故谓之"长于治人"。

司马迁不止一次论及六经体制。他在《史记·滑稽列传》中引用孔子的话说:"六艺于治一也。《礼》以节人,《乐》以发和,《书》以道事,《诗》以达意,《易》以神化,《春秋》以义。"②这里记录的孔子之言很难确定真实性,但应该是先秦时代流传下来的儒家说法。六艺的共同点在于"治",包括个人、家庭乃至国家的协调、治理,但其作用又各有侧重。《礼》用以节制人们的道德与行为,《乐》用以协调人们的关系,使之和谐,《书》用以叙述历史,《诗》用以表达人的情思,《易》用以反映神明变化,《春秋》用以阐发微言大义。《史记·太史公自序》对于六经各自的内容与其所长有一段阐释与总结:

《易》著天地阴阳四时五行,故长于变;《礼》经纪人伦,故长

---

① 苏舆《春秋繁露义证》卷一,中华书局,1992年,第35—37页。
② 司马迁撰,裴骃集解,司马贞索隐,张守节正义《史记》卷一二六,中华书局,2014年,第3885页。

于行；《书》记先王之事，故长于政；《诗》记山川溪谷禽兽草木牝牡雌雄，故长于风；《乐》乐所以立，故长于和；《春秋》辨是非，故长于治人。是故《礼》以节人，《乐》以发和，《书》以道事，《诗》以达意，《易》以道化，《春秋》以道义。①

司马迁对六经的辨异在精神上近似董仲舒，但具体说法又有所不同。如董仲舒说《诗》"长于质"、《乐》"长于风"，司马迁则说《诗》"长于风"、《乐》"长于和"。总体上看，司马迁对六经的阐释与总结比较全面、准确。

在汉代，阐释六经不同论者很多，表达方式也各有不同。扬雄《法言·寡见》说：

> 说天者莫辩乎《易》，说事者莫辩乎《书》，说体者莫辩乎《礼》，说志者莫辩乎《诗》，说理者莫辩乎《春秋》。舍斯，辩亦小矣。②

"辩"之义指明白精当，"莫辩乎"指最为擅长。这是说《易》最长于运用自然法则，《书》最长于叙事，《礼》最长于规范体统，《诗》最长于表达心志，《春秋》最长于阐发义理。《汉书·艺文志》则有另一种阐释：

> 六艺之文：《乐》以和神，仁之表也；《诗》以正言，义之用也；《礼》以明体，明者著见，故无训也；《书》以广听，知之术也；《春秋》以断事，信之符也。五者，盖五常之道，相须而备，而《易》为之原。③

这是认为《乐》《诗》《礼》《书》《春秋》体现了仁、义、礼、智、信互相依存的"五常之道"，而《易》则是五常之道的本原。这就把

---

① 司马迁撰，裴骃集解，司马贞索隐，张守节正义《史记》卷一三〇，中华书局，2014年，第4003页。
② 汪荣宝《法言义疏》，中华书局，1987年，第215页。
③ 班固《汉书》卷三〇，中华书局，1962年，第1723页。

"五经"分别与"五常"对应起来,而构成一个汉代独特的儒学体系。"五常"说法形成于汉代,但其渊源有自。《礼记·中庸》:"知、仁、勇三者,天下之达德也。"①孟子有"仁、义、礼、智"之说,他在阐释人的本性时说:"恻隐之心,人皆有之。羞恶之心,人皆有之。恭敬之心,人皆有之。是非之心,人皆有之。恻隐之心,仁也。羞恶之心,义也。恭敬之心,礼也。是非之心,智也。仁义礼智,非由外铄我也,我固有之也,弗思耳矣。"②在此基础上,董仲舒又加入"信",他说:"夫仁谊礼知信五常之道。"③把仁、义、礼、智、信当作人类社会五种永恒的法则。汉人把儒家"五经"与儒学"五常"结合起来,这是一种具有时代特色的创造性阐释。

在汉代关于六经不同的阐释中,东汉刘熙《释名》一书的形式比较独特。《释名·释典艺》上说:

> 经,径也,常典也。如径路无所不通,可常用也。……《易》,易也,言变易也。《礼》,体也,得其事体也。……《诗》,之也,志之所之也。兴物而作,谓之兴。敷布其义,谓之赋。事类相似,谓之比。言王政事,谓之雅。称颂成功,谓之颂。随作者之志而别名之也。《尚书》,尚,上也,以尧为上,始而书其时事也。《春秋》,言春秋冬夏终而成岁,举春秋,则冬夏可知也。《春秋》书人事,卒岁而究备,春秋温凉中,象政和也,故举以为名也。④

《释名》没有释《乐经》,其所释只是五经。《释名》以音训的形式,阐释儒家经典之义。它以"变易"释《易》,以"得其事体"释《礼》,以"志之所之"释《诗》,以"书其时事"释《尚书》,以"书人事""象政和"释《春秋》,颇有新意。尤其是"《礼》,体也,得其事体也"

---

① 郑玄注,孔颖达疏《礼记注疏》卷五二,阮元校刻《十三经注疏》本,第1629页。
② 焦循《孟子正义》卷二二,中华书局,1987年,第757页。
③ 班固《汉书》卷五六,中华书局,1962年,第2505页。
④ 刘熙撰,毕沅疏证,王先谦补《释名疏证补》,中华书局,2008年,第211—214页。

一语,极富意蕴。《礼记·礼器》说:"礼也者,犹体也。体不备,君子谓之不成人。设之不当,犹不备也。"①这已经从礼学的角度揭示出在中国古代语境中,"礼"与"体"的相似性与相关性。而《释名》则是首次从语源学的角度提出,"体(體)"与"礼(禮)"存在密不可分的关系。在刘熙看来,这个问题很重要,所以他在《释名·释言语》中又说:"礼,体也,得事体也。"毕沅的疏证先引上述《礼器》之语,再加释说:"得事体,乃所谓当,乃所谓备也。"②他又从礼学的角度来阐释《释名》之说,在古代,"得事体"就是"礼"。《释名》所言,其实正是指出中国古代的文体谱系与礼乐制度的密切关系。中国古代文体学具有礼学的基础与背景,这也正是中国文体学固有的特色之一。中国是礼仪之邦,凡事皆讲究"得体"。所谓"得体",便是在特定的事境与语境之中恰当的表现或反应。从礼学之"得事体"到文章学的"得文体"是一种理所当然的延伸,它们的共通处就在于"得体"。

  汉代儒学兴盛,已形成对经书的阐释之学。值得注意的是,汉人对不同经书的阐释各有重点。《春秋繁露·精华》:"《诗》无达诂,《易》无达占,《春秋》无达辞。"③刘向《说苑·奉使》也有类似的表述:"《诗》无通故,《易》无通吉,《春秋》无通义。"④他们用的虽然是否定的句式,却包括了正面的意思,那就是《诗》的"诂"(与"故"通)、《易》的"占""吉"、《春秋》的"辞""义"都是阐释的核心。这些在经典阐释中无法做到"达"与"通"的问题,正是古人所认为的不同经典具有不同的阐释难点与重点。这种阐释在某种程度上也是六经不同论的一部分。不知何故,《春秋繁露》和《说苑》都没有提到《书》和《礼》。推其意,或因为《书》与《礼》都记录历史与制度,这些内容和《诗》《易》《春秋》相比,有可能得到较为明白、肯定

---

① 郑玄注,孔颖达疏《礼记注疏》卷二三,阮元校刻《十三经注疏》本,第1435页。
② 刘熙撰,毕沅疏证,王先谦补《释名疏证补》,中华书局,2008年,第110页。
③ 苏舆《春秋繁露义证》卷三,中华书局,1992年,第95页。
④ 刘向撰,向宗鲁校证《说苑校证》卷一二,中华书局,1987年,第293页。

的解释。这或许也反映出《书》《礼》与《诗》《易》《春秋》是两种有差异的儒家经典类型。

古人对六经特色、长处与风格的看法虽然不尽相同,但他们阐释六经差异的目的和精神却相对一致,那就是从国家治理和人才培养的角度出发,强调全面地学习六经,从而"兼得其所长",博采各种经典的长处。在汉代六经不同论的许多表述中,六经体制是一个或显或隐的阐释重点。《春秋繁露·玉杯》所谓"道志""制节""咏德""著功""本天地""正是非",即是对六经主要内容与功能的概括,而所谓"长于"质、文、风、事、数、治人,又点明了各经基于内容差异所形成的特色与长处。司马迁、扬雄、刘熙等人及《春秋繁露·精华》《说苑·奉使》《汉书·艺文志》等处的记载,辨析六经不同的视角也基本涵盖了对内容与功能、特色与长处的考察。从文体学角度讲,六经不同论着眼于经典文本的写作内容、写作体裁与写作风格,正是围绕体制而展开的阐释。六经体制不同论是六经之教得失论在汉代的延续与深化。

第三节 六经与文体分类

六经之学向文体之学延伸问题之所以具有特殊意义,是因为这是发生在不同领域之间的影响。这种影响的发生,自有其内在的学理逻辑。

古人认为六经是一切学术之源,具有至高无上、统摄各门学术的地位。汉代以后,尤其到了文章学兴盛的魏晋南北朝,出现了文章学向经学溯源与借鉴的趋势:既把各种文体的渊源追溯到六经,也以六经或五经来统摄复杂繁多的文体类别。所以,经学对于文体学的影响,就包括文体分类与文体归类两个方面,涉及文体学史上关于文章辨体与文本于经等问题。

《文心雕龙·原道》说："道沿圣以垂文,圣因文而明道。"儒家的价值谱系是以原道、征圣、宗经为序的,但须由宗经入手,才能征乎圣、原乎道。就文章学谱系而言,宗经也具有重要意义。六经既是经,也是圣人之文。宋代孙复说："是故《诗》《书》《礼》《乐》《大易》《春秋》皆文也,总而谓之经者也,以其终于孔子之手,尊而异之尔,斯圣人之文也。"①可见,古人认为六经乃是文章之极致与典范。宋代陈耆卿《上楼内翰书》说："论文之至,六经为至。"②明宋濂云："文至于六经,至矣尽矣,其始无愧于文矣乎!"③明焦竑《刻两苏经解序》谓："文之致极于经。"④五经既然是文之极致,那么,五经的体类当然也就成为文章文体的渊源。这是文体学内部逻辑的自然延伸。

六经既是儒家思想的资料汇编,从某种角度看,也是早期的文章集成。"圣人之文"本质上也是"文",既然是"文",也就有一定的文体形态。六经在长期的文献流传、编纂过程中,某些潜在的文体意识也一直在起作用,只是反映的不是个人的文体观念,而是具有历时性的集体观念。六经自身已存在不少明确命名的文体,这是后人大致的共识。比如,任昉《文章缘起·序》说："《六经》素有歌、诗、书、诔、箴、铭。如《尚书》帝庸作歌、《毛诗》三百篇、《左传》叔向《诒子产书》、鲁哀公《孔子诔》、孔悝《鼎铭》《虞人箴》之类是也。"⑤由于六经的崇高地位,六经的文体自然影响了后世的文章文体,这也是文章学家的普遍看法。如陈骙《文则》："大抵文士题命篇章,悉有

---

① 孙复《答张洞书》,曾枣庄、刘琳主编《全宋文》第 19 册,上海辞书出版社、安徽教育出版社,2006 年,第 294 页。
② 陈耆卿《筼窗集》卷五,《景印文渊阁四库全书》第 1178 册,台北,台湾商务印书馆,1983—1988 年,第 43 页。
③ 宋濂《徐教授文集序》,罗月霞主编《宋濂全集·芝园后集》卷一,浙江古籍出版社,1999 年,第 1352 页。
④ 焦竑《澹园集·澹园续集》卷一,中华书局,1999 年,第 750 页。
⑤ 任昉《文章缘起》,陈元靓等编《事林广记》后集卷七,《续修四库全书》第 1218 册,上海古籍出版社,1994—2002 年,第 354 页。

所本。自孔子为《书》作序，文遂有序；自孔子为《易》说卦，文遂有说；自有《曾子问》《哀公问》之类，文遂有问；自有《考工记》《学记》之类，文遂有记；自有《经解》《王言解》之类，文遂有解；自有《辩政》《辩物》之类，文遂有辩；自有《乐论》《礼论》之类，文遂有论；自有《大传》《间传》之类，文遂有传。"①这种文体溯源法就是在六经中直接找到最早的文体名称。古人所谓"文本于经"的含义，在很大程度上其实是指"文体本于经"。

从文体学史的角度看，六经的编纂其实已具有初步的文体分类学观念。如《诗经》的《风》《大雅》《小雅》《周颂》《鲁颂》《商颂》等即具有近乎文体分类的性质。《毛诗大序》说："上以风化下，下以风刺上，主文而谲谏，言之者无罪，闻之者足以戒，故曰风。……言天下之事，形四方之风，谓之雅。颂者，美盛德之形容，以其成功告于神明者也。"②这是从教化与政治功能来阐释风、雅、颂三种不同体制的区别。《尚书》典、谟、训、诰、誓、命等文章，其篇章命名往往与作品内容、行文风格、作者身份等有对应的关联性，可视为早期文体分类的形态。经学家明确地提出《尚书》所包括的文体。唐初陆德明《经典释文·序录》说："《书》者本王之号令，右史所记，孔子删录，断自唐虞，下讫秦穆，典、谟、训、诰、誓、命之文凡百篇。"③陆德明已提出将《尚书》文章分为主要的六体。唐孔颖达在《尚书·尧典》疏里扩而广之，提出《尚书》的文体"为例有十"：

> 检其此体，为例有十：一曰典，二曰谟，三曰贡，四曰歌，五曰誓，六曰诰，七曰训，八曰命，九曰征，十曰范。《尧典》《舜典》，二篇，典也；《大禹谟》《皋陶谟》，二篇，谟也；《禹贡》一篇，贡也；《五子之歌》一篇，歌也；《甘誓》、《泰誓》三篇、《汤

---

① 陈骙《文则》，王水照编《历代文话》第1册，复旦大学出版社，2007年，第140—141页。
② 郑玄笺，孔颖达疏《毛诗注疏》卷一，阮元校刻《十三经注疏》本，第271—272页。
③ 陆德明《经典释文》卷一，中华书局，1983年，第6—7页。

誓》《牧誓》《费誓》《秦誓》,八篇,誓也;《仲虺之诰》《汤诰》《大诰》《康诰》《酒诰》《召诰》《洛诰》《康王之诰》,八篇,诰也;《伊训》一篇,训也;《说命》三篇、《微子之命》《蔡仲之命》《顾命》《毕命》《冏命》《文侯之命》,九篇,命也;《胤征》一篇,征也;《洪范》一篇,范也。①

后人对孔颖达所谓《尚书》"十体"之说见仁见智,他所说的一些《尚书》文体可能有牵强之处,但总体上对文体溯流之学影响很大。《尚书》中的确有不少文体,如训、诰、誓、命等,是后世同名文体之渊源,这是一种客观事实。

基于文本于经观念的另一种文体溯源法,则是从六经中找到相同的文体运用功能,这种溯源法更为灵活,也更具阐释空间。举例而言,章、表是秦汉以后才有的上行公文文体,蔡邕《独断》说:"凡群臣上书于天子者有四名:一曰章,二曰奏,三曰表,四曰驳议。"②刘勰《文心雕龙·章表》也明确说:"汉定礼仪,则有四品:一曰章,二曰奏,三曰表,四曰议。章以谢恩,奏以按劾,表以陈请,议以执异。"③毫无疑义,章、表这些后世才产生的文体,是无法直接从六经中找到的。但按照文本于经的观念,同样能从六经中找到这些文体的性质与功能。《文心雕龙·章表》开篇就说:

> 夫设官分职,高卑联事。天子垂珠以听,诸侯鸣玉以朝。敷奏以言,明试以功。故尧咨四岳,舜命八元,固辞再让之请,俞往钦哉之授,并陈辞帝庭,匪假书翰。然则敷奏以言,则章表之义也;明试以功,即授爵之典也。④

刘勰认为,尧舜时代君臣之间的口头对话,已经具有章表的意义。"敷奏以言,则章表之义也。"这种文体溯源的根据,就是"原夫

---

① 旧题孔安国传,孔颖达疏《尚书注疏》卷二,阮元校刻《十三经注疏》本,第117页。
② 蔡邕《独断》卷上,北京直隶书局,影印抱经堂校本,1923年。
③ 刘勰著,詹锳义证《文心雕龙义证》,上海古籍出版社,1989年,第826页。
④ 同上书,第820页。

章表之为用也,所以对扬王庭,昭明心曲"①。章表的功用,就是用来报答天子之恩,颂扬朝廷,表明臣下内心的。这些章表文体的功能在六经所记载的尧舜时代就已具备了。

由于经典的内容与生成场合有所不同,所以其总体风貌也各不相同。这类风貌类似于文章的风格。如《荀子·劝学》说:

> 故《书》者,政事之纪也;《诗》者,中声之所止也;《礼》者,法之大分,类之纲纪也,故学至乎《礼》而止矣。夫是之谓道德之极。《礼》之敬文也,《乐》之中和也,《诗》《书》之博也,《春秋》之微也,在天地之间者毕矣。②

荀子以"政事之纪""中声之所止""法之大分,类之纲纪"来概括《书》《诗》《礼》内容的不同类别,进而论及五经的不同特点。这里《礼》的"敬文"、《乐》的"中和"、《诗》《书》的"博"、《春秋》的"微",可以说是不同经典的特色,而从文章学的角度看,则类似于文体问题。古人谈六经之教,目的并非谈文体,但所论涉及六经的不同体制,所以逐渐与文体观念发生关系。《文心雕龙·宗经》:

> 夫《易》惟谈天,入神致用。故《系》称:旨远辞文,言中事隐。韦编三绝,固哲人之骊渊也。《书》实记言,而训诂茫昧;通乎《尔雅》,则文意晓然。故子夏叹《书》,"昭昭若日月之明,离离如星辰之行"。言昭灼也。《诗》主言志,诂训同《书》;摛《风》裁"兴",藻辞谲喻;温柔在诵,故最附深衷矣。《礼》以立体,据事制范;章条纤曲,执而后显;采掇片言,莫非宝也。《春秋》辨理,一字见义;"五石""六鹢",以详备成文;"雉门""两观",以先后显旨;其婉章志晦,谅以邃矣。《尚书》则览文如诡,而寻理即畅;《春秋》则观辞立晓,而访义方隐。此圣文之殊致,表里之异体者也。③

---

① 刘勰著,詹锳义证《文心雕龙义证》,上海古籍出版社,1989年,第843页。
② 王先谦《荀子集解》卷一,中华书局,1988年,第11—12页。
③ 刘勰著,詹锳义证《文心雕龙义证》,上海古籍出版社,1989年,第63—74页。

这是从文章学的角度,明确地指出五经的"殊致"与"异体",它们丰富多彩、各有特色,形式和内容都不尽相同,风格也各有差异,刘勰实质上提出了五经文章文体之异的问题。

理论发展的逻辑总是在互相补充、相辅相成中往前推进。理论的"生态"往往是平衡的,有正面的意见,常常就存在反面的意见。既然有六经之体不同论,那么,自然也就有六经文体相通论。宋陈骙《文则·甲》就说:

> 六经之道,既曰同归;六经之文,容无异体。故《易》文似《诗》,《诗》文似《书》,《书》文似《礼》。《中孚》九二曰:"鸣鹤在阴,其子和之;我有好爵,吾与尔靡之。"使入《诗·雅》,孰别《爻辞》。《抑》二章曰:"其在于今,兴迷乱于政,颠覆厥德,荒湛于酒,女虽湛乐,从弗念厥绍,罔敷求先王,克共明刑。"使入《书·诰》,孰别《雅》语。《顾命》曰:"牖间南向,敷重篾席,黼纯,华玉仍几;西序东向,敷重底席,缀纯,文贝仍几;东序西向,敷重丰席,画纯,雕玉仍几;西夹南向,敷重笋席,玄纷纯,漆仍几。"使入《春官·司几筵》,孰别《命》语。①

陈骙认为,六经之道是相同的,但六经本身包含着异体。《易》之文有似《诗》体者,《诗》之文有似《书》体者,《书》之文有似《礼》体者。明苏伯衡《空同子瞽说》也说:

> 尉迟楚好为文,谒空同子曰:"敢问文有体乎?"曰:"何体之有?《易》有似《诗》者,《诗》有似《书》者,《书》有似《礼》者,何体之有?"②

苏伯衡暗用陈骙《文则》的话又加以演绎。他以《易》《诗》《书》《礼》各经都有相似的文体来说明文章"何体之有",表面似乎否认文体的存在。其实,只有在经各有体、彼此区别的前提下,才可能强

---

① 陈骙《文则》,王水照编《历代文话》第1册,复旦大学出版社,2007年,第136页。
② 苏伯衡《苏平仲文集》卷一六,《四部丛刊初编》集部,上海书店,1989年,第200页。

调各经在文体上也存在"有似"之处。也就是说,苏伯衡的四经相似论依然是以经各有体为前提的。究其实质,他并不是否定文体的存在,而是主张灵活地看待文体体制。

既然六经之体不同而又相通,那么文章学的逻辑也就顺势展开:文本于经,若能"兼得其所长",便可以吸收不同类别的营养,像经学互补那样追求文学上的兼济,达到尽善尽美。韩愈《进学解》谈到吸收各种不同的学术养分时说:"上规姚姒,浑浑无涯;周《诰》殷《盘》,佶屈聱牙;《春秋》谨严,《左氏》浮夸,《易》奇而法,《诗》正而葩;下逮《庄》《骚》,太史所录,子云、相如,同工异曲。"①柳宗元谈论写作经验时就更具体地说:"本之《书》以求其质,本之《诗》以求其恒,本之《礼》以求其宜,本之《春秋》以求其断,本之《易》以求其动,此吾所以取道之原也。参之穀梁氏以厉其气,参之《孟》《荀》以畅其支,参之《庄》《老》以肆其端,参之《国语》以博其趣,参之《离骚》以致其幽,参之太史公以著其洁,此吾所以旁推交通而以为之文也。"②韩、柳的取法对象当然不仅是六经,还有诸子、辞赋乃至太史公等人的文章,但大体上仍是以经为本、以经为先的。

第四节　六经与文体归类

中国古代文体分类学包括了分体与归类两个方面。六经之学对于文体学的分体与归类两个方面都产生了影响。分体是把单一文体的渊源追溯至某经中的某种特定体制,归类则是把数种相近文体的渊源同归于某经。分体重在追寻文体的独特性,归类则重在总结文体间的相似性。中国古代文体归类理论也是从宗经思想延伸而来的。刘勰《文心雕龙·宗经》首次明确将文体分配入诸经:"故论、

---

① 韩愈撰,马其昶校注《韩昌黎文集校注》,上海古籍出版社,1986年,第46页。
② 柳宗元《柳宗元集》卷三四《答韦中立论师道书》,中华书局,1979年,第873页。

说、辞、序,则《易》统其首;诏、策、章、奏,则《书》发其源;赋、颂、歌、赞,则《诗》立其本;铭、诔、箴、祝,则《礼》总其端;纪、传、盟、檄,则《春秋》为根:并穷高以树表,极远以启疆;所以百家腾跃,终入环内者也。"①由于受骈文四六句式的限制,刘勰所列文体,当然只是举要而言。他把二十种有代表性的文体分别归入五经之下,其学理逻辑何在呢? 黄侃《文心雕龙札记》分析道:

"论说辞序,则《易》统其首。"谓《系辞》《说卦》《序卦》诸篇为此数体之原也。寻其实质,则此类皆论理之文。

"诏策章奏,则《书》发其原。"谓《书》之记言,非上告下,则下告上也。寻其实质,此类皆论事之文。

"赋颂歌赞,则《诗》立本。"谓《诗》为韵文之总汇。寻其实质,此类皆敷情之文。

"铭诔箴祝,则《礼》总其端。"此亦韵文,但以行礼所用,故属《礼》。

"纪传铭(朱云,当作移)檄,则《春秋》为根。"纪传乃纪事之文,移檄亦论事之文耳。②

刘勰将当时的主要文体分为五大类:把论、说、辞、序这类"论理之文"归之《易》,把诏、策、章、奏这类"论事之文"归之《书》,把赋、颂、歌、赞这类"敷情之文"归之《诗》,把铭、诔、箴、祝这类"行礼所用"的文体归之《礼》,把纪、传、盟、檄这类"纪事""论事"之文归之《春秋》。换言之,从文体学的角度看,《易》为"论理之文"类之源,《书》为"论事之文"类之源,《诗》为"敷情之文"类之源,《礼》为"行礼所用"文类之源,《春秋》为"纪事""论事"文类之源。刘勰将文体分配于五经的做法其实便是文体归类,即把功能相近的文体归

---

① 刘勰著,詹锳义证《文心雕龙义证》,上海古籍出版社,1989年,第78—79页。
② 黄侃《文心雕龙札记》,上海古籍出版社,2000年,第17页。按,"纪传铭檄",唐写本《文心雕龙》作"纪传盟檄"。

为一类。刘勰虽未明言,但实际上已使用文体功能作为归类的根据。

刘勰把五经作为五种不同文体功能的类型,以最简约的形式建构了以五经为根本的中国古代文体谱系,这在文体学史上颇具创意,对后世文体学的影响也相当大。颜之推《颜氏家训·文章》云:"夫文章者,原出《五经》:诏命策檄,生于《书》者也;序述论议,生于《易》者也;歌咏赋颂,生于《诗》者也;祭祀哀诔,生于《礼》者也;书奏箴铭,生于《春秋》者也。"①这种观念与刘勰一脉相承,即以经为源,以文体为流,把文体类别系于各经之下。尽管颜之推也是用骈文句式举要而言,他对文体的具体归类却与刘勰不同。比如颜之推以为"书奏箴铭,生于《春秋》者也",而刘勰则以"奏"系之《书》,以"箴""铭"系之《礼》。这种差异说明所谓"文本于经"主要表现出一种尊经的精神,而其文体溯源也只是就大致而言的,不必过于执着和穿凿。

如果说,刘勰、颜之推用骈文句式,只能举要而言,那么后代则在这个文体归类的基础上进行了更为自由详尽的发挥和阐释。元人郝经《郝氏续后汉书》将历代文章归入《易》《书》《诗》《春秋》四部,其中《易》部有序、论、说、评、辨、解、问、难、语、言诸体;《书》部有国书、诏、册、制、制策、敕、令、教、下记、檄、疏、表、封事、奏、议、笺、启、状、奏记、弹章、露布、连珠诸体;《诗》部有骚、赋、古诗、乐府、歌、行、吟、谣、篇、引、辞、曲、琴操、长句、杂言诸体;《春秋》部有国史、碑、墓碑、诔、铭、符命、颂、箴、赞、记、杂文诸体。郝经把各体文章分别归入四部经书中,每部之下的总序,分论各体的小序,集中体现了郝经的文体学思想。郝经总结了各经文体的基本特色:《易》的文章特色是"言明义理",后世论说类的文体可入其类;《书》之文不外乎"王言之制,臣子之辞",后世行政之文皆归其类;《诗》的文

---

① 王利器《颜氏家训集解》(增补本),中华书局,1993年,第237页。

体主要是"郁湮喷薄",后世抒情言志之作皆其流裔;《春秋》之文"述事功,纪政绩",后世记传附之。① 说理、辞命、言志、记述,既是《易》《书》《诗》《春秋》各自的特色,也是所属一类文体的共同特征。

按文体学的发展逻辑,以六经为源的文体归类观念,又顺势延伸为兼有聚合性与衍生性的"源—流—别"文体谱系。明代黄佐《六艺流别》首次用文章总集的形式把古代各体文章分别系之《诗》《书》《礼》《乐》《春秋》《易》之下,形成六大文体系列,重新建构了一个庞大的中国古代文体谱系。黄佐《六艺流别序》认为六经的功能分别是:《诗》"道性情","《诗》艺"主要包括诗赋文体;《书》"道政事","《书》艺"主要包括公文文体;《礼》主"敬","《礼》艺"主要包括礼仪文体;《乐》主"和","《乐》艺"主要包括音乐性文体;《春秋》主"名分","《春秋》艺"主要包括叙事与论说文体;《易》主"阴阳","《易》艺"主要包括术数类文体。该书建构了一个以经为本的文体谱系:

> 《诗》艺:逸诗、谣、歌。谣之流,其别有四:讴、诵、谚、语。歌之流,其别有四:咏、吟、怨、叹。诗之流不杂于文者,其别有五:四言、五言、六言、七言、杂言。(附:离合、回文、建除、六府、两头纤纤、五杂组、数名、郡县名、八音。)诗之杂近于文而又与诗丽者,其别有五:骚、赋(附:律赋)、词、颂、赞(附:诗赞)。诗之声偶流为近体者,其别有三:律诗、排律、绝句。
>
> 《书》艺:逸书、典、谟。典之流,其别有二:命、诰。谟之流,其别有二:训、誓。命训之出于典者,其流又别而为六:制、诏、问、答、令、律。命之流,又别而为四:册、敕、诫、教。诰之流,又别而为六:谕、赐书(附:符)、书、告、判、遗命。训誓之出于谟者,其流又别而为十一:议、疏、状、表(附:章)、笺、启、上书、封事、弹劾、启事、奏记(附:白事)。训之流,又别而为十:

---

① 郝经《郝氏续后汉书》卷六六上上,《景印文渊阁四库全书》第385册,台北,台湾商务印书馆,1983—1988年,第608—624页。

对、策、谏、规、讽、喻、发、势、设论、连珠。誓之流,又别而为八:盟、檄、移、露布、让、责、券、约。

《礼》艺:逸礼、仪、义。礼之仪义,其流别而为十六:辞、文、箴、铭、祝、诅、祷、祭、哀、吊、诔、挽、碣、碑、志、墓表。

《乐》艺:逸乐、乐均、乐义。乐之均义,其流别而为十二:唱、调、曲、引、行、篇、乐章、琴歌、瑟歌、畅、操、舞篇。

《春秋》艺:纪、志、年表、世家、列传、行状、谱牒、符命、叙事、论赞。叙事之流,其别有六:序、记、述、录、题辞、杂志。论赞之流,其别有六:论、说、辩、解、对问、考评。

《易》艺:兆、繇、例、数、占、象、图、原、传、言、注。①

《六艺流别》涉及的文体有一百五十多种,但毫无繁乱之感。《四库全书总目》赞扬黄佐的学问,并认为该书"分类编叙,去取甚严",但批评说:"文本于经之论,千古不易,特为明理致用而言。至刘勰作《文心雕龙》,始以各体分配诸经、指为源流所自,其说已涉于臆创。佐更推而衍之,剖析名目,殊无所据,固难免于附会牵合也。"②四库馆臣对刘勰的批评固然有一定道理,但这种文体本于六经的观念,是有其文体学逻辑的,即以文体的功能进行文体归类。从文体发生的角度来看,黄佐把中国古代文体基本形态的渊源一一归之于六经,的确有"附会牵合"之病。但从文体分类学的角度看,《六艺流别》的思想与形式都富有新意。黄佐实际上是借助"六艺"的主要功能来统摄众多文体的,他把古代文体分为诗赋类、公文类、礼仪类、音乐类、叙事议论类与术数类六大类别。文体发展到明代,数量极多,黄佐意在对这些复杂纷纭的文体,总其类别,以简驭繁,以收纲举目张之效。黄宗羲《明儒学案》卷五一谓黄佐之治学"以博约为宗旨",《六艺流别》也反映出这种学术精神。我们可以总结一下经学视

---

① 吴承学、史洪权辑校《〈六艺流别〉序题》,胡晓明主编《中国文学思想的跨域探索——古代文学理论研究第五十五辑》,华东师范大学出版社,2002年,第546—576页。
② 永瑢等《四库全书总目》卷一九二《六艺流别》条,中华书局,1965年,第1746页。

野下的文体归类历史,刘勰把《易》《书》《诗》《礼》《春秋》分别作为"论理之文""论事之文""敷情之文""行礼所用"与"纪事""论事"文类之源。郝经把说理、辞命、言志、记述作为《易》《书》《诗》《春秋》一类文体的共同特征。黄佐则把受六经影响的古代文体分为诗赋类(《诗》艺)、公文类(《书》艺)、礼仪类(《礼》艺)、音乐类(《乐》艺)、叙事议论类(《春秋》艺)与术数类(《易》艺)六大类别。他们虽然所论有异,各自的分类名称也有所不同,但其文体归类的性质都是很相近的。

特别要指出的是,黄佐在文章总集中采用了"文体树状图"的阐释模式,把所有的文体信息组织到一个树状结构图上,极为简洁而清晰地表达出在"文本于经"语境下文体族群的繁衍关系。这种阐释模式突破传统的线性思维,使中国古代文体的主干、分支和发展脉络,可望而知之了。"文体树状图"的阐释模式体现了黄佐"以博约为宗旨"的治学特色,产生广泛的影响。明代万历年间谭浚所著《言文》卷上说:

> 故论、说、序、词,宗于《易》。辨、议、评、断、判,论之流也。说、难、言、语、问、对,说之流也。原、引、题、跋,序之流也。繇、集、略、篇、章,词之流也。
>
> 诰、命、表、誓,宗于《书》。诏、制、策、令,诰之流也。训、教、戒、敕、示、喻、规、让,命之流也。章、奏、议、驳、劾、谏、弹事、封事,表之流也。檄、移、露布,誓之流也。
>
> 赞、颂、赋、歌,宗于《诗》。铭、箴、碑、碣,赞之流也。诵、封禅、《美新》《典引》,颂之流也。七词、客词、连珠、四六,赋之流也。谐、隐、谜、谚,歌之流也。
>
> 书、仪、祝、谥,宗于《礼》。劄、札、启、简(牍牒)、笺、刺,书之流也。制、律、法、赦、关津、过所,仪之流也。祈、祠、祷、会、盟、诅,祝之流也。号、诔、吊、祭、哀、志,谥之流也。
>
> 史、传、符、记,宗于《春秋》。记、志、编、录,史之流也。纬、

疏、注、解、释、通、义,传之流也。玺书、契、券、约、状、列,符之流也。谱、簿、图、籍、案,记之流也。①

谭浚也是以"文体树状图"的方式描述文体流别的形态,把一百多种文体分别归宗于五经。虽然在谭浚的文体谱系中,具体文体其及所宗与黄佐不尽相同,但文体本于经的观念与思维方式则是一致的。

从六经之学到文体之学的延伸是一种"集体认同"的常识。常识往往是简单的,但常识形成的深层逻辑往往并不简单。六经之学之所以会衍生出文体之学,一方面因为其本身具有文章与文体的特质,另一方面也因为受到历代学者的不断阐释与建构。从六经之学向文体之学延伸的过程,既具有外在的学术推动力,又有文体学自身清晰的学理逻辑。从艺术类别之辨,到六经体制之辨;从六经之教得失论,到六经优长论;从经各有体论,到六经文体相通论。这些观念既包含了事实,也离不开阐释、想象与建构。从六经的体制到文章的文体,"文本于经"的观念中包含了分体与归类两个层面的文体溯源方式。六经之学与文体之学的交叉相融,共同建构了中国古代一套独特的文体谱系,对中国古代文体学产生了深刻而且长远的影响。

---

① 谭浚《言文》,王水照编《历代文话》第 3 册,复旦大学出版社,2007 年,第 2327—2328 页。

第五章　礼乐文化及制度与文体学

第一节　制度设置与文体谱系的发生

"制度"一词,由来已久。《易·节》彖传云:"天地节,而四时成。节以制度,不伤财,不害民。"孔颖达疏:"王者以制度为节,使用之有道,役之有时,则不伤财,不害民也。"①从现代的角度看,制度可包括礼仪、等级、政治、军事、刑法、经济、教育等多个方面。在先秦时期,制度设置是文体生成的重要来源,与文体观念的发生亦有密切关系。制度的构建与官守职能的分工必然对文体观念的发生产生重要影响。如果说,在文体运用过程中所发生的文体观念,是在人们对某种特殊言辞形式的反复运用中,对其形式特性逐渐形成某种认识而发生的,那么,制度设置中所发生的文体观念,则是在制度设置之初就被规定、被约束的。虽然,与制度相关的文体,也是在不断地重复使用中,但伴随着制度的设置与实施而产生的文体观念,并不是从不自觉到自觉的渐进过程,而是从一开始就带有明显的强制性。

笔者所关注的,不是某一具体文体与制度的关系,而是从整体上考察先秦时期的制度设置与文体谱系观念发生的关系。早期文体谱系的发生,是基于一种独特观念,即文体使用者需有特殊身份,他们具有使用某类文体话语的特殊职责,某一文体必由某些特殊身份者施用。而这种特殊身份与文体职责,是由制度的设置、分工所赋

---

① 王弼、韩康伯注,孔颖达疏《周易注疏》卷六,阮元校刻《十三经注疏》本,第70页。

予的。

上古时期,王官之学由专门的职官掌守。西周行世官制度①,一些职位,特别是重要的官爵,或对学术、技能要求较高的职位,往往为某氏独擅②。同时,掌握特定技能的官员亦不可履任其专业以外的职位,《礼记·王制》云:"凡执技以事上者:祝、史、射、御、医、卜及百工。凡执技以事上者,不贰事,不移官。"③特定的官职掌握特定的技能,其中当然也包括礼仪或政治文体写作的技能。如史官是专门从事各类文书写作的官员,史官内部又有不同的分职,在文体写作的分工上也有所区别:

> 动则左史书之,言则右史书之。(《礼记·玉藻》)④
> 书内令。(《周礼·天官·女史》)⑤
> 凡命诸侯及孤卿大夫,则策命之。凡四方之事书,内史读之。王制禄,则赞为之,以方出之。赏赐亦如之。内史掌书王命,遂贰之。(《周礼·春官·内史》)⑥
> 掌书外令,掌四方之志,掌三皇五帝之书,掌达书名于四方。若以书使于四方,则书其令。(《周礼·春官·外史》)⑦
> 掌邦国、都鄙及万民之治令,以赞冢宰。凡治者受法令焉。掌赞书。凡数从政者。(《周礼·春官·御史》)⑧

---

① 有证据显示商代亦行世官制度,参考孙亚冰《从甲骨文看商代的世官制度——兼释甲骨文"工"字》,宋镇豪主编《甲骨文与殷商史——庆祝中国社会科学院历史研究所建所六十周年》(新4辑),上海古籍出版社,2014年,第26—38页。
② 参考朱凤瀚《商周家族形态研究》(增订本)第二章第六节"西周贵族家族的政治功能",天津古籍出版社,2004年,第390—405页;沈文倬《略论宗周王官之学》,《菿闇文存——宗周礼乐文明与中国文化考论》,商务印书馆,2006年,第436页;杨宽《西周史》第三编第三章"维护贵族权势的重要官爵世袭制",上海人民出版社,2003年,第364—372页。
③ 郑玄注,孔颖达疏《礼记注疏》卷一三,阮元校刻《十三经注疏》本,第1343页。
④ 同上书卷二九,第1473—1474页。
⑤ 郑玄注,贾公彦疏《周礼注疏》卷八,阮元校刻《十三经注疏》本,第690页。
⑥ 同上书卷二六,第820页。
⑦ 同上书,第820页。
⑧ 同上书卷二七,第822页。

左史记事,右史记言;内史掌内令、册命、赏赐和制禄的册书;外史掌外令;女史掌王后之命;御史掌诸侯国、采邑、民众治理的命令。这些都是对当时职官使用相关文体形态分工的规定或记录。

占卜在商周时期是国家的大事,也涉及职官与文体形态、制作过程的分工:

> 大夫之丧,大宗人相,小宗人命龟,卜人作龟。(《礼记·杂记上》)①

> 以邦事作龟之八命……以八命者赞三兆、三易、三梦之占,以观国家之吉凶,以诏救政。凡国大贞,卜立君,卜大封,则视高作龟。大祭祀,则视高命龟。凡小事,莅卜。国大迁、大师,则贞龟。凡旅,陈龟。凡丧事,命龟。(《周礼·春官·大卜》)②

> 卜人定龟,史定墨,君定体。(《礼记·玉藻》)③

> 掌占龟,以八筮占八颂,以八卦占筮之八故,以视吉凶。凡卜筮,君占体,大夫占色,史占墨,卜人占坼。凡卜筮既事,则系币以比其命。岁终,则计其占之中否。(《周礼·春官·占人》)④

可见,在整个占卜过程中,国君、宗人、大卜、大夫、史、卜人等不同官职和阶层在命龟、占龟等程序上有所分工,从而掌握命辞、占辞等卜辞文体的不同的形态。

在制度设置中,文体使用者是被特别指定的。这种由制度引发的观念非常特殊,一般的文体观念主要是对文体内容与形态的规定,而这种观念则是对文体使用者的指定。这是中国早期文体学最为独特的观念之一,它真实地反映出早期文体与制度设置的密切关系。虽然,后来随着社会的发展、制度的变化,文体特殊使用者的身份也有所变化,但实际上,历代制度中官职分工对某些文书的使用

---

① 郑玄注,孔颖达疏《礼记注疏》卷四〇,阮元校刻《十三经注疏》本,第1551页。
② 郑玄注,贾公彦疏《周礼注疏》卷二四,阮元校刻《十三经注疏》本,第803—804页。
③ 郑玄注,孔颖达疏《礼记注疏》卷二九,阮元校刻《十三经注疏》本,第1475页。
④ 郑玄注,贾公彦疏《周礼注疏》卷二四,阮元校刻《十三经注疏》本,第805页。

者身份仍有明确的规定。制度设置对文体使用者身份的要求、取得身份的途径以及对文体书写的影响,是一个制度史、政治史领域的课题,也是文体学的课题。它也给我们研究早期文学提供了一个独特的角度:对文体使用者的身份考察。

先秦职官与文体之间并非都是一对一的关系。根据《周礼》,官府之治有"官联"之法①,即行国家大事时,须多个职官联动。比如祝、史的职守多有重合,皆涉及册祝、诔谥、世系昭穆之书②等文体。而一些典籍材料之所以将职官与文体一一对应,反映出先秦人对文体分类的认知,来源于制度的职官设置以及由职官分工而衍生出来的分类意识。

中国早期文体谱系的建构与制度设置有密切关系。中国早期文体谱系观念的发生是基于礼仪、政治及制度建构之上的,许多文体功能、文体类别是从文体使用者的身份与职责延伸而来的,与之共同构成文体谱系。《周礼》构建了先秦制度的理想化体系,其特色之一是对制度、典礼与官员职掌进行了非常规整的划分,其中固然不乏主观构拟,但在相当程度上亦反映出西周至战国时期的史实。③ 根据《周礼》等先秦文献所记载的大量与文体相关的材料,我们可以大概构拟出一个以制度为纲的中国早期文体谱系。它主要包括了法典簿书、政令复逆、刑罚禁戒、祈祝、规谏类文体等系列。以下分别论之。

(1)法典簿书类。此类文体由大宰、小宰总管,在其属下又由多

---

① 《周礼·天官·大宰》:"以八法治官府。……三曰官联,以会官治。"(郑玄注,贾公彦疏《周礼注疏》卷二,阮元校刻《十三经注疏》本,第645页)

② 《国语·鲁语上》:"故工史书世,宗祝书昭穆。"(徐元诰《国语集解》,中华书局,2002年,第165页)《周礼·春官·小史》:"掌邦国之志,奠系世,辨昭穆。"(郑玄注,贾公彦疏《周礼注疏》卷二六,阮元校刻《十三经注疏》本,第818页。)

③ 关于《周礼》与西周至春秋时期官制的对比研究,有张亚初、刘雨《西周金文官制研究》(中华书局,1986年)、沈文倬《略论宗周王官之学》(收入《菿闇文存——宗周礼乐文明与中国文化考论》,商务印书馆,2006年)、李晶《春秋官制与〈周礼〉职官系统比较研究——以〈周礼〉成书年代的考察为目的》(河北师范大学硕士学位论文,2004年)等。

种职官联合而治。根据《周礼·天官·大宰》的描述,大宰是天官之长、六官之首,统理国政。他从总体上掌握国家的六典、八法、八则,作为治理国家、官府、地方的法典、规则与制度:

> 掌建邦之六典,以佐王治邦国。一曰治典,以经邦国,以治官府,以纪万民。二曰教典,以安邦国,以教官府,以扰万民。三曰礼典,以和邦国,以统百官,以谐万民。四曰政典,以平邦国,以正百官,以均万民。五曰刑典,以诘邦国,以刑百官,以纠万民。六曰事典,以富邦国,以任百官,以生万民。
>
> 以八法治官府。一曰官属,以举邦治。二曰官职,以辨邦治。三曰官联,以会官治。四曰官常,以听官治。五曰官成,以经邦治。六曰官法,以正邦治。七曰官刑,以纠邦治。八曰官计,以弊邦治。
>
> 以八则治都鄙。一曰祭祀,以驭其神。二曰法则,以驭其官。三曰废置,以驭其吏。四曰禄位,以驭其士。五曰赋贡,以驭其用。六曰礼俗,以驭其民。七曰刑赏,以驭其威。八曰田役,以驭其众。①

所谓六典,即王统治邦国的六种法典;八法,即治理官府的八种法则;八则,即治理王畿内采邑的八种制度。而这些法典,又由多个职官藏有副本②,由此可知,典、法、则俱有成文,其副本由小宰、司会、司书、大史等官职掌管。由此,《周礼》以制度为基础,以大宰为核心,对典、法、则诸种法典文书进行了系统的设置,形成了秩序俨然的谱系。

---

① 郑玄注,贾公彦疏《周礼注疏》卷二,阮元校刻《十三经注疏》本,第645—646页。
② 如《周礼·天官·小宰》:"掌邦之六典、八法、八则之贰,以逆邦国、都鄙、官府之治。"(郑玄注,贾公彦疏《周礼注疏》卷三,阮元校刻《十三经注疏》本,第653页)《周礼·天官·司会》:"掌邦之六典、八法、八则之贰,以逆邦国、都鄙、官府之治。"(同上书卷六,第679页)《周礼·天官·司书》:"掌邦之六典、八法、八则……"(同上书卷七,第682页)《周礼·春官·大史》:"掌建邦之六典以逆邦国之治,掌法以逆官府之治,掌则以逆都鄙之治。"(同上书卷二六,第817页)

大宰"八法"之下,有"五曰官成",究其内涵,即官府办事时可供作为稽校案验之依据的相关文件,《周礼·天官·小宰》又将这些文件分为八种:

> 以官府之八成经邦治。一曰听政役以比居,二曰听师田以简稽,三曰听闾里以版图,四曰听称责以傅别,五曰听禄位以礼命,六曰听取予以书契,七曰听卖买以质剂,八曰听出入以要会。①

所谓比居,即登记人口数量及财产的簿书;简稽,即登记士卒、兵器的簿册;版图,即户籍与地图;傅别为借贷的凭证;礼命,即册封赏赐的册命书;书契,即符券;质剂,即确定买卖关系的凭证;要会,即会计账簿。因此"八成"是官府治理各种事务时用以稽校案验的文件,由小宰加以统属。"八成"的分野显示出制度的设置者(或作为制度构拟者的《周礼》作者)对文献及文体的分类意识,而分类的根据则是其背后所依据的制度、小宰的职掌,以及这些文件的用途。

(2)政令复逆类。这一类文体包括王下达的命令,以及诸侯、群吏、万民对王的奏报文书。王的命令由内史、外史、御史等掌管。而王之命令的发布,以及诸侯、群吏、万民之复逆的转达,则由太仆、小臣、御仆等掌管:

> 掌正王之服位,出入王之大命,掌诸侯之复逆。(《周礼·夏官·太仆》)②

> 掌王之小命,诏相王之小法仪。掌三公及孤卿之复逆,正王之燕服位。(《周礼·夏官·小臣》)③

> 掌群吏之逆,及庶民之复,与其吊劳。……掌王之燕令。

---

① 郑玄注、贾公彦疏《周礼注疏》卷三,阮元校刻《十三经注疏》本,第654页。
② 同上书卷三一,第851页。
③ 同上书,第852页。

(《周礼·夏官·御仆》)①

按：《周礼·天官·宰夫》"诸臣之复，万民之逆"郑注云："复之言报也，反也。反报于王，谓于朝廷奏事。自下而上曰逆，逆谓上书。"②事实上，复、逆互文，奏事、上书，其义相通。《周礼》多次将命令与复逆之属并列而言，这意味着先秦已有较为完善的政令奏报文书谱系，而且制度的设置者已有将政令与复逆归为同一文体谱系的意识。

（3）刑罚禁戒类。此类文体由管理刑狱的官员掌管，在《周礼》中，主要属于"秋官"系统。根据《周礼》的构拟，有刑书，以及辅助刑罚的禁、戒。《周礼·秋官·大司寇》云：

> 掌建邦之三典，以佐王刑邦国、诘四方：一曰刑新国用轻典，二曰刑平国用中典，三曰刑乱国用重典。
>
> 以五刑纠万民：一曰野刑，上功纠力；二曰军刑，上命纠守；三曰乡刑，上德纠孝；四曰官刑，上能纠职；五曰国刑，上愿纠暴③……
>
> 正月之吉，始和布刑于邦国都鄙，乃县刑象之法于象魏，使万民观刑象，挟日而敛之……
>
> 凡诸侯之狱讼，以邦典定之。凡卿大夫之狱讼，以邦法断之。凡庶民之狱讼，以邦成弊之。④

以上涉及"三典""五刑"，而这些刑典以书面形式悬挂于象魏以警诫万民，即所谓"刑象之法"，孙诒让释"刑象之法"便云"即上三典五刑及《司刑》五刑二千五百条之属"⑤，可知其乃写有法律条

---

① 郑玄注，贾公彦疏《周礼注疏》卷三一，阮元校刻《十三经注疏》本，第852页。
② 同上书卷三，第655页。
③ 按，郑注云："暴，当为恭字之误也。"（郑玄注，贾公彦疏《周礼注疏》卷三四，阮元校刻《十三经注疏》本，第870页）
④ 同上书，第870—871页。
⑤ 孙诒让《周礼正义》卷六六，中华书局，2015年，第3321页。

文的刑书。

此外,根据《周礼·秋官·士师》,士师职,又以禁、戒"左右""先后"即辅助刑罚:

> 掌国之五禁之法,以左右刑罚:一曰宫禁,二曰官禁,三曰国禁,四曰野禁,五曰军禁。皆以木铎徇之于朝,书而县于门闾。以五戒先后刑罚,毋使罪丽于民:一曰誓,用之于军旅;二曰诰,用之于会同;三曰禁,用诸田役;四曰纠,用诸国中;五曰宪,用诸都鄙。①

根据上述材料可知,禁、戒应有所不同。前者既然可以"书而县于门闾",故知其乃成文的、可以悬挂于特定地点的禁令。后者则一般诉诸口头,以警诫官民遵守相关的禁令。

《周礼》的刑典(包括三典、五刑等)、五禁、五戒,其掌守者既包括秋官之首大司寇,亦涉及具体的执行者如秋官系统的士师、乡士、遂士、县士、讶士等②,以及地官系统的乡师、乡大夫、州长、党正、族师、遂师、遂大夫等③,其施用对象涉及自上而下的阶层,范围上涵盖了王宫、邦国、都鄙与乡野,内容上包括刑罚及一般的行政戒令,形式上涉及书面与口头,构成了完整的刑法禁戒文体谱系,其中反映出非常系统的分类观。

(4)祈祝类。此类文体由大祝、小祝、丧祝、甸祝、诅祝等祝官实

---

① 郑玄注,贾公彦疏《周礼注疏》卷三五,阮元校刻《十三经注疏》本,第874页。
② 《周礼·秋官·乡士》:"掌国中。各掌其乡之民数而纠戒之。"《遂士》:"掌四郊,各掌其遂之民数,而纠其戒令。"《县士》:"掌野,各掌其县之民数,纠其戒令。"《讶士》:"凡邦之大事聚众庶,则读其誓禁。"郑玄注,贾公彦疏《周礼注疏》卷三五,阮元校刻《十三经注疏》本,中华书局,1980年,第875—877页)
③ 《周礼·地官·乡师》:"掌其戒令纠禁,听其狱讼。"《乡大夫》:"各掌其乡之政教禁令。"《州长》:"若国作民而师田行役之事,则帅而致之,掌其戒令与其赏罚。岁终,则会其州之政令。正岁,则读教法如初。"《党正》:"各掌其党之政令教治。及四时之孟月吉日,则属民而读邦法,以纠戒之。"《族师》:"各掌其族之戒令政事。……若作民而师田行役,则合其卒伍,简其兵器,以鼓铎旗物帅而至,掌其治令、戒禁、刑罚。"《遂师》:"各掌其遂之政令戒禁。"《遂大夫》:"掌其政令戒禁,听其治讼。"(同上书卷一一、卷一二、卷一五,第713、716—719、741、742页)

施,在《周礼》中,祝官属于掌管礼制、祭祀和历法的春官系统。《周礼·春官·大祝》所叙"六祝""六祈""六辞"反映了《周礼》作者对于祝官文体分类的认识:

> 掌六祝之辞,以事鬼神示,祈福祥,求永贞。一曰顺祝,二曰年祝,三曰吉祝,四曰化祝,五曰瑞祝,六曰策祝。
>
> 掌六祈,以同鬼神示,一曰类,二曰造,三曰禬,四曰禜,五曰攻,六曰说。
>
> 作六辞,以通上下亲疏远近,一曰祠,二曰命,三曰诰,四曰会,五曰祷,六曰诔。①

从上述材料可知,大祝不仅掌管沟通人神的祭祀类文体的写作,还写作沟通"上下亲疏远近"的"六辞"。《周礼》对"六祝""六祈""六辞"的列举和概括,系统地总结了两周的祈祝类文体谱系。

(5) 规谏类。在中国古代,规谏类文体非常重要,它起到补察王政的作用,颇受统治者重视。在《左传》《国语》《吕氏春秋》等文献中,有一组颇为相似的论述:

> 自王以下各有父兄子弟以补察其政。史为书,瞽为诗,工诵箴谏,大夫规诲,士传言,庶人谤,商旅于市,百工献艺。(《左传·襄公十四年》)②
>
> 故天子听政,使公卿至于列士献诗,瞽献曲,史献书,师箴,瞍赋,矇诵,百工谏,庶人传语,近臣尽规,亲戚补察,瞽史教诲,耆艾修之,而后王斟酌焉,是以事行而不悖。(《国语·周语上》)③
>
> 在舆有旅贲之规,位宁有官师之典,倚几有诵训之谏,居寝有亵御之箴,临事有瞽史之导,宴居有师工之诵,史不失书,矇不失

---

① 郑玄注,贾公彦疏《周礼注疏》卷二五,阮元校刻《十三经注疏》本,第808—809页。
② 杜预注,孔颖达疏《春秋左传注疏》卷三二,阮元校刻《十三经注疏》本,第1958页。
③ 徐元诰《国语集解》,中华书局,2002年,第11—12页。

诵,以训御之,于是乎作《懿》诗以自儆也。(《国语·楚语上》)①
　　近臣谏,远臣谤,舆人诵,以自诰也。(《国语·楚语上》)②
　　是故天子听政,使公卿列士正谏,好学博闻献诗,矇箴师诵,庶人传语,近臣尽规,亲戚补察,而后王斟酌焉。(《吕氏春秋·达郁》)③

　　以上材料说法颇为相近,可看出其相互之间的联系相当密切,反映出时人对于该系列文体归类的大致共识。在早期文体谱系中,规谏类是很特殊的。单独地看,"列士献诗,瞽献曲,史献书,师箴,瞍赋,矇诵,百工谏,庶人传语",某种文体与某种身份是有直接关系的;但是,规谏类文体与其他系列文体相比,具有明显的独特性,即它的开放性与灵活度:其使用者并没有特别指定为某一系统的官职所属,甚至超出职官系统,瞽、史、师、瞍、矇、百工、庶人乃至近臣、亲戚、公卿、列士,他们虽处于不同阶层,但皆可使用规谏类文体。而规谏文体所涵盖的范围亦相当广泛,综而言之,有书、诗、曲、箴、谏、规、诲、导、典、训、谤、赋、诵、语等,其中既有属于言说方式的(如谏、诲、导、训、谤、赋、诵、语等),也有属于具有成文的文体形态的(如书、诗、曲、箴、典等)。这里所体现出来的社会各阶层皆有责任使用各种规谏类文体来反映社会现实,或对政治提出批评与建议,以"补察王政"的文体观念,也许正反映出早期政治制度设置中某种比较开明的精神,这种观念此后也逐渐发展成讽喻和批判现实、政治的传统。

　　中国早期的文体谱系,是基于政治制度产生的衍生物;或者说,早期的文体谱系是包含在政治制度之中的。早期文体谱系所涉及的内容相当丰富复杂:从职官掌守到文体使用者的身份,从官守的职能延伸到文体的功能与文体的类别,等等。这种文体谱系观念

---

① 徐元诰《国语集解》,中华书局,2002年,第501—502页。
② 同上书,第504页。
③ 许维遹《吕氏春秋集释》卷二〇,中华书局,2009年,第563—564页。

与后世相差甚远,但这也许恰恰体现了其初生之时的朴素与真实。

第二节 礼制与文体观念的发生

礼制属于制度的重要组成部分,对文体观念的影响尤为显著,故列此节作专题探讨。在先秦时期,文体的发生与礼制密切相关。从礼学的角度来看,古人讲究行事、言语要"得体",从文体学的角度来看,对言语"得体"的要求则是文体观念的反映。《文心雕龙·宗经》云:"《礼》以立体,据事制范;章条纤曲,执而后显。"①指出了"礼"对"立体"的重要性。先秦时期评论某些言辞是否合礼,即判断其是否符合礼制对文体的规范和要求。《左传·庄公十一年》记载了鲁庄公派使者赴宋国吊灾时双方的辞令,对此,臧文仲评论道:"列国有凶,称孤,礼也。言惧而名礼,其庶乎?"②又如《左传·哀公十六年》子赣论鲁哀公诔孔子:"生不能用,死而诔之,非礼也。"③《左传·襄公十九年》记载臧武仲论季武子作铭:"非礼也。夫铭,天子令德,诸侯言时计功,大夫称伐。今称伐,则下等也;计功,则借人也;言时,则妨民多矣。何以为铭?"④以上诸例,都以是否"合礼"为标准,评价文体的写作是否合体。不言而喻,这些文体观念明显受到礼制的影响。

礼制对文体写作有许多规制,这些规制在一定程度上促成了文体观念的发生。早期礼仪活动往往是口头性的,在遣词口宣之初,便具有主动适应礼仪要求的意识,这是初步的文体意识。经过长期使用与积累,对文体的自觉便逐渐成为一种集体意识,形成文

---

① 刘勰著,詹锳义证《文心雕龙义证》,上海古籍出版社,1989年,第69页。
② 杜预注,孔颖达疏《春秋左传正义》卷九,阮元校刻《十三经注疏》本,第1770页。
③ 同上书卷六〇,第2177页。
④ 同上书卷三四,第1968页。

辞创作的内在规则,文体观念随之发生。由于早期的文体写作建立在礼仪的需要之上,具有强烈的实用性,礼制的规定也就成为文体写作的重要标准,直接影响相关文体观念的发生。举要如下:

(1)文体特定的使用主体或施用对象。礼制强调尊卑有序、贵贱有别的社会秩序,这种规定直接体现在文体观念上。如诔体的写作,按照古制,只能为有爵位的人作诔,此后才扩大到无爵者。《礼记·郊特牲》云:"死而谥,今也;古者生无爵,死无谥。"①而且也只能由位高者为位低者,或由年长者为年幼者作诔。《礼记·曾子问》云:"贱不诔贵,幼不诔长,礼也。唯天子称天以诔之。诸侯相诔,非礼也。"②所以《礼记·曲礼下》云:"已孤暴贵,不为父作谥。"③意即父亲死后,即便儿子显贵,亦不可为父亲作谥,应遵从"幼不诔长"的原则。

(2)文体特定的使用场合和功能。《礼记·曲礼下》:"诸侯未及期相见曰遇,相见于郤地曰会。诸侯使大夫问于诸侯曰聘,约信曰誓,莅牲曰盟。"④区分了誓、盟在功能上的差别。《左传·昭公三年》:"昔文、襄之霸也,其务不烦诸侯,令诸侯三岁而聘,五岁而朝,有事而会,不协而盟。君薨,大夫吊,卿共葬事;夫人,士吊,大夫送葬。足以昭礼、命事、谋阙而已,无加命矣。"⑤礼制规定了盟、吊等文体运用的特定场合。《周礼·秋官·小行人》:"若国札丧,则令赗补之。若国凶荒,则令赒委之。若国师役,则令槁禬之。若国有福

---

① 郑玄注,孔颖达疏《礼记注疏》卷二六,阮元校刻《十三经注疏》本,第1455页。另《礼记·檀弓上》记录了为士阶层作诔的起始:"士之有诔,自此始也。"(同上书卷六,第1277页)
② 同上书卷一九,第1398页。
③ 同上书卷四,第1257页。
④ 同上书卷五,第1266页。
⑤ 杜预注,孔颖达疏《春秋左传注疏》卷四二,阮元校刻《十三经注疏》本,第2030页。

事,则令庆贺之。若国有祸灾,则令哀吊之。凡此五物者,治其事故。"①规定了在不同的情景下,相应地使用庆贺或哀吊之辞。礼制对伤礼与吊礼及相应文体的运用情景,亦有严格的限定。《礼记·曲礼上》:"知生者吊,知死者伤。知生而不知死,吊而不伤;知死而不知生,伤而不吊。"②《礼记·檀弓上》:"死而不吊者三:畏、厌、溺。"③如果不按礼制而行吊礼,甚至会受到处罚,《礼记·文王世子》云:"五庙之孙,祖庙未毁,虽为庶人,冠,取妻,必告;死,必赴;练祥则告。族之相为也,宜吊不吊,宜免不免,有司罚之。"④对于盟载的使用情景、具体程序,《周礼·秋官·司盟》规定:"凡邦国有疑会同,则(司盟)掌其盟约之载及其礼仪,北面诏明神,既盟,则贰之。盟万民之犯命者,诅其不信者亦如之。凡民之约剂者,其贰在司盟;有狱讼者,则使之盟诅。"⑤指出当邦国因有疑而会同时,则订立盟约。又规定民众的约剂副本收藏在司盟处,当因契约的争议而发生狱讼,则进行盟诅仪式。

(3)文体特定的表现内容。如《礼记·礼运》:"祝以孝告,嘏以慈告。"⑥孙希旦《礼记集解》云:"祝,谓飨神之祝辞也。嘏,谓尸嘏主人之辞也。祭初飨神,祝辞以主人之孝告于鬼神;至主人酳尸,而主人事尸之事毕,则祝传神意以嘏主人,言'承致多福无疆于女孝孙',而致其慈爱之意也。"⑦以礼的规定区分祝辞与嘏辞的内容分别为"孝""慈"。《周礼·春官·诅祝》:"作盟诅之载辞,以叙国之信

---

① 郑玄注,贾公彦疏《周礼注疏》卷三七,阮元校刻《十三经注疏》本,第894页。又见《大戴礼记·朝事》:"然后诸侯之国札丧则令赙补之,凶荒则令赒委之,师役则令犒禬之,有福事则令庆贺之,有祸灾则令哀吊之。凡此五物者,治其事故。"(孔广森《大戴礼记补注》卷一二,中华书局,2013年,第229页)
② 郑玄注,孔颖达疏《礼记注疏》卷三,阮元校刻《十三经注疏》本,第1249页。
③ 同上书卷六,第1279页。
④ 同上书卷二〇,第1408页。
⑤ 郑玄注,贾公彦疏《周礼注疏》卷三六,阮元校刻《十三经注疏》本,第881页。
⑥ 郑玄注,孔颖达疏《礼记注疏》卷二一,阮元校刻《十三经注疏》本,第1417页。
⑦ 孙希旦《礼记集解》卷二一,中华书局,1989年,第594页。

用,以质邦国之剂信。"①规定了盟诅载辞的主要内容和精神在"信"。

（4）文体独特的措辞。由于仪式性质的不同,祝辞的称谓亦须作相应改变,《礼记·杂记》云:"祭称孝子孝孙,丧称哀子哀孙。"②在祭祀仪式中,祝辞所使用的称谓须与主人的身份相适应。《礼记·曲礼下》云:"临祭祀,内事曰'孝子某侯某',外事曰'曾孙某侯某'。"③孙希旦云:"愚谓此皆祝辞所称也。曰'孝子'者,谓祭祢庙也。……曰'曾孙'者,言己乃始祖之重孙,上本其得国之始而言。《武成》曰'惟有道曾孙周王发',是也。此虽为祭外神之称,其实内事自曾祖以上亦曰'曾孙',言于所祭者为重孙也。《郊特牲》曰'称曾孙某,谓国家也',是也。若祭祖则曰'孝孙'。"④丧礼亦然,《礼记·曲礼下》云:"死曰'薨',复曰'某甫复矣'。"⑤《礼记·杂记下》云:"祝称卜葬、虞,子孙曰'哀',夫曰'乃',兄弟曰'某',卜葬其兄弟曰'伯子某'。"⑥这是对祝在占卜中致命辞时对主人的称呼的规定。《礼记·杂记上》有诸侯相吊之礼:"吊者升自西阶,东面,致命曰:'寡君闻君之丧,寡君使某,如何不淑。'"⑦更规定了吊辞的定式。

（5）文体特殊的载体。礼对一些文体载体的质地、形状、大小等有明确规定。先秦以笏书写对命。《礼记·玉藻》详细阐述了不同身份的人使用不同材质的笏,并规定了笏的尺寸,还涉及"说笏"的特定情境等:"将适公所,宿齐戒,居外寝,沐浴。史进象笏,书思对命。"⑧"笏:天子以球玉;诸侯以象;大夫以鱼须文竹;士竹本,象可也。见于天子与射,无说笏,入大庙说笏,非古也。小功不说笏,当

---

① 郑玄注,贾公彦疏《周礼注疏》卷二六,阮元校刻《十三经注疏》本,第816页。
② 郑玄注,孔颖达疏《礼记注疏》卷四一,阮元校刻《十三经注疏》本,第1555页。
③ 同上书卷五,第1266页。
④ 孙希旦《礼记集解》卷六,中华书局,1989年,第142页。
⑤ 郑玄注,孔颖达疏《礼记注疏》卷五,阮元校刻《十三经注疏》本,第1266页。
⑥ 同上书卷四二,第1562页。
⑦ 同上书卷四一,第1557页。
⑧ 同上书卷二九,第1475页。

事免则说之。既揖必盥,虽有执于朝,弗有盥矣。凡有指画于君前,用笏造,受命于君前,则书于笏。笏毕用也,因饰焉。笏度二尺有六寸,其中博三寸,其杀六分而去一。"①列国聘问有书信往来,根据篇幅大小,其书写的载体亦有所不同,《仪礼·聘礼》云:"久无事则聘焉。若有故则卒聘,束帛加书将命。百名以上书于策,不及百名书于方,主人使人与客读诸门外。"②盟誓之约剂,邦国之约事重文繁,故铭刻于彝器,万民之约事轻文约,故书写于竹帛,《周礼·秋官·司约》云:"凡大约剂书于宗彝,小约剂书于丹图。"③

综上所言,礼制对文体的使用主体与施用对象、使用场合与功能、表现内容、具体措辞与载体等规定,逐渐内化为人们写作文体的常规。这些常规一旦成为人们意识中潜在的定式,便意味着相关文体观念的发生。先秦时代常见的文体,如卜辞、铭、谥、诔、盟、誓、吊、祝、嘏等,已形成一套比较成熟的文体规范,而这些相关的文体观念,无疑都是在礼制的直接影响下发生的。设若没有先秦礼制,便没有这些文体,也没有这些文体观念的发生。孔子说:"居上不宽,为礼不敬,临丧不哀,吾何以观之哉?"(《论语·八佾》)④中国古代礼学的精神就在于"敬","敬"则需要一系列相关的仪式。中国早期文体观念的发生由于受到礼学的影响,非常强调仪式感和秩序感。面对人与神的双重世界,受礼学影响的文体总是伴随着具体而严格的程序与形式。因此,中国早期不少文体形成一种庄重、敬畏、虔诚甚至是神圣的特殊况味,这就是"敬"的精神,这也是早期中国文学的特色之一。

---

① 郑玄注,孔颖达疏《礼记注疏》卷三〇,阮元校刻《十三经注疏》本,第1480页。
② 郑玄注,贾公彦疏《仪礼注疏》卷二四,阮元校刻《十三经注疏》本,第1072页。
③ 郑玄注,贾公彦疏《周礼注疏》卷三六,阮元校刻《十三经注疏》本,第881页。
④ 何晏集解,邢昺疏《论语注疏》卷三,阮元校刻《十三经注疏》本,第2469页。

第三节　礼学与文体批评

　　先秦文体的发生与上古礼乐制度有着非常密切的关系。礼制是一部分文体的生成之源,刘师培先生在《文学出于巫祝之官说》一文中将《周礼》所载"六祝六祠"归为文章各体的原始①,又在《文章学史序》中具体论述了礼制与后世文体的源流关系②。同时,礼的施行也离不开文辞。《文心雕龙·序志》云:"文章之用,实经典枝条,五礼资之以成,六典因之致用。君臣所以炳焕,军国所以昭明,详其本源,莫非经典。"③不少礼仪的实行都需要诉诸口头或书面的言辞,这些言辞也就成为礼的仪节度数的一部分,有着"饰礼"的功能。

　　礼对礼仪性言辞的约束规范,可以体现出朴素的文体观念。从更广阔的视角来看,由于礼与文的依存、表里关系,对礼的辨别、分类、溯源,以及在实际的政治、社会生活中褒贬时政的"合礼"批评,都包孕着文体批评的因子。因此,不仅上古礼制是文体发生的重要源流之一,同时,礼学又是文体观念、文体批评发生的重要来源。早期的文体批评,往往不是单就文体而辨体,而是在其他学问的框架中进行的,如作家才性之辨等。特别在先秦,文体批评处于萌芽阶段,并无独立的理论形态,相当一部分的文体批评是在礼学的框架下展开的。这些文体批评在思维模式及理论形态方面都与礼学有着非常明显而直接的关联和继承关系。虽然这些文体批评大多是片段式的,但它们已孕育了后世文体批评的一些基本形态,其内容及批评模式对后世文体批评的发展有启发意义,值得深入研究。

---

① 刘师培《左盦集》卷八,《刘申叔遗书》,江苏古籍出版社,1997年,第1283页。
② 刘师培《周末学术史序·文章学史序》,同上书,第526—528页。
③ 刘勰著,詹锳义证《文心雕龙义证》,上海古籍出版社,1989年,第1909页。

在中国古代学术史中,礼学是一门传统而古老的学问,有学者指出,礼学的研究历史比经学与儒学还要早。① 在春秋战国时期,礼学已有相当大的发展,具体表现为《仪礼》等礼书的撰写,亦散见于《左传》《国语》等典籍以及《论语》《墨子》《荀子》等子书所记载的涉及礼的言论。② 礼学的内涵有多个方面,杨志刚认为礼学大略可划分为礼经学、礼仪学、礼论、泛礼学四种,四者之间又有重叠之处。③ 若以此四者比对之,则先秦时期的礼学主要体现为礼仪学与礼论两方面。这一时期的礼学虽然呈现较为片段化的面貌,但已具有一些理论和思辨的特征。

已有的先秦文体批评研究的关注点往往较为侧重于文体批评的内容本身,而对其与当时制度的关联性、与其他学问体系的继承性方面关注较少,尚待进一步深入而细致地考察。本节拟考察先秦礼学与文体批评在思维模式和理论形态等方面的关系,以期探究文体批评在先秦的存在方式和初始形态。

需要说明的是,在先秦时代,多数文体的发展尚处于萌芽阶段,在这样的情况下,先秦人对"文体"的认识比较模糊,文体的命名也有不确定性,文体的界定也未必分明,这是先秦文体和文体观的特征。不少先秦文体的产生来自于不同的"言说方式",文体的区辨也很大程度上取决于言说方式的不同。郭英德指出:"中国古代文体的生成大都基于与特定场合相关的'言说'这种行为方式。"将对行为方式的区分作为中国古代文体分类的生成方式之一。④ 由此,笔者认为,在先秦文献的语境中,"言说的行为方式"与"文体"的概念往往并不是界限分明的,不易明确区分。在先秦时期,某种

---

① 夏静《礼乐文化与中国文论早期形态研究》,中华书局,2007年,第2页。
② 杨志刚认为先秦礼学的发展有两条线索,一是"三《礼》"的撰述,一是礼论由萌蘖到成熟,参见杨志刚《中国礼学史发凡》,陈其泰等编《二十世纪中国礼学研究论集》,学苑出版社,1998年,第126页。
③ 同上书,第122、125页。
④ 郭英德《中国古代文体学论稿》,北京大学出版社,2005年,第29—31页。

特定的言说方式往往具有一定的文体特质,并在后世发展成真正成熟的文体。如果我们要研究先秦文体及文体批评,这些言说的行为方式以及对它们的规定、讨论、批评是不可忽视的。而在礼乐文化体系中,某些仪式的命名往往又与"言说的行为方式"紧密地联系在一起。因此,在先秦礼学中对这些言说的行为方式的论述,则可看作文体批评的一种形态。虽然礼制、仪式、言说行为方式、文体之名未必是一一对应的关系,但结合先秦的实际,笔者认为有必要将具有文体意味的言说行为纳入文体学研究的视野,这将有助于我们用更开阔的思路来审视文体批评的初始形态。

一 礼学与文体写作论

对文体写作的指导和经验总结,是文体批评的基础之一,它包括对文体的创作原则、大体风貌、应用情景、写作细节等创作经验的认识,体现了批评者对文体本体特征的把握。文体写作论与实际创作密切相关,因此在中国历代的文体批评中都占据重要的地位。在先秦时期,文体基本上都是实用性的,各种文体的审美性质尚未进入人们的批评视野。因此,文体写作论在诸种文体批评中是更为常见而直接的形式。在中国早期的实用性文体中,礼仪性文体又占据非常大的比重。这些文体的使用依附于礼仪制度的体系之中,其写作亦受制于礼的规定。礼对这些文体的写作有具体而细致的要求,因此在对礼制、礼数的具体讨论之中可见到不少文体写作论的内容。

在先秦,"礼"的概念有礼义与礼数之分。《礼记·郊特牲》云:"礼之所尊,尊其义也。失其义,陈其数,祝史之事也。故其数可陈也,其义难知也。知其义而敬守之,天子之所以治天下也。"[①]古人认为礼义比礼数(礼仪形式)更为重要,是天子治理天下的根本。然而,礼之义难以追寻,礼之数却可细而陈之,礼数正是体现礼义的载

---

① 郑玄注、孔颖达疏《礼记注疏》卷二六,阮元校刻《十三经注疏》本,第1455页。

体,因此陈其礼数是必需的。对礼数的辨别,正是先秦礼学的重要组成部分。朱熹有言:"凡礼,有本有文。……其本者有家日用之常体,固不可以一日而不修其文。又皆所以纪纲人道之终始,虽其行之有时,施之有所,然非讲之素明,习之素熟,则其临事之际,亦无以合宜而应节。是不可以一日而不讲且习焉也。"①说明了讨论、研习礼数的重要性,只有熟习礼数,临事之际才可合宜地应对。对于具体礼仪中的言辞的使用原则,也需要辨明、熟习,在实际的运用中才不会出错。先秦礼论中对礼数仪制的辨别、讲习,正是文体写作论的来源之一。在现存的文献材料中,我们可以看到很多辨乎礼数的礼论。人们在讨论礼数的细节异同之时,有时会自然地涉及文体创作的具体要求。

礼学中的文体写作论,往往是不成系统的,只涉及一两种文体的一些具体的写作规范。礼规定了特定文体的使用情景。如前引《礼记·曲礼上》述及伤礼与吊礼的区别,但在具体的礼仪中,必然会用到一套特定的言辞。郑注云:"人恩各施于所知也。吊、伤,皆谓致命辞也。《杂记》曰:'诸侯使人吊,辞曰:"寡君闻君之丧,寡君使某,如何不淑!"'此施于生者。伤辞未闻也。说者有吊辞云:'皇天降灾,子遭罹之,如何不淑!'此施于死者,盖本伤辞。辞毕退,皆哭。"②由此可知,吊与伤也可以理解为在相应的礼仪中使用的文辞。且吊有文书的形式,《礼记·檀弓下》:"滕成公之丧,使子叔敬叔吊,进书,子服惠伯为介。"③因此,上文所引是由吊礼和伤礼的礼数讨论相应的文体所使用的特定情景,礼对此有所规定,两者不可相混淆。

礼要求行礼的人各安其位,其行为、言辞必须与其地位相称,因此,礼仪文体有特定的写作主体和使用对象,礼对此有严格而具体

---

① 朱熹《家礼序》,《晦庵先生朱文公文集》卷七五,《四部丛刊》本,册三六。
② 郑玄注,孔颖达疏《礼记注疏》卷三,阮元校刻《十三经注疏》本,第1249页。
③ 同上书卷一〇,第1312页。

的要求。在礼学的相关讨论中,这些内容便成为文体批评。对文体创作主体和使用对象的关注,是礼仪文体写作论的特点之一。前引《礼记·曾子问》指出了诔的制作必须明确贵贱、长幼差别,仅适用于以贵诔贱、以长诔幼的情况;若对象为天子,则以上天的名义来为他作诔,否则是非礼的。

更重要的是,礼规定了一些文体的大体创作原则,这些原则初步划定了该文体在发展早期的总体风貌。这些对文体风貌的论述,在文体发展史和文体批评史上都或多或少有着奠基的作用。在对礼的践行之中,出于对礼的尊崇,这些原则也内化于人们的潜意识之中,成为文体创作的潜在定律。在后世的文体批评中,批评家也往往注重从这些最早的论述中寻找理论的依据。如《礼记·曲礼下》论谏:"为人臣之礼,不显谏,三谏而不听则逃之。"郑注:"为夺美也。显,明也。谓明言其君恶,不几微。"①这里点出了人臣上谏的基本原则——不可明言君之恶,而应讽议之。此处的"谏",未必即是诉诸文字的文体。谏是人臣规劝君主的一种言说方式,这些言论若为史官记录下来,则有书面文字的性质,这是上古文体的来源之一。再者,据学者研究,在春秋时期,人臣进谏已有书面性质的上书②,所以此处所论"不显谏"也可以理解为文体写作的准则。《荀子·大略》:"为人臣下者,有谏而无讪,有亡而无疾,有怨而无怒。"③所论亦相似。谤上曰讪,所以"有谏而无讪",也反映了人臣谏君时不能当面指责的要求。因此宋人陈骙《文则》论春秋文体时有"谏和而直"④的评价。

再举一例,先秦礼论对祝史言辞的总体创作原则有比较一致的认识。《左传·襄公二十七年》:"乙酉,宋公及诸侯之大夫盟于蒙门

---

① 郑玄注,孔颖达疏《礼记注疏》卷五,阮元校刻《十三经注疏》本,第1267页。
② 董芬芬《春秋辞令文体研究》,上海古籍出版社,2012年,第266页。
③ 王先谦《荀子集解》卷一九,中华书局,1988年,第494页。
④ 王水照编《历代文话》,复旦大学出版社,2007年,第177页。

之外。子木问于赵孟曰:'范武子之德何如?'对曰:'夫子之家事治,言于晋国无隐情,其祝史陈信于鬼神无愧辞。'子木归以语王。王曰:'尚矣哉!能歆神、人,宜其光辅五君,以为盟主也。'"①祝史所掌的文辞种类颇多,赵孟的话是对这一系列文辞在总体精神风貌上的概括。"陈信于鬼神无愧辞"点出了祝史言辞的要领:诚信无愧。随后楚康王评论其"能歆神、人",即评述了祝史陈信的最终指向——愉悦鬼神。另外《左传·昭公二十年》有云:"夫子之家事治。言于晋国,竭情无私。其祝、史祭祀,陈信不愧。其家事无猜,其祝、史不祈。"②《礼记·曲礼上》又云:"祷祠祭祀,供给鬼神,非礼不诚不庄。"③亦相类似。这些评论,都反映了当时人对祝史文辞的期待和价值判断。这种认识为后世的文体论直接继承,《文心雕龙·祝盟》便云:"祝史陈信,资乎文辞。"④将"信"作为祝文写作的要点。《祝盟》篇更归纳祝文之体的要义:"凡群言务华,而降神务实,修辞立诚,在于无愧。祈祷之式,必诚以敬。"⑤皆本于先秦礼论。

  文体的总体风貌还包括其情感基调,这在汉魏以后的文体论中才有比较鲜明的论述,但在先秦礼论中已经有类似的内容,因为礼本是饰情的,礼的本质便是对人情恰如其分的表达。如吊是先秦丧礼的一种礼仪,后来演化为"吊文"之体,《荀子·大略》从礼的角度谈到吊的情感基调:"送死不及柩尸,吊生不及悲哀,非礼也。"⑥规定了吊必须表达悲哀之情的准则,这实际上也是后世吊文最基本的风格特征,故《文心雕龙·哀吊》亦有"辞清而理哀""断而能悲"⑦等语。

---

① 杜预注,孔颖达疏《春秋左传注疏》卷三八,阮元校刻《十三经注疏》本,第1996—1997页。
② 同上书卷四九,第2092页。
③ 郑玄注,孔颖达疏《礼记注疏》卷一,阮元校刻《十三经注疏》本,第1231页。
④ 刘勰著,詹锳义证《文心雕龙义证》,上海古籍出版社,1989年,第355页。
⑤ 同上书,第375页。
⑥ 王先谦《荀子集解》卷一九,中华书局,1988年,第492页。
⑦ 刘勰著,詹锳义证《文心雕龙义证》,上海古籍出版社,1989年,第479页。

以上所举的文体批评,往往只是就文体创作的一端而发议论,这种方式是比较常见的,但也有对文体创作作出比较全面的概括的论述,如《左传》所记载的子贡对盟体创作的讨论。据《左传·哀公十二年》,哀公不愿答应吴王重温旧盟的要求,于是派子贡回复,子贡明确指出了制盟的几个要点:"盟,所以周信也。故心以制之,玉帛以奉之,言以结之,明神以要之。"①首先点出盟的性质和功用——盟是用以巩固信用的,所以"信"是结盟的首要原则。制诸心、奉以玉帛、结诸言语、要诸明神,则是实现盟誓"周信"作用的几个必不可少的元素,涵盖实际的仪式、载体,并需要从内(自我)、外(鬼神)全方位对结盟者加以约束,可谓比较完整的文体写作论。所以《文心雕龙·祝盟》云:"夫盟之大体,必序危机,奖忠孝,共存亡,戮心力,祈幽灵以取鉴,指九天以为正;感激以立诚,切至以敷辞,此其所同也。"②这实际上是对先秦文体论的继承和发展。

二 从辨礼到辨体

中国古代文体学向来重视"辨体",辨体建立在对文体本体特征的把握之上,是文体学研究的首要问题和基本问题。③《文镜秘府论》云:"故词人之作也,先看文之大体,随而用心。"④王应麟《词学指南》引倪思云:"文章以体制为先,精工次之。"⑤类似的论述非常多,都是将辨识文章体制作为写作的前提和基础。在先秦也有辨体批评,往往体现为对一种文体的功用、特点的辨析或对几种文体异同的比照,其最终指向也是指导文体的写作。在先秦时代,辨体与辨礼往往是结合在一起的。

---

① 杜预注,孔颖达疏《春秋左传注疏》卷五九,阮元校刻《十三经注疏》本,第2170页。
② 刘勰著,詹锳义证《文心雕龙义证》,上海古籍出版社,1989年,第384页。
③ 参见吴承学、沙红兵《中国古代文体学学科论纲》,《文学遗产》2005年第1期。
④ 弘法大师原撰,王利器校注《文镜秘府论校注》,中国社会科学出版社,1983年,第333页。
⑤ 王应麟《四明文献集(外二种)》,中华书局,2010年,第425页。

对礼的辨别,是先秦礼学的重要问题。首先,"分"是礼的内涵之一。《礼记·曲礼上》云:"夫礼者,所以定亲疏,决嫌疑,别同异,明是非也。"①礼是用来区分亲疏、上下、异同、是非的。只有如此,人、事方可各得其宜,国家方可正常运行,社会各阶层才可保持和谐。正如《荀子·荣辱》云:"故先王案为之制礼义以分之,使有贵贱之等,长幼之差,知愚、能不能之分,皆使人载其事而各得其宜,然后使悫禄多少厚薄之称,是夫群居和一之道也。"②既然有"分"的原则,则必然有"辨"的诉求。其次,先秦时期的礼,有"经礼三百,曲礼三千"的说法。礼的仪文度数是如此繁杂细致,有时又易于相互混淆,若不加以辨别,则难以准确践行。因此,先秦礼学相当注重辨礼。

从辨礼到辨体,有着其内在关联性。"礼"与"体"在内涵上有一致性。《法言·寡见》云:"说体者莫辩乎《礼》。"③《文心雕龙·宗经》云:"《礼》以立体,据事制范;章条纤曲,执而后显。"④此处的"体"有体制、准则之义,所谓"《礼》以立体",是指人们针对实际的事务而制定相关的规范,是为礼。特定文辞的创作,亦须遵从一定的准则,是为文体。对体制、准则、规范的强调,可以说是礼与文体在内涵上的共通处。我们在上文已论及先秦大部分文体与礼制的依存关系,早期的文体写作具有强烈的实用性,也与实际的礼仪活动紧密结合,必须遵从礼制的要求。因此,当人们在谈论礼的体制、准则之时,有时也会涉及相关礼制、礼仪下特定文辞的体制、准则,辨礼之论则自然地成为辨体之论,辨体的同时也是辨礼。如《周礼·春官·内史》有云:"凡命诸侯及孤卿大夫,则策命之。"⑤原文是说明内史的职责之一——策命。如果从礼学的角度来看,此条材

---

① 郑玄注,孔颖达疏《礼记注疏》卷一,阮元校刻《十三经注疏》本,第1231页。
② 王先谦《荀子集解》卷二,中华书局,1988年,第70—71页。
③ 汪荣宝《法言义疏》,中华书局,1987年,第215页。
④ 刘勰著,詹锳义证《文心雕龙义证》,上海古籍出版社,1989年,第69页。
⑤ 郑玄注,贾公彦疏《周礼注疏》卷二六,阮元校刻《十三经注疏》本,第820页。

料说明了策命之礼的执行主体(内史)、执行对象和执行情景。如果从文体学的角度来考虑,则又说明了策命这一文体的创作主体、施用对象和功能等要素。又如《荀子·礼论》有云:"故丧礼者,无它焉,明死生之义,送以哀敬而终周藏也。故葬埋,敬藏其形也;祭祀,敬事其神也;其铭、诔、系世,敬传其名也。"①其中所列举的葬埋、祭祀、铭诔系世,实际上都是丧礼的具体仪节,《礼论》分别从功能的角度来辨析之,其中对铭②、诔、系世功能的说明,实际上属于对文体的辨析。

在先秦礼学中,对礼的辨别往往是以其功能为根据的,以功能释礼、辨礼的例子每每可见,如以功能解释某种礼典的内涵:

> 祭者,所以追养继孝也。(《礼记·祭统》)③
> 祀,所以昭孝息民,抚国家,定百姓也,不可以已。(《国语·楚语下》)④

若多种礼典并列而言其功用,则辨礼的意味更为明显:

> 故朝觐之礼,所以明君臣之义也;聘问之礼,所以使诸侯相尊敬也;丧祭之礼,所以明臣子之恩也;乡饮酒之礼,所以明长幼之序也;昏姻之礼,所以明男女之别也。(《礼记·经解》)⑤
> 以吉礼事邦国之鬼神示。……以凶礼哀邦国之忧。……以宾礼亲邦国。……以军礼同邦国。……以嘉礼亲万民。(《周

---

① 王先谦《荀子集解》卷一三,中华书局,1988年,第371页。
② 对此材料中的"铭"或有两种理解,一说认为是书死者之名于旌之铭,一说认为是在器物上刻写死者功绩之铭(王先谦说)。第一种解释可参《周礼·春官·小祝》"置铭"郑注(郑玄注,贾公彦疏《周礼注疏》卷二五,阮元校刻《十三经注疏》本,第812页)。又《仪礼·士丧礼》:"为铭,各以其物。亡,则以缁长半幅,赪末长终幅,广三寸,书铭于末曰:'某氏某之柩。'"(郑玄注,贾公彦疏《仪礼注疏》卷三五,阮元校刻《十三经注疏》本,第1130页)
③ 郑玄注,孔颖达疏《礼记注疏》卷四九,阮元校刻《十三经注疏》本,第1602页。
④ 徐元诰《国语集解》,中华书局,2002年,第518页。
⑤ 郑玄注,孔颖达疏《礼记注疏》卷五〇,阮元校刻《十三经注疏》本,第1610页。

礼·春官·大宗伯》)①

还有对具体礼仪之间的细微差别的辨别：

> 天子当依而立,诸侯北面而见天子,曰觐。天子当宁而立,诸公东面,诸侯西面,曰朝。(《礼记·曲礼下》)②

因此,建立在辨礼之论基础上的辨体之论,亦多以文体的功能为标准加以辨析,由此形成了先秦辨体论"以功能为导向"的特点。这一特点对后世的文体批评模式有着深刻的影响。

辨体首先要释体,先看先秦礼学对单一文体的辨析。《周礼·春官·诅祝》:"作盟诅之载辞,以叙国之信用,以质邦国之剂信。"③通过对盟诅功能的说明来释体。《礼记·乐记》云:"夫歌者,直己而陈德也。"④指出了歌用于抒发感情、敷陈品德的功能。又《墨子·鲁问》云:"鲁君之嬖人死,鲁君为之诔,鲁人因说而用之。子墨子闻之曰:'诔者,道死人之志也。今因说而用之,是犹以来首从服也。'"⑤根据旧解,首句有传写错误,应作"鲁君之嬖人死,鲁人为之诔,鲁君因说而用之"⑥。墨子针对此事的评论,首先是点明诔体的功能——"道死人之志",然后说明此诔并未能实现这一功能,正如用狸驾车,并不胜任。可见诔体的功能是墨子辨析该体时考虑的重要因素。

又如《礼记·郊特牲》释誓礼云:"季春出火,为焚也。然后简其车赋,而历其卒伍,而君亲誓社,以习军旅,左之右之,坐之起之,以观其习变也。"⑦"习军旅"是誓礼的一个突出功能。因此在《周礼·

---

① 郑玄注,贾公彦疏《周礼注疏》卷一八,阮元校刻《十三经注疏》本,第757—760页。
② 郑玄注,孔颖达疏《礼记注疏》卷五,阮元校刻《十三经注疏》本,第1265页。
③ 郑玄注,贾公彦疏《周礼注疏》卷二六,阮元校刻《十三经注疏》本,第816页。
④ 郑玄注,孔颖达疏《礼记注疏》卷三九,阮元校刻《十三经注疏》本,第1545页。
⑤ 孙诒让《墨子间诂》卷一三,中华书局,2001年,第470—471页。
⑥ 见孙诒让引苏时学之说,同上书,第470页。
⑦ 郑玄注,孔颖达疏《礼记注疏》卷二五,阮元校刻《十三经注疏》本,第1450页。

秋官·士师》辨"五戒"之体时,"习军旅"也是作为誓体的最重要功能而与其他诸体区别开来:"以五戒先后刑罚,毋使罪丽于民,一曰誓,用之于军旅。二曰诰,用之于会同。三曰禁,用诸田役。四曰纠,用诸国中。五曰宪,用诸都鄙。"①需要注意的是,誓、诰皆是文体,比较明显。而纠、宪,也是戒令之文。②《周礼》对"五戒"的阐述,已是比较标准的辨体之论,而功能也是其辨体的重要标准。

从辨礼到辨体,可以看出先秦辨体论的理论渊源和嬗变轨迹。而对于那些在先秦时期便基本成型的文体,时人的文体观已比较明确,便不一定需要经历从辨礼到辨体的转变,而是直接就文体而辨文体,但都有一个共同的特点——以功能辨体。如《墨子·非命上》云:"盖尝尚观于先王之书?先王之书,所以出国家、布施百姓者,宪也。……所以听狱制罪者,刑也。……所以整设师旅、进退师徒者,誓也。"③这一段文字实际上涉及几种《书》类文献的文体辨析,同样是以这些文献的功能作为辨别标准的。又如《礼记·乐记》云:"诗,言其志也;歌,咏其声也;舞,动其容也。"④这里也是从功能的角度对诗、歌、舞三种艺术形式加以辨别。

在文体发展的早期阶段,功能是界定一种文体的核心要素。一种文体的诞生,往往是由于对某种功能的文辞有所需求,这种生成机制尤其适用于礼仪文体。因此,先秦礼论中的文体批评,可以

---

① 郑玄注,贾公彦疏《周礼注疏》卷三五,阮元校刻《十三经注疏》本,第874页。
② 《战国策·魏策》云:"吾先君成侯受诏襄王,以守此地也,手受《大府之宪》,《宪》之上篇曰:'子弑父,臣弑君,有常不赦。国虽大赦,降城亡子不得与焉。'"(刘向集录,范祥雍笺证《战国策笺证》,上海古籍出版社,2006年,第1454页)惠士奇认为《魏策》中"所谓《大府之宪》,即士师之宪用诸都鄙者。而称《宪》之上篇,则宪即古之章也"(惠士奇《礼说》卷一二,《景印文渊阁四库全书》第101册,台北,台湾商务印书馆,1983—1988年,第616页)。《墨子·非命上》又云:"先王之书,所以出国家、布施百姓者,宪也。"(孙诒让《墨子间诂》,中华书局,2001年,第267页)这里的宪,则是《书》类文献的一种,可见宪有文体的属性。孙诒让认为:"纠、宪皆戒令之文,以其可表县则谓之宪,以其主纠察则谓之纠,皆以所用异名。《国策》及《管子》《墨子》诸文,虽非专用之都鄙者,然义可互证。"(孙诒让《周礼正义》,中华书局,2015年,第3357页)
③ 孙诒让《墨子间诂》卷九,中华书局,2001年,第267页。
④ 郑玄注,孔颖达疏《礼记注疏》卷三八,阮元校刻《十三经注疏》本,第1536页。

说是有意无意地抓住了文体辨别的要领。以功能辨体,是中国古代文体辨别的重要方式之一。上至先秦、下至明清的文体论莫不如此。《文选序》云:"箴兴于补阙,戒出于弼匡。"①乃直接来源于先秦言论,见《左传·襄公四年》:"命百官,官箴王阙。"②又如《文心雕龙·颂赞》:"颂者,容也,所以美盛德而述形容也。"③《文心雕龙·章表》:"章以谢恩,奏以按劾,表以陈请,议以执异。"④等等,都可以见出"以功能辨体"的批评方法的继承性。

三 礼学与文体分类学

文体分类观念的发展建立在对文体本身的认识以及文章辨体的基础之上,它包括对文体的类分与类聚两个方面。这样的观念在先秦时期已经存在,但并不是独立的理论形态,而是与礼的分类观念密不可分。

在先秦礼学中,礼的分类可谓极为细致,并构成一个相当完备的体系。《周礼·春官·大宗伯》云:"以吉礼事邦国之鬼神示。……以凶礼哀邦国之忧。……以宾礼亲邦国。……以军礼同邦国。……以嘉礼亲万民。"⑤这就是"五礼",每种礼的大类之下又分若干小类,如吉礼则有"以禋祀祀昊天上帝,以实柴祀日月星辰,以槱燎祀司中、司命、风师、雨师。以血祭祭社稷、五祀、五岳,以狸沉祭山林、川泽,以疈辜祭四方、百物。以肆、献、祼享先王,以馈食享先王,以祠春享先王,以禴夏享先王,以尝秋享先王,以烝冬享先王。"⑥又如《礼记·昏义》云:"夫礼,始于冠,本于昏,重于丧、祭,尊

---

① 萧统编,李善注《文选》,中华书局,1977 年,第 2 页。
② 杜预注,孔颖达疏《春秋左传注疏》卷二九,阮元校刻《十三经注疏》本,第 1933 页。
③ 刘勰著,詹锳义证《文心雕龙义证》,上海古籍出版社,1989 年,第 313 页。
④ 同上书,第 826 页。
⑤ 郑玄注,贾公彦疏《周礼注疏》卷一八,阮元校刻《十三经注疏》本,第 757—760 页。
⑥ 同上书,第 757—758 页。

于朝、聘,和于射、乡。此礼之大体也。"①这是礼的另外一种分类方法。由此可见,先秦人已带着比较系统的分类思维去认识礼、分析礼,不仅有礼的类分,还注意以类相从。

当然,需要说明的是,礼与文体的分类往往并非一一对应的。事实上,一种文体可能会应用于多种礼仪,一种礼仪也可能会涉及多种文体。但在先秦时期,礼与文体有着大致的对应关系,特定礼仪中的言语行为也与文体有关联。先秦的礼学与文体学有着理论形态、思维模式等方面的渊源关系,从礼学到文体学,是观念上的自然延伸。先秦礼学中的分类思维,亦对文体分类观念的形成有着启发意义甚至是直接影响。

先谈文体的类分观念。先秦文体的类分,更多地表现为"相对或相似文体的对举"这样一种辨体的形式,系统而有意识的分类较为少见。先秦文体有一个值得注意的特点,相似的、容易混淆的文体很多。先秦人已经意识到这个现象,着重区辨相似的文体。本章第二节已论述了先秦的辨体论,辨体是文体分类的基础。只有对文体之间的异同有清晰的认识,才可能对文体进行分类。而先秦人最常用的辨体形式,是拈出相似的两种文体,以对举的方式加以对比分析。因此,文体对举也就成为先秦文体类分的重要特点,这个特点对后世的文体分类与批评模式有着深远的影响。在此,我们承上一节,谈谈先秦礼学中从礼的对举到文体对举,其中所体现的类分观念。

文体对举,其初始形态表现为两种相似或相对的文体的简单排次。这是一种隐性的文体批评,因为在对文体的排次之中已可见作者对文体分类的潜意识。如祝、诅既是一组相对的礼仪,也是一组相对的文辞,在先秦文献中有不少两者并提的用例。《诗·大

---

① 郑玄注,孔颖达疏《礼记注疏》卷六一,阮元校刻《十三经注疏》本,第 1681 页。

雅·荡》云："侯作(即'诅')侯祝。"①《左传·襄公十七年》："宋国区区,而有诅有祝。祸之本也。"②《左传·昭公二十年》："民人苦病,夫妇皆诅。祝有益也,诅亦有损。……虽其善祝,岂能胜亿兆人之诅。"③以上诸用例,都没有明言诅、祝的差别,但从行文可看出,两者有别已是时人的共识。

又如盟、诅并言。《尚书·吕刑》："罔中于信,以覆诅盟。"④《左传·襄公十一年》："乃盟诸僖闳,诅诸五父之衢。"⑤《左传·定公六年》："阳虎又盟公及三桓于周社,盟国人于亳社,诅于五父之衢。"⑥可知盟、诅都是用于结盟的礼仪活动,两种仪式的进行有先后次序,执行地点也有所不同。至于两者的区别为何,则未明言。

对相似、相对的文体的排次,表明批评者对两种文体的区别和联系都有所体察,体现了潜在的分类观念。随着文体辨别意识的进一步发展,批评者则会以几种文体对举的形式,更为细致地辨析其不同,这是文体类分观念细化和成熟的表现。《礼记·礼运》云："祝以孝告,嘏以慈告,是谓大祥。"⑦此乃辨别祝辞与嘏辞的不同。据郑玄注,"祝"是"祝为主人飨神辞也","嘏"乃"祝为尸致福于主人之辞也"。⑧ 祝与嘏,是有特定文体特征的文辞,《礼记·礼运》云："祝、嘏莫敢易其常古,是谓大假。"⑨可见祝辞、嘏辞的应用有着"常古"之法,不能随意改变。祝、嘏经常并称,但它们又是两种相似而有所区别的文辞。在实际的仪式之中,祝、嘏的言说对象与用途具

---

① 毛《传》云："作,祝诅也。"《经典释文》云："作,侧虑反,注同,本或作诅。"孔疏云："作,即古诅字。诅与祝别,故各自言侯。《传》辨作为诅,故言'作,祝诅也'。"(郑玄笺,孔颖达疏《毛诗注疏》卷一八,阮元校刻《十三经注疏》本,中华书局,1980年,第553页)
② 杜预注,孔颖达疏《春秋左传注疏》卷三三,阮元校刻《十三经注疏》本,第1964页。
③ 同上书卷四九,第2093页。
④ 旧题孔安国传,孔颖达疏《尚书注疏》卷一九,阮元校刻《十三经注疏》本,第247页。
⑤ 杜预注,孔颖达疏《春秋左传注疏》卷三一,阮元校刻《十三经注疏》本,第1950页。
⑥ 同上书卷五五,第2141页。
⑦ 郑玄注,孔颖达疏《礼记注疏》卷二一,阮元校刻《十三经注疏》本,第1417页。
⑧ 同上书,第1416页。
⑨ 同上书,第1417页。

有显著的差别,在先秦人看来,这是两种不能混用的言辞,故前人注意对两者加以区分类别。又如《礼记·曲礼下》曰:"诸侯未及期相见曰遇,相见于郤地曰会,诸侯使大夫问于诸侯曰聘,约信曰誓,莅牲曰盟。"①这段文字实际上是通过对举来辨别几种在诸侯之间进行的宾礼,而会、誓、盟等礼仪,在用辞的层面又涉及相应的文体,所以此处对这些礼仪的辨别,也反映了文体分类的观念。又如《礼记·曲礼上》:"知生者吊,知死者伤。知生而不知死,吊而不伤;知死而不知生,伤而不吊。"②这也是以对举的方式区分吊辞与伤辞。以上所举,实际上都是辨礼以至于辨体之论,而我们在这里着重分析的是其对举的形式。在中国上古及中古文体分类体系之中,这种对举的关系并不少见,反映出古人注重对比的思维模式。在上古时期的礼论中,我们可以看到祝与诅、盟与诅、祝与嘏、誓与盟、伤与吊等文体的对举,汉唐解经学者对这种以对举来辨体的方式多有沿用,反映出其理论形态的继承关系。如《周礼·春官·诅祝》郑玄注:"大事曰盟,小事曰诅。"③《礼记·曲礼上》:"祷祠祭祀,供给鬼神,非礼不诚不庄。"陆德明引郑注曰:"求福曰祷……求得曰祠。"④《尚书·无逸》:"民否,则厥心违怨;否,则厥口诅祝。"孔疏曰:"诅祝,谓告神明令加殃咎也。以言告神谓之祝,请神加殃谓之诅。"⑤

汉代以后,随着文章的独立,文体的分类超越了礼学的框架,更为关注文章的风格、形式、语言等审美特征,但仍有沿袭对举的分类方式。如扬雄《法言·吾子》曰:"诗人之赋丽以则,辞人之赋丽以淫。"⑥对举比较两种赋体在风格上的异同。又如《文章辨体序说》云:"汉承秦制,有曰'策书',以封拜诸侯王公;有曰'制书',用载制

---

① 郑玄注,孔颖达疏《礼记注疏》卷五,阮元校刻《十三经注疏》本,第1266页。
② 同上书卷三,第1249页。
③ 郑玄注,贾公彦疏《周礼注疏》卷二六,阮元校刻《十三经注疏》本,第816页。
④ 郑玄注,孔颖达疏《礼记注疏》卷一,阮元校刻《十三经注疏》本,第1231页。
⑤ 旧题孔安国传,孔颖达疏《尚书注疏》卷一六,阮元校刻《十三经注疏》本,第222页。
⑥ 汪荣宝《法言义疏》,中华书局,1987年,第49页。

度之文。"①同书又将诔辞、哀辞并举,并辨析云:"大抵诔则多叙世业,故今率仿魏晋,以四言为句;哀辞则寓伤悼之情,而有长短句及楚体不同。"②类似例子颇多。文体对举的批评方式,体现了文体类分与类聚的辩证关系。古人将这些文体并列对举,可见他们意识到这些文体有一定的共性,故可合而观之,这便涉及文体的类聚。蔡邕《独断》将天子行下之文分为策书、制书、诏书、戒书四种,又将群臣上书天子之文分为章、奏、表、驳议四种,有类分也有类聚。《典论·论文》云:"盖奏议宜雅,书论宜理,铭诔尚实,诗赋欲丽。"③将文体大致归为四组。又如《文心雕龙》的文体论,将颂与赞、祝与盟、铭与箴、诔与碑、哀与吊、诏与策、檄与移、章与表、奏与启等文体对举,合为一篇,再分而论之,既可见其同,亦可见其异,在同异对比之间区辨文体。这种文体对举方式,较前代有所发展。如祝与盟、铭与箴、诔与碑对举,都是以对文体本质的准确把握作为基础的,并不是对前代文献的生硬照搬。因此,发端于先秦礼学的文体对举的批评方式,与后世的文体分类模式有明显的继承关系,值得重视。

文体类分的观念,还与先秦礼学对职官分工的认识有关。在先秦时期,特别是早期,往往由特定的职官掌管某类或某几类文辞的创作、宣读或诵唱的工作。而对这些不同的言语创作和诵唱行为的分工,显现出一定的文体类分观念。如《周礼·春官》:"内史掌书王命,遂贰之。外史掌书外令。"④可见先秦人已意识到"王命"与"外令"的不同,故将其分属于不同的官员掌管。本章第一节论述规谏类文体时曾引用一组文献,亦可说明从《左传》《国语》到《吕氏春秋》,与箴谏规劝相关的文辞是成一系列的,不同文献对它们的分类也是成一系列的,彼此之间相互呼应。在先秦,不同阶层的人对天

---

① 吴讷《文章辨体序说》,人民文学出版社,1962年,第36页。
② 同上书,第54页。
③ 萧统编,李善注《文选》卷五二,中华书局,1977年,第720页。
④ 郑玄注,贾公彦疏《周礼注疏》卷二六,阮元校刻《十三经注疏》本,第820页。

子的讽谏有不同的形式，形成一系列的言辞。这些言辞各有不同，包括入乐或不入乐、口头或书面、言说的方式、言说者的身份等方面，由此，这些不同的言辞在后世衍生为相应的文体。因此，这些对一系列言辞的细致区辨，显现出一定的文体分类观念。

从这一系列文献中特定言辞与职官的对应关系，可以看到文体的创作、诵唱、言说等行为专业化的倾向，而这种倾向也促成了先秦人文体分类观念中的一些思维模式。诚然，考诸先秦文献特别是《周礼》，某一种文体的创作和应用往往会涉及多个职官，一种文体的应用在职官体系中是流动的，并非一个官职专门执掌某一个文体。所以，以官守区分文体是不尽准确的。然而，先秦人却将某种文体归属于某个职官，这让我们看到先秦人有时会以官职作为一部分文体分类的标准，在一定程度上呈现出分类观念上的思维定式，这显现出先秦文体分类学与礼学的密切关系。

在文体分类学中，与文体类分相对的是文体的类聚，即将一系列的文体归并在一个大类中。在先秦礼论之中也有这方面的内容，《周礼·秋官·士师》对戒令类文体归纳为"五戒"："以五戒先后刑罚，毋使罪丽于民，一曰誓，用之于军旅。二曰诰，用之于会同。三曰禁，用诸田役。四曰纠，用诸国中。五曰宪，用诸都鄙。"①更典型的如本章第一节引《周礼·春官·大祝》所论及的"六祝""六祈""六辞"，这反映出非常难得的文体类聚观念。《周礼》指出"六祝""六祈""六辞"有着各自的特定功能，每个大类之下又细分为六个小类，以类相从。

以上文体类聚的观念，都是以礼学的认识作为基础的，以某一种礼作为文体丛聚的中心点。礼学的思想、礼制的规定，不仅是辨别文体、类分文体的观念的源泉，还将纷繁复杂的文体归并、统摄到礼仪系统之下，井然有序，以便于总结和施行。如誓、诰、禁、纠、宪，都

---

① 郑玄注，贾公彦疏《周礼注疏》卷三五，阮元校刻《十三经注疏》本，第874页。

归属于戒令的礼仪之下,只是其具体的适用情景彼此有所不同;"六祝"用于事奉祝告人鬼、天神、地祇的祭祀之礼,是常祭;"六祈"用于协和人鬼、天神、地祇的祈祷之礼,在有灾变时举行;"六辞"用于沟通上下、亲疏、远近的生人之礼。这些类聚标准都在《周礼》中得到明确辨析。这样的类聚方式和观念在后世的文体批评也有反映,如《文体明辨序说》有"祝文"类,将其细分为六类:"一曰告,二曰修,三曰祈,四曰报,五曰辟,六曰谒。"①这一分类本于《礼记·郊特牲》:"祭有祈焉,有报焉,有由辟焉。"②祈、报、由辟,是祭礼下的几个小类,《文体明辨序说》以此作为祝文分类的依据,可见礼的分类对文体分类的影响。

四 礼制溯源与文体源流论

中国古代文体批评注重文体的溯源,《文心雕龙》提出的"原始以表末"的文体批评模式,一直为后世所沿用。汉代以来,为文体溯源的论述已很多,如班固《两都赋序》云:"赋者,古诗之流也。"③又如蔡邕的《铭论》将铭体上溯到春秋时期,等等。在先秦时期,文体溯源之论虽然不多,但在先秦礼学中已可见端倪。

先秦礼学颇注重对礼制的历史追溯。孔子已注意追辨前代的礼制,《论语·为政》记载孔子云:"殷因于夏礼,所损益可知也。周因于殷礼,所损益可知也。……其或继周者,虽百世可知也。"④只是他感叹文献不足:"夏礼吾能言之,杞不足征也。殷礼吾能言之,宋不足征也。文献不足故也。足则吾能征之矣。"⑤先秦礼论中有不少追溯礼之起源和失礼之举始于何时的论述,如:

---

① 徐师曾《文体明辨序说》,人民文学出版社,1962年,第156页。
② 郑玄注,孔颖达疏《礼记注疏》卷二六,阮元校刻《十三经注疏》本,第1457页。
③ 萧统编,李善注《文选》卷一,中华书局,1977年,第21页。
④ 何晏集解,邢昺疏《论语注疏》卷二,阮元校刻《十三经注疏》,本,第2463页。
⑤ 《论语·八佾》,同上书卷三,第2466页。

> 诸侯之有冠礼,夏之末造也。(《礼记·郊特牲》)
> 孔氏之不丧出母,自子思始也。(《礼记·檀弓上》)
> 下殇用棺衣棺,自史佚始也。(《礼记·曾子问》)①

追溯失礼之举的起始,如:

> 庙有二主,自桓公始也。……今之二孤,自季康子之过也。(《礼记·曾子问》)
> 庭燎之百,由齐桓公始也。大夫之奏《肆夏》也,由赵文子始也。(《礼记·郊特牲》)②

这已经成为《礼记》中一些篇目的固定话语模式。若这些论述涉及文体,则成为文体溯源论。《礼记·檀弓上》便记载了为士作诔的起始:"鲁庄公及宋人战于乘丘,县贲父御,卜国为右。马惊,败绩,公队,佐车授绥。公曰:'末之卜也。'县贲父曰:'他日不败绩,而今败绩,是无勇也。'遂死之。圉人浴马,有流矢在白肉。公曰:'非其罪也。'遂诔之。士之有诔,自此始也。"③

此外,还有关于制作诰誓、盟诅的记载:

> 殷人作誓而民始畔,周人作会而民始疑。(《礼记·檀弓下》)④
> 诰誓不及五帝,盟诅不及三王,交质子不及五伯。(《荀子·大略》)⑤

以上都是从时间的角度追溯某种文体出现的起点。还有辨明文体发生原因的,如:

> 夫先王之制,邦内甸服,邦外侯服。侯、卫宾服,蛮夷要服,戎狄

---

① 郑玄注,孔颖达疏《礼记注疏》卷二六、卷六、卷一九,阮元校刻《十三经注疏》本,第1455、1274、1401页。
② 同上书卷一八、卷二五,阮元校刻《十三经注疏》本,第1393、1447页。
③ 郑玄注,孔颖达疏《礼记注疏》卷六,阮元校刻《十三经注疏》本,第1277页。
④ 同上书卷一〇,第1313页。
⑤ 王先谦《荀子集解》卷一九,中华书局,1988年,第519页。

荒服。甸服者祭，侯服者祀，宾服者享，要服者贡，荒服者王。日祭，月祀，时享，岁贡，终王。先王之训也，有不祭则修意，有不祀则修言，有不享则修文，有不贡则修名，有不王则修德。序成而有不至则修刑，于是乎有刑不祭，伐不祀，征不享，让不贡，告不王。于是乎有刑罚之辟，有攻伐之兵，有征讨之备，有威让之令，有文告之辞。布令陈辞而又不至，则增修于德，而无勤民于远。是以近无不听，远无不服。(《国语·周语上》)①

这是祭公谏周穆王的话，从论述先王制度，到根据先王的训诫，指出若有不祭、不祀、不享、不贡、不王等行为应如何应对，从而揭示出威让之令与文告之辞之所以出现的由来。

此外，先秦礼学还有不少对某种仪制的历史变迁的叙述，如《礼记·郊特牲》云："有虞氏之祭也，尚用气。血、腥、爓祭，用气也。殷人尚声，臭味未成，涤荡其声。乐三阕，然后出迎牲。声音之号，所以诏告于天地之间也。周人尚臭，灌用鬯臭，郁合鬯，臭阴达于渊泉。灌以圭璋，用玉气也。既灌，然后迎牲，致阴气也。萧合黍稷，臭阳达于墙屋，故既奠，然后焫萧合膻芗。凡祭慎诸此。魂气归于天，形魄归于地，故祭，求诸阴阳之义也。殷人先求诸阳，周人先求诸阴。"②辨别夏、尚、周三代的祭礼，可谓甚详。在这些礼论中出现对文体变迁过程的追溯，也是顺理成章之事，《司马法·天子之义》便云："有虞氏戒于国中，欲民体其命也；夏后氏誓于军中，欲民先成其虑也；殷誓于军门之外，欲民先意以待事也；周将交刃而誓之，以致民志也。"③分析了誓戒的宣读地点及其意图在历代的变迁。

对礼制的历史变迁的研究，实际上是最早的对礼的考据之学。对礼的溯源，实出于行礼的实际需要。特别是春秋以后，随着礼的变迁，人们在临事之际往往会遇到常礼以外的情况，因此人们便通

---

① 徐元诰《国语集解》，中华书局，2002年，第6—8页。
② 郑玄注，孔颖达疏《礼记注疏》卷二六，阮元校刻《十三经注疏》本，第1457页。
③ 王震《司马法集释》，中华书局，2018年，第60页。

过征引前代的礼制,作为判断言行是否合礼,以至于如何行事的参考。如《礼记·曾子问》记载:"昔者鲁昭公少丧其母,有慈母良,及其死也,公弗忍也,欲丧之。有司以闻,曰:'古之礼,慈母无服。今也君为之服,是逆古之礼,而乱国法也。若终行之,则有司将书之,以遗后世,无乃不可乎?'……公弗忍也,遂练冠以丧慈母。丧慈母,自鲁昭公始也。"①有司为了劝阻鲁昭公为保姆服丧,正是通过征引古礼作为立论依据的。对前代礼制的追溯,并不一定就是要遵循前代的做法,而只是以之作为参考,再作出自己的判断和选择。如《礼记·檀弓下》:"殷练而祔,周卒哭而祔。孔子善殷。"②又如《论语·子罕》记载孔子说:"麻冕,礼也。今也纯,俭,吾从众。拜下,礼也。今拜乎上,泰也。虽违众,吾从下。"③这是依据不同的情况,对古礼加以权衡变通。礼帽用什么材料来做,古今做法不同,孔子赞同今人的做法;而臣见君是否先在堂下磕头,孔子认为今人的做法是倨傲的表现,所以追从古礼。可见孔子并不是单纯地崇古或非古。

因此,对礼的历史发展过程加以追溯,是对礼加以权衡、变通,从而达致礼的"合时""从宜"等原则的前提。

谈及对古礼和实际情况之间的权衡,实质上涉及常礼与变礼的问题。④ 常礼与变礼的关系,是春秋以来礼学的重要命题之一,在《礼记》的《曾子问》《檀弓》等篇目中多有讨论,黄乾行《礼记日录》自序云:"或独详变礼,如《檀弓》《曾子问》是也。"⑤《春秋左传》《春秋公羊传》等文献也有记载变礼的内容,但尚无理论性概括。孙希

---

① 郑玄注,孔颖达疏《礼记注疏》卷一八,阮元校刻《十三经注疏》本,第1393页。
② 郑玄注,孔颖达疏《礼记注疏》卷九,阮元校刻《十三经注疏》本,第1302页。
③ 何晏集注,邢昺疏《论语注疏》卷九,阮元校刻《十三经注疏》本,第2489页。
④ 关于常礼与变礼,参看许子滨《〈左传〉礼制与〈三礼〉有合有不合说》,《〈春秋〉〈左传〉礼制研究》,上海古籍出版社,2012年;张焕君《制礼作乐——先秦儒家礼学的形成与特征》,中国社会科学出版社,2010年。
⑤ 朱彝尊编《经义考》卷一四五,《四部备要》本,中华书局,1989年,第12册,第759页。

旦曾归纳《礼记·曾子问》的内容云:"盖先王所著之为《礼》者,其常也,然事变不一,多有出于意度之外,而为礼制所未及备者。曾子预揣以为问,夫子随事而为之处,盖本义以起夫礼,由经以达之权,皆精义穷理之实也。"①变礼是对经礼的权变,权变思想起源于先秦。对常礼与变礼的分辨,蕴含着早期文体正变论的意味。同时,对文体的溯源,也是文体正变理论的前提。上文所举"士之有诔"的例子,实际上是变礼、变体,建立在对诔体历史溯源的语境之下,不谈常体,便难以谈变体。《礼记·郊特牲》云:"古者生无爵,死无谥。"②根据古礼,只有大夫以上爵位者,死后才赐谥。士阶层古来无谥无诔,鲁庄公为士作诔,不仅仅在作诔的对象上有所突破,也体现了诔体的创作对谥、诔一体的礼制的突破。③ 当然,先秦礼论中类似的内容还是比较少的,先秦的文体仍处于发展的早期阶段,在这个阶段谈论"正变"实为时尚早。但通过这些讨论常礼、变礼的内容,我们可以看到早期的文体论有着正变思想的萌芽。④

以上所举诸例子,依然是依附于礼论的框架,并不是独立的文体溯源论,大体而言,也并非为指导文体写作而溯源,而更多地是指向礼的溯源而涉及文体。但正是这些最早的对文体起源的探究,为后世文体溯源论提供了取材和立论的重要来源。如《文心雕龙·诔碑》追溯诔体之源,云:"周虽有诔,未被于士。……自鲁庄战乘

---

① 孙希旦《礼记集解》卷一八,中华书局,1989年,第506页。
② 郑玄注,孔颖达疏《礼记注疏》卷二六,阮元校刻《十三经注疏》本,第1455页。
③ 《周礼·春官·小史》:"卿大夫之丧,赐谥,读诔。"(郑玄注,贾公彦疏《周礼注疏》卷二六,阮元校刻《十三经注疏》本,第818页)在正统丧礼中,谥、诔一体,诔是为谥而设的,若不用谥,则不可能作诔。
④ 《春秋》已有经、变之思想,《公羊传》多述经礼、变礼之说,董仲舒对经权亦多有论述,如《春秋繁露·玉英》:"《春秋》有经礼,有变礼。为如安性平心者,经礼也。至有于性,虽不安,于心,虽不平,于道,无以易之,此变礼也。……明乎经变之事,然后知轻重之分,可与适权矣。"(苏舆《春秋繁露义证》卷二,中华书局,1992年,第74—75页)《春秋繁露·竹林》:"《春秋》之道,固有常有变,变用于变,常用于常。"(第53页)

丘,始及于士。"①《祝盟》篇云:"在昔三王,诅盟不及。"②《檄移》篇云:"至周穆西征,祭公谋父称'古有威让之令,有文告之辞',即檄之本源也。"③都是直接采自先秦礼学的相关材料。

五 "合礼"与"得体"的批评

在对各种文体本体特征的认识逐步成熟以后,面对具体的作品,人们便可能会判断其是否符合文章体制,这是以具体的文本为对象的文体批评。它的出现,标志着文体批评不仅仅是概括性、印象式的批评,还可以在已有文体观念的指导下通过分析文本来观照文体。这种批评方式以刘勰《文心雕龙》中的"选文以定篇"为发展成熟的代表。在先秦时期,这样的批评方式已可见端倪,且基本从属于礼学的框架中。

春秋以后,在礼乐制度逐渐崩坏的同时,礼学的研习并没有衰减。随着僭礼之举日益增多,出于对礼的尊崇与追慕,褒贬时政、评骘人物的言行是否合礼之风渐起,《左传》《国语》等典籍对此多有记载。如《左传·隐公八年》:"秋,会于温,盟于瓦屋,以释东门之役,礼也。"④《文公十二年》云:"大子以夫钟与郕邽来奔。公以诸侯逆之,非礼也。"⑤类似的表达每每可见。这些评论若涉及言辞,则很可能出现文体批评。"体(體)"与"礼(禮)"密不可分,从礼学的角度看,"得事体"就是"礼"。礼学之"得事体",自然便延伸到文章学的"得文体"。从字形上来说,二字的声旁相同,根据声训的原理,两者在意义上或有一定的关联性。汉代的声训名著《释名》则直

---

① 刘勰著,詹锳义证《文心雕龙义证》,上海古籍出版社,1989年,第427—429页。
② 同上书,第378页。此说源自《荀子·大略》:"诰誓不及五帝,盟诅不及三王,交质子不及五伯。"(王先谦《荀子集解》卷一九,中华书局,1988年,第519页)
③ 同上书,第762页。此说源自《国语·周语上》,见上文所引。
④ 杜预注,孔颖达疏《春秋左传注疏》卷四,阮元校刻《十三经注疏》本,第1733页。
⑤ 同上书卷一九下,第1851页。

接以"体"释"礼":"礼,体也,得事体也。"①再者,在先秦,因为文体创作与礼密切相关,文之体往往取决于用其文的礼,文体的写作必须符合相应的礼的要求。因此,"合礼"的文辞,往往也是"得体"的,反之亦然。先秦人往往评论某篇作品的写作是否合礼,事实上,其本质是判断这些言语行为是否符合礼制对文体的规约。

《礼记·礼器》云:"礼,时为大,顺次之,体次之,宜次之,称次之。"②指出了礼的五种原则:随时、达顺、备体、从宜、合称。③ 这也是先秦人判断具体的言行是否合礼的内在标准。因此,这些原则也成为先秦人论文体是否合体的标准之一。以是否"合礼"判断文体是否"得体",是先秦文体批评的重要形态之一,也是其基本特点之一。以下详举数例以论之。

论铭。《左传·襄公十九年》:"季武子以所得于齐之兵作林钟而铭鲁功焉。臧武仲谓季孙曰:'非礼也。夫铭,天子令德,诸侯言时计功,大夫称伐。今称伐,则下等也;计功,则借人也;言时,则妨民多矣,何以为铭?且夫大伐小,取其所得,以作彝器,铭其功烈,以示子孙,昭明德而惩无礼也。今将借人之力以救其死,若之何铭之?小国幸于大国,而昭所获焉以怒之,亡之道也。'"④臧武仲论述铭的用途是依据作铭之人的等级不同而有差异的。而季武子作铭,既不适时,其功也是借人力而成之,不足以称举,因此并不符合诸侯言时记功的要求;若征伐之劳,却应是大夫作铭时所称,与其诸侯的身份不相称,因此季武子作铭无论如何都不符合礼"达顺""从宜""合称"等原则。事实上,臧武仲在论礼的同时,也在讨论铭之文体的创作适用于何种情景,具体应如何写作,因此具有文体批评的性质。

论祝、嘏。《礼记·礼运》:"祝、嘏莫敢易其常古,是谓大假。

---

① 刘熙著,毕沅疏证,王先谦补《释名疏证补》,中华书局,2008年,第110页。
② 郑玄注,孔颖达疏《礼记注疏》卷二三,阮元校刻《十三经注疏》本,第1431页。
③ 参见高明《原礼》,《礼学新探》,台北,台湾学生书局,1984年,第5页。
④ 杜预注,孔颖达疏《春秋左传注疏》卷三四,阮元校刻《十三经注疏》本,第1968页。

祝、嘏辞说,藏于宗、祝、巫、史,非礼也。是谓幽国。"①孙希旦解释道:"有德之君,祭祀不祈,荐信不愧,故祝、嘏之常法,祝、史莫敢变易。如此,则虽不求福,而鬼神用飨,大福自降之矣。人君无德,祝、嘏之辞说,变易常礼,媚祷以求福,矫举而不实,必有不可闻于人者,故为宗、祝、巫、史之所私藏,若汉世秘祝之类是也。幽国,言其国之典礼幽暗不明也。应氏镛曰:祭祀之辞说,未尝不使人知之也,故曰'宣'。"②这里点出了祝、嘏辞的两个特点,一个是其创作有着常古的定规,不可随意改变;二是其不可私藏,必须宣之于世,否则不合礼。祝、嘏必须宣发于众,这是礼制上的要求,同时也是祝嘏文体写作的要求。

还有一些文体批评,是结合具体的文辞,有针对性地加以评论的,这与"选文以定篇"的批评模式便更为接近了。如《左传·哀公十六年》记载了子赣论鲁哀公诔孔子之事。孔子卒,哀公"诔之曰:'旻天不吊,不憖遗一老,俾屏余一人以在位,茕茕余在疚。呜呼哀哉尼父!无自律'"。子赣评论道:"君其不没于鲁乎!夫子之言曰:'礼失则昏,名失则愆。'失志为昏,失所为愆。生不能用,死而诔之,非礼也。称一人,非名也。君两失之。"③子赣的评论,对鲁哀公作诔的用意和用词都作出了批评,认为其不讲礼义和名分。因为作诔的体要是"道死人之志"④,应"积累生时德行以锡之命"⑤。鲁哀公的诔却无一辞涉及孔子之德行,只是表达自己失去贤人的悲痛。事实上,哀公在孔子生前便未重用之,故孔子死后,更不可能对其德行有准确的认识,所以只能泛泛表达哀悼,所以子赣批评其"生不能

---

① 郑玄注,孔颖达疏《礼记注疏》卷二一,阮元校刻《十三经注疏》本,第 1417—1418 页。
② 孙希旦《礼记集解》卷二一,中华书局,1989 年,第 599 页。
③ 杜预注,孔颖达疏《春秋左传注疏》卷六〇,阮元校刻《十三经注疏》本,第 2177 页。
④ 《墨子·鲁问》,参见孙诒让《墨子间诂》卷一三,中华书局,2001 年,第 470 页。
⑤ 《周礼·春官·大祝》郑众注,参见郑玄注,贾公彦疏《周礼注疏》卷二五,阮元校刻《十三经注疏》本,第 809 页。

用,死而谏之"。而且,只有天子才能自称"余一人",所以哀公的措辞也不合其身份。这是从作意到用辞两方面评论鲁哀公的谏失礼,都涉及谏的文体性质,批评"失礼"同时也是批评"失体"。

又如论颂、祷。《礼记·檀弓下》:"晋献文子成室,晋大夫发焉。张老曰:'美哉轮焉,美哉奂焉。歌于斯,哭于斯,聚国族于斯。'文子曰:'武也,得歌于斯,哭于斯,聚国族于斯,是全要领以从先大夫于九京也。'北面再拜稽首。君子谓之善颂、善祷。"[①]原文甚是简略,从表面上看来,只是"君子"对张老、文子所言下了"善颂""善祷"的评价。结合经学家的解读,有助于我们理解这段文字背后所蕴藏的文体观念。孙希旦《礼记集解》云:"颂者,称人之美。祷者,祈己之福。"[②]颂与祷,在先秦语境之中,首先是两种不同的话语形式,其区别主要在于功能上。张老是前往祝贺新宅落成的大夫,所以他所发必定是称赞之言,先秦人称之为"颂";文子作为主人,其所发是回应大夫的祝福并从自身出发的祈祷之言,先秦人称之为"祷"。这两种话语形式,在后世渐次发展成两种不同的文体。何为"善"呢?孙希旦解释,"善颂"谓张老之言,意思是张老寓规劝于颂,提醒文子不可过奢,故为善颂;"善祷"则谓文子之言,称许文子闻义则服,故为善祷。这段话所体现的文体观念有两层,第一是"君子"辨别出张老、文子所言分别是颂与祷,体现出一定的辨体意识;第二是"君子"对这两种文体何为"善"的理解,属于文体的价值判断。结合所引的文辞,他所理解的"善颂""善祷",并不在于文辞有多美妙,而是在于颂能否寓规劝于赞美之中,祷能否就实际情况而应对自如,从善如流。这都牵涉文体创作背后的为文之用心,以及如何将之传达出来,有着明显的文体批评的意味。其中虽然没有明显的"合礼""非礼"的断语,但其判断的标准依然是从礼的要求出发的。

综上可见,在先秦时期,文本是否"得体"的文体批评,有很多是

---

① 郑玄注,孔颖达疏《礼记注疏》卷一〇,阮元校刻《十三经注疏》本,第1315页。
② 孙希旦《礼记集解》卷一一,中华书局,1989年,第299页。

基于对文辞是否符合礼制的判断，其中包括对具体文辞的使用、文体创作的基本原则、文辞背后的精神意志等多方面的批评，充分显示了先秦礼学与文体批评的包孕关系。这种"合礼"与"得体"相结合的批评模式，是一种具有生命力的文体批评，因为它们都是就具体的人事而发的，直接服务于实际的事务。更重要的是，它们以具体的文本作为批评对象，其论述有强烈的针对性，是"选文以定篇"式批评的雏形。这使它们超越了先秦习见的片段式的文体批评形态，呈现出更为完整和成熟的面貌，虽仍依附于礼学的框架之下，但已与后世专门的文体批评形态更为接近。在后世，随着文学、文体的发展逐渐脱离礼制的影响，这种"合礼"以至于"得体"的批评方式也逐渐弱化，但必须肯定的是，它在先秦文体批评史上占据着重要的地位。

综上，本节通过礼学与文体写作论、从辨礼到辨体、文体分类学、礼制溯源与文体源流论、"合礼"与"得体"之批评五个方面，试图勾勒先秦礼学与文体批评的联系。先秦的文体写作论多来源于礼学对文体写作的规定；从辨礼到辨体，显示出先秦礼学对辨体之论的启发意义，在此基础之上，"以功能辨体"是先秦辨体论的主要特征；文体分类的观念包括文体的类分与类聚两方面。其中，先秦文体类分最突出的形式是文体的对举，它是与辨体论结合在一起的。此外，文体的类分观念还与先秦的职官分工有关。先秦文体类聚的观念，又是以某一种礼为中心，将纷繁复杂的文体归并、统摄到礼仪系统之下。因此，先秦的文体分类，是对礼学分类观的理论延伸；"合礼"与"得体"的批评，则将礼学的价值判断运用于实际作品的文体批评中，这是先秦文体批评中更为完整和成熟的一种模式。当然，这几个文体批评的面向并不能相互割裂开来，在具体的实例中，往往你中有我，我中有你，比如著名的《礼记·祭统》的"铭论"，便涵盖了文体批评的多种形态。诸种文体批评的产生是以先秦礼学为母体的，它们承载了礼学的理论方法、理论形态和思维方式,在内容和精神上无不打上了礼学的烙印。与礼学的密切联系,是先秦文体批评最重要的特征之一。

第四节 礼意与文体风格

在先秦时期,文体风格尚未成型,但礼书的一些表述以及礼制对礼仪文体的规定已体现出文体风格观的先声。

礼所表达出来的人情及其对人情的制约,姑称之为"礼意"。① 礼是对人情的恰当表达。这句话有两层意思。首先,礼所表达的是人情。《礼记·礼器》云:"是故君子之于礼也,非作而致其情也,此有由始也。"②意思是君子践礼,并非本无情而强致其情,而是本来便内有恭敬等人情,外有交接之礼。《礼记·礼运》云:"何谓人情?喜、怒、哀、惧、爱、恶、欲,七者弗学而能。……故圣人之所以治人七情……舍礼何以治之?"③无论哪一种礼,都围绕着人情。祭祀之礼表达的是人对神明的感情,通过对神明的所求,实际上也表达出人们对未知、自然、灾病的观感和认识;丧礼表达的是人对逝者的感情;嘉礼、婚礼表达的是人与人之间的感情;等等。人有七情六欲,故礼的表现形式也各有不同。《韩非子·解老》云:"礼者,所以貌情也,群义之文章也。"④其次,人情的表达需要礼的制约。正如

---

① "礼意"的概念与"礼义"相关。《礼记·郊特牲》云:"礼之所尊,尊其义也。失其义,陈其数,祝史之事也。故其数可陈也,其义难知也。知其义而敬守之,天子之所以治天下也。"(郑玄注,孔颖达疏《礼记注疏》卷二六,阮元校刻《十三经注疏》本,第1455页)所谓"礼义",乃指礼的本质与含义。"礼意"的含义与"礼义"相近,它更强调礼所表达的人的愿望、情感等意蕴。关于"礼意"的论述,见梅珍生《晚周礼的文质论》,湖北人民出版社,2004年,第4页。
② 郑玄注,孔颖达疏《礼记注疏》卷二四,阮元校刻《十三经注疏》本,第1439页。
③ 同上书卷二二,第1422页。
④ 王先慎《韩非子集解》卷六,中华书局,1998年,第132页。

《礼记·礼运》云:"夫礼,先王以承天之道,以治人之情。"①又云:"故圣王修义之柄、礼之序,以治人情。故人情者,圣王之田也。修礼以耕之,陈义以种之,讲学以耨之,本仁以聚之,播乐以安之。"②

不同的礼有不同的礼意。《礼记·祭统》云:"养则观其顺也,丧则观其哀也,祭则观其敬而时也。"③《礼记·少仪》云:"宾客主恭,祭祀主敬,丧事主哀,会同主诩。"④礼对人们在不同的场合中的仪容、神态、言语都有所规定,《礼记·玉藻》云:"君子之容舒迟,见所尊者齐遬。足容重,手容恭,目容端,口容止,声容静,头容直,气容肃,立容德,色容庄,坐如尸,燕居告温温。凡祭,容貌颜色,如见所祭者。丧容累累,色容颠颠,视容瞿瞿梅梅,言容茧茧。戎容暨暨,言容詻詻,色容厉肃,视容清明。立容辨卑毋诌,头颈必中,山立,时行,盛气颠实扬休,玉色。"⑤上博简《性情论》:"君子执志必有夫注注之心,出言必有夫柬柬【之信】,宾客之礼必有夫齐齐之容。祭祀之礼必有夫脐脐之敬。居丧必有夫累累之哀。"⑥先秦时期的文体大多与礼有着密切的联系,礼或多或少地决定或左右着这些文体的内容和外在特征。由此,礼意又在某种程度上确定了其感情色彩的基调,这些感情色彩可以说是早期文体的风格的显现。

一 事祭以敬

祭祀活动由来已古,殷商至于周代尊神事鬼的活动无不透露出先民对神明的敬畏。《尚书·洛诰》云:"不敢不敬天之休。"⑦《尚

---

① 郑玄注,孔颖达疏《礼记注疏》卷二一,阮元校刻《十三经注疏》本,第 1414 页。
② 同上书卷二二,第 1426 页。
③ 同上书卷四九,第 1603 页。
④ 同上书卷三五,第 1514 页。
⑤ 同上书卷三〇,第 1484—1485 页。
⑥ 马承源主编《上海博物馆藏战国楚竹书(一)》,上海古籍出版社,2001 年,第 261—262 页。
⑦ 旧题孔安国传,孔颖达疏《尚书注疏》卷一五,阮元校刻《十三经注疏》本,第 214 页。

书·顾命》云："在后之侗,敬迓天威。"①体现了对天的敬畏。到了春秋战国时期,"敬"作为祭礼礼意的核心被提出来反复申说,已成为先秦人事祭的集体意识。《礼记·祭义》非常详细地解说了诸种祭祀活动中人的心理活动,如说四时祭:

> 祭不欲数,数则烦,烦则不敬。祭不欲疏,疏则怠,怠则忘。是故君子合诸天道,春禘秋尝。霜露既降,君子履之,必有凄怆之心,非其寒之谓也。春雨露既濡,君子履之,必有怵惕之心,如将见之。乐以迎来,哀以送往,故禘有乐而尝无乐。②

这段所说的是配合四时的变化而祭,秋天霜露既降,人便随之有凄怆的心情;春天雨露滋润大地,人便有戒惧的心情。

《礼记·祭义》对祭祀中的具体仪节也有详细阐述:

> 致齐于内,散齐于外。齐之日,思其居处,思其笑语,思其志意,思其所乐,思其所嗜。齐三日,乃见其所为齐者。③

在行祭祀活动之前,必须进行斋的活动,以示庄敬。在斋的日子里,人思念先祖在世时的居处、笑语、志意、其喜爱和嗜好的事物等等,就如见到其本人。在祭之日:

> 祭之日,入室,僾然必有见乎其位。周还出户,肃然必有闻乎其容声。出户而听,忾然必有闻乎其叹息之声。是故先王之孝也,色不忘乎目,声不绝乎耳,心志嗜欲不忘乎心。致爱则存,致悫则著,著存不忘乎心,夫安得不敬乎!④

在进行祭祀活动的时候,人们会时刻想象亲人的样子,这样便不可能不恭敬。

---

① 旧题孔安国传,孔颖达疏《尚书注疏》卷一八,第238页。
② 郑玄注,孔颖达疏《礼记注疏》卷四七,阮元校刻《十三经注疏》本,第1592页。
③ 同上书,第1592页。
④ 同上。

在祭祖礼中:

> 孝子临尸而不怍。君牵牲,夫人奠盎,君献尸,夫人荐豆;卿大夫相君,命妇相夫人。齐齐乎其敬也,愉愉乎其忠也,勿勿诸其欲其飨之也。①

人们整齐而恭敬,愉快而忠诚,热切地盼望神享用祭品。其中的情状从相关的飨辞亦可见一斑,如《仪礼·士虞礼》等篇便记载了这样的飨辞:"孝子某,孝显相,夙兴夜处,小心畏忌,不惰其身,不宁。用尹祭,嘉荐普淖,普荐溲酒。适尔皇祖某甫,以隮祔尔孙某甫,尚飨。"②"夙兴夜处,小心畏忌,不惰其身,不宁"所表现的畏惧,"嘉荐普淖,普荐溲酒"等典雅精美的用语,都充分显现出祭祀者对先祖的敬畏之情。

在郊祭中:

> 郊之祭也,丧者不敢哭,凶服者不敢入国门,敬之至也。③

郊祭是在都城之郊祭天的典礼,其中又有祭日之仪,《礼记·郊特牲》所谓"郊之祭也,迎长日之至也"④。《大戴礼记·公冠》便记载了祭天之祝辞:"皇皇上天,照临下土,集地之灵,降甘风雨。庶物群生,各得其所,靡今靡古,维予一人某,敬拜皇天之祜。"⑤又有祭日祝辞:"维某年某月上日,明光于上下,勤施于四方,旁作穆穆。维予一人某,敬拜迎于郊。"⑥这两则祝辞,都是通过对天、对日的真诚赞颂而求福,充分显示了先民对神明恭谨而敬重的心理。统治者通过祭礼,以"敬"之礼意教育民众,使其不懈怠,正如《周礼·地官·大

---

① 郑玄注,孔颖达疏《礼记注疏》卷四七,阮元校刻《十三经注疏》本,第1593页。
② 郑玄注,贾公彦疏《仪礼注疏》卷四三,阮元校刻《十三经注疏》本,第1176页。
③ 郑玄注,孔颖达疏《礼记注疏》卷四七,阮元校刻《十三经注疏》本,第1594页。
④ 同上书卷二六,第1452页。
⑤ 孔广森《大戴礼记补注》卷一三,中华书局,2013年,第240页。
⑥ 同上书,第241页。

司徒》云:"施十有二教焉,一曰以祀礼教敬,则民不苟。"①

　　西周的青铜器以礼器为大宗,其铭文内容,陈梦家分为四类:其一,作器以祭祀或纪念其祖先的;其二,记录战役和重大的事件的;其三,记录王的任命、训诫和赏赐的;其四,记录田地的纠纷与疆界的。②虽然部分记事铭文的主要内容并不是祭祀活动,但长篇铭文的记事,是为了让先祖见证其事,从而实现器主自我称扬的目的。铭文末尾还有祝嘏辞。徐中舒先生指出:"金文嘏辞虽非祭祀时所用,但此类器物,大半均为祭器。故铭文多述为父祖作器,而继以祈匄之辞;或述其父祖功德,而申以锡降之文。"③因此青铜器铭文与祭礼有密切关系,这些铭文也就承载了以"敬"为核心的礼意。《礼记·祭统》便有言:"夫鼎有铭。铭者,自名也。自名以称扬其先祖之美,而明著之后世者也。为先祖者,莫不有美焉,莫不有恶焉。铭之义,称美而不称恶,此孝子孝孙之心也。唯贤者能之。铭者,论撰其先祖之有德善、功烈、勋劳、庆赏、声名,列于天下,而酌之祭器,自成其名焉,以祀其先祖者也。显扬先祖,所以崇孝也。身比焉,顺也。明示后世,教也。夫铭者,壹称而上下皆得焉耳矣。是故君子之观于铭也,既美其所称,又美其所为。为之者,明足以见之,仁足以与之,知足以利之,可谓贤矣。贤而勿伐,可谓恭矣。"④这段材料所说的是追述祖先功烈的一类铭文,指出铭是为称扬先祖的美德,使之明著后世,因此铭的意义是"称美而不称恶",这是孝子孝孙之心的体现,只有贤明的人才可以做到。关于贤,《礼记·祭统》云:"夫祭者,非物自外至者也。自中出,生于心也。心怵而奉之以礼。是故唯贤者能尽祭之义。"⑤贤明却又不自我称伐,那么就可以算是

---

① 郑玄注,贾公彦疏《周礼注疏》卷一〇,阮元校刻《十三经注疏》本,第703页。
② 陈梦家《西周铜器断代》,中华书局,2004年,第400页。
③ 徐中舒《金文嘏辞释例》,《徐中舒历史论文选辑》,中华书局,1998年,第503页。
④ 郑玄注,孔颖达疏《礼记注疏》卷四九,阮元校刻《十三经注疏》本,第1606—1607页。
⑤ 同上书,第1602页。

谦恭了。这充分体现了在祭的礼意之下,铭文的"义"所在,即敬而贤,贤而勿伐,勿伐而谦恭。西周的颂祖铭文,大都具有这样的基调。其中史墙盘铭(《集成》10175)是代表性的颂祖铭文,铭文历数自文王至穆王,以至于当今"天子"(即周恭王),称颂其功绩和美德;然后自叙微氏家族的历史,从高祖开始,继之以烈祖、乙祖、亚祖祖辛,至于史墙的父亲乙公,最后史墙自述其夙夜不敢失坠,最后以对先祖的祝嘏语作结。铭文充分体现了史墙对先祖之敬,以及不自诩的谦恭精神。

祭礼中的"敬"的精神,到了礼乐制度较为完备的西周乃至春秋时期,才最终定格,成为人们在祭祀活动中的集体意识,在此以前,虽然事鬼神的活动颇多,但仍带有一定的巫术色彩。巫术与宗教有所区别,弗雷泽指出巫术"对待神灵的方式实际上是和它对待无生物完全一样,也就是说,是强迫或压制这些神灵,而不是像宗教那样去取悦或讨好它们"①。《尚书·金縢》所记载的周公册祝之辞,便带有巫术的色彩:

> 惟尔元孙某遘厉虐疾,若尔三王是有丕子之责于天,以旦代某之身。予仁若考,能多材多艺,能事鬼神。乃元孙不若旦多材多艺,不能事鬼神。乃命于帝庭,敷佑四方,用能定尔子孙于下地,四方之民罔不祗畏。呜呼!无坠天之降宝命,我先王亦永有依归。今我即命于元龟。尔之许我,我其以璧与珪,归俟尔命。尔不许我,我乃屏璧与珪。②

周公为武王祷病,与先王讨价还价,明确提出如果先王满足自己的要求,则献祭璧与珪,否则便撤去璧与珪。其祝祷的语气,与"敬"的精神相去甚远。

---

① [英]詹·乔·弗雷泽著,徐育新等译《金枝》,中国民间文艺出版社,1987年,第79页。
② 旧题孔安国传,孔颖达疏《尚书注疏》卷一三,阮元校刻《十三经注疏》本,第196页。

由此可见,以"敬"为主的祭祀类文体的风格,是随着礼制的完备逐渐形成的,经历了一个历史的过程。到了汉魏以后,则成为祭祀类文体风格的主调。正如《文心雕龙·祝盟》云:"所以寅虔于神祇,严恭于宗庙也。"①"凡群言务华,而降神务实,修辞立诚,在于无愧。祈祷之式,必诚以敬;祭奠之楷,宜恭且哀:此其大较也。"②

二 事丧以哀

《礼记·少仪》云:"丧事主哀。"③《礼记·檀弓下》:"丧礼,哀戚之至也。节哀,顺变也。君子念始之者也。"④《礼记·杂记下》:"子贡问丧,子曰:'敬为上,哀次之,瘠为下。颜色称其情,戚容称其服。'"⑤哀是丧礼的核心精神。丧事是事终之礼,面对亲人的逝去,哀痛是人之常情,丧礼便是对哀痛之情的合理表达。在丧礼上,孝子的悲痛到了极点。然而礼要求丧礼所表达的哀痛要恰到好处,不可过度。《礼记·檀弓上》:"弁人有其母死而孺子泣者,孔子曰:'哀则哀矣,而难为继也。夫礼,为可传也,为可继也,故哭踊有节。'"⑥根据孔子的说法,礼的精神是为了传播、继承,所以哀的感情的表达亦需要有所节制,否则别人就很难跟着做。这是"中和"精神的体现。

礼的规定与哀的情感之间,有时会出现一种紧张的关系。《礼记·檀弓上》云:"子夏既除丧而见,予之琴,和之而不和,弹之而不成声,作而曰:'哀未忘也,先王制礼而弗敢过也。'子张既除丧而见,予之琴,和之而和,弹之而成声,作而曰:'先王制礼,不敢不至

---

① 刘勰著,詹锳义证《文心雕龙义证》,上海古籍出版社,1989年,第363页。
② 同上书,第375—376页。
③ 郑玄注,孔颖达疏《礼记注疏》卷三五,阮元校刻《十三经注疏》本,第1514页。
④ 同上书卷九,第1301页。
⑤ 同上书卷四二,第1561页。
⑥ 郑玄注,孔颖达疏《礼记注疏》卷八,阮元校刻《十三经注疏》本,第1288—1289页。

焉.'"①这反映了对礼以节哀的两种不同理解。先王之礼规定,到期除丧便可以弹琴。子夏未忘记丧礼之哀,但仍践行先王礼制的规定,故弹琴而不成声;子张不敢不践行先王制定的礼制,所以弹琴而成声。两者理解不同,但都符合礼的规定。然而,如果是孔子,也许会偏向子夏的做法。《礼记·檀弓上》记载:"子路曰:'吾闻诸夫子:丧礼,与其哀不足而礼有余也,不若礼不足而哀有余也。祭礼,与其敬不足而礼有余也,不若礼不足而敬有余也。'"②由此可知,相比礼的完备,孔子更重视的是哀、敬之情的充分表达。

由于丧礼"主哀"的精神,丧礼相关的文体或文辞,亦要求适当地表达哀伤的感情,哀是丧礼文体的情感基调。

先秦时期的诔是丧礼相关的文辞中最具文的特质、与后世诔体的源流关系最密切者。《荀子·礼论》:"故丧礼者,无它焉,明死生之义,送以哀敬而终周藏也。故葬埋,敬藏其形也;祭祀,敬事其神也;其铭、诔、系世,敬传其名也。事生,饰始也;送死,饰终也。终始具而孝子之事毕,圣人之道备矣。"③因此,诔是"饰终"的文辞。诔亦承载了丧礼送以哀敬的精神。《左传·哀公十六年》记载了子赣论鲁哀公诔孔子之事。孔子卒,哀公"诔之曰:'旻天不吊,不愁遗一老,俾屏余一人以在位,茕茕余在疚。呜呼哀哉尼父!无自律'"④。《礼记·檀弓上》亦有相似的文本:"鲁哀公诔孔丘曰:'天不遗耆老,莫相予位焉。呜呼哀哉,尼父!'"⑤虽然哀公的诔辞被子夏批驳为"非礼""非名",即不符合礼仪和名分,但从其文本来看却颇有感染力。特别是《左传》所引诔辞,抒发其痛惜孔子的离世、只余自己孤零零一人的忧愁,颇具抒情力度。

---

① 郑玄注,孔颖达疏《礼记注疏》卷七,阮元校刻《十三经注疏》本,第1285页。
② 同上。
③ 王先谦《荀子集解》卷一三,中华书局,1988年,第371页。
④ 杜预注,孔颖达疏《春秋左传注疏》卷六〇,阮元校刻《十三经注疏》本,第2177页。
⑤ 郑玄注,孔颖达疏《礼记注疏》卷八,阮元校刻《十三经注疏》本,第1294页。

吊亦是与丧礼相关的仪节,然而吊不仅用于丧礼,也是对受到灾祸的人表示慰问的一种礼仪,从属于凶礼。《左传·襄公二十八年》云:"贺其福而吊其凶。"①《周礼·春官·大宗伯》:"以吊礼哀祸灾。"②《周礼·秋官·小行人》:"若国有祸灾,则令哀吊之。"③此之谓也。吊礼的基调依然是哀,正如《左传·隐公元年》所云:"赠死不及尸,吊生不及哀,豫凶事,非礼也。"④《礼记·杂记上》有诸侯相吊之礼:"吊者升自西阶,东面,致命曰:'寡君闻君之丧,寡君使某,如何不淑。'"⑤其中所引便是丧礼的吊辞。事实上,这种吊辞只能理解为礼仪中比较固定的套语。它与飨辞等仪式套语又有所不同,飨辞虽也是仪式套语,但已在各种祭祀活动的具体仪节中广泛使用,且有变化,有一定的文采,即具有稳中有变的文本特征。相比之下,吊辞则简单得多,定式多于变化。然而,如果与丧礼中其他仪节的套语作对比,则又可以发现吊辞的特别之处。

春秋战国时期,若诸侯去世,他国诸侯往往会派遣使者前去参与丧礼。吊丧之辞如上所述,使者还会代其国君致含,即致送含玉,曰:"寡君使某含。"致襚,即为死者致送衣服,则曰:"寡君使某襚。"致赗,即将车马财帛送给丧家,则曰:"寡君使某赗。"临哭礼,则云:"寡君有宗庙之事,不得承事,使一介老某相执绋。"⑥将这些仪式套语与吊辞对比可知,由于吊礼具慰问性质,故文辞更繁,且更鲜明地表达出哀痛之情。再看吊祸灾之辞,《左传·庄公十一年》云:"秋,宋大水。公使吊焉,曰:'天作淫雨,害于粢盛,若之何不

---

① 杜预注,孔颖达疏《春秋左传注疏》卷三八,阮元校刻《十三经注疏》本,第2000页。
② 郑玄注,贾公彦疏《周礼注疏》卷一八,阮元校刻《十三经注疏》本,第759页。
③ 同上书卷三七,第894页。
④ 杜预注,孔颖达疏《春秋左传注疏》卷二,阮元校刻《十三经注疏》本,第1717—1718页。
⑤ 郑玄注,孔颖达疏《礼记注疏》卷四一,阮元校刻《十三经注疏》本,第1557页。
⑥ 以上俱见《礼记·杂记上》(同上书,第1557—1558页)。

吊?'"①其哀亦与吊丧之辞并无二致。再看一例,《左传·襄公十四年》记载:

> 公使厚成叔吊于卫曰:"寡君使瘠,闻君不抚社稷,而越在他竟,若之何不吊?以同盟之故,使瘠敢私于执事,曰:'有君不吊,有臣不敏,君不赦宥,臣亦不帅职,增淫发泄,其若之何?'"②

厚成叔之吊是对君王流亡他国的卫国臣下的慰问,已经超出了吊丧或吊灾的范围,可以说是吊礼之变。然而,其慰问的性质没有变,亦保持哀的情感基调。

丧礼文体发展到后世,哀亦是其主调之一。《文心雕龙·诔碑》云:"详夫诔之为制,盖选言录行,传体而颂文,荣始而哀终。论其人也,暧乎若可觌;道其哀也,凄然如可伤。"③又有一种新起的文体,直名曰"哀",其用在于伤悼短折的幼童。其体,《文心雕龙·哀吊》云:"情主于痛伤,而辞穷乎爱惜。"④刘勰在《哀吊》篇中对崔瑗《汝阳主哀辞》"仙而不哀"、苏顺和张升哀文"未极其心实"的批评,以及对潘岳作品"情洞悲苦"的赞誉,都可见出其以"哀"为该体情感内核的认识。

综上,先秦人所共同信奉的礼意,为祭祀与丧葬两大系列文体的风格定下了最早的基调。后世文体的风格一直呈多样化发展,但总体而言,这两大系列文体的风格并没有出现大的偏离,一直保持着基调的一致。在早期礼文化的影响下,人们对文体情感基调的朴素认识,是文体风格观的早期体现。

---

① 杜预注,孔颖达疏《春秋左传注疏》卷九,阮元校刻《十三经注疏》本,第1770页。
② 同上书卷三二,第1957页。
③ 刘勰著,詹锳义证《文心雕龙义证》,上海古籍出版社,1989年,第442页。
④ 同上,第472页。

第五节　礼文化背景下的文体尊卑

"文之体格有高卑"(《四库全书总目·花间集》)是中国传统文论的一个重要观念,学界的许多研究都或多或少地牵涉及此,如关于辨体与破体、关于骈散之争、关于词曲的尊体等等,但正面论述这一问题的文章不多,笔者拟从文体尊卑论与传统礼文化的关系入手,探讨文体尊卑论的历史形成、文化内涵及其在文学史上的影响。

一　古代社会的等级制度与价值次序

文体有尊卑这一富有民族特色的文论观念,根植于中国等级森严的社会制度及维系此制度的礼文化,并随着文体意识的自觉而逐步明晰。

自阶级社会在华夏地区形成之后,统治阶级为了巩固政治统治,稳定社会秩序,通过制礼的方式进一步强化了等级意识的严谨性与合法性,"天有十日,人有十等。下所以事上,上所以共神也。故王臣公,公臣大夫,大夫臣士,士臣皂,皂臣舆,舆臣隶,隶臣僚,僚臣仆,仆臣台"①,尊卑有等的意识由此广泛渗入人们的社会生活和价值观念之中。《左传·襄公二十四年》:"大上有立德,其次有立功,其次有立言。"②在此"三不朽"论述中,"立言"被拿来与道德评价的"立德"、政治评价的"立功"一起论高下,言说行为进入了社会尊卑序列之中。《论语·学而》:"子曰:弟子入则孝,出则悌,谨而信,泛爱众而亲仁。行有余力,则以学文。"③在这里,"孝""悌"

---

①　杜预注,孔颖达疏《春秋左传注疏》卷四四,阮元校刻《十三经注疏》本,第2048页。
②　同上书卷三五,第1979页。
③　何晏集解,邢昺疏《论语注疏》卷一,阮元校刻《十三经注疏》本,第2458页。

"谨""信""爱众""亲仁"这些德行被认为是一个人要做的最根本的事,而"学文"是次要的,有空闲、有"余力"时再去做,这一论述表明,"文"(文献记载)①已取代《左传》里的"言"(言说行为)参与社会价值排列,后世"文章余事"之说当本于此。

与此相应,文献、文章内部也出现尊卑等级结构。据传统说法,先秦时期已有"大事书之于策,小事简牍而已"的制度,今日出土的先秦文献亦可证战国楚墓遣册"以主之尊卑为策之大小"、文书简册"以事之轻重为策之大小"、书籍类简"以策之大小为书之尊卑"的制度是存在的。② 有时连文章内部的措辞也有尊卑之别,如《礼记·曲礼下》云"天子死曰'崩',诸侯曰'薨',大夫曰'卒',士曰'不禄',庶人曰'死'",原因是"崩"代表天子之死"譬若天形坠压然",诸侯用"薨"乃是"诸侯卑,死不得效崩之形",庶人用"死"因为"庶人极贱,生无令誉,死绝余芳,精气一去,身名俱尽"(孔颖达《礼记正义》)③,语言中包含的尊卑等级甚为明显。

战国时期,著述日繁,经典意识初步形成。《庄子·天下》将《诗》《书》《礼》《乐》等典籍与诸子之文相比,称赞前者是"配神明,醇天地,育万物,和天下",批评后者"往而不反,必不合矣。"④《礼记·经解》列赞《诗》《书》《乐》《易》《礼》《春秋》"六教",暗尊"六艺"为经,直接影响了后世以经传为中心的文章尊卑论。

上古时期诗、乐、舞三位一体,音乐中的雅正淫邪之辨常常带有文体尊卑的因素。《礼记·乐记》以"乐者,所以象德也"界定音乐之尊卑,倡导治世之音,批评乱世之音、亡国之音,并从音乐的角度谈论《颂》《大雅》《小雅》《风》之别,其论述次序已蕴含文体尊卑之意。

---

① 皇侃《论语集解义疏》以"学文"之"文"为"五经六籍"。
② 胡平生《简牍检署考校注·导言》。见王国维原著,胡平生、马月华校注《简牍检署考校注》,上海古籍出版社,2004 年,第 14、19、27 页。
③ 郑玄注,孔颖达疏《礼记注疏》卷五,阮元校刻《十三经注疏》本,第 1269 页。
④ 郭庆藩辑《庄子集释》卷一〇,中华书局,1961 年,第 1067、1069 页。

汉代是经学盛世,由经、传、注所构成的经学体系于此时形成,从广义的文体概念来说,这一具有严格等级的体系具有了文体尊卑性质。① 王充《论衡·对作》比较了"作""述""论"三种抒写方式之高下,认为"作"高于"述","论"为"述之次也"。《论衡·超奇》又把经、传之分与君、臣等级制别相类比,"孔子之《春秋》,素王之业也;诸子之传书,素相之事也"。② 此外,《毛诗大序》论风、雅之正、变,开启了后代"正体""变体"之说。③

汉代史学尚未完全从经学中独立出来,受经学的影响,史学文体有时表现出鲜明的等级性。尤其是《史记》这部"载笔之体,于斯备矣"(《史通·二体》)的天才著作,为了继承《春秋》传统,创造了本纪、世家、列传等不同等级的文体,通过立例与"自破例"的笔法,寄寓作者对历史人物事件的褒贬评价。

其后,扬雄论"诗人之赋""辞人之赋"之别以批评劝百讽一的赋体创作(《法言·吾子》),班固鼓吹"赋者,古诗之流也"以推尊赋体(《两都赋·序》),王逸扬言《离骚》依五经立义以尊体楚辞(《楚辞章句序》),已见出文学性文体的尊卑等级。

后汉以降,随着文学意识的自觉,文体创作和文章辨体都进入繁荣期,文体之尊卑观念有更为广泛多样的表现。大多数是在文章评论中直接表达出来的,如《文心雕龙·史传》对史传体推崇备至:"传者,转也;转受经旨,以授于后,实圣文之羽翮,记籍之冠冕也。"④而《杂文》论及对问、七体、连珠三体则颇为不屑,说"凡此三者,文章之枝派,暇豫之末造也"⑤。

---

① 近人金一(金松岑)《文学观》把"传注经说"视为文体。见《国粹学报》第32期,第5页。姚华《论文后编》也将解、训、释、注列入"论著之属"的文体。见《近代中国史料丛刊续编》第2辑《弗堂类稿》卷一《论著甲》,台北,文海出版社,1974年,第23页。
② 黄晖《论衡校释》卷一三,中华书局,1990年,第609—610页。
③ 关于正体与变体,吴承学《文体价值谱系与破体通例》一文有详细的论述,见《中国古代文体学研究》(增订本),中华书局,2022年,第231—232页。
④ 刘勰著,詹锳义证《文心雕龙义证》,上海古籍出版社,1989年,第569页。
⑤ 同上书,第496页。

文体的名号有时也可以表达人们对该文体地位的评价,如把作文称为"文章余事",诗称为"古文之余事",词称为"诗余",曲称为"词余",显示了文章卑于德行、诗卑于文、词卑于诗、曲卑于词的思想。同样,赋分为"大赋""小赋",诗分为"古体""近体",词分为"正体""变体",也含有尊卑的判断。

文体尊卑论广泛地存在于文章的写作、批评到整理、传播的每个环节,值得进一步研究。

二 礼之价值观与文体的尊卑

钱锺书《中国文学小史序论》:"吾国文学,横则严分体制,纵则细别品类。体制定其得失,品类辨其尊卑,二事各不相蒙。""体制既分,品类复别,诗文词曲,壁垒森然。"①指出了文体分类与文体尊卑共存一体,如一物之两面的现象。但其中的缘故,钱先生没有说。这一现象实与中国礼文化的背景有关。文体起源于繁文缛节的礼仪,是礼的言辞表现之一。②而礼仪之分,往往同时蕴含尊卑之义。《孟子·滕文公上》:"或劳心,或劳力。劳心者治人,劳力者治于人。"③借职业分工的合理性来论述阶级存在的合法性,其论证依据来自礼文化,"乐合同,礼别异"④,礼以"别"为标志,而礼之别,既指差异,也指尊卑,"曷谓别? 曰:贵贱有等,长幼有差,贫富轻重皆有称者也"⑤。以周礼为基础的西周春秋的宗法制度,就是通过血缘亲疏之别以确立政治地位之高下。"君臣上下父子兄弟,非礼不定。"⑥"非礼无以辨君臣、上下、长幼之位也,非礼无以别男女、父

---

① 钱锺书《写在人生边上·人生边上的边上·石语》,生活·读书·新知三联书店,2019年,第95、96页。
② 参见陈赟《先秦礼文化与语言的雅化》,《湖南社会科学》2011年第6期。
③ 焦循《孟子正义》卷一一,中华书局,1987年,第373页。
④ 王先谦《荀子集解》卷一四《乐论》,中华书局,1988年,第382页。
⑤ 同上书卷一三《礼论》,第347页。
⑥ 郑玄注,孔颖达疏《礼记注疏》卷一《曲礼上》,阮元校刻《十三经注疏》本,第1231页。

子、兄弟之亲,昏姻、疏数之交也。"①故汉兴制礼,高祖乃知天子之贵。②

礼之尊卑外化为文体尊卑,礼之价值观也因之内化入文体的尊卑评价之中。《孟子·公孙丑下》对礼文化的基本价值观念有一个简洁的归纳:"天下有达尊三:爵一,齿一,德一。朝廷莫如爵,乡党莫如齿,辅世长民莫如德。"③把爵、齿、德确立为天下价值等级的认定原则。"爵"是政治地位,表现了价值观对政治现实的屈从;"齿"是人的年龄,或事物的历史,其价值当来源于古代文化习俗的沉淀;"德"是品德,代表了礼文化的最高理想。文体尊卑的认定也适用于这三个原则,在此不妨将它们依次命名为文体尊卑的政治原则、文体尊卑的历史原则和文体尊卑的道德原则。

第一,文体尊卑的政治原则。在中国历史上,写作与政治的关系极为密切,文学创作和文学批评总是自觉或不自觉地服务于政治,或对政治作出反应,文体尊卑认定因此带政治的印记。例如,《尚书》被称为"书",很可能是因为其中文章均来自政治地位很高的圣君贤臣④;册、命、诏、令等文体因为出自天子,地位颇高,宋人编写的《三国志文类》以诏告、教令为首,以诗赋、杂文等为末,"体现了以王权政治为本位的文体价值秩序,具有强烈的政治色彩"⑤。章太炎说:"大凡文品与当时国势不符者,文虽工而人不之重。"又点出唐宋古文之尊与明清科举的关系:"茅鹿门之所以定为八家者……

---

① 郑玄注,孔颖达疏《礼记注疏》卷五〇《哀公问》,阮元校刻《十三经注疏》本,第1611页。
② 《汉书·礼乐志》:"汉兴……犹命叔孙通制礼仪,以正君臣之位,高祖说而叹曰:'吾乃今日知为天子之贵也!'"(班固《汉书》卷二二,中华书局,1962年,第1030页)
③ 焦循《孟子正义》卷八,中华书局,1987年,第360页。
④ 《尚书序》孔颖达《正义》在论"五经六籍皆是笔书,此独称'书'者"原因时说,"彼五经者,非是君口出言"而"至于此书者,本书君事……正是君言"。旧题孔安国传,孔颖达疏《尚书注疏》卷一,阮元校刻《十三经注疏》本,第113页。
⑤ 吴承学《宋代文章总集的文体学意义》,《中国古代文体学研究》(增订本),中华书局,2022年,第547页。

六家之文,于八股为近;韩柳名高,不得不取:故遂定为八家耳。"①体现了中国文学与政治的不可分离的关系。

第二,文体尊卑的历史原则。此原则来自礼文化中的贵始反本意识。《礼记·郊特牲》:"酒醴之美,玄酒明水之尚,贵五味之本也;黼黻文绣之美,疏布之尚,反女功之始也。"②故《诗经·大雅·烝民》要求"古训是式",《礼记·曲礼上》主张言辞"必则古昔,称先王",《荀子·非十二子》强调文章"持之有故",厚古薄今遂成流俗,文体论亦不免。挚虞《文章流别志论》把赋分为古诗之赋和今之赋两类:"古诗之赋,以情义为主,以事类为佐;今之赋,以事形为本,以义正为助。"③考虑到魏晋重神轻形的审美风气,挚虞隐尊古赋之义可见。宋人陈师道《诗话》:"余以古文为三等:周为上,七国次之,汉为下。……东汉而下无取焉。"④明人郎瑛《七修类稿》总结为:"文章与时高下,后代自不及前。"⑤

不可否认,文体上的厚古薄今论含有情感的、习俗的因素,但是以古体为尊也有一定的理论依据及积极意义。首先,古体作为开山鼻祖,其章法常成为后世文体的规范,"古之作者创制而已,后生依其式法条例则是,畔其式法条例则非,不在公私也"⑥。其次,在崇古思想的影响下,文体论者常常把目光移向某种文体的源头,引发了古人对文体内部传承的考察,形成"原始以表末"的文体研究法。此外,尊崇古体的倾向与中国道家的复古文论有一些共享的价值观,在复古中追求"文章本天成"的艺术境界,以对抗后代文体"技巧化、理性化、破碎化、琐细化""体制越来越繁"的异化倾向,对文体、

---

① 章太炎《文学略说》,《国学讲演录》,华东师范大学出版社,1995年,第250、253页。
② 郑玄注,孔颖达疏《礼记注疏》卷二六,阮元校刻《十三经注疏》本,第1455页。
③ 严可均校辑《全上古三代秦汉三国六朝文·全晋文》卷七七,中华书局,1958年,第1905页。
④ 陈师道《后山诗话》,何文焕辑《历代诗话》,中华书局,2004年,第305页。
⑤ 郎瑛《七修类稿》卷二六,《续修四库全书》第1123册,上海古籍出版社,1994—2002年,第181页。
⑥ 章太炎《原经》,庞俊、郭诚永疏证《国故论衡疏证》卷中,中华书局,2008年,第282页。

对文学的发展有不可估量的作用。[1]

第三,文体尊卑的道德原则。在尊卑之辨里,尚德比崇古更加重要。[2] 尤其是经过孔子以仁释礼的改造之后,礼与德(仁)成了一物之表里,德成为礼文化的核心,道德文章之说笼罩了中国文论。宋石介《上赵先生书》:"曰诗赋者,曰碑颂者,曰铭赞者,或序记,或书箴,必本于教化仁义,根于礼乐刑政,而后为之辞。"[3]与儒家"内圣外王"相对应,文体"尚德"包含两个层面的含义:一是精神思想层面,突出文体的"载道""明道"的价值;二是社会实践层面,强调文体的济世安民功用。宋人真德秀在其《文章正宗·纲目》中概括为"明义理,切世用""其体本乎古,其指近乎经"[4]。

文体尊卑尚德原则的另一个表现是文体雅俗论。殷璠《河岳英灵集序》:"夫文……有雅体、野体、鄙体、俗体。"[5]"雅者正也"[6],代表正统和崇高,与礼乐文化的精神追求一致;"俗,欲也"[7]。俗是个体私欲的代表,背离雅正传统。在讲求德治的儒家社会里,"高雅""低俗"两个词语的组合展示了雅、俗地位的高低不同。后世的雅俗观念虽有发展,但其基本内核与早期是一致的,"典雅者,镕式经诰,方轨儒门者也"[8]。就中国古代的文体而言,属于雅体的如诗、文,一般用于正式的场合,如政治事务、社交应酬、礼教宣传等,在思

---

[1] 参见刘绍瑾《复古与复元古:中国复古文学理论的美学探源》,中国社会科学出版社,2001年,第226、232页。
[2] 《左传·定公四年》记载,诸侯盟于召陵,蔡、卫争先,引起了尚年(齿)还是尚德的争论,子鱼的以尚德为先的论述得到了赞同。
[3] 石介《徂徕石先生文集》卷一二,中华书局,1984年,第135页。
[4] 真德秀《文章正宗》卷首,《景印文渊阁四库全书》第1355册,台北,台湾商务印书馆,1983—1988年,第5页。
[5] 傅璇琮、陈尚君、徐俊编《唐人选唐诗新编》(增订本),中华书局,2014年,第156页。
[6] 郑玄笺,孔颖达疏《毛诗注疏》卷一《诗大序》,阮元校刻《十三经注疏》本,第272页。
[7] 刘熙撰,毕沅疏证,王先谦补《释名疏证补·释言语》,中华书局,2008年,第134页。
[8] 《文心雕龙·体性》,刘勰著,詹锳义证《文心雕龙义证》,上海古籍出版社,1989年,第1014页。

想上、章法上易故步自封。而属于俗体的词、曲、小说等,多是私下流传,宣泄情欲,尚自由,多创新,名虽卑而读者趋之若鹜。故一些开明的评论家主张"斟酌乎质文之间,而櫽括乎雅俗之际"①,"以俗为雅"②,以雅俗互济来改良文学创作。

三 文体尊卑对文学创作的影响

文体尊卑观念生于礼文化的土壤之中,深受礼文化价值观的影响,但文体尊卑评价并没有完全屈从于礼文化的规定。随着文体创作的繁荣,文体意识、文学意识的不断强化,文体尊卑观念中也出现了一些价值独立的倾向,将文体尊卑评价的重点由外在于文体的道德政治引向了文体自身的形式特征。如《文选》关注文章的"辞采""文华"(《文选序》),故以赋、诗二体编排在前。清代以五、七言排律为"最重大诗体"也是从其文体的舒华炫博来认定的。③ 即便是姚鼐这样鼓吹"文以载道"的代表人物,也不愿意把古文写成注疏、语录这样阐发经旨、挖索理道的文体④,尽管注疏、语录可能更符合礼文化的价值标准。可惜的是,在礼文化强势笼罩下的古代中国,立足于文体自身特征的价值判断难以形成气候。

实际上,文体主要是作为文章的外在结构而存在的,本身并不会直接传达出政治、历史、道德等方面的价值观念,而是与后者保持一定的距离。因此,以礼文化为核心的文体尊卑评价并非固若金汤的客观秩序描述,更多地是一个主观观念的表达,显示了儒家文化试图对文体价值进行控制的愿望,包含有一定的虚构和想象成分。

---

① 《文心雕龙·通变》,刘勰著,詹锳义证《文心雕龙义证》,上海古籍出版社,1989年,第1094页。
② 苏轼《题柳子厚诗》,李之亮笺注《苏轼文集编年笺注》卷六七,巴蜀书社,2011年,第235页。
③ 钱锺书《管锥编》,生活·读书·新知三联书店,2007年,第1903—1904页。
④ 参见姚鼐《述庵文钞序》,《惜抱轩诗文集》卷四,上海古籍出版社,1992年,第61—62页。

这种文体尊卑观念在文体批评理论和文体创作实践中都曾遭受过质疑,或没有得到遵守。苏轼在论及汉赋时,就认为赋体本无尊卑,是写作者的创作倾向造成了尊卑,并举扬雄的赋作和《离骚》为例加以说明。① 陆游在其《长短句序》中,一方面叹息词体是雅乐"其变愈薄"的结果,并为自己"颇有所为"感到自责,另一方面又"犹不能止"对词体的喜欢,即使在"晚而悔之""绝笔已数年"之后,还是忍不住把它们编订成册,通过"以识吾过"的措辞把"错误"坚持了下去,诗尊词卑的文体论最终成了一个空头的口号,无法对词的创作构成真正的阻碍。②

然而,这并不意味着以礼文化为基础的文体尊卑论只是一个可有可无的空话,相反,文体尊卑论广泛渗入了中国文学批评、文学创作和文学革新运动之中,发挥了重要的影响。

文体尊卑论已经成为文学批评的重要内容。如汉代班固"赋者,古诗之流也"这一看似文体源流判断的论述,其实质是借《诗经》推尊赋体,以便控制赋体文学的内容倾向,突出赋体的政治讽喻作用,实现其裨补王阙、因时建德之功,代表了扬雄、班固等儒家知识分子的赋体文学观。③ 又如持续几代的骈散之争,核心是尊卑之争,金代王若虚批骈文是"文章之病也""骈俪浮辞,不啻如俳优之鄙,无乃失体邪?"④而为骈文争地位者,一方面力主骈文同样具有经世之用,另一方面也为骈文寻找辉煌的远祖《离骚》。⑤ 至于起源较晚的词、曲、小说理论的建立,更是在文体尊卑争议中逐渐发展和确立的。杨万里说:"'尊体'指的是推崇某一文体的文学地位。在古

---

① 苏轼《与谢民师推官书》,《苏轼文集编年笺注》卷四九,巴蜀书社,2011 年,第 335 页。
② 陆游著,朱迎平笺校《渭南文集笺校》卷一四,上海古籍出版社,2022 年,第 717 页。
③ 参见陈赟《"赋者古诗之流"再探——论汉人的赋体讽谕观》,《贵州文史丛刊》2007 年第 3 期。
④ 王若虚《王若虚集》卷三七《文辨四》,中华书局,2017 年,第 451 页。
⑤ 参见陈志扬《〈四六丛话〉:乾嘉骈散之争格局下的骈文研究》,《文学评论》2006 年第 2 期。

代中国,词、曲、戏剧、小说在登上文坛之前或之后,都经过了'尊体'这一过程。"①一边尊体,一边辨体,在尊体与辨体的交织演进中,形成了新文体的相关理论。

文体尊卑论对文学创作产生了重要影响。西汉扬雄壮悔之叹,正源于他对赋体的尊卑认识。中唐以后,随着道学的确立,以道学为坐标的文体尊卑问题前所未有地突出,形成了文学创作中审美与载道的紧张。钱锺书等编写的《中国文学史》论及宋诗与宋词时说道:"宋诗受了道学的影响,'言理而不言情',结果使抒写爱情和描写色情变成了词的专业。……而宋代同一作家的诗和词常常取材于绝然不同的生活,表达了绝然不同的心灵,仿佛出于两个人或一个具有双重人格的人的手笔。例如欧阳修的'浮艳之词'弄得后人怀疑是'仇人无名子所为'。"②根据著名汉学家宇文所安的研究,正是诗词尊卑之分形成的价值冲突,使得文士们能在一般的社会行为规范之外,用词创造出一个独立于政治、道德之外的特殊时空,为人性留下一些余地,晏殊这样的高官就是通过词体的卑俗弥补了正统诗歌中情感与欲望的缺席,突破了身份对创作的束缚。③

文体尊卑论为文学发展史上的文学运动提供了理论支持。古代文学各时代的文学成就和文学风貌常常是以某种文体作为代表的,大而言之,如王国维"楚之骚,汉之赋,六代之骈语,唐之诗,宋之词,元之曲,皆所谓一代之文学"④,小而言之,如齐梁之宫体、中唐之新乐府、明初之台阁体、晚明之小品文、清之桐城派等,皆为一时之风尚。因此,当文人士大夫不满其时代的文学风气、意欲革新的时候,常常会从文体的角度入手,以文体革新来推动文学革新。如古文运动是针对六朝至唐初骈文泛滥的局面而发起的,其基本策略是

---

① 杨万里《略论词学尊体史》,《云梦学刊》1998年第2期。
② 中国社会科学院文学研究所中国文学史编写组编《中国文学史》第2册,人民文学出版社,1962年,第545—546页。
③ 〔美〕宇文所安《华宴:十一世纪的性别与文体》,《学术月刊》2008年第11期。
④ 王国维《宋元戏曲史·自序》,上海古籍出版社,1998年,第1页。

以造出"古文"为尊,以骈文为卑,力图以古文替代骈文,但不限于文体的变革,还包括文学理论和文学创作回归儒家正统的意图,所谓"文起八代之衰,而道济天下之溺"①。"名为复古,实质上属于文章革新"②,开创了以散文为主、兼有骈文、重视议论的唐宋古文的新范式。

此外,文体尊卑论在客观上树立了一个雅正的文学传统榜样,这一榜样促进了民间卑俗文体与正统观念的融合,提升了民间文学的地位。胡适说:"文学史上有一个逃不了的公式。文学的新方式都是出于民间的。久而久之,文人学士受了民间文学的影响,采用这种新体裁来做他们的文艺作品。文人的参加自有他的好处:浅薄的内容变丰富了,幼稚的技术变高明了,平凡的意境变高超了。"③于是我们看到,汉魏民歌变为"拟乐府""新乐府",教坊曲子词化为"婉约词""豪放词",市间戏曲发展成杂剧和传奇,坊间说话升级为拟话本和文人小说,组成了中国文学史上一道绮丽的景观。

综上所述,中国文体尊卑论生成于礼文化为核心的儒家社会,反映了礼文化价值观对文学活动的介入。从纯文学的眼光看来,文体尊卑论过分强调文体之外的政治、道德价值,对文体自身的结构形式认识不足,一定程度限制了文学审美维度的拓展,但这一评价倾向也为文体创作在儒家社会中取得了合法性地位,发挥了文体在社会运转和道德宣传中的积极作用,有效纾解了文学与政治之间的对立紧张,客观上促进了文学的繁荣。

(本节由陈赟执笔)

---

① 苏轼《潮州韩文公庙碑》,《苏轼文集编年笺注》卷一七,巴蜀书社,2011年,第637页。
② 郭鹏《略论古文运动背景下古代诗文观念的迁变》,《中国文化研究》2001年春之卷。
③ 胡适《〈词选〉自序》,欧阳哲生编《胡适文集》第4册,北京大学出版社,1998年,第550页。

第六章　早期文体范式的形成与文体学

在汉代以前,文体的创作已出现一定的范式,其中以册命、祝祷等与礼仪制度密切相关的文体最为显著。礼仪制度不仅塑造着人们的行为模式和言语方式,也在促成文体范式的形成,背后是文体观念的进一步明晰,当然这些范式的形成一开始未必是自觉的。西周册命文体的文本范式、礼类文献所载规范化的礼仪文体以及日书类文献中祝祷文体的范本,分别反映了早期文体范式形成的不同阶段。在西周时期,册命文体已逐渐形成固定的文本形式,这一文本形式在两种文本生成机制的交织中逐渐稳定下来并发生着变异。总体而言,这一文本形式的形成,出于在册命文的频繁运用中形成的文本创造的共识,未有"范本"之实体形式而有"范本"的潜在观念。春秋战国时期,礼类文献在记录礼仪活动时也记载了在相应活动中使用的礼仪文体。这些礼仪文体便成为后世在践礼时据以参考的文本,从而具有真正的范本意义。战国晚期至秦汉时期,日书类文献所记载的祝祷文体具有更为明确的范本性质,提示文体范本已正式形成。

第一节　西周册命文体的文本生成

一　文本学视野下的册命文体研究

文本是文体的存在形态,文本的形成是文体发生的基础之一。本节所讨论的"文本",既包括口头言语活动的产物,亦具有形于文字的书面形式的内涵。① 从口头到书面,是文学以及文体发展的一般过程与客观规律。最早的文体创作往往是仪式性的口头言语活动,这是文体文本生成的基础。而文体的书面文本的形成,是某种文体以文字的方式书之竹帛、镂之金石等,经历了从口头到书面、从无形到有形、从无序到稳定的转变过程,这是文体成形的关键环节,意味着它开始具备较为稳定的文本形态,是文体走向成熟的标志之一,同时也是文体观念的外显。

西周册命文体为研究早期文体的文本生成提供了理想标本。首先,已有文献所载早期文体的材料往往非常有限,甚至某些文体只有孤篇或片段留存。而西周册命铭文作为研究册命文体的重要材料,数量众多。研究对象基数的扩大使结论更为可靠;其次,对西周铜器的年代可以作大致的划分,有利于比较准确地划定其形成年代。文献的准确断代,对于文本生成、文本层次的研究具有重要的参考意义,故尤为难得。

册命作为西周时期使用最为广泛的文体之一,受到了学界的重点关注,学者在册命文体的定义、制度背景、文体特征及其文化内涵等方面进行了充分的研究。② 罗泰③、柯马丁④等学者则运用文本研

---

① 孙少华、徐建委指出:"文献,是一个综合性概念,既包括口传、仪式、舞蹈、音乐、图像等口语或表演资料,又包括书写在各种载体(可统一称作'文本')上的文字材料。"(《从文献到文本:先唐经典文本的抄撰与流变》,上海古籍出版社,2016年,第1页)
② 如陈梦家(《西周铜器断代》,中华书局,2004年,第398—415页)、陈汉平(《西周册命制度研究》,学林出版社,1986年)、何树环(《西周锡命铭文新研》,台北,文津出版社,2007年)、叶修成(《论〈尚书〉"命"体及其文化功能》,《上海交通大学学报[哲学社会科学版]》2009年第3期)、韩巍(《册命体制与世族政治——西周中晚期王朝政治解析》,香港城市大学中国文化中心编《九州学林》2011年春季卷,上海人民出版社,2012年)、于文哲(《论西周策命制度与〈尚书〉文体的生成》,《江西师范大学学报[哲学社会科学版]》2012年第3期)、董芬芬(《周代策命的礼仪背景及文体特点》,《南京师大学报[社会科学版]》2013年第1期)、丁进(《商周青铜器铭文文学研究》,西北大学出版社,2013年)、陈彦辉(《周代册命礼与册命铭文的体制》,《广东外语外贸大学学报》2013第2期)等等,由于篇幅所限,仅举其大略。
③ 〔美〕罗泰《西周铜器铭文的性质》,北京大学考古文博学院编《考古学研究(六):庆祝高明先生八十寿辰暨从事考古研究五十年论文集》,科学出版社,2006年。
④ Martin Kern, "The Performance of Writing in Western Zhou China," *The Poetics of Grammar and the Metaphysics of Sound and Sign*, edited by Sergio La Porta and David Shulman, Leiden: Brill, 2007, pp. 150-151.

究的方法,探讨册命铭文书写背后的仪式、政治、权力意义。本节聚焦册命文本生成机制与文本形态的关系,试图还原其文体形态的流变过程。文体文本形态的流变背后有多种因素,既包括在文本的流传、转写的过程中造成异文等客观因素,也不排除撰者、抄者有意无意地干预文本等主观因素,而后者则处在一定的观念影响之下,其中文体观念即是主导因素之一。本节以狭义的册命作为切入点及研究对象,并参用广义的册命(即功能上"以册命之"的文体)材料作为补充①,分析并辨别册命文体文本产生、流变过程中的多个文本层次,研究其流变机制,以期发现文本生成及流变背后的文体观念。

二 从西周册命铭文确立册命文体的标准形态

西周中期,大量青铜器铭文中出现"册令"或"册命"一词,且引有册命文书的具体内容。通过对这些册命铭文的全盘考察可发现,铭文中"册命"一词在特定的语境中使用,有固定的仪式背景,具有明确的内涵(即周王对大臣、上级对下级的封官赏赐),且运用了"册书"这一特定的实物形态。这是目前最为切实可考的早期册命文体史料。

---

① 关于"册命"的内涵,可从广义与狭义两方面理解。学者一般从狭义角度研究册命,如陈汉平:"所谓'册命',简而言之,即指封官授职,是为封建社会中之隆重典礼。……册命文字原书写于简册,册命时当庭宣读,受命者归而铸于铜器。"(《西周册命制度研究》,学林出版社,1986年,第2—3页)另可参见叶修成(《论〈尚书〉"命"体及其文化功能》,《上海交通大学学报[哲学社会科学版]》2009年第3期)、韩巍(《册命体制与世族政治——西周中晚期王朝政治解析》,香港城市大学中国文化中心编《九州学林》2011年春季卷,上海人民出版社,2012年,第2页)的相关论述。总而言之,狭义册命的内涵包括几个方面:主体一般是王,对象为臣下;内容是授官、赐物;命辞书写于简册;册书在特定的仪式中被授予受命者。广义的册命,则指功能上"以册命之"的文体。何树环认为,青铜器铭文所载基本包括封官授职、赏赐命服、车服等,应称为"锡命",而"册命"一词所涵盖范围更广,除赐予爵禄、命宦外,还包括命臣工执行任务、对百官臣民的诰教、王嗣位时受命等,只要载诸简册、由史官或大臣向受命者宣读的都属于"册命"(参见《西周锡命铭文新研》,台北,文津出版社,2007年,第80页)。因此,在西周册命铭文的语境中,"册命"单一地指称狭义的册命,而综观先秦文献,"册命"的内涵则更为复杂。换言之,先秦人在使用"册命"一词时,亦多从广义的角度理解。

由于西周的册书实物现已不存,只能通过出土材料及传世文献的记载、引述还原册命的具体内容及文体特征。需要强调的是,册命铭文引用了册命书的内容,但册命铭文不能等同于册命文书。通过对册命铭文所引用的相关内容加以归类、分析与整理,可大致得出册命文体的面貌和形态。对于册命文本结构的分析,相关研究有两类:一是对册命铭文结构的分析,以陈梦家、武者章、吉本道雅、罗泰、李峰、丁进等为代表①;二是对册命文书结构的分析,以郭静云为代表②。值得指出的是,吉本道雅的研究虽以西周制度为最终指向,但其对册命铭文结构的细致解析实际上也涵盖了对铭文所引册命辞结构的分析。本节以册命文体为研究对象,故对册命铭文的整理研究属于后者,在去除册命铭文中的仪式背景、祈匄祝嘏辞等信息的基础上,归拢大量的共性元素,通过集中展现册命文书的文本细节,为后续的文本流变研究累积基础证据。然而,由于受铜器铭文的性质和载体所限,铭文对册命文书的引述或详或简,或经过改写,其性质需要加以甄别。③ 因此,从西周铜器铭文归纳出的册命文体的标准,是一个有限的标准。后续结合各类文献进行对比研究,并考虑文本生成的复杂机制,可以推断册命文体的真实形态及

---

① 如陈梦家(《西周铜器断代》,中华书局,2004年,第398—415页),〔日〕武者章(《西周册命金文分类の试み》,〔日〕松丸道雄编《西周青铜器とその国家》,东京大学出版会,1980年),〔日〕吉本道雅(《西周册命金文考》,《史林》第74卷第5号,1991年),罗泰的"昔日""今日""后日"三段论(参见"Issues in Western Zhou Studies: a Review Article," *Early China*, Vol. 18, 1993, pp. 139—226, 又见《西周铜器铭文的性质》,北京大学考古文博学院编《考古学研究〔六〕:庆祝高明先生八十寿辰暨从事考古研究五十年论文集》,科学出版社,2006年,第346—348页),李峰(《西周的政体:中国早期的官僚制度和国家》,吴敏娜等译,生活·读书·新知三联书店,2010年,第110—115页),丁进(《商周青铜器铭文文学研究》,西北大学出版社,2013年,第186—190页)等。

② 郭静云在理论上参考了罗泰的三段论,并将这一模式运用于对册命文书结构的分析,参见《夏商周:从神话到史实》,上海古籍出版社,2013年,第426—434页。

③ 罗泰认为"铜器铭文不是保存册命记录的唯一文本。相反,它是特别为了与祖先神灵交流而铸于铜器上的多种文本之一",并着重指出了册命文书在移录到铭文上造成的文本变异性,参见《西周铜器铭文的性质》,北京大学考古文博学院编《考古学研究(六):庆祝高明先生八十寿辰暨从事考古研究五十年论文集》,科学出版社,2006年,第352—353页。

其在文本流变过程中所出现的变异特征。

本节的研究路径是，先理出铜器铭文中既明确记录了"册命"仪式，又以"王若曰""王曰""曰"等词引起命辞的文例，这类铭文以照录、略录或改写的方式引述了册命文的内容，故以之作为确立册命文体之标准的基础材料。西周册命铭文引述册命辞的内容，往往以"仪式提示语"为标记，如颂鼎铭（《集成》2829）"王乎史虢生册令颂"是仪式提示语，"王曰"至"用事"是册命辞。于是仅截取这部分内容，依类填入表格①，结果可归纳为以下两种体式：

（一）基础式

这类铭文明确提示了册命仪式，或有明显证据可判断为册命仪式（如有史官代宣王命的说明），并以"王若曰"或"王曰"引起命辞内容，命辞内容的体式反映了西周中期以后册命铭文所载册命辞的基础内容和标准结构。其中有代表性的文例列表如下（见表1）：

表1 册命铭文所收册命辞文本元素分析（基础式）

器名	仪式提示语	命辞内容	彝器年代	命辞的基本文本元素
师虎簋（4316）	王乎内史吴曰："册令虎。"	王若曰："虎，<U+3000>（载）先王既令乃祖考事，啻（嫡）官嗣左右戏繁荆。今余唯帅型先王令，令女更乃祖考，啻（嫡）官嗣左右戏繁荆。敬夙夜勿废朕令。赐女赤舄，用事。"	西周中期	①②③④⑤⑥
殷簋（《新收》840）	王乎内史音令殷，易市、朱黄。	王若曰："殷，令女更乃祖考，嗣东鄙五邑。"	西周中期	①②③④

---

① 笔者对西周册命铭文的相关材料进行了全面搜集与整理，受篇幅所限，仅列出代表性的几例。另，对于陈汉平《西周册命制度研究》提出的西周早期册命铭文，如宜侯夨簋、井侯簋诸铭，由于没有确切证据证明在仪式中使用了册书，未必符合本节所划定的研究范围，故予以排除。除非特别注明，表中器名后的编号皆为《集成》的著录编号。

（续表）

器名	仪式提示语	命辞内容	彝器年代	命辞的基本文本元素
趞簋（4266）	内史即命。	王若曰："趞，命女乍𤔲师冢嗣（司）马，啻（嫡）官仆、射、士、讯小大又（右）邻，取徵五寽。赐女赤市幽亢、䜌旂，用事。"	西周中期	①②④⑤⑥
善夫山鼎（2825）	王乎史秦册令山。	王曰："山，令女官嗣饮献人于𤔲，用乍宪司贮，毋敢不善，赐女玄衣黹屯（纯）、赤市、朱黄、䜌旂。"	西周晚期	①②④⑤⑥
师嫠簋（4324）	王乎尹氏册令师嫠。	王若曰："师嫠，在昔先王小学，女敏可事，既令女更乃祖考嗣小辅。今余唯䌛熹乃令，令女嗣乃祖旧官小辅眔鼓钟。赐女叔市、金黄、赤舄、攸勒，用事。敬夙夜勿废朕令。"	西周晚期	① ② ③ ④ ⑤ ⑥

根据表1，可以归纳出命辞的基本文本要素，包括：

①起首语："王若曰"或"王曰"①；

②对受命者的称呼；

③追溯先王或今王对受命者或其祖先的以往任命；

④提出对受命者的任命（或延续以往任命，或提出新的任命）；

⑤列数对受命者的赏赐；

⑥对受命者的诰诫，如"用事""敬夙夜勿废朕令""毋敢不善"等语。其中⑤⑥的位置可能互换，但"用事"一语一般位于⑤后。

当然，并不是每一篇册命都涵盖以上所有元素。比如，若受命者以往未受过任命，则③从略。但①②④⑤⑥则基本上是每一份命书必有的内容，可见其为册命文体的核心文本元素。所有例子有着相当多的共

---

① 关于"王若曰"为册命文书起首语，参见李冠兰《毛公鼎铭文本性质考辨——兼论西周中晚期一类册命文的文本形态及其生成机制》，赵逵夫主编《先秦文学与文化》第7辑，上海古籍出版社，2018年，第224—226页。

性,已可看到稳定的文体结构。

(二)省略式

这类铭文有册命等仪式提示语,其后或以"曰"引起册命文,或直接引用册命文而不加任何提示词,如(见表2):

表2　册命铭文所收册命辞文本元素分析(省略式)

器名	仪式提示语	命辞内容	彝器年代	命辞的基本文本元素
利鼎(2804)	王乎乍命内史册命利。曰:	"赐女赤⊖(雍)市、䜌㫃。用事。"	西周中期	⑤⑥
免簋(4240)	王受(授)乍册尹者(书),卑(俾)册令免。曰:	"令女㐫(胥)周师嗣瓾(林),赐女赤⊖(雍)市。用事。"	西周中期	④⑤⑥
申簋盖(4267)	王命尹册命申。	"更乃且考胥大祝,官嗣丰人眔九戲祝,赐女赤市縈黄、䜌㫃。用事。"	西周中期	③④⑤⑥
弭叔师察簋(4254)	王乎尹氏册命师察。	"赐女赤舄、攸勒,用楚(胥)弭白。"	西周中期	④⑤

其中申簋盖、弭叔师察簋铭虽无"曰"字引出册命辞内容,但从后文的"乃且(祖)考""赐女(汝)"等辞可知这是对册命辞的引用。

这一类册命铭文的主要特征在于,仅以"曰"而非"王若曰""王曰"引起命辞,与之相联系的是,命辞的内容往往亦被简省,文本元素多数只有④⑤,个别例子包含③⑥,②则一例都未出现。文本元素②的阙如,是有特定原因的。正如上文所述,"王若曰""王曰"是册命文书原文的起首语。因为基础式直接移录册书的"王若曰""王曰",可见其开头是完整的,故所引的册命辞便自然地带出对受命者的称呼;而在省略式中,不仅略述命书内容,一些文例甚至省略"曰"字,可见这类铭文中的"曰"应非册命书的起首语(即文本元素①),而是铭文本身的引述词。既然铭文不录起首语,则顺带省略文本元素②便相当合理。铭文撰者简省命书内容的原因,一方面可能由于铜器可容纳的字数有限,故撷取最关键的信息,另一方面铜器铭文的功能在于颂祖与称扬作器者阀阅,故册命文书的完整移录并非必然要求。

通过以上分析,可归纳出册命铭文引用册命辞的两种体式,由此可以大致确立西周中晚期册命文体的基本特征,即包含五大核心文本要素——起首语、对受命者的称呼、对受命者的任命、赏赐内容及诰诫,结构高度格式化。确立了册命文体的标准特征以后,便可在此基础之上进一步分析其他较为复杂的册命辞的文本性质。

三 王命文本生成的两种模式与新的册命体式的形成

在进一步分析册命文体在西周的历史演变及文本流变以前,有必要先对西周王命文本生成的两种模式加以阐述:一是将王的口头讲话以书面形式记录下来;二是直接以文字的方式撰写王命,两者有着本质的不同。对口头讲话的文字记录,以如实记录当时的讲话内容为主要目的,这是从口语到书面的"还原"过程。而在特定仪式或行政活动中使用的文书则不同,撰写者提前拟定内容,将其书写在简册上,这是从观念到文字的文本"制作"过程。事实上,第二种模式才是王命文体从口头言语活动转变为书面形式、从"口传"走向"目治"①的关键。

两种文本生成机制的性质不同,导致所形成的文本也呈现出不同的形态。

第一种文本生成机制的产物,注重还原真实情景,故或多或少地体现出口语特点,如语气词较多、句意重复拖沓、文意偶见脱节、逻辑关系不严密等,以《尚书》周诰等材料为代表。如《尚书·多方》是周公代王向殷商遗民诰命的记录,属于第一种文本生成机制的产物,其特点是有多个"王若曰""王曰"等引起语,每段之间意思并不十分连

---

① 阮元《文言说》:"古人以简策传事者少,以口舌传事者多,以目治事者少,以口耳治事者多。"(阮元《揅经室集》,中华书局,1993年,第605页)

贯,多见复沓,且口语色彩浓厚,甚至还有即兴讲话的痕迹。如"今我曷敢多诰""我不惟多诰,我惟祗告尔命"等语,可谓反复殷切告诫。①

第二种文本生成机制的产物,一般在仪式前经过构思并预先写就,因此相对地具有文句典雅精练、文气流畅、逻辑清晰等特点。如《逸周书·尝麦》记载了王命大正正刑书,并命令作册册命大正,"王若曰"以下是册书的内容。册命辞虽然篇幅很长,但文意流畅连贯,表达也较为简练利落,更接近预先写就的书面文本。因此,《尝麦》虽与《尚书·多方》同属大篇幅传世的西周文献,但行文风格截然不同。

可供对比的还有《尚书·顾命》所载的口授遗命与册命。《顾命》所载成王对大臣的遗命,是其病重时口授,并由史官记录下来的。与之相似的,是清华简(一)《保训》所载文王对太子的遗训,言及"女以箸(书)受之"②,可知文王以遗命口授太子,并令其以书面形式记录下来,而后文频繁出现的语气词亦提示其口语来源。当然,与几篇《尚书》周诰相比,两份材料所录口头遗命在文句上显然更为精致,其文本应经史官后期整理润色,且与其较晚的写定年代有关,但应对西周材料有所依据。与以上两段口授遗命形成对比的是,《顾命》所载新王册命仪式中的命辞则显示出明显的书面性质:

> 太史秉书,由宾阶隮,御王册命,曰:"皇后凭玉几,道扬末命,命汝嗣训,临君周邦,率循大卞,燮和天下,用答扬文武之光训。"③

从"秉书""册命"可知,这段命辞由史官预先写就再在仪式上宣读。文中连用四字句,字句典雅、精练而克制。而文王、成王口授的

---

① 关于王命的两种形式,张怀通先生《"王若曰"新释》(《历史研究》2008年第2期)有充分讨论。我们亦受此启发,赞同并采用了张先生对《尚书》周诰等文本的口语特征的分析,但对于一些文本(如册命铭文所载命辞)的性质判断有较大不同。
② 清华大学出土文献研究与保护中心编,李学勤主编《清华大学藏战国竹简(壹)》,中西书局,2010年,第143页。
③ 旧题孔安国传,孔颖达疏《尚书注疏》卷一八,阮元校刻《十三经注疏》本,第240页。

遗命则显得相对地质朴、延沓、文气舒缓,保留了一些口头讲话的痕迹。由此可知,口授记录的口语文本与字斟句酌写就的书面文本在形态上具有相当区别。以上所举皆为广义的册命,事实上,西周时期王命文本生成的第二种机制的产物,以狭义册命为最突出的代表,其高度一致的写作范式就是其书面文本性质的显著表现之一。

综上可知,作为第二种文本生成机制的产物,册命辞与《尚书》等文献所记载的口语化命辞相比,不仅文本性质不同,文本形态亦相异。史官在落笔撰写册书时应经过充分的思虑推敲,且对册命文规范有自觉认识,体现出明显的文体观念。因此,第二种文本生成机制背后的文体意识比第一种机制更为自觉。

在两周时期,两种王命文本的生成机制分别占据阶段性的主导地位。

在西周早期,王命的生成以第一种机制为主,主要的证据是《尚书》周诰。当然,西周早期也存在第二种文本生成机制,如《尚书·顾命》所载对康王的册命。又如大量西周文献记载了册祝活动,《逸周书·克殷》载"尹逸策曰……"①《世俘》载"史佚繇书于天号"②、《尝麦》载作策"北向繇书"③、《尚书·金縢》载史官代周公为武王祷病,既然提及"策""繇书""册祝"等,册祝文本应都是预先写就的。故从制度的角度考虑,可判断西周早期已出现行政、祭祀文体的预先草拟与写作。然而,就目前所见的文献而言,早期王命的产生更多地遵循第一种文本生成机制。周王往往直接口头发布命令,史官代写、代宣王命尚未形成成熟的制度。

---

① 黄怀信、张懋镕、田旭东《逸周书汇校集注》(修订本),上海古籍出版社,2007年,第354页。

② 同上书,第437页。

③ 同上书,第728—729页。按:"繇书"应理解为作策对太宗诵读祝告之书。从"北向"一语可以推断,作策繇书的对象应是祖先而非大臣。根据册命仪式的惯例,史官册命时应南向,面对受命者,参见陈梦家《西周铜器断代》,中华书局,2004年,第411页。《尝麦》此句后所接的"王若曰……"是王对大正的诰辞,而非作策对太宗的祝辞。

西周中期以后，王命的第二种文本生成机制则更为常见。首先，西周中期以后的铜器铭文开始频繁出现"册命"字眼，意味着命书广泛应用于锡命仪式。① 韩巍认为册命礼最早萌芽于穆王晚期，约于恭、懿之际定型。② 随着册命制度的成型、仪节的细化，铜器铭文可见授册环节，见四十三年逨鼎铭（《新收》747）等。由此，册书作为权力象征的物质意义被突显，这一意义的彰显实际上加强了第二种文本生成机制的常态化。其次，从文本特征的角度来看，这段时期的册命文在结构和内容上呈现出高度的稳定性，近乎刻板，这既来源于册命制度的重复性，亦是在第二种文本生成机制下文体观念逐渐成熟的体现。因此，就西周中晚期王命文本的生成而言，第二种机制无疑占据主导地位。

需要强调的是，两种文本生成机制的发展并非线性的替代与转化关系，事实上直到春秋战国时期，两者依然共存。而且，两种机制未必完全相互独立，某一文本可能是两者同时或先后作用的结果。如《尚书》周诰，虽是第一种文本生成机制的产物，但在经过史官记录整理、流传后世时可能受到一定程度的润色，从而获得了某些书面语色彩。又如册命文，显然是第二种文本生成机制的产物，但很有可能先由王对史官口头授命，史官按照册命文体的写作习惯撰写命辞。③ 西周册命文本中可发现相关证据，如命辞以"王若曰"或"王曰"引出王命，并在起首称呼受命者，显示出口授的现场感。又

---

① 李峰指出，册命仪式的规范与频率有力地证明该仪式是一个十分官僚化的程序。在这种官僚化的程序下，书面文件广泛使用，成为西周政府行政过程的显著特征。（参见李峰《西周的政体：中国早期的官僚制度和国家》，吴敏娜等译，生活·读书·新知三联书店，2010年，第115页。）

② 参见韩巍《觐簋年代及相关问题》，北京大学中国考古学研究中心、北京大学震旦古代文明研究中心编《古代文明》（第6卷），文物出版社，2007年；《册命体制与世族政治——西周中晚期王朝政治解析》，香港城市大学中国文化中心编《九州学林》2011年春季卷，上海人民出版社，2012年。

③ 代国玺指出战国时期"命书的形成过程应该是这样：君主口授，近臣书写于简牍之上并制成规范文书"，对于命书形成过程的判断很具卓识，参见《由"记王言"而"代王言"：战国秦汉人臣草诏制度的演生》，《文史哲》2015年第6期，第94页。

如某些命书记有叹词,即很有可能是史官如实记录王的口授时的遗存,见录伯威簋盖铭(《集成》4302,西周中期)。

更为值得注意的是,在西周晚期,王命文本的第二种生成机制已成熟并占据主导地位,在一些材料中却可发现第一种生成机制的某些文本特征,呈现出过渡与融合的特色,显示了当时的书写习惯与书写自觉之间的张力。在这种张力的作用下,形成了西周册命文书的第三种体式,笔者姑且称之为融合式。

西周晚期的部分册命铭文记载了一系列颇具特色的册命文本,以毛公鼎、牧簋、师克盨、师訇簋、四十三年逨鼎诸铭为代表。由于这些文本皆以"王若曰……王曰……"为结构标志,并有大段诰诫内容,似乎兼有命、诰的文体性质。诰命与册命同属王命类文体,两者关系比较复杂。[①] 正如上文所提及的,从生成机制而言,两者有着根本的不同。从文体名实的角度看,"诰命"强调其功能,"册命"强调其载体,各有侧重。然而从仪式和功能的角度而言,两者却未必能严格区分。标准的册命文一般包含诰诫的文本元素,只是因场合、受命者的身份、授职的性质、礼仪的隆杀等不同,诰诫内容有详有略。当授予较重要的官职,或面对地位较高的授予对象时,有时会加大命辞中诰诫的比重。在西周早期,纯粹的诰命比较普遍。西周中期,册命辞也有诰诫性质的话语,但往往较为程式化,如简单的"夙夜用事,勿废朕令"等套语,甚至简化为"用事"二字。西周晚期,随着第二种文本生成机制的日渐普遍,史官的写作能力增强,可以驾驭更为长篇的册命文写作。因此,将更多的诰命内容融入册命文书的写作之中便成为可能。

"王若曰……王曰……"结构,是西周早期诰命最突出的文体特

---

① 李山指出封建大典上有两类文献,一是册封的"命书",一是王对受命者的诰诫,参见《〈康诰〉非"诰"》,《文学遗产》2011年第6期。于文哲《论西周策命制度与〈尚书〉文体的生成》(《江西师范大学学报[哲学社会科学版]》2012年第3期)对诰、命的异同亦有辨析。

征之一，其形成正是源于口头讲话的片段性。然而西周晚期这一系列册命文在文本上的高度相似性、松散押韵的特征与完整有序的文本结构，又表明它们是第二种文本生成机制下的产物。这些文本从结构上看似乎是片段性的，但细究其内容却具有连续性和完整性。可以推测，周初以来的诰命文献已经成为册命写作者涵泳熟读和模仿的写作范本，因此"王若曰……王曰……"的结构是对周初以来"王若曰……王曰……王曰……"形式的下意识沿用和移植。①

这一系列文本的过渡与融合特征表明，一方面，史官撰作册命文书已具有相当明确的书面写作意识，另一方面，由于深受早期王命文本形式的影响，从而在写作上保留了形式上的惯性，"王若曰……王曰……"的结构形式从某种意义上已成为一种"格套"，而与其原初的口语化文本生成机制无关。随着第二种文本生成机制进一步成熟、册命的文体观念更为独立，撰写者对这一格套的依赖亦逐渐减弱。在春秋时期的册命文中，除了《文侯之命》，"王若曰……王曰……"的多段结构几乎消失，如者汈钟铭（《集成》121—132，战国早期），又如《左传·襄公十四年》所载周王赐齐侯命，皆无此多段式结构。汉代的册命文亦为一段式，如《史记·三王世家》所载齐王策、燕王策、广陵王策。蔡邕《独断》概括策书写法："起年月日，称'皇帝曰'，以命诸侯王、三公。"②并无分段结构，亦可证。

综上，从周初诰命到西周晚期的册命文，虽然都存在"王若曰……王曰……"的结构形式，但其背后的文本生成机制已经发生根本变化。诰命的内容及文体特征在西周晚期册命文本中的融入，是在第二种文本生成机制下的王命书写对权威文本范式有意无意的呼应。

---

① 参见李冠兰《毛公鼎铭文本性质考辨——兼论西周中晚期一类册命文的文本形态及其生成机制》，赵逵夫主编《先秦文学与文化》第7辑，上海古籍出版社，2018年，第226—228页。

② 蔡邕《独断》卷上，北京直隶书局，影印抱经堂校本，1923年。

四 西周册命文本生成的五个层次

以上分析了王命文本的两种生成机制及其发展过程,这一过程亦伴随着相应的文本特征的融合或新变。而作为第二种文本生成机制的产物——册命文,在写作、诵读、移录、传抄、改写等过程中,其文本可经历多个层次的转换,这些层次转换牵涉到两种文本生成机制,文本形态在转换过程中亦发生相应的变化,以下对各个文本层次加以阐述①:

(一)册命仪式所用册书

册命仪式之前,史官将命辞书写于简册之上,以供宣读,并授予受命者。从文本生成的角度来看,这一层次处于西周王命文本第二种生成机制的最深层,代表了册命文体的书面形式在文本生成和流变的链条中第一次被创造出来时的真实形态。然而,仪式上所使用的册书已不存,故这一层次须对比研究才可间接考得。

(二)对册书的口头宣读

在册命仪式上,史官据册书向受命者宣读命辞,或由王亲自宣命。② 文献对相关制度记载甚多,如上文所引《尚书·顾命》记载"大史秉书""御王册命",又如《礼记·祭统》"史由君右执策命之"③等等。就具体文本而言,这个场景下的口头命辞一般与册书(即层次一的文本)内容大致相同,但从书面到口语的转化过程中可能出现细微差别,或即兴的表达转换,或口误等。这一层次是从书

---

① 柯马丁在探讨西周书写活动的表演性时对册命文本的流转过程亦进行了层次性的分析,聚焦于仪式过程的再现及文本制作背后的权力关系(参见 Martin Kern, "The Performance of Writing in Western Zhou China," *The Poetics of Grammar and the Metaphysics of Sound and Sign*, edited by Sergio La Porta and David Shulman, Leiden: Brill, 2007),本书所划分的文本层次旨在探讨册命文本在不同层次中的生成机制及由此形成的形态特征,在最终的研究指向上有所不同,故在具体的细分上也有所区别。

② 参见陈梦家《尚书通论》,中华书局,2005年,第147—148页;陈汉平《西周册命制度研究》,学林出版社,1986年,第119—120页。

③ 郑玄注,孔颖达疏《礼记注疏》卷四九,阮元校刻《十三经注疏》本,第1605页。

面到口头言语活动的转换,从其中的文本细节或可考究当时的某些口语特征。由于它所反映的是口头活动,并无直接的第一手材料,故对其考据只能建立在层次三、四、五的基础之上。

(三) 对册命仪式上所宣读内容的记录

有证据显示,在册命仪式的现场,史官会将仪式上的口头讲话记录下来,包括所宣读的册书内容、王的诰诫等,形成文字形式。这是从口头到书面的转变。西周早期的静鼎铭记载:

> (前略)王在成周大室,令静曰:"嗣女采,嗣在曾噩师。"
> 王曰:"静,赐女鬯、旂、市、采䍙。"
> 曰:"用事。"
> 静扬天子休,用作父丁宝尊彝。(《新收》1795,西周早期)①

王对静的锡命被切分为三个部分,且每段并非独立而完整的文本,而是呈现出碎片化特征,可见铭文不可能是对册书文本的直接移录,而是由史官当场将命辞记录下来,并将其事转录在铜器上。这篇铭文文本的生成有两种可能。其一,仪式中并无册书,王口授锡命,史官现场记录命辞,铭文撰写者参考采用了这一记录文本;其二,锡命仪式中有宣读册书环节,同时,史官将当时的命辞记载下来,在撰写铜器铭文时,由于某种原因没有直接移录册书,而是采用了史官记录的命辞。这种情况似乎不太合理,然而,盠方尊铭(《集成》6013,西周中期)却可证其存在:

> (前略)王册令尹赐盠赤市、幽亢、攸勒,曰:"用嗣六师、王行、叁有嗣:嗣土、嗣马、嗣工。"
> 王令盠曰:"𩁹嗣六师𣪘八师埶。"
> 盠拜稽首,敢对扬王休,用作朕文祖益公宝尊彝。(后略)

---

① 释文参李学勤《静方鼎补释》,收入朱凤瀚、张荣明编《西周诸王年代研究》,贵州人民出版社,1998年,第356页。

铭文明确提示"册命",可知仪式中应有采用册书以书写王命。在这篇铭文中,对"王册令尹赐盠……曰……王令盠曰……"这一结构的理解是关键。陈梦家认为"王册令尹……曰……"是王的册命,"王令盠曰……"是王的口令。① 然而,若王在册命以后再口头追加任命,未免显得草率,而将两句话都理解为册命文书的内容则更合理。第二种文本生成机制的特征之一是化重复为精确,化碎片为有序。而"王册令尹赐盠……曰……王令盠曰……"的结构显然趋向重复和累赘,并非单纯的第二种文本生成机制的产物。可见铭文撰作者所据并非册书,而是史官对口头命辞的书面记录。

两篇铭文的时代属西周早、中期之间,处于册命制度的早期发展阶段,其时册命铭文的书写未成规模,亦未有定例,故铭文撰作者有时会沿用史官在仪式当场笔录的命辞,而直接移录册命书于铭文之上的做法是后来才固定下来的习惯。此二铭可以看作这一时期的过渡性特例。

这一文本层次是册命辞从书面到口头,最后又回到书面的转化结果。

(四) 册命辞铸铭

受命者受册书而归,撰写铭文,以移录或改写的形式记录册命辞,最后将铭文铸刻于彝器之上。由于铜器铭文本身也具有其独特的文体特征,如《礼记·祭统》所述"自名以称扬其先祖之美而明著之后世""称美而不称恶"等功用和表达方式,又如相对典雅精准的表达、稳定的文本结构,以及晚期的押韵倾向,等等。因此,当分析铜器铭文所引册命文内容时,需要考虑铭文的文体特征是否对所引用的册命文本有所影响。就铭文对册命文书的改写程度而言,大致有三种情况:

其一,基本保留原文,或仅有轻度修改,如毛公鼎、牧簋、师訇簋等

---

① 陈梦家《西周铜器断代》,中华书局,2004年,第171页。

诸器之铭。其中毛公鼎铭可与传世的《尚书·文侯之命》相互印证,两者在文体特征上有着较高的同质性,可知铭文的文体特征并没有对命书内容产生明显的影响。又如訇簋(《集成》4321)、师訇簋(《集成》4342)二铭直接在开头便移录以"王若曰"起首的册命辞,而将一般置于开头的册命仪式背景置于铭文末尾。若将二铭的末句移到铭文开头,则与标准的册命铭文无异。这一特殊结构显示出铭文撰作者对册命文本独立性的标举,提示了册命文本的完整性。

其二,节录原文。此类亦很多见,本节第二部分所归纳的省略式即属此类,如利鼎铭(《集成》2804)。其特征是词句简省,往往只截取关键信息,语句间衔接性较差。

其三,深度修改。如虢季子白盘铭(《集成》10173,西周晚期)记载了册命辞("王曰:白父……用征蛮方"),但整篇铭文都以四字句式为主,且几乎通篇押阳韵。西周铜器铭文押韵以阳、东、耕最为常见,铭文撰写者应是有意识地对册命文书的句式、字词进行了改写,使其配合铭文的用韵,从而将册命辞完美地融入了铭文文本之中。这表明虢季子白盘铭的撰写者在对册命文本进行修改时具有非常明确的铭体意识。

由于铭文的特殊性质,这一层次的文本蕴含了丰富的礼仪、权力关系等信息。

(五)后世对册命辞的传抄、引述或改写

册命辞或以官方记录的形式留存,后历经流传形成如清华简(五)《封许之命》《尚书·文侯之命》等《书》类文献;或以诗化的语言糅合入《诗》篇,如《大雅·韩奕》《江汉》等;或以引述的形式为后人记入《左传》《国语》等典籍。由于文献流传的时间漫长、环节复杂,历经传抄改写,这一层次牵涉到更为复杂的文献层累的问题,有待进一步深入研究。

综上,册命文本的形成过程相当复杂,一个文本可能经历了多个层次的转换过程,不同层次之间亦非简单的线性关系,如图1所示:

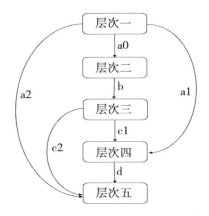

图 1　西周册命文本产生与流变的层次转换

举例而言,上文所揭盠尊铭为层次四的文本,经历了"a0—b—c1"的转换过程,对这一过程的发现可加深对西周史官记言制度以及口头王命的书写形式的认识;又如《诗·大雅·江汉》为层次五的文本,诗中与册命相关的内容经历了"a1—d"的转换过程,之所以断定其经历了层次四,是因为诗中直接移用了"对扬王休,作召公考"这一铭文套语①,由此可发现,西周人对铭文直接移录、略加修改即可入诗,似乎更重视文句的歌唱性和装饰性,而非内容的合理性,反映出对诗的仪式功能的偏重以及朴素的诗体观念。

文体学研究须在理清文体的文本生成机制的基础上,对文本层次以及相关信息进行判断与剥离,由此辨明其文本性质,发现该文体的异质文本特征。② 这促使我们将文体研究还原到真实而复杂的

---

① "对扬王休"为铭文常用套语,参见虞万里《金文"对扬"历史观》,《语言研究》1992 年第 1 期。"作召公考"亦与金文常见的作器铭辞相类。

② 程苏东提出"异质性文本"的概念,即"受到述者或钞者意识形态、知识资源及其所知其他文本的影响而形成的新文本"(《写钞本时代异质性文本的发现与研究》,《北京大学学报[哲学社会科学版]》2016 年第 2 期,第 152 页)。笔者借用了这一概念,从根本来说,不同文本层次的册命文本亦属"异质性文本"。程文更强调异质性文本所受到的述者、钞者的主观因素影响,而由于西周时期"书写"的主动性尚未明显呈现,册命文本的异质性更多地源于文本层次的转换过程。故所谓"文体的异质文本特征",意指由于文本生成机制以及文本层次的不同而导致某一文体文本所呈现出的异质特征。

文本生成及流传的过程中去，进而研究文体的文本生成机制与其形态之间的互动关系，最终有助于进一步探知这种互动关系背后的文体观念。综上，西周的册命文体在两种文本生成机制的相互作用之下，在其产生及流传过程中呈现出多个文本层次。通过对这些文本层次的分析与研判，可以发现撰作者对已有文体形式或有意无意地沿用，或直接修改和干预。处于不同流变层次的册命文本亦因此层累地呈现出变化的相貌。从中可以观察到，西周中期开始，册命辞已包含较为固定的多种文本元素，撰作者已形成较为明确的文体观念。西周晚期，"王若曰……王曰……"体式已形成了一种"格套"，提示此时的册命文撰写者沿袭了西周早期在第一种文本生成机制下形成的王命文本体式，这是在频繁的文体实践过程中形成的文体创造惯性。东周以后，对这一口语化体式的依赖逐渐减弱，显示出作为书面文体的册命文自觉意识的独立。在层次四、层次五的文本中，可以看到铜器铭文和《诗》的撰写者在对册命文的移录和改写中，具有明确的铭体意识和诗体意识。

第二节　礼类文献的撰写与礼仪文体的规范化

随着礼制的逐步完备，仪式走向程式化，而仪式中的礼辞，也随之进一步规范化。出于规范化的需求，礼类文献为这些礼辞提供参考的范式甚至模板。由此，礼类文献对习礼者、礼的践行者施加着持续的影响，而相关的文体则以较为固定的形态存在，在一定的时段内不再有大的变化。

这些礼类文献对礼辞的规定，符合人们践行礼的实际需求。首先，对于常规的礼典来说，相关的仪节已经形成一个程式化的系列，对仪节的执行也比较划一。对仪节、礼辞的规范，符合人们寻求礼的稳定性的心理需求和文化需求。其次，春秋战国时期，面临着礼崩乐坏的形势,为了保存、研习和践行先王礼制,对礼辞的规范化便更有必要。规范化的礼和礼辞更便于仿效。

仪式中的礼辞,或在相当早的时候已有一定程度的定式。《礼记·礼运》云:"故先王秉蓍龟,列祭祀,瘗缯,宣祝嘏辞说,设制度,故国有礼,官有御,事有职,礼有序。"①这里所谓的先王所宣布的"祝嘏辞说",便是这类在仪式中所用的礼辞,以祭祀活动的祝辞为代表。但是,只有这些礼辞以文本的形式书写、固定下来,才可能具备相当稳定的形态,并得以传承下来。春秋战国时期,随着研习礼、践行礼的需求的增长,以及简牍作为书写材料的盛行,人们开始撰写礼书。《礼记·杂记下》云:"恤由之丧,哀公使孺悲之孔子,学士丧礼,《士丧礼》于是乎书。"②或可作为佐证之一。沈文倬指出,礼书是"记录'礼物''礼仪'和它所表达的礼意的文字书本"③。现存的《仪礼》,是这些礼书的残存部分。礼书的撰写,既是为了记录礼仪,也是通过总结礼仪的实施、礼物和礼辞的使用,从而以文字的形式将礼制固定下来,便于人们识礼、习礼,乃至践行礼。《礼记·曲礼下》云:"居丧,未葬读丧礼,既葬读祭礼,丧复常,读乐章。"④可见,礼书不仅有实录性质,更有总结的性质和指导的作用。《左传·哀公三年》记载鲁国宫署和桓、僖庙火灾,"子服景伯至,命宰人出礼书,以待命。命不共,有常刑"⑤。则春秋时期的礼书还载录与刑罚有关的事项。在以《仪礼》为代表的礼书中,记载了不少礼仪中所使用的礼辞。在不断践行的实际的仪式中,礼辞的使用或已有相对固定的模式,其使用的情景、使用的主体、具体的措辞和套语等等,都

---

① 郑玄注,孔颖达疏《礼记注疏》卷二二,阮元校刻《十三经注疏》本,第1425页。
② 同上书卷四三,第1567页。
③ 沈文倬《略论礼典的实行和〈仪礼〉书本的撰作》,《菿闇文存——宗周礼乐文明与中国文化考论》,商务印书馆,2006年,第7页。
④ 郑玄注,孔颖达疏《礼记注疏》卷四,阮元校刻《十三经注疏》本,第1257页。
⑤ 杜预注,孔颖达疏《春秋左传注疏》卷五七,阮元校刻《十三经注疏》本,第2157页。

已得到礼的执行者相当程度的共识。如西周青铜器铭文对册命仪式的记载显示,王的命辞与受命者的致辞,在一定程度上都有定式。从文体学的角度来说,对礼辞使用的共识,反映出某种文体意识正逐步形成。而礼书的撰写,则将这样的文体意识以文字的形式记录下来了。可以说,礼书对礼辞的记录和总结,是对礼仪文体的文本化和书面化。人们对礼书的研习,亦使礼辞的使用更具有延续性和稳定性。册命文体、祝辞文本范式的形成,首先与礼制、仪式相关,礼制的规定和仪式的需求塑造了一定的文体意识,即便在文本流变的过程中有撰写者的主观因素在发挥作用,但总体而言,撰写者在其中发挥的作用相对较小。而春秋战国时期礼书的撰写则直接促成了文体范式的形成,是对礼辞的主动归纳和总结,并对礼仪文体的运作有着指导意义。

　　在先秦时期,礼书是上层阶级必须研习的文献。《论语·季氏》记载孔子云:"不学礼,无以立。"①礼书的重要性毋庸置疑。至秦则有"仪"类文献,《史记·刘敬叔孙通列传》记载汉初叔孙通定礼仪,"采古礼与秦仪杂就之"②,可见秦代以前,仪节记载于礼书中,即叔孙通所谓"古礼"。至秦代则有"仪",《史记》载汉高祖"悉去秦苛仪法,为简易"③,可见秦仪之严苛。叔孙通定汉仪以后,"仪"类文献便成为指导礼仪活动的重要规范。④礼书对礼仪文体写作的影响之大亦不言而喻。

　　《仪礼》辑录了先秦礼书的材料,其中记载不少规范化的礼

---

① 何晏集解,邢昺疏《论语注疏》卷一六,阮元校刻《十三经注疏》本,第2522页。
② 司马迁撰,裴骃集解,司马贞索隐,张守节正义《史记》卷九九,中华书局,2014年,第3296页。
③ 同上。
④ 西汉海昏侯墓出土竹书有"仪"类文献,是该类文献在出土材料中首次发现,有助于认识"仪"类文献的面貌,以及其所反映的汉代诸侯王国实际的礼仪行事与《仪礼》等经典文本的关系。相关介绍和研究参见田天《西汉海昏侯刘贺墓出土"礼仪简"述略》,《文物》2020年第6期;田天《西汉海昏侯刘贺墓出土宗庙"仪"类文献初探》,《文物》2022年第6期。

辞,即"仪式套语"。这些仪式套语包括:

1. 卜筮命辞

在不少礼典中,在行正礼之前,往往会用卜筮的方法来确定日期、人员、地点等。在卜筮的仪节中,主人会向负责卜筮的人致命辞,使其按照主人的意思问龟或问筮,这便是卜筮命辞。

如行祭礼前需要筮日、筮尸,以确定行礼的日期和尸的人选。《仪礼·特牲馈食礼》:

> 筮人取筮于西塾,执之东面受命于主人。宰自主人之左赞命,命曰:"孝孙某,筮来日某,诹此某事,适其皇祖某子,尚飨。"①

这是宰代主人向筮者致辞,传达命筮辞。《仪礼·少牢馈食礼》云:

> 史朝服,左执筮,右抽上韇,兼与筮执之,东面受命于主人。主人曰:"孝孙某,来日丁亥,用荐岁事于皇祖伯某,以某妃配某氏,尚飨。"史曰:"诺。"西面于门西,抽下韇,左执筮,右兼执韇以击筮,遂述命曰:"假尔大筮有常,孝孙某,来日丁亥,用荐岁事与皇祖伯某,以某妃配某氏,尚飨。"乃释韇,立筮。②

这是主人亲命史,史再向神述命。可以见出命辞与述命辞基本一致,只是史在实际行卜筮的时候会在述命辞中增加一些必要的词句,如"假尔大筮有常",是占筮的套语。

筮日以后便是筮尸,《仪礼·特牲馈食礼》载其辞如下:

> 前期三日之朝,筮尸,如求日之仪。命筮曰:"孝孙某,诹此某事,适其皇祖某子,筮某之某为尸,尚飨。"③

---

① 郑玄注,贾公彦疏《仪礼注疏》卷四四,阮元校刻《十三经注疏》本,第1179页。
② 同上书卷四七,第1196页。
③ 同上书卷四四,第1179页。

又《仪礼·少牢馈食礼》载筮尸辞：

> 明日朝筮尸，如筮日之礼，命曰："孝孙某，来日丁亥，用荐岁事于皇祖伯某，以某妃配某氏，以某之某为尸，尚飨。"①

除了祭礼，在丧礼中也需要卜筮，以确定墓地、下葬日期等。其命辞见载于《仪礼·士丧礼》：

> 命筮者在主人之右。筮者东面抽上韇，兼执之，南面受命。命曰："哀子某，为其父某甫筮宅。度兹幽宅，兆基，无有后艰。"②

这是筮宅命辞，占筮以确定墓地。《仪礼·士丧礼》又载：

> 卜人抱龟燋，先奠龟，西首，燋在北。宗人受卜人龟，示高。莅卜受视，反之。宗人还，少退，受命。命曰："哀子某，来日某，卜葬其父某甫，考降无有近悔。"③

这是卜日命辞，占卜以确定下葬日期。

可见在礼书中，这类命辞已有相当固定的形式。而在此以前，命龟或命筮之辞，则未达到此种规整的程度。如商代的甲骨卜辞中的"命辞"相当简单，而周初文献《尚书·大诰》所载周公命龟之辞，则有一定的随意性："天降威，用宁王遗我大宝龟，绍天明，即命曰：'有大艰于西土，西土人亦不静，越兹蠢殷小腆，诞敢纪其叙。天降威，知我国有疵，民不康。曰：予复。反鄙我周邦。今蠢，今翼日，民献有十夫予翼，以于敉宁武图功。我有大事！休？'朕卜并吉。"④

2. 飨神辞

飨，即告神飨，故飨神辞是在祭祀仪式中请神享用祭品的祝辞。如：

---

① 郑玄注，贾公彦疏《仪礼注疏》卷四七，阮元校刻《十三经注疏》本，第1197页。
② 同上书卷三七，第1142页。
③ 同上书，第1143页。
④ 旧题孔安国传，孔颖达疏《尚书注疏》卷一三，阮元校刻《十三经注疏》本，第198页。

主人西面,祝在左。主人再拜稽首。祝祝曰:"孝孙某,敢用柔毛刚鬣,嘉荐普淖,用荐岁事于皇祖伯某,以某妃配某氏,尚飨。"主人又再拜稽首。(《仪礼·少牢馈食礼》)①

始虞,用柔日,曰:"哀子某,哀显相,夙兴夜处不宁。敢用洁牲刚鬣,香合,嘉荐普淖,明齐溲酒,哀荐祫事,适尔皇祖某甫。飨!"再虞,皆如初,曰"哀荐虞事"。三虞、卒哭、他,用刚日,亦如初,曰"哀荐成事"。(《仪礼·士虞礼》)②

将旦而祔,则荐。卒,辞曰:"哀子某,来日某,隮祔尔于尔皇祖某甫,尚飨。"女子,曰"皇祖妣某氏"。妇,曰"孙妇于皇祖姑某氏"。其他辞一也。飨辞曰:"哀子某,圭为而哀荐之,飨。"(《仪礼·士虞礼》)③

明日以其班祔。……曰:"孝子某,孝显相,夙兴夜处,小心畏忌,不惰其身,不宁。用尹祭,嘉荐普淖,普荐溲酒。适尔皇祖某甫,以隮祔尔孙某甫,尚飨。"(《仪礼·士虞礼》)④

赐饔,唯羹饪。筵一尸,若昭若穆。仆为祝,祝曰:"孝孙某,孝子某,荐嘉礼于皇祖某甫、皇考某子。"如馈食之礼。(《仪礼·聘礼》)⑤

3. 嘏辞

嘏辞与飨辞的致辞者都是祝,但祝代表的致辞者和致辞对象都不同。《礼记·礼运》云:"祝以孝告,嘏以慈告,是谓大祥。此礼之大成也。"⑥孙希旦:"祭初飨神,祝辞以主人之孝告于鬼神;至主人酢尸,而主人事尸之事毕,则祝传神意以嘏主人,言'承致多福无疆于女孝孙',而致其慈爱之意也。祝以孝告,即上'作其祝号'之

---

① 郑玄注,贾公彦疏《仪礼注疏》卷四八,阮元校刻《十三经注疏》本,第1201页。
② 同上书卷四三,第1174页。
③ 同上书,第1175页。
④ 同上书,第1175—1176页。
⑤ 同上书卷二四,第1074—1075页。
⑥ 同上书卷二一,第1417页。

事,在于祭初,此又言之者,以尸之嘏所以答主人之孝,故又本上而言之也。"①所以祝辞(即飨神辞)是祝以主人的身份致辞,表达向父祖的孝养之意。嘏辞是祝以神的身份发言,将神的慈爱之意致于主人。如:

> 卒命祝,祝受以东,北面于户西以嘏于主人曰:"皇尸命工祝,承致多福无疆于女孝孙,来女孝孙,使女受禄于天,宜稼于田,眉寿万年,勿替引之。"(《仪礼·少牢馈食礼》)②

又《仪礼·少牢馈食礼》记尸亲嘏主人,而不是由祝转告神意:

> 上嘏亲嘏曰:"主人受祭之福,胡寿保建家室。"③

4. 祝告辞

所谓祝告辞,顾名思义,就是遇事告神之辞。告神的事项各异,范围较广。如国君薨而世子生,其告神辞见《礼记·曾子问》:

> 曾子问曰:"君薨而世子生,如之何?"孔子曰:"卿、大夫、士从摄主,北面于西阶南。大祝禪冕,执束帛,升自西阶,尽等不升堂,命毋哭。祝声三,告曰:'某之子生,敢告。'……祝声三,曰:'某之子某,从执事敢见。'……大宰命祝、史以名遍告于五祀、山川。"④

《仪礼·士昏礼》记载在舅、姑已去世的情况下举行婚礼,妇嫁入夫家三个月时祭祀舅、姑的祝辞:

> 席于庙奥(笔者按:这是为舅的神灵设席),东面,右几。席于北方(笔者按:这是为姑的神灵设席),南面。祝盥。妇盥于

---

① 孙希旦《礼记集解》卷二一,中华书局,1989 年,第 594—595 页。
② 郑玄注、贾公彦疏《仪礼注疏》卷四八,阮元校刻《十三经注疏》本,第 1202 页。
③ 同上书卷四八,第 1204 页。
④ 同上书卷一八,第 1388—1389 页。

门外。妇执笲菜。祝帅妇以入。祝告,称妇之姓曰:"某氏来妇,敢奠嘉菜于皇舅某子。"(笔者按:这是对舅的祝告辞)妇拜扱地,坐,奠菜于几东席上,还,又拜如初。妇降堂,取笲菜入,祝曰:"某氏来妇,敢告于皇姑某氏。"(笔者按:这是对姑的祝告辞)①

诸侯迁庙,亦要告于祖先,《大戴礼记·诸侯迁庙》云:

> 君升,祝奉币从,在左,北面。再拜,兴,祝声三,曰:"孝嗣侯某,敢以嘉币,告于皇考某侯,成庙将徙,敢告。"②

到了新庙以后,再告:

> 君及祝再拜,兴,祝声三,曰:"孝嗣侯某,敢用嘉币,告于皇考某侯,今月吉日,可以徙于新庙,敢告。"……祝声三,曰:"孝嗣侯某,洁为而明荐之享。"③

5. 加冠祝辞

周代的男子在成年时要行加冠礼,《仪礼·士冠礼》记载了冠礼的特定程式,要先后三次加冠弁服,来宾会为受冠者致祝辞:

> 始加,祝曰:"令月吉日,始加元服。弃尔幼志,顺尔成德。寿考惟祺,介尔景福。"
>
> 再加曰:"吉月令辰,乃申尔服。敬尔威仪,淑慎尔德。眉寿万年,永受胡福。"
>
> 三加曰:"以岁之正,以月之令,咸加尔服。兄弟具在,以成厥德。黄耇无疆,受天之庆。"④

---

① 郑玄注,贾公彦疏《仪礼注疏》卷六,阮元校刻《十三经注疏》本,第970页。
② 孔广森《大戴礼记补注》卷一〇,中华书局,2013年,第201页。
③ 同上书,第203页。
④ 郑玄注,贾公彦疏《仪礼注疏》卷三,阮元校刻《十三经注疏》本,第957页。

从以上诸例可以见出,在常规礼节中所用到的礼辞,都有大概的定式和惯用的套语。从文体学的角度来看,礼辞形态的固化,显示出相当自觉的文体意识。这表明人们已有意识地根据礼典的性质、所进行的仪节、主礼人的身份、祭祀的对象等等多种因素,来决定应该使用何种礼辞,而这样的意识已经在礼书中形成了一定的系统。相同的礼典,礼书根据不同的主礼者,规定了不同的用语。《礼记·杂记下》云:

> 祝称卜葬、虞,子孙曰"哀",夫曰"乃",兄弟曰"某",卜葬其兄弟曰"伯子某"。①

这是规定卜葬日及虞祭时,祝的致辞对主丧者的称谓。如果主丧者是死者的儿子,祝就说"哀",如上文所引《仪礼·士丧礼》的卜日命辞为:"命曰:'哀子某,来日某,卜葬其父某甫,考降无有近悔。'"同理推之,如果主丧者是死者的孙子,祝就说:"哀孙某,来日某,卜葬其祖某甫。"如果主丧者是死者的丈夫,就说:"乃某,来日某,卜葬其妻某氏。"主丧者是死者的兄弟,就称呼死者为"伯子某""仲子某""叔子某"等。②

如果礼典的性质不同,即使主礼者相同,用语也不同。《礼记·杂记上》云:

> 祭称孝子孝孙,丧称哀子哀孙。③

因此,上引《仪礼·士虞礼》的几则飨神辞中,虞属丧礼,故云"哀子某,哀显相",到了祔祭,则是吉礼了,故云"孝子某,孝显相"。

同是祭礼,主祭者的身份不同,其自称也不同。《礼记·郊特牲》云:

---

① 郑玄注,孔颖达疏《礼记注疏》卷四二,阮元校刻《十三经注疏》本,第1562页。
② 参见王文锦译解《礼记译解》,中华书局,2001年,第604页。
③ 郑玄注,孔颖达疏《礼记注疏》卷四一,阮元校刻《十三经注疏》本,第1555页。

祭称孝孙、孝子,以其义称也。称曾孙某,谓国家也。①

祭祀父庙、祖庙时分别自称"孝子""孝孙",是将自己定位于孝道的伦理关系之中。而诸侯卿大夫还要祭曾祖及以上,这时则自称"曾孙某",这是以国家的名义来称呼了。

同样,相同的仪式,面对不同的对象,用语也有所不同。《周礼·秋官·条狼氏》云:"凡誓,执鞭以趋于前,且命之。誓仆右曰'杀',誓驭曰'车辚',誓大夫曰'敢不关,鞭五百',誓师曰'三百',誓邦之大史曰'杀',誓小史曰'墨'。"郑注云:"有司读誓辞,则大言其刑以警所誓也。"②在誓命仪式中,条狼氏负责执鞭于所誓的对象面前,并强调如不听命则将受到何种刑罚。面对不同的对象,所言的刑罚亦有所不同。

礼辞中的具体用语,都有非常详细的规定。《礼记·礼运》有云"作其祝号",《周礼·春官·大祝》有"六号",即"一曰神号,二曰鬼号,三曰示号,四曰牲号,五曰齍号,六曰币号"。大祝所掌祝号可谓繁杂。郑玄注曰:"号,谓尊其名,更为美称焉。"③可见祝号是对祭祀活动中涉及的各种称呼、事物的美称。如《礼记·曲礼下》便对一些祝号的用法有所规定:

> 凡祭宗庙之礼,牛曰"一元大武",豕曰"刚鬣",豚曰"腯肥",羊曰"柔毛",鸡曰"翰音",犬曰"羹献",雉曰"疏趾",兔曰"明视";脯曰"尹祭",槁鱼曰"商祭",鲜鱼曰"脡祭";水曰"清涤",酒曰"清酌",黍曰"芗合",梁曰"芗萁",稷曰"明粢",稻曰"嘉蔬",韭曰"丰本",盐曰"咸鹾",玉曰"嘉玉",币曰"量币"。④

---

① 郑玄注,孔颖达疏《礼记注疏》卷二六,阮元校刻《十三经注疏》本,第1457页。
② 郑玄注,贾公彦疏《周礼注疏》卷三七,阮元校刻《十三经注疏》本,第888页。
③ 同上书卷二五,第809页。
④ 郑玄注,孔颖达疏《礼记注疏》卷五,阮元校刻《十三经注疏》本,第1269页。

通过祝号的使用,礼辞得到修饰,臻于典雅华贵之美,从而进一步书面化。

然而,在礼的实际践行中,会出现各种制度规定之外的状况,因此,礼书又提出变通的方案。《礼记·曾子问》对此多有记载,如:

> 曾子问曰:"宗子为士,庶子为大夫,其祭也如之何?"孔子曰:"以上牲祭于宗子之家,祝曰:'孝子某为介子某荐其常事。'若宗子有罪,居于他国,庶子为大夫,其祭也,祝曰:'孝子某使介子某执其常事。'摄主不厌祭,不旅,不假,不绥祭,不配,布奠于宾,宾奠而不举,不归肉。其辞于宾曰:'宗兄、宗弟、宗子在他国,使某辞。'"①

这些例子体现出古人在行礼时处理常与变、经与权的关系的智慧。

综上,礼书对礼辞的记载成为仪礼活动中言说活动的指南,礼辞以范本的形式被固定下来,并进一步固化为仪式套语。部分礼仪文体的文本化乃至规范化,正是礼的观念与文体观念相互交织的结果,而礼书正是这一观念的显在体现。

第三节 日书类文献与祝祷文体的范本化

战国至于秦汉,数术方技之风兴起,日书类文献盛行,现已出土的日书类文献分布在楚地墓葬与西北遗址多地,时代涵盖战国到秦汉时期,包括江陵九店楚简《日书》、上博楚简《日书》残片、湖北云梦睡虎地秦简《日书》甲乙种、甘肃天水放马滩秦简《日书》甲乙种等等。

日书类文献的性质比较驳杂,在《汉书·艺文志》中应属《数术

---

① 郑玄注,孔颖达疏《礼记注疏》卷一九,阮元校刻《十三经注疏》本,1398—1399 页。

略》,也有部分内容与《方技略》的图书相关。《史记·太史公自序》云:"齐、楚、秦、赵为日者,各有俗所用。"①《日者列传》裴骃《集解》:"古人占候卜筮,通谓之'日者'。"②在早期,学者往往认为日书是这些以占候卜筮为业的"日者"所用的专书。饶宗颐指出:"日书者,当是日者所用以占候时日宜忌之书。"③曾宪通指出:"《日书》本是古代'日者'用来占候时日宜忌、预测人事休咎,以教人如何避凶趋吉的历忌之书。""类于后世的择日通书。"④工藤元男指出"《日书》原来是以占卜为职业的日者所用书籍"⑤。随着越来越多出土材料的发现,研究者对日书也有新的认识。日书并非单纯的择日之书,涉及多方面的内容,还包括卜筮、祭祷等,甚至涉及畜养牲畜等活动,如睡虎地秦简《日书》甲种便有《马禖》这样涉及马匹养殖的内容。刘乐贤指出,在出土文献中已出现"日书"的篇名,而以"日书"作为篇名的书,既与日忌、择日相关,又可能具有"日常活动"的含义。日书类文献是为人们日常生活提供实用性指导的一种广泛流行的文本。⑥ 同样地,夏德安(Donald Harper)认为不能简单地将先秦西汉传世文献中的"日者"与日书的制作者、使用者简单地等同起来。⑦ 晏昌贵指出被称作"日书"的简帛文献可以分为三种类

---

① 司马迁撰,裴骃集解,司马贞索隐,张守节正义《史记》卷一三〇,中华书局,2014年,第4026页。

② 同上书卷一二七,第3907页。

③ 饶宗颐、曾宪通《云梦秦简日书研究》,香港,香港中文大学出版社,1982年,第1页。

④ 曾宪通为刘乐贤《睡虎地秦简日书研究》所撰《序》,台北,文津出版社,1994年,第4—5页。

⑤ 〔日〕工藤元男著,〔日〕广濑薰雄、曹峰译《睡虎地秦简所见秦代国家与社会》,上海古籍出版社,2010年,第138页。

⑥ Liu Lexian, "Daybooks: A Type of Popular Hemerological Manual of the Warring States, Qin and Han," Donald Harper and Marc Kalinowski, eds., *Books of Fate and Popular Culture in Early China: The Daybook Manuscripts of the Warring States, Qin, and Han*, Leiden and Boston: Brill, 2017, pp59, 63.

⑦ Donald Harper, "Daybooks in the Context of Manuscript Culture and Popular Culture Studies," Ibid., pp109-110.

型,其中便包括"性质与日书近似,但可能不完全属于日书,如子弹库楚帛书、马王堆汉墓帛书、周家台秦简",晏昌贵称之为"类日书","属于广义的选择类古文献"①,本节即以包括狭义和广义"日书"内涵的材料作为研究对象,称之为"日书类文献"。

关于日书类文献的抄本系统与流传,比较各地出土的《日书》,可以发现,其内容与篇章都有不少相同之处,但文字上又有较大差异。即使同是在睡虎地11号秦墓出土的《日书》,甲种与乙种的文字差异都较大,因此有学者认为是出于不同系统的抄本,而不是互相抄袭。② 也有学者认为,两个本子记载的是同一体系、不同时代的择日术。③ 但这也只是推测,对于古书出现几种抄本的原因,尚未能得到确切的证实。虽然如此,但多种抄本的存在至少可以证实,日书类文献并不是作为档案的文书,它们有不同的传承系统,是民间信仰的体现及其智慧的总结,其性质更接近于作为典籍的古书。

严格地说,日书类文献并不能归入礼书的范畴,而更多地反映了民间俗世的风俗和信仰,特别是巫鬼的信仰。从睡虎地秦简《日书》的具体内容看来,其中所收还包括一些驱鬼、占梦的祝祷辞,其目的也是教人避凶趋吉。事实上,不仅仅是睡虎地秦简《日书》,不少择日之书都载有大量的祝祷辞。在汉人观念中,这些祝祷辞本身便归属于数术文献。《汉书·艺文志·数术略》收有"《请祷致福》十九卷""《请雨止雨》二十六卷"等。这些祝祷辞又与礼有一定的关系,与典籍所载的一些祝祷辞有相当程度的相似性。事实上,在先秦时期,礼与俗、礼制与巫术并不是泾渭分明的两个概念。举例而言,《论语·尧曰》《墨子·兼爱下》《吕氏春秋·顺民》等多种传世文献所记载的商汤祷雨之事,一般认为属于临事而祭的祷祠之

---

① 晏昌贵《日书与古代社会生活》,武汉大学出版社,2020年,第43页。
② 蒲慕州《睡虎地秦简〈日书〉的世界》,《"中研院"历史语言研究所集刊》第62本第4分,1993年,第628页。
③ 刘乐贤《睡虎地秦简日书研究》,台北,文津出版社,1994年,第414页。

礼,或曰属于《周礼·春官·大祝》所载"六祈"中的"说",可见已被纳入礼制的系统。而"说"在战国时代楚地的卜筮祷祠简中非常常见(多作"敚"),这种"说"又带有巫术的性质。再者,《吕氏春秋·顺民》所载商汤"翦其发,䥦其手,以身为牺牲,用祈福于上帝"①,又明显与"焚巫""暴巫"的习俗相关,有浓厚的巫术色彩。

江陵九店楚简是现在发现的最早的日书类文献。其中有一篇值得注意的祝祷辞,研究者题名为《告武夷》:

【皋!】敢告□䌛之子武夷:尔居复山之岯(阯),不周之野,帝谓尔无事,命尔司兵死者。今日某将欲食,某敢以其妻□妻女(汝),【某之瞾】币芳粮,以䜻䅻某于武夷之所:君向受某之瞾币芳粮,囟(使)某来归食故。(简 43—44)②

《告武夷》是九店五六号墓出土,该墓共出土竹简 205 枚,系成卷入葬,内裹有墨盒、铁刀。③ 其中《告武夷》来自第 43、44 号简,其他简文内容则与云梦秦简《日书》相似,可见《告武夷》与《日书》的关系密切。简文的书写从头端开始,不留天头,而且整卷简的内容并不统一,可见其为抄本。加之简文中以"某"指代死者名字,而不是写具体的名字,由此推断,《告武夷》的两简并不是用于某个具体仪式的实际的册祝文献,而是祝辞的抄本,应为从事占卜祝祷活动时用到的通用的范例文本,这便与新蔡葛陵楚简的平夜君成祷辞、秦骃祷病玉版的册祝之文有着本质的区别,后者是在特定的祝祷仪式中用到的册祝文本,而非范本。

睡虎地秦简《日书》甲种、乙种都有记载恶梦后的祷辞:

人有恶梦,觉,乃释发西北面坐,祷之曰:"皋!敢告尔豺

---

① 许维遹《吕氏春秋集释》卷九,中华书局,2009 年,第 201 页。
② 武汉大学简帛研究中心、湖北省文物考古研究所编《楚地出土战国简册合集(五)九店楚墓竹书》,文物出版社,2021 年,释文第 44 页,图版第 17 页。
③ 《五六号、六二一号楚墓发掘报告》,湖北省文物考古研究所、北京大学中文系编《九店楚简》,中华书局,1999 年,第 153 页。

埼。某有恶梦,走归豻埼之所。豻埼强饮强食,赐某大福,非钱乃布,非茧乃絮。"则止矣。(《日书》甲种13背—14背壹)①

凡人有恶梦,觉而释之,西北向释发而咒,祝曰:"皋,敢告尔宛奇,某有恶梦,老来□之,宛奇强饮食,赐某大福,不钱则布,不茧则絮。"(《日书》乙种194—195壹)②

睡虎地秦简《日书》是传抄本,而非实际仪式中使用的祝册。刘乐贤指出,"抄写者在抄写的过程中为了节省篇幅,总喜欢把每支简的空白处都写满"③。两个抄本同出于睡虎地11号秦墓,而内容上有细微差别。但总体而言,文体形态基本相同。可见其时对于这类祝祷文已经形成了比较稳定的文体共识。

来自秦简和汉简的马祺祝辞,也出现相似的文体形态。睡虎地秦简《日书》甲种:

马祺:

祝曰:"先牧、日丙马祺合神。"东向南向各一【马】□□□□□中土,以为马祺,穿壁直中,中三椵,四厩行:"大夫先敫次席,今日良日,肥豚清酒美白粱,到主君所。主君苟屏調马,驱其殃,去其不祥,令其口嗜□,□=嗜饮,律律弗□自□,弗驱自出,令其鼻能嗅香,令耳聪目明,令颈为身衡,脊为身刚,胠为身【张】,尾善驱□,腹为百草囊,四足善行,主君勉饮勉食。吾岁不敢忘。"(睡虎地秦简《日书》甲种156背—160背)④

---

① 睡虎地秦墓竹简整理小组编《睡虎地秦墓竹简》,文物出版社,1990年,图版第104页,释文第210页。
② 同上书,图版第135页,释文第247页。
③ 刘乐贤《睡虎地秦简日书研究》,台北,文津出版社,1994年,第411页。
④ 睡虎地秦墓竹简整理小组编《睡虎地秦墓竹简》,文物出版社,1990年,图版第115—116页,释文第227—228页。释文参考陈伟主编《秦简牍合集:释文注释修订本(壹、贰)》,武汉大学出版社,2016年,第474页。整理者将首句点为"先牧日丙,马祺合神",据李婉虹,张家山336号墓汉简《祠马祺》有"日丙马祺、大宗、小宗"语,日丙应为马祺之名,故应属下读,即"先牧、日丙马祺合神",参见李婉虹《出土简帛祝辞类文献辑注》,吉林大学硕士学位论文,2023年,第227页。

《肩水金关汉简》：

不盈不莫，得主君闲假。肥豚□乳、黍饭清酒，至主君所。主君□方□□□（73EJT11∶5）

【毋予□疾，以□】脊强；毋予皮毛疾，以币身刚；毋予胁疾，以成【身张】。（73EJT11∶23）①

张家山 336 号墓汉简《祠马祼》：

三意（噫），祈曰："敢谒日丙马祼、大宗、小宗，驹簪褰，皇神下延次席。某以马故，进美肥牲，君幸释驾，就安席，为某大客。"因撼毛以祭。祝曰："君且房羊，臣请割享。"因杀豚，炊熟，复进。祝如前曰："自裹进生，今进熟，君强饮强食。予某大福，毋予骝、骡、骊、驳、骡千秋。勿予口疾，令食百草英。毋予腹疾，令为百草囊。毋予颈疾，令善持轭衡。勿予足疾，令善走善行。勿予脊疾，令为百体刚。勿予尾疾，令驱蚊虻。"②

从以上三种马祼祝辞看来，由于张家山 336 号墓汉简《祠马祼》的祭仪分为前后两段，故祝辞也分前后两段。而睡虎地秦简《马祼》所载仪式只祭一次，故仅有一段祝辞。如果剔除因为祭仪的简繁而造成的文本差异，三段祝辞的文本结构是一致的，而且具体的表达上也有较大的重合度，显示出明显的延续性。

秦简牍中还可见浴蚕祝辞。如周家台秦简"浴蚕"：

"今日庚午利浴蚕，女毋避瞽瞍瞍者，目毋避胡者，腹毋避男女牝牡者。"以滫清一杯，饕赤菽各二七，并之，用水多少，恣也。

---

① 甘肃简牍保护研究中心等编《肩水金关汉简（贰）》，中西书局，2012 年，第 2、4 页。参见王子今《河西汉简所见"马祼祝"礼俗与"马医""马下卒"职任》，《秦汉研究》第 8 辑，陕西人民出版社，2014 年，第 9、12 页。释文参考刘娇《读肩水金关汉简"马祼祝辞"小札》，原载《文汇学人》2016 年 8 月 19 日，收入复旦大学出土文献与古文字研究中心编选《探寻中华文化的基因（一）》，商务印书馆，2018 年，第 393 页。

② 荆州博物馆编《张家山汉墓竹简：〔三三六号墓〕》，文物出版社，2022 年，第 157 页。释文参考李婉虹《出土简帛祝辞类文献辑注》，吉林大学硕士学位论文，2023 年，第 244 页。

浴蚕必以日才始出时浴之，十五日乃已。(周家台秦墓简牍368—370)①

北大秦简也有类似祝祷辞：

> 令蚕毋死：取礜大如指，冶之，入一斗水中。蚕生，以洒桑，食之。一曰，取男女相会之所以氂布，以新器盛水渍之，有顷，以浴蚕种，而祝之曰："今日庚午，浴帝女，毋惮虫蚳咬也，毋惮男女姚（嬲）也。"即自用布，善。(北大秦简《病方》简233背—231背)②

还有出行的祝祷辞，如睡虎地秦简《日书》甲种有题为"出邦门"的祝辞：

> 行到邦门阃，禹步三，勉壹步，呼："皋，敢告曰：某行无咎，先为禹除道。"即五画地，掇其画中央土而怀之。(睡虎地秦简《日书》甲种111背—112背)③

与这条祝祷辞关系密切的还有放马滩秦简《日书》甲种：

> 禹须臾行不得择日
>
> 出邑门，禹步三，向北斗，质画地，祝之曰："禹有直五横。今利行，行无咎。为禹前除道。"(放马滩秦简《日书》甲种66

---

① 武汉大学简帛研究中心、荆州博物馆编，陈伟主编《秦简牍合集(叁)》，武汉大学出版社，2014年，释文第74页，图版第284页。这组简属丙组，被整理者归为"病方及其他"，从内容上看具有杂钞性质，既有病方，又有祠先农、除鼠等其他内容，此条即涉及浴蚕的方法及择时，属广义的日书类文献。

② 北京大学出土文献与古代文明研究所编《北京大学藏秦简牍》，上海古籍出版社，2023年，图版第522页，释文第861页。按：本篇抄写在北京大学藏秦简牍的其中一卷简册(整理者命为"卷四")背面，从内容上看，这条浴蚕之法与病方、喂养牲畜之法等抄在一起。整篇虽然被整理者命名为《病方》，但具有杂钞性质。

③ 睡虎地秦墓竹简整理小组编《睡虎地秦墓竹简》，文物出版社，1990年，图版第112页，释文第223页。

贰—67 贰)①

据胡文辉考证,这是一种出行巫术,"方法是在行之际,通过人为的巫术和咒语,以期达到出行无灾无害、最后能顺利归来的目的"②。以上两条祝祷辞,一条出自睡虎地秦简,一条出自放马滩秦简,文本大致相同。

上述各组祝祷辞词句稍有出入,这些文本差异应该结合祝祷辞的性质来理解。这些祝辞都是随事而发,或出行,或遇恶梦,或疾病,或养马、养蚕,因所祷之事的不同而加以发挥,表达相应诉求,连缀惯用的祷辞套语,略加组合变化而成。事实上,即便是应用于不同场景的祝祷辞,都有内在的一致性。从文体学的角度来看,不同抄本所收的祷辞的结构和具体文句大致上并没有大的差别,说明这些祷辞的文本形态已经具有相对的稳定性。文辞背后的思维方式也是一致的,即通过向特定的神灵祝祷以达到趋利避祸的目的。

从实际使用的角度而言,这些祝祷辞被抄录于日书类文献中,作为随葬品进入墓葬,并且分布于各地,年代涵盖战国至秦汉,可见其应用之广泛。由此推断,祝祷辞应是在从事具体的祝祷仪式活动时,作为范本被直接参照使用的。晏昌贵先生指出:"《日书》中收录这些与选择术无关的祝祷文书,可能是'日者'出于实际需要,抄录的一些祝告祷辞的范本,以便遇到类似场合时临时套用。"③范本化是文体文本化的结果之一,与礼书对仪式套语的规定有相似之处。后者属于精英阶层的大传统④,前者则属于民间的小传统,其文本化的面貌固然有一定差异,但在文本化的进程和结果上却非常一致。

综上,无论是上层阶级所用的礼书,还是民间流传的日书类文

---

① 武汉大学简帛研究中心、甘肃简牍博物馆编,陈伟主编《秦简牍合集(肆)》,武汉大学出版社,2014 年,释文第 30 页,图版第 261 页。
② 胡文辉《秦简〈日书·出邦门篇〉新证》,《文博》1998 年第 1 期,第 93 页。
③ 晏昌贵《简帛数术与历史地理论集》,商务印书馆,2010 年,第 36 页。
④ 关于大传统与小传统,参见余英时《汉代循吏与文化传播》,《士与中国文化》,上海人民出版社,2003 年。

献,都以范本的形式将特定的礼仪文体的形态记载下来。随着这些文献的流传,相关文体的范本也在塑造着文体在使用中的形态。人们在研习礼类文献的过程中,又将这些范本应用于实际的仪式活动中,文体在"用"的过程中进一步定型,并获得了更为稳定的文体特征。文体范本的形成,在早期文体学史上有其独特的意义。早期的文体学往往并不是以文体理论的形式出现,更多地是潜在的文体观念,而文体范本虽然尚未成为成熟的文体学理论形式,相对文体观念而言,却是更为外显的表现。文体范本的形成,意味着人们对某种文体的运用不仅达成了共识,还有了更高的规范。"范本"是固化的,"变化"是它的对立面,在某种意义上来说,它可能是一种缺乏发展活力的"格套",但正是这种格套体现了早期对礼俗文体的共同认识。正是因为制度、礼仪与信仰的强烈的规约作用,祝辞等礼俗文体较早地形成了为数众多的范本,早期文体学得以初步显现。

第七章 早期风格学的发生

中国古代的风格批评起源很早,在先秦诸子和经籍史传中已有大量对于文学艺术的批评材料。但早期的风格批评尚缺乏系统性,而且早期的文学艺术创作主要是民间的与集体的创作,所以在批评上人们往往更多地强调风格与时代、地域的关系,尤其强调不同时代、不同地域的政教状况对于文艺风格的决定作用。另外,先秦两汉的情志论启发了体性论的发展,儒家思想对后世的人品文品说也有着深远的影响。

第一节 "风格"观念的旁通与延伸

风格理论与批评是中国文体学重要的内容。风格的内容相当广泛,如作家的风格、作品的风格、时代的风格、地域的风格等。早期风格学的形成是多源的,其概念既有源于文学艺术,也有些是对人、事、物等品质摹状词语的转换或延伸。风格观念形成的多源性与风格词语内涵的复杂性,也是中国早期文体学的特点之一。

早期文学风格概念的形成是多源的,有些本身就是对诗歌的批评,如孔子说:"《诗》三百,一言以蔽之,曰:'思无邪。'"(《论语·为政》)①"无邪"是对《诗经》总体的评价,也可视为风格批评。有些风格概念来自诗歌中的艺术描写。如《诗经·大雅·崧高》:"吉甫作诵,其诗孔硕。其风肆好,以赠申伯。"又《烝民》云:"吉甫作

---

① 何晏集解,邢昺疏《论语注疏》卷二,阮元校刻《十三经注疏》本,第2461页。

诵,穆如清风。"①诗中"其风肆好""穆如清风"等句,后来都是文学风格批评的用语。

风格概念更广泛的来源是艺术批评,主要是音乐及其引发的相关的感情类型。虽然,音乐并不同于诗,但早期诗乐舞蹈往往浑然一体,所以,乐论与诗论及其观念,在很大程度上是可以互通的。比如"美"与"善":

> 子谓《韶》:"尽美矣,又尽善也。"谓《武》:"尽美矣,未尽善也。"(《论语·八佾》)②

孔子评价舜时《韶》乐和武王时《武》乐,已达到完美至极的境界,"尽善尽美"后来也成为文学批评的常用语。又如,对"古"与"今"的内涵及价值评价:

> 今夫古乐,进旅退旅,和正以广。弦匏笙簧,会守拊鼓,始奏以文,复乱以武,治乱以相,讯疾以雅……
> 此古乐之发也。今夫新乐,进俯退俯,奸声以滥,溺而不止;及优侏儒,獶杂子女,不知父子。(《礼记·乐记》)③

"古乐"的审美感受是"和正以广",而新乐则是"奸声以滥,溺而不止"。这不但是艺术的批评与价值评价,古典文学风格学崇古薄今的传统与之也是一脉相连的。先秦有一些描述音乐美感的语词,也可以延伸到文学风格批评上。如:

> 乐中平则民和而不流,乐肃庄则民齐而不乱。……乐姚冶以险,则民流僈鄙贱矣。(《荀子·乐论》)④

---

① 郑玄笺,孔颖达疏《毛诗注疏》卷一八,阮元校刻《十三经注疏》本,第567、569页。
② 何晏集解,邢昺疏《论语注疏》卷三,阮元校刻《十三经注疏》本,第2469页。
③ 郑玄注,孔颖达疏《礼记注疏》卷三八、三九,阮元校刻《十三经注疏》本,第1538—1540页。
④ 王先谦《荀子集解》卷一四,中华书局,1988年,第380页。

这里对于音乐美感的描写"中平""肃庄""姚冶"等,同样可以作为文学风格批评的术语。

另外,有些风格的概念源于人的概念,如"气"。文气的发现是中国风格学发展的一大关键。在中国古代,"气"是个极重要的哲学观念。古人认为宇宙万物都由气构成,人也是由气构成的。《管子·心术下》:"气者,身之充也。"①汉代人进而认为人的品质性格的美恶是由禀受的气所决定的。文学批评上的气论,渊源很早。在先秦已有人论及辞与气的关系。如《论语·泰伯》篇里曾子说:"出辞气,斯远鄙倍矣。"据朱熹解释,"辞,言语。气,声气也"。②《孟子·公孙丑上》云:"我知言,我善养吾浩然之气。"③但孟子所言的"气"主要是论道德修养,和文学尚无直接关系。但是"气"与音乐艺术又密切相关:

> 凡奸声感人,而逆气应之;逆气成象,而淫乐兴焉。正声感人,而顺气应之;顺气成象,而和乐兴焉。倡和有应,回邪曲直,各归其分;而万物之理,各以类相动也。(《礼记·乐记》)④

这里"逆气""顺气"既与音乐相关,又与品德旁通。"气"也成为文学风格批评的重要概念。

又如"体"。在古人用以称谓风格的众多概念中,最为古老又被普遍接受的,就是"体"。⑤ "体"原是人的首、身、手、足的总称。《说文解字》:"体,总十二属也。"段玉裁注说:"十二属,许未详言。今以人体及许书核之,首之属有三:曰顶、曰面、曰颐;身之属三:曰肩、曰脊、曰尻;手之属三:曰厷、曰臂、曰手;足之属三:曰股、曰胫、曰

---

① 黎翔凤《管子校注》卷一三,中华书局,2004年,第778页。
② 朱熹《四书章句集注》,中华书局,1983年,第104页。
③ 焦循《孟子正义》卷六,中华书局,1987年,第199页。
④ 郑玄注,孔颖达疏《礼记注疏》卷三八,阮元校刻《十三经注疏》本,第1536页。
⑤ 参见王运熙先生《中国古代文论中的"体"》,《中国古代文论管窥》(增补本),上海古籍出版社,2006年,第23页。

足。"①汉刘熙《释名·释形体》曰:"体,第也;骨肉、毛血、表里、大小、相次第也。"②可见"体"是人全身的总称。文学批评用于表示风格含义的"体"字,正来源于人体的概念。③ 汉代班固已使用"体"来指艺术风格。《汉书·地理志》云:"《齐诗》曰:'子之营兮,遭我虖猲之间兮。'又曰:'俟我于著乎而。'此亦其舒缓之体也。"④这种"舒缓之体"也即后来曹丕所说的"齐气",是一种典型的地域风格。

　　有一些风格术语源于人的生理感觉。如"味"。《老子》:"五色令人目盲,五音令人耳聋,五味令人口爽,驰骋畋猎令人心发狂。"⑤《孙子兵法·势篇》:"味不过五,五味之变,不可胜尝也。"⑥《淮南子·原道训》:"无声而五音鸣焉,无味而五味形焉,无色而五色成焉。"⑦"五味"指酸、甜、苦、辣、咸五种味道,或者引申而指味觉器官所能感觉到的各种味道。由于"味"是一种可意会难以言传的感觉,所以后来便成为文学批评的常用术语。《文心雕龙·神思》:"至于思表纤旨,文外曲致,言所不追,笔固知止。至精而后阐其妙,至变而后通其数。伊挚不能言鼎,轮扁不能语斤,其微矣乎!"⑧钟嵘《诗品序》:"五言居文词之要,是众作之有滋味者也。"⑨到了唐代,司空图《与李生论诗书》:"文之难而诗尤难。古今之喻多矣,愚以为辨于味而后可以言诗也。"⑩更明确提出"辨味",就是文学批评,是对于诸种诗歌风格的分辨和把握。

---

① 许慎撰,段玉裁注《说文解字注》,上海古籍出版社,1988年,第166页。
② 刘熙撰,毕沅疏证,王先谦补《释名疏证补》,中华书局,2008年,第60页。
③ 明代沈承说:"文之有体,即犹人之有体也。"沈承《文体》,《毛孺初先生评选即山集》卷四"策",《四库禁毁书丛刊》集部第41册,北京出版社,1997—2000年,第636页。
④ 班固《汉书》卷二八下,中华书局,1962年,第1659页。
⑤ 王弼注,楼宇烈校释《老子道德经注校释》,中华书局,2008年,第27页。
⑥ 孙武撰,曹操等注,杨丙安校理《十一家注孙子校理》卷中,中华书局,1999年,第89页。
⑦ 刘文典《淮南鸿烈集解》卷一,中华书局,1989年,第29页。
⑧ 刘勰著,詹锳义证《文心雕龙义证》,上海古籍出版社,1989年,第1004—1005页。
⑨ 钟嵘著,曹旭集注《诗品集注》(增订本),上海古籍出版社,2011年,第43页。
⑩ 董诰等编《全唐文》卷八〇七,中华书局,1983年,第8485页。

还有一些风格术语源于人的品德修养。如《尚书·尧典》云："帝曰：'夔，命汝典乐。教胄子，直而温，宽而栗，刚而无虐，简而无傲。'"①通过音乐的教育，使贵族后代具备"直而温，宽而栗，刚而无虐，简而无傲"这样优秀的道德品质。这种中和之美，也符合古代的文学风格理想。又如《论语·雍也》篇说："质胜文则野，文胜质则史。文质彬彬，然后君子。"朱熹《四书章句集注》："野，野人，言鄙略也。史，掌文书，多闻习事，而诚或不足也。彬彬，犹班班。物相杂而适均之貌。言学者当损有余，补不足，至于成德，则不期然而然矣。"②"文""质""文质彬彬"本是形容人的道德修养状态的，后来成为既对立又统一的文学风格基本类型。

第二节　情感类型风格论

"体"与"性"，是中国古代文学批评史上一对非常重要的美学范畴，也是古典风格学研究的核心问题。体，指体貌，即作品的体制风格；性，指作家的情性、才性。体性论就是探讨作家的气质、秉性、性格等个性因素对于文学风格的影响。但是，系统的体性论在魏晋南北朝之后才形成，它是在早期的情感类型论基础上发展起来的。

把文学艺术作为创作主体表现思想感情的工具，这种美学观念由来已久。《尚书·尧典》已有"诗言志，歌永言"③之语，成为儒家诗论的开山纲领。《荀子·儒效》也说："《诗》言是，其志也。"④在文学作品中，古人同样表达了这种观念。如在《诗经》里，已有"心之忧

---

① 旧题孔安国传，孔颖达疏《尚书注疏》卷三，阮元校刻《十三经注疏》本，第131页。
② 朱熹《四书章句集注》，中华书局，1983年，第89页。
③ 旧题孔安国传，孔颖达疏《尚书注疏》卷三，阮元校刻《十三经注疏》本，第131页。
④ 王先谦《荀子集解》卷四，中华书局，1988年，第133页。

矣,我歌且谣"(《魏风·园有桃》)①,"君子作歌,维以告哀"(《小雅·四月》)②,"啸歌伤怀,念彼硕人"(《小雅·白华》)③。屈原《九章·惜诵》则更明确地表达:"惜诵以致愍兮,发愤以抒情。"④这些诗歌的作者,都已认识到用诗歌可以表达、抒发自己的喜怒哀乐之情。

汉代《毛诗序》进一步说:

> 诗者,志之所之也。在心为志,发言为诗。情动于中而形于言,言之不足故嗟叹之,嗟叹之不足故永歌之,永歌之不足,不知手之舞之,足之蹈之也。⑤

所谓"情""志",在传统的儒家诗学里,并无本质上的区别。孔颖达谓:"在己为情,情动为志,情志一也。"⑥但两者又各有其侧重。志,主要指符合理性规范的思想志尚;情,主要指人发自本性的感情,是由外物所激发的心理波动。《毛诗序》把言志与抒情两者结合起来,对后来的诗学影响很大。

古人不但认识到文学艺术是表现思想感情的工具,而且也认识到作家的思想感情的种类直接影响着艺术风格的形成。《乐记·乐本》说:

> 乐者,音之所由生也;其本在人心之感于物也。是故其哀心感者,其声噍以杀;其乐心感者,其声啴以缓;其喜心感者,其声发以散;其怒心感者,其声粗以厉;其敬心感者,其声直以廉;其爱心感者,其声和以柔。⑦

---

① 郑玄笺,孔颖达疏《毛诗注疏》卷五,阮元校刻《十三经注疏》本,第357页。
② 同上书卷一三,第463页。
③ 同上书卷一五,第496页。
④ 洪兴祖《楚辞补注》卷四,中华书局,1983年,第121页。
⑤ 郑玄笺,孔颖达疏《毛诗注疏》卷一,阮元校刻《十三经注疏》本,第269—270页。
⑥ 杜预注,孔颖达疏《春秋左传注疏》卷五一,阮元校刻《十三经注疏》本,第2108页。
⑦ 郑玄注,孔颖达疏《礼记注疏》卷三七,阮元校刻《十三经注疏》本,第1527页。

不同的感情种类反映到艺术上就形成各种不同的风格,这种理论其实已涉及文学风格学了,我们不妨称之为"感情类型风格论",与魏晋以后的个性风格论本质上差异很大。《礼记·礼运》说:"何谓人情?喜、怒、哀、惧、爱、恶、欲,七者弗学而能。"①这些感情类型,作为人类对客观外界的情绪反映,是人类普遍存在的感情倾向,而不是作为个性的心理特征。无疑每个人的喜、怒、哀、乐是有个性的,但魏晋以前文学批评尚未注意及此,只就其类型而论。同样,《乐记·乐本》里指出:"治世之音安以乐,其政和;乱世之音怨以怒,其政乖;亡国之音哀以思,其民困。"②在这里阐述的是艺术风格与时代政治的关系,也尚未注意创作个性的因素。

《易传·系辞下》说:"将叛者其辞惭,中心疑者其辞枝,吉人之辞寡,躁人之辞多,诬善之人其辞游,失其守者其辞屈。"③这里阐述了言辞风格与言者的心理状态、精神面貌、人品道德的关系。它的着眼点是道德品格对于言辞的决定作用,而不是个性与言辞风格的问题。其实,古人对于个性的认识颇早。《左传·襄公三十一年》就说:"人心之不同,如其面焉,吾岂敢谓子面如吾面乎?"④但是在文学艺术批评中,尚不见把这种理论和风格学联系起来的说法。⑤ 可以说,在魏晋以前,文艺理论尚未明确提出创作主体千差万别的个性对于艺术风格形成的作用。论者也看到创作主体的主观因素与文学风格的关系,但主要着眼点在于普遍的感情类型和有一定规范的政治伦理的"志",尚未明确注意到创作主体表现情志时所具有的特殊个性。

---

① 郑玄注,孔颖达疏《礼记注疏》卷二二,阮元校刻《十三经注疏》本,第1422页。
② 同上书卷三七,第1527页。
③ 王弼、韩康伯注,孔颖达疏《周易注疏》卷八,《十三经注疏》本,第91页。
④ 杜预注,孔颖达疏《春秋左传注疏》卷四〇,阮元校刻《十三经注疏》本,第2016页。
⑤ 后来刘勰在《文心雕龙·体性》提出"各师成心,其异如面",便把两者联系起来。见刘勰著,詹锳义证《文心雕龙义证》,上海古籍出版社,1989年,第1013页。

第三节 "德"与"言"

中国古典风格学极为重视人品与文品的关系,强调作家的人格、情操、思想、品行等道德因素对于艺术品格的制约。先秦儒家"德""言"关系的思想,就是人品文品说的理论渊源。

《周易·系辞下》论及言辞与人的品质、心态、人格等道德和个性因素的必然关系,已包含了人品与言辞相一致的观念。孔子则开始讨论"德"与"言"的复杂关系。他说:"有德者必有言,有言者不必有德。"①孔子强调德对于言辞的决定作用,"有德"是"有言"的基础和前提;但又指出言与德之间可能存在不一致。有言者可能有德,也可能无德。金子发光,但发光的不一定是金子。德与言的关系也是如此。孔子所指的"言",并非文学,大概指充满着智慧、辩才又有文采的言语。所以"有德者必有言",大体没错。而后人一旦把"言"扩大到文学艺术范畴,情况就变得复杂,甚至枘凿不入。因为文学艺术是把握主客观世界的独特形式,和一般言辞毕竟不同。

《孟子·万章下》说:"颂其诗,读其书,不知其人,可乎?"②提出读书、颂诗要"知人",这就把作者的为人和作品的特点联系起来。《乐记》论述德与乐的关系说:"德者,性之端也;乐者,德之华也;金石丝竹,乐之器也。诗,言其志也;歌,咏其声也;舞,动其容也。三者本于心,然后乐器从之。是故情深而文明,气盛而化神,和顺积中,而英华发外,唯乐不可以为伪。"③这是较早在艺术领域里阐述"德"对艺术创作影响的理论。《乐记》认为乐是德的外在表现,"和顺积中,而英华发外",表里一致,所以艺术是不可作伪的。《乐记》

---

① 何晏集解,邢昺疏《论语注疏》卷一四,阮元校刻《十三经注疏》本,第2510页。
② 焦循《孟子正义》卷二一,中华书局,1987年,第726页。
③ 郑玄注,孔颖达疏《礼记注疏》卷三八,阮元校刻《十三经注疏》本,第1536页。

理论对后来人品文品说的影响很大,大多数批评家师承其说,或加以引申。

继承儒家传统的汉代批评家更为强调道德对于文学艺术创作的决定作用。扬雄《法言·问神》云:"言,心声也;书,心画也。声画形,君子小人见矣。"①《法言·君子》云:"或问:'君子言则成文,动则成德,何以也?'曰:'以其弸中而彪外也。'"②王充《论衡·超奇》云:"文墨辞说,士之荣叶、皮壳也。实诚在胸臆,文墨著竹帛,外内表里,自相副称。"③这些理论强调语言文墨是道德人格的外化,并强调两者的一致性,认为从语言文墨即可判断"君子小人"。汉人所谓"弸中彪外""外内副称"之说,上继先秦儒家之说,下开隋唐的王通、韩愈等人的主张。

第四节 时代风气与风格批评

中国古代文学批评很早就注意到文学风格与时代的关系。早在孔子之前,吴国公子季札在鲁国观乐,他在听取各地区的诗乐之后,便概括出各种诗乐的风格特征,由此探讨它们产生的地域的民情风俗以及时代的政治状况(《左传·襄公二十九年》)。从诗乐的风格来推测政治盛衰的观念和批评方法对于后人影响很大。孔子认为"诗可以观",就暗含着诗反映了某个时代的社会状态的观念。孟子提出颂诗读书要"知人"还要"论世"(《孟子·万章下》)④,认为要正确认识作品的精神实质,只从作品本身分析是不够的,还要联系作者本人的情况及其所处的环境和时代背景加以考察。重视

---

① 汪荣宝《法言义疏》,中华书局,1987年,第160页。
② 同上书,第496页。
③ 黄晖《论衡校释》卷一三,中华书局,1990年,第609页。
④ 焦循《孟子正义》卷二一,中华书局,1987年,第726页。

文学与时代的关系,是儒家诗学的一个特点。

古代诗学有"辨体"之说,其中一个方面便是对于不同时代诗歌体制的辨别和评价。每个时代的文学由于处在大致相同的政治文化背景之中,有某些相同的审美趣味,所以其作品呈现某种相似的风貌;这种风貌随着时代的推移,又为另外的文学风貌所代替。时代风格,就同一时代的作品而言,体现了某种风格的共性;就不同时代的作品而言,则体现了风格的个性。李东阳《怀麓堂诗话》说:"汉、魏、六朝、唐、宋、元诗,各自为体。譬之方言,秦、晋、吴、越、闽、楚之类,分疆画地,音殊调别,彼此不相入。此可见天地间气机所动,发为音声,随时与地,无俟区别,而不相侵夺。然则人囿于气化之中,而欲超乎时代、土壤之外,不亦难哉?"[①]历史唯物主义告诉我们,人们在既定的历史条件下创造历史,个人创造活动受到社会历史条件的制约。中国古代的时代风格理论,从哲学的角度看,大致体现了一种朴素唯物论的反映观念,它把文学艺术作为社会的政治文化的反映。西方一些学者如刘若愚就把中国古代的时代风格理论列为"决定的(deterministic)理论",因为这种理论"阐明了文学是当代政治和社会状况无意识的与不可避免的反映或显示这种观念"。[②] 这种说法颇有道理。古代的文学时代风格理论认为社会现实决定了文学艺术的变化发展,文学风格的演变是不以人的意志而转移的,任何作者都不能脱离自己具体的社会环境而创作。这种观念反映到文学批评上,便表现为十分注重知人论世,注重对作家作品产生的具体历史环境的考察,从而更为准确地理解和评判作家与作品。

古人对于影响文学风貌的诸种时代因素,首先重视的是政治的

[①] 李东阳著,李庆立校释《怀麓堂诗话校释》第六六则,人民文学出版社,2009年,第179页。

[②] 〔美〕刘若愚著,田守真、饶曙光译《中国的文学理论》第三章"决定的理论和表现理论",四川人民出版社,1987年,第94页。

盛衰。在古人的观念里,政治盛衰直接影响文学艺术的风貌,而从文学艺术的风貌中,也可以观察出时代的政治状况。《礼记·乐记》说:"凡音者,生人心者也。情动于中,故形于声,声成文,谓之音。是故治世之音安以乐,其政和;乱世之音怨以怒,其政乖;亡国之音哀以思,其民困。声音之道,与政通矣。"①在先秦,诗乐合一,所以这里所谓治世之音、乱世之音与亡国之音也包括了诗歌在内。《乐记》认为诗乐是由人心所生的,其本源在于"人心之感于物"②,而不同的外物外境就引起不同的感情,不同感情的外现,便形成不同风格的作品。治世、乱世和亡国的时代,人们所处的环境不同,心境不同,其作品风貌自然有很大的差异。所以说"声音之道,与政通矣"。汉代《诗大序》也有相同的说法,可见这是儒家传统的诗学观念。

变风、变雅之说也是古代时代风格理论中重要的部分。正变之说最早见于《诗大序》。《诗大序》说:"至于王道衰,礼义废,政教失,国异政,家殊俗,而变风、变雅作矣。"③郑玄《诗谱序》有更为具体的论述:

> 文武之德,光熙前绪,以集大命于厥身,遂为天下父母,使民有政有居。其时诗,《风》有《周南》《召南》,《雅》有《鹿鸣》《文王》之属。及成王、周公致大平,制礼作乐,而有颂声兴焉,盛之至也。本之由此《风》《雅》而来,故皆录之,谓之《诗》之正经。后王稍更陵迟。懿王始受谮亨齐哀公,夷身失礼之后,邶不尊贤。自是而下,厉也,幽也,政教尤衰,周室大坏。《十月之交》《民劳》《板》《荡》,勃尔俱作,众国纷然,刺怨相寻。五霸之末,上无天子,下无方伯,善者谁赏?恶者谁罚?纪纲绝矣。故孔子录懿王、夷王时诗,讫于陈灵公淫乱之事,谓之变风、

---

① 郑玄注,孔颖达疏《礼记注疏》卷三七,阮元校刻《十三经注疏》本,第1527页。
② 同上。
③ 郑玄笺,孔颖达疏《毛诗注疏》卷一,阮元校刻《十三经注疏》本,第271页。

变雅。①

所谓变风、变雅是衰世之音、乱世之音,产生于王道衰、纪纲绝之时代。郑玄认为,变风变雅产生于西周中衰以后。后人对此划分颇有异议,如被当作正风、正雅的《周南》《召南》并不都作于周初,而且其中也有反映"礼义废,政教失"的内容。但是从总体上看,西周前期和西周后期至东周这两个时期诗歌的精神风貌是不同的,批评与讽刺现实的确是后一时期作品的重要特色。这种诗歌的正变理论,深刻地揭示了社会政治对诗歌内容、风格的巨大影响,包含着诗歌是社会现实生活反映的合理观点。

第五节 "土地各以其类生"

中国古代的文学地域风格论起源甚早。人们对艺术最初是从时代风格与地域风格上去把握的,而尚未注意到艺术的个性风格。因为早期的艺术往往是集体性、民间性很强的创作,自觉的创作个性尚未产生;而且由于社会文明程度的低下,各地之间文化交流很少,因此早期文学创作的地域色彩最浓烈鲜明。《左传·襄公二十九年》吴公子季札观周乐,就已很准确地分辨出各地音乐由于政教治理风俗差异而呈现出来的不同的艺术风格。《诗经》国风是按十五国的地域分布来编排的。《汉书·地理志》在《史记·货殖列传》的基础上,已较全面地论述各地的风俗民情及其对文学创作的影响,并以《诗经》为例加以说明。随着社会的发展,各地之间加强了政治文化交流,地域对文学的影响也逐步减弱。但在古代中国由于封建社会发展的缓慢、地域的辽阔、经常性的战乱和割据,各地之间发展极不平衡。魏晋以后,由于文学的自觉,批评家的眼光更为

---

① 郑玄笺,孔颖达疏《毛诗注疏》卷一,阮元校刻《十三经注疏》本,第262—263页。

集中在艺术个性之上,文学的个性风格论取代了地域风格论的重要地位。不过,从六朝到近代,批评家对地域风格的论述仍不绝如缕,理论上也在不断加深和完善,可以说地域风格学贯穿在整部中国文学史中。

古人认为人们的风俗习惯乃至性格人品都与其所处的自然环境有密切关系。《礼记·王制》云:"凡居民材,必因天地寒暖燥湿,广谷大川异制,民生其间者异俗。"①这就把各地风俗之异与其自然地理风貌和气候联系起来。《淮南子·地形训》则进一步提出"土地各以其类生"之说:

> 轻土多利,重土多迟,清水音小,浊水音大,湍水人轻,迟水人重,中土多圣人。皆象其气,皆应其类。……是故坚土人刚,弱土人肥,垆土人大,沙土人细。息土人美,耗土人丑。②

认为人类的体质、形貌、声音以至品性都受到所处土地的形态性质的影响。从行为感应地理学的角度看,自然地理环境的气候、温度、山川、水土、物产,影响着人的气质、感觉、情绪、意志乃至个性。所谓"土地各以其类生","皆象其气,皆应其类"的理论,在某种程度上有其合理性。古人认为南方人与北方人的性格差异是由土风地气所决定的。如唐代孔颖达疏《礼记·中庸》中"南方之强"与"北方之强"时说:"南方谓荆阳之南,其地多阳。阳气舒散,人情宽缓和柔";"北方沙漠之地,其地多阴,阴气坚急,故人性刚猛,恒好斗争。"③宋代庄绰则云:"大抵人性类其土风。西北多山,故其人重厚朴鲁。荆扬多水,其人亦明慧文巧,而患在轻浅。"④这些理论尚有待我们从自然科学(如地理学)和人文科学(如心理学)的综合研究进一步加以验证和解释。

---

① 郑玄注,孔颖达疏《礼记注疏》卷一二,阮元校刻《十三经注疏》本,第1338页。
② 刘文典《淮南鸿烈集解》卷四,中华书局,1989年,第141—142页。
③ 郑玄注,孔颖达疏《礼记注疏》卷五二,阮元校刻《十三经注疏》本,第1626页。
④ 庄绰《鸡肋编》卷上,中华书局,1983年,第11页。

人是社会关系的总和,人的地域性乃至民族性本质上是由人的社会实践活动所决定的,同时又与其所处的地理环境关系密切。不同的自然条件也会对人们的性格品质产生直接或间接的影响。交通发达之处,文化随之开放和融合;交通闭塞之处,文化诚然比较单一和传统。土地贫瘠的自然环境,容易培养出艰苦朴素的性格;得天独厚的自然环境,容易使人产生坐享其成的品质。故古人说:"沃土之民不材,逸也。瘠土之民莫不向义,劳也。"①相对而言,这是有道理的。② 中国古人还认为,地域特殊的地理位置也影响着人们的社会生活和人格品质。《汉书·地理志》对此所述颇多,如秦地"迫近戎狄"的特殊战略位置,使秦地人时常处于战备警戒之中,所以"高上气力"③,《诗经》中的《秦风》,多言战备,透露出秦人尚武勇敢的精神。又如"郑卫之音"的产生也有其地理原因:"卫地有桑间濮上之阻,男女亦亟聚会,声色生焉。故俗称郑卫之音。"④文学批评需要知人论世,这也必然包括对文学创作的自然基础的了解。

文学地域风格的形成,主要取决于审美情趣的地域性。在古人看来,特定的自然地理环境既然影响着人们的性格品质和风俗,对于诗人的审美理想也自然产生潜移默化的作用。诗人受自然地域景观的熏陶,受"水土""地气"的感召,"皆象其气,皆应其类",从而产生一种与地理风貌相似的审美理想。清代孔尚任就说:

> 盖山川风土者,诗人性情之根柢也。得其云霞则灵,得其泉脉则秀,得其冈陵则厚,得其林莽烟火则健。凡人不为诗则

---

① 徐元诰《国语集解》卷五《鲁语下》,中华书局,2002年,第194页。
② 孟德斯鸠《论法的精神》第十八卷中也有惊人相似的说法,而所述更为详切,可资参考。
③ 班固《汉书》卷二八下,中华书局,1962年,第1644页。
④ 同上书,第1665页。按:张载又进一步解释郑卫之音形成的地理原因:"盖郑卫之地滨大河,沙地土不厚,其间人自然气轻浮;其地土苦,不费耕耨,物亦能生,故其人偷脱怠惰,弛慢颓靡。其人情如此,其声音同之。"(《张载集·经学理窟》,中华书局,1978年,第263页)

己,若为之,必有一得焉。①

这是《淮南子》"土地各以其类生"②说法在审美论中的发挥。所谓"灵""秀""厚""健",都是得之山川风土感召而产生的艺术个性(就同一地域的诗人而言则是共性)。云蒸霞蔚之地,文学风格多空灵舒卷;山水明丽之处,文学风格多秀丽明媚;高原大山地区,文学多浑厚壮实;林莽烟火之域,文学多矫健有力。所以孔尚任认为山川风土是诗人审美情趣的自然基础("根柢")。沈德潜则更为明确地说:"余尝观古人诗,得江山之助者,诗之品格每肖其所处之地。"③他举例说,永嘉山川明媚,谢灵运诗风与之相肖;夔州山水险绝,杜甫诗风与之相类;永州山水幽峭,柳宗元诗风与之相近。他认为这是因为"彼专于其地故也"(同上),自然风貌影响了诗人的审美观,从而使其创作呈现和自然风貌相似的风格,这就是"江山之助"。

与自然地理环境相比,地域的人文地理环境对于文学创作的影响更为巨大、深刻和直接。千百年来,自然地理的变化缓慢得人们难以感受出来,而政治、文化、经济、风俗、民情等人文地理因素却永远处于激烈发展之中。这些都是文学地域风格形成的主要原因。按古人的理解,在"风俗"这个概念中,"风"与"俗"含义不同。《汉书·地理志》云:"凡民函五常之性,而其刚柔缓急,音声不同,系水土之风气,故谓之风;好恶取舍,动静亡常,随君上之情欲,故谓之俗。"④北齐刘昼《刘子·风俗》云:"土地水泉,气有缓急,声有高下,谓之风焉;人居此地,习以成性,谓之俗焉。"⑤可见"风"是人的本性受自然地理的影响而形成的特征,而"俗"则是文化地理的反

---

① 汪蔚林编《孔尚任诗文集》卷六《古铁斋诗序》,中华书局,1962年,第475页。
② 刘文典《淮南鸿烈集解》卷四,中华书局,1989年,第140页。
③ 沈德潜《沈归愚诗文全集·愚愚文钞余集》卷一《芳庄诗序》,清乾隆教忠堂刻本。
④ 班固《汉书》卷二八下,中华书局,1962年,第1640页。
⑤ 刘昼撰,杨明照校注《刘子校注》,巴蜀书社,1988年,第197页。

映。但当"风""俗"合为一个概念时,就偏指其文化地理的属性。

古人认为从文学的地域风格,可以考察出各地的政治、文化、民俗等风貌。故《汉书·艺文志》说:"古有采诗之官,王者所以观风俗,知得失,自考正也。"①《左传·襄公二十九年》记载吴公子季札在鲁国观周乐,他把音乐里所反映的各地政治经济情况作为评论的依据,从中了解民众的情绪,以此作为施政的借鉴。这就是所谓"听音而知治乱,观乐而晓盛衰"。

第六节 文体风格观念的起源

文体学的萌芽,可以追溯到先秦时代。文体学产生的前提,是众多文体的分工。中国古人很早就自觉地对文体进行分类,比如《尚书》根据散文的用途和特点,已有典、谟、誓辞、诰言、诏令、训辞等不同分类。《周礼·春官·大祝》又有"六辞"之说:"作六辞,以通上下亲疏远近,一曰祠,二曰命,三曰诰,四曰会,五曰祷,六曰诔。"②根据后人的研究,春秋时期的各种文体已具有不同的风格。如宋代陈骙《文则》"辛"项说:

> 春秋之时,王道虽微,文风未殄,森罗辞翰,备括规摹。考诸《左氏》,摘其英华,别为八体,各系本文:一曰命婉而当,二曰誓谨而严,三曰盟约而信,四曰祷切而慤,五曰谏和而直,六曰让辩而正,七曰书达而法,八曰对美而敏。③

由于在功能上分工的不同,春秋时期的文体在言说方式方面,的确会有些差别。不过,当时在风格上的分际还是比较混沌的,还没

---

① 班固《汉书》卷三〇,中华书局,1962年,第1708页。
② 郑玄注,贾公彦疏《周礼注疏》卷二三,阮元校刻《十三经注疏》本,第809页。
③ 陈骙《文则》,王水照编《历代文话》第1册,复旦大学出版社,2007年,第177页。

有形成自觉的观念。陈骙《文则》里面所说的各体风格的差别,是后人对春秋时期文体风格的总结,反映的更多地是后人的文体观念。

　　古人很早就论述到一些文体的性质、特点。比如《礼记·祭统》有一段论"铭"的文字①,对铭的名称、用途以及体制解说极详。后来刘勰在《文心雕龙·铭箴》中说"铭兼褒赞,故体贵弘润"②,便是对传统说法的总结。

　　研究文体学的起源,一方面要注意古代关于文体学的直接材料,另一方面也要考虑到一些间接的影响。古代的一些文学批评由于直接或间接地涉及某些文体的艺术特征,从而影响了后人的文体风格观念。比如《毛诗大序》言诗"主文而谲谏,言之者无罪,闻之者足以戒,故曰风"③;"故变风发乎情,止乎礼义"④。这些观念虽不是直接规定诗体的风格,但对传统文学批评中诗主抒情、诗须含蓄的观念明显是有影响的。又如《左传·宣公二年》:"孔子曰:董狐,古之良史也,书法不隐。"⑤"书法不隐"即是说,如实地反映历史是史家的优秀品格。这种观念成为后代史书写作的圭臬。如司马迁的《史记》,"其文直,其事核,不虚美,不隐恶,故谓之实录"⑥。后来,刘勰在《文心雕龙·史传》中倡导"直笔"⑦,刘知几在《史通》卷七中赞颂"直书"⑧,就从理论上把孔子的"书法不隐"说发扬光大了。所以在中国,直笔实录一直是史传文学固有的创作精神和艺术特征。研究文体学的起源,有必要研究先秦文学批评观念的潜在影响,而不是单纯局限于直接的文献材料。

---

① 郑玄注,孔颖达疏《礼记注疏》卷四九,阮元校刻《十三经注疏》本,第1606页。
② 刘勰著,詹锳义证《文心雕龙义证》,上海古籍出版社,1989年,第420页。
③ 郑玄笺,孔颖达疏《毛诗注疏》卷一,阮元校刻《十三经注疏》本,第271页。
④ 同上书,第272页。
⑤ 杜预注,孔颖达疏《春秋左传注疏》卷二一,阮元校刻《十三经注疏》本,第1867页。
⑥ 班固《汉书》卷六二《司马迁传赞》,中华书局,1962年,第2738页。
⑦ 刘勰著,詹锳义证《文心雕龙义证》,上海古籍出版社,1989年,第616页。
⑧ 刘知几撰,浦起龙释《史通通释》,上海古籍出版社,1978年,第192—196页。

第七节　早期风格批评的方式

传统文学批评方式虽有其总体特点,但具体的批评方式却不是一成不变的。它不但受到特定时代文化氛围的影响,也随着人们的审美能力、审美趣味以及思维方式的嬗变而演化。虽然文学批评不等同于风格批评,但中国古代文学批评往往以风格批评为核心和重点,所以文学批评方式与风格批评的关系密切,不可分开。先秦的风格批评方式已显现出一定的特点,对后世的风格批评影响颇深。

古代文学风格批评方式大致可分为两大类。一种是总体的感觉判断,即用简略精确的审美概念,对作品的美感特点作出表述。总体感觉判断的特点是单刀直入,言简意赅,以审美直觉把握对象的本质特征,但往往显得抽象或模糊。另一种批评方式是形象化的描述,即运用比喻、借代、象征的手法,把对象的美感特点形象化、具体化。

在古代文学批评中,总体的感觉判断方式要比形象化的描述方式古老得多。形象化的文学批评,到了六朝才真正形成风尚。在此之前,文学艺术批评通常只是对审美感受的简略描述,很少使用形象化的语言和比喻的手法来描述文学艺术的风格及美感,如孔子评"《关雎》乐而不淫,哀而不伤",又评"《韶》尽美矣,又尽善也","《武》尽美矣,未尽善也"(《论语·八佾》)。[①] 这里的乐、淫、哀、伤、美、善等概念只是对艺术风貌和内容特点的抽象概括,孔子并没有对此进一步具体描述。又如《左传·襄公二十九年》记载吴公子季札观乐,用美、渊、泱泱、荡、熙熙、直而不倨、曲而不屈等评语来评论各地乐诗。《礼记·乐记》描写哀、乐、喜、怒、敬、爱六种感情产生

---

① 何晏集解,邢昺疏《论语注疏》卷三,阮元校刻《十三经注疏》本,第2468—2469页。

不同的音乐风格,分别以"噍以杀""啴以缓""发以散""粗以厉""直以廉""和以柔"来形容。① 一般地说,先秦时期的文艺批评大都使用总体的感觉判断。当然也有个别的例外,如《诗经·大雅·烝民》云:"吉甫作诵,穆如清风。"②又如《乐记·师乙》云:"故歌者,上如抗,下如队,曲如折,止如槁木,倨中矩,句中钩,累累乎端如贯珠。"③但这类例子却实在少见,尽管当时人们已大量运用譬喻的修辞方式。

如果我们把先秦时期艺术批评运用的感觉判断术语收集起来,其数量之丰富令人惊讶。它足以说明,上古中国人的审美感觉,已经发展到相当细致精微的程度。语言的表达方式,可以折射出思维模式和审美理想。在先秦的艺术批评中,最值得引起注意的是两种句式的反复出现。一种句式是联结着一对性质上相反相承的词语。这句式最初用于描述理想人格。《尚书·尧典》云:"帝曰:'夔,命汝典乐。教胄子,直而温,宽而栗,刚而无虐,简而无傲。'"④以后这种句式也广泛地用于对经典和艺术的批评。如孔子论《易·系辞下》云:"其言曲而中,其事肆而隐。"⑤《礼记·学记》云:"善歌者使人继其声,善教者使人继其志,其言也约而达,微而臧,罕譬而喻,可谓继志矣。"⑥又如《左传·成公十四年》云:"《春秋》之称,微而显,志而晦,婉而成章,尽而不污,惩恶而劝善。"⑦这一句式反映了当时人们对于事物的意义和艺术的美感,已经能够由

---

① 郑玄注,孔颖达疏《礼记注疏》卷三七,阮元校刻《十三经注疏》本,第1527页。
② 郑玄笺,孔颖达疏《毛诗注疏》卷一八,阮元校刻《十三经注疏》本,第569页。
③ 郑玄注,孔颖达疏《礼记注疏》卷三九,阮元校刻《十三经注疏》本,第1545页。
④ 旧题孔安国传,孔颖达疏《尚书注疏》卷三,阮元校刻《十三经注疏》本,第131页。
⑤ 王弼、韩康伯注,孔颖达疏《周易注疏》卷八,阮元校刻《十三经注疏》本,第89页。
⑥ 郑玄注,孔颖达疏《礼记注疏》卷三六,阮元校刻《十三经注疏》本,第1523页。
⑦ 杜预注,孔颖达疏《春秋左传注疏》卷二七,阮元校刻《十三经注疏》本,第1913页。

表层向深层多层次地把握;也反映了古代朴素辩证法对艺术理想的影响。春秋时期齐国晏婴就谈到对立面相济的问题,他说:"清浊,大小,短长,疾徐,哀乐,刚柔,迟速,高下,出入,周疏,以相济也。"①他强调对立面的互相渗透和协调,以形成一个对立统一的整体。

另一种有意味的形态便是"乐而不淫,哀而不伤"式的句法。最著名的例子是吴公子季札对《周颂》的赞美之辞:"至矣哉!直而不倨,曲而不屈,迩而不逼,远而不携,迁而不淫,复而不厌,哀而不愁,乐而不荒,用而不匮,广而不宣,施而不费,取而不贪,处而不底,行而不流……"②在这里,直之与倨,曲之与屈,迩之与逼……虽然含义相近或关系密切,但因为程度差异而性质不同。这种句式体现了古代"中和"的哲学和美学观念。从哲学的角度看,它重视事物发展的"量"的界限,重视对事物的"度"的把握。"乐"是美的,但超过一定的限度就成了"淫",转向艺术美的反面。因此理想的艺术必呈现"中和"之美。

---

① 《左传·昭公二十年》,杜预注,孔颖达疏《春秋左传注疏》卷四九,阮元校刻《十三经注疏》本,第 2094 页。
② 《左传·襄公二十九年》,同上书卷三九,第 2007 页。

第八章 "九能":从君子才德到文章文体

自汉代以来,"九能"之说成为一个文学批评的重要命题,历代多有引用和阐释,惜尚未见系统深入的理论研究。①

现存"九能"说的最早文献来自汉儒毛亨对《诗·鄘风·定之方中》一诗的解释(下称《毛传》)。毛氏认为此诗歌颂卫文公迁居楚丘,建城营宫之事。诗中"卜云其吉,终然允臧"句言迁都之前占卜之事,《毛传》曰:"龟曰卜。允,信。臧,善也。建国必卜之。故建邦能命龟,田能施命,作器能铭,使能造命,升高能赋,师旅能誓,山川能说,丧纪能诔,祭祀能语。君子能此九者,可谓有德音,可以为大夫。"此即著名的"九能"说。②谓君子有此九能则成其"九德",可以授为大夫,这体现了对士大夫文辞、礼仪、言语等各方面能力的要求。

孔颖达疏云:"《传》因引'建邦能命龟',证建国必卜之,遂言'田能施命',以下本有成文,连引之耳。"他认为《毛传》这段话"本有成文",是毛亨引用前人成语。因为它具有完整性,不可割裂,故引了"建邦能命龟"一语,连带引出整段话。从引文来看,本至"建国必卜之"意思已完整清晰了,而后接"故建邦能命龟……"数语,乃浑言也。从上下语境看,孔疏可从。

由于文献不足,《毛传》所引之"九能"说,难以论断为何时何人

---

① 清代王文清尝作《大夫九能考略》,收入其《考古略》中,然仅全录孔疏而已,见《王文清集》,岳麓书社,2013年。又刘咸炘《尚友书塾课目》尝载其课目有《〈毛诗〉九能证》,后注"论文体",可见刘氏已注意到"九能"与文体之间的关系。见刘咸炘《尚友书塾课目》,《推十书》(增补全本·己辑),上海科学技术文献出版社,2009年,第399页。

② 郑玄笺,孔颖达疏《毛诗注疏》卷三,阮元校刻《十三经注疏》本,第316页。本章所引孔疏"九能"皆据此,下引该文不再出注。下引此书省称《注疏》。

之语。清代孙志祖说:"西汉经训之存于今者,惟《诗毛传》最可宝贵,其所征引古书逸典,孔颖达作《正义》已不能详。"①孔颖达确实曾多次表达不知《毛传》所引文献之所出。如《丘中有麻》疏说:"毛时书籍犹多,或有所据,未详毛氏何以知之。"②《伐檀》疏说:"毛氏当有所据,不知出何书。"③《鱼丽》疏说:"此皆似有成文,但典籍散亡,不知其出耳。"④孔颖达虽然不知所据,然意其必有所出,认定文献具有可信性。

《汉书·艺文志·诗赋略》:"传曰:'不歌而诵谓之赋。登高能赋可以为大夫。'"⑤所谓"传曰"应该是引古代典籍或流传之语。《汉书》中所引之"传曰"甚多,综而论之,大概是引用六经之外的儒家典籍。《诗赋略》所引"登高能赋"二句应与《毛传》为同源而前者缩略。可见,汉代之前,"登高能赋"之语已经流行。陈奂《诗毛氏传疏》说:"'建邦能命龟'以下,皆用成文,未知所出。《传》盖因徙都命卜,连而及之耳。《韩诗外传》孔子游于景山之上,孔子曰:'君子登高必赋。'《汉书·艺文志》:'传曰:不歌而诵谓之赋,登高能赋,可以为大夫。'或班引出《鲁诗传》,余义未闻。"⑥认为"登高必赋"之语见于他书。不过,无论《汉书·艺文志》所引的来源如何,都应该是一句早已流传的古语。《毛传》之所引成文,也应该是如此。"九能"说,推其内容,应为战国时期流传下来的典籍古语。⑦

唐代孔颖达疏《毛诗》力图忠实地阐释"九能",既阐释其内涵,又在先秦典籍中找到有代表性的例证。孔疏无疑是阐释"九能"

---

① 孙志祖《读书脞录》续编卷一,《续修四库全书》第1152册,上海古籍出版社,1994—2002年,第301页。
② 郑玄笺,孔颖达疏《毛诗注疏》卷四,阮元校刻《十三经注疏》本,第334页。
③ 同上书卷五,第359页。
④ 同上书卷九,第417页。
⑤ 班固《汉书》卷三〇,中华书局,1962年,第1755页。
⑥ 陈奂《诗毛氏传疏》卷四,中国书店据漱芳斋1851年版影印,1984年。
⑦ 刘师培则认为:"毛公此说,必周、秦以前古说。"刘师培《论文杂记》,人民文学出版社,1959年,第128页。

说的经典文献,是我们理解"九能"说的必要途径。不过,孔疏限于体例,往往举其一隅,而不及其余,尚非全面系统之研究。另外,孔颖达受到时代的影响,以唐人的理解和想象来描摹和阐释先秦时代的"九能",有些说法未必准确。近代以来出土了大量的先秦文献,这是古人所未能见到的。孔颖达之后,不少学者对于"九能"说有吉光片羽之论,这些都为我们继续总结与阐释"九能"说提供了基础。

研究"九能"说既不能用后代的文章学眼光去比附,也不能完全照搬前人的阐释,其出发点首先是将它放到先秦时代的文化语境,以相关的传世文献为主,并佐之以出土文献,比较真实而全面地还原先秦时期"九能"说的实际语境与原始意义,然后再考察其内涵在后世的发展。

第一节　释"建邦能命龟"

"建邦"指建邦国之城。古文字中,"令"与"命"可通用。"命龟",亦称"令龟"。命龟就是将所卜之事告龟以占之,以决凶吉。《周礼·春官·大卜》:"大祭祀则视高命龟。"郑玄注:"命龟,告龟以所卜之事。"[①]《大卜》又云:"以邦事作龟之八命。"[②]命,指命龟,也就是指有待占卜而决定的国家大事。

"命龟"只是占卜的程序之一。在《大卜》中,就分别有"作龟""命龟""贞龟""陈龟"等:"凡国大贞,卜立君,卜大封,则视高作龟;大祭祀,则视高命龟。凡小事,莅卜。国大迁、大师,则贞龟。凡旅,陈龟。凡丧事,命龟。"郑玄注:"凡大事,大卜陈龟、贞龟、命龟、

---

① 郑玄注,贾公彦疏《周礼注疏》卷二四,阮元校刻《十三经注疏》本,第804页。
② 同上书,第803页。

视高,其他以差降焉。"①此为大卜司职。"其他以差降焉",是指占卜他事则按级别递降。

孔疏云:

》曰:"国大迁、大师则贞龟。"是建国必卜之。《绵》云"爰契我龟"是也。大迁必卜,而筮人掌九筮,一曰筮更,注云:"更谓筮迁都邑也。"《郑志》答赵商云:"此都邑比于国为小,故筮之。"然则都邑则用筮,国都则卜也。②

上古时,建大都邑是劳民伤财之举,绝对需要谨慎从事,占卜命龟就是当时咨询上天意图的途径。先秦不少传世文献与"建邦能命龟"有关,《大卜》:"国大迁、大师,则贞龟。""大迁"即迁都,此时就需要占卜问龟。又如《诗·大雅·绵》开篇记载了周王朝的先祖古公亶父,率族人自豳国来到岐山脚下:"周原膴膴,堇荼如饴。爰始爰谋,爰契我龟。曰止曰时,筑室于兹。"郑玄笺:"此地将可居,故于是始与豳人之从己者谋。谋从,又于是契灼其龟而卜之,卜之则又从矣。"③可见周民族定居于周原,也有问龟程序。《尚书·洛诰》记录周公说:"予惟乙卯,朝至于洛师。我卜河朔黎水,我乃卜涧水东,瀍水西,惟洛食;我又卜瀍水东,亦惟洛食。伻来,以图及献卜。"据伪孔传,这里"说始卜定都之意",又说:"我使人卜河北黎水上,不吉,又卜涧、瀍之间,南近洛,吉。今河南城也。"④所述应就是建都而命龟之事。

孔疏曰:

"建邦能命龟"者,命龟以迁,取吉之意。若《少牢》史述曰:

---

① 郑玄注,贾公彦疏《周礼注疏》卷二四,阮元校刻《十三经注疏》本,第803—804页。
② 郑玄注,孔颖达疏《毛诗注疏》卷一六,阮元校刻《十三经注疏》本,第316页。
③ 同上书,第510页。
④ 旧题孔安国传,孔颖达疏《尚书注疏》卷一五,阮元校刻《十三经注疏》本,第214页。

"假尔大筮有常,孝孙某,来日丁亥,用荐岁事于皇祖伯某,以某妃配某氏,尚飨。"《士丧》卜曰:"哀子某,卜葬其父某甫,考降无有近悔。"如此之类也。建邦亦言某事以命龟,但辞亡也。①

孔颖达所举之例,一见《仪礼·少牢馈食礼》,一见《仪礼·士丧礼》,皆与建邦命龟无关。推原孔颖达之意,建邦命龟之辞已亡佚不可见,此二例皆有辞,借此以见命龟之辞也。在传世文献中,"建邦能命龟"的具体之辞,确是少见。《说苑》卷一四记载:

> 昔周成王之卜居成周也,其命龟曰:"予一人兼有天下,辟就百姓,敢无中土乎?使予有罪,则四方伐之,无难得也。"周公卜居曲阜,其命龟曰:"作邑乎山之阳,贤则茂昌,不贤则速亡。"②

这出于汉人的记载,不知所据。

由于孔颖达时代未有甲骨文献出土,故谓"建邦亦言某事以命龟,但辞亡也"。事实上,不少出土甲骨文献记载了"建邦命龟"之辞,并形象地展示了"命龟"的物质形态。《殷契卜辞》壹玖贰片甲辞云:"其乍(作)兹邑,四月。"乙辞云:"贞佳龟令。"杨树达说:"此辞首云作邑,继云令龟,正所谓建邦命龟也。《毛传》多陈古义,此九能之一与卜辞正相密合矣。"③除了杨先生所举之例外,在现存甲骨文卜辞中还有一些与建邦"作邑"有关的记载。如:

> 贞乍大邑。(《合集》13513 反)
> 乍邑于麓。(《合集》13505 正)
> 王乍邑于牛鼎。(《合集》20275)
> 【贞】我拃邑。(《合集》13499)

---

① 郑玄笺,孔颖达疏《毛诗注疏》卷三,阮元校刻《十三经注疏》本,第 316 页。
② 刘向撰,向宗鲁校证《说苑校证》卷一四,中华书局,1987 年,第 346 页。
③ 杨树达《积微居甲文说》卷下《释乍邑令龟》,上海古籍出版社,2007 年,第 90—91 页。

上述卜辞皆言作邑令龟之事，与《毛传》相合，以甲骨文献和传世文献互相释证，"建邦能命龟"之义便较为清晰。

"建邦能命龟"，举"命龟"之一用而言也，不可过于拘泥。实则周代举大事之前，多先命龟以占其凶吉。《周礼·春官》有《大卜》《卜师》《龟人》《菙氏》《占人》《簭人》六节，记录了占卜的不同司职与程序，内容相当复杂。占卜最重要的有"八命"，《大卜》云："以邦事作龟之八命，一曰征，二曰象，三曰与，四曰谋，五曰果，六曰至，七曰雨，八曰瘳。"郑玄注："国之大事待蓍龟而决者有八，定作其辞，于将卜以命龟也。"① 这八者都是国之大事，需要作龟而命之。这"八命"并不包括"建邦"。故笔者认为，"建邦能命龟"意指在重大决策之前，大夫在卜筮活动中具有作命辞的能力。

第二节　释"田能施命"

"田"，古代打猎和习兵之礼，是狩猎活动与军事训练的结合。《穀梁传·桓公四年》："春曰田，夏曰苗，秋曰蒐，冬曰狩。"② 《周礼·春官·甸祝》："掌四时之田。"郑玄注："田者，习兵之礼。"③ "施命"，"命"即"令"，指施行政令、教命。

《周礼·夏官》有大司马掌邦政，其属官有军司马、舆司马、行司马，其职责就包括了田猎习兵。《周礼·夏官·大司马》对大司马所掌田猎教战之礼的记载相当详细，可以看出当时的田猎习兵有一套系统而严密的礼制，而"田能施命"则是其部分内容，在田猎习兵中由大司马负责"施命"。

---

① 郑玄注，贾公彦疏《周礼注疏》卷二四，阮元校刻《十三经注疏》本，第803页。
② 范宁集解，杨士勋疏《春秋穀梁传注疏》卷三，阮元校刻《十三经注疏》本，第2374页。
③ 郑玄注，贾公彦疏《周礼注疏》卷二六，阮元校刻《十三经注疏》本，第815页。

孔颖达疏曰：

"田能施命"者，谓于田猎而能施教命以设誓，若《士师》职云："三曰禁，用诸田役。"注云："禁，则军礼曰'无干车，无自后射'其类也。"《大司马》职云"斩牲，以左右徇陈，曰'不用命者斩之'"是也。田所以习战，故施命以戒众也。①

孔疏以"田猎而能施教命以设誓"来释"田能施命"，并认为"田所以习战，故施命以戒众也"，这些意见是可取的。

孔疏所引首例为郑玄注。文见《周礼·秋官·士师》："掌国之五禁之法……以五戒先后刑罚，毋使罪丽于民：一曰誓，用之于军旅；二曰诰，用之于会同；三曰禁，用诸田役；四曰纠，用诸国中；五曰宪，用诸都鄙。"郑玄注："禁则军礼曰'无干车，无自后射'，此其类也。"②按，"禁"是指军事演练中的各种纪律与禁令。"无干车"是规定各兵车在狩猎时要各行其道，不能为了追逐野兽而影响其他兵车的行驶。"无自后射"是规定若前面有人，则不能在后射箭，恐误伤他人。

孔疏所引次例见《周礼·夏官·大司马》"中冬，教大阅"："群吏听誓于陈前，斩牲以左右徇陈，曰'不用命者斩之'。"按孙诒让的解释，此誓之意即"不用将帅之命，其刑则斩也"。他还认为："'田能施命'，命即誓命也。此习战前之誓，誓以军法。"③

关于田猎之誓的具体情况，前人有所论述。清代江永认为田猎之誓可分为前誓与后誓。④ 孙诒让解释说："前誓，习战之誓，誓以军法，即大阅'陈车徒，群吏听誓于陈前'是也。后誓，田猎之誓，誓以

---

① 郑玄笺，孔颖达疏《毛诗注疏》卷一六，阮元校刻《十三经注疏》本，第316页。
② 郑玄注，贾公彦疏《周礼注疏》卷三五，阮元校刻《十三经注疏》本，第874—875页。
③ 孙诒让《周礼正义》卷五六，中华书局，2015年，第2809—2810页。
④ 江永《周礼疑义举要》卷五，《景印文渊阁四库全书》第101册，台北，台湾商务印书馆，1983—1988年，第758—759页。

田法,此'表貉'后之誓是也。"①孙希旦《礼记集解》的解释更为细致。他认为,四时的田猎都是先教战,然后田猎,而且都有誓。故有"教战之誓"与"田猎之誓"两种誓戒之辞。"教战之誓"用于未出和门之前,"田猎之誓"用于既出和门之后。这和江永所说的前誓与后誓相似。②

江永等人的说法,是根据《周礼·夏官·大司马》所载而得出的。他们认为,田猎之誓的仪式由两部分组成。在田猎活动之前,有一个军事演练。用的是"前誓"("教战之誓"),其内容是誓以军法,其辞如"大阅"章所引"不用命者斩之"之誓,以警诫军士行动不得违反军令。田猎活动正式开始,用后誓("田猎之誓"),誓以田法,如郑玄注"有司表貉誓民"条:"誓曰:'无干车,无自后射,立旌遂围禁,旌弊争禽而不审者,罚以假马。'"③强调田猎活动中的纪律,即孙希旦所说的"戒其从禽之不如法者"。从上引内容看,"教战之誓"与"田猎之誓"两种誓戒之辞的性质有明显差异。军法显然极为严厉,若违反军令则"斩之";而田法要宽松许多,不守田法只是"罚以假马"(假马即木制马形筹码)而已。可见田猎不仅有军事训练目的,同时还有某种休闲娱乐功能。

综上所述,"田能施命"指大夫在田猎习兵中能宣布命令、纪律,以整肃军纪,激励士气。无论是教战之誓还是田猎之誓,内容都是宣戒相关纪律与职责,慑以刑罚。"田能施命"的"命"应该属于常规性的仪式套语,应该是对已有军令法规的宣读与强调,并非一种临时的创作。"田能施命"当然与辞令有关,但最需要的未必是辞令能力,而应是大夫对军法、田法的熟练掌握以及军事指挥能力和临阵的威仪风度。

---

① 孙诒让《周礼正义》卷五五,中华书局,2015年,第2777页。
② 孙希旦《礼记集解》卷一七,中华书局,1989年,第481—482页。
③ 郑玄注,贾公彦疏《周礼注疏》卷二九,阮元校刻《十三经注疏》本,第836页。

第三节 释"作器能铭"

"作器能铭"之"器"指器物。器物可分为日常器物与宗庙重器,这种区分颇为重要,因为刻于日常器物与宗庙重器上的铭文内容差异很大。

日常器物与个人生活相当密切,其质地多样,或金属之器,或木竹之器。器物之铭,多从器物之用途特点出发阐释人生哲理与戒慎之思。在传世文献中,警诫自励的铭出现很早。《礼记·大学》:"汤之《盘铭》曰:'苟日新,日日新,又日新。'"① 盘铭就是刻在盥洗盘器上的劝诫自励之辞。盥洗盘器用于洁净身体,故以之喻君子自修其德,日日更新。

宗庙重器主要是青铜器。青铜器铭文种类甚多,有徽记、祭辞、册命、训诰、记事、追孝、约剂、律令、符、节、诏令、媵辞、乐律、物勒工名等。② 宗庙重器上所镌刻的内容主要是记事颂功。古代建功立业,常刻辞于盘鼎以记之,称"盘鼎"。关于铭,唐兰总结说:"作器以记事,常也。而作法戒,偶也,故不恒见。"③ 指出在传世古器上箴戒性的铭较为罕见,这是值得注意的意见。

从文体学的角度看,汉之前论铭多指宗庙重器(盘鼎)之铭,故重在其记事颂功之用;汉之后论铭多指日常器物之铭,故重在箴戒之功。先秦时期对于铭的功用论述主要集中于纪事、述功、赞美的盘鼎之铭。《礼记·祭统》:

---

① 郑玄注,孔颖达疏《礼记注疏》卷六〇,阮元校刻《十三经注疏》本,第1673页。
② 参见马承源主编《中国青铜器》(修订本)第四章第二节"铭文的格式",上海古籍出版社,2003年,第351—362页。
③ 唐兰《〈颂斋吉金图录〉序》,《唐兰全集》第1册,上海古籍出版社,2015年,第282页。

> 夫鼎有铭。铭者自名也,自名以称扬其先祖之美,而明著之后世者也。为先祖者,莫不有美焉,莫不有恶焉。铭之义,称美而不称恶,此孝子孝孙之心也。唯贤者能之。铭者,论撰其先祖之有德善、功烈、勋劳、庆赏、声名,列于天下,而酌之祭器,自成其名焉,以祀其先祖者也。

郑玄注曰:"铭,谓书之刻之以识事者也。自名,谓称扬其先祖之德,著己名于下。"①汉代的小学著作也如此说。《释名》云:"铭,名也,述其功美,使可称名也。"②又谓:"铭,名也,记名其功也。"③"铭者,自名也。""自名",就是自载其功,自成其名,这主要是指赞美与记功的盘鼎之铭。

古代颂功纪事之文字,既可镌刻于钟鼎,亦可镌刻于碑碣,寄金石之坚,以求不朽。《墨子·兼爱下》:"以其所书于竹帛,镂于金石,琢于槃盂,传遗后世子孙者知之。"④《吕氏春秋·求人》云:"功绩铭乎金石,著于盘盂。"⑤从历史发展来看,钟鼎之铭早于碑碣之铭,但是从汉代开始纪事颂功之用多施之碑碣。蔡邕《铭论》谓:

> 钟鼎礼乐之器,昭德纪功,以示子孙,物不朽者莫不朽于金石,故碑在宗庙两阶之间。近世以来,咸铭之于碑。⑥

他指出近代以来,碑铭始盛。因石碑容量更大,可以书写更多内容,也更具开放性,传播性更强,故更适合纪事颂功。铭器原有的纪事赞颂功能逐渐被碑铭所代替,而器物之铭的箴戒功能逐渐被强调与放大。扬雄《法言》卷二《修身》:"或问'铭'。曰:'铭哉!铭哉!

---

① 郑玄注,孔颖达疏《礼记注疏》卷四九,阮元校刻《十三经注疏》本,第1606页。
② 刘熙撰,毕沅疏证,王先谦补《释名疏证补》,中华书局,2008年,第217页。
③ 同上书,第114页。
④ 孙诒让《墨子间诂》卷四,中华书局,2001年,第120—121页。
⑤ 许维遹《吕氏春秋集释》卷二二,中华书局,2009年,第615页。
⑥ 严可均校辑《全上古三代秦汉三国六朝文·全后汉文》卷七四,中华书局,1958年,第876页。

有意于慎也。'"①可见至少在扬雄的时代,器物之铭的功能已经逐渐向箴戒的方向转移了。此后,在文体学著作中,铭的功能与"箴"相近。《文心雕龙》把铭与箴合为《铭箴》,其中论铭的箴戒功能云:"昔帝轩刻舆几以弼违,大禹勒笋簴而招谏,成汤盘盂,著日新之规,武王户席,题必戒之训,周公慎言于金人,仲尼革容于欹器。则先圣鉴戒,其来久矣。"②然后再论铭的赞颂功能:"故铭者,名也,观器必也正名,审用贵乎盛德。"③刘勰把箴与铭合并一大类,认为两类文体虽有区别,但关系密切,"箴全御过,故文资确切;铭兼褒赞,故体贵弘润"④。刘勰论铭先戒而后颂,把铭的箴戒功能视为主体,而"褒赞"是"兼"的,铭之功能的主次之分非常鲜明。

在此文体学背景下,孔颖达的疏解明显偏重铭的箴戒自警功能:

  "作器能铭"者,谓既作器,能为其铭,若栗氏为量,其铭曰:"时文思索,允臻其极。嘉量既成,以观四国。永启厥后,兹器维则"是也。《大戴礼》说武王盘盂几杖皆有铭,此其存者也。铭者,名也,所以因其器名而书以为戒也。⑤

孔颖达受汉代以来铭体论的影响,故谓铭的功能是"因其器名而书以为戒也",即根据不同器物的特点而托物以自警诫。孔疏对"作器能铭"的阐释至少是不全面的。他把铭作为一种箴戒文体来理解,所举《周礼·冬官·栗氏》量器之铭、《大戴礼·武王践阼》武王盘盂几杖之铭,皆为箴戒铭辞,而不及纪功颂德之铭。这是一种选择性的阐释,虽然符合汉代以来文体学发展的倾向,但与先秦时代的实际情况是有出入的。明代徐师曾说铭"其体不过有二:一曰

---

① 汪荣宝《法言义疏》,中华书局,1987年,第88页。
② 刘勰著,詹锳义证《文心雕龙义证》,上海古籍出版社,1989年,第388页。
③ 同上书,第394页。
④ 同上书,第420页。
⑤ 郑玄笺,孔颖达疏《毛诗注疏》卷三,阮元校刻《十三经注疏》本,第316页。

警戒,二曰祝颂"①。所言甚是。不过,铭以"警戒"为第一义,是后起的。在先秦语境里,祝颂纪功是首要的,也是其原始意义,传世文献与出土文献皆可证实这一点。述功之铭镌刻于礼器之上,述其功德,以传后世,此类铭多刻于鼎、簋、盘等器物之上。当时大夫的"作器能铭",首先应该是具备纪事、叙述与歌功颂德之才能,这毕竟与国家政治、军事、文化的需求直接相关,然后才是在道德上具有自我警诫与训诫他人的能力。在"作器能铭"的原始语境中,铭有多方面功用,但以纪事述功为主流。汉代以后,铭的警诫功能被强化并强调,而述功赞美的铭则由金转而为石,变成勒石立碑的铭了。

要之,"作器能铭"之"铭",在文体性质、功能上是开放的。宋陈骙《文则》说:"铭文之作,初无定体。量人《量铭》,乃类《诗·雅》;孔悝《鼎铭》,无异《书·命》;成汤《盘铭》,考父《鼎铭》,体又别矣。"②其实,以器物为载体的书写,可用诸种不同文体。除箴铭训诫之外,从其叙事纪功的功能来看,同"记"之体;从其歌功颂德而言,近乎"颂"体;就其刻铸会盟文书,则同盟誓之体;就其刻铸文书法律,则同券契之体。

第四节 释"使能造命"

"使",指出使。"造命"谓创制和使用得体的辞命、辞令。它不仅需要出色的语言能力,还需要政治、军事、外交、历史、文化、艺术等方面的修养,以及纵横捭阖、折冲樽俎的洞察力与应变能力。"达"是辞令的最高境界,即准确和得体。《仪礼·聘礼》"记"云:"辞无常,孙而说。辞多则史,少则不达。辞苟足以达,义之至

---

① 徐师曾《文体明辨序说》,人民文学出版社,1962年,第142页。
② 陈骙《文则》,王水照编《历代文话》第1册,复旦大学出版社,2007年,第183页。

也。"①强调辞令应该适应具体环境的需求,态度谦逊使人喜悦。

《周礼·春官·大祝》:"作六辞,以通上下亲疏远近,一曰祠,二曰命,三曰诰,四曰会,五曰祷,六曰诔。"郑玄注:"郑司农云:'祠,当为辞,谓辞令也。命,《论语》所谓:为命,裨谌草创之……'玄谓'一曰祠'者,交接之辞。《春秋传》曰'古者诸侯相见,号辞必称先君以相接',辞之辞也。会,谓会同盟誓之辞。"②"六辞"中至少有祠、命、会这几种与"使能造命"有关系。王夫之《读四书大全说·论语·为政篇七》:"春秋之时,会盟征伐交错,而唯辞命是赖。"③春秋战国时期使者肩负着邦国的使命与声誉,用于王朝之内朝觐聘问与列国之间会盟征伐、往来应对的使者辞令,往往关乎国家安危、战争胜负。史传所载烛之武退秦师、唐雎使秦、晏婴使楚等故事,可谓"三寸之舌强于百万之师"。

春秋时期"使能造命"确与大夫之职有关。《周礼·秋官》中有"大行人""小行人"之职官。大行人"掌大宾之礼,及大客之仪,以亲诸侯"④,属中大夫,掌管天子与诸侯国交往之礼仪等职。小行人"掌邦国宾客之礼籍,以待四方之使者",还要"使适四方,协九仪宾客之礼"⑤,即有出使四方之命。

辞命方式,既有口头性的,也有文字性的。许多外交辞令,属于重要的公文,甚至需要集体讨论、修饰、润色。《论语·宪问》:"为命,裨谌草创之,世叔讨论之,行人子羽修饰之,东里子产润色之。"⑥而大多外交辞令则是在复杂多变的情景中的言辞,这就需要随机应变而语辞得体。孔疏曰:"'使能造命'者,谓随前事应机,造其辞命以对,若屈完之对,齐侯国佐之对晋师,君无常辞也。"强调其

---

① 郑玄注,贾公彦疏《仪礼注疏》卷二四,阮元校刻《十三经注疏》本,第1073页。
② 郑玄注,贾公彦疏《周礼注疏》卷二五,阮元校刻《十三经注疏》本,第809页。
③ 王夫之《读四书大全说》卷四,《船山全书》第6册,岳麓书社,1996年,第606页。
④ 郑玄注,贾公彦疏《周礼注疏》卷三七,阮元校刻《十三经注疏》本,第890页。
⑤ 同上书,第893页。
⑥ 何晏集解,邢昺疏《论语注疏》卷一四,阮元校刻《十三经注疏》本,第2510页。

应变的辞令能力。"屈完之对"事见《左传·僖公四年》,"齐侯国佐之对晋师"事见《左传·成公二年》,二事皆体现了出使造命,"君无常辞"的现象。孔疏所言极是。

在古代,使者肩负使命,远离家国,面对复杂多变的情况,只能独当一面,根据君命原则来决断。《公羊传·庄公十九年》:"聘礼,大夫受命不受辞,出竟有可以安社稷、利国家者,则专之可也。"①"受命不受辞"就是接受君主使命的大原则,但不受具体指令的约束,只要有利于国家,不违背原则就可以自己做主处理。

"使能造命",指在邦国相交的场合中,善于辞令,具有得体的应对与应变能力。"造命"在文体学上也是开放的,具有运用各种文体的可能性。如果说"使能造命"的"命"主要就是行人之辞,那么,行人之辞可以是书信,可以是吊文,也可以是会同之辞。会同之辞则可能与盟、誓、约、檄、移、让、责、禁等文体相关。宋代真德秀《文章正宗》把文章分为"辞命""议论""叙事""诗歌"四大类,"辞命"类中最重要就是"春秋列国往来应对之辞",该书选了37篇,皆出于《左传》。可见《左传》诚为古辞令之渊薮,而《文章正宗》选属篇目其标题所用有"对""答""说""谏""论""谋"等,这些都具有一定的文体意义。

第五节 释"升高能赋"

"升高能赋",或作"登高能赋"。若依我们的惯常理解,就是登上高处,感物兴怀而能写作诗赋作品。这是一种文学化的阐释。

这种文学化阐释的萌芽,始于汉代。《汉书·艺文志·诗赋略》对"登高能赋可以为大夫"之阐释,已同时包含了言志与感物两种内

---

① 何休解诂,徐彦疏《春秋公羊传注疏》卷八,阮元校刻《十三经注疏》本,第2236页。

涵。"古者诸侯卿大夫交接邻国,以微言相感,当揖让之时,必称《诗》以谕其志,盖以别贤不肖而观盛衰焉。"①此承先秦时代"登高能赋"之原义,即在诸侯会同之时,坛堂之上,赋《诗》言志。而感物之义,则为《诗赋略》首创:"感物造耑,材知深美,可与图事,故可以为列大夫也。"颜师古释"感物造耑"曰:"因物动志,则造辞义之端绪。"②谓能见物兴感,而产生创作词语的动机。在这个语境中,能产生"感物造耑"的"登高",便可以成为登临高处之理解了。"能赋"之"赋",则可以理解为创作诗赋。由于诗赋文体在汉代已完全独立,成为当代文章的标志。所以,虽然《诗赋略》对"登高能赋"包含言志与感物两种内涵,但人们却偏向于选择其"感物造耑"的文学化阐释,这种现象既是由《诗赋略》内容所导向,又是因为接受者把后来的文学观念投射其中。此后,"感物造耑"四字,差不多成为赋体的不刊之论。

刘勰《文心雕龙·诠赋》论赋谓:"原夫登高之旨,盖睹物兴情。……此立赋之大体也。"③他更明确地说,所谓"登高能赋"之旨意,便是看到外界的景物而引发内心感情。《文心雕龙·明诗》又谓"人禀七情,应物斯感"④。这些应该是承《诗赋略》"登高能赋""感物造耑"之说而阐发的,代表了南北朝以来典型的诗赋理论。

孔颖达疏:"'升高能赋'者,谓升高有所见,能为诗赋其形状,铺陈其事势也。"孔疏所谓"升高有所见",用左思《三都赋序》之语:"发言为诗者,咏其所志也;升高能赋者,颂其所见也。"⑤孔氏之意,"升高能赋"应该指登临高处,如台榭山峰,登临纵目,而能作诗歌"赋其形状,铺陈其事势也"。这肯定属于文学创作了。它明显是以诗赋兴盛之后的文学观念来阐释"升高能赋",这种阐释此后一直

---

① 班固《汉书》卷三〇,中华书局,1962年,第1755—1756页。
② 同上。
③ 刘勰著,詹锳义证《文心雕龙义证》,上海古籍出版社,1989年,第304页。
④ 同上书,第173页。
⑤ 萧统编,李善注《文选》卷四,中华书局,1977年,第74页。

是文章学界的主流观点。

但在主流阐释之外,有些学者表达了不同意见。比较早的如明代何良俊就说:"《传》曰:九能可以为大夫。其一曰:'登高能赋'。当春秋时尚未有赋,亦未必人人作诗。即如前之所赋是也,盖但以明志而已。"①何良俊认为春秋时期没有赋体,也非人人写诗,所以"登高能赋"之义并不是说登高能写赋或写诗,只是诵《诗》以明志罢了。虽然何良俊所言较简,影响不大,但见解独特,值得留意。

章太炎《国故论衡·辨诗》:"《毛诗传》曰:'登高能赋,可以为大夫。'登高孰谓?谓坛堂之上,揖让之时。赋者孰谓?谓微言相感,歌诗必类。"②揭橥新义,最为醒豁。此后,其义多被采用。吴静安在《春秋左氏传旧注疏证续》中解释九能,其中谓"登高能赋,七子赋诗"③,用《左传·襄公二十七年》春秋郑国子展、伯有、子西、子产等七大夫在晋国赵孟面前,分别赋《诗》以言志之典故,解释"登高能赋",虽然只有四字,意思却相当清楚。王利器更明确指出"登高能赋"之意是"会同之时,坛坫之上,能赋《诗》见意也"④。

赵逵夫则认为孔颖达《毛诗正义》对"登高能赋"的解释是"误解":"《汉书·艺文志》所谓'登高'乃是指登于朝堂盟坛之上,而不是指观览风光的山顶或台榭之上。"⑤周勋初《"登高能赋"说的演变和刘勰创作论的形成》一文指出:"'升高'一词包含着两方面的内容,一是登堂,二是登坛。不论诸侯、卿、大夫参予的是堂上的酬酢或坛上的盟会,都要具有赋诗的能力,才能应付裕如。"⑥而"赋诗"也不是自己创作诗歌,而是诵《诗》以言志。周先生进一步指出:"孔

---

① 何良俊《四友斋丛说》卷二,中华书局,1959年,第18—19页。
② 章太炎撰,庞俊、郭诚永疏证《国故论衡疏证》,中华书局,2008年,第415页。
③ 吴静安《春秋左氏传旧注疏证续》,东北师范大学出版社,2005年,第156页。
④ 王利器《颜氏家训集解》(增补本)卷四"文章"按语,中华书局,1993年,第261页。
⑤ 赵逵夫《"登高能赋"辨析》,《屈原与他的时代》,人民文学出版社,2002年,第166页。
⑥ 中国《文心雕龙》研究会编《〈文心雕龙〉研究》第2辑,北京大学出版社,1996年,第167页。

颖达对'升高能赋'说的解释,实际上是沿用了魏晋南北朝文士的赋说。"①

综上所述,"升高能赋"有两种解释:一种谓登临高处,感物兴怀而能作诗赋。另一种解释是,在会同之时,登坛之际,具有赋《诗》言志的能力。前说是汉魏以来诗赋兴盛背景下的一种文学化理解,它也符合汉魏以来文坛的实际创作情况。后说证之先秦史籍中士大夫引《诗》之例,比较符合先秦的实际语境。

第六节 释"师旅能誓"

"师旅"指军队、军事;"誓"指告诫、约束将士的号令。孔颖达疏曰:"'师旅能誓'者,谓将帅能誓戒之,若铁之战,赵鞅誓军之类。"②

誓,是中国最为古老的文体之一。《周礼·秋官·士师》:"以五戒先后刑罚,毋使罪丽于民。一曰誓,用之于军旅。"③《墨子·非命上》:"所以整设师旅、进退师徒者,誓也。"④在先秦时代,虽然誓约被广泛使用,然师旅之誓最具代表性。孔颖达《尚书·甘誓》疏曰:"《曲礼》云:'约信曰誓',将与敌战,恐其损败,与将士设约,示赏罚之信也。将战而誓,是誓之大者。《礼》将祭而号令齐百官,亦谓之誓。……彼亦是约信,但小于战之誓。"⑤誓有大者,有小者,师旅之誓正是誓之大者。

明代黄佐论誓体说:

---

① 中国《文心雕龙》研究会编《〈文心雕龙〉研究》第2辑,北京大学出版社,1996年,第174页。
② 郑玄笺,孔颖达疏《毛诗注疏》卷三,阮元校刻《十三经注疏》本,第316页。孔疏所举之例,见《左传·哀公二年》所载。
③ 郑玄注,贾公彦疏《周礼注疏》卷三五,阮元校刻《十三经注疏》本,第874页。
④ 孙诒让《墨子间诂》卷九,中华书局,2001年,第267页。
⑤ 旧题孔安国传,孔颖达疏《尚书注疏》卷七,阮元校刻《十三经注疏》本,第155页。

誓者,所以一众心力,使下情孚于上者也。《大禹谟》:禹征有苗,誓于师曰"济济有众,咸听朕命",以至"其克有勋"是也。故《甘誓》《汤誓》《牧誓》,终于《费誓》《秦誓》,其体皆出于谟。盖下不与上同意,则其心力必不一矣。犹夫《伊训》之后,《咸有一德》是也。成汤即天子之位,与诸侯誓曰:"阴胜阳即谓之变,而天弗施;雌胜雄即谓之乱,而人弗行。"盖亦此意。春秋以后,誓体变矣。①

《尚书》保存了许多早期誓词,如《夏书·甘誓》《商书·汤誓》《周书·牧誓》《周书·费誓》和《周书·秦誓》。② 除了《尚书》之外,其他先秦典籍也记载了一些军旅之誓。如《国语·晋语三》引韩之誓曰:"失次犯令,死;将止不面夷,死;伪言误众,死。"③意为:脱离队伍,违抗命令者死;将帅被敌俘虏而身体无伤者死(指不竭力战斗);传假消息误导众人者死。这是语言比较简洁而措辞严厉的誓言。

除了传世文献所载的军旅之誓外,出土的上古文献也有相关材料。商艳涛曾对"古文字材料中的'誓'""甲骨文中的誓师""金文中的誓师"等内容有所研究④,此不赘述。

在古代文体学中,盟与誓往往并称。但会盟之誓与军旅之誓不同。"誓之体于《尚书》屡见,所以告于神明者,亦与盟文相类。惟盟则多施之同等之国,而誓则用以约束群下,为稍异耳。"⑤会盟之誓是

---

① 黄佐《六艺流别》卷六"书艺"一,见吴承学、史洪权辑校《〈六艺流别〉序题》,胡晓明主编《中国文学思想的跨域探索——古代文学理论研究第五十五辑》,华东师范大学出版社,2022年,第556页。
② 秦蕙田《五礼通考》有"誓师"一节,将师旅之誓分为"致师之誓"与"还师之誓"。见该书卷二三八"军礼"六"出师",《景印文渊阁四库全书》第141册,台北,台湾商务印书馆,1983—1988年,第500页。
③ 徐元诰《国语集解》,中华书局,2002年,第317页。
④ 商艳涛《西周军事铭文研究》,华南理工大学出版社,2013年,第148—154页。
⑤ 吴曾祺《涵芬楼文谈附录·文体刍言》"誓文",王水照编《历代文话》第7册,复旦大学出版社,2007年,第6669页。

在不同利益集团间进行的,需要指天为证,杀牲歃血,不守信者神祇将惩罚降灾。军旅之誓则是在同一军事集团内部为了共同完成某一行动而进行的,是上级对下级的约束规定,虽或告之神明,但不必依靠神祇施以惩罚,不遵誓言者将直接受到严厉的军事处置。

"师旅能誓"的意思是在军事行动中,能发布告诫、约束将士的辞令,以整饬军心,严肃军纪,壮大声势,加强战力。

"师旅能誓"与"田能施命"内容有一定交叉。田猎活动之前所进行的"前誓"或"教战之誓",誓以军法,与"师旅能誓"是一样的。郑玄注《礼记·月令·季秋》"北面誓之"时认为是"誓众以军法也"。孔颖达疏曰:"军法之誓,有异田猎之誓,则云'无干车',如蒐田之法也。今此大阅之誓,以依军法,故《司马》中冬大阅云:'群吏听誓于陈前,斩牲以左右徇陈,曰:"不用命者斩之。"'……则军法之誓,必斩杀也。"[①]孔颖达指出"蒐田之法"与"军法之誓"是有明显不同的。"蒐田之法"的处置就是"罚以假马",而违反"军法之誓"则是要斩杀的。

第七节　释"山川能说"

"山川能说"一语较为难解。"山川"指名山大川、山水土地。至于"说"究竟指什么,因语境不明而难有确解。

孔颖达谓:

"山川能说"者,谓行过山川,能说其形势,而陈述其状也。《郑志》:"张逸问:'《传》曰"山川能说",何谓?'答曰:'两读。或云说者,说其形势;或云述者,述其古事。'"则郑为两读,以义

---

① 郑玄注,孔颖达疏《礼记注疏》卷一七,阮元校刻《十三经注疏》本,第1380页。

俱通故也。①

郑玄认为"山川能说"意为"说其形势"与"述其古事",即解说"山川"的现状与叙述其历史,但郑玄没有说明是在什么语境下"说其形势"与"述其古事"。孔颖达吸收《郑志》说法,又补充"山川能说"的语境,就是"行过山川"。孔颖达对"山川能说"与"登高能赋"的解说相当近似。他说:"'升高能赋'者,谓升高有所见,能为诗赋其形状,铺陈其事势也。""'山川能说'者,谓行过山川,能说其形势,而陈述其状也。"不同在于:一是"为诗",一是"能说"。这样,就容易让人把"山川能说"理解为文学性的活动。事实上,后人往往把两者相提并论。如元代虞集说:"古之大夫君子,所以有登临览观之乐者,盖以其升高能赋,山川能说,非徒为燕游以暇逸也。"②明代释妙声说:"不然则山川能说,登高能赋可以为大夫者,岂无其人乎?"③明代胡翰说:"山川能说,登高能赋,可以为大夫,余闻诸古而于此卷见之矣!"④

不过,以上阐释是诗赋兴盛以后人们对先秦时代的一种文学想象,未必与当时的事实相符。笔者认为,此涉及大夫之能,应该从当时之相关制度去考察。然而,考之先秦典籍,似未见如孔疏所言的"行过山川,能说其形势,而陈述其状"的相关记载。

宋代以来,不少学者提出不同理解。王应麟《通鉴地理通释》卷五"十道山川考":"《禹贡》定高山大川,以别九州之境,《职方》《尔雅》取法焉。山川万古不易,州县随时变迁。后之志地理者,附山川于注,失其纲领,唯《唐六典》叙十道得《禹贡》遗意,今释其地以备

---

① 郑玄笺,孔颖达疏《毛诗注疏》卷三,阮元校刻《十三经注疏》本,第316页。
② 虞集《青云亭记》,《道园学古录》卷三七,《景印文渊阁四库全书》第1207册,台北,台湾商务印书馆,1983—1988年,第533—534页。
③ 释妙声《宦游序》,《东皋录》卷中,《景印文渊阁四库全书》第1227册,台北,台湾商务印书馆,1983—1988年,第605页。
④ 胡翰《北山纪游总录跋》,《胡仲子集》卷八,《景印文渊阁四库全书》第1229册,台北,台湾商务印书馆,1983—1988年,第102页。

参考,'山川能说',九能之一,或庶几焉。"①王应麟从《禹贡》遗意说起,然后说其著书是"释其地以备参考",并和"山川能说"联系起来。② 按其意,"山川能说"与《禹贡》区域地理学内容是相关的。

到了清代,许多学者沿用此说。惠士奇《礼说》云:

> 土训,道地图;诵训,道方志,古之稗官也,稗官乃小说家者流。小说九百,本自虞初。虞初,洛阳人。汉武帝时,以方士侍郎号黄车使者,盖即古之土训、诵训。王巡守则夹王车,挟此秘书,储以自随,待上所求问,皆常具焉。王者欲知九州山川形势之所宜,四方所识久远之事,及民间风俗,輶轩之所未尽采,太史之所未及陈,凡地慝方慝恶物丑类,乃立稗官,使称说之,故曰训。解诂为训,偶语为稗,其义一也。说者谓街谈巷语、道听途说者所造,岂其然乎? 应劭曰:其说以《周书》为本。贤者识大,不贤者识小,而文武之道存,仲尼之所学也。君子有九能,一曰山川能说,说有两义,一曰说,说者,说其形势;一曰述,述者,述其故事。然则训兼两义,或说之或述之。③

惠士奇已明确将《周礼》中的土训、诵训之职与"山川能说"联系起来。此后,孔广林也说:"《郑志》答张逸问《毛诗传》'山川能说'云:两读,或言说,说者,说其形势。或言述,述者,述其故事。广林谓此道地图,以诏地事,说其形势矣。诵训道方志,以诏观事,述其故事矣。九能之一,二职分焉。"④汪中《广陵对》引朱侍郎语:"古者诵训之官,掌道方志,以诏观事,王巡狩则夹王车,故曰:'山川能

---

① 王应麟撰,张保见校注《通鉴地理通释校注》,四川大学出版社,2009 年,第 153 页。
② 王应麟另在《诗地理考自序》一文中也有类似的表述。参见王应麟撰,张保见校注《诗地理考校注》,四川大学出版社,2009 年,第 2 页。
③ 惠士奇《礼说》卷五,《景印文渊阁四库全书》第 101 册,台北,台湾商务印书馆,1983—1988 年,第 488 页。
④ 孔广林《周官臆测》卷二,《续修四库全书》第 80 册,上海古籍出版社,1994—2002 年,第 384 页。

说,可以为大夫。'"①孔广林所言、汪中所引与惠士奇相近,皆以《周礼》之职解释"山川能说"。夏炘《读诗札记》更明确指出:"'山川能说',如《夏史》纪《禹贡》,《周礼》详《职方》之类是也。"②刘师培则认为:"山川能说,为后世地志、图说之祖。"③

《周礼·地官·叙官》中提到有"土训""诵训"二职。郑众谓土训即"谓以远方土地所生异物告道王也",郑玄谓诵训是"能训说四方所诵习及人所作为久时事"。④《周礼·地官·土训》:"掌道地图,以诏地事。"郑玄注:"道,说也。说地图,九州形势山川所宜,告王以施其事也。若云'荆扬地宜稻,幽并地宜麻'。"⑤孙诒让《周礼正义》卷三〇释云:

> "掌道地图"者,地图即《司书》《大司徒》"土地之图"、《职方氏》"天下之图",彼藏其书,此官则为王道之,与彼为官联也。注云"道,说也"者,《广雅·释诂》同。《毛诗·鄘风·定之方中》传,说大夫九能,云"山川能说",即其义。⑥

孙诒让承惠士奇之说,并明确指出"山川能说"即是为王说"九州形势山川所宜,告王以施其事"。土训、诵训皆有"王巡守则夹王车"的职掌,随行以备顾问。

除了土训、诵训之外,还有一些掌管各地域信息的官职。职方氏"掌天下之图,以掌天下之地。辨其邦国、都鄙、四夷、八蛮、七闽、九貉、五戎、六狄之人民,与其财用、九谷、六畜之数要,周知其利

---

① 汪中《广陵对》,《新编汪中集》,广陵书社,2005年,第446页。
② 夏炘《读诗札记》卷三"卜云其吉"条,《续修四库全书》第70册,上海古籍出版社,1994—2002年,第650页。
③ 刘师培《论文杂记》,人民文学出版社,1959年,第128页。
④ 郑玄注、贾公彦疏《周礼注疏》卷九,阮元校刻《十三经注疏》本,第699页。
⑤ 同上书,第747页。
⑥ 孙诒让《周礼正义》卷三〇,中华书局,2015年,第1435页。

害"①,训方氏"掌道四方之政事与其上下之志,诵四方之传道。正岁,则布而训四方,而观新物"②,山师"掌山林之名,辨其物与其利害,而颁之于邦国,使致其珍异之物"③,川师"掌川泽之名,辨其物与其利害,而颁之于邦国,使致其珍异之物"④,邍师"掌四方之地名,辨其丘陵、坟衍、邍隰之名,物之可以封邑者"⑤,撢人"掌诵王志,道国之政事,以巡天下之邦国而语之,使万民和说而正王面"⑥,这些职官都与王的巡狩、贡赋制度关系密切。

在古代官制中,土训、诵训等职与"山川能说"有关,但"山川能说"并不只局限于这些具体的官职,也是大夫应有的修养。魏源《海国图志·释昆仑下》谓:"夫古者九能之士,山川能说,其非徒说形势分合之谓,其必察地理,脉水性,并其卓诡之状,隐潜之络,而了知之。"⑦清代谭莹亦说:"夫山川能说,风俗当知,土宜田赋之必须,国计民生之攸系,贵征文以考献,宜博古以通今。"⑧则把"山川能说"与各地的风俗、物产、田赋、国计民生联系起来。

以上文献,治文论者少有涉及,故特别揭出。综上所述,"山川能说"在先秦时代是有制度依据的,不过,我们不能只拘泥于具体的官职,把它局限在职方、土训、诵训等这些具体的职位。"山川能说"也并非只是"行过山川,能说其形势,而陈述其状",而是意谓大夫应该熟悉各地山川之自然地理与人文地理,对其水土、物产、经济、民情、历史皆能给以评说分析,以备咨询。

---

① 《周礼·夏官·职方氏》,郑玄注,贾公彦疏《周礼注疏》卷三三,阮元校刻《十三经注疏》本,第861页。
② 《周礼·夏官·训方氏》,同上书,第864页。
③ 《周礼·夏官·山师》,同上书,第865页。
④ 《周礼·夏官·川师》,同上书。
⑤ 《周礼·夏官·邍师》,同上书。
⑥ 《周礼·夏官·撢人》,同上书。
⑦ 魏源《海国图志》卷七四,岳麓书社,2021年,第1864页。
⑧ 谭莹《乐志堂文集》续集卷一,《续修四库全书》第1528册,上海古籍出版社,1994—2002年,第364页。

第八节　释"丧纪能诔"

"丧纪",即丧事。诔与谥有直接关系,《说文解字》曰:"诔,谥也。"①古代帝王、贵族、大臣、士大夫或其他有地位的人死后,要有一个谥号,在周代诔文只用于王侯卿大夫之丧。评定谥号的依据和说明就是"诔","诔"就是列述死者德行,表示哀悼并以之定谥。

诔属于"六辞"之一。郑玄注《周礼·春官·大祝》"六辞"引郑众语曰:"诔,谓积累生时德行,以锡之命,主为其辞也。"②大祝是掌祭祀告神之赞辞者,属春官宗伯,下大夫。依"贱不诔贵,幼不诔长"之礼,作为下大夫的大祝,并无资格为诸侯大夫作诔。故大祝若是诔天子的话,那就只能以"天"为名义来写诔了。

先秦时代诔文的体制究竟如何?汉代以来学者基本认为"诔"是累列死者生平事迹,据此而作谥。汉儒以声训之法,释"诔"为"累"。《释名》曰:"诔,累也。累列其事而称之也。"③《礼记·曾子问》:"贱不诔贵,幼不诔长,礼也。唯天子称天以诔之。诸侯相诔,非礼也。"郑玄注:"诔,累也。累列生时行迹,读之以作谥。谥当由尊者成。"④"累列其事"与"累列生时行迹"都容易给人以强调"诔"之叙事性的印象。所以顺此导向发展,到了南朝梁代皇侃就说:"诔者,谓如今行状也。诔之言累也,人生有德行,死而累列其行之迹为谥也。"⑤明确把诔等同于行状,这就把诔看成专指记述死者世系、籍贯、生卒年月和生平概略的叙事文章。此后,学者往往把诔与行状相提并论。《礼记·檀弓上》:"鲁哀公诔孔丘。"孔疏:"作

---

① 许慎撰,段玉裁注《说文解字注》,上海古籍出版社,1988年,第101页。
② 郑玄注,贾公彦疏《周礼注疏》卷二五,阮元校刻《十三经注疏》本,第809页。
③ 刘熙著,毕沅疏证,王先谦补《释名疏证补》卷六,中华书局,2008年,第218页。
④ 郑玄注,孔颖达疏《礼记注疏》卷一九,阮元校刻《十三经注疏》本,第1398页。
⑤ 皇侃《论语义疏》卷四,中华书局,2013年,第181页。

谥，宜先列其生时行状，谓之为诔。"①此亦以诔等同行状。章太炎《国故论衡·正赍送》说："自诔出者，后有行状。诔之为言，累其行迹而为之谥。故《文心雕龙》曰：'序事如传，辞律靡调，诔之才也。'此则后人行状，实当斯体。"②

先秦之诔，本质上是一种礼仪形式，并未形成规范的文体体制，成熟的诔文体制到了汉魏以后才真正形成。郝经说："魏晋而下，始有诔文，有序、有事，盛为辞章，勒石于墓，亦与碑等矣。"③在文学批评方面，刘勰《文心雕龙·诔碑》云："详夫诔之为制，盖选言录行，传体而颂文，荣始而哀终。"④又说："夫碑实铭器，铭实碑文，因器立名，事先于诔。是以勒石赞勋者，入铭之域，树碑述亡者，同诔之区焉。"⑤刘勰以诔与碑同类，而且强调诔文的"传体"即其叙事性，这应该是对汉魏以来的诔体文创作的理论总结。

但是，先秦的诔并非如后代的行状那样明确属于叙事性的文体。

先秦时代的诔流传极少，就传世的诔来看，并无定制。挚虞《文章流别论》曰："诗、颂、箴、铭之篇，皆有往古成文，可放依而作，惟诔无定制，故作者多异焉。"⑥《礼记·檀弓上》提到鲁庄公为县贲父诔时说："士之有诔，自此始也。"⑦然此诔之文已不可见。现存最早的诔文，是鲁哀公《孔子诔》。《左传·哀公十六年》："（哀公）诔之曰：'旻天不吊，不慭遗一老，俾屏余一人以在位，茕茕余在疚。呜呼哀哉尼父！无自律。'"⑧此诔并没有涉及孔子的生平事迹，似也未及于

---

① 郑玄注，孔颖达疏《礼记注疏》卷八，阮元校刻《十三经注疏》本，第1294页。
② 章太炎撰，庞俊、郭诚永疏证《国故论衡疏证》，中华书局，2008年，第453页。
③ 郝经《郝氏续后汉书》卷六六上上"文艺"，《景印文渊阁四库全书》第385册，台北，台湾商务印书馆，1983—1988年，第622页。
④ 刘勰著，詹锳义证《文心雕龙义证》，上海古籍出版社，1989年，第442页。
⑤ 同上书，第457页。
⑥ 严可均校辑《全上古三代秦汉三国六朝文·全晋文》卷七七，中华书局，1958年，第1906页。
⑦ 郑玄注，孔颖达疏《礼记注疏》卷六，阮元校刻《十三经注疏》本，第1277页。
⑧ 杜预注，孔颖达疏《春秋左传注疏》卷六〇，阮元校刻《十三经注疏》本，第2177页。

谥,故郝经说此诔"不累其行,特哀之之辞也"①。

比较完整的诔文见刘向《列女传》:"柳下既死,门人将诔之。妻曰:'将诔夫子之德邪？则二三子不如妾知之也。'乃诔曰:'夫子之不伐兮,夫子之不竭兮,夫子之信诚而与人无害兮。屈柔从俗,不强察兮。蒙耻救民,德弥大兮。虽遇三黜,终不蔽兮。恺悌君子,永能厉兮。嗟乎惜哉,乃下世兮。庶几遐年,今遂逝兮。呜呼哀哉,魂神泄兮。夫子之谥,宜为惠兮。'"②此书为汉人所编,真实性无法断定,但体现出诔与谥的关系。该诔以贱诔贵,是个人之行为,可称"私谥"。值得注意的是,该诔不涉及生平事迹,与行状之体并不相同,与刘勰所说的"传体"也相去甚远,只是在阐释"夫子之谥,宜为惠兮"的理由,文体并非叙事,而近乎议论。

由于先秦遗留的诔太少,无法展开全面的研究,但就现存的诔文仍可以看出,当时的诔并没有统一的规范,孔子诔与柳下惠诔在形式与内容上就很不一样,或与谥有关,或仅为寄哀,但都不是后人所说的叙事文体。

在笔者看来,所谓"累列其行",应该是指累列和概括其德行以便作谥,而不是叙述其生平。作诔的目的和指向就是谥。谥需用最简要的字来准确地概括死者的德行,所以诔就需要总结死者的德行以便确定谥号的褒贬。孔颖达疏说:"'丧纪能诔'者,谓于丧纪之事,能累列其行,为文辞以作谥。若子囊之诔楚恭之类。"③孔疏所谓"子囊之诔楚恭"事,见《国语·楚语上》:

> 恭王有疾,召大夫曰:"不谷不德,失先君之业,覆楚国之师,不谷之罪也。若得保其首领以殁,唯是春秋所以从先君者,请为'灵'若'厉'。"大夫许诺。王卒,及葬,子囊议谥。大

---

① 郝经《郝氏续后汉书》卷六六上上"文艺",《景印文渊阁四库全书》第385册,台北,台湾商务印书馆,1983—1988年,第622页。
② 王照圆《列女传补注》卷二,华东师范大学出版社,2012年,第74—75页。
③ 郑玄笺,孔颖达疏《毛诗注疏》卷三,阮元校刻《十三经注疏》本,第316页。

夫曰:"王有命矣。"子囊曰:"不可。夫事君者,先其善,不从其过。赫赫楚国,而君临之,抚征南海,训及诸夏,其宠大矣。有是宠也,而知其过,可不谓'恭'乎?若先君善,则请为'恭'。"大夫从之。①

可见,"子囊之诔楚恭"并不是子囊对楚恭王生平大事的记叙,而是说明其功劳及知错能改的德行可以配上"恭"这个谥的理由。

《墨子·鲁问》曰:"诔者,道死人之志也。"②按,"志"是"德"而不是事。③墨子这个说法也许更符合先秦时代诔的真实面貌。从现存先秦的诔文来看,与行状并不相同。诔最重要的是总结和概括死者的主要德行,而不是叙述死者的生平事迹。这两者在文体上有较大的差异。先秦时期的诔是总结性与议论性的文体,而后起的行状是记载具体生平的叙述文体。"丧纪能诔"首先是对死者生平德行的概括能力,另一方面也包含写作表达哀思辞令的能力。

第九节 释"祭祀能语"

"祭祀能语"指祭祀时能作祈福禳灾的祝祷之辞。无论是"祭祀"还是"能语"都包括许多内容,但其核心就是祝祷。

孔疏曰:"'祭祀能语'者,谓于祭祀能祝告鬼神,而为言语,若荀偃祷河,蒯聩祷祖之类是也。"④孔疏所举二例皆出《左传》,"荀偃祷河"指襄公十八年晋国荀偃伐齐时向河神祈祷之辞。"蒯聩祷祖"是

---

① 徐元诰《国语集解》,中华书局,2002年,第487页。
② 孙诒让《墨子间诂》卷一三,中华书局,2001年,第470页。
③ 《吕氏春秋·遇合》:"凡举人之本,太上以志,其次以事,其次以功。"高诱注:"志,德也。"(许维遹《吕氏春秋集释》卷一四,中华书局,2009年,第346页)
④ 郑玄笺,孔颖达疏《毛诗注疏》卷三,阮元校刻《十三经注疏》本,第316页。

指哀公二年卫太子蒯聩在晋国参加对郑国之战,祈求祖先保佑。孔疏谓"祭祀能祝告鬼神,而为言语"是可取的,然所引两例都是战争祷文,则不免单一。实际上,祭祀"祝告鬼神"的文体相当繁多而复杂,明代徐师曾《文体明辨》曰:"按祝文者,飨神之词也……考其大旨,实有六焉:一曰告,二曰修,三曰祈,四曰报,五曰辟,六曰谒,用以飨天地山川社稷宗庙五祀群神,而总谓之祝文。"①他把祝文分为告、修、祈、报、辟、谒六类,但仍难以把所有"祭祀能语"的内容包括进来。

祭祀在古代是极为重要而广泛使用的礼制。"丧纪能诔"属于凶礼,"祭祀能语"属于吉礼。《礼记·祭统》:"凡治人之道,莫急于礼。礼有五经,莫重于祭。"郑玄注:"礼有五经,谓吉礼、凶礼、宾礼、军礼、嘉礼也。莫重于祭,谓以吉礼为首也。"②作为古代祀神供祖的仪式,祭祀的种类繁多,细分之则供奉天神为祀,供奉地祇为祭,供奉人鬼为享。又有所谓大祭、次祭、小祭。③由于祭祀的时间和对象不同,祭祀又有各种不同名称。《尔雅·释天》曰:"春祭曰祠,夏祭曰礿,秋祭曰尝,冬祭曰蒸。祭天曰燔柴,祭地曰瘗薶。祭山曰庪县,祭川曰浮沉,祭星曰布,祭风曰磔。"④总之,祭祀本身是一个复杂的礼制系统。

国之祭祀由大宗伯掌管,小宗伯辅佐之。大宗伯为地位尊贵的六卿之一,可见祭祀的重要性。古人认为,人与神无法直接交流,只能由祝担任人与神交流的中介。在祭祀过程中,由司祝与神祇进行沟通,代表人意,达之于天,用于祈福禳灾。祭祀的祝辞,由宗伯命旨,而司祝负责具体文辞。司祝也是分工复杂的系统,有"掌六祝"

---

① 徐师曾《文体明辨序说》"祝文",人民文学出版社,1962年,第155—156页。
② 郑玄注,孔颖达疏《礼记注疏》卷四九,阮元校刻《十三经注疏》本,第1602页。
③ 参见钱玄、钱兴奇《三礼辞典》,江苏古籍出版社,1998年,第752页。
④ 郭璞注,邢昺疏《尔雅注疏》卷六,阮元校刻《十三经注疏》本,第2609页。

"六祈""作六辞""辨六号"的大祝①,有"掌小祭祀将事侯禳祷祠之祝号"的小祝②,有"掌四时之田表貉之祝号"的甸祝③,有"掌盟、诅、类、造、攻、说、禬、禜之祝号"的诅祝④,名目繁多,难以尽述。他们各自从事的具体工作,构成了"祭祀能语"的复杂内容。

《国语·楚语下》曾论宗伯与大祝之才德云:

> 使先圣之后之有光烈,而能知山川之号、高祖之主、宗庙之事、昭穆之世、齐敬之勤、礼节之宜、威仪之则、容貌之崇、忠信之质、禋洁之服,而敬恭明神者,以为之祝。使名姓之后,能知四时之生、牺牲之物、玉帛之类、采服之仪、彝器之量、次主之度、屏摄之位、坛场之所、上下之神祇、氏姓之所出,而心率旧典者为之宗。⑤

前论大祝,后论宗伯,虽然地位不同,且分别论之,但二者的才能似无法截然分开,宜以兼通视之,即掌管祭祀的大宗伯与大祝都必须具有全面的知识修养。当然,从文章学的角度而言,司祝职责为文辞,故尤为文论家所重视。刘勰《文心雕龙·祝盟》云:"祝史陈信,资乎文辞。"⑥刘师培《文学出于巫祝之官说》则谓:"盖古代文词,恒施于祈祀,故巫祝之职,文词特工。今即《周礼》祝官职掌考之,若六祝六祠之属,文章各体,多出于斯。"⑦他高度评价巫祝对于文学发生的重要性,认为古代各体文章多出于祝官职掌。古人多谓"文本于经",而刘师培进一步提出"文学出于巫祝之官",这是一种虽片面却独到的文学史眼光。

---

① 《周礼·春官·大祝》,郑玄注,贾公彦疏《周礼注疏》卷二五,阮元校刻《十三经注疏》本,第808—809页。
② 《周礼·春官·小祝》,同上书,第811页。
③ 《周礼·春官·甸祝》,同上书卷二六,第815页。
④ 《周礼·春官·诅祝》,同上书,第816页。
⑤ 徐元诰《国语集解》,中华书局,2002年,第513—514页。
⑥ 刘勰著,詹锳义证《文心雕龙义证》,上海古籍出版社,1989年,第355页。
⑦ 刘师培《左庵集》卷八,《刘申叔遗书》,江苏古籍出版社,1997年,第1283页。

第十节 "九能"说的接受和发展

综上所述,在先秦的原始语境中,"九能"说涉及当时占卜、田猎、外交、军事、丧礼、地理、祭祀等各个方面的内容,其核心精神在于强调大夫应该具有多方面修养与能力,能在不同场合适应不同的需求。正如章太炎在《国故论衡·原儒》中所言:"古之儒知天文占候,谓其多技,故号遍施于'九能',诸有术者悉晐之矣。"①"九能"说原意并非从文学或文体学出发,而是对君子和大夫的修养、才能的要求。孔疏曰:"独言'可以为大夫'者,以大夫事人者,当贤著德盛,乃得位极人臣。大夫,臣之最尊,故责其九能。天子、诸侯嗣世为君,不可尽责其能此九者。"②宋代邢昺《孝经注疏》卷四认为"九能"说本意是讲"位以材进"③,即君子是以自身的才能获取职位的,才位相配,所以可以称为"德音",这是有道理的。但汉代以后,在"九能"的接受与阐释过程中,逐渐从大夫才德命题发展为文学命题。刘师培曾引用此语并认为"九能"是"后世文章之祖"。④ 刘毓崧曾总结说:"夫'九能',均不外乎作文。"⑤直接把"九能"等同于"作文",于是顺理成章,"大夫"的才能就演变成文人的才能。清代夏炘说:"毛公'九能'之《传》,不知所自出,其后世文人之滥觞乎!"⑥以"九能"说为"后世文人之滥觞",这真是"九能"接受史上的点睛之笔。到了

---

① 章太炎撰,庞俊、郭诚永疏证《国故论衡疏证》,中华书局,2008年,第484页。
② 郑玄笺,孔颖达疏《毛诗注疏》卷三,阮元校刻《十三经注疏》本,第316页。
③ 李隆基注,邢昺疏《孝经注疏》卷四,阮元校刻《十三经注疏》本,第2552页。
④ 刘师培《论文杂记》,人民文学出版社,1959年,第128页。
⑤ 刘毓崧《通义堂文集》卷一一《从横家出于行人之官说下篇》,《续修四库全书》第1546册,上海古籍出版社,1994—2002年,第524页。
⑥ 夏炘《读诗札记》卷三"卜云其吉"条。《续修四库全书》第70册,上海古籍出版社,1994—2002年,第649页。

当代,"九能"说甚至被赋予文体学的内涵与意义。①

"九能"说发展为文学命题有一个过程。《汉书·艺文志·诗赋略》最早为"九能"说的文学化阐释提供了理论基础:

> 传曰:"不歌而诵谓之赋,登高能赋可以为大夫。"言感物造耑,材知深美,可与图事,故可以为列大夫也。②

此所引"登高能赋"与"九能"说相比,有明显不同,它明确将"赋"作为"诗赋"文献来讨论,而且强调赋体"感物造耑"的特点。汉代诗赋开始兴盛,并成为文坛的主要文体。因此,在"九能"中,被引用最多的就是"升(登)高能赋",这是诗赋时代文人自然而然的选择。在先秦时代,"升(登)高能赋"的"赋"内涵较广,包括言志与抒情,吟咏古人作品,但到了后代,基本上集中到文学创作上了。所以,《诗赋略》在"九能"阐释史的文学化上,最先起到了关键作用。南北朝文论家引用"九能"之语,皆关乎文章之学。如《文心雕龙·诠赋》:"登高能赋,可为大夫。"③还谓"原夫登高之旨,盖睹物兴情。……此立赋之大体也"④。这也是承《诗赋略》而有所阐发的。

《隋书·经籍志》曰:"文者,所以明言也。古者登高能赋,山川能祭,师旅能誓,丧纪能诔,作器能铭,则可以为大夫。言其因物骋辞,情灵无拥者也。"⑤明确把"九能"作为"文",将之纳入文章学范畴,这既传承《诗赋略》传统,又有所发展。"九能"已被缩略,"有德音"也被忽视。原属大夫才德命题内容的"九能"说已成功地变成"因物骋辞,情灵无拥"的文学性阐释。"因物骋辞",即有感而发,强调作家对于环境的感受,并用语言文字表现出来;"情灵无

---

① 当代学者郭英德先生明确地说:"所谓'九能',指的是作为大夫所必须掌握的九种文体。"郭英德《中国古代文体学论稿》,北京大学出版社,2005年,第31页。
② 班固《汉书》卷三〇,中华书局,1962年,第1755页。
③ 刘勰著,詹锳义证《文心雕龙义证》,上海古籍出版社,1989年,第272页。
④ 同上书,第304页。
⑤ 魏徵、令狐德棻《隋书》卷三五,中华书局,1973年,第1090页。

拥",即情灵自由,不受拥蔽。至此,"九能"说不但文学化了,而且还被赋予了性灵的色彩。《隋书》之外,《初学记》卷二一也明确地把"九能"的内容收录在"文章"类。作为一部类书,它反映的正是当时人们的普遍观念。

"九能"说之所以从大夫才德命题发展成文学命题,并被赋予文体学的内涵与意义,有多方面的原因:

第一,"九能"初始虽然是大夫才德命题,但皆与"辞命言语"相关。清代刘宝楠《论语正义》曰:

> 《孟子·公孙丑》篇:"宰我、子贡善为说辞,冉伯牛、闵子善言德行,孔子兼之。曰:'我于辞命,则不能也。'"是言语以辞命为重。《毛诗·定之方中》传:"故建邦能命龟,田能施命,作器能铭,使能造命,升高能赋,师旅能誓,山川能说,丧纪能诔,祭祀能语。"此九者,皆是辞命,亦皆是言语。①

即将"九能"视为辞命、言语。又,孙宝瑄《忘山庐日记》曰:"我国自古重文辞,圣门有言语一科,文辞即言语也。《毛诗·定之方中》,传所谓大夫之九能,云……皆谓文辞也。"②也明确指出"九能"就是使用"文辞"的能力。而"辞命""言语"正是文章的基本因素,这是"九能"说能够发展成文章学命题的主要原因。

第二,"九能"说与传统文论"物感"说有相通处。古人认为,创作活动是有感于外部事物而产生的。《礼记·乐记》:"音之起,由人心生也。人心之动,物使之然也。"③《文心雕龙·物色》:"情以物迁,辞以情发。"④《诗品·序》也谓"气之动物,物之感人,故摇荡性情,形诸舞咏"⑤。"九能"说本身虽然与物感说并无关涉,但它所涉及

---

① 刘宝楠《论语正义》卷一四,中华书局,1990年,第441—442页。
② 孙宝瑄《忘山庐日记》,上海古籍出版社,1983年,第236页。
③ 郑玄注,孔颖达疏《礼记注疏》卷三七,阮元校刻《十三经注疏》本,第1527页。
④ 刘勰著,詹锳义证《文心雕龙义证》,上海古籍出版社,1989年,第1732页。
⑤ 钟嵘著,曹旭集注《诗品集注》(增订本),上海古籍出版社,2011年,第1页。

的是面对不同的场景与需要,撰述或使用不同形态、内容的言辞与文字的能力,容易与"情以物迁,辞以情发"的思路联系起来。同时,"九能"说与文体学也有相通的元素。文体本质上是对于独特事物的恰当的表达方式,而"九能"在某种程度上可以说就是在特定的语境中使用适当辞令之能力,故"九能"说具有文体学阐释的可能性。

第三,"九能"说的语境发生了改变。"九能"说的原始语境是先秦典章制度与礼乐仪式系统,汉代以后,引用和阐释"九能"说的语境则主要是文章学背景。

第四,人们对"九能"说进行了选择性的接受与阐释,强调和放大其感物造端的方面,甚至有所改造。在"九能"说的接受过程中,有一个奇特的缩略现象,便是在引用九能时,以"升(登)高能赋""山川能说"二者代替了"九能"。缩略是一种简化,也是一种有意无意的选择和强调。何绍基《题吴子厚世丈龙湫观瀑图》谓"夫登高能赋,山川能说,古所称九能也"[1]。李元度《醉月楼诗序》说:"传曰:'登高能赋,山川能说,可以为大夫矣。'"[2]陶澍《海曙楼铭》:"九能之士,登高能赋,山川能说,可以为大夫。"[3]"升(登)高能赋""山川能说"二者之所以可以代替"九能",是因为这二者最切合中国古代文学创作感物兴怀的传统。

在诸原因之中,前两者是内在原因,后二者来源于外在的语境与后人的阐释。内外原因交替作用而推进了"九能"说从才德命题发展为文学命题。

---

[1] 何绍基《东洲草堂文钞》卷五"杂著",《续修四库全书》第1529册,上海古籍出版社,1994—2002年,第177页。
[2] 李元度《天岳山馆文钞》卷二五,《续修四库全书》第1549册,上海古籍出版社,1994—2002年,第393页。
[3] 陶澍《陶文毅公全集》卷四四"文集",《续修四库全书》第1503册,上海古籍出版社,1994—2002年,第514页。

第九章　秦汉的职官制度与文体学

文体与官制的关系,是中国古代文体学上一个比较独特又未经系统研究的问题。笔者曾提出,研究中国古代文体学,必须"考之以制度",要注意到文体与中国古代礼乐与政治制度的关系。因为中国古代大量实用性文体与礼乐、政治制度关系密切,许多文体就是官制、礼制的直接产物,并服务于制度的。如果不了解制度,就不可能真正理解这些文体的生成机制及初始意义。①

从秦代开始,中国进入大一统时期,秦代所建立的政治制度对整个中国历史产生深远的影响。秦汉的官制一脉相承。汉代最初因循秦代所建的官制,班固《汉书·百官公卿表》上,西汉绝大多数职官都标明"秦官",随后根据时代发展的需要而有所修改:"秦兼天下,建皇帝之号,立百官之职。汉因循而不革,明简易,随时宜也。其后颇有所改。"②《续汉书·百官志》亦称:"汉之初兴……法度草创,略依秦制,后嗣因循。"③直到东汉初年,汉代官制基本得以定型:"所以补复残缺,及身未改",司马彪认为此时的官制乃"世祖节约之制,宜为常宪"。④ 汉初的职官并未明确其具体执掌,《汉书·百官公卿表》中只列官名而并无对应的职分,直到《续汉书·百官志》才"依其官簿,粗注职分"⑤。汉代官制从草创到定型的过程,不仅有框架的调整,对其执掌的内容也在逐渐明确。由于各种政治机构的设

---

① 参见吴承学《中国古代文体学研究》(增订本),中华书局,2022年,第112—118页。
② 班固《汉书》卷一九上,中华书局,1962年,第722页。
③ 司马彪《续汉书·百官志》,见范晔撰,李贤等注《后汉书》,中华书局,1965年,第3555页。
④ 同上。
⑤ 同上。

立,负责不同职能的官吏也应运而生。部分职官因为职能的不同,在日常公务中,需要应用到不同的文体类型,就形成一个围绕官制运行的文体系统。王充《论衡·别通》说:"汉所以能制九州者,文书之力也。以文书御天下。"①这个系统对于汉代的统治起了相当重要的作用。

秦汉诸多制度与文体的创作与运用有密切的联系,这些制度各有其系统的话语体系,其中就涉及对文体的掌握与应用。一些职官的设立,本身就蕴含一种朴素的文体观念意识。不同的职官,对应不同的话语模式、文体形态。不同职官执掌的文体,具有很大的差异性。汉代官制要求各类官员能够结合其具体的执掌,具备相应的话语能力。故而,上至公卿大夫、下至州郡掾属,都有一套相应的文体形式作为处理政事的核心话语模式。由于职官本身的政治职能包含了文体创作与运用,一些礼乐制度与政治活动须通过特定的文体来实施,而各种文体在运用过程中,也受到相应制度的约束,使得文体形态趋于规范和稳定。

秦汉职官制度对文体的发展演变以及对后世文体的影响,起了独特的作用。前人对秦汉职官制度的研究,成果非常丰硕,为古代文学研究提供了坚实基础和丰富文献。但是,从政治制度入手,对秦汉职官与文体关系进行探索性的研究和阐释,揭示中国古代文体学特色的一些成因,仍是有待开拓的学术领域。

第一节　制度安排的文体指向性

中国古代的官职名称,往往明确标明职官的职责。制度安排的文体指向性,是指在中国古代政治制度中,有一些职官名称就已经

---

① 黄晖《论衡校释》卷一三,中华书局,1990年,第591页。

标示其职责与文体之直接关系。这体现了古人对于文体实用功能的认识,是早期文体观念发生的途径之一。

先秦时期的某些文献记载,已初步涉及制度安排中文体与某些特定官职或身份的对应关系。甲骨文中已出现"乍(作)册"这种明确标明执掌文体(册)之史官名称。又如《国语·周语上》邵公谏厉王有一段文字:

> 故天子听政,使公卿至于列士献诗,瞽献曲,史献书,师箴,瞍赋,矇诵,百工谏,庶人传语,近臣尽规,亲戚补察,瞽史教诲,耆艾修之,而后王斟酌焉,是以事行而不悖。①

其中所提及的"诗""曲""书""箴""赋""诵""谏""传语""尽规""补察""教诲"等,大部分具有早期文体形态性质或特定的话语行为,它们分别与"公卿至于列士""瞽""史""师""瞍""矇""百工""庶人""近臣""亲戚""瞽史"等不同身份地位的人相对应,反映了当时已经出现一种明确的观念,即要求在政治生活中,臣民分别使用与之身份相符的话语行为。《周礼》书中列出一些职官所负责的执掌事情与言说方式,如大祝所掌之六祝、六祈、六辞、六号等,可以窥见百官执掌与对应文体类型之间的关系。②战国时期,周王朝和各诸侯国的不少职官,已具有明确的文体指向性。如御史(周、齐、魏、赵、韩)、太史(周、齐)、长史(秦)、卜史(秦)、令史掾(秦)、侍史(齐)、内史(赵)、筮史(赵)、计事内史(魏)、史(宋)、祝人(周)、尚书(秦)、主书(魏)、掌书(齐)、主簿(秦)、苑计(秦)、尉计(秦)、箴尹(楚)、太卜(楚、赵)、谒者(周、秦、齐、楚、魏、韩)

---

① 徐元诰《国语集解》,中华书局,2002年,第11—12页。
② 学界对《周礼》成书时代颇有争议,《周礼》所载官制,应包含汉儒理想化增饰的成分。关于周代官制,参考李峰著,吴敏娜等译《西周的政体:中国早期的官僚制度和国家》,生活·读书·新知三联书店,2010年。《周礼》对于周代官制的记载未必可靠,但大致可以反映出秦汉之前的官制文体意识。

等,①其职官名称已明确其职责,即主要是对某种文体或言说形式的使用。这种在职官制度安排上的文体指向性意识,成为秦汉时期职官制度建设的重要基础。

汉朝继承先秦这种官职与文体相关的传统,从职官名称的初始内涵来看,部分职官与文体或话语形式之间存在一定的对应关系,既有专指单一文体的,也有泛指某一文体类型的。这些职官在设立时,其执掌内容就包含对使用某一文体的要求,也就是说,在制度安排上已具有文体指向性。如谏议大夫(初称为谏大夫)与"谏""议";议郎、议曹与"议";太祝令、祝人与"祝";大予乐令与"乐";奏曹与"奏";辞曹与"辞"(讼辞)……这些职官名称本身就包含了特定的文体类型或话语形式。

下面略举数例。

议郎与"议"。《尚书·周官》曰:"议事以制,政乃不迷。"②可见早在先秦时代朝臣议政已成常态。秦汉时期,"议"被确定为一种国家制度,并形成一套完整的议政体制。秦时有丞相议、廷尉议和博士议;汉则有廷议、集议、百官杂议和下公卿议。议郎一职,秦时已设③,汉代议郎"不属署,不直事"④,专职人员参与议政成为一种制度。汉代官职如谏议大夫、议郎等,其职责都与"议"相关,"议"已经是一种明确的政治分工和职官专业。蔡邕《独断》所总结的四种向皇帝进言的文体之一即"议"。⑤ 所谓"议以执异"⑥,说明议是用来发表不同政见的文体。"议"又可称"驳",取"杂议不纯"⑦之

---

① 杨宽、吴浩坤主编《战国会要》,上海古籍出版社,2005年,第478—565页。
② 旧题孔安国传,孔颖达疏《尚书注疏》卷一八,阮元校刻《十三经注疏》本,第236页。
③ 应劭《汉官仪》:"议郎、郎中,秦官也。"孙星衍等辑《汉官六种》,中华书局,1990年,第132页。
④ 应劭《汉官仪》,同上书,第132页。
⑤ 蔡邕《独断》卷上,北京直隶书局,影印抱经堂校本,1923年。
⑥ 刘勰著,詹锳义证《文心雕龙义证》,上海古籍出版社,1989年,第826页。
⑦ 同上书,第887页。

义,即"推覆平论,有异事进之曰驳"①。在议政过程中,若持不同意见,可上书驳论,陈说己意。朱礼《汉唐事笺》卷三称:"汉置大夫,专掌议论,苟其事疑似而未决,则合中朝之士杂议之。自两府大臣而下至博士、议郎,皆得以伸其己见,而不嫌于卑抗尊也。"②大夫,包括光禄勋下属的光禄大夫、太中大夫、中散大夫、谏议大夫之类。诸大夫、博士、议郎,议郎虽在参与集议的众官中位居最末,却是参议朝政的重要力量,具有一定话语权。议郎一职,《续汉书·百官志》本注谓:"凡大夫、议郎皆掌顾问应对。"③即参与议论国事,为国君提供应对之策。从字面意思来看,议郎的"议",亦有其具体的文体内涵:"议。商榷可否之文,'论'定而'议'未定,'论'略而'议'详也。"④可见"议"与"论"不同,"论"有确定的结论,而"议"是用于商榷疑而未决之事的文体,对事情的分析比"论"更为全面。先秦时期的"议"仅是一种口头的话语形式,汉代则发展为成熟的书面文本形式。"三代之议有言而无书,二汉之议既许其言,又各为书以上其议,其言不易而得失可考,天子称制决可,而后下其议,公卿奉行之。"⑤《汉书·王嘉传》载光禄大夫孔光等人弹劾丞相王嘉。皇帝制曰:"票骑将军、御史大夫、中二千石、二千石、诸大夫、博士、议郎议。"议郎龚等以为:"嘉言事前后相违,无所执守,不任宰相之职,宜夺爵土,免为庶人。"⑥这就是议郎所作的"议"。蔡邕担任议郎期间,曾作《历数议》《难夏育请伐鲜卑议》《答丞相可斋议》。⑦

---

① 萧统编,李善注《文选》卷三七"表"注,中华书局,1977年,第515页。
② 朱礼《汉唐事笺》卷三,江苏古籍出版社,1988年,第53页。
③ 司马彪《续汉书·百官志》,见范晔撰,李贤等注《后汉书》,中华书局,1965年,第3577页。
④ 郝经《郝氏续后汉书》卷六六上上,《景印文渊阁四库全书》第385册,台北,台湾商务印书馆,1983—1988年,第616页。
⑤ 同上。
⑥ 班固《汉书》卷八六,中华书局,1962年,第3501页。
⑦ 邓安生《蔡邕集编年校注》附录《蔡邕年谱》,河北教育出版社,2002年,第600—606页。

太祝令与"祝"。秦有太祝令丞,又有秘祝。汉朝承袭秦代祝官,设太祝令。《续汉书·百官志》本注曰:"凡国祭祀,掌读祝,及迎送神。"其所读的"祝",也是文体形式。《周礼·春官》:"(大祝)掌六祝之辞,以事鬼神示……作六辞,以通上下亲疏远近。"①汉代的"祝",与先秦时代又有所不同。《文心雕龙·祝盟》称:"若乃礼之祭祝,事止告飨;而中代祭文,兼赞言行。祭而兼赞,盖引神而作也。又汉代山陵,哀策流文;周丧盛姬,内史执策。然则策本书赠,因哀而为文。是以义同于诔,而文实告神,诔首而哀末,颂体而祝仪。"②认为先秦时期的祝文,仅是指祝告鬼神歆享所奉酒食之语而已。到了汉代,祝成为祭祀过程中一系列文体的泛指,包括祭、赞、诔、哀策等若干文体。《续汉书·礼仪志》记载,东汉皇帝葬仪时,太祝令读谥策。③其实,刘勰的说法,仅是就丧祭而言,汉代祝官所掌的祭祀活动,还包括祭天地神祇祖先。汉代其他的祭祀活动,也有相关文体的运用。《续汉书·礼仪志》载"冠礼"云:"冠讫,皆于高祖庙如礼谒。"④补注引《博物记》所见孝昭皇帝冠辞。其辞曰:"陛下摛显先帝之光耀,以承皇天之嘉禄,钦奉仲春之吉辰,普尊大道之郊域。秉率百福之休灵,始加昭明之元服。推远冲孺之幼志,蕴积文武之就德,肃勤高祖之清庙,六合之内,靡不蒙德,永永与天无极。"⑤可见正是在高祖庙礼谒时所作。此文又见《大戴礼记·公冠》,篇中载周成王行冠礼,使祝雍祝王,祝雍作冠辞。⑥而汉儒以孝昭冠辞附录其后。则汉代冠礼,可能也传承了周代以太祝作祝辞的传统。

---

① 郑玄注,贾公彦疏《周礼注疏》卷二五,阮元校刻《十三经注疏》本,第808—809页。
② 刘勰著,詹锳义证《文心雕龙义证》,上海古籍出版社,1989年,第372页。
③ 司马彪《续汉书·礼仪志》,见范晔撰,李贤等注《后汉书》,中华书局,1965年,第3145页。
④ 同上书,第3105页。
⑤ 同上。
⑥ 孔广森《大戴礼记补注》卷一三,中华书局,2013年,第239—240页。

另一种有趣的情况是官署名称后来变为文体名称,官职名称直接影响了文体命名。乐府本是一个秦时已设置的掌管音乐的官方机构。1976年考古工作者发现秦代的错金甬钟上刻有"乐府"二字①;2000年在西安市郊相家巷发掘的秦遗址中出土很多秦封泥,其中有"乐府丞印""左乐丞印""外乐"各一枚②。又据班固《汉书·百官公卿表》记载"少府"为秦官,其属官中就有乐府。汉承秦制,也设立乐府。汉代乐府机构的建立,使得乐府诗歌创作与国家的政治、礼仪密切相关。汉初设有太乐和乐府二署,分掌雅乐和俗乐,太乐机构在汉朝初年就已建立,太乐隶属奉常(太常),主要执掌宗庙祭祀的雅乐,至东汉明帝时,更名为太予乐。乐府则隶属于少府,负责执掌宫廷中用于观赏玩乐的各类俗乐。兼采民歌配以乐曲。武帝时所谓的"立乐府",实为扩充乐府的职能和规模③,"乃立乐府,采诗夜诵,有赵、代、秦、楚之讴,则采歌谣,被声乐"④,广泛采集民间歌谣,以新声俗乐为郊祀之礼配乐。后来,那些被乐府官署所采制的可以入乐的诗歌,以及仿乐府古题的作品统称乐府。姚华《论文后编》:"于是郊祀、铙歌、鼓吹、琴曲、杂诗之属,先后并起。其隶于乐官者,皆有声可歌,谓之乐府诗,略曰乐府。"⑤若论汉代乐府的体例,则有歌、行、吟、谣、篇、引诸体,《郝氏续后汉书·文艺列传》谓乐府虽"章各有名……又继以诸事名章",然而"其后杂体、歌、行、吟、谣,皆为乐府,新声别调,不可胜穷矣"。⑥可见自汉代以来,乐府体例发展日渐繁多,不可胜数。当时人称"乐府"诗为"歌

---

① 袁仲一《秦代金文、陶文杂考三则》,《考古与文物》1982年第4期,第92—96页。
② 刘庆柱、李毓芳《西安相家巷遗址秦封泥考略》,《考古学报》2001年第4期,第433—434页。
③ 参见赵敏俐《汉代乐府官署兴废考论》,《文献》2009年第3期,第17—33页。
④ 郭茂倩编《乐府诗集》卷九〇,中华书局,1979年,第1262页。
⑤ 《近代中国史料丛刊续编》第2辑《弗堂类稿》卷一《论著甲》,台北,文海出版社,1974年,第35页。
⑥ 郝经《郝氏续后汉书》卷六六上上,《景印文渊阁四库全书》第385册,台北,台湾商务印书馆,1983—1988年,第618页。

诗",《汉书·艺文志·诗赋略》中著录的"歌诗"有 28 家,共 314 篇。东晋后,人们始将此类歌诗称之为"乐府",但东晋的乐府概念,不仅包括歌诗,也包括拟乐府。

第二节　职官与文体分类

中国古代文体种类繁多,为了方便运用,古人很早就对纷乱复杂的文体进行分类。古代职官都具有特定的职责,其中一些职责与特定的系列文体有相关性,而这一系列文体,由于类似的功能或使用对象、方式等,在后来往往变成某一文体类别。如《周礼·春官》记载"六辞"这一文体分类就是直接和大祝相关的。秦汉时期的文体使用者出于职官行为而采用的系列文体,很有可能具有文体类别的性质。在汉代官制中,掌管礼仪和掌管史料的职官与文体类别的相关性表现得尤为清晰。

秦代掌管宗庙礼仪的奉常,汉代改称太常。《通典》述其沿革云:"今太常者,亦唐虞、伯夷为秩宗兼夔典乐之任也。周时曰宗伯,为春官,掌邦礼。秦改曰奉常,汉初曰太常,欲令国家盛大常存,故称太常。"①可见上古时期已出现太常性质的官职,并带有浓厚的宗教文化色彩。汉代太常的基本职能主要体现为礼仪祭祀、文化教育、掌管陵县三个方面。太常的职责与礼仪类文体关系最为密切。比如,他所主持的各项礼仪活动,就涉及祈丰年、祷天地、求雨之类与祈、祷等文体直接相关的职责。

> 制诏太常:"夫江海,百川之大者也,今阙焉无祠。其令祠官以礼为岁事,以四时祠江海雒水,祈为天下丰年焉。"自是五岳、四渎皆有常礼。……皆使者持节侍祠。唯泰山与河岁

---

① 杜佑《通典》卷二五,中华书局,1988 年,第 691—692 页。

五祠，江水四，余皆一祷而三祠云。①

　　求雨，太常祷天地、宗庙、社稷、山川以赛，各如其常牢，礼也。②

祈之体，源自《周礼·春官·大祝》"（大祝）掌六祈，以同鬼神示"。郑玄注解释其义为："祈，嚽也，谓为有灾变，号呼告于神以求福。"③扬雄《甘泉赋》描述"钦柴宗祈"时"选巫咸兮叫帝阍"④，正是号呼于神的祈之体。祷之体，也是源于上古职官的。《周礼·春官·大祝》称大祝作六辞以通上下亲疏远近，其五即为祷。郑众云："祷，谓祷于天地、社稷、宗庙，主为其辞也。"⑤并列举《左传》中铁之战卫太子的祷辞。汉代以"祷"名篇的文章，仅见匡衡《祷高祖孝文孝武庙》一篇⑥，匡衡曾任太常掌故，据此可见太常在祭祀活动中所用祷文的体制。值得一提的是，此文以"嗣曾孙皇帝"的名义祈祷，可知太常作祷这种文体，乃是代天子为祷，是一种代言体。

《续汉书·百官志》"太常"本注曰："掌礼仪祭祀。每祭祀，先奏其礼仪；及行事，常赞天子。"⑦太常在各种礼仪祭祀活动中，还负责主持赞语。太常本人的赞语，一般都较短。如正月朔贺时，太常赞曰："皇帝为三公兴！"⑧《汉旧仪》曰："太常卿赞飨一人，秩六百石，掌赞天子。"⑨《史记·封禅书》记载汉武帝时郊祀太一神，祭祀中作赞飨文曰："天始以宝鼎神策授皇帝，朔而又朔，终而复始，皇帝

---

① 班固《汉书》卷二五下，中华书局，1962年，第1249页。
② 《续汉书·礼仪志》刘昭注引《汉旧仪》，见范晔撰，李贤等注《后汉书》，中华书局，1965年，第3118页。
③ 郑玄注，贾公彦疏《周礼注疏》卷二五，阮元校刻《十三经注疏》本，第808页。
④ 萧统编，李善注《文选》卷七，中华书局，1977年，第114—115页。
⑤ 郑玄注，贾公彦疏《周礼注疏》卷二五，阮元校刻《十三经注疏》本，第809页。
⑥ 严可均校辑《全上古三代秦汉三国六朝文·全汉文》卷三四，中华书局，1958年，第319—320页。
⑦ 司马彪《续汉书·百官志》，见范晔撰，李贤等注《后汉书》，中华书局，1965年，第3571页。
⑧ 孙星衍等辑《汉官六种》，中华书局，1990年，第183页。
⑨ 同上书，第88页。

敬拜见焉。"①即《全汉文》所录《郊拜太一赞飨文》。可见赞也是太常所主持祭祀活动中常用的一类文体。《史记·封禅书》另有收录《拜祝祠太一赞飨文》《祠上帝明堂赞飨文》②两篇赞文,也是在汉武帝时的郊祀活动中,赞飨所作。

以上可见,与太常职责相关的文体,主要是祈、祷、赞等礼仪类文体。

史传类文体直接来源于掌管史料的太史令、兰台令史等职。太史令一职,"掌天时、星历。……凡国有瑞应、灾异,掌记之"③。太史令所掌管的天时、星历等内容,都是通过相应的文体形式"掌记之"而构成史书传记的重要部分。如《史记》中的《历书》《天官书》,《汉书》中的《律历志》《天文志》《五行志》。本纪这一史传体例,在对记言记事的编排上,同样运用其掌管的这些内容。《文心雕龙·史传》云:"执笔左右,使之记也。……紬三正以班历,贯四时以联事。"④所谓"紬三正以班历",即编订历代正朔,如《春秋》书"王正月"。"贯四时以联事",则是强调四时之统序。正如杜预《春秋序》所云:"记事者,以事系日,以日系月,以月系时,以时系年……史之所记,必表年以首事。年有四时,故错举以为所记之名也。"⑤这一写法,在司马迁所创本纪体中得以遵循:某年某月,先记发生的某种灾异或祥瑞,然后再记具体的史事。东汉时,官方史书的编撰开始兴盛,编撰史书的场所,有兰台和东观,参与编撰史书的职官,主要为兰台令史、校书郎。《后汉书·班固传》:"显宗甚奇之,召诣校书部,除兰台令史,与前睢阳令陈宗、长陵令尹敏、司隶从事孟异共成

---

① 司马迁撰,裴骃集解,司马贞索隐,张守节正义《史记》卷二八,中华书局,2014年,第1676页。
② 严可均校辑《全上古三代秦汉三国六朝文·全汉文》卷五七,中华书局,1958年,第440页。
③ 司马彪《续汉书·百官志》,见范晔撰,李贤等注《后汉书》,中华书局,1965年,第3572页。
④ 刘勰著,詹锳义证《文心雕龙义证》,上海古籍出版社,1989年,第560、562页。
⑤ 杜预注,孔颖达疏《春秋左传注疏》卷一,阮元校刻《十三经注疏》本,第1703页。

《世祖本纪》。"①东汉史官还有作"注记"之体,《后汉书·马严列传》:"有诏留仁寿闼,与校书郎杜抚、班固等杂定《建武注记》。"②"注记"又作"著记"或"著纪",《汉书·艺文志》内著录有"《汉著记》百九十卷"③,据《汉书·律历志》记载,西汉十二世皇帝皆有著记。④《后汉书·皇后纪》称"汉之旧典,世有注记"⑤,可见西汉有为每世皇帝作注记的制度。颜师古认为注记"若今之起居注"⑥,因汉代著记,今已全部佚失,无法推测其原貌,今人尚未有定论⑦,姑从其说法。

汉代史官属下为巫卜一类职官,地位虽然低微,但涉及许多数术杂体类别之文。据《续汉书·百官志》刘昭注引《汉官(仪)》,太史令之下又有太史待诏作为其属官。有"治历""龟卜""庐宅""日时""《易》筮""典禳""嘉法""请雨""解事"等职。⑧ 司马迁曾称其所任之太史令为"文史星历,近乎卜祝之间"⑨的职务,《汉书·艺文志·数术略》小叙云:"数术者,皆明堂羲和史卜之职也。"⑩正是在强调数术类著作与史官的密切联系。这些职事都有各自相对应的礼仪和文体,其中所涉及者,大多皆为方术类的文体。司马迁为采集民间流传的龟卜文辞和事迹,曾"至江南,观其行事,问其长老"。

---

① 范晔撰,李贤等注《后汉书》卷四〇上,中华书局,1965年,第1334页。
② 同上书卷二四,第859页。
③ 班固《汉书》卷三〇,中华书局,1962年,第1714页。
④ 同上书卷二一下,第1023—1024页。
⑤ 范晔撰,李贤等注《后汉书》卷一〇上,中华书局,1965年,第426页。
⑥ 班固《汉书》卷三〇,中华书局,1962年,第1715页。
⑦ 反对颜氏观点者,如朱希祖《汉十二世著记考》一文认为:"'著记'一书,为天人相应之史,决非起居注可详人事可比。"(朱希祖著,周文玖选编《中国史学通论》,商务印书馆,2015年,第80页)也有支持颜氏观点者,乔治忠《中国古代"起居注"记史体制的形成》认为:"汉代的著纪是'杂定'而成,而非随时的最初记载……是一种史事记载的'新体',即后来起居注记史体制的前身。"(《史学史研究》2010年第2期)
⑧ 《续汉书·百官志》刘昭注,见范晔撰,李贤等注《后汉书》,中华书局,1965年,第3572页。
⑨ 班固《汉书》卷六二,中华书局,1962年,第2731页。
⑩ 同上书卷三〇,第1775页。

褚少孙"求《龟策列传》不能得,故之大卜官(引者按:太卜令原为太常属官,后省并太史),问掌故文学长老习事者,写取龟策卜事"。① 由褚少孙所补的《史记·龟策列传》即收录不少龟卜之文。《汉书·艺文志·数术略》收录相关文体著作,比如杂记、符、占、秘记、历、牒、纪、论、式、解、劾、禳、请、相等诸多形式,大致反映出当时人们的"数术"文体观念。按照刘勰的划分,符、占、牒、相之属当归入"书记"一类:"夫书记广大,衣被事体,笔札杂名,古今多品。是以总领黎庶,则有谱、籍、簿、录;医历星筮,则有方、术、占、式。……并述理于心,著言于翰,虽艺文之末品,而政事之先务也。"②这类文体,虽然居于末流,却在日常政事中发挥了一定的作用。

还有司法类职官与法律类文体的关系,同样值得注意。《汉官仪》云:"选廷尉正、监、平,案章取明律令。"③廷尉是执掌刑狱的最高司法官,主要的属官有廷尉正、廷尉左右监、廷尉左右平。可见精通律令是司法类官员的必备技能。汉武帝时,张汤以更定律令为廷尉。④ 廷尉署的官员所需掌握的司法文体,不仅限于律令,其他如奏谳书,《汉书·张汤传》载:"汤决大狱……奏谳疑,必奏先为上分别其原,上所是,受而著谳法廷尉挈令,扬主之明。"颜师古注谓:"挈,狱讼之要也。书于谳法挈令以为后式也。"⑤可知奏谳书主要是以疑难案件的判决文书整理而成的经典判例。张家山汉简中即有出土《奏谳书》。汉代担任司法类职官的士大夫,对此类判决文书也多有撰著。清人所补的五家《后汉书艺文志》专门著录东汉时的刑

---

① 司马迁撰,裴骃集解,司马贞索隐,张守节正义《史记》卷一二八,中华书局,2014年,第3919—3920页。
② 刘勰著,詹锳义证《文心雕龙义证》,上海古籍出版社,1989年,第942页。
③ 孙星衍等辑《汉官六种》,中华书局,1990年,第68页。
④ 司马迁撰,裴骃集解,司马贞索隐,张守节正义《史记》卷一二〇,中华书局,2014年,第3776页。
⑤ 班固《汉书》卷五九,中华书局,1962年,第2639页。

法类文书①,其中的体例有辞讼比、决事都目、决事比、律章句、廷尉板令、春秋断狱、律令故事等。可见汉代已经产生了种类繁多的法律类文体。

综上所述,秦汉时期,各种职官所执掌的系列文体,很可能具有文体类别的性质。文体分类的发生,是古代文体发生学的重要问题。文体分类和文体使用者之关系问题,尚未得到揭示和研究。而秦汉职官与文体分类问题,给我们一定的启示。当然,以上只是粗略地提出问题,仍待高明者进一步系统之研究。

第三节 职官精神与文体风格

中国古代文体具有独特体制和文体风格。文体风格是文体学研究的重点之一。刘勰《文心雕龙·定势》集中讨论文章体裁与风格的关系,归纳了多种文体的特殊风格与特征,比如:

> 章表奏议,则准的乎典雅;赋颂歌诗,则羽仪乎清丽;符檄书移,则楷式于明断;史论序注,则师范于核要;箴铭碑诔,则体制于弘深;连珠七辞,则从事于巧艳。②

文体风格是历史的产物,其形成有多方面的原因,比如文体的功用、题材、语言形式、地域及历史传统等。③ 但是,历来的研究往往忽视职官对于文体风格形成可能产生的影响。尽管这并不是最主要的成因,但对其研究有助于认识文体风格形成的复杂性,对文体学研究有推进作用。职官与文体的关系,不仅体现在不同职官职能涉及不同文体的创作与运用,还表现在职官精神与文体风格之间的密

---

① 二十五史刊行委员会编《二十五史补编》第 2 册,开明书店,1936—1937 年,第 2100、2122—2123、2219—2230、2365—2366、2457 页。
② 刘勰著,詹锳义证《文心雕龙义证》,上海古籍出版社,1989 年,第 1125 页。
③ 参见吴承学《辨体与破体》,《文学评论》1991 年第 4 期,第 57—65 页。

切关系。所谓职官精神,即各种职官由于独特的政治职能,而体现出一种特有精神气质。或者说,担任某种职官之人,应当具备相应的精神气质。每个人的精神风貌,各有差异,然而与其所担任的具体官职,往往具有一定的契合,创作者因为担任某类职官从而其文章风格的形成受到相应影响。这种风格,既源于作者的才能性情,又与官职所赋予的政治职责密切相关。

汉代以察举纳士,选拔人才。汉朝历代皇帝多次下诏求贤,明令朝中百官,上至公卿下至郡国,皆有荐举之责。对所荐举之人的品德、性格、气质和才能的评价,成为评判其是否适合任职的重要依据。《续汉书·百官志》注引《汉官仪》:"世祖诏:方今选举,贤佞朱紫错用。丞相故事,四科取士。一曰德行高妙,志节清白;二曰学通行修,经中博士;三曰明达法令,足以决疑,能案章覆问,文中御史;四曰刚毅多略,遭事不惑,明足以决,才任三辅令:皆有孝悌廉公之行。"①就明确提出选举不同职官时应注重考察士人的才性、使用相关公文的能力。因此,在汉代人物品评中,出现大量对士人精神风貌的品评,或评论某人才性时与其堪任某职相联系。譬如:"公卿荐(平)当论议通明,给事中。"②公卿大夫们认为平当所作议论经术通达,文辞雅畅,适合在皇帝左右担任专职顾问应对,讨论政事的给事中之职。汉代人物品评,或对某人担任某职官期间的言行、品德、气质是否称职得体进行考量。譬如:尚书陈宠"性周密,常称人臣之义,苦不畏慎。自在枢机,谢遣门人,拒绝知友,唯在公家而已。朝廷器之"③。尚书职掌朝廷各种重要文书,要求任职者谨慎保密。陈宠任职尚书期间,性格谨慎,办事周详,言行举止常怀慎畏之心,因此为朝廷所器重。以上评论,说明士人的才能性格,应该与具体的职官精神相匹配。精神风貌、言辞风格,是汉代士人品评的重要内

---

① 范晔撰,李贤等注《后汉书》,中华书局,1965年,第3559页。
② 班固《汉书》卷七一,中华书局,1962年,第3048页。
③ 范晔撰,李贤等注《后汉书》卷四六,中华书局,1965年,第1553页。

容。汉代的士人才性，融入职官精神，并孕育出相应的文体风格。

汉代任职者的才性修养、职官精神与文体风格之间存在着互为因果、互相作用的关系。譬如评论谏（议）大夫者：

> 傅翻字君成，转谏议大夫，天性谅直，数陈谠言。①
>
> 虞承字叔明，拜谏议大夫，雅性忠謇，在朝堂犯颜谏争，终不曲挠。②
>
> 王章字仲卿……少以文学为官，稍迁至谏大夫。在朝廷名敢直言。③

所谓"谠言"，是对奏这种文体正直善言的概述。《文心雕龙·奏启》云："表奏确切，号为谠言。"④从上引对三人之品评，可见身居谏议大夫之职，所上表奏，应当切合时政之要，持论坚定正直，以纠正朝政偏失为务。所谓"数陈谠言""在朝堂犯颜谏争，终不曲挠""敢直言"，皆是表奏谠言之义的体现。而"天性谅直""雅性忠謇"，既是身居谏议大夫一职者的性格，也是他们所应当具备的职官精神。《后汉书·韦彪传》载韦彪上疏："谏议之职，应用公直之士，通才謇正，有补益于朝者。"⑤亦强调谏议大夫应该具备的德才。《文心雕龙·奏启》所云"夫王臣匪躬，必吐謇谔"⑥，身居谏议之职者，要通过忠贞直言表现自己的正直忠心。故而，适合担任谏议大夫者，当为謇直之人。而谏（议）大夫职能相关的文体，又不仅局限于奏体，还包括书疏、弹事、封事、议、问对、章表等类型。这些文体，也应近于"谠言"之文风。譬如上文所列王章，元、成时两度任谏大夫，后任司隶校尉、京兆尹，因反对外戚王凤专权，章奏封事，即

---

① 《谢承后汉书·傅翻传》，周天游辑注《八家后汉书辑注》，上海古籍出版社，1986年，第270页。
② 《谢承后汉书·虞承传》，同上书，第239页。
③ 班固《汉书》卷七六，中华书局，1962年，第3238页。
④ 刘勰著，詹锳义证《文心雕龙义证》，上海古籍出版社，1989年，第876页。
⑤ 范晔撰，李贤等注《后汉书》卷二六，中华书局，1965年，第919页。
⑥ 刘勰著，詹锳义证《文心雕龙义证》，上海古籍出版社，1989年，第878页。

《全汉文》所收《上封事召见对言王凤不可任用》。王章后为王凤构陷,下狱死。元帝时贡禹为谏议大夫,禹奏言宫室制度宜从俭省,所奏《上书言得失》《奏宜放古自节》诸文,元帝称其"有伯夷之廉,史鱼之直,守经据古,不阿当世"①。可见在时人心中,受封为谏议大夫,就应当秉承忠謇之性,直言不屈,如此方显谏议大夫之精神。这种精神,也造就了奏议类文体之中的"谠言"风格。

不同职官精神之间的差异,使担任不同职务者所用言辞或文体也表现出不同的修养学识。如担任博士一职者,以掌承问对为任,同时亦有参与集议、上疏陈政事之责。博士一职使用的文体主要有议、问对、疏奏等。从对博士的评语来看,主要以博学多才、经术通明为关键:

> (平当)以明经为博士,公卿荐当论议通明,给事中。每有灾异,当辄傅经术,言得失。②

> 彭宣……事张禹,举为博士,迁东平太傅。禹以帝师见尊信,荐宣经明有威重,可任政事,繇是入为右扶风。③

> 欧阳歙,其先和伯从伏生受《尚书》,至于歙,七世皆为博士,敦于经学,恭俭好礼。④

博士在使用议、问对、疏奏等文体时,不仅要精通经义,同时还要将对经义的诠释运用到政事之中。所以,博士之职重在对经学礼仪的尊崇,其发言议论,往往比附经义,指陈政事得失。其所作文体,往往融入儒学礼教中谦退恭敬、重视威仪的特点。武帝时博士董仲舒,其所著《春秋繁露》及奏对之文"皆明经术之意"⑤,到了西汉经学昌明的宣、元、成之际,朝中博士更是多为名儒。譬如元帝时

---

① 班固《汉书》卷七二,中华书局,1962年,第3074页。
② 同上书卷七一,第3048页。
③ 同上书,第3051页。
④ 刘珍等撰,吴树平校注《东观汉记校注》,中华书局,2008年,第827页。
⑤ 班固《汉书》卷五六,中华书局,1962年,第2525页。

曾担任博士的大儒匡衡,早年"事下太子太傅萧望之、少府梁丘贺问,衡对《诗》诸大义,其对深美。望之奏衡经学精习,说有师道,可观览。……皇太子(引者按:即元帝)见衡对,私善之"①。匡衡在对问中,精通经典大义,所对之辞精深美妙,理论谨严且遵循师承。元帝即位后,匡衡迁博士,"是时,有日蚀、地震之变,上问以政治得失,衡上疏"②,此文即《上疏言政治得失》:"臣窃考《国风》之诗,《周南》《召南》被贤圣之化深,故笃于行而廉于色。""郑伯好勇,而国人暴虎;秦穆贵信,而士多从死;陈夫人好巫,而民淫祀;晋侯好俭,而民畜聚;太王躬仁,邠国贵恕。"③此文通过对诗学内容的归纳总结,宣扬人君施政喜好关系民风善恶的政治主张,从而达到劝君主施行仁政之效。史载匡衡"数上疏陈便宜,及朝廷有政议,傅经以对,言多法义"④。可见匡衡无论是上疏、议、问对诸文体,都秉持了比附经义的风格。与匡衡同一时期,因经术通明而曾任博士的翼奉、谷永、师丹、张禹诸人,也往往通过议政的方式,借以阐述其所主张之经学政治思想。这种借疏奏、议对等文体来宣扬其本派经学主张的现象,也成为自西汉中后期以来文体发展的一个显著特征。《文心雕龙·议对》称议体风格,"大体所资,必枢纽经典,采故实于前代,观通变于当今"⑤。这种文体风格正与汉代博士的职官精神相符合。由于各种职官的政治职能、政治地位的不同,对任职者才能与性格有特殊的要求。这些任职者趋于相近的特点,塑造出这种职官的精神气质,从而影响到其政事中文辞创作的文体风格。职官精神、士人才性、文体风格三者,可能存在一种互为因果、互相影响的微妙关系。这在文体学史上是一种特殊的、值得注意的现象。

---

① 班固《汉书》卷八一,中华书局,1962年,第3331—3332页。
② 同上书,第3333页。
③ 严可均校辑《全上古三代秦汉三国六朝文·全汉文》卷三四,中华书局,1958年,第316页。
④ 班固《汉书》卷八一,中华书局,1962年,第3341页。
⑤ 刘勰著,詹锳义证《文心雕龙义证》,上海古籍出版社,1989年,第898页。

第四节　职官与文体的复杂性

以上所论,是文体与职官的特定关系,这种关系是相对简单而固定的,但并不具有普遍性。换言之,文体与职官两者之间,既有密切之关系,亦有疏离之关系,而疏离之关系,同样具有文体学研究的重要意义。事实上,文体与职官的关系,往往复杂多变,更典型地反映了中国古代文体分类学的复杂性。文体与职官的复杂关系,主要表现在以下几个方面。

一　非某职官专属的文体

有些文体并非专属某些职官,它具有某种功能,而不同职官可能都具有这种功能,所以相对是开放的。博士以"国有疑事,掌承问对"为其执掌,"问对"正是一种文体类型①,《汉书·平当传》载:"(平当)以明经为博士,公卿荐当论议通明,给事中。每有灾异,当辄傅经术,言得失。文雅虽不能及萧望之、匡衡,然指意略同。"②可见博士的"问对",其内容大多涉及用经学的礼法来阐释君主所疑之事。问对的关键在于"傅经术,言得失"。《文选补遗》阐释"对"这一文体曰:"君有所疑则问,臣承所问则对,当婉而正,无徇而谄,世之得失成败,系此一言。"③如董仲舒即有《庙殿火灾对》《雨雹对》《粤有三仁对》。问对,是以儒学经义对朝廷之问,问对并非专属某一职官。这些问对文章的作者,既有担任公卿大夫者,也有担任诸大夫、博士、议郎、侍中、给事中之类侍从官员者。博通经学之臣,都

---

① 此"问对"主要是博士阐述儒家伦理纲常,与前人所谓的"对策""对问"又有不同。
② 班固《汉书》卷七一,中华书局,1962年,第3048页。
③ 陈仁子《文选补遗》卷一八,《景印文渊阁四库全书》第1360册,台北,台湾商务印书馆,1983—1988年,第302页。

可能是问对文体的创作者。

二 职官文体功能的交叉与重叠

传统文体学往往用最精简的语言来把握某一文体的功能,以显示其独特性,并与其他文体区分开来。但若从秦汉职官与文体角度看,历史事实要比理论概括复杂得多,文体功能往往有互相交叉、重叠的情况。现以蔡邕《独断》所列的章、表、奏、议四体为例,它们是汉代最重要的上行职官文体。刘勰在《文心雕龙·章表》中总结说:"章以谢恩,奏以按劾,表以陈请,议以执异。"①简要地把谢恩、按劾、陈请、执异功能分别系之于章、奏、表、议四大文体。此语用于总体把握文体之别,比较简明清晰。但实际上,这四种文体与其功能之间的对应关系,并非如此简单明了,在具体应用中,常常互相交叉混用。

1. 谢恩

谢恩是汉代官僚们在政治活动中必不可少的重要礼仪,用于谢恩的文体,也并非一定是"章"。西汉时霍光《病笃上宣帝书谢恩》,诸葛丰《上书谢恩》,皆为上书之体。东汉明帝时桓荣则称《上疏谢皇太子》,直至东汉末年,才有上章谢恩的记录:"拜(吕)布为左将军,布大喜,即听登行,并令奉章谢恩。"②除此之外,还有特殊的谢恩文体:"百官迁召,皆先到(梁)冀门笺檄谢恩,然后敢诣尚书。"③外戚专政时期,政出私门,授官不自天子出,于是谢恩成为私人行为,而笺恰好正是一种体制介于上呈君主的表、寄给朋友的书信之间的一种特殊文体。这种现象在外戚专政盛行的东汉,并非个例。谢恩这一职官行为,涉及上书(疏)、章、笺这几种文体。刘勰所说"章以谢恩"的情况,主要是东汉以后才出现的,可见"谢恩"与

---

① 刘勰著,詹锳义证《文心雕龙义证》,上海古籍出版社,1989年,第826页。
② 范晔撰,李贤等注《后汉书》卷七五,中华书局,1965年,第2449页。
③ 同上书卷三四,第1183页。

"章"之间并无唯一性。

2. 按劾

《汉书·百官公卿表》:"御史大夫……有两丞,秩千石。一曰中丞……内领侍御史员十五人,受公卿奏事,举劾按章。"①从秦朝至西汉前期,朝廷的监察工作主要由御史官负责,主要包括御史大夫、御史中丞、侍御史等职。西汉中期以后,监察部门扩大化,对官员进行监督和弹劾,成为一种群体职能。经常参加按劾的职官,在中央包括丞相司直、中尉、廷尉、司隶校尉、尚书等职,在地方则有各州部刺史、邮督。如刘勰所言"奏以按劾",弹劾所用的文体,主要称之为奏。汉代按劾的文章,多以奏劾、劾奏等命名。如司隶校尉王骏《劾奏匡衡》、丞相司直萧望之《劾奏赵广汉》、冀州刺史林《奏劾代王年》等。弹劾除用奏体之外,有时也有用他体的。如使用上书(疏)弹劾,像杜业《上书追劾翟方进》、周纡《上疏劾窦瑰》。或使用章,如"孝宣皇帝爱其良民吏,有章劾,事留中,会赦壹解"②。或使用议,如"太尉耽、司徒隗、司空训以邕议劾光、晃不敬,正鬼薪法"③。或使用表,如东汉末年李傕《表劾裴茂之》。汉末诸侯用文辞更为典雅的表体来进行弹劾,如公孙瓒《表袁绍罪状》④,本身就有宣扬被劾者的罪行让天下人知道的意思,其意蕴已近于檄文。

3. 陈请

陈即为陈事,多为对国家政事建言献策,发表看法。如贾谊《上疏陈政事》、桓谭《陈时政疏》。汉初,韩信为汉王陈"(项)羽可图、三秦易并之计"⑤。汉文帝《策贤良文学诏》始令对策者陈事:"大夫

---

① 班固《汉书》卷一九,中华书局,1962年,第725页。
② 同上书卷八六,第3491页。
③ 司马彪《续汉书·律历志》,见范晔撰,李贤等注《后汉书》,中华书局,1965年,第3040页。
④ 按《后汉书·公孙瓒传》称此文为"上疏",中华书局,1965年,第2359页,《三国志·公孙瓒传》裴松之注引《典略》称其为"表",陈寿《三国志》卷八,中华书局,1964年,第242页,因《典略》记载在前,故从其说。
⑤ 班固《汉书》卷一,中华书局,1962年,第30页。

其上三道之要,及永惟朕之不德,吏之不平,政之不宣,民之不宁,四者之阙,悉陈其志,毋有所隐。"①举贤良文学者以对策陈事,如晁错《贤良文学对策》、公孙弘《元光五年举贤良对策》。其后陈政事之风日渐兴盛,所陈政事多见于上疏。而天子遇到灾异,往往下诏令群臣陈事。陈事的名目,也较为繁多,有陈便宜、陈时事、陈计策、陈冤、陈状、陈谏、陈谢等等。陈事之体,除对策、上疏,还有上封事等重要的文体形式,并非刘勰所说的"表以陈请"那么明确简单。顺帝时,下诏"群公百僚其各上封事,指陈得失,靡有所讳"②。以封事之体陈事的例子,譬如谢弼《上封事陈得失》、蔡邕《上封事陈政要七事》。封事本为先秦时代用于候气时奏报占卜结果的文书。文帝时始用于密奏,至宣帝时已成定制。西汉时,群臣、吏民、儒生皆可上封事,到了东汉,仅有"在位者""有司"才有权上封事,而上封事所陈政事又多为机密之事。故而上封事者多为地位显赫的公卿大夫或天子亲信的内朝官员。至于蔡邕所言,用表陈事者,则见于东汉末年,"(刘)岱为表陈解释"③"(皇甫)嵩为人爱慎尽勤,前后上表陈谏有补益者五百余事"④等例。请,即为提出建议,请求上级批准。如贾谊《上疏请封建子弟》、如孔光《奏请议毁庙》。请既是臣子向皇帝建言的方式,也是各部门就具体事务向天子汇报处理意见的方式。汉代天子的诏书,常常有答复臣子请求的内容。如汉武帝《报桑弘羊等请屯田轮台诏》即是答复桑弘羊请求屯田轮台的建议。汉代臣子言请,多以上疏、奏两种方式,东汉末年才见以表请者,如董卓《请收张让表》⑤。

---

① 严可均校辑《全上古三代秦汉三国六朝文·全汉文》卷二,中华书局,1958年,第136页。
② 范晔撰,李贤等注《后汉书》卷六,中华书局,1965年,第265页。
③ 同上书卷三一,第1113页。
④ 同上书卷七一,第2307页。
⑤ 《后汉书·董卓列传》注引《典略》称其为"表"。范晔撰,李贤等注《后汉书》卷七二,中华书局,1965年,第2323页。

4. 执异

刘勰说:"议以执异。"他所说的议,专指驳议。其实驳议只是议之一种。汉代天子,如有疑而未决之事,往往天子下诏公卿、将军、列侯、中二千石、二千石、诸大夫、博士、议郎议。若多人意见一致,则由官秩最高者领衔将所议定的结果奏上。如《徙南北郊议》一文,据《汉书·郊祀志》,成帝初即位,丞相匡衡、御史大夫张谭奏言,南北郊宜可徙置长安,愿与群臣议定。"右将军王商、博士师丹、议郎翟方进等五十人以为《礼记》曰'燔柴于太坛,祭天也;瘞薶于大折,祭地也。'"①《全汉文》将其归到领衔的右将军王商名下。若参议者意见与已有观点相左,则称之为驳议,"斥人议之不纯也"②。如萧望之《驳张敞入谷赎罪议》,即是驳斥京兆尹张敞上书所呈以谷赎罪的观点。

三 职官职责与特定文体关系的变化

有些职官负责特定的文体,但这些职官,可能有所变化。比如,下行公文中最重要的当属天子诏令。诏令本为天子所作,然而在汉代诏令的创作过程中,一些职官也起到重要的作用,参与起草诏令的职官并不是一成不变的。西汉时期,侍御史负责记录皇帝下达的命令,并将其制成规范文书。《汉官旧仪》曰:"御史……给事殿中为侍御史。……二人尚玺,四人持书给事,二人侍前,中丞一人领。"③《汉书·陈平传》:"(高祖)顾问御史:'曲逆户口几何?'对曰:'始秦时三万余户,间者兵数起,多亡匿,今见五千余户。'于是诏御史,更封平为曲逆侯。"④《汉书·高帝纪》十一年王先谦注引沈钦

---

① 班固《汉书》卷二五下,中华书局,1962年,第1254页。
② 王兆芳《文章释》,王水照编《历代文话》第7册,复旦大学出版社,2007年,第6297页。
③ 孙星衍等辑《汉官六种》,中华书局,1990年,第32页。
④ 班固《汉书》卷四〇,中华书局,1962年,第2045页。

韩曰:"是时未有尚书,则凡诏令御史起草,付外施行。"①胡广《汉官解诂》谓:"孝宣感路温舒言,秋季后请谳。时帝幸宣室,斋居而决事,令侍御史二人治书。"②所谓治书,即按照皇帝的意旨,草拟包括诏令在内的各种文书。总的来说,西汉时的侍御史在诏书的创作中,以如实记录王言为主。东汉时期,权移尚书台,诏令多自尚书出。光武帝虽亲自作诏,却也有不少诏书由尚书令侯霸起草。《后汉书·侯霸传》:"每春下宽大之诏,奉四时之令,皆霸所建也。"③至明帝、章帝时,尚书令的属官——尚书(侍)郎成为诏令起草者。《续汉书·百官志》:"(尚书)侍郎三十六人……主作文书起草。"④其中,就包括诏令的起草。汉安帝永宁年间,尚书陈忠上疏荐周兴称:"尚书出纳帝命,为王喉舌。……而诸郎多文俗吏,鲜有雅才,每为诏文,宣示内外,转相求请。"⑤可见此时尚书郎草诏已成为惯例。更重要的是,东汉尚书郎草拟诏令,已经有了创作技艺方面的要求。在诏令的创作中,东汉尚书郎获得施展文辞的空间。较之西汉时的侍御史,东汉尚书郎在诏令创作中发挥的作用,明显得到提高。

第五节 秦汉公牍文体体系及影响

秦汉政治制度对中国社会产生深远的影响,从文体学的角度看,同样如此。刘师培说:"文章各体,至东汉而大备。"⑥从文体学的角度看,这种文体大备与秦汉以来的职官制度有直接关系。秦汉

---

① 班固撰,王先谦补注《汉书补注》,上海古籍出版社,2008年,第109页。
② 孙星衍等辑《汉官六种》,中华书局,1990年,第16页。
③ 范晔撰,李贤等注《后汉书》卷二六,中华书局,1965年,第902页。
④ 司马彪《续汉书·百官志》,见范晔撰,李贤等注《后汉书》,中华书局,1965年,第3597页。
⑤ 范晔撰,李贤等注《后汉书》卷四五,中华书局,1965年,第1537页。
⑥ 刘师培《中国中古文学史讲义》,人民文学出版社,1957年,第20页。

的职官体系,既是维系社会政治秩序的重要制度,也对这一时期的文章之学产生一定影响。因为职官政治职能的需要,与之相关的大量文体应运而生,并形成一个较有系统的公牍文文体体系。

《后汉书》列传著录传主文辞,详细记载所著的各种文体,为我们展示东汉时期文体撰作情况之一斑。据研究者统计,《后汉书》列传共著录60余种文体:

> 诗、赋、碑、碑文、诔、颂、铭、赞、箴、答、应讯、问、吊、哀辞、祝文、祷文、祠、荐、注、章、表、章表、奏、奏事、上疏、章奏、笺、笺记、论、议、论议、教、条教、教令、令、策、对策、策文、书、记、书记、檄、谒文、辨疑、诫、述、志、文、说、书记说、官录说、自序、连珠、酒令、六言、七言、琴歌、别字、歌诗、嘲、遗令、杂文。①

这些文体只是列传中的著录,限于列传之体例,不可能是汉代的所有文体,如帝王的策书、制书、诏书、戒书就没有著录,而且其中还有些同类重复。不过,从这些文体名称,可以看到绝大多数文体后来都流传下来,而且其中多数又是与职官相关的文体。

南朝任昉所著《文章缘起》(《文章始》)"盖取秦汉以来,圣君贤士沿著为文之始,故因录之,凡八十五条,抑亦新好事者之目耳",著录秦汉以来新兴文体的名称及代表性作品,全书著录"文章名"如下:

> 诗三言、诗四言、诗五言、诗六言、诗七言、诗九言、赋、歌、离骚、诏、玺文、策文、表、让表、上书、书、对贤良策、上疏、启、奏(记)、笺、谢恩、令、奏、驳、论、议、反文、弹文、荐、教、封事、白事、移书、铭、箴、封禅书、赞、颂、序、引、志录、记、碑、碣、诰、誓、露布、檄、明文、乐府、对问、传、上章、解嘲、训、辞、旨、劝进、喻难、诫、吊文、告、传赞、谒文、祈文、祝文、行状、哀策、哀颂、墓志、诔、悲文、祭文、哀词、挽词、七发、离合诗、连珠、篇、歌诗、遗

---

① 参见郭英德《中国古代文体学论稿》,北京大学出版社,2005年,第71页。

命、图、势、约。①

任昉《文章缘起》所列的文体名录共八十五类②,比《后汉书》列传所著录更为详细齐备。除个别文体如三言诗、九言诗、启、弹文、劝进、告、墓志、挽词、遗命等之外,绝大多数皆标明为秦汉时代所产生的文体。从《文章缘起》所列文体名录中,我们也不难看出,其中除了几种"诗"体之外,多数文体也与秦汉时期的官职有某些关联。

《后汉书》与《文章缘起》所著录的秦汉文体,仅是这时期的部分文体。秦汉时期究竟有多少与职官相关的文体,当时的文献并没有明确的完整记载。我们从汉代的史书、汉人的文集、出土的文献所记载的文体名称来看,如果从文体的运行机制来分类,大致可以将与汉代职官相关的文体分为七类:

诏令文体:诏、策(册)、戒敕、玺书、诰、谕告(喻告)、命书、制书等。

章奏文体:书、疏、封事、白事、奏、劾奏、议、论、章、表、对、对策等。

官府往来文体:笺、教(下记)、移书、檄、问、行状、语书、除书、遣书、病书、视事书、予宁书、调书、债书、直符书、致书、传等。

司法类文体:律令、举书、劾状、爰书、推辟验问书、奏谳书等。

礼乐类文体:玉牒文、颂、赞、符命、碑、诔、祝、祷、箴、赋、铭、盟、上寿、嘏辞、刻石、月令、乐府(歌、行、吟、谣、篇、引)等。

史传类文体:纪、传、表、志、叙、记、录、记注(著记)、起居注等;

数术方技类文体:解、历、秘记、占、符、相、式等。

汉代职官文体已基本构成较有系统的公牍文文体体系,并对中

---

① 任昉《文章缘起》,陈元靓等编《事林广记》后集卷七,《续修四库全书》第1218册,上海古籍出版社,1994—2002年,第354—355页。

② 宋人记录《文章缘起》所载文体数量85种,明代以后由于版本错误,改称84种,应依宋人之说。参考吴承学、李晓红《任昉〈文章缘起〉考论》,《文学遗产》2007年第4期,第14—26页。

国文体体系的形成和发展起着重要的作用。①

汉代的职官文体不但是后代文章文体的主要渊源,也是文体学体系的组成部分。明清时期,中国古代文体学极盛,而且文体体系相对固定,秦汉时期的职官文体已完全融入这个体系中,而且成为其重要基础。我们以清代《古今图书集成·文学典》为例。此书是中国古代文体学史料的集大成者。《古今图书集成·凡例》:"《文学典》在经籍之外,盖文各有体,作者亦各有擅长,类别区分,各极文人之能事而已。"②可见该书是按文体来编纂的。《文学典》卷一至卷一三六为"文学总部",自卷一三七至卷二六〇为分体史料。分体史料涉及诏命(诏、命、谕告、玺书、赦文)、册书、制诰、敕书(敕、敕榜、御札)、批答、教令、表章(表、章、致辞)、笺启、奏议(奏、奏疏、奏对、奏启、奏状、奏札、封事、弹事、上书、议、谥议)、颂、赞(赞、评)、箴(箴、规)、铭、檄移(檄、移、关、牒、符)、露布、策(策问、策)、判、书札(书记、书、奏记、启、简、状)、序引(序、序略、引)、题跋、传、记、碑碣、论、说、解、辨、戒、问对、难释、七、连珠、祝文(祝文、祭文、瑕辞、玉牒文、盟)、哀诔(诔、哀辞、吊文)、行状、墓志(墓志铭、墓碑文、墓碣文、墓表)、四六、经义、骚赋(楚辞、赋、俳赋、文赋、律赋)、诗(古歌谣辞、四言古诗、五言古诗、七言古诗、杂言古诗、近体歌行、近体律诗、排律诗、绝句诗、六言诗、拗体、和韵诗、联句诗、杂句诗、杂言诗、杂体诗、蜂腰体、断弦体、隔句体、偷春体、首尾吟体、盘中体、回文体、仄句体、叠字体、五仄体、双声叠韵体、杂韵诗、杂数诗、杂名诗、离合诗、风人体、诸言体)、乐府、词曲(诗余)、对偶、格言、隐语、大小言、文券(铁券文、约)、杂文(杂著、符命、原、述、志、纪事、说书、义、上梁文、文),共48部123卷。从以上文体目录可以看出,多数实用性文体与职官相关,一些名称虽然有所不同,但大致可

---

① 部分分类参考汪桂海《汉代官文书制度》,广西教育出版社,1999年;李均明《秦汉简牍文书分类辑解》,文物出版社,2009年。

② 陈梦雷等编《古今图书集成》第1册,中华书局,影印本,1934年,第11页。

推原到秦汉时期的职官文体。所以,我们可以说,秦汉职官文体在中国文体体系中占有独特地位和重要影响。

秦汉职官文体的形成及在后代的演变,揭示了中国古代文体发展的特殊途径:随着政治制度的不断变化,与此制度运转相关的行为有可能发展出相应的话语形式,并最终发展为成熟的文体形态。中国古代大多数文体在其创立伊始,体现的是政治意志,是与创作者所处职位相匹配的行政行为,而不是个人的文学创作。此后,一些职官文体通过普遍的运用,职官制度的约束逐渐弱化,而写作者的个性与审美色彩越来越浓,文体实用性淡化而文学性增加是一种普遍趋势。

(本章由吴承学、张润中执笔)

第十章　汉代经学与文体学

两汉是经学鼎盛的时代，由于经书中包含不少早期文体形态和后世文体的萌芽，汉儒在先秦儒家经典的笺注和训诂中，自然会涉及部分早期文体以及相关名物制度的研究，也反映出一定的文体学观念，从而开启了先秦文体研究的先河，并对后代的文体学研究产生了深刻影响。

第一节　二郑的礼学对文体的阐释

先秦许多应用文体与当时的礼制密切相关，甚至本身就是礼制的构成部分。在汉代经学家中，郑众与郑玄对先秦礼制与文体的研究非常值得注意。郑众，字仲师，东汉经学家，开封（今属河南）人，曾任大司农，旧称"郑司农"。传其父郑兴《左传》之学，兼通《易》《诗》，明三统历。世称郑兴父子为"先郑"，而称郑玄为"后郑"。郑玄，字康成，北海高密（今山东高密）人，东汉末年经学大师，先习今文，后习古文，其学博大闳深，曾遍注群经，著作达百万言，弟子数千人。《后汉书》本传说他"括囊大典，网罗众家，删裁繁诬，刊改漏失，自是学者略知所归"[①]，在经学史上具有崇高的地位。

郑众与郑玄在笺释《周礼》时涉及不少早期文体，郑玄注《周礼》多引郑众之说，并加以补充。如《周礼·春官·大祝》："作六辞，以通上下亲疏远近，一曰祠，二曰命，三曰诰，四曰会，五曰祷，六曰诔。"何谓"六辞"？郑玄先引郑众对六辞的解释：

[①] 范晔撰，李贤等注《后汉书》卷三五，中华书局，1965年，第1213页。

祠，当为辞，谓辞令也。命，《论语》所谓"为命，裨谌草创之"。诰，谓《康诰》《盘庚之诰》之属也。盘庚将迁于殷，诰其世臣卿大夫，道其先祖之善功。故曰"以通上下亲疏远近"。会，谓王官之伯命事于会，胥命于蒲，主为其命也。祷，谓祷于天地、社稷、宗庙，主为其辞也。《春秋传》曰："铁之战，卫太子祷曰：'曾孙蒯聩敢昭告皇祖文王、烈祖康叔、文祖襄公，郑胜乱从，晋午在难，不能治乱，使鞅讨之。蒯聩不敢自佚，备持矛焉。敢告无绝筋，无破骨，无面夷，无作三祖羞。大命不敢请，佩玉不敢爱。'"若此之属。诔，谓积累生时德行以锡之命，主为其辞也。《春秋传》曰："孔子卒，哀公诔之曰：'旻天不淑，不慭遗一老，俾屏余一人以在位。茕茕予在疚。呜呼哀哉尼父！无自律。'"此皆有文雅辞令，难为者也。故大祝官主作六辞。或曰："诔，《论语》所谓'诔曰：祷尔于上下神祗'。"①

郑玄引用郑众的说法之后加以补充：

一曰祠者，交接之辞。《春秋传》曰："古者诸侯相见，号辞必称先君以相接。"辞之辞也。会，谓会同盟誓之辞。祷，贺庆言福祚之辞。晋赵文子成室，晋大夫发焉。张老曰："美哉轮焉，美哉奂焉。歌于斯，哭于斯，聚国族于斯。"文子曰："武也得歌于斯，哭于斯，聚国族于斯。是全要领以从先大夫于九京也。"北面再拜稽首。君子谓之善颂善祷，祷是之辞。②

郑玄对于郑众"命""诰""诔"的解释没有补充，应表示同意，其他都有所补充。如补充指出"祠"用于诸侯之间的外交场合。"会"则被更准确地定义为"会同盟誓之辞"，也就是诸侯之间为了互相取信进行盟誓之辞。至于"祷"，郑众的说法比较宽泛，而郑玄则把它定义为"贺庆言福祚之辞"，并另举例子。郑玄对于"六辞"的补充

---

① 郑玄注，贾公彦疏《周礼注疏》卷二五，阮元校刻《十三经注疏》本，第809页。
② 同上。

解释主要是以六辞使用于"上下亲疏远近"即人事之间为原则的。①

又如郑玄对于早期盟誓文体的研究也相当重要,如《周礼·春官·诅祝》:"作盟诅之载辞,以叙国之信用,以质邦国之剂信。"郑玄注:

> 载辞,为辞而载之于策。坎用牲,加书于其上也。国,谓王之国。邦国,诸侯国也。质,正也,成也。文王修德而虞、芮质厥成。郑司农云:"载辞,以《春秋传》曰'使祝为载书'。"②

《周礼·秋官·司寇》:"司盟下士二人,府一人,史二人,徒四人。"郑玄注:

> 盟以约辞告神,杀牲歃血,明著其信也。《曲礼》曰:"莅曰盟。"③

《周礼·秋官·司盟》:"司盟掌盟载之法。"郑玄注:

> 载,盟辞也。盟者书其辞于策,杀牲取血,坎其牲,加书于上而埋之,谓之载书。《春秋传》曰:"宋寺人惠墙伊戾坎用牲,加书,为世子痤与楚客盟。"④

《秋官·司盟》又云:"凡邦国有疑会同,则掌其盟约之载及其礼仪,北面诏明神,既盟,则贰之。"郑玄注:

> 有疑,不协也。明神,神之明察者,谓日月山川也。《觐礼》加方明于坛上,所以依之也。诏之者,读其载书,以告之也。贰之者,写副当以授六官。⑤

郑玄对于盟誓载辞的作用、内容、运用场合、仪式以及相关的制

---

① 参见邓国光《〈周礼〉六辞初探》,钱伯城主编《中华文史论丛》第51辑,上海古籍出版社,1993年,第137—158页。
② 郑玄注,贾公彦疏《周礼注疏》卷二六,阮元校刻《十三经注疏》本,第816页。
③ 同上书卷三四,第868页。
④ 同上书卷三六,第881页。
⑤ 同上。

度研究相当细致。如果我们综合起来看,已经可以大体地看出早期盟誓文体以及相关制度了,郑玄注可以说是对盟誓文体最早的比较系统的研究。①

郑玄与郑众的研究对后代文体学产生了深远影响。比如徐师曾《文体明辨》"诔":

> 诔者,累也,累列其德行而称之也。《周礼》太祝作六辞,其六曰诔,即此文也。今考其时,贱不诔贵,幼不诔长,故天子崩则称天以诔之,卿大夫卒则君诔之。鲁哀公诔孔子曰:"昊天不吊,不慭遗一老,俾屏予一人以在位,茕茕予在疚!呜呼,哀哉,尼父!"古诔之可见者止此,然亦略矣。②

他的解释受到郑众释"六辞"的影响是不言而喻的。

第二节 《诗经》学中的文体学研究

历经秦火之后,汉代传《诗》者有齐(辕固生)、鲁(申公)、韩(韩婴)、毛(毛亨、毛苌)四家。齐、鲁、韩三家为今文,立于学官。毛《诗》为古文,终汉之世未立学官,一直在民间流传。三家《诗》原亦有序,但久已亡佚,独《毛诗序》传于后世。

关于《毛诗序》的作者,古今聚讼纷纭,莫衷一是。或以为大序是孔子弟子子夏(卜商)作,小序为子夏、毛公合作(陆德明《经典释文》),或以为是东汉卫宏所作(《后汉书·卫宏传》)。此外还有许多异说。作者究竟为谁,目前因资料所限,还难有明确结论。一般认为,它完成于西汉中期以前,却未必出自一人之手,而是流传过程中经过多人的增修,因而当视为先秦至汉代儒家诗论的总结。其中

---

① 参见吴承学《先秦盟誓及其文化意蕴》,《文学评论》2001年第1期。
② 徐师曾《文体明辨序说》,人民文学出版社,1962年,第154页。

与文体关系较密切的,主要有"六义"说与"变风""变雅"说两个方面。

《诗大序》曰:"故诗有六义焉:一曰风,二曰赋,三曰比,四曰兴,五曰雅,六曰颂。上以风化下,下以风刺上,主文而谲谏,言之者无罪,闻之者足以戒,故曰风。""是以一国之事,系一人之本,谓之风;言天下之事,形四方之风,谓之雅。雅者,正也,言王政之所由废兴也。政有小大,故有小雅焉,有大雅焉。颂者,美盛德之形容,以其成功告于神明者也。是谓四始,诗之至也。"①"六义"的具体名称,即风、雅、颂、赋、比、兴,在《周礼·春官·大师》中已出现,不过称为"六诗",至《诗大序》则明确改称为"六义"。关于"六义"的内涵,历史上说法很多,没有统一的意见,影响最大的有孔颖达、朱熹诸家之说。孔颖达提出"三体""三用"说,以为风、雅、颂是"《诗》篇之异体",赋、比、兴是"《诗》文之异辞"。② 朱熹则进而发展为"三经""三纬"说,以赋、比、兴为"三经",是"做诗底骨子",风、雅、颂为"三纬",是"里面横串"的。③ 可见,"六义"说已成为中国古代诗体分类的重要原则。后来赋、颂两种文体,不但得名于"六义",文论家对其功用、艺术表现特征等的论述,也多由"六义"说发展而来。

《诗大序》曰:"至于王道衰,礼义废,政教失,国异政,家殊俗,而变风、变雅作矣。国史明乎得失之迹,伤人伦之废,哀刑政之苛,吟咏情性,以风其上,达于事变而怀其旧俗者也。故变风发乎情,止乎礼义。发乎情,民之性也;止乎礼义,先王之泽也。"④尽管后世对"变风""变雅"的界说颇多分歧,然而,这段论述,对后人从社会生

---

① 郑玄笺,孔颖达疏《毛诗注疏》卷一,阮元校刻《十三经注疏》本,第271、272页。
② 参见严虞惇《读诗质疑》卷首,《景印文渊阁四库全书》第87册,台北,台湾商务印书馆,1983—1988年,第83页。
③ 黎靖德编《朱子语类》卷八〇,中华书局,1986年,第2070页。按:后世受辅广《诗童子问》影响,将朱熹之说理解成风、雅、颂为"三经",赋、比、兴为"三纬",参见张万民《朱熹"三经三纬"说新探》,《诗经研究丛刊》第16辑,学苑出版社,2009年,第342—353页。
④ 郑玄笺,孔颖达疏《毛诗注疏》卷一,阮元校刻《十三经注疏》本,第271—272页。

活的变迁中探讨文学的源流、正变,无疑具有启发意义。如果把变风、变雅与风、雅、颂一样,视为诗体,那么《诗大序》可以说是探讨文体正、变沿革的最早文献了。

郑玄《诗谱序》中也有一些重要的文体学研究。《诗谱序》文见《十三经注疏·毛诗注疏》。序文追溯了自周代以来王朝治乱与《诗经》篇章的关系,认为圣王统治的时代,产生颂美之作,是为风、雅之正。而在王政陵迟时代,则多怨刺之作,是为变风、变雅。这正是对《诗大序》"治世之音安以乐,其政和;乱世之音怨以怒,其政乖;亡国之音哀以思,其民困"的具体发挥。郑玄论《诗》受《诗大序》影响较深,大力提倡诗歌美刺和正变说。序曰:"论功颂德,所以将顺其美,刺过讥失,所以匡救其恶。各于其党,则为法者彰显,为戒者著明。""周自后稷播种百谷,黎民阻饥,兹时乃粒,自传于此名也。陶唐之末中叶,公刘亦世修其业,以明民共财。至于大王、王季,克堪顾天。文、武之德,光熙前绪,以集大命于厥身,遂为天下父母,使民有政有居。其时诗,'风'有《周南》《召南》,'雅'有《鹿鸣》《文王》之属。及成王,周公致大平,制礼作乐,而有颂声兴焉,盛之至也。本之由此风、雅而来,故皆录之,谓之《诗》之正经。后王稍更陵迟,懿王始受谮亨齐哀公,夷身失礼之后,邶不尊贤。自是而下,厉也,幽也,政教尤衰,周室大坏。《十月之交》《民劳》《板》《荡》,勃尔俱作,众国纷然,刺怨相寻。五霸之末,上无天子,下无方伯,善者谁赏,恶者谁罚,纪纲绝矣!故孔子录懿王、夷王时诗,迄于陈灵公淫乱之事,谓之'变风''变雅'。以为勤民恤功,昭事上帝,则受颂声,弘福如彼;若违而弗用,则被劫杀,大祸如此。吉凶之所由,忧娱之萌渐,昭昭在斯,足作后王之鉴,于是止矣。"[1]详细论述了美、刺之诗产生的原因及其与诗之正、变的关系。《诗大序》仅提出了变风、变雅的概念,郑玄则进一步提出"诗之正经",明确把产生于王道兴

---

[1] 郑玄笺,孔颖达疏《毛诗注疏》卷一,阮元校刻《十三经注疏》本,第262—263页。

盛、天下太平时代的作品称"正经"。这是对《诗大序》文学正、变观念的发展,也是后世文体正变论的重要理论依据。

郑玄对于以诗歌为美刺的原因,提出了独特的看法。《毛诗注疏·诗谱序》孔颖达疏引郑玄《六艺论》曰:"诗者,弦歌讽喻之声也。自书契之兴,朴略尚质。面称不为谄,目谏不为谤,君臣之接,如朋友然,在于恳诚而已。斯道稍衰,奸伪以生,上下相犯。及其制礼,尊君卑臣。君道刚严,臣道柔顺。于是箴谏者希,情志不通。故作诗者以诵其美而讥其过。"①在郑玄看来,在上古圣王时代,君臣之间和谐亲密,交接如朋友,可以面称、直谏。后世礼教森严,君臣之间有不可逾越的鸿沟。因此,在颂美和讽谏,尤其是讽谏时,不可直切刻露,而要借用诗歌来委曲致意。郑玄的解释,不一定完全符合史实。但在封建专制之下,帝王至高无上的权威给臣下造成的强大压力,则是不争的事实。儒家诗教的"温柔敦厚"说、"主文谲谏"说,至少有部分出自这个原因。郑玄则第一次把这个原因明确揭示出来。在对诗"六义"的解释中,郑玄也透露出这种思想。《周礼·春官·大师》注曰:"赋之言铺,直铺陈今之政教善恶。比,见今之失,不敢斥言,取比类以言之。兴,见今之美,嫌于媚谀,取善事以喻劝之。雅,正也,言今之正者以为后世法。颂之言诵也,容也,诵今之德,广以美之。"②这种阐释的出发点是诗歌的政治教化功能,但也涉及传统诗歌的表现手法与艺术风格。

《毛传》中也有值得注意的史料,如"九能"说。③孔颖达疏:"《传》因引'建邦能命龟',证建国必卜之,遂言'田能施命',以下本有成文,连引之耳。"④他认为《毛传》所说的"九能"这段话,"本有成文",传者原本只是为了说明"建邦能命龟",所以连带引用了这段成

---

① 郑玄笺,孔颖达疏《毛诗注疏》卷一,阮元校刻《十三经注疏》本,第262页。
② 郑玄注,贾公彦疏《周礼注疏》卷二三,阮元校刻《十三经注疏》本,第796页。
③ 参见本书第八章"'九能':从君子才德到文章文体"。
④ 郑玄笺,孔颖达疏《毛诗注疏》卷三,阮元校刻《十三经注疏》本,中华书局,1980年,第316页。

语。他的分析是很合理的。可见"九能"之说,并非毛公的个人看法,是当时甚至是先秦时代流传下来的成语。语中涉及一些文体,在汉代之前,早已成熟,比较常用,值得研究者重视。

按孔颖达的解释,在"九能"中,除了"建邦能命龟"和"山川能说"的文体含义不太明确之外,其他都指在具体场合中能使用某种文体的能力,故《毛传》所引"九能"说,体现了汉代以前对士大夫文辞、礼仪、言语等各方面能力的要求,并在后世从大夫才德命题发展为文学命题,甚至被赋予文体学的内涵与意义,影响深远。

此外,汉代纬书还蕴含着一定的文体学思想。纬书是产生于西汉末期,以阴阳五行、天人感应思想来附会儒家经义的著作,有《易纬》《诗纬》《礼纬》《春秋纬》《孝经纬》《论语纬》等,每一类下又有若干种书。① 其中《孝经纬》与《论语纬》又称《孝经谶》和《论语谶》,故合称"谶纬"之书。纬书是汉代图谶与符命文化的产物②,也是一种文体。《文心雕龙》专列《正纬》篇,可见刘勰认为谶纬与文章的关系是相当密切的。纬书中虽充斥了神学迷信思想,但对文艺的论述,仍有不少可取之处。如《北堂书钞》卷一〇二引《诗纬·含神雾》:"颂者,王道太平,成功立而作也。"③体现了儒家重视美颂的文学思想,也表现了汉代统治者对歌功颂德的强烈需要。又《毛诗注疏·诗谱序》孔颖达疏引同书曰:"诗者,持也。"④据《文心雕龙·明诗》的解释,所谓持,即"持人情性",这与今文经学家翼奉所谓"诗之为学,情性而已"⑤是一样的意思。又如《春秋纬·说题辞》:"诗者,天文之精,星辰之度。""在事为诗,未发为谋,恬澹为心,思

---

① 纬书到唐代已亡佚殆尽,元明时才有人注意辑佚工作,今可以见到的有明孙瑴《古微书》和清马国翰《玉函山房辑佚书》中的辑录。另有日本学者安居香山与中村璋八编辑的《纬书集成》。
② 参见徐兴无《谶纬文献与汉代文化构建》,中华书局,2003年。
③ 虞世南辑《北堂书钞》卷一〇二,《续修四库全书》第1212册,上海古籍出版社,1994—2002年,第475页。
④ 郑玄笺,孔颖达疏《毛诗注疏》卷一,阮元校刻《十三经注疏》本,第262页。
⑤ 班固《汉书》卷七五《翼奉传》,中华书局,1962年,第3170页。

虑为志,故诗之为言志也。"①这里继承了先秦"诗言志"的说法而又染上了阴阳五行和天人感应色彩。而拨开神学的迷雾,则可发现其中也包含了某些合理的因素。把"言志"说与"在事为诗"相结合,不仅强调作者主观之志,而且进一步揭示了社会之事与诗人之志的联系,这对后人研究文学与现实的联系及文学的本质等重要问题均有启发意义。

第三节 小学与文体语义学、语源学

从早期文字考察中国古代文体观念的发生,是文体学研究的一种路径,而早期字书则是走向这一路径的重要向导。汉代经学兴起,小学亦随之迅速发展,并出现了《尔雅》《方言》《说文解字》(下文简称《说文》)、《释名》等重要字书。在传统目录学上,这些字书通常被视为经学的附庸,归入经部小学类。今人探讨这些著作,则多从文字、音韵、训诂等角度入手,较少关注语言学之外的思想、文化价值。其实,就文学和文体学视域看,中国文字是中国文学和文体的存在方式。从文字与文体之关系来研究古人对文体的感知、理解以及早期文体产生的原始语境,考察文字产生文体意义的过程与方式,可以发现中国文体学的某些独特性。古文字的构形隐含着文体的原始状态、形象与功能等信息,而通过考察文字构形的渊源流变,又可探求古代文体形成的一些规律。以文字与文体载体命名,也是中国古代文体命名的主要方式之一。而一些与文体相关的文字形态,正透露了古人对早期文体本义的感知与理解。中国古代多数文字的文体意义是后起的,从初始义引申、孳乳派生而来,并通过文字分化、合并或假借等方式来表达这种意义。文字的规范过程

---

① 李昉等《太平御览》卷六〇九,中华书局,1960年,第2740页。

也包含了对文体特性的集体认同。而字书尤其是早期字书,不仅是研究文体语义和语源的重要史料,作为时人对文字本义理解的集中反映,还可以见出特定的思辨方式和思想观念,对于考察文体史和文体观念具有独特的意义。

一 字书对文体语词的训释与文体义类的归纳

产生于秦汉之际的《尔雅》,是我国最早的一部解释词义的专著,也是第一部按词义系统和事物分类来编纂的字书。此书已有个别材料涉及文体的训释,如《释诂》:"命、令、禧、畛、祈、请、谒、讯、诰,告也。"①《释言》:"诰、誓,谨也。"②然而,由于《尔雅》内容分类所限,所收与文体相关的词语数量很少。到了东汉许慎《说文》和刘熙《释名》,具有文体意义的训释开始丰富起来。

《说文》是一部通过分析字形,探求文字本义的字书,书中有一些词语涉及对文体的本义阐释。比如:

祷,告事求福也。(一上)

祝,祭主赞词者。(一上)

诗,志也。(三上)

谶,验也。(三上)

训,说教也。(三上)

谕,告也。(三上)

谟,议谋也。从言,莫声。《虞书》曰:"咎繇谟。"(三上)

论,议也。(三上)

议,语也。(三上)

诫,敕也。(三上)

诰,告也。(三上)

---

① 郭璞注,邢昺疏《尔雅注疏》卷一,阮元校刻《十三经注疏》本,第 2570 页。
② 同上书卷三,第 2582 页。

诂,训故言也。(三上)

记,疋也。(三上)

讴,齐歌也。(三上)

谚,传言也。(三上)

史,记事者也。从又持中,中正也。凡史之属皆从史。(三下)

笺,表识书也。(五上)

札,牒也。(六上)

牍,书版也。(七上)①

除以上所列外,还有奏、誓、语、说、记、誊、谥、谏、诅、谱、碑、史、笺、简、牒、帖、吊、券、檄、颂、铭等字,数量相当可观。

当然,这些训释的本意并非自觉的文体研究,但《说文》的释义一般都是释其造字的本义,同时还结合古文字的字形,加以分析。在对文体语词本义的探求中,或涉文体的体性,或论文体的功能,或及文体的使用对象、场合,从不同角度反映了汉人所理解的各种文体的原始意义。

此外《说文》对于汉代一些文体体制的记录也相当具体而有价值。如:"册,符命也。诸侯进受于王者也。象其札一长一短,中有二编之形。凡册之属皆从册。"(二下)②"符,信也。汉制以竹,长六寸。分而相合。"(五上)③如果我们结合《独断》和出土文献,可以更清楚地了解当时具体的文体体制。

刘熙《释名》采用音训即从语音追寻语义来源的方法,来考察每一字词最初命名的原因,是中国第一部语源学专著。其中《释言语》《释书契》《释典艺》三篇收录了四十余个与文体相关的词语,涉及

---

① 许慎撰,段玉裁注《说文解字注》,上海古籍出版社,1988年,第6、90、91、92、95、116、191、265、318页。

② 同上书,第85页。

③ 同上书,第191页。

范围相当广泛。现移录相关条目,以窥一斑。卷四《释言语》:

> 说,述也,宣述人意也。
> 颂,容也,叙说其成功之形容也。
> 赞,录也,省录之也。
> 铭,名也,记名其功也。
> 纪,记也,记识之也。
> 祝,属也,以善恶之词相属著也。
> 诅,阻也,使人行事阻限于言也。
> 盟,明也,告其事于神明也。
> 誓,制也,以拘制之也。①

卷五《释书契》:

> 檄,激也,下官所以激迎其上之书文也。
> 谒,诣也。诣,告也,书其姓名于上,以告所至诣者也。
> 符,付也,书所敕命于上,付使传行之也。
> 券,绻也,相约束缱绻以为限也。
> 策,书教令于上,所以驱策诸下也。汉制:约敕封侯曰册。册,赜也,敕使整赜不犯之也。
> 书,庶也,纪庶物也;亦言著也,著之简纸,永不灭也。
> 书称刺书,以笔刺纸简之上也。又曰到写,写此文也。画姓名于奏上曰画刺,作再拜起居,字皆达其体,使书尽边,徐引笔书之如画者也。下官刺曰长刺,长书中央一行而下也。又曰爵里刺,书其官爵及郡县乡里也。
> 书称题。题,谛也,审谛其名号也。亦言第,因其第次也。
> 书文书检曰署。署,予也,题所予者官号也。
> 上敕下曰告。告,觉也,使觉悟知己意也。

---

① 刘熙著,毕沅疏证,王先谦补《释名疏证补》,中华书局,2008年,第113、114、132页。

下言于上曰表,思之于内,表施于外也。又曰上,示之于上也。又曰言,言其意也。①

卷六《释典艺》:

传,传也,以传示后人也。

令,领也,理领之,使不得相犯也。

诏书。诏,照也。人暗不见事宜,则有所犯,以此照示之,使昭然知所由也。

论,伦也,有伦理也。

称人之美曰赞。赞,纂也,纂集其美而叙之也。

叙,杼也,杼泄其实宣见之也。

铭,名也,述其功美,使可称名也。

诔,累也,累列其事而称之也。

谥,曳也,物在后为曳,言名之于人亦然也。

谱,布也,布列见其事也。亦曰绪也,主绪人世,类相继如统绪也。

碑,被也,此本葬时所设也。于鹿庐,以绳被其上,引以下棺也。臣子追述君父之功美,以书其上,后人因焉,无故建于道陌之头,显见之处,名其文就,谓之碑也。②

从上引材料可以看出,《释名》中所涉文体,反映的社会生活是非常丰富的。有朝廷行政公文,如诏书、策、敕、告、律、令等下行文书和奏、表、谒等上行文书;有与神灵观念相关的,如祝、诅、盟、誓等;有与经学注疏相关的,如传、经、谶、纬等;有与契约信用相关的,如符、节、券、契等。还有一些,原非文体名称,而是文体的书写工具或材料,如笔、砚、墨、纸、板、椠、牍、札、简、碑等。这些工具,对了解相关文体的原生态相当重要,其中札、牍、碑等后来遂成为文体的名称。

---

① 刘熙著,毕沅疏证,王先谦补《释名疏证补》,中华书局,2008年,第203—209页。
② 同上书,第212、216—219页。

《释名》以声训的方式解释与文体相关的词语,指出了这些词语的本义。《四库全书总目》该书提要说它"以同声相谐,推论称名辨物之意。中间颇伤于穿凿,然可因以考见古音。又去古未远,所释器物亦可因以推求古人制度之遗"①。因为它所用的声训方法有时失之牵强穿凿,比如"册,赜也,敕使整赜不犯之也","书,庶也,纪庶物也;亦言著也,著之简纸,永不灭也"等。但《释名》记载了许多词语的古义和大量名物、典章、制度等,就文体学而言,它反映了汉人对相关文体词语本义的认识,对于我们理解先秦至两汉的文体观念是很有价值的。

《释名》全书所载文体条目,有语、说、序、颂、赞、铭、纪、祝、诅、盟、誓、奏、簿、籍、檄、谒、符、传、券、莂、契、策、示、启、书、题、告、表、约、敕、经、纬、图、谶、传、记、诗、赋、法、律、令、科、诏书、论、赞、叙、铭、诔、谥、谱、碑、词等多种。如与《说文》合计,去其重出,则数量相当可观。这些文体,有的在先秦即已独立、成熟,后世继续使用并不断发展变化,如诗、赋等;有的虽在先秦已经产生并广泛应用,但当时并未获得独立的文体地位,而是依附于经、史、子类著作中,如祝、诅、盟、誓、谟、铭、诔等。大部分有明确作者和创作时代,脱离学术著作而获得独立的文体,产生在秦汉时期,尤其集中于两汉。这一点,任昉《文章缘起》揭示得很清楚。《文章缘起》探讨先秦至东晋时期八十五种文体的起始之作,其中战国四体,秦四体,西汉三十九体,东汉二十二体。两汉合计六十一体,占总数的四分之三。所以清代包世臣有"文体莫备于汉"之说,刘师培也认为,"文章各体,至东汉而大备"。产生于东汉的《说文》《释名》所录的文体语词,正是在语言学上对先秦两汉时期文体类目的记载,大致囊括了中国早期最基本、最常用的文体,是汉代文体写作繁荣在字书中的反映。

---

① 永瑢等《四库全书总目》,中华书局,1965 年,第 340 页。

字书的编纂体例,则为研究文体发生学和早期文体分类法提供了特殊的视角。比如《说文》,有关文体语词散见于全书,表面上似乎无法看出其分布规律。事实远非如此简单。此书首创部首检字法,把9000多个字归纳为540部,"分别部居,不相杂厕"①,同一部首的字,往往有某种意义上的关联。比如"言部"涉及文体形态相关的字有:言、语、谈、谒、诗、谶、讽、诵、训、譔、譬、谟、论、议、订、识、讯、诫、誓、诂、证、谏、说、记、讴、咏、谚、讲、诅、讼、谴、让、谥、诔、译等。值得注意的是,"言"是全书包含文体语词最多的部首。这个部首分类法透露出一个非常重要的信息:早期文体产生与语言活动密切相关。另外如祭、祝、祈、祷、禅、禁……皆归之"示部",意味着这些文体或相关活动的产生最早与鬼神祭祀之关系。所以可以说,《说文》是研究早期文体发生学的重要文献。

《说文》按部首分类,而《释名》以义类编次,其体例不同于《说文》。刘熙非常强调事物的名实与"义类"。刘熙《释名序》说:"夫名之于实,各有义类,百姓日称而不知其所以之意,故撰天地、阴阳、四时、邦国、都鄙、车服、丧纪,下及民庶应用之器,论叙指归,谓之'释名'。"②所谓"义类",指各种事物的名称有特定的含义,并各有其类属关系。《释名》的分类反映著者心目中的天地自然与人生社会的知识体系。全书共分为天、地、山、水、丘、道、州国、形体、姿容、长幼、亲属、言语、饮食、采帛、首饰、衣服、宫室、床帐、书契、典艺、用器、乐器、兵、车、船、疾病、丧制等二十七类,其分类形式受到《尔雅》的影响而更为细致,后人或称为《逸雅》。刘熙撰《释名》的目的,就是要从语源学角度探讨事物名称与义类的关系,揭示各种称名"所以之意",在学术史上首次把哲学中的名、实之辨引进了语言学领域。《释名》的文体语词,集中于《释言语》《释书契》《释典艺》三篇,客观上反映出早期文体产生的三个主要来源:言语交流活动、行

---

① 许慎撰,段玉裁注《说文解字注》,上海古籍出版社,1988年,第764页。
② 刘熙著,毕沅疏证,王先谦补《释名疏证补》,中华书局,2008年,第1页。

政公文和日常文书、典籍文化,这三种"义类"暗含着对多种文体形态共同功能属性的归纳。把各种文体词语归于不同"义类"之中,这在一定程度上可以视同早期文体分类的观念。

二 字书在文体学研究上的独特价值

字书所列条目,某种意义上构建了作者的知识谱系,体现了当时所认识到的包括物质和精神世界在内的社会生活的范围。在语词概念的定义中,可以看出人们对这些事物的认识水平和思想观念。早期字书对所收文体语词的训释,以最简要的语言,描述出相关语词的本质特点,具有很高的概括性,这对研究早期文体史、探讨早期文体观念都有不可忽视的意义。

《说文》《释名》两部字书的文体语词,所涉社会生活范围极为广泛。有行政公文和百姓日用文体,如诏、敕、奏、檄、令、契、券、约等。诏和奏分别是朝廷下行公文和上行公文的代表文体。《说文》卷三上:"诏,告也。"[1]《释名·释典艺》:"诏,照也。人暗不见事宜,则有所犯,以此照示之,使昭然知所由也。"[2]《说文》卷一〇下:"奏,进也。"[3]《释名·释书契》:"奏,邹也;邹,狭小之言也。"[4]诏书是君主对各类重大事务的重要指示,不仅象征着政治权力的威严,也体现出意识形态上的优越感和支配地位。在刘熙看来,臣民暗昧如夜行不得路,君主诏令如灯火,可照示方向。而臣民进呈的奏书类文体,在至高无上的君权面前,则只能是"狭小之言"。这种鲜明对比所体现的强烈的尊卑意识,在古代行政公文中是普遍存在的。契、

---

[1] 许慎《说文解字》,中华书局,1963年,第52页。按:诏字为徐铉补入,段注本不收,段玉裁云:"秦造诏字,惟天子独称之。《文选注》卅五引《独断》曰:'诏犹告也。三代无其文,秦汉有也。'据此可证秦已前无诏字。至《仓颉篇》乃有'幼子承诏'之语。故许书不录诏字。铉补之,非也。"见许慎撰、段玉裁注《说文解字注》,上海古籍出版社,1988年,第92页。

[2] 刘熙著,毕沅疏证,王先谦补《释名疏证补》,中华书局,2008年,第216—217页。

[3] 许慎撰,段玉裁注《说文解字注》,上海古籍出版社,1988年,第498页。

[4] 刘熙著,毕沅疏证,王先谦补《释名疏证补》,中华书局,2008年,第201页。

券、约是日常生活中使用频率很高的文体,先秦已经产生,汉代尤为常用。敦煌汉简中有大量此类文书发现,主要对借贷或买卖双方起约束作用。《释名·释书契》:"券,绻也,相约束缱绻以为限也。"①"约,约束之也。"②强调了这类文体的约束作用。这种约束,是随着经济活动的发展、社会交往的频繁和人际关系的日趋复杂而产生的需要。

铭、诔、碑等是与礼乐制度密切相关的文体。《礼记·祭统》:"夫鼎有铭,铭者,自名也。自名以称扬其先祖之美,而明著之后世者也。"③论述了铭称扬功德、传名后世的功能。《释名·释言语》:"铭,名也,记名其功也。"④《释典艺》:"铭,名也,述其功美,使可称名也。"⑤基本观点与《礼记·祭统》一致。诔的功能是称述已逝者的德行。《说文》卷三上:"诔,谥也。"⑥《释名·释典艺》:"诔,累也,累列其事而称之也。"⑦结合《说文》《释名》,可较为全面地了解诔的文体功用,即累列丧主德行,以资朝廷定谥,是儒家丧礼的组成部分。碑的原始功能主要有三:置于宫中,以测日影;置于宗庙,以系祭祀之牲;置于墓旁,下葬时用以牵引棺木。秦汉以来往往以碑纪功。东汉碑文特盛,多与丧葬有关。《说文》卷九下:"碑,竖石也。"⑧《释名·释典艺》:"碑,被也,此本葬时所设也。于鹿卢,以绳被其上,引以下棺也。臣子追述君父之功美,以书其上,后人因焉,无故建于道陌之头,显见之处,名其文就,谓之碑也。"⑨可见,产生于葬礼的碑,本来只是用以牵引棺木的无字碑。后因生者追念逝

---

① 刘熙著,毕沅疏证,王先谦补《释名疏证补》,中华书局,2008年,第205页。
② 同上书,第209页。
③ 郑玄注,孔颖达疏《礼记注疏》卷四九,阮元校刻《十三经注疏》本,第1606页。
④ 刘熙著,毕沅疏证,王先谦补《释名疏证补》,中华书局,2008年,第114页。
⑤ 同上书,第217页。
⑥ 许慎撰,段玉裁注《说文解字注》,上海古籍出版社,1988年,第101页。
⑦ 刘熙著,毕沅疏证,王先谦补《释名疏证补》,中华书局,2008年,第218页。
⑧ 许慎撰,段玉裁注《说文解字注》,上海古籍出版社,1988年,第450页。
⑨ 刘熙著,毕沅疏证,王先谦补《释名疏证补》,中华书局,2008年,第218—219页。

者的美德或功业,书其事迹于碑石,并置于道路显见之处,遂成为常用的述功与纪念文体。

祝、诅、盟、誓等文体也与礼制相关,其特色在于反映了强烈的神灵观念。《释名·释言语》:"祝,属也,以善恶之词相属著也。"①可见,祝指向上天或神明祷告,求其加祸或福于人。诅即诅咒,请神明降祸于诅咒对象,即《释名·释言语》所云:"诅,阻也,使人行事阻限于言也。"②诅往往伴随盟誓而生,是盟誓活动的一个环节,故孔颖达有"盟大诅小"之说。《释名·释言语》:"盟,明也,告其事于神明也。""誓,制也,以拘制之也。"③统而言之,指结盟各方以神明为证,宣誓缔约,若违背誓约,将使神明加祸,加祸的内容即所谓诅。

经、传、诗、谶、纬等文体与汉代经学兴盛密切相关。自武帝独尊儒术以后,儒家经典获得至高无上的地位,被视为一切学问之根本。故《释名·释典艺》云:"经,径也,常典也,如径路无所不通,可常用也。"④把经比作无所不通的道路,体现了普遍的尊经观念。传是对经义的阐释,正如《释名·释典艺》云:"传,传也,以传示后人也。"⑤诗既是中国古代成熟最早的文体,又特指第一部诗歌总集、儒家五经之一《诗经》。《尚书·尧典》已提出"诗言志"说。《左传·襄公二十七年》载赵文子语:"诗以言志。"⑥《荀子·效儒》:"诗言是,其志也。"⑦可见,"诗言志"是先秦对诗歌文体功能的普遍看法。《说文》卷三上:"诗,志也。"⑧《释名·释典艺》:"诗,之也,志之所

---

① 刘熙著,毕沅疏证,王先谦补《释名疏证补》,中华书局,2008年,第132页。
② 同上。
③ 同上。
④ 同上书,第211页。
⑤ 同上书,第212页。
⑥ 杜预注,孔颖达疏《春秋左传注疏》卷三八,阮元校刻《十三经注疏》本,第1997页。
⑦ 王先谦《荀子集解》卷四,中华书局,1988年,第133页。
⑧ 许慎撰,段玉裁注《说文解字注》,上海古籍出版社,1988年,第90页。

之也。兴物而作,谓之兴。敷布其义,谓之赋。事类相似,谓之比。言王政事,谓之雅。称颂成功,谓之颂。随作者之志而别名之也。"①可见,字书继承了"言志"说这一核心,又阐释了与诗紧密关联的"六义",并指出"六义"是"随作者之志而别名之",发展了传统"诗言志"说。谶纬之学兴起于西汉末年,往往依傍经学著作,杂以阴阳五行及预言之类以解释经义,宣扬皇权的合法性。《说文》卷三上:"谶,验也。"②《释名·释典艺》:"谶,纤也,其义纤微而有效验也。"③可见,谶是能得到事实验证的预言。这类预言,先秦已出现,汉初贾谊《鵩鸟赋》有"发书占之兮,谶言其度"④之句,只是当时尚未盛行。纬的产生迟于谶。《汉书·李寻传》有"五经六纬"⑤之说。《释名·释典艺》:"纬,围也,反覆围绕以成经也。"⑥强调纬书对经书的辅助作用。后世谶、纬合称,往往不再细分两者的差异。

字书对文体语词的阐释,主要体现的是知识界普遍的知识与观念,是一种集体认同。当然,由于训释形态所限,字书不能像文体学专著那样旁搜博采,追源溯流,系统、全面地研究文体。它的特点就在于用最精练的语言和下定义的形式揭示文体最本质或最显著的特征,故字书对于文体的训释,往往成为经典定义。

三 字书对文体学研究的影响

《说文》《释名》等字书不仅在研究汉代文体和文体观念上有独特价值,也对后世文体学研究产生了影响。这种影响,集中体现在刘勰《文心雕龙》上。《文心雕龙·序志》提出"原始以表末,释名以章义,选文以定篇,敷理以举统",成为古代文体学研究的经典范式。

---

① 刘熙著,毕沅疏证,王先谦补《释名疏证补》,中华书局,2008年,第213页。
② 许慎撰,段玉裁注《说文解字注》,上海古籍出版社,1988年,第90页。
③ 刘熙著,毕沅疏证,王先谦补《释名疏证补》,中华书局,2008年,第212页。
④ 萧统编,李善注《文选》卷一三,中华书局,1977年,第198页。
⑤ 班固《汉书》卷七五,中华书局,1962年,第3179页。
⑥ 刘熙著,毕沅疏证,王先谦补《释名疏证补》,中华书局,2008年,第211页。

其中"释名以章义",即通过对文体命名意义的考察,揭示其体性特征,并以此为标准,评价文体创作得失(选文以定篇),描述文体发展演变(原始以表末),概括相关文体的写作要领(敷理以举统)。刘勰的文体研究,已构成逻辑严密、环环相扣的体系。其中"释名以章义"是整个体系的逻辑起点,是其他各环的基础。在这个体系中,"释名"是为了"章义"和"敷理",直接而具体地受到《说文》《释名》等字书的影响,把语言学中的"释名"成果引进了文体学研究。这不仅表现在"释名以章义"中"释名"一语直接采用了刘熙的书名,更表现在对众多文体语词的训释大量吸收《说文》《释名》的内容。如表3:

表3 《文心雕龙》训释文体吸收《说文》《释名》举例

《说文》:奏,进也。	《文心雕龙·奏启》:奏者,进也。言敷于下,情进于上也。
《说文》:纬,织衡丝也。 《释名》:纬,围也,反覆围绕以成经也。	《文心雕龙·正纬》:纬之成经,其犹织综,丝麻不杂,布帛乃成。
《说文》:令,发号也。 《释名》:令,领也,理领之,使不得相犯也。	《文心雕龙·书记》:令者,命也。出命申禁,有若自天,管仲下命如流水,使民从也。
《说文》:券,契也。 《释名》:券,绻也,相约束缱绻以为限也。	《文心雕龙·书记》:券者,束也。明白约束,以备情伪。

《说文》对刘勰的影响,主要是义训,《释名》对刘勰的影响,则主要表现于声训,如表4:

表4 《释名》与《文心雕龙》以声训释文体对应表

《释名》:铭,名也。	《文心雕龙·铭箴》:铭者,名也,观器必也正名,审用贵乎盛德。
《释名》:颂,容也。	《文心雕龙·颂赞》:颂者,容也,所以美盛德而述形容也。

（续表）

《释名》：铭，名也。	《文心雕龙·铭箴》：铭者，名也，观器必也正名，审用贵乎盛德。
《释名》：论，伦也，有伦理也。	《文心雕龙·论说》：论者，伦也；伦理无爽，则圣意不坠。
《释名》：诔，累也，累列其事而称之也。	《文心雕龙·诔碑》：诔者，累也；累其德行，旌之不朽也。
《释名》：盟，明也。	《文心雕龙·祝盟》：盟者，明也。

以上所引《文心雕龙》的文体释名，与《释名》声训颇为相似，只不过《释名》作为字书，释义极为简练，《文心雕龙》在其基础上有所引申、发挥而已。由于《文心雕龙》在文体学史上的经典地位，"释名以章义"成为古代文体学研究的传统内容和基本方法。这种方法，本质是语言学的语词训释法。而《说文》《释名》等早期字书，既是文字学、训诂学的奠基之作，又是古代权威工具书，其语词训释在内容、观点和方法上都具有典范意义，自然会在传统文体学研究"释名以章义"这一环节打下深刻烙印。清人王之绩《铁立文起》卷之首"文体统论"条说："后汉刘熙成国氏著《逸雅》，中有释言语、书契、典艺三则，予甚喜其有功著述，而语又不繁，因合录之如左。"①他在引用《释名》之《释言语》《释书契》《释典艺》的材料之后，特别说"观此则文旨皆了然于心矣，安得仅以诂字目之"②。可见他明确地认识到《释名》（即《逸雅》）的文体史料价值。事实上，后世绝大多数文体学著作或相关书籍（如《文章辨体》《文体明辨》《六艺流别》序题，乃至《古今图书集成·文学典》等）在给各种文体下定义时，大致都会引用《说文》《释名》以及其他字书，这差不多成为中国古代文体溯源的传统了。

综上，汉代经学研究中包含的文体学内容非常丰富，有对诗歌性

---

① 王之绩《铁立文起》，《续修四库全书》第1714册，上海古籍出版社，1994—2002年，第278页。
② 同上书，第279页。

质、作用、表现手法、体裁分类的论述,有对礼制与文体关系的研究,还有对文体语词的语源学探讨。尽管这些还不是自觉的文体研究,却开启了研究早期文体的先河,更在内容、方法上奠定了中国文体学研究的基本格局。魏晋南北朝文体学的发展和成熟,正是建立在汉儒的文体观念和研究方法的基础之上的。

(本章由吴承学、何诗海执笔)

第十一章 汉代图书整理活动的文体学意义

汉代是中国文体学发展的重要时期，随着文体创作实践越来越频繁、丰富，文体观念也从较为蒙昧的状态转为清晰，并出现了较多明确的文体论述。同时，在经历秦火以后，经过朝野的积极搜求，汉代典籍的数量较前代大为丰富。面对自上古以来形态散乱的巨量图籍，汉人对其加以辨别、整合、命名、归类，并纳入其知识体系和思想地图中去，这便是初步的辨体实践。

在汉代，先秦以来的典籍的存在、流传形态发生了关键性的转变。先秦典籍往往以单篇形态流传，经过刘向父子的系统整理，"书"的概念超越了单篇形态，成为聚合在一起的多个单篇的整体概念。这时的"书"，可能是一类性质相同的文献的集合，也可能是一个学派或一个作者所撰之篇章的归总。这便是对典籍有意识地辨别类分，其中就涉及文体分类观念。在《七略》中，"书"的计量单位是"家"[①]而不是后世目录学常用的"部"，这意味着"书"是刘向父子所建构的学术思想源流体系中的一个个单元。先秦两汉的知识、学术思想被放置在一个有序的体系中，这是对思想、知识、文献的追源溯流，同时也是中国古代文体溯源观念走向明晰化的开端。而在学术源流体系构建的过程之中，后世的一些重要的文体学方法和观念也由此孕育，如"文原于经"的观念、分体别集的编纂等等。

根据学者研究，西汉前期即有图书整理和目录编定的活动，[②]而

[①] 《汉书·艺文志》每一小类后都有对该类目下书籍的统计，如"凡《易》十三家，二百九十四篇""凡《书》九家，四百一十二篇"，每一略后也有统计，如《六艺略》后有"凡六艺一百三家，三千一百二十三篇"等等。

[②] 参见吴沂沄《刘向、刘歆校书问题考述》一文的相关论述，郭英德主编《斯文》第3辑，社会科学文献出版社，2018年，第170—173页。

刘向、刘歆父子的工作无疑最为系统,也最为关键。刘向的校书成果主要体现在他为所校图书撰写的书录中。根据《汉志》序:"至成帝时,以书颇散亡,使谒者陈农求遗书于天下。诏光禄大夫刘向校经传诸子诗赋,步兵校尉任宏校兵书,太史令尹咸校数术,侍医李柱国校方技。每一书已,向辄条其篇目,撮其指意,录而奏之。"[1]成帝时,刘向奉诏校经传、诸子、诗赋之书,每书校毕,刘向便撰"书录"一篇并上奏,即所谓"条其篇目,撮其指意,录而奏之"。刘向所撰书录,目前完整保留下来的有《荀子》《列子》《战国策》《管子》《晏子》书录,另有刘歆所撰《山海经》书录。群书之"录"汇集起来,是为《别录》。《别录》是刘向校书工作及观念的直接体现。

　　刘向去世后,刘歆删《别录》、取其要而成《七略》。《汉志》序云:"会向卒,哀帝复使向子侍中奉车都尉歆卒父业。歆于是总群书而奏其《七略》,故有《辑略》,有《六艺略》,有《诸子略》,有《诗赋略》,有《兵书略》,有《术数略》,有《方技略》。今删其要,以备篇籍。"又《隋书·经籍志》序:"向卒后,哀帝使其子歆嗣父之业。乃徙温室中书于天禄阁上。歆遂总括群篇,撮其指要,著为《七略》。"[2]可见《七略》虽由刘歆总其成,但其主体内容在刘向时已初具规模,[3]因此在相当程度上反映了刘向的校书成果及流别群书的观念。虽然《别录》《七略》原书已佚,但从《汉志》可推求其书大略。根据研究,《汉志》六略的大序和各类的小序基本取自《七略》,[4]反映了刘向父子的学术观点。除《汉志》以外,不少传世典籍

---

[1] 班固《汉书》卷三〇,中华书局,1962年,第1701页。本章所引《汉书·艺文志》均据此版本,为行文简洁,不一一出注。
[2] 魏徵、令狐德棻《隋书》,中华书局,1973年,第905页。
[3] 参见徐建委《文本革命:刘向、〈汉书·艺文志〉与早期文本研究》,中国社会科学出版社,2017年,第6—7页。
[4] 余嘉锡认为《汉志》除新入及省并者外,其他所著录都本自刘歆(《目录学发微》,中华书局,2007年,第97页)。邓骏捷指出《汉志》各略大序和各家小序所保留的《七略·辑略》内容反映了刘歆的一些学术观点,《七略》体系的确立出自刘向,刘歆只是做了修补和局部调整(《刘向校书考论》,人民出版社,2012年,第283页)。

也引述了《别录》《七略》的佚文,这都是我们考究刘向父子校书工作的重要依据。

对《汉志》的文体学意义,学者已多有关注,基于《汉志》诸略、诸家的小序探讨其与后世文体学的源流关系,多有卓见。而《别录》《七略》佚文则尚未得到充分重视,故必要在全面把握这些佚文的基础上,从文体学发展史的角度,对汉代图书整理活动的文体学意义进行细致探讨。同时,也有必要对刘向父子和班固的工作有所区辨。班固在取材于《七略》的同时,又作了一定的调整,如改变某些典籍的归类,删去重复的书目,增入刘向父子未收之书,等等。因此,对比《汉志》与《七略》《别录》的不同,可以考见班固文体观念的进展。

第一节 《七略》宗经体系的建构与"文原于经"观念的先导

《七略》设置了以《六艺略》《诸子略》《诗赋略》为主体的、由源而流的图书分类体系,而刘歆对诸略的解说又更为细致地体现了刘向父子在考镜学术源流基础上的宗经观念。《汉志》以源流譬喻学术,又以五经统百家之说,这种归类,一定程度启发了后世文体源于经书说。[①]

刘向父子这一图书分类与溯源观念并非破空而出。《汉志》序记载汉成帝"诏光禄大夫刘向校经传诸子诗赋,步兵校尉任宏校兵书,太史令尹咸校数术,侍医李柱国校方技",这一分工恰好对应《七略》中的《六艺略》《诸子略》《诗赋略》《兵书略》《术数略》《方技略》。可见《七略》结构的设置,首先与汉成帝诏令校书的分工相

[①] 参见吴承学《中国古代文体学研究》(增订本),中华书局,2022年,第138—139页。

关,这一分工方式当然来自于当时对图书分类的某种共识。

刘向父子的意义,在于对这一宗经体系的合理性予以更为系统的理论解释。《汉书·艺文志·六艺略》序云:

> 六艺之文:《乐》以和神,仁之表也;《诗》以正言,义之用也;《礼》以明体,明者著见,故无训也;《书》以广听,知之术也;《春秋》以断事,信之符也。五者,盖五常之道,相须而备,而《易》为之原。故曰"《易》不可见,则乾坤或几乎息矣",言与天地为终始也。至于五学,世有变改,犹五行之更用事焉。

《七略》在"六艺"的基础上,基于五行学说,提炼出"五学"概念。《易》是不变的,"与天地为终始",是五学之原。又将《乐》《诗》《礼》《书》《春秋》比附于"五常",从而建立了以《易》为原,以《乐》《诗》《礼》《书》《春秋》"相须而备"的六经体系,这是刘向父子在理论上的首创,①也为后来将文章溯源于五经建立了理论基础。

又《诸子略》序云:

> 今异家者各推所长,穷知究虑,以明其指,虽有蔽短,合其要归,亦六经之支与流裔……仲尼有言:"礼失而求诸野。"方今去圣久远,道术缺废,无所更索,彼九家者,不犹愈于野乎?若能修六艺之术,而观此九家之言,舍短取长,则可以通万方之略矣。

序指出诸子各家都是六经的支与流裔,所谓"礼失而求诸野",即通过考究诸子之学,也可以考究六艺之学。此说尤为关键——既然可将诸子推源于六经,那么《诸子略》诸家导源而下的汉世作者的各体文章,自然亦可推源于六经。虽然《七略》尚未确立六经与各体文章的源流关系,但已建构起"文原于经"的理论逻辑。

---

① 傅荣贤《〈别录〉〈七略〉的经学意识及其成因》指出:"易居首位应该是由《七略》通过《汉志》最后完全确定下来的。"《盐城师专学报(社会科学版)》1992年第1期,第114页。

《诗赋略》序又云:

> 春秋之后,周道浸坏,聘问歌咏不行于列国,学《诗》之士逸在布衣,而贤人失志之赋作矣。大儒孙卿及楚臣屈原离谗忧国,皆作赋以风,咸有恻隐古诗之义。

将春秋以后的赋作归源于《诗》,是赋体源流说之先声。班固《两都赋序》所谓"或曰:赋者,古《诗》之流也"①在魏晋以后几成不刊之论,可见其影响之巨。细味《诗赋略》序与《两都赋序》的表述,班固"赋者,古《诗》之流"说,应直接受《七略》影响。

因此,认为诸子之文是"六经之支与流裔",赋与歌诗起源于《诗》,皆为"文原于经"观念的前导。这正是刘勰宗经以论文的理论基础,对钟嵘《诗品》将五言诗追源于《诗经》《楚辞》的批评方式的形成也有启发意义。②

《汉志》"文原于经"的观念,还体现在其对《六艺略》《春秋》类下一系列图书的认识上。汉代的图书目录学尚无"四部"概念,《汉志》无史部,后世被归入史部的先秦两汉典籍大多被归并到《六艺略》《春秋》类下。这体现出明显的尊经意识,即认为这些历史书写皆为《春秋》之流。

第一,对《春秋》历史书写性质的强调。古人对六经体性的辨析最早见于战国文献,其时,一种看法认为《春秋》有记事作用,如郭店楚简《语丛一》:

> 《易》,所以会天道人道也。《诗》,所以会古今之志也者。《春秋》,所以会古今之事也。礼,交之行述也。乐,或生或教者

---

① 萧统编,李善注《文选》卷一,中华书局,1977年,第21页。
② 杨东林指出《汉志》考镜源流的方法影响了挚虞、李充、刘勰的文体论。参见《汉魏六朝文体论与文体观念的演变》,科学出版社,2018年,第46页;汪春泓从"宗经"的角度研究刘向的目录学与刘勰、钟嵘的文学批评的渊源关系,参见《从刘向到刘勰:在时空动态中认识刘勰之"宗经"观》,《文学遗产》2023年第1期。

也。▢者也。①

又如《礼记·经解》：

> 其为人也，温柔敦厚，《诗》教也；疏通知远，《书》教也；广博易良，《乐》教也；洁静精微，《易》教也；恭俭庄敬，《礼》教也；属辞比事，《春秋》教也。②

战国时，还有一种看法，是在《春秋》的记事功能基础上进一步强调其表达微言大义的特殊意义。孟子认为："晋之《乘》，楚之《梼杌》，鲁之《春秋》，一也。其事则齐桓、晋文，其文则史，孔子曰'其义则丘窃取之矣。'"③各国皆有史书以记事，而孔子所作《春秋》有其特别的意义。"孔子成《春秋》而乱臣贼子惧"④，在孟子看来，孔子作《春秋》，是为了在世衰道微的时代背景之下匡正社会秩序，明确善恶褒贬，以行王道。因此，战国时人往往认为《春秋》是用以"道名分"的，换言之，即具有表达思想、阐发观点的说理作用，如《庄子·天下》云：

> 《诗》以道志，《书》以道事，《礼》以道行，《乐》以道和，《易》以道阴阳，《春秋》以道名分。⑤

又如《荀子·儒效》：

> 圣人也者，道之管也。天下之道管是矣，百王之道一是矣，故《诗》《书》《礼》《乐》之归是矣。《诗》言是，其志也；《书》言是，其事也；《礼》言是，其行也；《乐》言是，其和也；《春秋》言

---

① 武汉大学简帛研究中心、荆门市博物馆编著《楚地出土战国简册合集（一）郭店楚墓竹书》，文物出版社，2011年，第140页。
② 郑玄注，孔颖达疏《礼记注疏》卷五〇，阮元校刻《十三经注疏》本，第1609页。
③ 焦循《孟子正义》卷一六《离娄下》，中华书局，1987年，第574页。
④ 同上书卷一三《滕文公下》，第459页。
⑤ 郭庆藩辑《庄子集释》卷一〇下，中华书局，1961年，第1067页。

《荀子·劝学》：

> 故《书》者，政事之纪也；《诗》者，中声之所止也；《礼》者，法之大分，类之纲纪也，故学至乎《礼》而止矣。夫是之谓道德之极。《礼》之敬文也，《乐》之中和也，《诗》《书》之博也，《春秋》之微也，在天地之间者毕矣。②

将《春秋》作为蕴藏着微言大义的典籍看待，这样一种认识在经学逐渐盛行的汉代早、中期，是更为常见的看法。如董仲舒《春秋繁露·玉杯》云：

> 六学皆大，而各有所长。《诗》道志，故长于质。《礼》制节，故长于文。《乐》咏德，故长于风。《书》著功，故长于事。《易》本天地，故长于数。《春秋》正是非，故长于治人。③

司马迁《史记·太史公自序》：

> 《易》著天地阴阳四时五行，故长于变；《礼》经纪人伦，故长于行；《书》记先王之事，故长于政；《诗》记山川溪谷禽兽草木牝牡雌雄，故长于风；《乐》乐所以立，故长于和；《春秋》辩是非，故长于治人。是故《礼》以节人，《乐》以发和，《书》以道事，《诗》以达意，《易》以道化，《春秋》以道义。④

扬雄《法言·寡见》：

> 或问："《五经》有辩乎？"曰："惟《五经》为辩。说天者莫辩乎《易》，说事者莫辩乎《书》，说体者莫辩乎《礼》，说志者莫辩

---

① 王先谦《荀子集解》卷四，中华书局，1988年，第133页。
② 同上书卷一，第11—12页。
③ 苏舆《春秋繁露义证》卷一，中华书局，1992年，第35—36页。
④ 司马迁撰，裴骃集解，司马贞索隐，张守节正义《史记》卷一三〇，中华书局，2014年，第4003页。

乎《诗》,说理者莫辩乎《春秋》。舍斯,辩亦小矣。"①

在以上材料中,往往《尚书》的记事性质被突显,而《春秋》则有"正是非""道义""说理""治人"的功能。直到与刘歆同时的扬雄,仍认为《春秋》主说理,《尚书》主说事。从这个意义上看,似乎从先秦至汉代的观念中,《书》更具有历史书写的体性。而《六艺略》之《春秋》类小序指出:

> 古之王者世有史官,君举必书,所以慎言行,昭法式也。左史记言,右史记事,事为《春秋》,言为《尚书》,帝王靡不同之。

将"史"的书写分为记言、记事二途,并分属于《尚书》《春秋》,特别是认为《春秋》是记事之文。虽然《汉志》的描述依然将史官的书写置于"君举必书,所以慎言行,昭法式"的背景之下,即注重史书的鉴戒政事的功用,但在一定程度上回归了《春秋》作为历史书写的原初属性,即记事性质,而不仅仅以表达微言大义为目的,这便重新确定了《春秋》在上古书写活动中的位置和意义。《汉志》首倡"事为《春秋》,言为《尚书》",虽被章学诚批评为"不察"②,但在当时学者深受经学思维方式浸润的背景之下,此说对《春秋》本然功能的回归和突显,实为汉代史学观念转变的关捩。

第二,在明确《春秋》性质的基础上,《汉书·艺文志·六艺略》之《春秋》类对某些典籍的归类,以及编撰者对这些图书体性的认识,体现出初步的史部意识,并由此梳理出源自《春秋》、下至汉代的历史书写脉络。《六艺略》之《春秋》类图书的序次原则,是先《春秋》经、传,次之以《国语》《战国策》《楚汉春秋》《史记》等,按年代自古至今依次排序。其中有"《奏事》二十篇"。班固注:"秦时大臣

---

① 汪荣宝《法言义疏》,中华书局,1987年,第215页。
② 章学诚《文史通义·书教上》:"《记》曰:'左史记言,右史记动。'其职不见于《周官》,其书不传于后世,殆礼家之悫文欤? 后儒不察,而以《尚书》分属记言,《春秋》分属记事,则失之甚也。"(章学诚著,叶瑛校注《文史通义校注》,中华书局,1985年,第31页)

奏事,及刻石名山文也。"所谓"刻石名山文",即秦始皇在峄山、泰山、琅邪、之罘、碣石门等地令群臣所立的石刻文,内容是颂秦德。《七略》将秦时大臣奏事及颂德之文归到《春秋》类下,是出于何种考虑,颇为耐人寻味。

章学诚《校雠通义》云:"郑樵讥《汉志》以《世本》《战国策》《秦大臣奏事》《汉著记》为《春秋》类,是郑樵未尝知《春秋》之家学也。《汉志》不立史部,以史家之言,皆得《春秋》之一体,故四书从而附入也。"① 章学诚从后世史部观念出发,认为《世本》《秦大臣奏事》等是"史家之言",得《春秋》之体,从而对《汉志》的归类方式作出了解释。虽然在刘向父子时尚未形成明确的史部意识,但将秦时大臣奏事以及刻石纪功之文归并入《春秋》类,正是认为其具有史料的性质,可以补史之阙,其深层的观念正是将《春秋》视为上古以来历史书写的源头。

又如《七略》对《世本》和历谱类文献的区分,可见出刘向父子对史部文献书写源流的认识。《六艺略》之《春秋》类有《世本》。关于《世本》,刘向《别录》云:

> 《世本》,古史官明于古事者之所记也。录黄帝已来帝王诸侯及卿大夫系谥名号,凡十五篇也。②

刘向认为《世本》的书写主体是"古史官",内容是黄帝以来的帝王、诸侯、卿大夫的"系谥名号",这是春秋以后比较常见的一种历史书写形式。《国语·楚语上》载申叔时论述楚国的贵族教育,便云"教之《世》,而为之昭明德而废幽昏焉,以休惧其动"③。《国语·鲁

---

① 章学诚著,叶瑛校注《文史通义校注》,中华书局,1985年,第1004页。
② 司马迁撰,裴骃集解,司马贞索隐,张守节正义《史记》集解序,中华书局,2014年,第4036页。
③ 徐元诰《国语集解》,中华书局,2002年,第485页。

语上》载"工史书世"①、《周礼·春官·瞽矇》云"讽诵诗,世奠系"②,如此种种,"世"即所谓的"世系"之书。另外,《数术略》历谱类有"《帝王诸侯世谱》二十卷""《古来帝王年谱》五卷",与《世本》相似,为何将其归入《数术略》,而将《世本》归入《六艺略》?这种归类意识,也隐约透露出编者的辨体意识以及史学观念。

首先,从形式而言,《世本》与《帝王诸侯世谱》《古来帝王年谱》有所区别。由书题可知,《帝王诸侯世谱》是世表,《古来帝王年谱》是年表,前者只叙列世系,不列年月,后者则系之以年月。而且两者皆题名为"谱",则应为表谱形式,故置于《数术略》。而《世本》则有所不同。虽然《世本》现已亡佚,但学者根据现存佚文考证,原有《帝系》《王侯大夫谱》《氏姓》《居》《作》等篇③,具有复合性的形态,并非单纯的谱历之书。

其次,从文献性质而言,《世本》与《帝王诸侯世谱》《古来帝王年谱》亦有一定的差异。根据《数术略》历谱类小序:"历谱者,序四时之位,正分至之节,会日月五星之辰,以考寒暑杀生之实。故圣王必正历数,以定三统服色之制,又以探知五星日月之会。……此圣人知命之术也,非天下之至材,其孰与焉!"由历谱之书可考究四时、五行运行之规律。而司马迁撰《三代世表》正参考了黄帝以来历谱牒。他在《史记·三代世表》中云:

> 余读谍记,黄帝以来皆有年数。稽其历谱谍终始五德之传,古文咸不同,乖异。夫子之弗论次其年月,岂虚哉!于是以《五帝系谍》《尚书》集世纪黄帝以来讫共和为《世表》。④

---

① 徐元诰《国语集解》,中华书局,2002年,第165页。
② 郑玄注,贾公彦疏《周礼注疏》卷二三,阮元校刻《十三经注疏》本,第797页。
③ 参见王玉德《〈世本〉的卷数、版本、注本及篇类考》,庞子朝、姚伟钧、王玉德《三网集》,武汉出版社,1991年,第206—214页。
④ 司马迁撰,裴骃集解,司马贞索隐,张守节正义《史记》卷一三,中华书局,2014年,第624页。

"稽其历谱谍终始五德之传"正是太史令的本职所在,而司马迁发现这些"谍记"所载黄帝以来的纪年与"终始五德之传"乖异太多,所以不得不放弃了"论次其年月"的形式。由此可以推断,《帝王诸侯世谱》《古来帝王年谱》不仅具有表谱的形式,而且应有强烈的数术色彩,这是其被收入《数术略》历谱类的原因。与《帝王诸侯世谱》《古来帝王年谱》不同的是,《世本》的数术色彩似乎并不明显。刘向《别录》认为是"古史官明于古事者之所记也。录黄帝已来帝王诸侯及卿大夫系谥名号"。

而且,《世本》被置于《六艺略》之《春秋》类下一系列历史撰作序列之中,这一认识被班彪父子所继承。《后汉书·班彪列传》引班彪语云:

> 唐虞三代,《诗》《书》所及,世有史官,以司典籍,暨于诸侯,国自有史,故《孟子》曰"楚之《梼杌》,晋之《乘》,鲁之《春秋》,其事一也"。定哀之间,鲁君子左丘明论集其文,作《左氏传》三十篇,又撰异同,号曰《国语》,二十一篇,由是《乘》《梼杌》之事遂暗,而《左氏》《国语》独章。又有记录黄帝以来至春秋时帝王公侯卿大夫,号曰《世本》,一十五篇。春秋之后,七国并争,秦并诸侯,则有《战国策》三十三篇。汉兴定天下,太中大夫陆贾记录时功,作《楚汉春秋》九篇。孝武之世,太史令司马迁采《左氏》《国语》,删《世本》《战国策》,据楚、汉列国时事,上自黄帝,下讫获麟,作本纪、世家、列传、书、表凡百三十篇,而十篇缺焉。①

班固《汉书·司马迁传赞》云:

> 自古书契之作而有史官,其载籍博矣。至孔氏纂之,上〔断〕唐尧,下讫秦缪。唐虞以前虽有遗文,其语不经,故言黄

---

① 范晔撰,李贤等注《后汉书》卷四〇上,中华书局,1965年,第1325页。

帝、颛顼之事未可明也。及孔子因鲁史记而作《春秋》，而左丘明论辑其本事以为之传，又纂异同为《国语》。又有《世本》，录黄帝以来至春秋时帝王公侯卿大夫祖世所出。春秋之后，七国并争，秦兼诸侯，有《战国策》。汉兴伐秦定天下，有《楚汉春秋》。故司马迁据《左氏》《国语》，采《世本》《战国策》，述《楚汉春秋》，接其后事，讫于〔天〕汉。①

班固明显延续其父的观点，从孔子作《春秋》，左丘明撰《左传》《国语》，再到春秋时的《世本》，战国时《战国策》，至汉朝司马迁撰《史记》，梳理了完整的历史书写的学术脉络，并将《世本》看作《史记》的取材对象之一。事实上，对《世本》的这一看法应是刘向整理《世本》后的回溯性观点，未必符合历史实际。②

班彪、班固对《世本》的认识，应本于刘向《别录》。上文已引刘向《别录》云"《世本》，古史官明于古事者之所记也。录黄帝已来帝王诸侯及卿大夫系谥名号，凡十五篇也"，班彪云"记录黄帝以来至春秋时帝王公侯卿大夫，号曰《世本》，一十五篇"，《汉书·司马迁传赞》云"又有《世本》，录黄帝以来至春秋时帝王公侯卿大夫祖世所出"，又《六艺略》之《春秋》类所录《世本》班固自注"古史官记黄帝以来迄春秋时诸侯大夫"，明显是参考刘向《别录》而得出的综合性认识。

因此，《世本》在《六艺略》之《春秋》类中的位置，反映了刘向父子与班彪父子对这一史学书写传统的认识。而《帝王诸侯世谱》《古来帝王年谱》等文献虽然也是司马迁撰写《史记》所取资的材料，但因其具有独特的表谱形式以及明显的数术色彩，故被归入《数术略》

---

① 班固《汉书》卷六二，中华书局，1962年，第2737页。
② 司马迁在《史记》中并未明确提及其参考了《世本》，甚至并未直接述及《世本》这本书。司马迁时可能尚未有经过完善整理并成形的《世本》之书，但前代形态多样的"世"类文献（如具有"世"性质的记事文献，以及编年体的谱牒），作为《世本》的前身，应被司马迁广泛参考。这些"世"类文献很有可能在刘向时被整理为《世本》。

历谱类。可见刘向父子对《春秋》类诸种典籍的编次以及对其性质、形制的辨析,是秉持"文原于经"的观念与条别学术源流的方法以进行图书整理实践的结果,体现了较前代更为清晰的辨体意识。

在汉代,虽然史部尚未成立,但刘向父子与班固所梳理的史学源流对后代影响深远。刘勰《文心雕龙》单辟《史传》一篇,并将其置于"论文叙笔"的"笔"部之首篇,可见对这种书写体式的重视。《史传》篇中不少表述即承自《汉志》,是对刘向父子史学源流认识的回响。如《史传》篇云:"古者左史记言,右史书事。言经则《尚书》,事经则《春秋》也。"①即本自《六艺略》之《春秋》类小序。"及至纵横之世,史职犹存,秦并七王,而战国有《策》。……汉灭嬴项,武功积年,陆贾稽古,作《楚汉春秋》。"②即本自刘向《战国策书录》、《后汉书·班彪列传》引班彪语等。

第二节 《别录》《七略》的辨体论

刘向在校书时为群书撰写书录,现存诸篇书录都有较为固定的体例,都对图书内容加以概述,这便需要对图书的性质、体式有清晰的体认。刘歆又总结刘向的校书成果而成《七略》,故《别录》《七略》对图书的某些介绍皆可见出初步的辨体意识。

举例而言,关于《尚书》的性质,先秦往往将其认定为上古先王之书,记载圣人、帝王之事,并重视其在政治上的鉴戒作用,且往往与《诗》《礼》《春秋》等典籍并举而言。如《左传·僖公二十七年》:"《诗》《书》,义之府也。"③《荀子·儒效》:"《书》言是,其事

---

① 刘勰著,詹锳义证《文心雕龙义证》,上海古籍出版社,1989年,第560页。
② 同上书,第571、573页。
③ 杜预注,孔颖达疏《春秋左传注疏》卷一六,阮元校刻《十三经注疏》本,第1822页。

也。"①这种认识延续到汉代，如郑玄："'尚'者，上也。尊而重之，若天书然，故曰《尚书》。"②对于《尚书》诸篇的文体形态，先秦对《书》的命篇已显示出一定的区辨观念，至汉代则对《书》篇的文体类型有所总结，如《尚书大传》云："六誓可以观义，五诰可以观仁，《甫刑》可以观诫，《洪范》可以观度，《禹贡》可以观事，《皋陶谟》可以观治，《尧典》可以观美。"③总结出《尚书》中的誓、诰之体，但依然将其看作据以"观政"的文字，是从政教功能的角度认识《尚书》文体。

而刘向父子则对《尚书》的文体性质、文体形态有更清晰的认识。刘歆《七略》云：

《尚书》，直言也。④

《六艺略》之《书》类小序：

《书》者，古之号令，号令于众，其言不立具，则听受施行者弗晓。古文读应尔雅，故解古今语而可知也。

将《书》类文献的文体性质认定为"古之号令"，其言语特点是"直言"之文。其"号令"的性质决定了其文本特色是"其言立具"，从而使听者可以明喻，号令才便于施行。这便脱离了经学背景下对《尚书》"垂世立教"功能的定见，以文书行政功能的视角观察《尚书》文本，回归《书》篇生成的原初语境。这是汉代文书行政的充分实践的背景下，文体观念进一步明晰的表现。

除了《尚书》之外，汉人还能看到其他《书》类文献的逸篇，《六艺略》之《书》类收有"《周书》七十一篇"，班固自注"周史

---

① 王先谦《荀子集解》卷四，中华书局，1988年，第133页。
② 旧题孔安国传，孔颖达疏《尚书注疏》卷一，阮元校刻《十三经注疏》本，第115页。
③ 皮锡瑞《尚书大传疏证》，中华书局，2022年，第342页。
④ 徐坚等《初学记》卷二一，中华书局，1962年，第500页。

记",应为刘向根据中秘所藏诸篇《周书》的逸篇编定。① 颜师古注引刘向《别录》云:

> 周时诰誓号令也,盖孔子所论百篇之余也。②

刘向认为这七十一篇《周书》是孔子所编一百篇《书》之外的逸篇。并认定其文体性质为"周时诰誓号令",体现了刘向对《周书》的概括性的看法。据今本《逸周书》,七十一篇中应有春秋战国以后的私家著述,而非只有官方的上对下之文体。汉人对于《尚书》,往往将其作为儒家经典而非行政文书看待。而刘向则将这些《书》之逸篇概括为几种官方的上对下文体,这一文体认定启发了后世的文体溯源论,如《文心雕龙》便将《尚书》作为诏、策、章、奏等公文文体之源。

《汉志》之《书》类小序还指出,《尚书》在上古时代,其文字含义是非常清楚晓畅的。汉代学者面对今古文的古书,往往不识古文。因此今人读《尚书》,有必要通晓古今语。小序从文体功能出发认识《尚书》的语言体式,可谓较为透彻。

此外,《别录》《七略》还有一些较为零散的文体论述。如对"寓言"的认识,《史记》司马贞索隐引刘向《别录》云:

> 作人姓名,使相与语,是寄辞于其人,故《庄子》有《寓言篇》。③

刘向《列子新书目录》云:

---

① 陈梦家根据刘歆《世经》所引《逸周书》篇章,推测《周书》七十一篇在奏定前尚无固定篇名,故推断刘向据中秘原始材料编定了《逸周书》。参见陈梦家《尚书通论》,中华书局,2005 年,第 291 页。
② 颜师古注所引刘向语应在何处点断,自明代以来一直有争议,笔者取"周时诰誓号令也,盖孔子所论百篇之余也"为刘向语之说,参见张怀通《〈逸周书〉新研》,中华书局,2013 年,第 56—57 页。
③ 司马迁撰,裴骃集解,司马贞索隐,张守节正义《史记》卷六三,中华书局,2014 年,第 2609 页。

且多寓言,与庄周相类,故太史公马迁不为列传。①

对"隐书"的认识,《汉书》颜师古注引刘向《别录》云:

隐书者,疑其言以相问,对者以虑思之,可以无不谕。②

对"铭"体的认识,刘歆《七略》云:

《盘盂》书者,其传言孔甲为之。孔甲,黄帝之史也,书盘盂中为戒法,或于鼎,名曰铭。③

刘向父子还对各种音乐体裁有所辨别,并解释其得名的由来。《六艺略》《乐》类载"《雅歌诗》四篇""《雅琴赵氏》七篇""《雅琴师氏》八篇""《雅琴龙氏》九十九篇"。《七略》还载有"《雅畅》第十七"④。这涉及雅歌诗、雅琴等诸种音乐体裁。

关于"雅歌诗",《乐府诗集》载沈建《乐府广题》引刘向《别录》云:

昔有丽人善雅歌,后因以名曲。⑤

另《艺文类聚》引《别录》云:

有丽人歌赋,汉兴以来,善雅歌者,鲁人虞公,发声清哀,盖动梁尘。⑥

这是对"雅歌诗"的解释,追溯其来源于古代的"丽人歌赋","雅歌诗"后来因此得名。章学诚在《文史通义·诗话》指出:"《诗品》深从六艺溯流别也。(自注:如云某人之诗,其源出于某家之类,最为有本之学。其法出于刘向父子。)"⑦认为文学批评中的推源

---

① 杨伯峻《列子集释》,中华书局,1979年,第278页。
② 班固《汉书》卷三〇,中华书局,1962年,第1753页。
③ 萧统编,李善注《文选》卷五六《新刻漏铭》注引,中华书局,1977年,第777页。
④ 同上书卷一八《琴赋》注引,第257页。
⑤ 郭茂倩《乐府诗集》卷六八,中华书局,1979年,第976页。本条《别录》佚文由王连龙辑出,参见王连龙《刘向〈别录〉佚文辑补》,《图书馆理论与实践》2009年第11期,第59—60页。
⑥ 欧阳询《艺文类聚》卷四三,上海古籍出版社,1982年,第771页。
⑦ 章学诚著,叶瑛校注《文史通义校注》,中华书局,1985年,第559页。

溯流之法出自刘向父子,此论经过章氏的表彰,至今已成为定评。对这一观点,后人往往从《汉志》通过序次和归类图书以构建渊源有自的学术思想脉络的角度理解。然而,从上述《别录》对"雅歌诗"的论述来看,刘向已将追源溯流的方法运用在对具体典籍或艺术形式的来源分析之中。这有利于我们认识推源溯流的批评方法的早期形式,并上推其出现的时间上限。

"雅琴"又有"畅"与"操"两种。关于"操",湖北荆州王家嘴798号楚墓出土竹简中,有一种新见类型简册,可能为乐谱,其中有简文以"公之大和""中和""大臬"等词语结尾①,"臬"或即为"操",是曲名。《史记》也记载了《箕子操》(《宋微子世家》)、《文王操》《陬操》(《孔子世家》)等琴曲名。如何理解"操"作为一种琴曲体裁之名的含义?首先,《说文解字》云:"操,把持也。"②这是操字的本义。在先秦,操与音乐联系在一起,有《左传·成公九年》"操南音""乐操土风"③等辞例,操义为"演奏",乃从本义引申而来,是一个中性词。到了汉代,"操"作为一种琴曲的体裁,被赋予了更为深远的意蕴。如《史记》所载《箕子操》《文王操》《陬操》等琴曲的演奏者都具有高尚的人格。《别录》《七略》更进一步,对雅琴、畅和操的内涵有了综合性的阐述。关于雅琴,《七略》云:

>《雅琴》,琴之言禁也。雅之言正也。君子守正以自禁也。④

关于"操",刘向《别录》云:

>君子因雅琴之适,故从容以致思焉。其道闭塞悲愁而作者名其

---

① 荆州博物馆《湖北荆州王家嘴798号楚墓发掘简报》,《江汉考古》2023年第2期,第12页。
② 许慎撰,段玉裁注《说文解字注》,上海古籍出版社,1988年,第597页。
③ 杜预注,孔颖达疏《春秋左传注疏》卷二六,阮元校刻《十三经注疏》本,第1905—1906页。
④ 萧统编,李善注《文选》卷一六《长门赋》注引,中华书局,1977年,第228页。

曲曰操，言遇灾害不失其操也。①

关于"畅"，《文选》注保存了《七略》的佚文：

> 《七略》《雅畅》第十七曰："《琴道》曰：'《尧畅》逸。'又曰：'达则兼善天下，无不通畅，故谓之畅。'"……"(《琴道》)又曰：'《微子操》，微子伤殷之将亡，终不可奈何，见鸿鹄高飞，援琴作操。'"②

综合以上诸种材料，首先，《七略》对"琴"的解释使用了声训之法。以"禁"解"琴"，应是汉人的共识，如《说文解字》："琴，禁也。"③《白虎通·礼乐》："琴者，禁也。所以禁止淫邪，正人心也。"④《七略》沿用此认识理解"雅琴"之含义，为这一乐曲体裁赋予了君子守正的道德含义。

此外，《七略》所论应还参考了桓谭《新论》。《意林》卷三载《新论》云：

> 琴者禁也。古者圣贤玩琴以养心，穷则独善其身而不失其操，故谓之《操》。达则兼善天下，无不通畅，故谓之《畅》。尧《畅》，经逸不存；舜《操》，其声清以微；微子《操》，其声清以淳；箕子《操》，其声淳以激。⑤

---

① 范晔撰，李贤等注《后汉书》卷三五《曹褒传》注引，中华书局，1965 年，第 1201 页。

② 萧统编，李善注《文选》卷一八《琴赋》注引，中华书局，1977 年，第 257 页。《七略》的辑佚书对此条材料一般只辑录"《雅畅》第十七"语，如姚振宗所辑《七略》(刘向、刘歆撰，姚振宗辑录，邓骏捷校补《七略别录佚文 七略佚文》，上海古籍出版社，2008 年，第 118 页)。实际上，后文是《七略》所引桓谭《琴道》语，《琴道》语又见《文选》卷三四注："《琴道》曰：'《尧畅》，达则兼善天下，无不通畅，故谓之《畅》。'"(萧统编，李善注《文选》，中华书局，1977 年，第 479 页)又《太平御览》引桓谭《新论》："《微子操》。微子伤殷之将亡，终不可奈何，见鸿鹄高飞，援琴作操，其声清以淳。"(李昉等《太平御览》卷九一六，中华书局，1960 年，第 4063 页)

③ 许慎撰，段玉裁注《说文解字注》，上海古籍出版社，1988 年，第 633 页。

④ 陈立《白虎通疏证》，中华书局，1994 年，第 125 页。

⑤ 王天海、王韧《意林校释》，中华书局，2014 年，第 332—333 页。

对比此段文字与上引《别录》《七略》文段的异同，可以见出，《七略》整合、总结了《新论·琴道》的材料和观点，刘向《别录》更在综合汉人共识的基础上，对"操"的含义予以更进一步的发挥，而非照搬《琴道》之语。刘向父子对雅琴、操、畅等音乐体裁之内涵的阐述，是后来文体释名之法的早期实践。由此，刘勰《文心雕龙》之"原始以表末""释名以章义"的文体学方法，在《别录》《七略》中都能找到其雏形。

面对数量繁多、内容驳杂的群书，编目时不仅需按内容分类，还涉及对作者及年代的判定。刘向父子除了根据内容，亦往往通过分析文本的语言风格以判断。如刘向为《周驯》十四篇所撰叙录云：

 人间小书，其言俗薄。①

《列子书录》云：

 《穆王》《汤问》二篇，迂诞恢诡，非君子之言也。至于《力命篇》，一推分命；杨子之篇，唯贵放逸，二义乖背，不似一家之书。②

《说苑书录》云：

 其余者浅薄，不中义理，别集以为百家。③

在《汉志》的班固自注中，也可见不少类似的辨析之语，主要见于《诸子略》道家、杂家、小说家：

《大命》三十七篇。班固注："传言禹所作，其文似后世语。"

《伊尹说》二十七篇。班固注："其语浅薄，似依托也。"

《师旷》六篇。班固注："见《春秋》，其言浅薄，本与此同，似因托也。"

---

① 班固著，颜师古注《汉书》卷三〇，中华书局，1962年，第1732页。
② 杨伯峻《列子集释》，中华书局，1979年，第278页。
③ 刘向撰，向宗鲁校证《说苑校证》，中华书局，1987年，第1页。

《务成子》十一篇。班固注:"称尧问,非古语。"

《天乙》三篇。班固注:"天乙谓汤,其言非殷时,皆依托也。"

《黄帝说》四十篇。班固注:"迂诞依托。"

关于《汉志》的自注是取自《别录》《七略》还是班固自撰,学者有不同看法。① 笔者以为,纵观《汉志》,班固自注中有明显取自《别录》《七略》的内容,也有证据指向某些注明确是班固所撰,不可一概而论。仅就以上诸条注文而言,与《别录》的语言风格和辨析方式非常相似,因此暂且将其归属于刘向父子。

这些对古书语言风格的分析,基本出自《诸子略》,这是因为《诸子略》是以人为纲序列众书,所以往往需要考究其书的年代、撰者。而刘向父子有意识地从语言风格切入辨析材料的真伪、年代、作者,这可以看作文体风格论的早期形态。

第三节 《七略》《汉志》图书编次、归类所见文体观念

在《七略》《汉志》中,除了较为明确的文体论述,图书的归类、编次方法也体现出某些潜在的文体观念。

一 对"杂"类图书的编次与"以体序书"之法

《七略》对各略、各家、各类图书进行分类的原则并不统一。程千帆在《校雠广义·目录编》指出:"《七略》全书分类皆以义(书籍包涵的内容)为准,而不同时采用体(书籍组织的形态)与义两个标

---

① 如姚振宗认为:"班氏之注往往与《录》《略》佚文相出入,知所注亦不出《七略》之外,亦即所谓因《七略》之辞以为《志》者也。"(刘向、刘歆著,姚振宗辑录,邓骏捷校补《七略别录佚文 七略佚文》,上海古籍出版社,2008年,第88页)此说为不少研究者所接受。而孙振田《〈汉书·艺文志〉注注者补考及其史料来源探考》(《西华师范大学学报(哲学社会科学版)》2017年第2期)认为部分注文是班固自作。

准。……体与义在同一级别上并用是不合逻辑的,而《七略》则大体按义分类。"①《七略》条别众书的原则有多个层次,"以义序书"是首要原则,即在每一略下,首先按学术流派分类,次则按作者(即"以人序书")或内容分类,最后才考虑文本体式。

因此,有图书内容相似却归入不同家派的情况,如《诸子略》儒家类有《周政》六篇(班固注"周时法度政教")、《周法》九篇(班固注"法天地,立百官")、《河间周制》十八篇(班固注"似河间献王所述也")、《谰言》十篇(班固注"不知作者,陈人君法度"),阴阳家有《五曹官制》五篇(班固注"汉制,似贾谊所条"),都是论制度之书,但由于学术流派不一样,故分到不同的家派。

对各体文章,《七略》亦据其义理归入某一学术流派,因此,可见某些初具"分体别集"性质的图书收入各略、各家、各类之下:

在《六艺略》中,《书》类有"《议奏》四十二篇"(班固注"宣帝时石渠论"),《礼》类有"《议奏》三十八篇"(班固注"石渠"),《春秋》类有"《议奏》三十九篇"(班固注"石渠论"),《论语》类有"《议奏》十八篇"(班固注"石渠论"),《孝经》类有"《五经杂议》十八篇"(班固注"石渠论")。根据班固注,可见整理者是将汉宣帝石渠会议时诸儒讨论经旨异同之文,按照内容之不同分别附于各经之下。其他奏议之文,也散见于《六艺略》各类,如《礼》类有"《封禅议对》十九篇"(班固注"武帝时也"),《春秋》类有"《奏事》二十篇"(班固注"秦时大臣奏事,及刻石名山文也"),等等。

在《诸子略》中,儒家类有"《高祖传》十三篇"(班固注"高祖与大臣述古语及诏策也"),又有"《孝文传》十一篇"(班固注"文帝所称及诏策"),将汉高祖、文帝的诏策作为诸子著述收入儒家;"《河间献王对上下三雍宫》三篇",是问对之文入儒家;杂家类有"《臣说》三篇"(班固注"武帝时作赋"),则是赋体入杂家。而《诗赋略》

---

① 程千帆、徐有富《校雠广义·目录编》,《程千帆全集》第三卷,河北教育出版社,2000年,第83页。

又有"臣说赋九篇",可见刘向父子整理臣说赋共九篇,只将其中具有思想学派特征的三篇收入《诸子略》杂家。

《七略》总体上以学派、作者作为图书整理的首要标准,对于具体的图书,有时又进一步辨析其内容,这一做法带有文体辨别的性质。如《诸子略》纵横家类有"《秦零陵令信》一篇"(班固注"难秦相李斯"),将该篇文章辨别为难体。

综上,《七略》分类图书首先遵循"以义序书"的原则,在此基础上,还有其他次级原则。在诸略中,较能体现刘向父子文体分类观念的,是《诸子略》与《诗赋略》,其中又以"杂"类最能见出其在归类图书时的权变策略,恰能透露出某种特殊的分类观念。

所谓"杂"类,顾名思义,往往用于放置内容、思想比较驳杂,故难以归类的图书。①《诸子略》"杂家"类小序云:"杂家者流,盖出于议官。兼儒、墨,合名、法,知国体之有此,见王治之无不贯,此其所长也。及荡者为之,则漫羡而无所归心。"将在学术上兼儒、墨,合名、法的家派归入杂家。其中《吕氏春秋》即是这类思想上兼采众家的典型的"杂家"之书。观《诸子略》杂家类载录的典籍,除了《吕氏春秋》,还有其他并非兼采众家,但其思想难以归类的图书。事实上,刘向在整理图书时,面对的是自上古以来卷帙浩繁的文献,其来源众多,或来自中秘,或来自太常、太史、博士等职官②,或来自民间,其中更有"错乱相杂糅"的情况。刘向要在这些图书中建构起条理清晰的思想流变脉络和知识谱系,并非易事。刘向父子志于将每一种书都置入其建构的思想谱系中,于是将难以归源其思想与学派的图书收入"杂家"类,或置于一类之末。刘向在《说苑书录》中便描述了这个过程:

---

① 关于《汉书·艺文志》中"杂"的内涵及义例,程千帆先生作过梳理,参见程千帆《杂家名实辨证》,《程千帆全集》第七卷《闲堂文薮》,河北教育出版社,2000年,第198—203页。

② 如淳曰:"刘歆《七略》曰'外则有太常、太史、博士之藏,内则有延阁、广内、秘室之府'。"班固著,颜师古注《汉书》卷三〇,中华书局,1962年,第1702页。

> 所校中书《说苑杂事》,及臣向书、民间书、诬校雠,其事类众多,章句相溷,或上下谬乱,难分别次序。除去与《新序》复重者,其余者浅薄,不中义理,别集以为百家,后令以类相从,一一条别篇目,更以造新事十万言以上,凡二十篇,七百八十四章,号曰《新苑》,皆可观。①

姚振宗云:"此言'别集以为百家'者,《汉·艺文志》小说家《百家》百三十九卷。"②刘向将《说苑杂事》中与《新序》不相重复且浅薄不中义理的内容编成《百家》,收入小说家类。邓骏捷指出,"《百家》著录于《诸子略》最末,应是刘向校定众多子书后的残余材料,被勒成一书,由于杂而不纯,难以归类,故名'百家'。"③换言之,《百家》虽然著录在小说家,实际上处于《诸子略》末,是因为其内容驳杂,无所归类。

收入"杂家"类的图书,往往还有撰者不明的情况,于是《七略》"以人序书"的分类原则便失效了,只能按照家派、作者以外的某种分类标准整理。这时,整理者便有可能采用"以体序书"的原则。如《诸子略》杂家类有"《荆轲论》五篇",班固注:"轲为燕刺秦王,不成而死,司马相如等论之。"对作者不同,但围绕特定主题,并以特定文体撰写的文章勒为一书,这是"分体别集"的雏形。

在某种意义上,这意味着刘向校书时已整理出一定数量的"分体别集"。事实上,这种"分体别集"的形式并非刘向首创,在战国晚期至汉初的典籍中已可见其早期形态。如清华简(拾)《四告》(篇题为整理者所拟)收有四组相互独立的祝告辞,该篇凡五十简,简背有连续编号,而且根据其中空白简的编联情况,可以推断该简册为

---

① 刘向撰,向宗鲁校证《说苑校证》,中华书局,1987年,第1页。
② 刘向、刘歆著,姚振宗辑录,邓骏捷校补《七略别录佚文 七略佚文》,上海古籍出版社,2008年,第47页。
③ 邓骏捷《刘向校书考论》,人民出版社,2012年,第84—85页。

先编后写。① 因此,这是以文体为纲类聚而成的简书,虽无自拟篇题,但已体现出文献整理、传抄中的文体归类意识。北大秦简《隐书》收录三则以四言体写成的谜语,最后一简背面写有"此隐书也"之语②,这是对自身文体性质的认定,也可以看作分体别集的一种早期形式。

《汉志》所收部分黄帝之学的图书也近于"分体别集",其"以体序书"的图书编次方式正与其杂学性质有关。西汉早期的道家是"黄老之学",其中的黄帝之学便带有明显的杂学色彩。司马迁《史记·太史公自序》所录司马谈《论六家要指》对道家的评述是:"因阴阳之大顺,采儒、墨之善,撮名、法之要。"③而这一表述在《汉志》中则被用以概括杂家("兼儒、墨,合名、法")。黄帝之学的图书在《汉志》中见录于多处,不局限于道家,这意味着在刘向的时代对道家认识已与汉初不同,而黄帝之学也退出了当时的学术主流,相关图书也被分置于诸家之中。其中《诸子略》收录黄帝之学图书的情况如下:

道家:《周训》十四篇、《黄帝四经》四篇、《黄帝铭》六篇、《黄帝君臣》十篇、《杂黄帝》五十八篇、《力牧》二十二篇。

阴阳家:《黄帝泰素》二十篇。(班固注:"六国时韩诸公子所作。"颜师古注:"刘向《别录》云:'或言韩诸公孙之所作也。言阴阳五行,以为黄帝之道也,故曰《泰素》。'")

杂家:《孔甲盘盂》二十六篇。

小说家:《宋子》十八篇。(班固注:"孙卿道宋子,其言黄老

---

① 清华大学出土文献研究与保护中心编,黄德宽主编《清华大学藏战国竹简(拾)》,中西书局,2020年,第109页。

② 北京大学出土文献与古代文明研究所编《北京大学藏秦简牍》,上海古籍出版社,2023年,第125页。

③ 司马迁撰,裴骃集解,司马贞索隐,张守节正义《史记》卷一三〇,中华书局,2014年,第3994页。

意。")《黄帝说》四十篇。(班固注:"迂诞依托。")①

上述诸书中,《周训》《黄帝铭》《孔甲盘盂》《黄帝说》都是依据特定文体而编撰成书,究其原因,也许正因为其内容驳杂,撰者亦不明,故用"以体序书"的原则类聚诸篇。这些书大致在刘向前已成形,刘向只是做了比较简单的校对、去除复重的工作。如《孔甲盘盂》在汉初应该有传本。《汉书·田蚡传》:"辩有口,学《盘盂》诸书。"应劭曰:"黄帝史孔甲所作也,凡二十九篇,书盘盂中,所以为法戒也。诸书,诸子之书也。"孟康曰:"孔甲《盘盂》二十六篇,杂家书,兼儒墨名法者也。"②可见在景帝时即有《盘盂》书。又如北大汉简《周驯》是古代君王训诫之辞的集合。据整理者,该书当形成于战国晚期,而在这份西汉早期的抄本中,在第三简的背面明确写有书名"周驯(训)"。其文本组织具有非常规整的文体特征,其中大多数章节以"维岁某月更旦之日"起首,以"女勉毋忘岁某月更旦之驯"结束,此外还有一些小章不采用上述套语,但记载古代明君对后嗣的训诫。③ 此是"以体序书"的又一例。

因此,刘向的整理工作有其基础,并非无中生有。经过刘向的整理以后,"以体序书"的文献进一步增多。其中最为突出的是《诗赋略》中的"杂赋"类。刘向往往将难以确切归类的赋归入"杂赋"。程千帆《〈汉志〉杂赋义例说臆》对"杂赋"的分类逻辑有所推测,认为刘向所见赋作,除了屈原、陆贾、荀子以下三种赋以外,其余不乏作者、年代都难以考究的篇什。对于这些图书,依然要加以整理、分类,然后按照一定的逻辑存录,程先生总结刘向的做法是"别录主

---

① 李零梳理了《汉志》各略、各家著录的黄帝书,参见李零《说"黄老"》,《李零自选集》,广西师范大学出版社,1998年,第278—280页。我们参考了李先生的成果,并有所增删。如增加《周训》,是因为北大汉简《周驯》可证其黄老之学的性质;删去《容成子》,是因为其学派性质尚有较大争议;增加《宋子》,是根据班固自注。
② 班固著,颜师古注《汉书》卷五二,中华书局,1962年,第2377—2378页。
③ 北京大学出土文献研究所编《北京大学藏西汉竹书(叁)》,上海古籍出版社,2015年,第121—122页。

题,以类相从……或缘问对,或述情感,或标技艺,或举自然,以及动植之文、谐䜋之篇。取譬草木,区以别矣!又以部次未周,人代难详,乃多冠杂字,诏示来学"①。此论可谓卓见。《诗赋略》"杂赋"类中,因赋作的作者、年代无考,对这批赋作的整理不同于前三类"以人序书"的原则,而是按照特定的标准,如按照"主客对问"的形式类聚赋作而成"客主赋十八篇",按照赋体篇幅的大小类聚而成"大杂赋三十四篇",按照文辞体式类聚而成"成相杂辞十一篇""隐书十八篇",等等。以体序书之法渐成规模,成为刘向父子编次图书的一种潜在原则,无疑启发了后世分体别集的编纂。

二 班固对《七略》的调整及其文体观念的进展

班固编《汉志》并非完全照搬《七略》,而是对书目有所增删,或在分类上调整。这种调整体现出班固不同于刘向父子的新观念。

《七略》序列图书往往不惮重复,如《汉书·艺文志·兵书略》:"兵技巧十三家,百九十九篇。"班固注:"省《墨子》重,入《蹴鞠》也。"这意味着在《七略》中,《墨子》不仅在《诸子略》中,还在《兵书略》兵技巧类下,而班固为避免重复,从《兵书略》中删去。

又如《七略》中的《兵书略》兵权谋类原收有《伊尹》《太公》《管子》《孙卿子》《鹖冠子》《苏子》《蒯通》《陆贾》《淮南王》,这些书同时又见于《诸子略》儒家、道家、纵横家、杂家,班固《汉书·艺文志·兵书略》则将这些重出的图书从"兵权谋"中删省,又把《司马法》从"兵权谋"移入《六艺略》之《礼》类。

由此可见,班固编《汉志》与刘向父子编《七略》的用意有一定差异。《七略》是在整理先秦西汉图书的基础上,对上古以来的学术、知识作谱系式的描述和建构。而某一种书可能因为材料的多源性及思想的复杂性,在整个学术谱系中可以被放置于多个位置,因此

---

① 程千帆《〈汉志〉杂赋义例说臆》,《程千帆全集》第七卷,河北教育出版社,2000年,第219页。

《七略》便自然有书目的别裁、互著之例。且刘歆撰书录,该书不一定在中秘有藏本,可以只是存录而已。刘歆曾致信扬雄,希望能得到其《方言》的"最目","令圣朝留明明之典",即是其证。① 而班固编《汉志》则将《七录》中重出之书删去,究其意图,最直接的原因当然是班固尚简的学术取向,此外可能还有一个更实际的原因,即经过刘向父子的工作,秘府中的图书大部分已得到较为完善的校订、整理,众书的学术源流亦得以梳理,故班固更多地措意于官藏图书实物的归类。若以方便实物图书的归类为目的,则每类书目自然应尽量避免重复。阮孝绪《七录序》云:"歆遂揔括群篇,奏其《七略》。及后汉兰台犹为书部,又于东观及仁寿闼撰集新记。校书郎班固、傅毅并典秘籍,固乃因《七略》之辞,为《汉书·艺文志》。"②所谓"犹为书部",余嘉锡先生认为意思是将《七略》的分类作为兰台所藏图书的部次③。章学诚《校雠通义·互著》云:"古人之申明流别,独重家学,而不避重复著录,明矣。自班固并省部次,而后人不复知有家法,乃始以著录之业,专为甲乙部次之需尔。"④可谓切中刘、班著录旨趣之别。

因此,班固在刘向父子校书成果的基础上作过一些调整,面对重复入目的图书,归入哪一类,从哪一类删去,便体现出一定的分类思想。如《六艺略》之《乐》类,班固自注:"出淮南、刘向等《琴颂》七篇。"可见《七略》原收入淮南王刘安、刘向等《琴颂》七篇,而班固则将其析出。按:《文选》注多次引刘向《雅琴赋》,因汉人多赋、颂混称,故《雅琴赋》应即为《琴颂》,班固可能将其编入《诗赋略》"刘向赋三十三篇"。沈钦韩《汉书疏证》在"刘向赋三十三篇"条下云:

---

① 《刘歆与杨雄书》:"今谨使密人奉手书,愿颇与其最目,得使入篆,令圣朝留明明之典。"周祖谟校笺《方言校笺》附录二,中华书局,1993年,第92页。
② 道宣《广弘明集》卷三,上海古籍出版社,1991年,第112页。
③ 余嘉锡《目录学发微》,中华书局,2007年,第96—97页。
④ 章学诚著,叶瑛校注《文史通义校注》,中华书局,1985年,第966—967页。

"乐家所出《琴颂》,应入此。"①这是有道理的。班固的这种调整,正体现出图书分类观念的转变,即从"以义序书"到"以体序书",诗赋文体观念在图书整理活动中得到更为清晰的确认,这一意识实际上即为集部观念形成的前奏。

综上,在汉代图籍日益繁富、文体创作实践也较前代更为充分的背景之下,刘向父子对图书进行了系统的校订、整理、归类,在这个过程中有意无意地进行了较大规模的辨体实践,并在理论上构建了宗经思想为主导的文献谱系,为后世的"文原于经"等文体学思想建立了理论框架,影响深远。

---

① 沈钦韩等《汉书疏证(外二种)》,上海古籍出版社,2006年,第706页。

第十二章　汉代的创作与文体观念

汉代是古代文章体类渐趋繁富的历史时期。刘师培说:"文章各体,至东汉而大备。汉魏之际,文家承其体式,故辨别文体,其说不淆。"①文学创作的繁荣、文章体类的丰富推动了汉代文体研究的开展,也催生出了相对明确的文体观念。

除《汉书·艺文志》和蔡邕《独断》对文体问题的论述较为集中外,汉人对文体的认识和观念,则大多散见于对诗、骚、赋等文类作品的具体评论,以及对"文""文章"概念构成的阐释说明之中,琐碎而难以见出其系统。倒是汉人在创作实践中往往流露出他们的文体意识,如果将其与汉人文论结合起来考察,我们大概可以勾勒出汉人文体观念的轮廓,并能给予初步的评价。

第一节　四言雅颂体正体地位的确立及其在诸种文体中的渗透

汉人创作中与文体观念相关联的一个重要现象,便是四言雅颂体正体地位的确立及其在诸种文体中的渗透。

四言体是《诗经》中运用的主要句式。葛晓音说:"四言在先秦时代,并不是诗歌专有的句式。那么为什么它会从《诗经》开始,成为秦汉诗歌的一种主要体裁呢?"葛先生认为:"早期诗文具有某些共通之处,早期诗歌没有形成稳定的诗化四言句式,即《诗经》中的

---

① 刘师培《中国中古文学史讲义》,人民文学出版社,1957年,第20页。

某些四言句从句法特点看保留着先秦一般散文的构句方法，从而决定了早期四言句的散文本质；四言的诗化主要是通过建构一批典型的句式来完成的，而句式的序列规律是四言诗化的一条重要途径；四言体中有相当一部分是三言加'兮'的形式，只要把这些句子和节奏延长一倍，即可构成楚辞句式，而四言的赋化趋势也与辞赋的产生有着密切的关系。"①也就是说，四言体从句式语法上说，在不同的文体中各有不同的结构形式，诗、骚、赋之句式皆由早期散文性质的四言句进化而来，"《诗经》四言的典型句式取决于春秋前以单音词为主的语汇特点。到汉代汉语结构发生了明显的变化，四言诗虽然已经以双音词为主体，但仍然袭用《诗经》的典型句式，这样就不得不使用《诗经》式的语汇，特别是雅颂体"②。

　　四言体是汉代最为正统的诗体，庙堂颂歌绝大多数为四言体，文人创作亦大多采四言体，且多模拟《诗经》之雅颂体。我们知道，语言的发展是文体变革最为重要的动因。若就这一点来说，汉语词汇在汉代发生了明显的变化，双音节词大量产生，四言体明显不适应语言的发展，起自民间的五言体应该迅速成为文人们所掌握的主要语言体式，但西汉初叶以迄东汉中叶，文人们却很少创作五言诗，或是即使创作了也羞于署名。《文章流别论》曰："五言者，'谁谓雀无角，何以穿我屋'之属是也。于俳谐倡乐多用之。"③《文心雕龙·明诗》谓："汉初四言，韦孟首唱，匡谏之义，继轨周人。孝武爱文，《柏梁》列韵，严马之徒，属辞无方。至成帝品录，三百余篇，朝章国采，亦云周备，而辞人遗翰，莫见五言，所以李陵、班婕妤见疑于后代也。"④黄侃《文心雕龙札记》释曰："此以当世文士不为五言，并疑乐

---

① 葛晓音《四言体的形成及其与辞赋的关系》，《中国社会科学》2002 年第 6 期。
② 同上。
③ 严可均校辑《全上古三代秦汉三国六朝文·全晋文》卷七七，中华书局，1958 年，第 1905 页。
④ 刘勰著，詹锳义证《文心雕龙义证》，上海古籍出版社，1989 年，第 182、185 页。

府歌诗亦无五言也。"①詹锳《文心雕龙义证》引赵翼《陔余丛考》卷二三《五言诗》曰:"《文心雕龙》曰:汉成帝品录,三百余篇,不见有五言。盖在西汉时,五言犹是创体,故甄录未及也。"又引《文心雕龙》范文澜注曰:"彦和之意,似谓三百余篇中不见著名文士作五言诗,非谓三百余篇无一五言诗也。采自民间之歌谣,非辞人所作,而尽多五言,彦和殆未尝疑之也。"詹先生认为:"因为五言诗起自民间,歌谣乐府用五言的比较多。文人学士每每不重视这种新体,纵然有人作,也不自居其名。"②可见四言正体的观念在汉代文人心中根深蒂固,一定程度上限制了五言诗的发展。不仅如此,四言体还向其他文类渗透泛滥。倪其心在《汉代诗歌新论》一书中说:"四言诗在汉代始终居有正统雅诗地位,因而四言这一体裁和修辞形式也在社会交际上,尤其在文学上有着雅辞体类的地位。如果把四言诗在汉代的应用范围,进行一番实际考察,不拘泥于标题为'诗'或'歌'的作品,而扩大到运用四言文体的各类作品,以及运用四言句式作为主要修辞的各类作品,那么不难发现,四言诗歌在汉代发生了异化的演变。所谓'异化',是指四言诗歌变为四言的其他文体,实质是四言的韵文韵语,大多属于应用文体。具体地说,汉代四言诗歌的异化,主要是在实际应用中促成了三类不同的现象:一是形成了颂、赞、铭、箴等专类应用的四言韵文;二是导致了大量民间谚语采取四言韵语形式;三是影响到辞赋创作中大量运用四言骈语韵句。"③虽然同是使用四言句式,但在不同的文类中,有些四言句式已悄然改变了其语法结构,我们不能简单地对各类文体中的四言体等量齐观,但不容置疑的是,四言体在汉代的广泛运用尽管一定程度上是语言节奏的惯性使然(人们要改变一种写作语言和节奏需要相当长的历史时间),但实质上更是人们自觉模拟《诗经》特

---

① 黄侃《文心雕龙札记》,上海古籍出版社,2000年,第28页。
② 刘勰著,詹锳义证《文心雕龙义证》,上海古籍出版社,1989年,第185页。
③ 倪其心《汉代诗歌新论》,百花洲文艺出版社,1992年,第61—62页。

别是雅颂四言体所导致的结果,是文学和文体观念使然。

两汉文学理论之正统乃儒家诗教说,诗教说由先秦发展而来。先秦说《诗》已重诗之伦理教化功用,而到了汉代,《诗经》被经典化、意识形态化之后,则不仅被奉为创作效仿的对象,而且被视为衡量各类文体的标准和规范。创作上,像韦孟的《讽谏诗》、韦玄成的《自劾诗》《诫子孙诗》、傅毅的《迪志诗》等文人四言诗,不仅体现了"经夫妇、成孝敬、厚人伦、美教化、移风俗"①、"顺美""匡恶"②的"讽谏""美刺"的诗歌教化功用说,而且在语言形式上亦以《诗经》为范式,拘守四言体裁,语言古奥典雅。四言诗成为一个框框,成为一套固定的规范模式。在这套规范模式里,没有为作者的主观创造留下过多的空间,因此后人往往指斥汉诗之概念化、公式化之倾向。在汉人的观念里,思想内容的雅正和语言体式的规范是密不可分的。虽然此体式规范从属于其思想内容,但语言体式规范一经确立,便逐渐凝固硬化而为相对独立而稳定的文体模式,并为人们所习惯、所掌握,发展而为人们的一种写作节奏和语感,在不同的文体中自觉不自觉地流露出来。尽管随着社会和语言的变化,四言雅颂体也在改变着自己的结构,也在不断地变异和发展,但毕竟需要一个相当长的历史过程。而人们观念的转变同样也需要相当长的历史过程。即使是在五言诗已大行其道的魏晋之后,仍有人持四言正体的看法。挚虞《文章流别论》就说:"然则雅音之韵,四言为正;其余虽备曲折之体,而非音之正也。"③

创作中率由《诗经》旧章,四言雅颂体被立为正体并向其他文类渗透延伸。相应地,在论文上,汉人衡量各体创作亦以《诗》之义为依归。汉人论骚、论赋,皆以《诗》为立论之基点、考察评价之标准。

---

① 郑玄笺,孔颖达疏《毛诗注疏》卷一,阮元校刻《十三经注疏》本,第270页。
② 同上书,第262页。
③ 严可均校辑《全上古三代秦汉三国六朝文·全晋文》卷七七,中华书局,1958年,第1905页。

司马迁引淮南王刘安说:"《国风》好色而不淫,《小雅》怨诽而不乱。若《离骚》者,可谓兼之矣。"①班固一方面说:"谓之兼《诗》风雅,而与日月争光,过矣!"②一方面说屈原之作"有恻隐古诗之义"③。王逸说屈原"独依诗人之义而作《离骚》,上以讽谏,下以自慰"④。不管对骚之评价如何,皆以《诗》为准的。司马迁评司马相如:"虽多虚辞滥说,然其要归引之节俭,此与《诗》之风谏何异。"⑤班固谓汉赋"或以抒下情而通讽谕,或以宣上德而尽忠孝,雍容揄扬,著于后嗣,抑亦雅颂之亚也"。⑥汉宣帝谓"辞赋大者与古诗同义,小者辩丽可喜"⑦。说赋同样是方之以《诗》。诗教说延伸至对骚、赋之论说。而论骚、论赋实以《诗》之讽谏、美刺衡之。诗、骚、赋在今人看来是本不相同的文体,却被放在以《诗》为源的同一序列中。《汉志》之《诗赋略》总序,体现的也是同样的思想观念。可见,在文学功用说的前提下,不同的文体被同一化了。如汉人之所以赋颂不分⑧,大概也是着眼于赋之"颂美"的功用。又如《论衡·对作》曰:"上书奏记,陈列便宜,皆欲辅政。今作书者,犹〔上〕书奏记,说发胸臆,文成手中,其实一也。夫上书谓之奏,奏记转易其名谓之书。建初孟年,中州颇歉,颖川、汝南民流四散。圣主忧怀,诏书数至。《论衡》之人,奏记郡守,宜禁奢侈,以备困乏。言不纳用,退题记草,名曰《备乏》。酒縻五谷,生起盗贼,沉湎饮酒,盗贼不绝,奏记郡守,禁民

---

① 司马迁撰,裴骃集解,司马贞索隐,张守节正义《史记》卷八四《屈原贾生列传》,中华书局,2014年,第3010页。
② 班固《离骚序》,洪兴祖《楚辞补注》,中华书局,1983年,第50页。
③ 班固《汉书》卷三〇,中华书局,1962年,第1756页。
④ 王逸《楚辞章句叙》,洪兴祖《楚辞补注》,中华书局,1983年,第48页。
⑤ 司马迁撰,裴骃集解,司马贞索隐,张守节正义《史记》卷一一七《司马相如列传》,中华书局,2014年,第3722页。
⑥ 萧统编,李善注《文选》卷一《两都赋序》,中华书局,1977年,第21—22页。
⑦ 班固《汉书》卷六四下《王褒传》,中华书局,1962年,第2829页。
⑧ 参见万光治《汉赋通论》,巴蜀书社,1989年,第79—86页;李士彪《魏晋南北朝文体学》,上海古籍出版社,2004年,第8—10页。

酒。退题记草,名曰《禁酒》。由此言之,夫作书者,上书奏记之文也。"①于迎春在《汉代文人与文学观念的演进》一书中引此段文字后说:"著论成了与章记奏疏实同末异并且可以轻易转化之物,在写作动机和文章功用同一的前提下,不同文体之间的差别就被淡化甚至取消了。"②文体之异,着眼于其外形、规格,而没有深入文体的内部特质。

四言雅颂体正体地位的确立,一定程度上成为文体发展的阻力;"正体"观念的产生,也与中国古代文体论中轻视民间文类和后起文类的倾向关系至为密切。③ 四言雅颂体在各体文类中的渗透,又一定程度上使各类文体的语体特征变得模糊,从而在语言风格上缺乏个性。诗教说和文学功用说的弥漫,可以说漠视和忽略了各类文体本应各不相同的表达功能。如此看来,汉人并未能清晰地认识到不同文体各自在艺术上所应具有的特点。

第二节 辞赋创作的"丽"与"讽谏"

汉人在辞赋创作中对"丽"的追求及其相关之理论表述,同样是我们据以考察汉代文体观念的一个重要方面。

赋之艺术特点,似已被汉人所体认。魏晋人对赋之理论概括,曹

---

① 黄晖《论衡校释》卷二九,中华书局,1990年,第1181—1182页。
② 于迎春《汉代文人与文学观念的演进》,东方出版社,1997年,第148页。
③ 四言是正体,五、七言等后起的、起于民间的诗体便被视为"俗体",西晋的挚虞持这种观点。文中已引,不赘。西晋的傅玄也持这种观点,其《拟四愁诗序》云:"昔张平子作《四愁诗》,体小而俗,七言类也。"(徐陵编,吴兆宜注,程琰删补《玉台新咏笺注》卷九,中华书局,1985年,第404页)可见,他认为七言"体小而俗"。直至南朝,刘勰仍在《文心雕龙·明诗》中说:"四言正体,则雅润为本;五言流调,则清丽居宗。"(刘勰著,詹锳义证《文心雕龙义证》,上海古籍出版社,1989年,第210页)后来文体论中有关文体的雅俗、正变的论述渐多。吴承学在《从破体为文看古人审美的价值取向》(《学术研究》1989年第5期)一文中对此问题有所论及。

丕所谓"丽",陆机所谓"体物而浏亮",刘勰所谓"铺采摛文,体物写志",这些论点实质上皆由汉人之赋论发展而来,有些概念甚至是直承汉人。

"丽"之概念即为汉人所拈出。《史记·太史公自序》谓:"《子虚》之事,《大人》赋说,靡丽多夸。"①《汉书·扬雄传》载:"雄以为赋者,将以风也,必推类而言,极丽靡之辞,闳侈巨衍,竞于使人不能加也。"②扬雄《法言·吾子》云:"诗人之赋丽以则,辞人之赋丽以淫。"③王充《论衡·定贤》云:"以敏于赋颂,为弘丽之文为贤乎?则夫司马长卿、杨子云是也。文丽而务巨,言眇而趋深,然而不能处定是非,辨然否之实。"④赋之特征为"丽",似为汉人之共同体认。关于"丽"之具体表现,詹福瑞说:"所谓'丽',对于赋来说主要是指描写物象和文辞的华美。"⑤赋之丽不外是铺陈写物与铺采摛文。铺陈罗列大量同类物象,并极尽刻画渲染之能事,汉大赋的这个特点,文学史研究者多已论及。汉语史研究者的研究和结论也值得注意。徐朝华在《上古汉语词汇史》一书中指出,汉赋的语汇特点主要有二:一是"记录了大量动植物等的名称,起了汇集类词的作用";一是"创造了大量新的形容词性词语"。如司马相如《上林赋》中出现的水果名称系列词语就近二十个,野兽名称的系列词语也近二十个,形容水的新词语就有近十个。⑥ 同类物象名词的运用,体现了汉大赋铺陈写物的特点,为了描写这些物象而大量使用形容词,甚至是新造形容词,确实可以说是铺采摛文了。物类的丰富与绚烂多姿给人琳琅满目之感,汉赋文体特征的形成实缘于事类与物象的排

---

① 司马迁撰,裴骃集解,司马贞索隐,张守节正义《史记》卷一三〇,中华书局,2014年,第4025页。
② 班固《汉书》卷八七下,中华书局,1962年,第3575页。
③ 汪荣宝《法言义疏》,中华书局,1987年,第49页。
④ 黄晖《论衡校释》卷二七,中华书局,1990年,第1117页。
⑤ 詹福瑞《中古文学理论范畴》,河北大学出版社,1997年,第89页。
⑥ 徐朝华《上古汉语词汇史》,商务印书馆,2003年,第178—179页。

比。汉人对此点似亦有相当之自觉。在拈出"丽"概念的同时,又拈出一"类"字。"类"字大概即指同类名词和形容词的大量罗列。① 枚乘《七发》曰:"比物属事,离辞连类。"②司马相如《封禅文》曰:"厥之有章,不必谆谆。依类托寓,喻以封峦。"③《史论·屈原列传》曰:"举类迩而见义远。"④《史记·邹阳列传》曰:"邹阳辞虽不逊,然其比物连类,有足悲者。"⑤扬雄亦曰:"推类而言。"⑥后来曹丕曰:"赋者,言事类之所附也。"⑦《文心雕龙·诠赋》曰:"相如《上林》,繁类以成艳。"⑧可见,汉人实已触摸并意识到赋体之语言风貌、艺术手法及表现特点。赋这一文体的艺术形式特征在汉人的创作实践和评论中较为清晰地浮现出来了。

但汉大赋却是一种不和谐的文体,存在着尖锐的内在矛盾。詹福瑞说:"从文章学的角度看,汉代的大赋明显存在着文义与文辞的矛盾,讹滥的文辞冲淡甚至淹没了文义,造成了创作动机与文章效果截

---

① 钱锺书曰:"'邹阳乃从狱中上书'云云;《考证》:'真德秀曰:"此篇用事太多,而文亦浸趋于偶俪"'。按真氏语本《朱子语类》卷一三九:'问:"吕舍人言古文衰自谷永"。曰:"何止谷永!邹阳《狱中书》已自皆作对子了。"''偶俪''对子'即马迁所谓:'邹阳辞虽不逊,然其比物连类,有足悲者。''比物连类'出《韩非子·难言》:'多言繁称,连类比物,则见以为虚而无用';枚乘《七发》铺展为八字:'于是使博辨之士,原本山川,极命草木,比物属事,离辞连类。'《宋书·王微传》微奉答始兴王濬笺书,'辄饰以词采',因与从弟僧绰书自解曰:'文词不怨思抑扬,则流澹无味;文好古贵能连类可悲,一往视之,如似多意';'连类可悲'正用马迁此传语,'连类'即'词采',偶俪之词,缛于散行,能使'意'寡而'视'之'如似多'也。"(钱锺书《管锥编》,生活·读书·新知三联书店,2007年,第522—523页)按:"类"不仅是罗列事类,而且有铺张偶俪之义,并与抒发情意有关。又《三国志·魏书·王粲传》裴松之注引鱼豢曰:"寻省往者,鲁连、邹阳之徒,援譬引类,以解缔结,诚彼时文辩之隽也。"(陈寿《三国志》,中华书局,1959年,第604页)亦可证。

② 萧统编,李善注《文选》卷三四,中华书局,1977年,第480页。

③ 司马迁撰,裴骃集解,司马贞索隐,张守节正义《史记》卷一一七,中华书局,2014年,第3721页。

④ 同上书卷八四,第3010页。

⑤ 同上书卷八三,第3003页。

⑥ 班固《汉书》卷八七下,中华书局,1962年,第3575页。

⑦ 《三国志》裴松之注引《魏略》所载,见陈寿《三国志》卷五,中华书局,1959年,第158页。

⑧ 刘勰著,詹锳义证《文心雕龙义证》,上海古籍出版社,1989年,第289页。

然相反的矛盾现象。"①汉人在赋的文体观念上确实是充满了矛盾。在拈出"丽"和"类"概念的同时,却往往因伴随着文学功利说而又对赋的形式特征予以限定,甚至是否定。司马迁说"丽"容易导致赋"虚辞滥说""靡丽多夸",班固说"丽"容易使赋"没其风谕之义"。王充《论衡·定贤》曰:"以敏于赋颂,为弘丽之文为贤乎?则夫司马长卿、杨子云是也。文丽而务巨,言眇而趋深,然而不能处定是非,辩然否之实。虽文如锦绣,深如河、汉,民不觉知是非之分,无益于弥为崇实之化。"②赋之"丽",从实用角度看,也就没有了价值。扬雄大概是对赋之体式风貌与其功用功利间之矛盾体会最深的一位人物。《汉书·扬雄传》记:"往时武帝好神仙,相如上《大人赋》,欲以风,帝反缥缥有陵云之志。繇是言之,赋劝而不止,明矣。又颇似俳优淳于髡、优孟之徒,非法度所存,贤人君子诗赋之正也。"③赋的形式美感价值在政教功用目的的权衡下被轻易地否定了。当然,赋作为一代文学之代表,毕竟还是培养了一代文人,即使在观念上拒斥它,但在创作中却还是不知不觉有着它的痕迹。徐复观曾经指出:"扬雄中年后虽自悔作赋,但在作赋时文句所用的功力既深,所以在写《太玄》写《法言》时,虽然力图摆脱赋体的铺排繁缛,但用奇字,造新句,不使稍近庸俗的文学家习性,依然发生主导的作用。因此,《法言》字句的结构长短,尽管与《论语》极为近似,但奇崛奥衍的文体,与《论语》的文体,实形成两个不同的对极。若说《论语》的语言,与人以'圆'的感觉,《法言》的语言,与人以'锐角'的感觉。"④这似乎从一个相反的方面说明了创作与观念的脱节。扬雄身上典型地映照出汉人赋体观念的深层矛盾。所以他才能说出"诗人之赋丽以则,辞人之赋丽以淫"的话来。

---

① 詹福瑞《汉大赋的内在矛盾与文士的尴尬》,《汉魏六朝文学论集》,河北大学出版社,2001年,第283页。
② 黄晖《论衡校释》卷二七,中华书局,1990年,第1117页。
③ 班固《汉书》卷八七上,中华书局,1962年,第3575页。
④ 徐复观《两汉思想史》第二卷,华东师范大学出版社,2001年,第308页。

概言之,汉人的赋作和赋论,似已接近赋自身之文学质素,但在功利主义"诗教说"的强大背景和根基上,又时时不忘对赋的艺术特点加以限定,甚至否定,表现出难以消解的矛盾。《汉志》对赋的分类和辨析,同样如此。① 后来刘勰的赋论,试图对这种矛盾进行折中、调和,但亦并未形成明快、清晰的论说。② 也许只有摆脱了功利功用说的羁绊,才能使赋之艺术表现功能得到真正的解放,才能真正从艺术形式上去探讨赋的文体特征。

第三节　文章写作与体类辨析

从文体发展的实际状况来看,由西汉至东汉,包含在汉人"文章"概念范围内的体类名目渐多。范晔《后汉书》对众多传主所作文章类别进行了著录记载,近人薛凤昌在其《文体论》一书中对《后汉书》中所出现的文类名目予以总结说:"依所举者观之,辞赋之盛,几于无人不作;而文章的体制,亦渐有分别的端倪。自诗之外,如一赋、二颂、三诔、四吊、五铭、六赞、七书、八祝文、九哀辞、十连珠、十一碑、十二记、十三论、十四箴、十五策、十六七体、十七笺、十八奏、十九令、二十杂文。"③范晔《后汉书》所记之诸种文类,不可避免会带有一些南朝人对文章分类的观念和看法。但若说这些文类从

---

① 如《诗赋略》小序与该略对赋的具体分类和著录之间就存在矛盾。
② 刘勰在《文心雕龙》中对赋之评价充满歧异。《诠赋》篇多从正面给予积极之评价。而其他篇,如《宗经》:"楚艳汉侈,流弊不还。"(刘勰著,詹锳义证《文心雕龙义证》,上海古籍出版社,1989年,第85页)《杂文》:"虽始之以淫侈,而终之以居正。然讽一劝百,势不自反。"(第512—513页)《情采》:"辞人赋颂,为文而造情。"(第1158页)"远弃风雅,近师辞赋,故体情之制日疏,逐文之篇愈盛。"(第1161—1162页)则往往视汉赋为讹滥文风之源。故学者多谓其自相矛盾。
③ 薛凤昌《文体论》,台湾商务印书馆,1998年,第31—32页。顺便说一句,今之学者在考察汉代文体种类时,往往与薛氏之论述如出一辙,大抵在这些名目的基础上略有增益。

创作的角度来看,在汉代已正式形成和成熟,则应该是符合史实的。《文选》除诗赋(包括文体四种)外,所选文体35类,两汉入选17类,计39篇作品。① 也可以从一个侧面说明汉代文体的成熟和繁荣。

傅刚曾指出:"文体辨析观念的产生,来源于文体增繁的事实。这当然要到汉末才构成其所需要的历史条件。"②确实,《汉书·艺文志》只是在分类之下隐藏着辨体的意识,并不显豁,所以后人才有种种之推测。比较自觉的、明确的辨体意识在汉末才表现出来。蔡邕《独断》即是其中的典型。辨体意识的产生自然是建立在文类成熟和繁富的创作实践的基础之上。

但若换一种说法,从观念自身的逻辑来说,辨体意识的产生,也就是从体式上区分各类文体,必然要先树立各类文体各有一定之体的观念,即要有作为体式规范的"文体"概念明确生成,且自觉而深入人心作为条件。笔者以为汉代文体观念的核心正在于"文体"获得了它最基本的规范的意义。

文体作为一种规范,是有一个从不自觉到自觉的过程的。文章和文体初生之时,对于作者来说,只是为了表达的需要而写作,率意而作,无所依循,也就无所谓什么"体",所以早期的文章,多表现为零乱散见的一些篇章,表现出一种无序性(它只是被后人追加或者说追补入某一文类序列),因为这些篇章无一定之结构,无一定之形态。但作者既多,文章有了一定的量的积累之后,就会有若干大致相类的文章出现,表现出共同的体制特征,事实上作为客观存在的文体已经产生。但它只不过是一种随意性的偶合,它的体式特点还没有显现出来,被人们所意识,这时候,文体尚处于隐形阶段,还不

---

① 关于《文选》所选文体种类,有37类、38类、39类等说。如何界定入选作家之时代归属,亦可能产生很多分歧。此处从傅刚说。参见《〈昭明文选〉研究》(修订本),北京大学出版社,2023年,第146—151页。

② 同上书,第60页。

是文体定型的阶段。只有人们认识到了文体的体式特点,并有意识地将其奉为一种规范,或者说是一种法则而遵循,文体才开始趋于稳定,趋于定型,这才能说人们已经有了"文体"的概念。随着语言和社会的发展,或者作者求新求变的主观意图,旧的体式在自觉不自觉中被改变,而逐渐转化为新的体式,旧的规范失去了约束力,新的规范取而代之。文体和文体观念的演变和发展,也就是一个由规范到不规范再到规范如此这般的历史过程。文体是动态的,文体观念也应是发展的,规范总是具有历史性、时段性的。没有一成不变的文体,也没有可以永远拘守的规范,变是绝对的,不变是相对的。文体观念应在通变中求得平衡。

在汉代,各类文体承先秦而由隐形或不定型走向显形或定型。作为体式规范的"文体"概念也由不自觉走向自觉。

西汉文章创格之例甚多,枚乘《七发》,司马相如《喻巴蜀檄》、东方朔《答客难》、扬雄《连珠》等文章,其体式被后人继承,形成相应之作品系列,以至被后人举以为各类文章缘起之作。① 但西汉末直至东汉中后期,则鲜有后人所谓的"创体"之作。如前所述,四言雅颂体被奉为正体并向诸种文类渗透,模拟文风的大盛,某种程度上可以说是文体体式规范走向自觉、走向确立。赋作中追求"丽"的倾向及相关之评论,从另一个角度来说,表明文体创作与其规范观念间虽然存在矛盾,但人们在试图引导着赋的写作走向规范。总之,作为体式规范的"文体"概念确已是深入人心、根深蒂固了。东汉中后期,随着文人五言诗的兴起,抒情小赋以及各体文章新形式、新风貌作品的大量出现,旧的规范已被不同程度地破坏,事实上是由规范走向不规范。我们说,较为明确的辨体意识产生于汉末,正是立足于这样的一个历史基础之上的。辨体同样是为了获得文体规范,不管它是简单的历史回归、重复古人,捡起旧的规范,还是重

---

① 考察梁任昉所作之《文章缘起》,绝大多数文类之缘起皆举秦、西汉之作品,虽不一定符合史实,思维也有些机械,但却从一个侧面说明西汉作品创体之例甚多。

视新经验、通变结合,另立新规范,规范不可不要则是其共同的认识。

汉人文体规范之总体标准则为"雅正"。实则,"雅"是最先出现的概念,"正"是由"雅"衍生而出的。于迎春精辟地指出:"'雅'在先秦本指京城一带的语言、语音及与之相关的歌诗,后从中抽取出作为标准的'正'的意义。汉代,原先与代表着地方音声的'风'相对举而等类的'雅',又进而以'言王政事'称。""东汉士人对于'雅'的界定——除了'正'之义——无疑是模糊而浅显的。"①"雅"在汉代最基本、最稳固的意义便是"正",它既是一种价值判断,又是一种规范准则。《后汉书·舆服志》曰:"汉兴,文学既缺,时亦草创,承秦之制,后稍改定,参稽《六经》,近于雅正。"②"雅正"是由"承秦之制"和"参稽《六经》"而获得的。师法古人,特别是以六经为法则,是"雅"规范蕴含的历史内蕴。在对文章的描述和评价中,虽然"雅"和"丽"有逐渐结合的趋势,如《汉书·扬雄传》:"蜀有司马相如,作赋甚弘丽温雅。"③班固《离骚序》:"然其文弘博丽雅,为辞赋宗。"④又如《后汉书·周荣传》:"古者帝王有所号令,言必弘雅,辞必温丽。"⑤具有某种审美和艺术的意味,但毕竟是"模糊而浅显的",汉人的"雅正"规范标准似更多地停留在语言体式的文章学层面上。

魏晋以后的文体论者,正是在汉人的基础上,肯定和发展了"丽"的概念,不仅从语言体式规范上论文体,而且从艺术特点和美学风貌上论文体,并逐渐将"雅丽"树为理想文体之审美标准。如果说汉代人在重功用求功利的文学观念基础上生成了文章学意义上

---

① 于迎春《汉代文人与文学观念的演进》,东方出版社,1997年,第119、127页。关于"雅"概念之演变,于先生在其书中已论之甚详,故笔者此处简略说之。
② 范晔撰,李贤等注《后汉书》,中华书局,1965年,第3641页。
③ 班固《汉书》卷八七上,中华书局,1962年,第3515页。
④ 洪兴祖《楚辞补注》,中华书局,1983年,第50页。
⑤ 范晔撰,李贤等注《后汉书》卷四五,中华书局,1965年,第1537页。

的"文体"概念,那么建安之后,随着文学抒情特质的被发现,形式上美感特征的被重视,才将文学的意味带进文体论中,才有了文体批评与文体观念的自觉。

第四节　模拟文风与文体意识

汉人创作中另一个值得重视的现象是模拟文风的盛行。关于汉代之模拟文风,今人已有很好的论述。① 其可论者,是模拟文风与汉人文体观念间之关系。

"摹拟作为一种较为普遍的风气,实形成于汉代,其文学样式主要是赋。"②汉代骚、赋不分,汉人最先模仿的是骚。王逸《楚辞章句·九辩序》说:"宋玉者,屈原弟子也。闵惜其师,忠而放逐,故作《九辩》以述其志。至于汉兴,刘向、王褒之徒,咸悲其文,依而作词,故号为'楚词'。亦采其九以立义焉。"③所谓"楚词"是由模拟屈原作品而来,它是由模拟屈原的系列作品集合而成。《文选》有"骚"类。赋中之模拟现象最为突出的是"七"系列作品的出现。晋傅玄曾编有《七林》,其《七谟序》曰:"昔枚乘作《七发》,而属文之士,若傅毅、刘广世、崔骃、李尤、桓麟、崔琦、刘梁、桓彬之徒,承其流而作之者纷焉:《七激》《七兴》《七依》《七款》《七说》《七蠲》《七举》《七设》之篇。于是通儒大才马季长、张平子,亦引其源而广之。马作《七厉》,张造《七辨》。或以恢大道而导幽滞,或以黜瑰侈而托讽咏,扬辉播烈,垂于后世者,凡十有余篇。自大魏英贤迭作,有陈王《七启》、王氏《七释》、杨氏《七训》、刘氏《七华》、从父侍中《七

---

① 如周勋初《王充与两汉文风》一文,原载《古代文学理论研究》丛刊第 2 辑,上海古籍出版社,1980 年,第 122—140 页。后收入《文史探微》,上海古籍出版社,1987 年,第 1—22 页。
② 张伯伟《中国古代文学批评方法研究》,中华书局,2002 年,第 129 页。
③ 洪兴祖《楚辞补注》,中华书局,1983 年,第 182 页。

海》,并陵前而邈后,扬清风于儒林,亦数篇焉。"①《文选》有"七"类(《文心雕龙》列入"杂文")。此外,有东方朔《答客难》、扬雄《解嘲》《解难》、班固《答宾戏》、崔骃《达旨》、张衡《应间》、侯瑾《应宾难》、崔寔《答讥》、蔡邕《释诲》等系列作品出现,《文选》有"设论"类(《文心雕龙》列入"杂文");还有司马相如《封禅书》、扬雄《剧秦美新》、班固《典引》系列作品出现,《文选》有"符命"类(《文心雕龙》列入"封禅")。

模拟作品的出现,大概最初是受古人作品志意和人格的感发。汉代模仿屈原的作品,相当多的是因追悯其人而作,怜其"信而见疑,忠而被谤",悲其文依而作词。《文心雕龙·时序》谓:"爰自汉室,迄至成哀,虽世渐百龄,辞人九变,而大抵所归,祖述《楚辞》,灵均余影,于是乎在。"②"灵均余影"确是传神之语。模拟作品亦有因对前人之作不满而意欲回应之作。如班固《答宾戏》乃回应东方朔《答客难》、扬雄《解难》《解嘲》而作;蔡邕《释诲》,乃是在东方朔、扬雄、班固及崔骃之作的基础上"斟酌群言,韪其是而矫其非"而作。③ 汉代模拟文学的大师是扬雄,《汉书·扬雄传》赞曰:"实好古而乐道,其意欲求文章成名于后世,以为经莫大于《易》,故作《太玄》;传莫大于《论语》,作《法言》;史篇莫善于《仓颉》,作《训纂》;箴莫善于《虞箴》,作《州箴》;赋莫深于《离骚》,反而广之;辞莫丽于相如,作四赋:皆斟酌其本,相与放依而驰骋云。"④扬雄可以说是自觉地模仿古人,以经典为范式进行创作。《汉书·扬雄传》说:"顾尝好辞赋。先是时,蜀有司马相如,作赋甚弘丽温雅,雄心壮之,每作赋,常拟之以为式。"⑤桓谭《新论·道赋》载:"杨子云工于赋,王君

---

① 严可均校辑《全上古三代秦汉三国六朝文·全晋文》卷四六,中华书局,1958年,第1723页。
② 刘勰著,詹锳义证《文心雕龙义证》,上海古籍出版社,1989年,第1677页。
③ 范晔撰,李贤等注《后汉书》卷六〇下,中华书局,1965年,第1980页。
④ 班固《汉书》卷八七下,中华书局,1962年,第3583页。
⑤ 同上书卷八七上,第3514—3515页。

大晓习万剑之名,凡器遥观而知,不须手持熟察。余欲从二子学。子云曰:'能读千赋,则善赋。'君大曰:'能观千剑,则晓剑。'"①扬雄的模拟,虽说本意是为了比肩于古人,垂名于后世,但从这两则材料来看,也可以说是为了学习写作的需要。汉人模拟文风的成因,固然与汉代经学墨守家法、师法的风气有关。但从写作的角度来说,"因为这本来是一种主要的学习属文的方法,正如我们现在的临帖学书一样。前人的诗文是标准的范本,要用心地从里面揣摩,模仿,以求得其神似。所以一篇有名的文字,以后寻常有好些人底类似的作品出现,这都是模仿的结果"②。而类似的作品群体的出现,说明文章的某些特点在写作实践中反复出现,并被人们所遵从,意味着其形态体式逐渐趋于稳定,人们的文体意识也由不自觉走向自觉。汉代人的模拟作品系列至魏晋后开始被冠以类名,其文体意识才上升而为理论形态。

　　模拟,体现于作品的标题、程式、结构、技巧、语体、题材等多个方面。而这些因素都是构成文体的有机组成部分,在某一文类中,往往是其中一个或几个因素得到强调或突显,甚至成为文体据以命名的根据。而这些因素中的一个或几个在模仿过程中不断被人们所意识、所强化,进而成为作者在写作时一种内在的预设模式,成为一种被大家所遵守的体式规范,成为引导读者的一种阅读期待。这也就表明一种文体的成熟和稳定,说明人们对某一文类有了明确的观念和认识。如"七",西汉枚乘《七发》首发其端,人们似乎也并未将其看作一种文体,而到东汉之后,随着拟作的大量出现,其体制体式也渐趋稳固,因循而成定体。如模拟《七发》的作品,在标题上,都冠以"七",在结构程式上,都设主客之问,敷列七事。这是"七"系列作品所凸显的最为稳固的形态特征,至于技巧、语体、题材等方面亦有共同之趋向(但不足以成为区别其他非"七"

---

① 桓谭撰,朱谦之校辑《新辑本桓谭新论》,中华书局,2009年,第52页。
② 王瑶《拟古与作伪》,《中古文学史论集》,上海古籍出版社,1982年,第73页。

类赋体作品的显豁特征)。"七"之立体,实缘于此。章学诚《文史通义·诗教下》曰:"《七林》之文,皆设问也。今以枚生发问有七,而遂标为七,则《九歌》《九章》《九辨》,亦可标为九乎?"①他对《文选》以"七"标目颇不以为然。实则以"七"为文章体类不自《文选》始,乃魏晋以来人的一般看法。②同样,他对《文选》别立"符命"亦深不以为是:"若夫《封禅》《美新》《典引》,皆颂也。称符命以颂功德,而别类其体为符命,则王子渊以圣主得贤臣而颂嘉会,亦当别类其体为主臣矣。"他认为:"况文集所裒,体制非一,命意各殊,不深求其意指之所出,而欲强以篇题形貌相拘哉!"③章氏以为汉代的模拟作品系列不当单独立体而聚类区分,萧统的分类是"拘形貌之弊"。章氏的立场我们不拟深究,但他却揭示了一个历史事实,即魏晋以后,人们之所以将汉代的这些模拟作品系列总以类名,是因为拘于形貌。也就是说,是因为它们形态体貌等语言体式方面的相同或相类。笔者以为,汉人虽未明确将这些模拟作品系列从赋的大类中判离出来,但在模拟写作的过程中,以语言体式为规范的文体意识正强烈地酝酿成熟,只是尚未发展至理论概括的阶段而已。

蔡邕《独断》明确地从用语程式来说明官文书之语言体式特点,只不过因为公文在此方面的文体规范更为严格,显现得更为鲜明,而较早出现有系统的论述。与汉人在模拟写作中体现出的文体意识相较,虽然表现形态不同,但其思想实质是相通的,语言体式规范的"文体"概念似已深入人心。

宋洪迈《容斋随笔》曰:"枚乘作《七发》,创意造端……其后继之者,如傅毅《七激》、张衡《七辩》、崔骃《七依》、马融《七广》、曹植《七启》、王粲《七释》、张协《七命》之类,规仿太切,了无新意。傅玄又集之以为《七林》,使人读未终篇,往往弃诸几格。"又曰:"东方朔

---

① 章学诚著,叶瑛校注《文史通义校注》,中华书局,1985年,第81页。
② 参见钱锺书《管锥编》,生活·读书·新知三联书店,2007年,第1448—1449页。
③ 章学诚著,叶瑛校注《文史通义校注》,中华书局,1985年,第81页。

《答客难》,自是文中杰出,扬雄拟之为《解嘲》,尚有驰骋自得之妙。至于崔骃《达旨》、班固《宾戏》、张衡《应间》,皆屋下架屋,章摹句写,其病与《七林》同。"①洪迈的说法,想必会被今人所认同。"规仿太切""章摹句写",可以说直指模拟文风之弊端。确实,通过模拟即所谓"规仿太切"和"章摹句写",汉人树立起了语言体式规范的"文体"观念,但法度过于森严,而成死法;规范过于僵硬,几成公式。某种程度上说,汉人对语言体式的理解较为机械,仍然停留在文章学的层面上,而较少涉及其艺术特点和风貌。王充《论衡·正说》云:"文字有意以立句,句有数以连章,章有体以成篇,篇则章句之大者也。"②又云:"故圣人作经,贤者作书,义穷礼竟,文辞备足,则为篇矣。其立篇也,种类相从,科条相附。殊种异类,论说不同,更别为篇。意异则文殊,事改则篇更,据事意作,安得法象之义乎?"③事意的不同,决定了结构篇章等语言形制和体式的不同。汉人对文体的认识是平面化的,没有个性的闪耀,没有情感的流露,没有艺术形象的呈现,语言体式只不过是一个僵硬的躯壳,是程式化、概念化语言的有序堆积。汉人的"文体"概念,虽已能在文章的形式表层区分不同的文类,但还没有深入其内在的深层结构,因而缺乏综合性与辩证性。

第五节　文书写作及文体论

周勋初曾经说:"考文体论的产生,是由研究朝廷公文格式开始的。汉末蔡邕著《独断》,就对天子下令群臣的策书、制书、诏书、戒书,群臣上天子的章、奏、表、驳议等体裁进行了研究;而在《铭论》

---

① 洪迈《容斋随笔》卷七,上海古籍出版社,1978年,第88页。
② 黄晖《论衡校释》卷二八,中华书局,1990年,第1129页。
③ 同上书,第1131页。

一文中，更从历史发展的观点详加论述，这是因为朝廷的公文格式特别要求措辞得体的缘故。"①跃进说："从现存资料来看，有关文体研究的论著，当以蔡邕《独断》为最早。"②蔡邕《独断》在中国古代文体论之发展历程中意义重大，其意义在于最早从文章学的层面论及文体，在格式用语上突显出文体的体制形态。

中国古代的应用文体，无论是官私文书，很早即形成一定的规格要求，如《仪礼》中记载的一些祀礼文字已经呈现出程式化的特征；司马迁《报任少卿书》中的开头称谓"太史公牛马走司马迁再拜言少卿足下"及结语"书不能悉意，略陈固陋，谨再拜"③，使我们了解到私人信函文字的用语格式。官文书因其关乎礼制典章，故较早受到学者重视。《独断》即是把官文书作为礼制的重要组成部分来看待的。《南齐书·礼志上》谓："汉初叔孙通制汉礼，而班固之志不载。及至东京，太尉胡广撰《旧仪》，左中郎蔡邕造《独断》，应劭、蔡质咸缀识时事，而司马彪之书不取。"④《四库全书总目》提要谓："是书于礼制多信《礼记》，不从《周官》。"⑤可见，《独断》是一部论述礼制典章的著作，殆无异议。语言文字形式一定之体的渐次生成，是在社会生活中礼的学习和实践中达成的。《独断》对公文之论述则是一例。《独断》将天子独用之文体分为四种："一曰策书，二曰制书，三曰诏书，四曰戒书。"并解释曰：

> 策书。策者，简也。《礼》曰："不满百文，不书于策。"其制长二尺，短者半之。其次一长一短，两编，下附篆书。起年月日，称"皇帝曰"，以命诸侯王、三公。其诸侯王、三公之薨于位者，亦以策书诔谥其行而赐之，如诸侯之策。三公以罪免，亦赐

---

① 周勋初《中国文学批评小史》，凤凰出版社，2022年，第57页。
② 跃进《〈独断〉与秦汉文体研究》，《文学遗产》2002年第5期，第11页。
③ 萧统编，李善注《文选》卷四一，中华书局，1977年，第576、581页。
④ 萧子显《南齐书》卷九，中华书局，2017年，第127页。
⑤ 永瑢等《四库全书总目》卷一一八，中华书局，1965年，第1015页。

策,文体如上策而隶书,以尺一木两行,唯此为异者也。

制书者,制度之命也。其文曰"制诏三公",赦令、赎令之属是也。刺史太守相劾奏,申下土,迁文书,亦如之。其征为九卿,若迁京师近臣,则言官,具言姓名;其免若得罪,无姓。凡制书,有印使符,下远近皆玺封,尚书令印重封。唯赦令、赎令,召三公诣朝堂受制书,司徒印封,露布下州郡。

诏书者,诏诰也,有三品。其文曰"告某官某""如故事",是为诏书。群臣有所奏请,尚书令奏之,下有司曰"制",天子答之曰"可",若"下某官"云云,亦曰诏书。群臣有所奏请,无"尚书令奏""制"之字,则答曰"已奏如书",本官下所当至,亦曰诏。

戒书,戒敕刺史、太守及三边营官,被敕文曰"有诏敕某官",是为戒敕也。世皆名此为策书,失之远矣。①

《独断》又称"凡群臣上书于天子者有四名:一曰章,二曰奏,三曰表,四曰驳议",并分述如下:

章者,需头,称"稽首上书",谢恩陈事,诣阙通者也。

奏者,亦需头,其京师官但言"稽首",下言"稽首以闻"。其中有所请,若罪法劾案,公府送御史台,公卿校尉送谒者台也。

表者,不需头,上言"臣某言",下言"臣某诚惶诚恐,顿首顿首,死罪死罪",左方下附曰"某官臣某甲上"。文多,用编两行。文少,以五行。诣尚书通者也。公卿校尉诸将不言姓,大夫以下有同姓官别者言姓。章曰报"闻",公卿使谒者。将、大夫以下至吏民,尚书左丞。奏闻报"可",表文报"已奏如书"。② 凡章、表皆启封,其言密事,得帛囊盛。

---

① 蔡邕《独断》卷上,北京直隶书局,影印抱经堂校本,1923年。按:《独断》句读多有分歧,综合参考汪桂海《汉代官文书制度》,广西教育出版社,1999年,第27—35页;孙闻博《初并天下——秦君主集权研究》第四章"兵符、帝玺与玺书:秦君政治信物的行用及流变",西北大学出版社,2021年,第172—185页。

② 句读参见代国玺《汉代公文形态新探》,《中国史研究》2015年第2期,第41页。

其有疑事,公卿百官会议,若台阁有所正处而独执异意者,曰驳议。驳议曰"某官某甲议以为如是",下言"臣愚戆议异"。其非驳议,不言"议异"。其合于上意者,文报曰"某官某甲议可"。①

关于诏令章奏之用途、施用对象和范围、书写材料的形制、书体、封印,以及文书的运行和传递等,我们不拟理论。其可注意者乃对用语和程式之语言形制方面的描述。

策书起首为年月日,称"皇帝曰";制书起首作"制诏三公";诏书则可依其用语分为三种情况;戒书则有"有诏敕某官"的专用语;章在开头皆有"稽首上书"之语;奏起首言"稽首",结尾言"稽首以闻";表起首言"臣某言",结尾时言"臣某诚惶诚恐,顿首顿首,死罪死罪",左方下附以"某官臣某甲上";驳议开头言"某官某议以为如是",结尾言"臣愚戆议异"。据汪桂海《汉代官文书制度》一书的研究,汉代的章奏文书在结构上也大致定型:

第一部分为奏文日期,均按年、月、朔日、日数(以数字记日)、日子(以干支记日)的顺序。

第二部分是上书者的官爵身份与名字。

接在上书者名字之后的是"昧死再拜上疏皇帝陛下"或"稽首再拜皇帝陛下""稽首言""顿首死罪上尚书"这类的话。

再下面的一部分是奏章的主题内容,即正文。

正文之后是结束语。常见的如西汉时曰"臣某昧死再拜以闻皇帝陛下",东汉时曰"臣某愚戆,诚惶诚恐,顿首顿首,死罪死罪,稽首以闻","臣顿首死罪,稽首再拜以闻"等。②

汉代官文书在用语格式方面的特征不仅在史传的记载中可以得到证明,在出土的碑铭和简帛中也可以得到印证。高文曾指出:"汉碑中还保存了汉代文书的体裁格式,如《礼器碑》《史晨碑》及《乙瑛

---

① 蔡邕《独断》卷上,北京直隶书局,影印抱经堂校本,1923年。
② 汪桂海《汉代官文书制度》,广西教育出版社,1999年,第45—46页。

碑》等皆是。《乙瑛碑》的碑文主要分三部分即(一)三公上奏天子；(二)朝廷下郡国；(三)郡国上奏朝廷。历代公文中,每说一事,再三重复,抄录原文。这种格式,汉时已经形成,以后成为定例。"①

在行文上,汉代的官文书亦逐渐形成自身突出的特点。皮锡瑞《经学通论·自序》谓汉代"君之诏旨,臣之章奏,无不先引经义"②。这种现象与汉武帝的"罢黜百家,表章六经"有极为密切的关系。《汉书·严助传》载,武帝赐书于严助,令其上奏章报告情况,并要求他上奏时"具以《春秋》对,毋以苏秦纵横"③。故武帝后之官文书,一改文、景时贾谊、晁错为代表的纵横家作风。《文心雕龙·诏策》谓："观文、景以前,诏体浮杂,武帝崇儒,选言弘奥。策封三王,文同训典；劝戒渊雅,垂范后代。"④说的就是这一情况。据汪桂海《汉代官文书制度》对《汉书》诸帝纪引用经传语辞的诏书统计,"此类诏书计有二十五件,在这些诏书中引用《尚书》十五次(包括同一诏书里多次引用),《诗经》(包括逸《诗》)十一次,《周易》两次,《论语》八次,合计在二十五件诏书中引经传三十六次之多"。⑤ 至东汉,朝廷公文大抵亦因循陈规,但渐趋骈化,多以四言为主,间或杂以散句。左雄可为代表,《后汉书》本传谓其"每有章表奏议,台阁以为故事"⑥。

诏令类文书中的策书和制书,"似与《尚书》所谓'命'或西周金文所载册命之辞属于同一类"。而诏书,"也与《尚书》所谓'训''诰'有渊源关系"。戒敕"与商周时期的'戒'也有关系"。⑦ 据《史记·秦始皇本纪》记载,秦统一六国后,将"命"改称为"制","令"改

---

① 高文《汉碑集释》(修订本)"前言",河南大学出版社,1997年,第4页。
② 吴仰湘编《皮锡瑞全集》第6册,中华书局,2015年,第119页。
③ 班固《汉书》卷六四,中华书局,1962年,第2789页。
④ 刘勰著,詹锳义证《文心雕龙义证》,上海古籍出版社,1989年,第736页。
⑤ 汪桂海《汉代官文书制度》,广西教育出版社1999年,第90页。
⑥ 范晔撰,李贤等注《后汉书》卷六一,中华书局,1965年,第2022页。
⑦ 李零《简帛古书与学术源流》(修订本),生活·读书·新知三联书店,2008年,第75页。

称为"诏"。汉代将诏令类文书分为策书、制书、诏书、戒敕,章奏类文书分为章、奏、表、驳议,一般认为是汉高祖时叔孙通定仪则的结果。蔡邕《独断》对官文书体式的总结说明,标志着诏令章奏等凝聚着特定内容的朝廷专用文书,由先秦至两汉,其内在形式已逐渐外化而为相对稳定的形态规格,趋向于程式化、公式化。从而在用语格式上确立起一套体式规范。

"公文之要,首在辨体","每体各有一定之格律,凛然不相侵犯"。① 公文之体式规范极为严格,如果说文学文体的规范具有某种程度的隐匿性、潜在性,那么公文的文体规范则具有明确性、强制性。汉人的"文章"概念涵盖了文学文体和应用文体,而文体体制体式观念的产生和文体规范的建立,正是在应用文体中得以明确的。"文体"概念的正式提出最初也是局限在指导应用文体写作的文章学意义上。

蔡邕在《独断》中即运用了"文体"一词,论策书时曰:"文体如上策而隶书。"② 此"文体"即指策书之用语格式。既谓"如上策而隶书",则"文体"不可能指书体。其下又谓"以尺一木两行,唯此为异者也",则又决非指书写材料之形制。《独断》中出现的这一"文体",似是最早出现的较为接近文章学意义上的"文体"概念语词。③

---

① 徐望之编著《公牍通论》,档案出版社,1988年,第35页。
② 蔡邕《独断》卷上,北京直隶书局,影印抱经堂校本,1923年。
③ 王常新《中国古代文体学思想》一文认为:"'文体'一词,最早见于汉代贾谊的《新书·道术》,语谓:'动有文体谓之礼,反礼为滥。'在这里,'文体'指的是文雅有节的体态。后来王充的《论衡·正说》谈道:'夫经之有篇也,犹有章句也,有章句犹有文字也。文字有意以立句,句有数以连章,章有体以成篇,篇则章句之大者也。'这里的'体',指的是段落根据文体而成篇,也就是我们这里所讲的'文体'。"(《华中师范大学学报[哲学社会科学版]》1991年第2期,第83页)颜昆阳《六朝文学观念丛论》一书中指出:"'体'即'文体'。'体'字之用于文学理论,而作'文体'解者,较早的史料应推东汉扬雄《法言·问神篇》:'惟圣人得言之解,得书之体';所谓'书'即指以文字写成之作品,'得书之体'即能掌握最正当之文体。"(见该书附录,台北,正中书局,1993年,第360页)李士彪《魏晋南北朝文体学》一书认为:"'文体'作为一个语词,汉代已有之,始见于西汉贾谊《新书·道术》:'动有文体谓之礼,反礼为滥。'此处'文体'是指礼节、服饰,和本书讨论的文体没有关系。《北堂书钞》卷九十九引东汉卢植《郦文胜诔》:'自(转下页)

用语格式不仅是官文书所应遵守的体式规范，亦是其他一些文体的形式表征。如连珠体每章起句往往是用"臣闻""盖闻""窃闻""常闻""妾闻"等固定用语，而诔文每章则往往以"呜呼哀哉"收尾。从用语格式之程式规格来说明文类的特点，似乎比较机械，但它毕竟从语言体制上树立起"文体"的概念，毕竟是从形态上明确论文体的开始，蔡邕《独断》的理论价值或许正体现在这里。

《后汉书·左雄传》载雄上书言："诸生试家法，文吏课笺奏。"①《后汉书·灵帝纪》光和元年二月"始置鸿都门学生"条李贤注曰："时其中诸生，皆敕州、郡、三公举召能为尺牍辞赋及工书鸟篆者相课试，至千人焉。"②故《文心雕龙·章表》曰："及后汉察举，必试章奏。"③可见，章、表、奏、议等官文书为汉代官吏们的基本课程，蔡邕的《独断》大概亦意在为人们学习这些官家文书提供一范式。而不同文类各有一定之体的观念在人们的写作学习和实践中想必更加明确强化，用语格式的强制性规定则标志着作为语言体式规范的"文体"概念业已生成。

（本章由杨东林执笔）

（接上页）龀未成童，著书十余箧，文体思奥，烂有文章。'这里的'文体'已指文章之体，具体指文章风格。"（见该书绪论，上海古籍出版社，2004年，第4—5页）按：王常新举《论衡》例，"体"字似指文章之语言结构组织，接近于文章学意义上之"文体"概念。颜昆阳举《法言》例，"体"字联系上文"言不能达其心，书不能达其言，难矣哉！惟圣人得言之解，得书之体"（汪荣宝《法言义疏》，中华书局，1987年，第159页）来看，似从《易·系辞》"书不尽言，言不尽意"（王弼、韩康伯注，孔颖达疏《周易注疏》卷七，阮元校刻《十三经注疏》本，第82页）角度立论，若释为"文体"较勉强。王、颜皆举单字之"体"，姑勿论。李士彪举卢植《郦文胜诔》例，"文体思奥，烂有文章"为对言，此"文体"似指文章之情思义理。《文心雕龙·杂文》"蔡邕《释诲》，体奥而文炳"（刘勰著，詹锳义证《文心雕龙义证》，上海古籍出版社，1989年，第501页），略与卢植句同，所谓"体奥"即指文章之情思义理深奥隐复。"文体"与"文章"，"体"与"文"并举，大概相当于内容与形式或结构与文采。故卢植之"文体"若径理解为"文章风格"，似有未安处。卢植与蔡邕为同时代人，两人曾同在东观撰著，同卒于初平三年（192）。

① 范晔撰，李贤等注《后汉书》卷六一，中华书局，1965年，第2020页。
② 同上书卷八，第341页。
③ 刘勰著，詹锳义证《文心雕龙义证》，上海古籍出版社，1989年，第831页。

第十三章　秦汉文书程式范本的文体学意义

　　出于行政运作的需要,秦汉之后历代均对文书的制作进行不同形式的规范。① 这种规范包括内容和形式两方面,两者都可以以范本的形态呈现。内容范本亦可称为"范文",主要是为了指导如何处理好事务,而非如何写作。汉代有所谓"故事",其内涵丰富,包括了有典范意义的诏令章奏等文书。中央官员处理政务常要援引,其欲熟悉政务也往往须先"明习故事"。这些作为"故事"的文书就是可供学习和参考的范文。岳麓秦简《为狱等状四种》、张家山汉简《奏谳书》作为"案例集"也具有范文的性质。文书也有类似的形式上的范本,即程式范本。对文书程式的规范,并非为了得出实际事务的处理结果,而是规范处理过程,以获得某种形式上的"程序正义",实现事务流程有条不紊地运行。所谓文书"程式",这里主要指的是文书写作中遵循的格式,包括用语、结构次序等固化要素。② 出土战国秦汉简牍文献中③,就存在一类文书程式范本,它们是在行政司法事务中,出于指导和规范的目的,针对相关文书的形式、结构等提供的写作格式模板。这类范本主要集中在睡虎地秦简《封诊式》,其他出土文献中也间有发现。

　　这样的文书程式范本,现在一般称为"式"(此外,律令中也存在

---

① 本章所谓"文书",均指"官文书"而言,不涉及私人往来的"私文书"。这些官文书包括行政司法文书、簿籍等。

② 广义的程式还包括文书的载体、字体、传递制度等,本章所言"程式"不涉及这些方面。

③ 本章所研究的材料既包括秦汉两代,也包括战国晚期秦国的材料,为方便叙述,将这部分战国晚期的材料也并入秦代的范围,统称为"秦汉文书程式范本",不再细分。

类似形式)。历来人们多关注唐代"律令格式"四种法律形式中的"式",鲜有将"式"作为秦汉法律形式的。直到居延、敦煌汉简尤其睡虎地秦简《封诊式》的面世,"式"才正式作为一种法律形式被纳入秦汉法制史叙述的视野。邢义田、高恒、南玉泉等史学学者曾对秦汉"式"的存在状况作出考辨。① 在文体学界,这类材料则长期遇冷。由于这种程式范本是对相关文书文体形式的直观呈现,事实上是一类比较重要的文体学材料,其价值值得深入探索。

第一节 文书制度与文书程式范本的产生

《封诊式》这类文书程式范本的出现②,与秦汉确立了完善的文书制度直接相关。早在商周时期已有各类书面形式的文书。而在战国各国变法之后,由于法制的逐步确立,文书行政愈发重要,至秦代已形成在国家政治运作中至关重要的规范文书制度。秦律《内史杂》:"有事请殹(也),必以书,毋口请。"③意思是有事请示必须以书面形式,而不能口头请示。秦汉律令中还往往可见各种有关文书书写、传送等问题的规定。

文书行政制度的确立使文书行政成了日常性、重复性的重要工

---

① 邢义田《从简牍看汉代的行政文书范本——"式"》,《严耕望先生纪念论文集》,台北,稻乡出版社,1998年,订补版收入邢义田《治国安邦:法制、行政与军事》,中华书局,2011年;高恒《汉简牍中所见的"式"》,《秦汉简牍中法制文书辑考》,社会科学文献出版社,2008年;南玉泉《秦汉式的种类与性质》,《中国古代法律文献研究》第6辑,社会科学文献出版社,2012年。

② 文书中的类似形式也存在于《左传》中。《左传·宣公十年》:"夏,齐惠公卒。崔杼有宠于惠公,高、国畏其逼也,公卒而逐之,奔卫。书曰'崔氏',非其罪也;且告以族,不以名。凡诸侯之大夫违,告于诸侯曰:'某氏之守臣某,失守宗庙,敢告。'所有玉帛之使者则告;不然,则否。"(杜预注,孔颖达疏《春秋左传注疏》卷二二,阮元校刻《十三经注疏》本,第1875页)不过这属于义例发明的范畴,从文书的角度看,可说是对该文书程式的总结解释之辞,与以指导规范为目的的范本不同。

③ 睡虎地秦墓竹简整理小组编《睡虎地秦墓竹简》,文物出版社,1990年,第62页。

作,文书形式的规范也成了文书行政的重要方面。因为文书的制作必须确保正确,符合规范,以使行政运转顺利。采用范本的形式,既为重复性工作提供了方便,也保证了行政运作的规范。如里耶秦简:"守府下四时献者上吏缺式曰:放(仿)式上。"①这是太守府向迁陵县下达一份"式",要求依照"式"上交文书,以实现文书的规范化。另一方面,秦代实行"学法令以吏为师"的政策。②《商君书·定分》中就有类似规划:"主法令之吏有迁徙(徙)物故,辄使学读法令所谓。为之程式,使日数而知法令之所谓。不中程,为法令以罪之。"③秦国有"学室",是用以培养文吏的学校。《秦律十八种·内史杂》:"非史子殴(也),毋敢学学室,犯令者有罪。"④汉代亦有"学宦"之制,从汉简中也可得知汉代边区存在学吏制度。故而指导法律行政文书的写作也成了必要,范本是这种指导的有效形式之一。张金光即认为秦汉学吏教材的内容可分为四种,其一为法律典章教本,当中就包括了《封诊式》这样的范本。⑤ 总之,无论是只为实现行政规范,还是同时被用于教学,范本均是有效的实现方式。

秦汉的文吏制度十分完善,文吏的数量尤其庞大。尽管文吏地位低下,但有些时期还出现了对文吏、吏学趋之若鹜的现象。王充在《论衡》中花了很大篇幅讨论儒生与文吏之争,批评了"好仕学宦,用吏为绳表""同超(趋)学史书,读律讽令,治作情奏,习对向,滑习跪拜,家成室就,召署辄能"的现象⑥,就反映了其时吏学盛行的风气。学习文书制作一旦成为风气,便不只在文吏教育中发生

---

① 陈伟主编《里耶秦简牍校释(第一卷)》,武汉大学出版社,2012年,第222页。
② 司马迁撰,裴骃集解,司马贞索隐,张守节正义《史记》卷六,中华书局,2014年,第326页。
③ 蒋礼鸿《商君书锥指》卷五,中华书局,1986年,第140—141页。按:"徒",依蒋礼鸿意见当作"徙"。
④ 睡虎地秦墓竹简整理小组编《睡虎地秦墓竹简》,文物出版社,1990年,第63页。
⑤ 张金光《论秦汉的学吏教材——睡虎地秦简为训吏教材说》,《文史哲》2003年第6期。
⑥ 黄晖《论衡校释》卷一二,中华书局,1990年,第533、538页。

作用,还扩大到更广范围的教育中。再看文书范本的使用情况。目前几种重要的秦汉出土简牍,如睡虎地秦简、里耶秦简、岳麓秦简、敦煌汉简、居延汉简,都发现这种范本的存在,地域上分布于多地,时间上从战国末期、秦代延续到汉代,可见其存在具有一定的普遍性。张金光从《封诊式》中有年代与地点可考的材料中,注意到其具有时间与空间的跨度,且发生于关中咸阳一带,却流行于南郡一带,证明其是"经过有意识统一编选的过程,而且首先在秦本部应用,后逐渐向四方推广传播的"①。其说不无道理。教材的统编表明其不仅是个例,而是具有更普遍的意义。

第二节　秦汉文书程式范本的形态

秦汉时期对文书程式的规范,大致可分为两种形态。

第一种是"直叙型程式规范",通常概括列出文书中的必要事项,而不涉及书写的具体言辞。如睡虎地秦简《秦律十八种·仓律》:"后节(即)不备,后入者独负之;而书入禾增积者之名事邑里于廥籍。"②《行书律》:"行传书、受书,必书其起及到日月夙莫(暮),以辄相报殹(也)。"③居延汉简则有:"病年月日署所病偷(愈)不偷(愈)报名籍候官如律令。"④当是一条命令,要求将病人的详细情况登记汇报,规定了所应汇报的事项。这类规范多是律令或其他命令性规定的形式。

第二种是"范本型程式规范",通过范本示范,提供具体言辞的形式。这类范本主要有两种载体:律令和"式"。律令所提供的范

---

① 张金光《论秦汉的学吏教材——睡虎地秦简为训吏教材说》,《文史哲》2003 年第 6 期,第 70 页。
② 睡虎地秦墓竹简整理小组编《睡虎地秦墓竹简》,文物出版社,1990 年,第 25 页。
③ 同上书,第 61 页。
④ 谢桂华、李均明、朱国炤《居延汉简释文合校》,文物出版社,1987 年,第 104 页。

本,如睡虎地秦简《效律》:

> 入禾,万石一积而比黎之为户,及籍之曰:"某廥禾若干石,仓啬夫某、佐某、史某、禀人某。"……啬夫免而效,效者见其封及隄(题)以效之,勿度县,唯仓所自封印是度县。终岁而为出凡曰:"某廥出禾若干石,其余禾若干石。"①

以律的形式规定了仓库管理文书的要点和样式,具有模板的特征。对比前引《秦律十八种·仓律》,同是对仓库管理文书的规定,采用了不同的体式,有抽象与具体之别。又如岳麓秦简中的一条令:

> ·数言赦,不便。请:自今以来,节(即)为令若有议为殹(也),而当以赦为根者,皆以其赦令出之明日为根,曰:某年某月某日以来。·廷卒乙廿②

该令规定了赦令的书写格式,即要写明"某年某月某日以来"。

本章将着重讨论的对象,是数量更多的另一种范本,即以睡虎地秦简《封诊式》为代表的"式"。《封诊式》是明确以"式"命名的范本汇编文献,内容主要是有关审理案件的司法规则和文书程式,其文书程式部分主要是规定司法程序中常用的"爰书"的程式。如记录"盗自告"事项的爰书格式为:

> □□□爰书:某里公士甲自告曰:"以五月晦与同里士五(伍)丙盗某里士五(伍)丁千钱,毋(无)它坐,来自告,告丙。"即令【令】史某往执丙。③

此外还存在类似的"式"的编纂物。里耶秦简中即有不少,如:"群志式具此中。"④"群志"指各种志,里耶秦简中多见。"群志式"

---

① 睡虎地秦墓竹简整理小组编《睡虎地秦墓竹简》,文物出版社,1990年,第73页。
② 陈松长主编《岳麓书院藏秦简(伍)》,上海辞书出版社,2017年,第123页。
③ 睡虎地秦墓竹简整理小组编《睡虎地秦墓竹简》,文物出版社,1990年,第150页。
④ 陈伟主编《里耶秦简牍校释(第一卷)》,武汉大学出版社,2012年,第60页。

当指各种志的范本。该简为楬,即标签,所系联之物或为竹笥,"式"便被汇集盛放其中。① 又有:"式谒朣季朣季籍式诊式式颾(愿)写之。"②籾山明译为:"式访问朣季,朣季将《诊式》借给式,式希望书写《诊式》。"他认为《诊式》这一书籍或编纂物是存在的。③ 可备一说。又有:"为式十一牒。"④指制作了十一牒的"式"。

　　文书程式规范的两种形态在实际的文书制作中均发挥了巨大的规范和指导作用,不过其对于文书文体形式的展示效果则存在差别。以概括性语言进行规定的直叙型程式规范,使人得以明确文书所应记录的要点,但不能得知具体行文的结构形式,所呈现的文体特征较为含混和抽象,文体意味不够明显。而程式范本对文体的结构形式则有着更直观、更具象化的呈现,体现较丰富的文体内涵。

　　综合各种材料来看,此类程式范本的作用是一致的,即对文书程式的指导与规范。包括睡虎地秦简整理组在内的大多数研究者,都认为《封诊式》是为官吏处理案件而提供的规范和学习范本。⑤《封诊式》中的"出子"一条,甲控告丙与之斗殴致其流产,处理办法包括"即诊婴儿男女、生发及保之状","有(又)令隶妾数字者,诊甲前血出及痏状",即分别检查婴儿和甲的创伤情况。对此,丞乙的爰书也分此二项:"令令史某、隶臣某诊甲所诣子……·其一式曰:令隶妾数字者某某诊甲……"⑥此处用"其一式曰"一语引出另一种程式的示范。显然,"其一式曰"并不是实际的爰书内容,而是在爰书之前插入一句指导性、提示性的话,这表明了这份文献的指导性质。汉

---

① 徐世虹《秦"课"刍议》,《简帛》第 8 辑,上海古籍出版社,2013 年,第 264 页。
② 陈伟主编《里耶秦简牍校释(第一卷)》,武汉大学出版社,2012 年,第 162 页。
③ 徐世虹《秦"课"刍议》,《简帛》第 8 辑,上海古籍出版社,2013 年,第 263 页。
④ 陈伟主编《里耶秦简牍校释(第一卷)》,武汉大学出版社,2012 年,第 120 页。
⑤ 睡虎地秦墓竹简整理小组编《睡虎地秦墓竹简》,文物出版社,1990 年,第 147 页。
⑥ 同上书,第 161—162 页。

简中的范本亦是如此,研究者一般认为是供边塞吏卒参考学习的。[①]

这种指导规范性质的范本,有两个重要的形态特征。

其一,有固定用语或结构次序。《封诊式》文本较为丰富,文书类型重复性高,同一类文书往往有相对一致的语句,故更能体现套语的运用情况。如控告审讯类文书常以"某里士五(伍)甲告曰"或"某里士五(伍)甲缚诣男子丙告曰"一类的格式起首,"可定名事里,所坐云可(何),可(何)罪赦,或覆问毋(无)有"是审讯的常见套语,"毋(无)它坐"则常用于供词。至于"敢言之""敢告""敢告主""敢告某县主"等用语则是秦汉文书的通例,文书实例中常见。

其二,大量运用"某""甲乙丙丁""若干"等不定词,可供替用。这是程式范本最显而易见的特征。如敦煌汉简有:"若干人画天田,率人画若干里若干步。"[②]此为"画天田"(平整沙土带)的记录文书程式。同时又有这类文书的多条实例:

> 卅二人画天田卅二里,率人日画三步,凡四编。
> 六人画沙中天田六里,率人画三百步。
> 六百五十五里八十步,率人行八十里□十五里八十步。[③]

其具体形式有些许差异,但不难看出均可总结为上述范本的形态。对比可知"若干"之语表明其为程式范本。

"某"与"甲乙丙丁"等天干词是范本中使用最频繁的不定词。《封诊式》"群盗"条记有较丰富的不定词类型,兹以为例:

> 爰书:某亭校长甲、求盗才(在)某里曰乙、丙缚诣男子丁,斩首一,具弩二、矢廿,告曰:"丁与此首人强攻群盗人,自昼甲将乙等徼循到某山,见丁与此首人而捕之。此弩矢丁及首人

---

① 邢义田《从简牍看汉代的行政文书范本——"式"》,《治国安邦:法制、行政与军事》,中华书局,2011年,第451页。
② 甘肃省文物考古研究所编《敦煌汉简》,中华书局,1991年,第280页。
③ 同上书,第284、286、288页。

弩矢殹(也)。首人以此弩矢□□□□□□乙,而以剑伐收其首,山俭(险)不能出身山中。"【讯】丁,辞曰:"士五(伍),居某里。此首某里士五(伍)戊殹(也),与丁以某时与某里士五(伍)己、庚、辛,强攻群盗某里公士某室,盗钱万,去亡。己等已前得。丁与戊去亡,流行毋(无)所主舍。自昼居某山,甲等而捕丁戊,戊射乙,而伐杀收首。皆毋(无)它坐罪。"①

"某"的使用范围最广,可以用来指代人、物、职务、时间、地点等。如上例中的"某亭""某里""某山""某时""公士某"等。"甲乙丙丁"则主要用以指代人。在指代人的语境下,"某"与天干词有着大致的分工倾向(但非绝对):需要清晰区分不同人物的情况多用"甲乙丙丁",虽然记录但不需要区分的人物则多用"某"。如上例中的甲、乙、丙是捕获盗贼的官吏,其中乙被袭击;丁、戊、己、庚、辛均是犯罪人,其中戊因袭击乙而被斩首。这些人物用天干词区分开来,一是便于识认,二是便于统计,若全称"某"则有混同的可能。至于丁等人所劫掠的"公士某",在本案中仅出现一次,且是作为背景人物出现,故以"某"称之不容易产生歧义。

作为一份程式范本,其基本功能是指导和规范写作,而其形态特征包含了固定成分和可替换成分,两者都起到示范作用。这是后世类似范本的通例,可作为范本的判定依据。但秦汉时期的范本亦有其特色。

与后世许多概括性更强的程式范本不同,秦汉的范本还兼具更多的内容示范意义。首先,往往呈现对细节的示范。《封诊式》的范本中有大量具体细节的记述,如"封守"条:

> 乡某爰书:以某县丞某书,封有鞫者某里士五(伍)甲家室、妻、子、臣妾、衣器、畜产。·甲室、人:一宇二内,各有户,内室皆瓦盖,木大具,门桑十木。·妻曰某,亡,不会封。·子大女

---

① 睡虎地秦墓竹简整理小组编《睡虎地秦墓竹简》,文物出版社,1990年,第152页。

子某,未有夫。·子小男子某,高六尺五寸。·臣某,妾小女子某。·牡犬一。①

这是一份查封甲家庭的爰书,所登记的内容颇为详细,包括了房屋结构、周围环境、人物身高等细节。又如"贼死""经死""穴盗"诸条,对案发现场或尸体的详细情况作了不厌其烦的描述。由于这些细节仅是个例,不代表所有案件的普遍情况,即不属于文书的固定成分,作为程式范本原本应将具体细节剔除,保留更具形式示范意义和普遍意义的内容。但这些细节的展示在这里并非毫无意义,实际上起到了举例的作用,示范所应记录的各种具体要点,这其实正是这类范本所需要的。比如描述房屋结构和环境的细节,就是查封时所应登记的内容;儿童的年龄、身高等也是影响司法裁决的因素,故须记明。这种示范包含了程式和内容的双重内涵。从这个意义上看,这种范本特征也接近于提供内容示范的"范文"。不过,这些内容示范对于所处理的事务还是具有实际功用的,而后世许多提供内容示范的范本,事实上所提供的是文辞修饰的素材(如提供书信范本的书仪)。

秦汉范本的内容示范意义还在于其"因事而立"的特点。譬如《封诊式》就是一事一式,每篇范本均以小标题概括案件内容,如"封守""盗马""争牛""告臣""告子"等等,编选原则十分明显。尽管不同案件的同类文书仍有进一步归纳合并的可能,但仍根据不同事由分列,目的是更有针对性地提供参考。这类范本有时还涉及具体时间地点。《封诊式》中大多只是举例或提供背景以便理解,而如敦煌悬泉汉简中的几则"占功劳文书"范本则不同。如其中有"敦煌县斗食令史万乘里大夫王甲自占书功劳",以下行文亦明言所处地点。② 其明确记录的"敦煌"显然说明这是在敦煌地区使用的范本,故无须再简省为"某地"。再如悬泉汉简中有两份有关减刑申请

---

① 睡虎地秦墓竹简整理小组编《睡虎地秦墓竹简》,文物出版社,1990年,第149页。
② 张俊民《敦煌悬泉置探方T0309出土简牍概述》,《简牍学论稿:聚沙篇》,甘肃教育出版社,2014年,第170—171页。

的程式范本,起首均称"神爵二年某月某日朔某日"①,限定为"神爵二年",或是在此年度制作或使用的范本。

由于"因事而立"的特殊性,这种范本主要反映的是对体式、格式的认识,并未在此基础上提炼出一个"体类"的程式。即便以"式"的总名将范本汇集起来,如"封诊式"之题仍是以内容为标准,而非定题为"某体之式"。又如里耶秦简有:

三月壹上发黔首有治为不当计者守府上薄(簿)式。②

此简上端涂黑,疑为标题简。此"式"尽管是所谓"簿"之式,但仍详细说明是何种事务之簿。这固然是因为这类文书十分庞杂,文书种类和所涉事务繁多而具体,同类文书可能因事务不同而有差异,基于现实考虑而提供更具针对性的指导确是合理的。但从另外的角度看,此简也能显示出这一时期对于如此庞杂的文书体系,还是更多地停留在表层的初步认知,缺少更深层次的理论总结,即将其总结的具体格式进一步明确纳入更高一级的文体类型中。后世这类范本有时也会根据具体事项而提供不同范本,但已是在一个明确的文类内部所作的细分了,亦即已是先有文体类别的概念,而后再"因事而立"。因此秦汉范本的这个特点,不仅有实际需求的原因,也是时代使然。

第三节 从礼到法:秦汉文书程式范本的文体学意义

一 从礼辞范本到文书范本

文书程式范本是时代的产物,但范本的形式则是渊源有自。在

---

① 张俊民《敦煌悬泉置探方 T0309 出土简牍概述》,《简牍学论稿:聚沙篇》,甘肃教育出版社,2014 年,第 175 页。

② 陈伟主编《里耶秦简牍校释(第一卷)》,武汉大学出版社,2012 年,第 148 页。

文体发展史上,文体程式范本的出现并非始于《封诊式》一类的文献,早期礼书如《仪礼》《礼记》中即已记载了一些礼仪文体的程式范本,其中大部分可以以"某"等不定词的使用为标志。以成书时代较早的《仪礼》为例,《仪礼·特牲馈食礼》:"筮人取筮于西塾,执之,东面受命于主人。宰自主人之左赞命,命曰:'孝孙某,筮来日某,诹此某事,适其皇祖某子。尚飨。'"①主人通过宰发布命筮辞,其中四个"某"字分别指代主人自己、日期、祭祀之事和皇祖。又如同篇记载筮尸辞:"前期三日之朝,筮尸,如求日之仪。命筮曰:'孝孙某,诹此某事,适其皇祖某子,筮某之某为尸。尚飨。'"②通过不定词的使用,呈现某种固定的文辞模式,与文书范本的形态是类似的。不过其可替代的不定词基本作"某",不如《封诊式》多样,各替代成分之间的区别意义也就不甚明显。

先秦的甲骨卜辞、青铜铭文等在实际运用中,已形成了结构和用语上的程式化特征,但尚未主动作出明确总结。战国前后是文体文本化的重要阶段,这一时期礼仪文体、公文文体以及某些日书类文献都陆续形成了相似的范本形式。这是因为当指导和规范写作的需求出现时,就需要对文体特征进行一些总结归纳。这些程式范本的出现,就体现了对文体特有结构和特征的直观认知与初步总结。早期礼书的制作时代与文书范本的时代接近或略早③,但一是礼制时代的总结,一是处于法制和官僚制度的起始期,在历史变迁的意义上,礼书范本更具有早期范式意义。并且以礼书在国家典制中的地位和影响力,这些礼仪范本某种意义上为文书范本提供了思

---

① 郑玄注,贾公彦疏《仪礼注疏》卷四四,阮元校刻《十三经注疏》本,第1179页。
② 同上。
③ 礼书的成书时间至今仍聚讼纷纭。沈文倬考证《仪礼》撰作时代上限为鲁哀公末年鲁悼公初年,下限为鲁共公十年前后,即当春秋时期。黄盛璋考证《封诊式》的年代大致为秦昭王至秦始皇初年。参见沈文倬《略论礼典的实行和〈仪礼〉书本的撰作》,《菿闇文存——宗周礼乐文明与中国文化考论》,商务印书馆,2006年,第1—59页;黄盛璋《云梦秦简辨正》,《历史地理与考古论丛》,齐鲁书社,1982年,第6—8页。

路,甚至可视为后世所有类似形式的源头。

但由于两者所处历史阶段的不同,范本这种形式从礼书拓展至文书是有其历史意义的。从覆盖范围看,礼书主要供上层阶级学习,文书范本主要涉及基层文书,供官府文吏使用。与礼书相比,文书范本不仅是适用对象的"下移",范围也更广。

文书范本更重要的历史意义还不在此。礼仪文体范本的出现,是出于仪式的需要,其文辞呈现基于仪式的语境,其文体程式一定意义上取决于礼仪程式。因此这类范本也是作为整个仪式过程的一部分而被记录下来的,不具备严格的独立性。此外,在多数情况下,礼仪文体更主要的是作为口头表达,载于简册不是其原初必要的形态①。因此礼仪文体多数属于"礼辞",相应的文体程式范本也可以说还是一种"礼辞"范本。与礼辞范本不同的是,由于逐步进入文书行政的历史阶段,文书范本已脱离了仪式语境,尽管仍与行政活动的过程密切相关,但具备了更大的独立性,可以独立呈现;同时也脱离了口头的表达形式,原本就是作为书面档案的公文自始就已以文本化的形态呈现。因此与礼辞范本不同,文书范本所规范的是独立的书面文体。文书范本的形式也更加丰富、复杂和完善。从这些方面来看,尽管礼辞范本更早地提供了范本的思路,但毋宁说文书范本更是后世各种书面文体的范本,尤其是公文文体范本的滥觞,它是程式范本在书面文体中的首次广泛使用。因此在这个意义上,可以说它一定程度上开启了对"公文文体"特征的相对自觉的认知。秦汉的"文书行政"强化了对公文文体结构形式的关注和规范,且依靠国家法制的强制规范,文书对形式的要求更强从而更容易固化。这中间显示了礼仪制度到文书制度、"礼"到"法"的转移。这种转移不代表完全取代,而是领域的拓展,二者仍会并存,在各自领域继续发挥作用,但其地位的升降互易的确合乎历史趋势和事实。

---

① 但如册命一类文体,需要先书面化再进行宣读,则已属文书档案性质。

二 "式":文书程式规范概念的发生

从"礼"到"法"的时代变迁,即法制的建立,意味着社会生活各方面普遍规范化,国家对规范的要求比之以往更为强调。① 秦《工律》就规定:"为器同物者,其小大、短长、广亦必等。"②器物制作有了标准化、模式化的规定。类似规定在秦汉律令中比比皆是。秦统一六国后,统一度量衡、文字、车轨,还规范了包括文书在内的各类名号。里耶秦简即有一枚"更名方",记录了秦朝所规定的一系列名号更替。

国家强制力之下,秦汉时期对"规范"概念的使用较之前代更为频繁,"式"是其中十分突出的一种。据学者考察,"式"一词最初指器物的样品、样式、范式,又引申为更宽泛意义的法则、规范、标准或典范。③ "式"作为法律、规范的概称,如《周礼·天官·大宰》:"以九式均节财用:一曰祭祀之式,二曰宾客之式,三曰丧荒之式,四曰羞服之式,五曰工事之式,六曰币帛之式,七曰刍秣之式,八曰匪颁之式,九曰好用之式。"郑玄注:"式谓用财之节度。"④"九式"指的是关于用财节度的九项法则、规定。又,《史记》载秦泰山石刻:"治道运行,诸产得宜,皆有法式。"⑤琅邪石刻:"欢欣奉教,尽知法式。"⑥故《说文解字》云:"式,法也。"⑦当"式"用于具体事物的规范时,往往指样式、规格方面的规定。秦汉时期对于各类物品的标准

---

① "礼"当然也是对社会生活的规范。这里主要强调在统一国家的强制力之下,法律规范发挥了更普遍、细微和严格的作用。
② 睡虎地秦墓竹简整理小组编《睡虎地秦墓竹简》,文物出版社,1990年,第43页。
③ 南玉泉《秦汉式的种类与性质》,《中国古代法律文献研究》第6辑,社会科学文献出版社,2012年,第194—196页。
④ 郑玄注、贾公彦疏《周礼注疏》卷二,阮元校刻《十三经注疏》本,第648页。
⑤ 司马迁撰,裴骃集解,司马贞索隐,张守节正义《史记》卷六,中华书局,2014年,第312页。
⑥ 同上书,第315页。
⑦ 许慎撰,段玉裁注《说文解字注》,上海古籍出版社,1988年,第201页。

多可以"式"指称,即所谓"品物之式"。如《秦律十八种·金布律》:"布袤八尺,福(幅)广二尺五寸。布恶,其广袤不如式者,不行。"①此为布匹规格之"式"。《盐铁论·错币》:"于是废天下诸钱,而专命水衡三官作。吏匠侵利,或不中式,故有薄厚轻重。"②此铸币之"式"。《后汉书·马援列传》:"援好骑,善别名马,于交阯得骆越铜鼓,乃铸为马式。"③此为铜铸的马的标准式样。可见"式"的运用已较广泛,文书之"式"就是其中重要的一种。

文书之"式",除了前文所举,还可以再补充一些例子。里耶秦简中还有:

☐☐守书日课皆☐癃(应)式令
☐甲子,上癃(应)式,今☐
☐☐式曰☐④

敦煌汉简有"☐出式☐"⑤,南玉泉认为这是"出类文书"(记录物品使用情况的文书)的写作标准。⑥ 悬泉汉简有"右爰书式"⑦,提示其右侧文书即"爰书的程式范本"。又有"右书言鞫所式它放",标明其右侧文书为"报请论罪决狱的文书"的格式。⑧ 居延新简中有:"☐拘校,令与计簿相应。放式移遣服治☐。"⑨"放(仿)式"在秦汉简牍中屡见,意谓按照规定的文书程式,"应式"同此。

---

① 睡虎地秦墓竹简整理小组编《睡虎地秦墓竹简》,文物出版社,1990年,第36页。
② 王利器校注《盐铁论校注》卷一,中华书局,2015年,第61页。
③ 范晔撰,李贤等注《后汉书》卷二四,中华书局,1965年,第840页。
④ 陈伟主编《里耶秦简牍校释(第一卷)》,武汉大学出版社,2012年,第207、473、478页。
⑤ 甘肃省文物考古研究所编《敦煌汉简》,中华书局,1991年,第270页。
⑥ 南玉泉《秦汉式的种类与性质》,《中国古代法律文献研究》第6辑,社会科学文献出版社,2012年,第202页。
⑦ 张俊民《敦煌悬泉置探方T0309出土简牍概述》,《简牍学论稿:聚沙篇》,甘肃教育出版社,2014年,第176页。
⑧ 同上书,第174页。
⑨ 马怡、张荣强主编《居延新简释校》,天津古籍出版社,2013年,第416页。

"式"的多种含义往往纠葛难辨。作为文书程式范本的"式",便综合了三种意涵:规范、示范与程式。规范与示范实则一事,示范是规范的一种手段,即通过提供范本进行规范。其所规范的,是文书的程式。某种意义上说,这里程式与规范的概念是捆绑的。如前所述,"式"的原义即是样式、范式,属于形制的范畴,秦汉时期文书之外的"式"所规范的也往往是品物的具体规格。对于文书来说,样式、规格即是文书的程式。只不过与其他"式"不同的是,由于文书本身的文本特性,文书规范可以有范本的形态。因此文书规范亦即文书程式。可见,文书领域所用的"式",不仅指范本形态,也是一个指称文书程式、文书规范的概念。将这个概念置于从"礼"到"法"的变迁背景下,可见其在文体问题上体现了某些新动向。

首先,礼书中的程式范本,并未被有意以"程式"的名义汇集,而只是作为所汇集的礼仪中的一部分。而多种文书文献以"式"为题,有些更是对"式"的汇集,这其实体现了人们对程式概念较之以往有了更清晰而独立的认知。其次,在先秦礼制时代,对文体规范的批评大多还是在礼学框架内,以是否"合礼"判断相关文体是否"得体"。[①] 这种批评的内涵是宽泛的,其中也会包含对文体"程式"是否规范的批评,但对此又鲜少独立明晰的概念指称。而运用到文书领域的"式"就已经是明确的程式规范概念了。换言之,礼制尽管也是一种规范,但还未生发出针对文书的规范概念,而到了对规范对象更有针对性的法制时代,对文书本身的规范才得到更明显的关注。这很大程度上要归功于礼制到法制的历史进程,该进程实际反映的就是"规范"的重心在礼制规范与法制规范之间的转移。但从所见材料看,这个概念主要在现实的行政活动中运用,且与文本形态结合得较为紧密。因此这种文体批评仍是微弱的、有限度的,限于在事务语境中对某些文书规范的批评。由于仍未脱离实际行政

---

① 参见本书第五章第三节"礼学与文体批评"。

行为的语境,这种转移也就意味着文书规范概念在当时仍与礼制时代一样同处于某个框架之内,只是将规范从"合礼"拓展到"合法",故尚未获得更大的独立性。

随着各类文体与文体观念的成熟,汉魏之后"式"已可以从具体事务语境中脱离,更多地运用到愈加广泛的文体批评中,与"体""格""制""例"等一起成为"体式"层面的批评概念。不过就秦汉文书范本的"式"而言,其最大影响还是在程式范本本身。后世对程式范本的指称,往往延续"式"的概念。《宋书·礼志》所载太子监国时有司所奏"仪注",全为文书程式,称"仪"不称"式",但其中又有"余皆如黄案式""右关署如前式"等语①,明见其同时也以"式"指称。唐代以程式范本形式颁布的"公式令",有"关式""牒式""符式""制授告身式""奏授告身式"等范本,列出范本后均有"右尚书省诸司相关式""右尚书都省牒省内诸司式"等说明文字②。宋代法律形式敕、令、格、式中的"式"专指程式范本,辞例同唐代公式令,其他许多范本仿此。这种称名的内涵与秦汉"式"是一致的。

第四节 文体程式范本的类型与价值

文书程式范本是更广泛意义上的文体程式范本的一类。文体的程式范本在汉代之后仍然一直存在,邢义田称文书范本在魏晋之后"在更广泛的意义下,变成了书仪"③。事实上还远不止书仪。考察文体程式范本后世的存在状况,有助于重新认识这类文本的价值。

后世具有相似形式的这类范本主要存在于:

---

① 沈约《宋书》卷一五,中华书局,2018年,第414—415页。
② 刘俊文《敦煌吐鲁番唐代法制文书考释》,中华书局,1989年,第221—228页。
③ 邢义田《从简牍看汉代的行政文书范本——"式"》,《治国安邦:法制、行政与军事》,中华书局,2011年,第472页。

1. 作为法律规范的"式":

如唐代《公式令》①,宋代神宗之后的法律形式"式",规定了各类公文的程式。以唐代尚书省内各部的往来文书"关"为例,《公式令》中的"关式"为:

> 吏部　为某事。
> 兵部云云。谨关。
> 　　　　　年月日
> 主事姓名
> 吏部郎中具官封名。令史姓名
> 书令史姓名
> 右尚书省诸司相关式。其内外诸司,同长官而别职局者,皆准此。判官署位准郎中。②

2. 仪注、书仪:

如《宋书·礼志》载太子监国时所立仪注,形式与上引公式令类似。敦煌出土的各类写本书仪,主要有三种类型:第一种是《朋友书仪》,即书信范本;第二种是综合性书仪,或称吉凶书仪;第三种是公务所用的表状笺启类书仪。③ 比如其中郁知言所撰《记室备要》中录"贺册太后"表的格式为:

> 伏奉厶月日制书,皇太后弘膺册命,伏惟　　同增欢抃,伏以　　厶官道赞昌晨,功扶　　宝历,正三纲之道体,明六礼之盛仪;今者册命弘宣,　　国风遐布,化传黎庶,礼备宫庭。厶谬守厶官,获承明制,欢抃之至。④

---

① 唐代律、令、格、式中的"式",延续西晋"户调式"、西魏"大统式"的称名,性质为行政法规而非公文程式,唐代对公文程式的规定有专门的《公式令》。
② 刘俊文《敦煌吐鲁番唐代法制文书考释》,中华书局,1989年,第222页。
③ 周一良、赵和平《唐五代书仪研究·序》,中国社会科学出版社,1995年,第2页。
④ 赵和平编《敦煌表状笺启书仪辑校》,江苏古籍出版社,1997年,第78页。

"厶"即"某",用以指代。《记室备要》"序"还称其范本"其间空阙者,临时改更"①,可知其范本之功用。

3. 应用类书:

如宋元之际专供文人写作之用的《新编事文类聚翰墨全书》,其"诸式门"汇集了许多文体材料,分为书奏式、表笺式、书记式、启札式、杂文诸式、诗赋诸式、词科诸式、公牍诸式、状帖诸式、僧道青词功德疏诸式等十类,其中就包括了对文体格式的记录。②

4. 科举指导用书:

如王应麟为词科考试而编纂的《辞学指南》,叙述了制、诰、诏、表、露布、檄、箴、铭、记、赞、颂、序这十二种词科考试文体的写作方法,首列其文体程式。如露布之程式:

"尚书兵部(晋曰尚书五兵,隋唐方曰兵部。唐龙朔二年曰中台司戎,天宝十一载曰尚书武部,至德二载复旧。)臣某言,臣闻"云云。"恭惟皇帝陛下"云云。"臣等"云云。"臣无任庆快激切屏营之至,(唐露布云'不胜庆快之至',或云'无任庆跃之至'。)谨遣(或云'谨差'。)某官奉露布以闻。"(绍圣试格,如《唐人破蕃贼露布》之类。)③

5. 宗教用书:

仿照现实行政文书制作的宗教文书,也存在相应的程式范本。如《太上助国救民总真秘要》中记载道教科仪中的"奏表关引式":

北极驱邪院关某日当直功曹使者。

今月某日时,发奏状一通,纸角封印,皮筒重封,全赴天枢院通落者。

---

① 赵和平编《敦煌表状笺启书仪辑校》,江苏古籍出版社,1997年,第76页。
② 相关研究参见张澜《中国古代类书的文学观念:〈事文类聚翰墨全书〉与〈古今图书集成〉》,九州出版社,2013年。
③ 王应麟《玉海·辞学指南》卷三,王水照编《历代文话》第1册,复旦大学出版社,2007年,第987页。

右今关付某日当直功曹使者,准此指挥,疾速依例传递,前去通落,在路不得稽迟。损污揩磨,封头不明,一切不虞,罪不轻恕。无致慢易,不得有违。故关。

某年月　日时关①

6. 其他:

如潘昂霄《金石例》卷九,在金石碑志之外杂论其他文体,有"制式""表式""露布式"等,实质沿袭《辞学指南》之类的形式而来。

这些范本产生的环境背景复杂,来源或有不同,但其思路与表达方式是与秦汉范本一脉相承的;性质亦相一致,以上所举类型多少都有现实指导意义。这些范本所涉及的文体已不限于礼仪文体和行政文书,而是扩展到更多类型的文体,其面向的对象也不限于官府及行政人员,而是渗透到了更宽广的生活领域。这当中主要是程式规范较强的应用性文体,这是出于现实的指导和普及目的,人们对此类范本的需求一直存在,甚至扩大了运用范围。

另一方面,某些范本在具体形态上也较秦汉范本成熟完善。如宋代《庆元条法事类·文书门》所载"表式":

臣某(二人以上,则云臣某等。下文准此。)言云云,臣某诚惶诚惧,(贺云"诚欢诚忭"。辞末准此。)顿首顿首,辞云云,谨奉表称谢以闻。(称贺若辞免恩命及陈乞不用状者,各随事言。)臣某诚惶诚惧,顿首顿首谨言。

年月　日具官封臣姓　名　上表

臣下上表陈事,皆用此式。上东宫笺亦仿此,但易"顿首"曰"叩头",不称臣。命妇上皇太后、皇后,准东宫笺,并称"妾"。(年月日下具夫或子官封、臣姓名、母或妻封邑、妾

---

① 上海书店出版社编《道藏》第 32 册,上海书店出版社,1988 年,第 118 页。

姓氏。)①

此"式"分两部分,先是表这一文体的程式范本,随后是附加说明。与秦汉范本相比,其言辞大为精简,除了示范固定用语之外,已不再出现具体事件,具体内容以"云云"大幅省略。② 另一值得注意的地方是其随文附注及文末说明部分,属于旁观视角的指导说明文字,目的是根据不同情况的需要而变换言辞。这不仅使之更加严谨和完整,也避免了"因事而立""一事一式"的烦琐,有效地归并为"一体之式"。这样的表达和归并,体现了程式范本在文体理论影响下的新发展,在继承原先形态的基础上发展出更科学实用的模式。

在古代文体学研究中,直观的程式范本历来不是特别受关注。究其原因,程式范本与生俱来的强烈实用性、实践性和操作性,意味着这类指导范本的使用价值是一时而非长久的。由于当下性太强,这类范本的影响不如总结性的历史记录(如《独断》中类似的文体程式总结)那样深远。只有当指导规范的实用目的上升为历史记录目的时,才更有机会产生更为深远持久的影响。就秦汉范本而言,其鲜为传世的原因除了实用性、当下性之外,还在于这类基层文书处于文体价值序列的末端,所受关注不如上层文书。③ 如《独断》一般的制度记录,目的在于保存国家制度,故更多地关注上层文书,而对涵盖范围更广的基层文书甚少措意。种种原因导致秦汉时期的这种程式范本鲜为传世,现在多见于出土文献,但这不应影响我们对其价值的认识。

---

① 《庆元条法事类》卷一六,杨一凡、田涛主编《中国珍稀法律典籍续编》第1册,黑龙江人民出版社,2002年,第347页。

② 秦汉范本中"云云"之语所用极少。敦煌悬泉置探方 T0309 第 231 号格式简有"坐云云"(张俊民《敦煌悬泉置探方 T0309 出土简牍概述》,《简牍学论稿:聚沙篇》,甘肃教育出版社,2014年,第175页),但仅用以省略所坐罪行,不似此"表式"之"云云"可省略更大篇幅的言辞。

③ 从岳麓秦简来看,秦已有规定"赦令"格式的范本,想必原有更多上层文书的程式范本。这在后世已多见。

实际上这类范本的文体学价值是十分值得挖掘的,应引起更多关注。尤其在早期文体观念开始形成发展之时,这类程式范本的意义更为明显。如前文所揭示的,将其放在战国秦汉这个社会变革的历史语境下,我们可以发现其特有的价值,即在文体结构意识上的初步总结。而在后世文体理论已十分发达之时,程式范本在其特定的应用场合中仍有着不可替代的作用。这些范本在考察当时文体发展状况、文体形态以及社会对文体的认识等方面均可提供独特的材料。譬如秦汉程式范本的存在,表明其时文书已是非常成熟的文体,不仅形制上规范化,种类和数量之多也在范本中得到体现。考察范本,是了解其时文书存在和运用状况的有效途径之一,尤其对于那些未发现实例的文书文体而言,范本提供了更为珍贵的材料。古代对文体的认识,既有知识精英所归纳的理论性较强的文体批评,也有那些在实际事务、生活中发挥直接作用的文体总结,其作者可能身份不显,受众可能水平不高,但从价值上看未必难登大雅之堂。

(本章由余煜珣执笔)

结　语

最后,对本卷的研究略加归纳和补充。

文体学是在文体的生成之基础上发生的。早期文体系统形成于何时？对这个问题有不同看法,主要有"战国说"与"东汉说"两种。章学诚持"战国说",《文史通义·诗教上》认为:"至战国而文章之变尽,至战国而著述之事专,至战国而后世之文体备。"①刘师培则持"东汉说",认为"文章各体,至东汉而大备。汉魏之际,文家承其体式,故辨别文体,其说不淆"。② 这两种说法,明显不同,学术界对此有不少探讨。在笔者看来,两种不同看法与彼此语境不同、所据理论立论重点不同是相关的。

章学诚"战国说"是在《文史通义·诗教》中提出来的,这是其理论语境。他说,战国之文"其源皆出于六艺,人不知也"。章学诚"文章出于六艺"之说,前人所述甚多,他的说法正是在刘勰、颜之推等文体原于五经之说的理论基础上加以演绎的。他又进一步提出:"后世之文,其体皆备于战国,人不知;其源多出于《诗》教,人愈不知也。"③他认为文体之源多出于《诗》教,这种观点是建立在其系统的经学思想上的,他在《立言有本》中说:"史学本于《春秋》;专家著述本于《官礼》,辞章泛应本于《风诗》,天下之文,尽于是矣。"④章学诚将中国传统学术分别系于六经,其中的传统辞章学之所本归之《诗经》,而强调辞章之"比兴之旨,讽喻之义"。这正是他把文体之源多

---

① 章学诚著,叶瑛校注《文史通义校注》,中华书局,1985年,第60页。
② 刘师培《中国中古文学史讲义》,人民文学出版社,1957年,第20页。
③ 章学诚著,叶瑛校注《文史通义校注》,中华书局,1985年,第60页。
④ 章学诚《章氏遗书》卷七,商务印书馆,1936年,第217页。

归于《诗》教的原因,是他的独到之见。刘师培则是在《中国中古文学史讲义》"论汉魏之际文学变迁"这一课的篇末提出"文章各体,至东汉而大备"之说,这是其理论语境。早期文体与制度的关系极为密切,如果说,先秦时代的文体直接和当时礼制产生关联,秦汉以后的文体,则与职官制度直接相关。刘师培所说的"文章各体,至东汉而大备",就实用文体大备而言,与秦汉以来的职官制度有密切联系。与职官职能相关的大量文体应运而生,较为系统的公牍文体体系亦由此形成。王充《论衡·别通》说:"汉所以能制九州者,文书之力也。以文书御天下。"①这种职官制度对于维持汉代国家治理起了重要作用,在这个政治语境中,官员要处理政务就必须熟悉掌握相关的文体形式。

章、刘二说的具体语境不同。章学诚追溯后世之文体渊源于战国,刘师培则论汉魏文体大备的盛况,两人的出发点略有区别,其重点与结论也就有所不同。如果我们透过字面,综合章学诚与刘师培两人的观点,更圆融、更全面地理解,可以说,后世的文体来源于战国,至东汉而文体大备。

本卷把先秦两汉文体学统称为早期文体学,这是与魏晋南北朝所形成的成熟、系统的文体学相对而言的。在早期文体学阶段中,又把先秦时期作为文体观念发生的时代,把秦汉时期作为从观念向理论发展的时代。

研究"文体观念的发生",主要关注文体观念发生的原因、途径、形态与标志。这是中国早期文体学研究首先要面对的问题。文体观念的发生,主要是文体分类观念的发生。分类是人类思维与社会发展的基本而又重要的活动,通过分类给予纷繁复杂的现实以秩序。文体的"发生",就是将此前混乱的语词现象秩序化。早期文体观念或意识可能表现在具体的文体文本的形式之中,也可能在文本

---

① 黄晖《论衡校释》卷一三,中华书局,1990年,第591页。

之外，比如在文体分工、文体运用、制度设置、礼制约束等方面，间接地表现出文体观念来。这种判断导致对早期文体学研究的思路、取径与取材与以往的研究有所不同：它不是先去寻找古人对于文体的论述，而是从早期文体的生成入手，考察文体运用背后的文体观念。这既前推了文体学史的研究时段，又增加了对早期文体学研究的难度：它并非简单引用几句有关文体的现成古语，还要在现存古老复杂的文字、文献中，揣摩、体会和把握其深层的文体意味。

本卷研究早期文体学主要的路径是：

从早期文字考察文体观念的发生。中国文字是中国文学和文体的存在方式。古文字的构形与渊源流变，是考察早期文体形态、文体观念及其演变规律的重要切入点。比如说，同属一种形符的文体用字，在一定意义上形成某种文体序列，反映出这些文体的共性。从"口"、从"言"的文体语词，意味着其与言语相关，这一类文字在所有的文体语词中占据了压倒性分量。这种特殊现象反映出中国早期文体形态是以语词即口头形态为主的，而口头性、言语性，正是早期辞命文体形态的基本特点之一。所以，部首的归属，反映出古人对文字原始意义在类别上的理解。汉代经学兴盛，小学类著作如《尔雅》《方言》《说文解字》《释名》等重要字书，既是研究文体语义和语源的重要史料，也是当时人对文字本义理解的集中反映，对于考察文体史和文体观念具有独特的意义。

从礼乐文化与制度、职官制度考察早期文体学。在早期礼仪制度设计中，对文体特定的使用主体或施用对象、使用场合和功能、表现内容与措辞等都有比较明确的规定，这些规定就反映出当时人们的文体观念。如《礼记·曾子问》云："贱不诔贵，幼不诔长，礼也。唯天子称天以诔之。诸侯相诔，非礼也。"[1]这就是对于诔体使用主体的礼制规定。"辨体"向来是中国古代文体学的首要问题和基本

---

[1] 郑玄注，孔颖达疏《礼记注疏》卷一九，阮元校刻《十三经注疏》本，第1398页。

问题。在先秦时期,辨体与辨礼往往是结合在一起的。古代文体有尊卑之分,这与礼仪包含的尊卑之别的意识有密切的关系。早期一些文体的分类是对礼学分类观的延伸,"合礼"与"得体"的批评,则将礼学的价值判断运用到文体批评中。在政治制度方面,各种对于官吏职责的记载,有些也直接与文体相关。如《左传·襄公十四年》:"自王以下各有父兄子弟以补察其政。史为书,瞽为诗,工诵箴谏,大夫规诲,士传言,庶人谤,商旅于市,百工献艺。"[1]其中有些已经涉及官吏职责与文体之间的对应关系。在中国古代职官制度中,有一些职官名称就已经标示其职责与文体之直接关系。这种制度安排的文体指向性,是早期文体观念发生的其中一种途径。在先秦时期,制度的设置与建构,官守职能的划分,皆与文体的生成,乃至文体观念的发生有着密切关系。这种情况不仅发生在先秦时期,秦汉不少文体的产生与当时的职官制度也有直接的关系。如谏议大夫与"谏""议";议郎、议曹与"议";太祝令、祝人与"祝";大予乐令与"乐";奏曹与"奏"等,这些职官名称本身就包含了特定的文体类型或话语形式。

从诗乐、典籍归类研究早期的文体观念。《尚书·尧典》:"诗言志,歌永言,声依永,律和声。"[2]这涉及几种艺术形式内部的分类与差异,对文体分类有启示作用。《诗经》"风""雅""颂"的分类,即包括了编者文体分类观念。又如《尚书》编纂也多体现文体分类观念。从先秦到汉代,典籍的存在、流传形态发生了重大转变。刘向父子对图书的系统整理以及班固《汉书·艺文志》的撰著,对典籍有意识地辨别类分,其中就涉及文体分类观念,对后世文体学追源溯流、囿别区分的观念产生深远影响。

从文献称引、行为称名考察文体观念的发生。在文章尚未独立的时

---

[1] 杜预注,孔颖达疏《春秋左传注疏》,阮元校刻《十三经注疏》本,第1958页。
[2] 旧题孔安国传,孔颖达疏《尚书注疏》卷三,阮元校刻《十三经注疏》本,第131页。

期，人们有很多言论或作品是通过各类著作的称引而保存下来的。对于一个独立的文意单位，当要称述它时，就要通过引用的方式。早期的文体观念也可以在记叙或引用之中反映出来。如《尚书·盘庚上》："盘庚迁于殷，民不适有居。率吁众戚出矢言。"①《左传·哀公十六年》："夏四月己丑，孔丘卒，公诔之曰……"②这里的"矢（誓）""诔"等，表面看来只是记叙一种行为或言语方式，但本质上是对这些行为或言语方式的认定与称名，体现了古人对于文体的某种集体认同。

从古人的命篇与命体探索文体观念的发生。"篇章"意识的形成，文献从无篇名到有篇名，乃至于篇名的普遍使用，都是文体认定与命体的前提，在理论上有重要意义。标题的设置，不仅意味着人们对篇的独立性有了明确认识，也体现人们对篇的内容、结构与性质的把握。从命篇到命体，是文体观念的发生，乃至文章学与文体学发展的重要标志。

追寻经学与文体学的逻辑关联。在中国古代，"文本于经"的内涵在很大程度上是"文体本于经"，儒学典籍保存了早期许多文体和文体观念的史料，所以经学也是文体学的渊源之一。经学对于文体学的影响，主要包括文体分类与文体归类两个方面。两汉经学鼎盛，汉儒在笺释儒家经典时，便涉及部分早期文体的研究，比如，郑众与郑玄的礼学就开启了早期文体研究的先河，并深刻影响了后世对早期文体以及相关的文体学问题的认识。

从创作活动中考察文体观念。在古代文体学中，有些是以理论方式正面阐释文体的作用、功能、适应场合与风格要求等，如蔡邕《独断》对于各种文书文体的阐释；有些则是古人在创作实践中流露出来的文体规范意识，如果将其与相关的文论结合起来考察，可以从中考察古人在创作深层的文体观念。比如，汉人文章写作中的文体模拟就明确地透露出当时人们对于所模拟文体的理解。一种文体在

---

① 旧题孔安国传，孔颖达疏《尚书注疏》卷九，阮元校刻《十三经注疏》本，第168页。
② 杜预注，孔颖达疏《春秋左传注疏》卷六〇，阮元校刻《十三经注疏》本，第2177页。

模仿过程中不断被人们所把握、所强化,进而成为被大家所遵守的体式规范,成为读者的一种阅读期待,这就反映出人们对某一文类有了明确的观念和认识。比如,东汉之后,出现对枚乘《七发》的大量拟作,这类模拟作品在标题上都冠以"七",在结构程式上,都设主客之问,敷列七事,其体制体式也渐趋稳固,因循而成"七"体。

在中国古代文体学发展史上,对于早期文体与文体学的研究具有独特的意义。中国文体学是层累形成的,其最深层的就是"早期文体观念的发生"。它是中国文体学理论及体系形成的基础,也是其特色形成的"基因"。"早期文体观念的发生"是尚未开垦的学术领域。多年以来,文体学研究往往只研究理论形态,而较少考虑及观念形态。"早期文体观念的发生"是中国文体学的发端,也是文体学发展史的前提与基础,许多文体学问题都可以追溯到早期文体观念的发生。椎轮大辂,踵事增华。溯流穷源,才能更好地把握中国文体学的整体特性。自魏晋南北朝到明清,基本都是在早期文体学的观念与框架上逐渐发展起来,并不断深化、系统化和精密化。通过文体观念发生的研究,可以看到,中国古代文体学的特性,是基于中国人独特的语言文字与独特的思维方式,基于礼乐文化与社会制度等背景。研究早期文体与文体观念的发生,不但对中国文体史与文体学史具有比较重要的开拓意义,对于中国文学批评史也有一定的借鉴意义。

总括而言,先秦两汉时代是早期文体学从文体观念发生逐步向文体理论形成的发展过程。到了魏晋南北朝,才形成有体系的、成熟的中国古代文体学。魏晋南北朝时代是以集部为中心的文体语境,这个时代建构了系统的文体谱系,还形成了"原始以表末,释名以章义,选文以定篇,敷理以举统"的文体学研究的经典方法论,《文心雕龙》标志着中国文体学与文章学的正式形成。